3 SECONDES

Anders Roslund est un journaliste suédois dont le travail d'investigation a été couronné de nombreux prix. Il est également l'un des auteurs de polar les plus célèbres de Scandinavie.

Ancien détenu, Börge Hellström est un des membres fondateurs du KRIS, un organisme de prévention du crime. Auteur et expert prisé des médias suédois sur la toxicodépendance et le soutien des jeunes en prison, il est décédé en 2017.

Leur trilogie *3 secondes*, *3 minutes*, *3 heures* a été récompensée entre autres par le CWA International Dagger, le Japanese Readers' Award et le Swedish Academy of Crime Writers' Award du meilleur roman policier de l'année. *3 secondes* a été adapté au cinéma sous le titre *The Informer*.

ROSLUND & HELLSTRÖM

3 secondes

TRADUIT DU SUÉDOIS PAR
PHILIPPE BOUQUET ET CATHERINE RENAUD

MAZARINE

Titre original :

3 SEKUNDEN

L'éditeur tient à remercier Hélène Mastowski pour sa collaboration.

ISBN : 978-2-253-26035-6 – 1re publication LGF

À Vanja,
qui a rendu nos livres un peu meilleurs

PREMIÈRE PARTIE

Dimanche

Une heure avant minuit.

C'était la fin du printemps, mais il faisait plus sombre qu'il ne l'aurait cru. Sans doute à cause de cette eau presque noire, en dessous, véritable membrane dissimulant un abîme insondable.

Il n'aimait pas les bateaux, mais peut-être était-ce la mer qu'il ne comprenait pas. Il frissonnait toujours quand le vent soufflait comme ce jour-là et que Świnoujście disparaissait lentement à l'horizon. Comme d'habitude, ses mains serraient fermement la lisse, tandis qu'il attendait que les maisons cessent d'être des maisons mais seulement de petits carrés avalés par l'obscurité qui croissait autour de lui.

Il avait vingt-neuf ans et il avait peur.

Il entendait des gens se déplacer derrière lui, eux aussi en route pour un endroit quelconque. Au bout d'une nuit et de quelques heures de sommeil, ils se réveilleraient tous dans un autre pays.

Il se pencha en avant et ferma les yeux. Chaque voyage paraissait pire que le précédent et son esprit semblait prendre autant conscience des risques que son corps, avec ses mains qui tremblaient, son front qui suait et ses joues qui brûlaient alors qu'il était transi de froid par la morsure de la bise. Deux jours. Dans deux jours, il se tiendrait de nouveau à cet endroit, mais dans le sens du retour, et aurait déjà oublié avoir juré ne plus jamais recommencer.

Il lâcha la lisse et, troquant le froid pour la chaleur, ouvrit la porte qui l'amena à l'un des escaliers principaux, où des visages inconnus se dirigeaient vers les cabines.

Il ne voulait pas dormir, ne pouvait pas dormir, pas encore.

Cela n'avait pas grand-chose d'un bar ; le *M/F Wawel* avait beau être l'un des plus grands ferries faisant le service entre le nord de la Pologne et le sud de la Suède, les tables recouvertes de miettes et les chaises munies de quatre minces morceaux de bois pour tout dossier suggéraient qu'on n'était pas censé rester là bien longtemps.

Il transpirait encore, regardait droit devant lui, les mains en quête de son sandwich et de son verre de bière, et s'efforçait de masquer sa peur. Quelques gorgées, une demi-tranche de fromage, luttant toujours contre la nausée il avait espéré qu'un nouveau goût effacerait les autres dans sa bouche : d'abord le gros morceau de porc gras qu'il avait été contraint de manger jusqu'à ce que son estomac en soit bien imprégné, puis ce truc jaunâtre au milieu d'une masse de caoutchouc brun. Ils avaient compté à voix haute chaque fois qu'il avalait, deux cents fois, jusqu'à ce que les balles de caoutchouc finissent par égratigner sa gorge.

— *Czy podać panu coś jeszcze ?*

La jeune serveuse le regarda, mais il secoua la tête, pas ce soir, rien d'autre.

La chaleur de ses joues n'était plus maintenant qu'une

vague sensation, et c'est un visage tout blanc qu'il vit dans le miroir près de la caisse lorsqu'il repoussa aussi loin que possible sur le comptoir le plateau contenant le verre plein et le sandwich intact, et le montra du doigt pour signifier à la serveuse de l'emporter.

— *Postawić ci piwo ?*

Lui demanda un homme de son âge, légèrement ivre, du genre de ceux qui cherchent à parler avec n'importe qui pour éviter de se sentir seul. Il continua à regarder droit devant lui le visage tout blanc dans le miroir, sans même se retourner. Difficile de savoir avec certitude qui était la personne qui posait la question et pourquoi. Quelqu'un qui prenait place près de lui en faisant semblant d'être ivre et lui offrait une bière pouvait être parfaitement au fait de la raison de son voyage. Il posa vingt euros près de l'addition, sur le plateau argenté, et quitta cette salle déserte aux tables vides où résonnait une musique sans intérêt.

Il aurait aimé hurler de soif et sa langue cherchait un surcroît de salive pour humecter temporairement toute cette sécheresse, mais il n'osait pas boire, tellement il avait peur de vomir, de ne pas être en mesure de garder tout ce qu'il avait avalé.

Il devait pourtant tout garder, sinon – il savait ce qui se passerait – il était un homme mort.

Il écoutait les oiseaux comme il le faisait souvent à la fin de l'après-midi, quand l'air chaud venu de quelque part dans l'Atlantique laissait lentement la place à la fraîcheur d'une nouvelle soirée de printemps. C'était le moment de la journée qu'il préférait, il avait fini ce qu'il avait à faire mais était tout sauf fatigué, et avait donc quelques bonnes heures devant lui avant de devoir se coucher dans l'étroit lit d'hôtel, pour tenter de dormir dans cette pièce saturée de solitude.

Erik Wilson laissa la fraîcheur effleurer son visage ; il ferma les yeux un bref instant pour éviter la lumière des puissants projecteurs qui inondaient tout ce qui se trouvait aux alentours d'une lumière trop blanche. Il pencha la tête en arrière, regarda d'un œil méfiant les gros rouleaux de barbelés hérissés qui surélevaient encore un peu plus la clôture et lutta contre l'étrange impression qu'ils allaient dégringoler sur lui.

Quelques centaines de mètres plus loin, il perçut le bruit d'un groupe de personnes se déplaçant à travers la vaste zone éclairée recouverte d'asphalte.

Six hommes vêtus de noir, devant, à côté, et derrière un septième.

Une voiture tout aussi noire les filait lentement.

Wilson observait chacun de leurs pas avec curiosité. *Escorte de personne protégée. Escorte en espace découvert.*

Soudain, un autre bruit prit le dessus. Des coups de feu. Quelqu'un tirait sur le groupe des coups précis et rapides. Immobile, Erik Wilson vit les deux hommes en noir les plus proches de la personne protégée se jeter sur elle et la plaquer au sol, puis les quatre autres se retourner et chercher d'où provenaient les tirs.

Comme Wilson, ils identifièrent l'arme au son qu'elle faisait.

Une kalachnikov.

Depuis un passage entre deux bâtiments bas, à quarante ou cinquante mètres de là.

Les oiseaux qui chantaient peu avant avaient disparu et le vent chaud qui allait bientôt fraîchir était tombé.

À travers la clôture, Erik Wilson put observer chaque mouvement, entendre chaque silence. Les hommes en noir ripostèrent, la voiture accéléra vivement et vint se porter à la hauteur de la personne protégée et faire barrage aux coups de feu continuant à provenir des deux bâtiments, à intervalles réguliers. Quelques secondes, pas plus, puis celui qui faisait l'objet de cette protection fut hissé sur le siège arrière du véhicule, par la portière ouverte, et disparut dans l'obscurité.

— Bien.

La voix venait d'en haut.

— C'est bon pour ce soir.

Les haut-parleurs avaient été placés juste sous les énormes projecteurs. Le président avait survécu un jour de plus. Wilson s'étira, prêta l'oreille, les oiseaux étaient de retour. Étrange endroit. C'était la troisième fois qu'il se rendait, aussi loin au sud de l'État de Géorgie qu'on puisse aller, au FLETC (Federal Law Enforcement Training Center), base militaire de l'État fédéral et camp d'entraînement de toutes les organisations policières – DEA, ATF, US Marshals, Border Patrol –, ainsi que de ceux qui venaient de sauver à nouveau la nation : les agents du Secret Service. Il en était certain, en regardant le tarmac éclairé : c'était leur voiture, leur personnel ; ils s'entraînaient souvent à cette heure de la journée.

Il continua à marcher le long de cette clôture qui marquait la frontière avec une autre réalité. On respirait mieux ici ; il avait toujours aimé ce temps, tellement plus clair et plus chaud que l'attente, à Stockholm, d'un été qui ne venait jamais.

L'hôtel ressemblait à n'importe quel autre, il traversa le hall d'entrée vers le restaurant coûteux et vieillot mais changea d'avis et continua son chemin en direction des ascenseurs, pour monter au onzième étage de ce bâtiment qui, durant quelques jours, quelques semaines ou quelques mois était le foyer de tous ceux qui participaient à ces formations.

Il faisait une chaleur étouffante dans sa chambre. Il ouvrit la fenêtre donnant sur le vaste terrain d'entraînement, observa pendant un moment cette lumière éblouissante, alluma la télévision et navigua parmi des chaînes diffusant toutes la même émission. Il laissa le poste allumé, bien décidé à ce qu'il le reste jusqu'à ce qu'il aille se coucher, car c'était la seule chose qui puisse apporter un semblant de vie à une chambre d'hôtel.

Il ne tenait pas en place.

Une inquiétude se propageait à l'intérieur de son corps, partant de l'estomac pour atteindre les jambes et les pieds, et l'obligeant à se lever du bord du lit pour s'étirer, puis gagner le bureau sur la surface brillante duquel cinq téléphones portables étaient alignés à quelques centimètres l'un de l'autre, cinq appareils identiques placés entre la lampe surmontée d'un abat-jour un peu trop grand et le sous-main en cuir sombre.

Il les souleva un par un pour lire ce qui était inscrit sur l'écran. Sur les quatre premiers, aucun appel ni message.

Le cinquième, il le vit avant même que sa main ne s'en empare.

Huit appels en absence.

Tous passés depuis le même numéro.

C'était lui-même qui l'avait voulu ainsi. Cet appareil ne recevait les appels que d'un seul correspondant. Et il n'en appelait qu'un seul.

Deux cartes prépayées ne s'appelant que l'une l'autre. Si quelqu'un décidait de mener des investigations à partir de ces portables, il ne trouverait aucun nom, juste deux numéros s'appelant l'un l'autre, deux abonnés inconnus absolument impossibles à identifier.

Il regarda les quatre autres appareils posés sur le bureau. Ils fonctionnaient sur le même mode, n'appelaient et n'étaient appelés que par un seul numéro inconnu.

Huit appels en absence.

Erik Wilson prit celui qui appartenait à Paula.

Il fit le calcul. Plus de minuit, en Suède. Il composa le numéro.

La voix de Paula.

— Il faut qu'on se voie. Au cinq. Dans une heure très précisément.

Le cinq.

Le 15 de Vulcanusgatan et le 17 de Sankt Eriksplan.

— Impossible.

— Il faut qu'on se voie.

— Impossible. Je suis à l'étranger.

Lourde respiration. Toute proche. Et pourtant à plusieurs milliers de kilomètres.

— Alors on a un putain de problème, Erik. On effectue une grosse livraison dans douze heures.

— Annule-la.

— Trop tard. Quinze mules polonaises sont en route.

Erik Wilson se rassit sur le bord du lit, sur le couvre-lit un peu froissé.

Une grosse affaire.

Paula avait infiltré l'organisation en profondeur, plus loin que quiconque auparavant.

— Laisse tomber. Maintenant.

— Tu sais que c'est pas comme ça que ça se passe. Que je dois continuer. Sinon je prends deux balles dans la tête.

— Je te dis de laisser tomber. Je ne pourrai pas te venir en aide. Alors tu vas m'écouter et tu vas laisser tomber, nom de Dieu !

Quand quelqu'un raccroche au beau milieu d'une conversation téléphonique, le silence qui suit est particulier, troublant. Wilson n'avait jamais aimé ce vide électronique ; que quelqu'un d'autre que lui décide que l'appel était terminé.

Il s'approcha de nouveau de la fenêtre, scruta la vive

lumière qui semblait rétrécir la grande cour et presque la noyer dans le blanc.

La voix avait été tendue, presque effrayée.

Erik Wilson regardait le téléphone portable dans sa main. Il observait le silence.

Paula allait devoir faire cavalier seul.

Lundi

Il avait arrêté la voiture au milieu du pont de Lidingö.

Le soleil avait percé les ténèbres pour la première fois peu après trois heures, puis avait fait du remue-ménage dans le ciel et l'obscurité ne reviendrait pas avant tard le soir. Ewert Grens baissa sa vitre, regarda en direction de l'eau et inspira l'air encore frais ; alors que l'aube se changeait en matin et que cette satanée nuit le laissait enfin en paix.

Il traversa l'île endormie jusqu'à cette belle maison, en haut d'une falaise, surplombant les bateaux qui passaient au-dessous. Il se gara sur l'espace asphalté désert, ôta la radio de bord du chargeur et fixa le micro au revers de sa veste. Il l'avait toujours laissée dans la voiture, quand il lui rendait visite, nulle communication n'était plus importante que la leur, mais dorénavant, il n'y avait plus rien à perturber.

Cela faisait vingt-neuf ans, sans interruption, qu'Ewert Grens allait, une fois par semaine, dans cet établissement de soins. Même si quelqu'un d'autre occupait sa chambre, maintenant. Il avança jusqu'à ce qui avait été sa fenêtre, derrière laquelle elle s'asseyait pour contempler le monde et près de laquelle il prenait place, lui, pour tenter de comprendre ce qu'elle cherchait vraiment.

La seule personne en qui il avait jamais eu confiance.

Elle lui manquait affreusement. Ce foutu vide se cramponnait à lui, il avait beau courir toutes les nuits pour lui échapper, celui-ci le pourchassait et il ne parvenait pas à s'en débarrasser. Il lui criait dessus, en vain, le respirait toujours et n'avait aucune idée du moyen de le faire disparaître.

— Commissaire Grens.

La voix venait de la porte en verre qui, normalement, était ouverte quand il faisait beau et que tous les fauteuils roulants prenaient place autour de la table du balcon. Susann, l'étudiante en médecine qui, selon le badge qu'elle portait sur la poche de poitrine de sa blouse blanche, était à présent interne, les avait accompagnés, Anni et lui, dans ce bateau de l'archipel et l'avait mis en garde contre la tentation de *trop* espérer.

— Bonjour.

— Encore vous.

— Oui.

Il ne l'avait pas revue depuis bien longtemps, l'époque où Anni était encore en vie.

— Pourquoi faites-vous cela ?

Il regarda en direction de la fenêtre vide.

— Que voulez-vous dire ?

— Pourquoi vous infligez-vous cela ?

La chambre était plongée dans l'obscurité ; la personne qui y vivait maintenant dormait encore.

— Je ne comprends pas.

— Cela fait douze mardis de suite que je vous vois là, dehors.

— C'est interdit, ou quoi ?

— Le même jour de la semaine, à la même heure. Comme avant.

Ewert Grens ne répondit pas.

— Comme quand elle était encore vivante.

Susann descendit une marche de l'escalier.

— Vous vous faites du mal.

Elle haussa la voix.

— Être en deuil, c'est une chose. Mais vous ne pouvez pas le gérer comme un emploi du temps. Vous ne vivez pas *avec* le deuil. Vous vivez *pour* lui. Vous vous y accrochez, vous vous cachez derrière lui. Vous ne comprenez donc pas, commissaire Grens ? Ce que vous redoutez est déjà arrivé.

Il regardait la fenêtre obscure : le soleil y reflétait l'image d'un vieil homme qui ne savait que dire.

— Il faut lâcher prise. Poursuivre votre chemin. En dehors de toute routine.

— Elle me manque tellement.

Susann quitta l'escalier, saisit la poignée de la porte de la terrasse, sur le point de la fermer, mais s'arrêta à mi-chemin pour crier :

— Je ne veux plus vous revoir ici !

C'était un bel appartement, au quatrième étage du numéro 79 de Västmannagatan. Trois vastes pièces dans un bâtiment ancien, des plafonds très hauts, des planchers en bois traité et une très belle lumière grâce aux fenêtres qui donnaient également sur Vanadisvägen.

Piet Hoffmann ouvrit le réfrigérateur de la cuisine et en sortit un autre litre de lait.

Il regarda l'homme allongé sur le sol, le visage penché sur un sceau en plastique rouge. Un petit merdeux de Varsovie, délinquant minable, toxico et boutonneux, aux dents pourries, et portant des vêtements élimés. Il le frappa dans les côtes avec le bout pointu de sa chaussure ; le pauvre type puant roula et vomit enfin : du lait et de petits morceaux de caoutchouc brun sur son pantalon et sur le sol en faux marbre luisant de la cuisine.

Il fallait qu'il boive encore. *Napij się kurwa*. Et vomisse encore.

Piet Hoffmann le frappa de nouveau, un peu moins fort cette fois, chaque capsule était enrobée dans une masse de caoutchouc brun pour éviter que les dix grammes d'amphétamines qu'elle contenait ne soient en contact direct avec l'estomac et il ne voulait pas risquer qu'un seul gramme ne se retrouve là où il ne fallait pas. L'individu malodorant qui se tordait à ses pieds était l'une des quinze mules qui, au cours de la nuit et de la matinée, avaient acheminé environ deux kilos chacune sur le *M/F Wawel* depuis Świnoujście, puis à bord du train d'Ystad, sans connaître les quatorze autres qui franchissaient la frontière et attendaient en divers endroits de Stockholm qu'on récupère ce qu'elles avaient ingurgité.

Il avait longtemps tenté de parler calmement, préférant cela, mais maintenant il hurlait de plus en plus fort *pij do cholery* en frappant le petit merdeux, nom de Dieu il allait le boire ce putain de pack de lait et *pij do cholery* vomir assez de ces putains de capsules pour que l'acheteur puisse vérifier la marchandise et l'évaluer.

Il pleurait, le petit maigrichon.

Il avait des taches de vomi sur le pantalon et la chemise, et son visage boutonneux était aussi blanc que le sol sur lequel il était allongé.

Piet Hoffmann arrêta de le frapper.

Il avait compté les fragments bruns qui nageaient dans le lait et n'avait pas besoin de plus pour le moment. Muni de gants à vaisselle, il repêcha la masse caoutchoutée, vingt boules presque rondes qu'il rinça sous le robinet de l'évier et éplucha par petits morceaux pour en extraire vingt petites capsules qu'il posa sur une des assiettes en porcelaine sorties du placard de la cuisine.

— Il y a encore du lait. Et d'autres cartons à pizza. Tu restes ici. Tu bois, tu manges et tu dégueules. On attend le reste.

Le salon était chaud, étouffant, les trois hommes assis à la table oblongue en chêne foncé transpiraient tous, trop chaudement vêtus et trop gavés d'adrénaline. Il ouvrit la porte du balcon et s'y attarda pour permettre à la fraîcheur extérieure de chasser l'air saturé.

Piet Hoffmann s'exprimait en polonais, les deux hommes auxquels il s'adressait préféraient cela.

— Il lui reste mille huit cents grammes. Occupez-vous-en. Et payez-le, quand il aura fini. Quatre pour cent.

Ils se ressemblaient comme deux gouttes d'eau, la quarantaine, costumes sombres de prix mais ayant l'air bon marché, crâne rasé qui, quand on était tout près, laissait voir une couronne de cheveux bruns, comme rasé de la veille, yeux absents, dépourvus de joie. D'ailleurs, aucun d'eux ne souriait bien souvent, en fait il n'en avait jamais vu un seul rire vraiment. Ils lui obéirent et passèrent dans la cuisine pour vider la mule vomissante allongée sur le sol. Après tout, c'était son affaire et aucun d'eux n'avait envie d'aller expliquer à Varsovie qu'une livraison avait foiré.

Il se tourna vers le troisième homme attablé, en s'exprimant maintenant en suédois.

— Voilà vingt capsules. Deux cents grammes. C'est assez pour évaluer.

Il regardait ce grand blond, bien en forme et du même âge que lui, à savoir dans les trente-cinq ans. Il portait un jean noir et un t-shirt blanc et tout un tas de bijoux en argent autour des doigts, des poignets, du cou. Il avait passé quatre ans à Tidaholm pour tentative d'assassinat et vingt-sept mois à Mariefred pour deux affaires de voies de fait aggravées. Tout collait. Malgré tout, il avait un sentiment qu'il n'arrivait pas à définir, l'impression que ce client portait un masque et qu'il jouait un rôle qui lui allait mal.

Piet Hoffmann continua à le regarder sortir une lame de rasoir de la poche de son jean, inciser une des capsules dans le sens de la longueur puis se pencher sur le plat de porcelaine pour en humer le contenu.

Cette sensation bien connue. Elle était toujours là.

Mais cet acheteur était peut-être simplement défoncé. Ou nerveux. Peut-être était-ce précisément pour cette raison que Piet avait appelé Erik en pleine nuit, à cause de ce fort pressentiment que quelque chose ne collait pas mais qu'il n'avait pas réussi à formuler au téléphone.

Cela sentait les fleurs, les tulipes.

Hoffmann était assis deux chaises plus loin mais percevait nettement cette odeur.

Le client avait haché menu la masse jaunâtre et dure pour en faire quelque chose ressemblant à de la poudre qu'il avait posée sur la lame du rasoir puis versée dans un verre vide. Il aspira vingt millilitres d'eau dans une seringue qu'il vida dans le verre. La poudre se dissolvait en un liquide clair et visqueux. Il hocha la tête, satisfait. Le mélange s'était rapidement dissous et avait donné un liquide clair. C'était bien de l'amphétamine et elle était aussi forte que le vendeur l'avait promis.

— Tidaholm. Quatre ans. C'est ça ?

Cela faisait professionnel. Mais il ne le sentait toujours pas.

Piet Hoffmann tira l'assiette de capsules à lui, attendant la réponse.

— De 97 à 2000. Mais j'y suis resté que trois ans. Remise de peine pour bonne conduite.

— Quelle unité ?

Hoffmann scruta le visage qui lui faisait face.

Pas un de ses muscles ne bougea, pas le moindre clignement de paupières ni autre signe de nervosité.

Il avait parlé suédois avec un léger accent, sans doute celui d'un pays voisin, Piet penchait pour un Danois ou un Norvégien. Le client se leva soudain et l'une de ses mains frôla d'un peu trop près le visage de Piet en un mouvement de colère. Cela collait toujours, mais trop tard, ce genre de chose se remarque, il aurait dû s'énerver beaucoup plus tôt et faire ce geste dès le début, *tu ne me fais pas confiance, sale bâtard.*

— T'as vu le jugement, non ?

Maintenant, on aurait dit qu'il *jouait* à être énervé.

— *Quelle unité*, je te demande ?

— Bloc C. De 97 à 99.

— Bloc C. Où ça ?

Et il s'énervait trop tard.

— À quoi tu joues, putain ?

— *Où ça* ?

— Bloc C. À Tidaholm, les unités ont pas de numéros.

Il sourit.

Piet Hoffmann lui rendit son sourire.

— Avec qui t'étais ?

— Ça suffit comme ça, bordel !

Le client éleva la voix, pour avoir l'air encore un peu plus énervé, plus insulté.

Mais Hoffmann entendait une autre chanson.

Quelque chose ressemblant à un manque d'assurance.

— On continue ou pas ? Je croyais que tu m'avais demandé de venir parce que tu avais quelque chose à vendre ?

— *Avec qui t'étais ?*

— Skåne. Mio. Josef Libanon. Virtanen. Le Comte. Il t'en faut combien ?

— Qui d'autre ?

L'homme était toujours debout et fit un premier pas vers Hoffmann.

— Si tu continues, j'arrête tout.

Il vint se poster tout près et l'argent étincela sur ses poignets et ses doigts quand il plaça la main juste devant le visage de Piet Hoffmann.

— T'en auras pas d'autres. Ça suffit. À toi de voir si on continue ou non.

— Josef Libanon est interdit de territoire à vie et a disparu après avoir atterri à Beyrouth, il y a trois mois et demi. Virtanen a été interné l'année dernière à l'unité psychiatrique de haute sécurité de Säter, en état de psychose chronique et hors d'état de communiquer. Mio, lui, est mort et enterré…

Les deux hommes en costumes de luxe et au crâne rasé avaient entendu le ton de la conversation monter et ouvert la porte de la cuisine.

Hoffmann leur fit signe de ne pas approcher.

— Il est dans une sablière près d'Ålstäket, sur Värmdö, avec deux trous à l'arrière gauche de la tête.

Il y avait maintenant dans la pièce trois personnes qui parlaient une langue étrangère.

Piet Hoffmann surprit le client à lancer un coup d'œil circulaire, comme s'il cherchait un moyen de s'échapper.

— Josef Libanon, Virtanen, Mio. Je continue : Skåne, tellement imbibé qu'il se souvient plus s'il était à Tidaholm ou à Kumla ou pourquoi pas à Hall. Quant au Comte… le personnel de la prison de Härnösand a dû couper le drap avec lequel il s'est pendu. Tu les as bien choisis, tes cinq noms. Y en a pas un qui peut confirmer que t'étais bien en taule avec eux.

L'un des hommes en costume, celui qui s'appelait Mariusz, fit un pas en avant un pistolet à la main, un Radom noir fabriqué en Pologne qui avait l'air tout neuf, et le braqua vers la tête de l'acheteur. Piet Hoffman lui cria plusieurs fois de suite *utspokój się do diabla*, il fallait qu'il se calme, nom de Dieu, qu'il arrête de pointer son pistolet sur la tempe de qui que ce soit, *utspokój się do diabla*, enfin merde, quoi.

Le pouce sur le cran de sûreté, Mariusz éclata de rire, ramena lentement l'arme vers lui puis l'abaissa, et Hoffmann reprit, de nouveau en suédois.

— Tu connais Frank Stein ?

Hoffmann scruta attentivement le client. Ses yeux auraient dû paraître énervés, offensés voire furieux, maintenant.

Or, ils étaient stressés et effrayés, et le bras couvert d'argent tentait de le dissimuler.

— Tu sais bien que oui.

— Bon. Qui c'est, alors ?

— Bloc C à Tidaholm. C'est mon sixième nom. T'es content ?

Piet Hoffmann prit son téléphone portable sur la table.

— Alors t'as rien contre l'idée de lui causer ? Puisque vous étiez en taule ensemble ?

Il leva l'appareil devant son visage, photographia les yeux qui l'observaient et composa un numéro appris par cœur. Ils se dévisagèrent l'un l'autre en silence alors qu'il envoyait la photo et composait de nouveau le numéro.

Mariusz et Jerzy, les deux hommes en costume, s'entretinrent avec véhémence. *Z drugiej strony*. Mariusz devait se déplacer, se poster de l'autre côté, à droite de l'acheteur. *Blizej głowy*. Puis s'approcher encore un peu, lever son arme et la placer contre sa tempe droite.

— Excuse mes amis de Varsovie, ils sont un peu à cran.

Quelqu'un répondit, au bout du fil.

Piet Hoffmann lui parla brièvement, puis leva l'écran du téléphone, révélant l'image d'un homme aux longs cheveux foncés attachés en queue-de-cheval et au visage qui n'était plus tout jeune.

— Frank Stein.

Hoffmann soutint le regard inquiet de l'acheteur jusqu'à ce qu'il baisse les yeux.

— Tu prétends toujours que vous vous connaissez ?

Il éteignit le téléphone et le reposa sur la table.

— Mes deux amis ne parlent pas suédois. Alors je vais te le dire à toi tout seul.

Il lança un coup d'œil rapide aux deux hommes qui venaient de se rapprocher et discutaient pour savoir de quel côté ils devaient se placer pour pointer le canon du pistolet contre la tête de l'acheteur.

— Toi et moi, on a un problème. Étant donné que t'es pas celui que tu prétends être. Je te donne deux minutes pour m'expliquer qui tu es, en réalité.

— Je vois pas ce que tu veux dire.

— Arrête. Ça suffit, les conneries. C'est trop tard. Dis-moi simplement qui tu es, bordel. Et tout de suite. Parce que, à la différence de mes amis, je considère que les cadavres créent des problèmes et qu'ils sont sacrément mauvais payeurs.

Ils attendirent. Tous deux. Que quelqu'un parle plus fort que ce claquement monotone qui sortait de la bouche de l'homme pressant de plus en plus son Radom contre la peau fine de la tempe de l'acheteur.

— T'as bien bossé pour te créer un passé crédible et tu sais que ça a foiré parce que t'as sous-estimé à qui tu avais affaire. Cette organisation a pour base des officiers du service du renseignement polonais et je peux trouver tout ce que je veux sur toi. Je peux demander où tu es allé à l'école et tu peux me répondre la leçon que t'as apprise mais, sur un simple appel, je peux savoir si c'est vrai. Je peux te demander le nom de ta mère, si ton chien est vacciné, de quelle couleur est ta nouvelle machine à café. Un seul appel et je saurai si c'est vrai. C'est d'ailleurs ce que je viens de faire, passer un coup de fil. Et Frank Stein ne te connaît pas. Vous n'étiez pas ensemble à Tidaholm pour la bonne raison que tu n'y étais pas. Le jugement que tu m'as montré était un faux destiné à te permettre de venir faire semblant d'acheter de l'amphétamine toute fraîche. *Alors, pour la dernière fois*. Explique-moi qui tu es. Et peut-être, je dis bien peut-être, que je pourrai convaincre ces deux-là de ne pas appuyer sur la détente.

Mariusz serrait la crosse de son pistolet, le claquement était de plus en plus fort et fréquent, il n'avait pas saisi de quoi parlaient Hoffmann et l'acheteur, mais comprenait que quelque chose était sur le point d'éclater. Il s'écria en polonais : *De quoi vous parlez, putain ? Qui c'est, ce type, merde ?* Puis il arma son pistolet.

— D'accord.

Le client sentit un mur d'agressivité immédiate, crispée et imprévisible se dresser autour de lui.

— Je suis de la police.

Mariusz et Jerzy ne comprenaient pas le suédois.

Mais le mot *police* n'a pas besoin de traduction.

Ils se remirent à se crier dessus, surtout Jerzy, qui hurla à Mariusz de tirer nom de Dieu, tandis que Piet Hoffmann levait les deux bras et faisait un pas vers eux.

— Reculez !

— Mais c'est un flic !

— Je m'en occupe !

— Pas maintenant !

Piet Hoffmann s'élança vers eux, mais il n'y arriverait pas à temps. Celui qui avait l'acier du canon pressé contre la tempe le savait : il se mit à trembler et son visage se crispa.

— Je suis de la police, merde, fais-le dégager !

Jerzy avait sans doute baissé un peu la voix et il était *bliżej*, presque calme, quand il dit à Mariusz de se placer tout près et, *z drugiej strony*, de changer une nouvelle fois de côté, parce qu'il valait mieux tirer sur l'autre tempe, malgré tout.

Il était encore couché dans son lit, c'était un de ces matins où le corps refuse de se réveiller et où le monde vous paraît lointain.

Erik Wilson inspira l'air humide.

Il faisait encore froid, quand la fenêtre ouverte laissa pénétrer la fraîcheur du petit matin du sud de la Géorgie, mais cela n'allait pas durer et la journée promettait d'être encore plus chaude que la veille. Il tenta de suivre du regard le mouvement des grandes pales du ventilateur qui tournoyaient au-dessus de sa tête, au plafond, mais dut s'interrompre lorsque ses yeux s'emplirent de larmes. Il avait dormi par tranches d'une heure. Quatre fois, au cours de la nuit, il s'était entretenu avec Paula, dont la voix lui avait paru de plus en plus tendue, avec un timbre qu'il ne lui connaissait pas, stressé et désespéré, à la limite de l'extinction.

Cela faisait un bon moment que lui parvenaient les bruits familiers des grands terrains d'entraînement du FLETC, il devait donc être sept heures passées, ce qui correspondait au début de l'après-midi en Suède, et ils en auraient bientôt terminé.

Il se redressa, un oreiller derrière le dos. De son lit, il voyait, par la fenêtre, le jour levé depuis longtemps. Le carré d'asphalte sur lequel le Secret Service avait tiré pour sauver le président, la veille, était certes vide, et l'on n'entendait que le silence qui fait suite à toute fusillade simulée mais, sur le terrain d'entraînement suivant, à quelques centaines de mètres de là, se trouvaient un certain nombre de lève-tôt de la Border Patrol vêtus d'un uniforme de type militaire qui couraient en direction d'un hélicoptère blanc et vert en train d'atterrir près d'eux. Erik Wilson compta jusqu'à huit hommes qui montèrent à bord de l'appareil avant qu'il ne disparaisse dans le ciel.

Il se leva, prit une douche froide, ce qui lui fit presque de l'effet, la nuit s'éclaircit, ainsi que ses conversations avec la peur.

« Je veux que tu arrêtes.

— Tu sais que je ne peux pas.

— Tu risques de dix à quatorze ans.

— Si je ne mène pas l'opération à bien, Erik, si je recule maintenant, si je le fais sans avoir une putain de bonne raison… je risque encore beaucoup plus. Ma vie. »

Chaque fois, et de bien des façons différentes, Erik Wilson avait tenté d'expliquer qu'aucune livraison ni vente ne pouvait et ne devait avoir lieu sans lui. Mais il n'était parvenu à rien, ni avec l'acheteur, ni avec le vendeur et les mules déjà sur place à Stockholm.

Il était trop tard pour tout annuler.

Il aurait le temps de prendre un petit déjeuner rapide, avec crêpes aux myrtilles, bacon et ce pain à la mie bien légère. Une tasse de café noir et le *New York Times*. Il prenait toujours place à la même table, dans un coin tranquille de la grande salle à manger, préférant garder ses matins pour lui.

Jamais encore il n'avait travaillé avec quelqu'un comme Paula. Quelqu'un de vif, futé et plein de sang-froid, qui avait infiltré une organisation comme personne auparavant. En ce moment, il collaborait avec cinq agents et Paula surpassait les quatre autres réunis, déployant presque trop de talent pour un criminel.

Une nouvelle tasse de café et il dut se dépêcher de retourner dans sa chambre : il était en retard.

Devant la fenêtre ouverte, l'hélicoptère vert et blanc ronronnait à une belle hauteur. Trois hommes en uniforme de la Border Patrol étaient accrochés au câble qui pendait, à environ un mètre de distance les uns des autres, et se laissaient descendre dans ce qui était censé être la périlleuse zone frontalière avec le Mexique. Un exercice de plus, il y en avait toujours un en cours, dans le secteur. Cela faisait à peine une semaine qu'Erik Wilson résidait sur cette base militaire de l'est des États-Unis et il ne lui en restait plus que deux avant d'avoir suivi la totalité de cette session de formation pour policiers européens en matière de renseignement, d'infiltration et de protection de témoins.

Il referma la fenêtre, les femmes de chambre n'aimant guère qu'elles restent ouvertes, sans doute à cause du nouveau système d'air conditionné de l'hôtel des officiers qui cessait de fonctionner si tout le monde aérait la sienne quand cela lui chantait. Il changea de chemise et vit dans sa glace un grand homme blond d'âge moyen qui aurait déjà dû être en route vers une journée en salle de cours en compagnie de policiers de quatre États des États-Unis.

Il resta planté là. Huit heures trois. Ils devaient en avoir terminé maintenant.

Le téléphone portable de Paula sonna.

Erik Wilson n'eut même pas le temps de poser la question.

— Ça a complètement foiré.

Sven Sundkvist n'avait sans doute pas appris à apprécier les longs couloirs sombres et parfois assez poussiéreux de la brigade de recherches. Il avait travaillé pendant toute sa vie professionnelle à la police du commissariat central et, depuis son bureau, tout au fond, pas très loin des boîtes aux lettres et des distributeurs automatiques, il avait eu tout loisir de se familiariser avec chaque type de crime recensé dans le Code pénal. Ce matin-là, il s'arrêta net en passant devant la porte ouverte du bureau de son chef, alors qu'il s'apprêtait à pénétrer dans l'obscurité et la poussière.

— Ewert ?

Le grand homme assez corpulent se déplaçait à quatre pattes le long de l'un des murs de la pièce.

Sven frappa doucement au chambranle de la porte.

— Ewert ?

Ewert Grens ne l'entendit pas. Il continua à ramper parmi de grandes boîtes brunes en carton et Sven réprima un sentiment de malaise. Dix-huit mois auparavant, il lui était déjà arrivé de croiser le tapageur commissaire de la police judiciaire dans un autre service de l'hôtel de police. Grens était alors au sous-sol, serrant dans ses bras les documents d'une vieille enquête et répétant lentement deux phrases. *Elle est morte. Je l'ai tuée.* C'était une enquête vieille de vingt-sept ans sur l'agression d'un agent de police, une jeune femme qui avait été grièvement blessée et ne serait plus capable de vivre ailleurs que dans un établissement de soins. Quand il prit connaissance du rapport par la suite, Sven Sundkvist avait déjà rencontré son nom à plusieurs reprises. Anni Grens. Mais il ne lui était jamais venu à l'idée que ces deux-là avaient été mariés.

— Qu'est-ce que tu fabriques, Ewert ?

Il était en train d'empaqueter quelque chose dans les grands cartons bruns. Ça, c'était évident. Mais quoi ? Sven Sundkvist frappa de nouveau. Il n'y avait pas le moindre bruit, dans ce bureau, et pourtant Ewert Grens ne l'entendit pas.

Cela avait été une étrange période.

Comme c'est le cas pour toutes les personnes en deuil, la première réaction d'Ewert avait d'abord été le déni – *ce n'est pas arrivé* – puis la colère – *pourquoi me font-ils ça* – mais il n'était pas parvenu à passer à la phase suivante et n'avait fait que persévérer dans sa colère, sa façon à lui de gérer la plupart des choses. Le processus de deuil d'Ewert n'avait sans doute commencé que récemment, quelques semaines auparavant. Il était moins en colère, plus réservé, parlait moins et pensait probablement davantage.

Sven pénétra dans le bureau. Ewert l'entendit, mais il ne se tourna pas et se contenta de soupirer fortement comme il le faisait quand il était agacé.

Quelque chose le tracassait. Ce n'était pas Sven, quelque chose le tarabustait depuis sa visite à l'établissement de soins qui, en temps normal, l'apaisait. Susann, l'étudiante en médecine qui avait été présente si longtemps et s'était si bien occupée d'Anni, était maintenant interne. Ses commentaires, ses réticences, « vous ne pouvez pas gérer votre deuil comme un emploi du temps », c'était quand même vachement facile pour une jeune fille de Lidingö d'aller répandre partout sa sagesse de gamine de vingt-cinq ans. « Ce que vous redoutez est déjà arrivé », qu'est-ce qu'elle connaît de la solitude, enfin merde ?

Il était revenu de là-bas, au volant, plus vite qu'il ne l'aurait souhaité, s'était rendu directement à la réserve de l'hôtel de police, avait récupéré trois cartons de déménagement et, sans savoir pourquoi, les avait transportés dans le bureau qu'il occupait depuis aussi longtemps qu'il s'en souvenait. Il était resté planté devant les étagères, au fond de la pièce, et devant les seules choses ayant de la valeur à ses yeux : les cassettes de chansons de Siw Malmkvist qu'il avait enregistrées et mixées lui-même, les pochettes de 33 tours des années soixante avec leurs couleurs criardes, les photos de Siwan qu'il avait prises un soir au Folkets Park de Kristianstad, tout ce qui datait d'une époque où ça allait bien.

Il s'était mis à tout emballer, bien enveloppé dans du papier journal, et avait empilé carton sur carton.

— Elle n'existe plus.

Ewert Grens était assis par terre et regardait le carton brun.

— Tu m'entends, Sven ? Elle ne chantera plus jamais dans ce bureau.

Déni, colère, deuil.

De l'endroit où il se tenait, juste derrière son chef, Sven Sundkvist pouvait contempler son crâne chauve, puis il revit des images des fois où il avait patienté pendant qu'Ewert, seul dans son bureau à l'éclairage sinistre, tôt le matin et tard le soir, se balançait lentement pour danser sur la voix de Siw Malmkvist avec quelqu'un qui n'était plus de ce monde mais qu'il serrait entre ses bras. Sven se dit que cette musique agaçante allait lui manquer, ces paroles qui s'étaient frayé un chemin en lui jusqu'à les fredonner par cœur et qui étaient maintenant une partie intrinsèque de toutes ses années de travail avec Ewert Grens.

Ces images allaient lui manquer.

Alors qu'il aurait dû se réjouir qu'elles aient enfin disparu.

Ewert avait passé sa vie d'adulte avec une béquille sous chaque bras. Anni et Siw Malmkvist. Maintenant, il allait devoir marcher tout seul. C'était probablement la raison pour laquelle il se traînait par terre dans cette pièce.

Sven prit place sur le sofa fatigué et le regarda soulever la dernière boîte pour la déposer sur les deux autres, dans un coin de la pièce, puis la sceller avec soin et précision au moyen de ruban adhésif. Déterminé et en nage, Ewert Grens poussa les cartons jusqu'à ce qu'ils soient où il voulait. Sven faillit lui demander comment il se sentait vraiment, mais ne le fit pas, cela aurait été une erreur, un égard surtout envers lui-même, car ce que faisait Ewert était une réponse suffisante, il était en train de passer à autre chose, mais sans en être conscient pour le moment.

— Qu'est-ce que t'as fait ?

Elle n'avait pas frappé.

Elle était entrée directement dans le bureau et s'était arrêtée net devant l'absence de musique et le trou béant sur l'étagère, près du bureau.

— Qu'est-ce que t'as fait, Ewert ?

Mariana Hermansson regarda Sven, qui hocha d'abord la tête en direction du vide de l'étagère puis de la pile de cartons. Jamais encore elle n'avait mis les pieds dans ce bureau sans entendre la musique, le passé, Siw Malmkvist. Elle ne le reconnaissait pas, sans ce fond sonore.

— Ewert…

— Qu'est-ce que tu voulais ?

— Savoir ce que t'as fait.

— Elle n'existe plus.

Hermansson avança jusqu'à l'étagère vide, passa un doigt le long des traces de poussière laissées par les cassettes, le lecteur, les haut-parleurs, et même la photo en noir et blanc de la chanteuse qui étaient restés au même endroit pendant toutes ces années.

— *Elle* n'existe pas ?

— Non.

— Qui ça ?

— Elle.

— Qui ? Anni ? Ou Siw Malmkvist ?

Ewert se retourna enfin pour la regarder.

— Tu désirais quelque chose, Hermansson ?

Il était toujours assis sur le sol, appuyé contre les cartons et le mur. Il était en deuil depuis près d'un an et demi, maintenant, oscillant entre la dépression nerveuse et la folie. Cela avait été une période terrible et, à plusieurs reprises, elle lui avait dit d'aller se faire voir, pour s'excuser aussitôt après, chaque fois. En quelques occasions, elle avait même été sur le point d'abandonner la partie, démissionner et partir loin de l'amertume de cet homme brisé, qui ne semblait ne jamais devoir prendre fin. Elle avait peu à peu commencé à croire qu'un jour il capitulerait, se décomposerait totalement et se coucherait pour ne plus jamais se relever. Mais, au milieu de toute sa souffrance, ce visage portait une sorte de détermination, une résolution qui n'y était pas jusqu'à présent.

Quelques cartons, un grand vide sur une étagère, ce genre de choses pouvait traduire un soulagement inattendu.

— Oui. J'avais quelque chose à te dire. On vient de recevoir un appel. Du 79 Västmannagatan.

Elle sentait bien qu'il l'écoutait, avec cette intensité qu'elle avait presque oubliée.

— Une exécution.

Piet Hoffmann regarda par l'une des grandes fenêtres du bel appartement. C'était un autre logement, dans une autre partie du centre de Stockholm, mais ils se ressemblaient : tous les deux des trois pièces soigneusement rénovés et tous les deux hauts de plafond, avec des murs de couleur claire. Dans celui-ci, en revanche, il n'y avait pas d'acheteur potentiel gisant sur le parquet, un trou béant dans une tempe et deux dans l'autre.

Sur le large trottoir, des groupes de personnes bien habillées se rendaient impatiemment à une matinée de performances au grand théâtre pour voir des pitres hors d'haleine entrer sur scène et en sortir par différentes portes en hurlant leurs répliques.

Parfois, il aspirait à ce genre d'existence, une vie ordinaire, avec la seule compagnie de gens ordinaires pour faire ensemble des choses ordinaires.

Il abandonna cette population endimanchée et fiévreuse, ainsi que la fenêtre donnant à la fois sur Vasagatan et sur Kungsbron, traversa les vastes pièces de l'appartement, sa chambre et le bureau avec sa table de travail à l'ancienne, deux armoires à fusils fermées à clé et une cheminée qui fonctionnait très bien. Il perçut les vomissements de la dernière mule dans la cuisine, cela faisait un moment que cela durait, elle n'avait pas l'habitude, il fallait plusieurs voyages pour s'y faire. Près de l'évier, Jerzy et Mariusz étaient en train de ramasser une à une, munis de gants de vaisselle jaunes, les boules en caoutchouc brun que la jeune femme vomissait, avec le lait et le reste, dans les deux seaux posés sur le sol devant elle. C'était la quinzième et dernière. Ils s'étaient occupés de la première dans Västmannagatan, mais avaient dû attendre d'être ici pour les autres. Piet Hoffmann n'aimait pas cela. Cet appartement était son refuge, sa façade, et il ne voulait pas qu'il puisse être associé en quoi que ce soit à la drogue ou aux Polonais. Mais il y avait eu urgence. Le coup avait foiré. Un homme s'était retrouvé avec les tempes en bouillie. Il observa Mariusz, l'homme au crâne rasé et au luxueux costume qui avait tué quelques heures auparavant seulement, mais ne laissait rien paraître. Ou bien il en était incapable, ou bien c'était un parfait professionnel. Hoffmann n'avait pas peur de lui, ni de Jerzy, mais il éprouvait pour eux un certain respect : ils ne reculaient devant rien ; s'il avait éveillé leurs soupçons quant à sa loyauté, le coup de feu qui avait été tiré aurait aussi bien pu l'être dans sa propre tête.

La colère dissipa la frustration qui, à son tour, dissipa son malaise et il eut du mal à rester calme.

Il avait été présent et n'avait pas pu empêcher cela.

Les en empêcher aurait été signer son arrêt de mort.

Alors, quelqu'un d'autre était mort à la place.

La jeune femme devant lui en avait terminé. Il ne la connaissait pas, car ils ne s'étaient jamais rencontrés. Il lui suffisait de savoir qu'elle s'appelait Irina et qu'elle venait de Gdańsk, qu'elle avait vingt-deux ans, était étudiante et prête à prendre des risques dépassant l'entendement. C'était donc une mule parfaite, exactement le genre qu'il leur fallait. Il y avait bien sûr les autres, les milliers de camés issus des banlieues des grandes villes, prêts à vendre leurs corps comme conteneurs pour des sommes encore plus ridicules que ce qu'on donnait à des gens comme elle ; mais ils avaient appris à ne pas avoir recours aux toxicos, qui étaient peu fiables et vomissaient parfois bien avant la destination finale.

En lui : colère, frustration et malaise, mais à vrai dire encore d'autres émotions, d'autres pensées.

Il n'y avait pas eu d'opération. En revanche, une livraison qu'il n'avait pas été capable de contrôler.

Il n'y avait pas eu de résultat. À ce stade, les deux Polonais auraient dû être de retour à Varsovie et lui servir à dénicher et identifier un partenaire supplémentaire.

Il n'y avait pas eu d'affaire. Ils avaient fait passer quinze mules pour rien, dix expérimentées auxquelles ils avaient eu recours auparavant avec deux cents capsules chacune, et cinq nouvelles avec cent cinquante, pour un total de plus de vingt-sept kilos d'amphétamine pure, ce qui, une fois celle-ci coupée pour la revente, équivalait à quatre-vingt-un kilos qu'on pouvait écouler à cent cinquante couronnes le gramme.

Mais, sans appui, il n'y avait pas d'opération, pas de résultat, même pas d'affaire.

Ce n'était plus qu'une livraison non contrôlée qui se soldait par un meurtre.

Piet Hoffmann adressa un bref signe de tête à la jeune femme au visage blême. L'argent était prêt, en rouleaux, dans la poche de son pantalon, depuis le matin.

Il en sortit le dernier et fit défiler les billets devant elle pour qu'elle voie que le compte y était. C'était une des nouvelles et elle n'avait pas encore atteint le niveau que l'organisation attendait d'elle. Pour son premier voyage, elle n'avait acheminé que cinq cents grammes qui, une fois coupés pour la revente, équivalaient à trois fois plus, pour une valeur totale de six cent soixante-quinze mille couronnes.

— Tes quatre pour cent. Vingt-sept mille couronnes. Mais j'ai arrondi vers le haut. Trois mille euros. Si tu es capable d'en avaler davantage, la prochaine fois, tu gagneras encore plus. À chaque livraison, ton estomac s'agrandit.

Elle était belle, même si son visage était blême et la racine de ses cheveux en sueur, même après avoir passé plusieurs heures à genoux, à vomir, dans un trois pièces suédois.

— Et mes billets pour le voyage.

Piet Hoffmann fit un signe à Jerzy, qui sortit deux billets de la poche intérieure de sa veste. Un pour le train de Stockholm à Ystad et un pour le ferry d'Ystad à Świnoujście. Il les lui tendit et elle était sur le point de les saisir quand il retira sa main avec un sourire. Il attendit un instant, les lui tendit à nouveau, ce sur quoi elle avança une nouvelle fois la main et il retira encore la sienne.

— Elle les a bien mérités, merde !

Hoffmann lui arracha les billets de la main et les remit à la jeune femme.

— On te contactera. Quand on aura encore besoin de toi.

Colère, frustration, malaise.

Ils étaient de nouveau seuls dans cet appartement qui faisait office de bureau pour l'une des entreprises de sécurité privée de Stockholm.

— Cette opération, c'était moi qui la conduisais.

Piet Hoffmann fit un pas pour s'approcher de l'homme qui avait tué quelqu'un ce matin même.

— Dans ce pays, c'est *moi* qui parle la langue et *moi* qui donne les ordres.

C'était plus que de la colère. C'était de la rage. Il l'avait gardée en lui depuis le coup de feu. Il avait d'abord fallu s'occuper des mules, leur faire rendre gorge, sécuriser la livraison. Cette rage, il ne pouvait la laisser s'exprimer que maintenant.

— Si quelqu'un doit tirer, c'est sur mon ordre et rien que sur *mon* ordre.

Il ne savait pas au juste d'où venait cette colère ni pourquoi elle était si forte. Si c'était la déception de n'avoir pu identifier un partenaire. Si c'était la frustration qu'un homme sans doute en mission comme lui ait été tué sans raison.

— Et le pistolet, où il est, putain ?

Mariusz désigna sa poitrine et la poche intérieure de sa veste.

— Tu viens de tuer quelqu'un. Ça vaut perpète. Et t'es assez stupide pour conserver le pistolet dans ta poche intérieure ?

La colère et autre chose encore le déchiraient. *Vous devriez être de retour en Pologne pour faire votre rapport*. Il refoula un sentiment qui pouvait tout aussi bien être de la peur, s'avança vers l'homme qui montrait sa poche intérieure en souriant et s'arrêta juste devant son visage. *Joue ton rôle*. Il ne s'agissait de rien d'autre, en fait, de pouvoir et de respect, de prendre et ne pas lâcher. *Joue ton rôle ou meurs*.

— C'était un flic.

— Comment tu le sais, merde ?

— C'est lui qui l'a dit.

— Depuis quand tu parles suédois ?

Piet Hoffmann respira profondément et se sentit énervé et fatigué, en se dirigeant vers la table de cuisine ronde et les vases en métal contenant deux mille sept cent cinquante capsules régurgitées et nettoyées, soit vingt-sept bons kilos d'amphétamine pure.

— Il a parlé de la police. Je l'ai entendu. Et toi aussi.

Hoffmann ne se retourna pas pour répondre.

— Tu as participé à la même réunion que moi, à Varsovie. Tu savais de quoi il retournait. Jusqu'à ce qu'on en ait terminé ici, c'est moi, et moi seul, qui décide.

Il avait été mal assis durant le court trajet entre Kronoberg et Vasastan. Ou plus exactement, assis *sur* quelque chose. Quand Mariana Hermansson tourna dans Västmannagatan et que la voiture approcha du numéro 79, Ewert Grens se souleva légèrement en tâtant le siège avec la main. Deux cassettes. Des compilations de Siwan. Il prit les deux boîtes en plastique rigide, regarda ces cassettes qu'il aurait dû emballer aussi, puis en direction du siège avant et de la boîte à gants, où il y en avait deux autres. Il se pencha et les glissa le plus loin possible sous le siège passager. Il avait autant peur d'être à côté d'elles que d'oublier d'emporter ces quatre derniers fragments d'une autre vie qui auraient maintenant dû se trouver dans un carton scellé par du ruban adhésif.

Ewert Grens préférait s'asseoir là, sur le siège arrière.

Il n'avait plus de musique à écouter, pas plus que d'envie d'entendre les fréquents appels de la radio de bord ou d'y répondre. De plus, Hermansson conduisait mieux que Sven ou lui, dans la circulation très dense de la capitale.

Il y avait déjà foule : trois voitures de police plus la camionnette Volkswagen bleu foncé de la police scientifique garées en double file devant la série ininterrompue des voitures des résidents. Mariana Hermansson ralentit, monta sur le trottoir et s'arrêta devant une porte d'entrée gardée par deux policiers en uniforme. Ils étaient tous deux jeunes et pâles, et celui qui était le plus proche bondit presque vers la voiture. Hermansson savait ce qu'il voulait et, à l'instant où il allait frapper à la vitre, elle baissa celle-ci et montra sa plaque.

— Nous sommes enquêteurs. Tous les trois.

Elle lui sourit, car non seulement il avait l'air jeune mais il l'était sans doute encore plus qu'elle. C'était sûrement un débutant, il n'y en avait pas beaucoup qui ne reconnaissaient pas Ewert Grens.

— C'est vous qui avez répondu à l'appel ?

— Oui.

— Qui a donné l'alerte ?

— Il était anonyme, selon le central.

— Vous avez parlé d'exécution ?

— On a dit que ça *ressemblait* à une exécution. Vous comprendrez quand vous serez là-haut.

La porte la plus éloignée de l'ascenseur, au cinquième étage, était ouverte. Un autre collègue en uniforme montait la garde. Il était plus âgé, avait plus d'années de service et reconnut donc Sundkvist, à qui il adressa un signe de tête. Deux pas derrière lui, Hermansson tenait à la main sa plaque, prête à la montrer en cas de nécessité. Elle se demandait si elle serait assez longtemps dans la police pour être reconnue par d'autres que ses collègues les plus proches. N'étant pas du genre à rester en place, c'était peu probable.

Ils revêtirent blouses blanches et couvre-chaussures transparents, puis entrèrent. Ewert prenait son temps et arriverait plus tard.

Un couloir très étroit, une chambre à coucher avec pour seul mobilier un lit d'une personne, une cuisine avec de beaux placards peints d'une sorte de couleur verte et un bureau avec table de travail abandonnée et étagères vides.

Restait une pièce.

Ils se regardèrent, avant d'y pénétrer.

Il n'y avait en fait qu'un seul meuble, dans ce salon. Une grande table en chêne rectangulaire et six chaises assorties. Quatre d'entre elles étaient placées contre la table, la cinquième un peu plus loin et de biais, comme si quelqu'un s'y était assis et s'était levé brusquement. La sixième était sur le sol et ils approchèrent pour tenter de comprendre pourquoi elle était tombée.

C'est sans doute la tache sombre sur le tapis qu'ils virent en premier.

Une assez grande tache, irrégulière, presque brunâtre, d'un diamètre de quarante à cinquante centimètres.

Puis ils virent la tête.

Elle était au milieu de la tache, posée dessus comme si elle flottait. La victime semblait assez jeune, il était difficile de le dire avec précision étant donné que son visage était entièrement mutilé, mais son corps était musclé et ses vêtements du genre que les hommes plus âgés portent rarement, à savoir bottes noires, jean noir, t-shirt blanc, et de nombreux bijoux en argent autour du cou, des doigts et des poignets.

Sven Sundkvist tenta de se concentrer sur le pistolet que l'homme tenait dans la main droite.

Si seulement il arrivait à le regarder assez longtemps et se coupait de tout le reste, peut-être serait-il débarrassé de cette horrible mort qu'il ne comprendrait jamais.

L'arme était noire et luisante, calibre neuf millimètres, et d'une marque qu'il n'avait pas souvent vue sur les scènes de crime : un Radom, de fabrication polonaise. Il l'étudia attentivement, pour prendre ses distances par rapport à cette vie qui venait de se terminer sur le luxueux tapis en y laissant une tache sombre. La culasse semblait s'être enrayée en position de tir, car on voyait clairement la balle arrêtée à mi-course dans le canon. Il examina ensuite celui-ci, la crosse, le cran de sûreté, cherchant quelque chose sur quoi poser le regard, n'importe quoi sauf la mort.

Nils Krantz de la police scientifique se tenait un peu plus loin, flanqué de deux collègues plus jeunes. Trois techniciens qui à eux tous scruteraient chaque centimètre carré de la pièce. Au moyen d'un Caméscope, l'un d'eux filmait quelque chose sur le papier blanc du mur. Sven fit un pas pour s'éloigner de la tête et regarda ce sur quoi était pointée la caméra : une légère décoloration.

— Le cadavre présente *un seul* orifice d'entrée d'*une seule et unique* balle dans la tête

Nils Krantz s'était glissé derrière le collègue qui filmait et était donc tout près de l'oreille de Sven Sundkvist.

— Mais *deux* orifices de sortie.

Sven se détourna du papier peint et de la décoloration pour écouter Krantz d'un air intrigué.

— Et l'orifice d'entrée est plus grand que les deux de sortie parce que le coup de feu a été tiré à bout touchant.

Sven entendait ce que lui disait Krantz. Mais il ne le comprenait pas. Pourtant, il décida de ne pas poser de question, pour ne pas savoir, et suivit à la place le doigt pointé sur la décoloration du papier peint.

— Par ailleurs, ce que nous venons de filmer et que tu es en train de suivre vient du mort, plus précisément de sa cervelle.

Sven Sundkvist respira lentement. Il avait voulu prendre ses distances par rapport à la mort et choisi pour cela de se concentrer sur une décoloration du papier peint, mais cela n'avait fait que rendre le contact avec la mort aussi concret que possible. Il baissa les yeux et vit Ewert Grens pénétrer dans la pièce.

— Sven ?

— Oui ?

— Est-ce que tu ne devrais pas descendre prendre la déposition des collègues qui ont reçu l'appel ? Peut-être celles des voisins, aussi ? Enfin, tous ceux qui ne sont pas *ici*.

Sven regarda son chef avec gratitude, se hâta de s'éloigner des taches sombres sur les tapis et des décolorations sur les papiers peints, tandis qu'Ewert Grens, lui, s'accroupissait pour s'approcher du corps sans vie.

La hiérarchie était restaurée. Mais ils allaient recommencer. Et il devrait gagner chaque fois.

Continue à jouer ton rôle. Ou meurs.

Debout entre Mariusz et Jerzy, autour de la table ronde de Hoffmann Security, il vidait les deux mille sept cent cinquante capsules d'amphétamine. La dernière livraison de l'usine de Siedlce. Avec des gants médicaux en latex blanc, ils avaient d'abord retiré tout le caoutchouc brun chargé de protéger l'estomac des mules contre les fuites, puis un coup de couteau au centre de la capsule libérait la poudre dans de grands bols en verre, pour la mélanger à du glucose. Un tiers d'amphétamine de l'est de la Pologne pour deux tiers de glucose du Konsum d'Odengatan. Vingt-sept kilos de drogue pure devenus quatre-vingt-un vendables dans la rue.

Piet Hoffmann plaça un bocal en métal sur une balance de cuisine et y versa exactement mille grammes d'amphétamine coupée. Une feuille de papier d'aluminium posée avec soin sur la poudre, puis quelque chose qui ressemblait à un morceau de sucre sur la feuille. Il approcha une allumette de la tablette de métaldéhyde et, quand le carré blanc se mit à brûler, ferma le couvercle du bocal. La flamme s'éteindrait dès que l'oxygène viendrait à manquer et le kilo d'amphétamine serait emballé sous vide.

Il renouvela quatre-vingt-une fois l'opération, bocal après bocal.

— L'essence ?

Jerzy ouvrit le flacon d'essence chimiquement pure, aspergea du liquide incolore qu'il contenait le couvercle et les bords des bocaux, puis frotta les parties métalliques avec du coton. Il enflamma ensuite une nouvelle allumette puis étouffa dix secondes plus tard la flamme bleuâtre au moyen d'un chiffon.

Toutes les empreintes digitales avaient disparu.

Les taches de sang étaient sans doute plus petites sur le tapis de l'entrée, un peu plus grosses sur le mur de l'autre côté de la vaste salle de séjour, plus encore sur la table et surtout sur le sol autour de la chaise renversée. Elles étaient aussi de plus en plus sombres et plus épaisses au fur et à mesure qu'on approchait du cadavre, la plus nette étant la grande qu'il y avait sur le tapis, dans laquelle reposait la tête sans vie.

Ewert Grens était si près que, si le défunt se mettait tout à coup à chuchoter, il aurait pu l'entendre. Mais ce mort-là ne sentait plus rien, il n'avait même pas de nom.

— L'orifice d'entrée, Ewert. Ici.

Nils Krantz avait filmé, photographié et rampé à quatre pattes, c'était l'un des rares professionnels en qui Grens avait confiance, parce qu'il avait prouvé suffisamment de fois qu'il était de ceux qui ne privilégiaient pas la réponse très simple qui lui permettrait de rentrer chez lui une heure plus tôt, pour regarder la télé.

— Quelqu'un a appuyé fortement le pistolet contre sa tête. La pression du gaz entre le canon et la tempe était donc énorme. Comme tu le vois toi-même, la moitié du côté du crâne a été arrachée.

La peau du visage était déjà grisâtre, les yeux vides, et la bouche n'était qu'un trait qui ne parlerait jamais plus.

— Je ne comprends pas. Un orifice d'entrée. Mais deux de sortie ?

Krantz posa la main près du trou, gros comme une balle de tennis, au centre du côté droit de la tête.

— En trente ans, je n'ai vu ça que quelques fois. Mais ça arrive. Et l'autopsie confirmera qu'il ne s'agit que d'un seul et unique coup. J'en suis sûr et certain.

Il tira la manche de la blouse blanche de Grens, sa voix était presque enthousiaste.

— Un seul coup contre la tempe. La balle semi-blindée, moitié plomb moitié titane, s'est subdivisée en touchant l'un des os du crâne.

Krantz se leva et tendit le bras en l'air. C'était un vieil appartement et le plafond était haut de trois mètres vingt. À part quelques craquelures, il était en bon état, exception faite de ce que montrait le technicien : une profonde entaille dans la peinture blanche.

— C'est là qu'on a extrait une moitié de la balle.

De petits morceaux de béton étaient tombés quand des doigts avaient récupéré délicatement le morceau de métal.

Un peu plus loin, une fissure bien plus grande, dans du bois, cette fois.

— L'autre moitié était ici. La porte de la cuisine devait donc être fermée.

— Je ne sais pas, Nils.

Ewert Grens était toujours près de cette tête présentant trop de trous.

— L'appel mentionnait une exécution. Mais, à y regarder de près… ça pourrait aussi bien être un suicide.

— Quelqu'un a essayé de le faire croire.

— Qu'est-ce que tu veux dire ?

Krantz posa le pied près de la main tenant le pistolet.

— Ça m'a tout l'air d'une mise en scène. Je pense que quelqu'un lui a tiré dessus et a *ensuite* placé l'arme dans sa paume.

Il passa dans l'entrée et revint aussitôt avec un sac noir.

— Je vais vérifier. Un test de résidu de tir sur la main. Comme ça, on sera sûrs.

Ewert se mit à calculer et jeta un coup d'œil à Hermansson, qui le lui rendit.

Une heure et quarante-cinq minutes s'étaient écoulées depuis que l'alerte avait été donnée, ils avaient encore pas mal de temps. Le corps n'avait pas encore pu attirer assez de particules étrangères pour fausser le test.

Krantz ouvrit son sac et en sortit un tube rond muni de ruban à empreintes digitales adhésif à une extrémité, appuya celui-ci à plusieurs reprises sur la main du cadavre, en particulier sur la zone située entre l'index et le pouce. Puis il passa dans la cuisine, où un microscope était placé sur le plan de travail, posa l'adhésif sur une plaque de verre et l'examina à travers l'oculaire.

Quelques secondes suffirent.

— Aucun résidu.

— Comme tu le pensais.

— La main qui tient le pistolet n'a donc pas tiré.

Il se retourna.

— C'est un meurtre, Ewert.

Il leva le bras gauche vers l'épaule droite et tira la lanière de cuir jusqu'à ce que la pression sur ses épaules se relâche et qu'il puisse tenir le holster d'une seule main. Il l'ouvrit et en sortit un pistolet de marque Radom, calibre neuf millimètres. Puis il ouvrit le chargeur et inséra la dernière balle, les quatorze étaient à présent en place.

Piet Hoffmann resta une brève seconde sans bouger ; il pouvait entendre sa propre respiration.

Il était seul dans la pièce et dans l'appartement avec vue sur Vasagatan et Kungsbron. La dernière mule était maintenant dans un train vers le sud depuis deux heures et Mariusz et Jerzy venaient de démarrer, en route pour la même destination.

La journée avait été longue, mais ce n'était encore que l'après-midi et il devait rester éveillé de nombreuses heures.

Les deux armoires à fusils étaient derrière le bureau. Elles étaient identiques, un mètre de haut sur un de large, avec un petit compartiment vide au sommet et un autre, nettement plus grand, en dessous, contenant deux armes. Il plaça le pistolet en haut de la première armoire et le chargeur plein à la même hauteur, dans l'autre.

Il fit le tour de ces pièces qui, depuis deux ans,

servaient de bureau à la société Hoffmann Security AB, une des nombreuses filiales de la maison mère Wojtek Security International. Il avait rendu visite à la plupart d'entre elles à un moment ou à un autre et à plusieurs reprises à celles situées le plus au nord : à Helsinki, Copenhague et Oslo.

La cheminée était magnifique, avec son carrelage sombre et son cadre blanc, le genre dont Zofia rêvait depuis longtemps pour leur maison. Il prit une poignée de brindilles sèches au fond du panier à bois, y mit le feu et attendit que les bûches un peu plus grosses et épaisses qu'il avait placées par-dessus soient embrasées, avant de se dévêtir. Veste, pantalon, chemise, slip et chaussettes disparurent dans des flammes presque jaunes. Puis ce fut au tour des vêtements de Jerzy et Mariusz. Les flammes étaient maintenant rouge vif et il resta un moment nu devant elles pour apprécier leur chaleur, jusqu'à ce qu'elles baissent suffisamment d'intensité pour qu'il puisse s'enfermer dans la salle de bains, se doucher et se débarrasser de cette saloperie de journée.

Quelqu'un avait eu les tempes arrachées par un coup de feu.

Quelqu'un qui effectuait probablement la même mission que lui, mais dont la couverture avait été moins bien élaborée.

Il tourna le robinet et l'eau brûlante frappa sa peau, testant son seuil de tolérance à la douleur ; s'il continuait comme ça, son corps s'engourdirait lentement et se laisserait envahir par un calme étrange.

Il y avait trop longtemps qu'il faisait ça et il lui arrivait d'oublier qui il était. Cela l'effrayait de penser que sa vie en tant que quelqu'un d'autre empiétait sur celle de mari et de père et sur les journées qu'il passait dans une belle maison au cœur d'un quartier où les voisins tondaient leur pelouse et nettoyaient leurs parterres de fleurs.

Hugo et Rasmus.

Il avait promis d'aller les chercher à quatre heures. Il referma le robinet et prit une serviette propre sur l'étagère, à côté de la glace. Il était presque quatre heures et demie. Il se précipita dans le bureau, vérifia que le feu était en train de s'éteindre lentement, ouvrit l'armoire et en sortit une chemise blanche, une veste grise et un jean usé.

Il vous reste soixante secondes pour quitter l'appartement et le fermer à clé.

Il sursauta et comprit aussitôt qu'il ne s'habituerait jamais à la voix électronique qui s'adressait à lui depuis la serrure codée de la porte d'entrée à partir de l'instant où il entrait les six chiffres corrects.

Votre alarme sera activée dans cinquante secondes.

Il devait immédiatement prendre contact avec Varsovie, il aurait déjà dû le faire mais avait délibérément attendu, voulant d'abord s'assurer que la livraison soit en sécurité.

Votre alarme sera activée dans quarante secondes.

Il referma la grille et la grosse porte d'entrée de Hoffmann Security AB. C'était ainsi que travaillait l'organisation. De même que toutes les branches de la mafia de l'Est. Piet Hoffmann se rappelait encore sa visite, un an auparavant, à Saint-Pétersbourg, ville aux huit cents entreprises de sécurité fondées par d'anciens agents du KGB et du renseignement. Autres façades mais activité identique.

Il était à mi-chemin dans l'escalier quand l'un de ses deux téléphones se mit à sonner.

— Attends une minute.

Comme il s'était garé un peu plus loin dans Vasagatan, il attendit d'être à bord de sa voiture pour poursuivre la conversation sans risque d'être entendu.

— Oui ?

— Tu as besoin de mon aide.

— C'était hier.

— J'ai réservé mon billet de retour et serai à Stockholm dès demain. On se voit au cinq à onze heures. Je crois que tu devrais faire un voyage, toi aussi, avant ça. Pour ta crédibilité.

Les trous béants dans la tête du mort semblaient encore plus gros vus de loin.

Ewert Grens avait suivi Nils Krantz dans la cuisine, mais au bout d'un moment, il s'était retourné pour observer l'homme avec *un* orifice d'entrée dans la tempe droite et *deux* de sortie dans la gauche. Il enquêtait sur des meurtres depuis autant d'années que celui qui gisait sur le sol en comptait dans son existence et il en avait tiré une seule conclusion : chaque mort était unique, avait sa propre histoire, son déroulement, ses conséquences. Il rencontrait chaque fois quelque chose qu'il n'avait jamais vu auparavant et, dès qu'il s'approchait d'yeux au regard vide, il savait qu'ils pointaient dans une direction où il ne pouvait aller.

Il se demanda où cette mort-là s'arrêtait, ce que ces yeux-là avaient vu et vers quoi ils allaient pointer.

— Tu veux savoir ou pas ?

Krantz était accroupi sur le sol de la cuisine et attendait depuis un peu trop longtemps.

— Sinon, j'ai un peu autre chose à faire.

Il avait posé la main près d'une fente dans le sol en marbre. Ewert Grens hocha la tête.

— Cette tache, là. Tu la vois ?

Gens vit en effet quelque chose de blanc aux bords irréguliers.

— Des traces de vomi qui datent sûrement de moins de douze heures. Il y en a un peu partout dans le secteur.

Le technicien dessina un petit cercle en l'air avec la main.

— Contenant toutes des restes de nourriture et de la bile. Et aussi quelque chose de bien plus intéressant. Des morceaux de caoutchouc.

Grens approcha le visage et vit, à au moins trois endroits, des taches blanches aux bords irréguliers.

— Le caoutchouc est en partie corrodé, sans doute par l'acide gastrique.

Krantz releva la tête.

— Et les traces de caoutchouc dans les vomissures, on sait ce que ça signifie, hein ?

Ewert Grens poussa un profond soupir.

Le caoutchouc, cela signifiait des conteneurs humains. Et des conteneurs humains, cela évoquait une livraison de drogue. Un cadavre en lien avec une livraison de drogue, c'était un meurtre lié au trafic de stupéfiants. Et ce genre de meurtre, c'était toujours une énigme et beaucoup d'heures de travail, beaucoup de ressources à mettre en œuvre.

— Une mule qui a livré à cet endroit précis, dans la cuisine, ce qu'elle a avalé.

Il se tourna vers la salle de séjour.

— Et lui ? Qu'est-ce qu'on sait de lui ?

— Rien.

— Rien ?

— Pas encore. Il faut bien que tu fasses quelque chose, Grens.

Ewert retourna dans la salle de séjour, vers celui qui n'existait plus. Il l'observa pendant que deux hommes le prenaient par les bras et les jambes, le soulevaient et le déposaient dans un sac en plastique noir dont ils remontaient la fermeture Éclair avant de le placer sur un brancard en métal qui eut juste la place de passer quand ils l'emportèrent par l'étroite entrée.

Après Vasagatan, il s'était retrouvé coincé dans les bouchons de Söderleden, au niveau de Slussen. Il était près de cinq heures et il y avait une heure qu'il aurait dû être à l'école maternelle.

Au volant, Piet Hoffmann tentait désespérément de conjurer le stress, la chaleur et l'énervement contre une circulation de l'après-midi à laquelle il ne pouvait rien. Trois files de voitures à l'arrêt, aussi loin qu'il était possible de voir dans le tunnel. Pour mener cette lutte contre la grande ville, il s'aidait en pensant au visage de Zofia, si doux à caresser, aux yeux de Hugo quand il faisait du vélo tout seul ou aux cheveux de Rasmus, couverts de soupe aux fruits d'églantier et de jus d'orange, qui pointaient dans toutes les directions. Ce fut inefficace. « Avec qui t'étais ? » Les images de ceux qu'il aimait se fondaient chaque fois avec celles d'une livraison dans un appartement de Västmannagatan qui s'était terminée par une mort. « Skåne. Mio. Josef Libanon. Virtanen. Le Comte. Il t'en faut combien ? » Un autre infiltré chargé de la même mission que lui. « Qui d'autre ? » Un autre infiltré qui s'était retrouvé en face de lui, mais qui jouait moins bien son rôle. *Qui d'autre !* Lui qui savait mieux que quiconque à quoi ressemble un faux passé, comment il est construit et quelles questions on doit poser pour le percer à jour. Ils avaient travaillé pour la police, chacun de leur côté, s'étaient retrouvés au même endroit et il n'avait pas eu le choix, bon sang, sinon ils seraient morts tous les deux, à l'heure actuelle ; un seul mort c'était bien suffisant, un qui ne soit pas lui.

Il avait déjà vu des gens mourir. Ce n'était pas cela. Son quotidien et sa crédibilité l'exigeaient, et il avait appris à ne pas penser à ces morts qui n'étaient pas des proches. Mais l'opération avait été menée sous sa responsabilité, un meurtre, il risquait la prison à vie.

Erik avait appelé de l'aéroport de Jacksonville. Neuf ans à figurer sur la liste officieuse des salariés des autorités de police suédoises comme employé secret du gouvernement avaient appris à Piet Hoffmann qu'il était précieux et les autorités avaient déjà effacé certaines infractions qu'il avait commises aussi bien en service qu'en dehors. Erik Wilson pourrait donc éliminer celle-là aussi. La police était douée en la matière, il suffisait en général de quelques rapports secrets sur le bureau du bon chef de service.

La température avait encore monté dans la voiture à l'arrêt, et Piet Hoffmann dut éponger la sueur qui coulait le long du col de sa chemise, alors que ces foutues files se remettaient à avancer. Il fixa une plaque d'immatriculation progressant lentement, à quelques mètres devant lui, et força les images de Hugo, de Rasmus et de sa vie réelle à lui revenir à l'esprit. Vingt minutes plus tard, il descendait de sa voiture sur le parking des visiteurs de Hagtornsgården, au cœur du grand quartier d'immeubles d'Enskededalen.

Il approcha de la porte d'entrée et s'arrêta net, la main en l'air, à quelques centimètres de la poignée. Il écouta les voix d'enfants turbulents en train de jouer bruyamment et sourit, profitant quelques secondes du meilleur moment de la journée. Il allait ouvrir la porte quand il s'interrompit à nouveau, comme si un poids était tombé sur ses épaules, et passa rapidement la main sous sa veste, avant de pousser un long soupir de soulagement : il avait *bien* enlevé son holster.

Il ouvrit la porte. Cela sentait bon la pâtisserie, le goûter des enfants, assis l'un près de l'autre à une table de la salle à manger. Le bruit venait de plus loin, de la grande salle de jeux. Il s'assit sur une chaise basse dans le vestibule, près des petites chaussures et des vestes colorées accrochées à des porte-manteaux marqués du nom des enfants et décorés d'éléphants dessinés de leurs propres mains.

Il adressa un signe de tête à une jeune femme, nouvelle employée de l'école.

— Bonjour.

— Vous êtes le papa de Hugo et de Rasmus ?

— Comment avez-vous deviné ? Je n'ai pas…

— Il n'en reste plus beaucoup d'autres.

Elle disparut derrière une étagère de puzzles usagés et de briques de bois carrées et revint aussitôt accompagnée de deux enfants de trois et cinq ans qui firent rire son cœur.

— Salut, papa.

— Salut salut, papa.

— Salut salut salut, papa.

— Salut salut salut…

— Salut, mes deux garçons. Vous avez gagné tous les deux. On n'a pas le temps de savoir qui a dit le plus de fois *salut* pour aujourd'hui. Ce sera pour demain. D'accord ?

Il attrapa une veste rouge et l'enfila sur les bras tendus de Rasmus, puis l'attira dans ses bras pour remplacer des chaussons par des chaussures, sur une paire de pieds qui ne parvenaient pas à rester en place. Puis il se pencha en avant et jeta un bref coup d'œil sur ses propres chaussures. Merde. Il avait oublié de les mettre dans la cheminée, elles aussi. Le noir qui brillait dessus pouvait être signe de mort, des fragments de peau, du sang et de la matière cérébrale, il faudrait qu'il les brûle dès qu'ils seraient rentrés.

Il vérifia que le siège enfant était bien placé sur la banquette avant et fixé aussi solidement qu'il le fallait. Rasmus était déjà en train de détacher, comme d'habitude, de petits morceaux du tissu de la housse. Celui de Hugo était plutôt un cube rigide sur lequel s'asseoir et il vérifia la ceinture de sécurité tout en déposant un baiser sur sa joue douce.

— Papa doit juste passer un coup de fil. Vous voulez bien rester sages, un petit moment ? Je promets d'avoir fini avant qu'on passe sous Nynäsvägen.

De l'amphétamine en capsules, des sièges pour enfants attachés comme il fallait, des chaussures qui luisaient de fragments de mort.

Pour le moment il ne parvenait pas vraiment à saisir que c'étaient là les différentes composantes de son quotidien.

Il éteignit son téléphone au moment même où la voiture s'engagea sur la bretelle, où la circulation était très dense. Il avait réussi à passer deux brefs appels, le premier à une agence de voyages pour réserver une place sur le dernier vol SAS à destination de Varsovie, à dix-huit heures cinquante-cinq, et le second à Henryk, son contact au siège social, pour organiser une réunion sur place, trois heures plus tard.

— J'y suis arrivé. J'ai terminé juste avant qu'on atteigne la route. Maintenant, je ne vais plus parler qu'avec vous.

— C'était ton boulot que t'avais au bout du fil ?

— Oui. C'était mon boulot.

Trois ans. Et il identifiait déjà les deux langues et ce pour quoi papa les utilisait. Il caressa les cheveux de Rasmus et sentit Hugo se pencher derrière lui pour dire quelque chose.

— Moi aussi je parle polonais. *Jeden*, *dwa*, *trzy*, *cztery*, *pięć*, *sześć*, *siedem*...

Il se tut, avant de poursuivre d'une voix un peu plus sombre.

— ... huit, neuf, dix.

— C'est bien. Tu connais beaucoup de chiffres.

— Je voudrais en connaître d'autres.

— *Osiem*, *dziewięć*, *dziesięć*.

— *Osiem*, *dziewięć*... *dziesięć* ?

— Maintenant, tu en connais d'autres.

Ils dépassèrent le fleuriste d'Enskede, Piet Hoffmann freina, recula et descendit.

— Attendez-moi un instant. Je reviens tout de suite.

Quelques centaines de mètres plus loin, une voiture de pompiers en plastique rouge était abandonnée au milieu d'une étroite allée de garage et il parvint à l'éviter de justesse mais en rayant légèrement le côté droit de sa voiture contre la clôture. Il détacha les ceintures de sécurité et les sièges d'enfant et resta planté là, à suivre du regard les petits pieds courant sur la pelouse d'un vert mousse. Ils se jetèrent tous deux à terre et rampèrent sous la haie basse séparant leur maison de la voisine, où vivaient trois enfants et deux chiens. Piet Hoffmann éclata de rire et sentit une douce chaleur se répandre dans son ventre et le long de son cou, au spectacle de leur joie et de leur énergie. Parfois, tout était très simple.

Il prit le bouquet et ouvrit la porte de la maison qu'ils avaient quittée à la hâte ce matin-là, un de ceux où tout met un peu plus de temps que d'habitude. Il allait laver les assiettes du petit déjeuner, toujours sur la table, et ramasser les vêtements jonchant le sol de chaque pièce du rez-de-chaussée, mais descendit d'abord l'escalier menant à la cave et à la chaufferie.

C'était le mois de mai et la commande automatique de la chaudière à mazout allait être désactivée un bon bout de temps. Il la mit en route manuellement, appuya sur le bouton rouge, ouvrit la trappe et écouta le mécanisme se déclencher et se mettre à chauffer. Il se pencha, délaça ses chaussures et les laissa tomber dans les flammes.

Les trois roses rouges devaient être placées au milieu de la table de la cuisine, dans le beau vase qu'ils avaient acheté un été à la verrerie de Kosta Boda, au milieu des assiettes de Zofia, Hugo et Rasmus à l'endroit où chacun d'eux prenait place depuis qu'ils avaient quitté l'appartement. Sur la première étagère du réfrigérateur, il prit cinq cents grammes de bœuf haché décongelé qu'il fit rissoler dans une poêle, puis du sel, du poivre, de la crème et deux boîtes de tomates en morceaux. Cela commençait à sentir bon, un doigt dans la poêle, et cela avait un agréable goût également. Une casserole à moitié remplie d'eau et une goutte d'huile pour éviter que les pâtes ne débordent.

Puis il monta dans sa chambre à l'étage. Le lit était défait et il enfonça le visage dans l'oreiller imprégné de l'odeur de Zofia. Son sac de voyage l'attendait dans l'armoire, toujours prêt pour le départ : deux passeports, un portefeuille contenant des euros, des zlotys et des dollars américains, une chemise, des chaussettes, des sous-vêtements et une trousse de toilette. Il le déposa dans le hall. L'eau avait commencé à bouillir et il y versa un demi-paquet de spaghettis. Il regarda l'heure. Cinq heures et demie. Ce serait juste, mais il aurait le temps.

Il faisait encore chaud dehors, les derniers rayons du soleil allaient disparaître derrière le toit de la maison voisine. Piet Hoffmann avança jusqu'à la haie, qu'il faudrait couper correctement cet été-là, et cria à ces deux garçons de l'autre côté que le repas était prêt. Un peu plus bas dans la ruelle, il entendit le taxi arriver, tourner et se garer sur l'allée du garage ; le camion de pompiers en plastique rouge échappa de justesse à une nouvelle collision.

— Salut.

— Salut.

Ils s'étreignirent comme ils avaient l'habitude de le faire, chaque fois il se disait qu'il ne pourrait plus la lâcher.

— Je ne vais pas avoir le temps de manger avec vous. Je dois aller à Varsovie ce soir. Une réunion urgente. Mais je reviens demain soir. D'accord ?

Elle haussa les épaules.

— Pas vraiment. J'avais tellement envie qu'on passe une soirée ensemble. Mais bon.

— J'ai préparé à manger. C'est sur la table. Je l'ai dit aux enfants, ils arrivent. Ou du moins, ils devraient.

Un rapide baiser sur sa bouche.

— Encore un. Tu le sais bien.

Un autre. Toujours un nombre pair. La main contre sa joue, deux baisers de plus.

— Ça fait trois maintenant. Encore un.

Il l'embrassa de nouveau. Ils se sourirent, puis il ramassa son sac et se dirigea vers la voiture en jetant un coup d'œil vers la haie et le trou par lequel les enfants devaient sortir.

Aucun signe d'eux. Mais cela ne le surprit pas.

Il sourit à nouveau et démarra la voiture.

Ewert Grens chercha sur le tapis qui disparaissait sous le siège passager et sous Sven Sundkvist. Il avait fourré deux cassettes là-dessous. Et deux autres attendaient dans la boîte à gants. Il allait les prendre, dans un moment, puis les emballer et les oublier.

Les deux jeunes policiers en uniforme avaient l'air un peu moins pâles alors qu'ils attendaient sur le trottoir, entre la voiture et l'entrée du 79 Västmannagatan. Hermansson démarra et avait commencé à reculer quand l'un d'eux frappa à la vitre. Sven la baissa.

— Qu'est-ce que vous en pensez ?

Ewert Grens se pencha depuis le siège arrière.

— T'avais raison. C'est une exécution.

C'était la fin de l'après-midi, dans ce pâté de maisons portant le nom de Kronoberg, et il fut difficile de trouver une place libre sur Bergsgatan. Hermansson tourna en rond autour des bâtiments vieillots de l'hôtel de police et, après en avoir fait trois fois le tour, elle se gara sur Kungsholmsgatan, en dépit des protestations d'Ewert, devant l'entrée de la police de Norrmalm et de la criminelle départementale. Grens adressa un vague signe de tête au gardien et franchit cette porte par laquelle il n'était pas passé depuis de nombreuses années, cela faisait longtemps qu'il avait appris à apprécier les routines et à s'y cramponner pour ne pas sombrer. Un couloir et un escalier étroit, et ils arrivèrent dans le central de la police départementale, cœur de ce vaste bâtiment. Dans cette pièce grande comme un petit terrain de football, un agent de police ou un employé civil était posté à un ordinateur sur deux et scrutait les trois petits écrans devant lui et ceux, bien plus grands, qui couvraient les murs du sol au plafond, prêts à traiter les quatre cents appels d'urgence qui parvenaient chaque jour au 112.

Chacun avec sa tasse de café, ils prirent place sur leur chaise, près d'une femme dans la cinquantaine, une des employées civiles, le genre à poser le bras sur la personne à qui elle parle.

— À quelle heure ?

— Midi trente-sept. Et environ une minute plus tôt.

La femme, la main toujours sur l'épaule d'Ewert, écrivit de l'autre 12.36.00, puis il y eut un silence qui parut long, comme c'est souvent le cas lorsque plusieurs personnes sont à l'écoute de rien.

Twelve thirty-six twenty.

Une voix électronique, en anglais comme presque toujours dans le monde de la police, suivie d'une voix réelle, celle d'une jeune femme qui pleurait en appelant au secours, à une adresse de Mariatorget, pour des violences domestiques.

Twelve thirty-seven ten.

Un enfant qui criait à propos d'un papa qui serait tombé dans un escalier et qui saignait vraiment très beaucoup de la joue et des cheveux.

Twelve thirty-seven fifty.

Quelque chose qui raclait.

Manifestement à l'intérieur d'un logement. Sans doute depuis un téléphone portable.

Un numéro inconnu sur l'écran.

— Une carte prépayée non identifiable.

L'opératrice avait ôté la main qu'elle avait posée sur Ewert Grens et, pour éviter tout nouveau contact corporel, il ne lui répondit pas. Cela faisait de nombreuses années que nul ne l'avait touché et il ne savait plus comment faire pour se détendre.

Central téléphonique d'urgence.

Nouveau raclement. Puis un bruit d'interférences assez confus. Et la voix d'un homme qui était tendu, stressé, mais tentait d'avoir l'air calme en chuchotant presque.

Un homme mort. 79 Västmannagatan.

En suédois. Sans accent. Mais il avait ajouté quelque chose et le bruit de fond rendait la dernière phrase difficilement compréhensible.

— Je désire l'entendre une nouvelle fois.

L'opératrice recula légèrement le curseur sur le repère temporel qui courait comme un ver noir sur l'un des écrans d'ordinateur.

Un homme mort. 79 Västmannagatan. Cinquième étage.

C'était tout. Le bruit de fond disparut, la communication était terminée. La voix électronique annonça sur son ton monotone *twelve thirty-eight thirty* et un vieil homme bouleversé signalait une attaque à main armée en cours dans un bureau de tabac de Karlavägen, lorsque Ewert se leva et remercia la femme pour son aide.

Ils longèrent ensemble les couloirs de l'hôtel de police en direction de la brigade de recherches. Sven

Sundkvist ralentit pour s'entretenir avec un chef qui boitait de plus en plus au fil des ans, mais refusait d'utiliser une canne.

— L'appartement, Ewert. Selon le gardien, il est loué depuis quelques années à un citoyen polonais. J'ai demandé à Jens Klövje d'Interpol de se renseigner sur lui.

— Une mule. Un corps. Un Polonais.

Ewert Grens s'arrêta devant le long escalier qu'ils devaient emprunter pour monter deux étages plus haut et regarda ses collègues.

— Donc, drogue, violence, Europe de l'Est.

Hermansson et Sundkvist le regardèrent mais il s'en tint là et ils ne lui posèrent pas d'autre question. Ils se séparèrent à la machine à café. Une tasse dans chaque main, Ewert Grens ouvrit la porte, gagna par pur réflexe l'étagère située derrière son bureau et leva le bras, avant de s'interrompre brusquement. Elle était vide. Des traces rectilignes de poussière, des carrés de crasse de tailles différentes, là où se trouvaient le magnétophone et les cassettes peu auparavant et, un peu plus loin, deux grands carrés identiques, les haut-parleurs.

Ewert Grens passa la main sur les traces de toute une vie.

La musique qu'il avait emballée et qui ne serait plus jamais jouée dans ce bureau appartenait à une autre époque. Il se sentait trompé et tentait de faire face à un silence qui n'avait jamais existé à cet endroit.

Il ne l'aimait pas, ce silence : il le trouvait vraiment trop bruyant. Il s'assit dans son fauteuil de bureau. *Une mule, un corps, un Polonais*. Il venait de voir un homme qui avait trois gros trous dans la tête. *Donc drogue, violence, Europe de l'Est.* Trente-cinq ans en tant que policier dans cette ville et tout allait de mal en pis, la violence ne cessait de croître. *Donc le crime organisé.* Pas étonnant qu'il ait parfois choisi de vivre dans le passé. *Donc la mafia.* Au début de sa carrière dans la police, quand il pensait encore pouvoir faire changer les choses, la mafia était quelque chose qui sévissait loin de là, en Italie du Sud et dans les villes américaines. Aujourd'hui : des exécutions comme celle-ci, la bestialité, tout était tellement sale, les collègues des plus gros districts y assistaient en spectateurs impuissants tandis que les différentes branches du crime organisé distribuaient l'argent du trafic de la drogue, des ventes d'armes et de la traite des êtres humains. Chaque année, de nouveaux acteurs faisaient leur entrée avec fracas dans la zone de compétence du commissariat central de la ville et, ces derniers mois, il avait enquêté sur la mafia tant mexicaine qu'égyptienne. La polonaise, il n'y avait encore jamais eu affaire, mais les ingrédients étaient les mêmes : la drogue, l'argent, la mort. On enquêtait par-ci par-là, mais on n'arrivait jamais à les coincer, chaque jour des policiers risquaient leur vie et leur santé mentale et, chaque jour, ils maîtrisaient un peu moins la situation.

Ewert Grens resta longtemps assis à son bureau, à contempler les cartons bruns.

Le fond sonore lui manquait.

Celui de Siwan. D'Anni.

D'une époque où tout était beaucoup plus simple.

Le hall d'arrivée de l'aéroport Frédéric-Chopin à Varsovie était bondé, comme toujours. Le nombre des décollages et atterrissages augmentait au même rythme que l'aéroport s'agrandissait et, à deux reprises, l'année précédente, il avait perdu ses bagages au milieu d'un chaos de voyageurs égarés et de gros chariots élévateurs roulant beaucoup trop vite et trop près.

Piet Hoffmann longea le tapis roulant avec son léger bagage à main et sortit dans une ville un peu plus grande que le Stockholm qu'il avait quitté deux heures plus tôt. L'intérieur en cuir noir du taxi sentait la fumée et, en contemplant une ville qui avait changé du tout au tout, il se revit, l'espace d'un instant, en route pour la maison de sa grand-mère, sur l'étroit siège arrière d'une voiture, entre sa mère et son père, à l'époque de son enfance. Il appela Henryk chez Wojtek pour lui confirmer que son avion était arrivé à l'heure et que la réunion pouvait se tenir à vingt-deux heures à l'endroit convenu. Il était sur le point de raccrocher quand ce dernier lui annonça que deux personnes supplémentaires allaient y participer : Zbigniew Boruc et Grzegorz Krzynówek. Le directeur général adjoint et le Toit. Piet Hoffmann s'était déjà rendu chaque mois aux bureaux du siège social de Wojtek International, ces trois dernières années, pour ses réunions avec Henryk. C'était la confiance de ce dernier qu'il avait lentement gagnée et c'était un coup de main de sa part qui l'avait aidé à monter dans la hiérarchie de l'organisation. Henryk était une des nombreuses personnes qui lui faisaient confiance et qui, sans le savoir, se fiait à un mensonge. En revanche, Hoffmann n'avait rencontré le directeur général adjoint qu'une seule fois. C'était un de ces nombreux anciens militaires et anciens membres des services secrets qui avaient fondé et géraient la maison mère depuis le bâtiment noir du centre de Varsovie. Un major des armées raide comme un I, qui évoluait toujours à la façon d'un officier du renseignement malgré une carapace bien étudiée d'homme d'affaires, car c'était ainsi qu'ils prenaient tous soin de se présenter. Mais il ne comprenait pas la raison d'une rencontre avec le directeur général adjoint et le Toit. Il se cala sur le siège en cuir et ressentit, au fond de sa poitrine, quelque chose qui ressemblait à de la peur.

Le taxi fendait la circulation clairsemée du soir ; les grands parcs et les belles ambassades défilaient déjà de l'autre côté de la vitre crasseuse, à l'approche de la limite du faubourg de Mokotów. Il tapa sur l'épaule du chauffeur et lui demanda de s'arrêter, il fallait absolument qu'il passe un ou deux coups de fil.

— Ce sera en supplément.

— Contentez-vous de vous arrêter, s'il vous plaît.

— Vingt zlotys de plus. Le prix que je vous ai indiqué, c'était non-stop.

— Arrête la voiture, nom de Dieu !

Il s'était penché pour parler à l'oreille du chauffeur. La joue mal rasée de celui-ci luisait ; la voiture quitta

Jana Sobieskiego pour se garer entre un kiosque à journaux et un passage piétons sur al. Wincentego Witosa. Dans cette nuit plutôt froide, Piet Hoffmann écouta la voix fatiguée de Zofia lui expliquer que Hugo et Rasmus dormaient chacun sur un coussin, sur le canapé, à côté d'elle et qu'ils devaient se lever tôt le lendemain matin pour une de ces nombreuses excursions qu'effectuaient les maternelles à la réserve de Nacka, sur le thème de la forêt et du printemps.

— Piet ?

— Oui ?

— Merci pour les fleurs.

— Je t'aime.

Il l'aimait en effet beaucoup. Une nuit loin d'elle, c'était le plus qu'il pouvait supporter, désormais. Ce n'était pas le cas avant, pas avant Zofia, il n'avait jamais senti la solitude l'étrangler dans d'horribles chambres d'hôtel, il ne savait pas qu'il ne servait à rien de respirer si l'on n'a pas quelqu'un à aimer.

Réticent à l'idée de mettre fin à la communication, il resta longtemps, le téléphone à la main, à regarder une des luxueuses maisons de Mokotów en espérant continuer à entendre la voix de sa femme. Elle disparut pourtant. Il changea alors de portable et appela à nouveau. Il devait être près de dix-sept heures, dans l'est des États-Unis.

— Paula a une réunion avec eux dans trente minutes.

— Bon. Mais je ne la *sens* pas bien.

— Je maîtrise la situation.

— Il y a un risque qu'on cherche à mettre le fiasco de Västmannagatan sur le dos de quelqu'un.

— Ce n'était pas un fiasco.

— Il y a eu un mort !

— Ce n'est pas particulièrement important, en l'occurrence. En revanche, ça l'est que la livraison soit sécurisée. On échappera aux conséquences de tout ça en deux temps trois mouvements.

— Si tu le dis.

— T'auras un rapport complet quand on se verra.

— Onze heures zéro zéro au cinq.

Il eut un geste d'agacement en direction du chauffeur qui klaxonnait. Encore quelques minutes de solitude dans l'obscurité et l'air frais. Puis il prit à nouveau place entre papa et maman pour aller de Stockholm, en Suède, à Bartoszyce, ville située à quelques dizaines de kilomètres de la frontière de l'Union soviétique et de la région portant désormais le nom d'enclave de Kaliningrad. Eux ne l'avaient jamais appelée ainsi. Ils refusaient. Pour maman et papa, il n'existait rien d'autre que Königsberg, Kaliningrad n'était qu'une idée de cinglés, il sentait bien le mépris qu'il y avait dans leurs voix mais, quand il était enfant, il n'avait jamais compris pourquoi ses parents avaient quitté un endroit où ils désiraient sans cesse revenir.

Quand ils quittèrent al. Wincentego Witosa et passèrent près des belles zones vertes et des propriétés des grandes entreprises, le chauffeur adepte du klaxon jura très fort. Peu de passants, dans cette partie de la ville, comme c'est souvent le cas dans les endroits où le prix du mètre carré s'adapte à la loi de l'offre et de la demande.

Ils avaient émigré à la fin des années soixante. Il avait souvent demandé pourquoi à son père mais n'avait jamais reçu de réponse. Il avait alors harcelé sa mère et parfois obtenu quelques bribes de renseignement, à propos d'un bateau, du fait qu'elle était enceinte, de quelques nuits noires sur une mer déchaînée où elle était persuadée qu'ils allaient mourir tous les deux et de leur débarquement près d'une ville qui s'appelait Simrishamn, en Suède.

À droite dans ul. Ludwika Idzikowskiego, le pâté de maisons suivant.

Il était venu bien des fois, ces dernières années, dans ce pays qui était le sien. Il aurait pu y être né, y avoir grandi, et donc être quelqu'un d'autre, quelqu'un comme ceux de Bartoszyce qui, après la mort de papa et maman, avaient longtemps essayé de garder le contact et fini par renoncer, voyant qu'il ne leur rendait pas leur attention. Pourquoi ne l'avait-il pas fait ? Il ne le savait pas. Il ne savait pas non plus pourquoi il n'avait jamais tenté de renouer ce contact quand il était à proximité, pourquoi il n'était jamais allé leur rendre visite.

— Soixante zlotys. Quarante pour le trajet et vingt pour ce putain d'arrêt dont on n'avait pas convenu.

Hoffmann posa un billet de cent sur le siège passager et sortit de la voiture.

Un grand immeuble noir et vieillot, au centre de Mokotów, aussi vieux qu'un bâtiment pouvait l'être dans le Varsovie qui avait été détruit soixante-dix ans plus tôt. Henryk l'attendait sur le perron, ils se saluèrent sans se dire grand-chose, aucun d'eux n'étant doué pour le bavardage de circonstance.

La salle de réunion était située au bout du couloir, au onzième étage. Bien trop éclairée et bien trop chauffée. Le directeur général adjoint et l'homme d'une soixantaine d'années qu'il supposait être le Toit patientaient à l'extrémité d'une table ovale. Piet Hoffmann répondit à leurs poignées de main inutilement fermes et se dirigea vers la chaise qui lui était réservée et devant laquelle une bouteille d'eau minérale était placée.

Il n'esquiva pas leurs regards perçants. S'il le faisait, s'il choisissait la fuite, ce serait déjà fini.

Zbigniew Boruc et Grzegorz Krzynówek.

Il ne comprenait toujours pas. S'ils étaient là parce qu'il allait mourir. Ou parce qu'il venait de franchir une nouvelle étape.

— M. Krzynówek va être des nôtres pour écouter un peu ce qui se dit. Je suppose que vous ne vous êtes encore jamais rencontrés ?

Hoffmann hocha la tête en direction de l'élégant costume.

— Je ne vous ai jamais rencontré. Mais je vous reconnais.

Il sourit à cet entrepreneur qu'il avait vu de nombreuses fois dans les journaux polonais et à la télévision, et dont le nom était parfois chuchoté, aussi, dans les longs couloirs de Wojtek, construits sur le même chaos que chaque nouvelle organisation dans chaque État de l'Est. Un mur était soudain tombé et des intérêts économiques et criminels s'étaient rejoints dans la foire d'empoigne pour la mainmise sur le capital. Des organisations toutes fondées par des militaires et des policiers, et sur la même structure hiérarchique avec, au sommet, le Toit. Grzegorz Krzynówek était le Toit de Wojtek et parfait en tant que protecteur. Bien placé, financièrement très solide et inattaquable dans une société exigeant des lois, servant de garant à la fois pour l'économie et pour la criminalité, et de façade aussi bien pour le capital que pour la violence.

— La livraison ?

Le directeur général adjoint le scruta assez longtemps.

— Oui ?

— Je suppose qu'elle est en sûreté ?

— Elle est en sûreté.

— On va vérifier.

— Elle sera encore en sûreté.

— Alors, on continue.

C'était tout. C'était la veille.

Piet Hoffmann ne mourrait pas ce soir-là.

Il aurait aimé pouvoir rire, une fois l'inquiétude passée, quelque chose fit des bulles en lui pour s'échapper, mais il n'était pas encore au bout de ses peines. Pas de menace ni de danger, mais un rituel qui exigeait de préserver sa dignité.

— Vous avez laissé notre appartement dans un état que je n'apprécie guère.

D'abord l'assurance que la livraison était en sûreté. Puis l'exécution. La voix du directeur général adjoint était plus calme, plus amicale, il parlait maintenant de quelque chose qui n'était plus aussi important.

— Je ne veux pas que mes collaborateurs, ici, aient à expliquer à la police polonaise, sur demande de la police suédoise, pourquoi et comment ils louent des appartements dans le centre de Stockholm.

Piet Hoffmann savait qu'il était capable de gérer cette question, également. Mais il fit attendre sa réponse et jeta un bref coup d'œil à Krzynówek. « La livraison. » « Vous avez laissé notre appartement dans un état que je n'apprécie guère. » L'homme d'affaires respecté savait exactement de quoi ils parlaient. Les mots sont étranges. Si personne ne les utilise officiellement, ils n'existent pas. Personne dans cette pièce n'allait parler de vingt-sept kilos d'amphétamine ni d'une exécution. Du moins tant que celui qui ne savait rien, officiellement, était assis parmi eux.

— Si notre accord stipulant que c'est moi, et *moi seul*, qui détiens l'autorité pour diriger les opérations en Suède avait été respecté, ce ne serait jamais arrivé.

— Expliquez-vous.

— Si les collaborateurs que vous avez désignés avaient suivi vos instructions au lieu d'agir de leur propre initiative, cette situation ne se serait jamais produite.

Opérations. Propre initiative. Situation.

Hoffmann regarda de nouveau le Toit.

Ces mots. C'est à ton intention que nous les utilisons.

Mais pourquoi es-tu ici ? Pourquoi es-tu assis à côté de moi à écouter des propos qui signifient tout et rien à la fois ?

Je n'ai plus peur.

Mais je ne comprends pas.

— Je pars du principe que ça ne se reproduira pas.

Piet Hoffmann ne répondit pas. Il fallait toujours laisser le dernier mot au directeur général adjoint. C'était ainsi que cela marchait et Piet Hoffmann était doué pour ce genre de jeu, sinon, il le savait, il était un homme mort. Dès l'instant où il était Paula, il n'existait plus, sinon il finirait comme le client dix heures plus tôt, dans une voiture roulant vers la banlieue de Varsovie en compagnie de deux Polonais.

Mais il connaissait son rôle, ses réponses, son histoire et il n'allait pas mourir. Mourir, c'était bon pour les autres.

Le Toit bougea légèrement, pas beaucoup, mais

c'était un signal très clair en direction du directeur général adjoint.

Il avait l'air satisfait. Hoffmann était OK.

C'était bien ce que le directeur général adjoint avait escompté. Il se leva en souriant presque.

— Nous avons des projets d'expansion sur le marché fermé. Nous avons déjà investi pour mettre la main sur toutes les parts de marché des pays nordiques voisins. À présent, nous allons le faire aussi dans le vôtre. En Suède.

Piet Hoffmann regarda sans rien dire le Toit, puis le directeur général adjoint.

Le marché fermé.

Les prisons.

La lumière crue des lampes se reflétait sur les deux lames de métal. Nils Krantz prit la première et la couvrit de poudre bleu clair et d'eau avant de demander à Ewert Grens de retirer le drap vert qui dissimulait le corps placé sur le brancard, au centre de la pièce.

Celui d'un homme nu.

Teint pâle, bien bâti, pas particulièrement vieux.

Avec un visage dépourvu de peau, une tête de mort sur un corps par ailleurs intact.

Étrange vision que ces os ayant été nettoyés pour que l'observateur puisse approcher le plus possible, et cette peau faisant obstacle à toute réponse correcte avait donc été retirée.

— Un alginate. C'est ce qu'on utilise. Ça fonctionne assez bien. Il en existe des variétés plus chères, mais on ne les gaspille pas pour une simple autopsie.

Le technicien sépara les deux moitiés de la mâchoire et pressa la lame de métal couverte de liquide bleu clair contre les dents du haut et l'immobilisa à cet endroit pendant quelques minutes jusqu'à ce que le mélange se solidifie.

— Photos, empreintes digitales, ADN, empreintes dentaires. C'est parfait.

Il recula de quelques pas dans la pièce stérile et adressa un signe de tête à Ludvig Errfors, le légiste.

— L'orifice d'entrée.

Errfors montra le crâne dénudé et la tempe droite.

— La balle a traversé l'os temporal et est venue s'arrêter ici.

Avec le doigt, il traça une ligne fictive entre le gros trou de la tempe et le milieu du crâne.

— La *mandibule*. L'os maxillaire. Les traces montrent clairement que la chemise de la balle est venue frapper l'os et s'est subdivisée en deux balles plus petites qui ont laissé deux orifices de sortie sur le côté gauche. Une dans la *mandibule*. L'autre dans l'*os frontal*.

Grens regarda Krantz. Le technicien avait eu raison dès le début, dans l'appartement.

— Et ça, Ewert. Regarde ça.

Ludvig Errfors tenait le bras droit du mort et il était étrange de constater que les muscles de son propriétaire ne réagissaient pas et que quelque chose qui, récemment, était encore tellement vivant était devenu aussi caoutchouteux.

— Tu vois ? Ces marques claires autour du poignet. Quelqu'un a tenu sa main *post mortem*.

Grens regarda à nouveau Nils Krantz qui hocha la tête de satisfaction. Il avait eu raison à ce sujet, également. Quelqu'un avait actionné ce bras après la mort. Quelqu'un avait essayé de *faire ressembler* cela à un suicide.

Ewert Grens s'éloigna du brancard éclairé, au centre de la pièce, pour aller ouvrir la fenêtre du couloir. À l'extérieur, l'obscurité était déjà tombée, cette soirée tardive était, elle aussi, sur le point de se terminer.

— Pas de nom. Pas de scénario. Je veux en savoir davantage. Je veux le serrer de plus près.

Il regarda Krantz, puis Errfors et attendit. Jusqu'à ce que le médecin légiste se racle la gorge.

Il y avait toujours autre chose.

— J'ai examiné plusieurs de ses plombages. Prends celui-ci, presque au milieu de la mâchoire inférieure, qui date de huit à dix ans. Suédois, selon toute probabilité. Je le vois au modelage, à la qualité du matériau plastique, qui diffère beaucoup de ceux importés de Taïwan, qui sont utilisés dans la plus grande partie de l'Europe. J'avais un type ici, la semaine dernière, un Tchèque avec une racine dans la mâchoire inférieure remplie d'un amalgame qui était disons… loin de ce qu'on peut considérer comme acceptable.

Les mains du légiste s'éloignèrent du visage sans peau pour aller se placer autour du tronc.

— Il a été opéré de l'appendicite. Voilà la cicatrice. Sur le plan de la cosmétique, c'est du très bon travail. Ça et la façon dont le côlon a été recousu suggèrent un acte chirurgical effectué dans un hôpital suédois.

Un bruit sourd et l'impression que le sol tremblait. Peu avant minuit, un camion venait de traverser la zone clôturée proche de la fenêtre de l'institut médico-légal de Solna.

Ludvig Errfors intercepta le regard étonné de Grens.

— Rien à craindre. Ils vont décharger un peu plus loin. Je n'ai aucune idée de ce dont il s'agit, mais c'est pareil tous les soirs.

Le légiste s'éloigna un peu du brancard pour permettre à Ewert Grens d'approcher, lui aussi.

— Les plombages, l'ablation de l'appendice, et ce que je définirais comme des traits typiques de l'Europe du Nord. À mon avis, Ewert, il est suédois.

Gens examina ce visage qui n'était plus qu'une masse d'os blancs nettoyés.

On a trouvé des traces de bile, d'amphétamine et de caoutchouc.

Mais ça ne venait pas de toi.

On a conclu à un trafic de drogue avec la mafia polonaise.

Mais tu es suédois.

Ce n'était pas toi la mule. Ni le vendeur.

Mais l'acheteur.

— Des traces de drogue ?

— Non.

— C'est sûr ?

— Pas de trace de piqûre, rien dans le sang, rien dans l'urine.

C'était toi l'acheteur, mais tu ne consommais pas personnellement.

Il se tourna vers Krantz.

— L'appel ?

— Oui ?

— T'as eu le temps de l'analyser ?

Nils Krantz hocha la tête.

— J'arrive de Västmannagatan. Il m'est venu une idée et je suis retourné la vérifier. Le bourdonnement perturbateur, juste avant que celui qui appelle parle du *cinquième étage* ? À la fin de son bref message ?

Un coup d'œil à Grens, celui-ci se souvenait.

— C'est bien ce que je pensais. Il vient du compresseur du frigo qui se trouve dans la cuisine de l'appartement. Même fréquence. Même amplitude.

La main d'Ewert Grens tapota légèrement la jambe du mort.

— L'appel a été passé depuis la cuisine ?

— Oui.

— Et la voix ? Elle t'a fait l'effet d'être suédoise ?

— Pas le moindre accent. Le parler de Stockholm.

— Alors on a affaire à deux Suédois. Qui se trouvent tous les deux dans un appartement où la mafia polonaise effectue une transaction de drogue qui se termine par une exécution. Un qui atterrit ici. Et l'autre qui donne l'alerte.

Sa main toucha légèrement la jambe du mort, à nouveau, comme s'il espérait le voir bouger.

— Qu'est-ce que tu faisais là ? Qu'est-ce que *vous* faisiez là ?

Il avait eu très peur. Mais il n'allait pas mourir. C'était la première fois qu'il rencontrait le Toit et, comme cela n'avait pas signifié sa mort, c'était le feu vert pour aller de l'avant. Il ne savait ni où ni comment, mais que Paula approchait du gros coup pour lequel il risquait sa vie chaque jour, chaque minute, depuis ces trois dernières années.

Piet Hoffmann était assis près de la chaise vide, dans la salle de réunion bien trop éclairée. Grzegorz Krzynówek l'avait quittée, avec son élégant costume, sa bonne mine et tous ces mots qui faisaient semblant d'évoquer autre chose que le crime organisé, l'argent et la violence, dans le seul but de se faire encore plus d'argent.

Le directeur général adjoint ne pinçait plus les lèvres en parlant et ne redressait plus le dos de façon forcée. Il avait ouvert une bouteille de Żubrówka qu'il mélangeait avec du jus de pomme. Boire de la vodka avec le patron était signe d'intimité et de confiance, et Hoffmann sourit, comme la politesse et la coutume le voulaient, au brin d'herbe de bison dans cette bouteille qui n'était pas particulièrement bonne, et à cet ancien officier du renseignement, devant lui, qui avait si ostensiblement changé de classe sociale et allait jusqu'à remplacer les deux horribles verres de la table de cuisine par deux autres, soufflés à la main et bien plus coûteux, que ses grandes mains ne savaient pas comment tenir.

— *Na zdrowie.*

Ils se regardèrent, vidèrent leur verre et le directeur général adjoint les remplit à nouveau.

— Au marché fermé.

Il but et remplit les verres une troisième fois.

— Maintenant, on peut parler librement.

— Je préfère ça.

Le troisième verre avait été vidé, lui aussi.

— Le marché suédois. Il est temps de s'en occuper. Maintenant.

Hoffmann avait du mal à rester tranquille sur sa chaise. Wojtek contrôlait déjà le marché norvégien, le danois et le finlandais. Il commençait à comprendre de quoi il retournait. Pourquoi le Toit avait tenu à être présent. Et pourquoi lui-même tenait entre ses mains un verre de quelque chose qui avait le goût de l'herbe de bison et du jus de pomme.

Il attendait cela depuis longtemps.

— En Suède, il y a plus de cinq mille personnes en prison. Près de quatre-vingts pour cent d'entre elles sont des drogués, gros consommateurs d'amphétamine, d'héroïne et d'alcool. N'est-ce pas ?

— Oui.

— C'était aussi le cas il y a dix ans ?

— Oui, à l'époque aussi.

Douze putains de mois à l'établissement pénitentiaire d'Österåker.

— Dans la rue, un gramme d'amphétamine coûte cent cinquante couronnes. En prison, trois fois plus.

Dans la rue, un gramme d'héroïne coûte mille couronnes. En prison, trois fois plus.

Zbigniew Boruc avait déjà tenu ce discours. À d'autres collaborateurs, au cours d'autres opérations et dans d'autres pays. Il s'agissait toujours de la même histoire. Savoir compter.

— Quatre mille toxicomanes incarcérés – des accros aux amphétamines qui consomment deux grammes par jour et des héroïnomanes qui en prennent un. En une journée, Hoffmann… ça fait entre huit et neuf millions de couronnes.

Paula était né neuf ans auparavant. Il avait vécu chaque jour avec la mort. Mais ce moment, cet instant précis, en avait valu la peine. Tous ces foutus mensonges. Toute cette putain de manipulation. C'était ici qu'il allait. Il était enfin arrivé.

— Une opération incroyable. Mais d'abord… il faut investir beaucoup d'argent avant même de commencer, avant d'en retirer quelque chose.

Le directeur général adjoint regarda la chaise vide entre eux.

Wojtek avait la capacité d'investir, d'attendre aussi longtemps qu'il le fallait pour que le marché fermé soit à eux. Wojtek possédait un garant, variante des pays de l'Est des *consiglieri* de la mafia italienne, mais avec encore plus de capital et de pouvoir.

— Oui, c'est vraiment une opération incroyable. Mais réalisable. Et c'est toi qui vas la piloter.

Ewert Grens ouvrit la fenêtre. Il avait l'habitude de faire ce geste à minuit, d'écouter l'horloge de l'église de Kungsholmen puis celle d'une autre qu'il n'avait jamais réussi à localiser, sachant seulement qu'elle se trouvait plus loin et qu'on ne l'entendait pas les soirs où le vent étouffait son fragile carillon. Il venait d'arpenter son bureau avec une étrange sensation dans le corps, c'était son premier soir et sa première nuit dans l'hôtel de police sans la voix de Siwan quelque part dans l'obscurité. Il s'était habitué à s'endormir dans une autre époque et, à ce moment de la nuit, il écoutait toujours l'une des cassettes qu'il avait enregistrées et compilées lui-même.

Désormais, il n'y avait plus rien qui ressemblait si peu que ce soit à du calme.

Auparavant, il n'avait jamais pensé à tous les bruits de la nuit de l'autre côté de la fenêtre. Il détestait déjà les voitures, qui accéléraient dans Bergsgatan approchant de la montée de Hantverkargatan. Il referma la fenêtre et s'assit, dans le silence soudain, avec le fax qu'il venait de recevoir de Klövje, d'Interpol Suède. Il lut l'audition réalisée à titre d'information, à la demande de la police suédoise, du ressortissant polonais qui, depuis deux ans, était enregistré comme locataire de l'appartement du 79 Västmannagatan. Cet homme portait un nom qu'Ewert Grens ne connaissait pas et était incapable de prononcer, avait quarante-cinq ans, était né à Gdańsk et domicilié à Varsovie. Il n'avait jamais été condamné ni soupçonné d'aucun crime, et, selon le policier polonais qui l'avait interrogé, il se trouvait sans aucun doute possible à Varsovie au moment des événements de Stockholm.

Tu es impliqué, d'une façon ou d'une autre.

Ewert Grens tenait dans sa main le papier à l'interligne très serré.

La porte était fermée quand on est arrivés.

Il se leva et sortit dans le couloir plongé dans l'obscurité.

Aucun signe d'effraction ni d'autres traces de violence. Deux tasses de café de la machine. *Quelqu'un était donc entré et sorti au moyen d'une clé.* Un sandwich au fromage enveloppé dans du plastique et un yaourt à la banane du distributeur automatique. *Quelqu'un qui entretient un lien avec toi.*

Il resta planté là, dans le silence et l'obscurité, avala une des tasses de café et la moitié du yaourt, mais jeta le sandwich à la poubelle, il était trop sec, même pour lui.

Il était en sécurité, ici.

Cet affreux hôtel de police qui semblait engloutir ses collègues, c'était le seul endroit où lui survivait, à vrai dire, sachant toujours ce qu'il avait à y faire. Il y était à sa place, pouvait même dormir sur le sofa et éviter les longues nuits sur son balcon avec vue sur Sveavägen et une capitale jamais en repos.

Ewert Grens retourna dans le seul bureau de la brigade de recherches où les lampes étaient toujours allumées et donna de légers coups de pied dans les cartons. Il n'était même pas allé à l'enterrement. Il en avait assumé le coût mais n'y avait pas pris part, et il donna un autre coup de pied, un peu plus fort, il aurait aimé être présent, peut-être serait-elle partie pour de bon, alors.

Le fax de Klövje était toujours sur le bureau. Un citoyen polonais ne pouvant en aucune façon avoir un lien avec un cadavre. Grens jura, traversa la pièce et donna un troisième coup de pied dans un des cartons, sur le côté duquel sa chaussure laissa un petit trou. Il n'était arrivé à rien et ne savait absolument rien, sinon que deux Suédois s'étaient trouvés en même temps dans un appartement, lors d'un deal de drogue pour le compte de la mafia polonaise, que l'un d'entre eux était mort et que l'autre avait donné l'alerte à voix basse alors qu'il était dans la cuisine, près du réfrigérateur. Une voix suédoise sans accent, Krantz en était sûr.

Tu étais là et tu as donné l'alerte quand le meurtre a été commis.

Ewert Grens resta debout près des cartons sans y donner d'autres coups de pied.

Tu es soit meurtrier, soit témoin.

Il s'assit, se pencha vers le carton et reboucha le trou qu'il venait d'y faire.

Un meurtrier qui ne tue personne, mais fait en sorte que cela ait l'air d'un suicide et appelle ensuite pour donner l'alerte.

Il s'assit contre un des cartons. C'était très agréable

d'appuyer son dos contre de la musique interdite, il allait sans doute rester là, assis à la dure, dans l'obscurité, jusqu'au matin.

Tu es témoin.

Cela faisait deux heures qu'il était à la fenêtre, à suivre ces points lumineux qui étaient si petits quand ils étaient loin et qui grandissaient lentement, en plongeant dans le noir, pour s'approcher de la piste d'atterrissage de l'aéroport Frédéric-Chopin. Piet Hoffmann s'était couché tout habillé, juste avant minuit, dans ce lit d'hôtel inconfortable, pour tenter de dormir, mais s'était relevé rapidement. Ce jour qui avait débuté par la mort d'un homme sous ses yeux et s'était terminé par l'obtention de nouvelles responsabilités : conquérir le marché de la drogue dans les prisons suédoises. La journée s'était poursuivie en lui, elle avait murmuré et crié jusqu'à ce qu'il ne parvienne plus à se boucher les oreilles pour attendre le sommeil.

De l'autre côté de la fenêtre, le vent soufflait fort. L'hôtel Okęcie ne se trouvait qu'à huit cents mètres de l'aéroport, le vent balayait souvent l'espace découvert et les points lumineux étaient plus beaux quand les branches des arbres refusaient de rester tranquilles. Il aimait bien être assis là, à contempler, seulement pour une nuit chaque fois, ce dernier morceau de Pologne, ce pays qu'il observait toujours, mais auquel il n'appartenait jamais alors qu'il aurait dû se sentir chez lui, car il y avait des cousines, des tantes et un oncle, il leur ressemblait et parlait comme eux, mais n'y était pas à sa place.

De toute façon, il n'était personne.

Il mentait à Zofia quand elle le serrait très fort contre elle. Il mentait à Hugo et à Rasmus quand ils étreignaient leur papa. Il mentait à Erik. Il mentait à Henryk. Et il venait de mentir à Zbigniew Boruc en buvant une Żubrówka de plus avec lui.

Il mentait depuis si longtemps qu'il avait oublié de quoi la vérité avait l'air, quelle sensation elle procurait ; il avait même oublié qui il était.

Les points lumineux s'étaient changés en un gros avion qui, au moment d'atterrir, effectua une embardée à cause du violent vent latéral, après quoi ses petites roues rebondirent plusieurs fois sur le tarmac de façon incontrôlée, avant qu'il ne se pose définitivement et ne se mette à rouler en direction d'un escalier du nouveau secteur du hall d'arrivée.

Il se pencha contre la fenêtre et appuya doucement le front contre la fraîcheur de la vitre.

Cette journée qui continuait à chuchoter et à crier.

Un homme avait cessé de respirer devant lui. Il avait compris trop tard qu'ils effectuaient la même mission et jouaient le même jeu, mais chacun de leur côté. Un homme qui avait peut-être des enfants, une femme et qui vivait peut-être depuis si longtemps dans le mensonge, lui aussi, qu'il ne savait plus qui il était.

Je m'appelle Paula. Et toi ?

Il resta assis contre le chambranle de la fenêtre à contempler l'obscurité en pleurant.

Il était dans une chambre d'hôtel à quelques kilomètres du centre de Varsovie, en pleine nuit, avec une vraie mort sur la conscience, et il pleura jusqu'à l'épuisement, jusqu'à ce que le sommeil s'empare de lui et qu'il tombe la tête la première dans quelque chose de très noir, quelque chose auquel on ne peut pas mentir.

Mardi

Ewert Grens s'était réveillé en voyant la première lueur du jour forcer le passage à travers les rideaux peu épais et lui irriter les yeux. Il était resté assis par terre, adossé aux cartons empilés mais, pour échapper à l'aube, il s'était allongé sur le sol recouvert de linoléum et s'était assoupi deux heures de plus. C'était un bon endroit pour dormir, son dos ne lui faisait pas si mal et sa jambe raide qui, normalement, ne parvenait pas à s'allonger totalement sur le sofa en velours avait pu rester tendue presque tout le temps.

Mais plus question de passer ses nuits ici.

Soudain, il fut parfaitement réveillé, se mit sur le ventre et s'appuya péniblement sur les bras pour se mettre sur son séant. Dans le pot à stylos posé sur le bureau, il prit un marqueur bleu duquel émana une forte odeur, quand il se mit à écrire sur chaque côté des cartons.

E.P. Malmkvist.

Il regarda les boîtes scellées au scotch et éclata de rire. Il avait été capable de dormir près de cette musique en boîte et se sentait plus reposé qu'il n'avait pu l'être depuis longtemps.

Quelques pas de danse, sans personne qui chante ni qui joue, juste des pas sans aucun accompagnement.

Il prit le carton placé au sommet de la pile mais, comme il était trop lourd, il le poussa hors de la pièce et tout le long du couloir jusqu'aux ascenseurs qui descendaient trois étages plus bas, jusqu'à la cave et au service des scellés. Il porta, toujours au marqueur, le numéro de dossier, *19361231*, sur le dessus du carton. Puis un autre couloir, encore plus sombre que le précédent, le long duquel il poussa le colis jusqu'à la porte du service, restée ouverte.

— Einarsson.

Un jeune employé civil se tenait derrière le long comptoir en bois qui paraissait si antique que Grens avait chaque fois l'impression d'être à l'épicerie où il se rendait souvent, étant enfant, en rentrant de l'école. Cette boutique située près d'Odenplan avait disparu depuis longtemps et n'était plus qu'un de ces cafés où les adolescents vont boire des cappuccinos et comparer leurs nouveaux téléphones portables.

— Oui ?

— Je veux qu'Einarsson s'occupe de ça.

— Mais je…

— Einarsson.

Le jeune pouffa ostensiblement, mais ne dit rien et alla chercher un homme de l'âge d'Ewert portant un tablier noir autour d'un corps replet

— Ewert.

— Tor.

Un de ces bons policiers qui, tout à coup, un matin, après des décennies à travailler ensemble, s'était assis et avait calmement expliqué qu'il ne supportait plus toute cette merde et encore moins d'enquêter dessus. Ils en avaient beaucoup parlé à l'époque et Ewert avait compris que c'était ce qui arrivait quand on avait un but dans la vie, le désir de journées sans morts inutiles. Einarsson était resté assis là et ne s'était pas relevé tant que la direction n'était pas venue ouvrir la porte du sous-sol et des boîtes de scellés qui faisaient certes partie des enquêtes en cours mais se refermaient là le soir.

— J'ai des cartons dont je voudrais que tu t'occupes.

Le vieil homme derrière le comptoir prit la boîte et examina l'inscription au marqueur bleu.

— E.P. Malmkvist. Putain, qu'est-ce que c'est que ça ?

— Enquête préliminaire Malmkvist.

— J'ai compris. Mais je n'ai jamais entendu parler de cette affaire.

— L'enquête est close.

— Mais alors est-ce que ça ne devrait pas…

— Je te demande de conserver ça dans un endroit sûr.

— Ewert, je…

Einarsson se tut, regarda longuement Grens puis le carton et sourit. Enquête préliminaire Malmkvist. Numéro de dossier 19361231. Il sourit de nouveau, plus largement encore.

— Nom de Dieu. C'est son anniversaire, hein ?

Grens acquiesça.

— L'enquête est close.

— T'en es sûr ?

— Je t'en apporte deux autres.

— Dans ce cas… ce genre de choses est, à l'évidence, beaucoup mieux ici. Si c'est des originaux, je veux dire. Plutôt que dans un grenier non surveillé ou une cave un peu trop humide.

Ewert Grens n'avait pas compris à quel point il était tendu et sentit alors ses épaules, ses bras et ses jambes se détendre lentement.

— J'ai besoin d'une liste certifiée à me remplir tout de suite. Et je trouverai un bon endroit.

Einarsson lui tendit deux imprimés et un stylo.

— Pendant ce temps, je vais noter clairement que cette enquête est confidentielle. C'est bien le cas, hein ?

Grens acquiesça à nouveau.

— Bon. Ça ne pourra être ouvert que par un enquêteur habilité.

Ce policier autrefois excellent enquêteur qui passait dorénavant ses journées derrière un comptoir, dans une cave, revêtu d'un tablier noir apposa un autocollant rouge sur les rabats du carton, pour signifier que ce scellé ne devait être brisé par nul autre que le commissaire Ewert Grens en personne.

Ewert regarda avec gratitude son collègue se diriger vers les étagères, le carton dans les bras.

Il n'avait pas eu besoin d'explications, lui.

Il posa l'imprimé sur le comptoir et était sur le point de partir quand il entendit Einarsson chanter, quelque part entre les rangées de scellés :

Tu m'as offert les plus belles des tulipes et m'as dit d'oublier tout ce qui s'est passé hier

Tunna skivor. Une chanson de Siw Malmkvist. Ewert Grens s'immobilisa et lança en direction de l'espace de stockage exigu :

— Pas maintenant !

Mais j'ai versé des océans de larmes et c'est pour ça que je te fais cette réponse

— Einarsson !

Ewert avait crié si fort qu'Einarsson, surpris, passa la tête derrière une étagère.

— Pas maintenant, Einarsson. Tu me déranges dans mon travail de deuil.

Il se sentit plus léger, en partant de là, ce sous-sol était presque beau et il secoua la tête en direction de l'ascenseur avant de monter les trois étages par l'escalier. Il était à mi-chemin quand son téléphone sonna dans la poche intérieure de sa veste.

— Oui ?

— C'est bien toi qui diriges l'enquête sur le meurtre du 79 Västmannagatan ?

Ewert Grens avait le souffle court, car il ne prenait pas souvent l'escalier.

— Qui est-ce qui pose la question ?

— Et qui est-ce qui répond ?

Le propriétaire de la voix était danois mais facile à comprendre, étant probablement originaire de la région de Copenhague, partie du Danemark où Grens avait le plus travaillé au fil des ans.

— Qui est-ce qui a appelé, toi ou moi ?

— Pardon. Jacob Andersen, service des atteintes aux personnes, à Copenhague. Ce que vous appelez brigade des agressions.

— Qu'est-ce que tu veux ?

— C'est bien toi qui diriges l'enquête sur le meurtre du 79 Västmannagatan ?

— Qui est-ce qui a dit que c'est un meurtre ?

— Moi. Et je sais peut-être aussi qui est la victime.

Ewert Grens s'arrêta sur la dernière marche et tenta de reprendre son souffle en attendant que la voix qui s'était présentée comme étant de la police danoise lui en dise plus.

— Tu veux me rappeler pour vérifier ?

— Alors, raccroche.

Grens se précipita dans son bureau et trouva le classeur qu'il cherchait dans le troisième tiroir de sa table de travail. Il le feuilleta un moment puis le laissa ouvert devant lui, avant de composer le numéro du standard de la police de Copenhague et demander à parler à Jacob Andersen du service des atteintes aux personnes.

— Andersen.

C'était bien la même voix.

— Ouvre la fenêtre.

— Quoi ?

— Si tu veux que je réponde à ta question, ouvre la fenêtre.

Il entendit son correspondant poser le combiné sur une table et se démener un instant avec une crémone grinçante.

— Bon, ça y est.

— Qu'est-ce que tu vois ?

— Hambrogade.

— Mais encore ?

— Si je me penche assez loin, je vois de l'eau.

— Comme presque partout à Copenhague.

— Langebro.

Grens avait regardé plusieurs fois par la fenêtre du service des atteintes aux personnes de Copenhague. Il savait que, depuis cet endroit, on voyait l'eau briller autour de Langebro, quand il y avait du soleil.

— Où est Moelby ?

— Mon patron ?

— Oui.

— Dans le bureau d'en face. Il n'est pas là en ce moment. Sinon…

— Et Christensen ?

— Y a pas de Christensen ici, bon sang.

— Bon. Bon. Andersen. On peut continuer, alors.

Grens attendit, c'était le Danois qui avait appelé, c'était donc à lui de parler. Il gagna sa propre fenêtre, mais il n'y avait pas beaucoup d'eau à voir dans la cour particulièrement laide de Kronoberg.

— J'ai des raisons de penser que le défunt est quelqu'un avec qui nous collaborons. Je voudrais une photo. Est-ce que tu peux m'en faxer une ?

Ewert Grens tendit la main vers le dossier sur son bureau et vérifia les photos que Krantz avait prises dans l'appartement quand le visage avait encore de la peau.

— Tu en auras une dans cinq minutes. J'attends ton appel quand tu y auras jeté un coup d'œil.

Erik Wilson aimait se promener dans le centre de Stockholm.

Des cinglés, des types en costard, de belles femmes, des dealers, des poussettes, des gens en survêtement, des chiens, des vélos et ceux qui ne vont nulle part. À dix heures et demie, en pleine matinée dans la capitale, il avait croisé tout ce monde sur le trottoir dallé de frais au cours du bref trajet entre l'hôtel de police et Sankt Eriksplan. Ici, la température était plus agréable et il était plus facile de respirer ; dans le sud de la Géorgie, il faisait déjà trop chaud et, dans quelques semaines, ce serait insupportable là-bas. Il avait quitté Newark International juste après cinq heures de l'après-midi, heure locale, et, après huit heures de vol, avait atterri en début de matinée à l'aéroport d'Arlanda. Il avait réussi à s'assoupir dans l'avion et à dormir un peu, malgré le bavardage incessant des deux vieilles dames assises devant lui et cet homme qui toussait très fort, toutes les cinq minutes, sur le siège voisin du sien. Quand le taxi avait approché de la ville et de Kronoberg, il avait prié le chauffeur de faire un détour et de s'arrêter d'abord à l'adresse que Paula lui avait indiquée : 79 Västmannagatan. Là, il avait montré sa plaque à l'agent de sécurité de la société ABAB qui gardait l'appartement du cinquième étage, près du ruban bleu et blanc tendu en travers de la porte et du panneau interdisant l'accès à une scène de crime sécurisée. Puis il avait erré seul dans ces pièces vides qui, moins d'un jour plus tôt, avaient été le théâtre de l'exécution d'un homme. Il avait entamé sa ronde près d'une grande tache sombre sur le tapis placé sous la table de la salle de séjour. Une vie avait connu son terme à cet endroit précis. Une chaise était renversée au bord de la tache : la place du mort. Il avait examiné un trou au plafond et un autre dans la porte fermée de la cuisine qui étaient manifestement des impacts de balles. Puis il s'était posté près du mur de la salle de séjour, à l'endroit où des épingles et des fanions avaient été piqués près d'endroits décolorés afin de permettre de déterminer l'angle de tir et la puissance de celui-ci. C'était pour cela qu'il était venu : l'analyse des taches de sang. Voilà ce dont il avait besoin pour la prochaine réunion, afin de vérifier la version de Paula. Il s'était concentré sur un espace en forme de cône que les techniciens avaient délimité au moyen de deux bouts de ficelle, seul secteur à ne pas être pourvu de fanions, et donc de taches de sang et de matière cérébrale. Il l'avait examiné et mémorisé jusqu'à être sûr de l'endroit où s'étaient tenues, à l'instant où le coup de feu avait été tiré, les deux personnes revêtant une certaine importance à ses yeux : où était placé le tireur et où celui qui n'avait *pas* tiré.

Une agréable brise soufflait sur Sankt Eriksbron et il observa les bateaux, les trains et les voitures. C'était sans doute pour cela qu'il aimait tant marcher : pour être en mesure de s'arrêter et de regarder.

Durant la nuit, il avait reçu sur sa messagerie le récit agité et inquiet de Paula, et, maintenant qu'il avait pu visiter l'appartement en toute quiétude, il avait l'impression qu'il était sans doute exact. Il connaissait les mérites de Paula : s'il fallait choisir entre tuer et être tué, il avait la force de caractère de tuer lui-même. Ça aurait aussi bien pu être lui qui avait tiré, mais Wilson était persuadé que ce n'était pas le cas. À chaque nouvel appel, Paula avait paru un peu plus stressé et effrayé et, après neuf années en tant qu'officier traitant infiltré, neuf années d'une proximité qui avait induit la confiance, Erik Wilson avait appris à reconnaître quand il disait la vérité.

Il s'arrêta devant la porte du 17 Sankt Eriksplan, avec sa vitre fragile insérée dans du vieux bois, tout près de la voie à grande circulation. Il regarda autour de lui, des visages qui passaient mais ne remarquaient rien, vérifia de nouveau, puis entra.

Il avait laissé derrière lui les taches et l'analyse de sang de Västmannagatan, repris son taxi en attente jusqu'à Kronoberg, puis gagné ce bureau du couloir de la brigade de recherches. Selon la feuille de service, un enquêteur avait déjà été désigné. Evert Grens, assisté de Sven Sundkvist et de Mariana Hermansson. Grens et Wilson avaient travaillé dans le même service pendant plusieurs années, mais il ne connaissait pas l'étrange commissaire. Il avait longtemps tenté d'entrer en contact avec lui, mais sans aucun résultat, et avait donc renoncé, certain de ne pas avoir besoin d'un vieil homme qui avait certes été l'un des meilleurs autrefois, mais était désormais aigri et passait ses journées à écouter Siw Malmkvist. Erik Wilson était resté devant l'ordinateur, avait troqué le fichier de la feuille de service contre quelque chose qui s'appelait *référencement des plaintes déposées*, avait tapé « 79 Västmannagatan » et obtenu trois résultats au cours des dix dernières années. Il avait choisi le dernier, qui portait sur une affaire de recel aggravé : plus d'une tonne de cuivre traité vendue par un homme au nom finlandais habitant l'un des appartements du premier étage.

Erik Wilson referma la porte du 17 Sankt Eriksplan et put se reposer un peu, à l'abri du vacarme des voitures. La cage d'escalier était plongée dans le noir et, après avoir échoué par trois fois à allumer la lumière, il choisit le petit ascenseur pour monter au sixième étage, où il se trouva au beau milieu d'un chantier de rénovation, en l'absence temporaire des occupants du logement. Il resta immobile sur le papier de protection de couleur brune, à écouter le silence, jusqu'à ce qu'il soit sûr d'être seul. Puis il ouvrit la porte où le nom STENBERG était inscrit sur la boîte aux lettres et traversa deux pièces et la cuisine pour vérifier chaque meuble abrité sous des bâches de plastique transparent. C'était sa façon de procéder. Quelques grands propriétaires de la ville lui confiaient les clés et les horaires de travail des ouvriers d'un appartement temporairement vide. Celui-ci était le numéro cinq. Wilson en avait l'usage depuis près d'un mois et y avait tenu plusieurs réunions avec différents infiltrés. Il devait le conserver un mois encore, jusqu'à la fin des travaux, avant que le locataire en reprenne possession.

Il retira le plastique recouvrant la fenêtre de la cuisine, l'ouvrit et regarda la cour aux allées gravillonnées bien ratissées où un salon de jardin tout neuf était disposé en carré autour de deux balançoires et d'un petit toboggan. Paula serait là dans une minute. En passant par la porte de derrière, qui était en fait celle de l'immeuble d'en face, dont l'entrée principale était au 15 Vulcanusgatan. Toujours un appartement vide, en accord avec divers propriétaires privés de Stockholm, et dans un immeuble partageant une cour avec une propriété à laquelle on accédait par une autre adresse.

Wilson referma la fenêtre et remit le plastique de protection sur les deux vitres à peu près au moment où la porte du bas s'ouvrit et Paula s'engagea à pas pressés sur les allées de gravier.

Ewert Grens tournait fiévreusement les pages du dossier contenant les photos d'un cadavre prises par Nils Krantz. Dix minutes plus tôt, il en avait envoyé une par fax au service des atteintes aux personnes de Copenhague, celle d'une tête nettoyée qui avait encore toute sa peau, avant l'autopsie. Il y en avait trois autres, dans le dossier, et il les étudiait en attendant. Une de face, un profil gauche et un profil droit. Il consacrait une partie importante de son temps de travail à étudier des représentations de cadavres et il savait donc qu'il était souvent difficile de dire si quelqu'un dormait ou était vraiment mort. Cette fois, aucun doute n'était possible : l'intéressé avait trois gros trous dans la tête. S'il ne l'avait pas vu lui-même sur place et si le cliché lui avait été remis par un technicien ou envoyé par fax par un collègue à un autre endroit, il avait pour habitude de chercher l'appui-tête en acier sur lequel la tête reposait toujours : s'il le trouvait, c'était bien un cliché d'autopsie. Il regarda à nouveau ceux qu'il avait devant lui et se demanda de quoi il aurait l'air lui-même et ce que penserait celui qui étudierait la photo de sa tête sur un appui-tête en acier.

— Grens.

Le téléphone avait enfin sonné et il reposa le dossier sur son bureau.

— Jacob Andersen, Copenhague.

— Oui.

— La photo que tu as envoyée.

— Oui ?

— C'est probablement lui.

— Qui ça ?

— Un de mes informateurs.

— *Qui ?*

— Je ne peux pas te le dire. Pas encore. Pas avant d'en être absolument sûr. Je ne veux pas risquer de griller inutilement un informateur. Tu sais comment ça se passe.

Ewert Grens savait en effet et il n'aimait pas cela. La nécessité de protéger l'identité des informateurs et des infiltrés croissait en fonction de leur nombre et l'emportait parfois sur celle d'informations correctes entre policiers. À une époque où n'importe quel officier de police pouvait se targuer du titre d'officier traitant avec droit de recruter ses propres informateurs, le secret était plus souvent un obstacle qu'une aide.

— De quoi t'as besoin ?

— De tout ce que vous avez.

— Empreintes dentaires. Empreintes digitales. On attend l'ADN.

— Envoie-moi tout ça.

— Je m'en occupe tout de suite. Et je pars du principe que tu me rappelles dans quelques minutes.

La tête sur un appui-tête en acier.

Grens passa la main sur le papier photo bien lisse.

Un infiltré. De Copenhague. Un des deux qui parlaient suédois dans un appartement, lors d'une exécution perpétrée par la mafia polonaise.

Qui était l'autre ?

Piet Hoffmann longea la morne allée de gravier de la cour et jeta un rapide coup d'œil en direction du sixième étage de l'immeuble d'en face. Il distingua fugitivement la tête de Wilson, par la fenêtre dépourvue de protection en plastique. Il avait quitté l'aéroport Frédéric-Chopin par le premier avion de la compagnie polonaise LOT, juste après huit heures. Malgré une nuit passée le front appuyé contre une vitre glaciale, il n'était pas particulièrement fatigué. Cela faisait un jour que l'adrénaline et l'inquiétude alternaient en lui, entre la mort d'une personne et une réunion cruciale à Varsovie. Il était en bonne voie et n'avait aucune idée de la façon dont il pourrait s'arrêter. Il avait appelé chez lui et c'était Rasmus qui avait répondu. Celui-ci refusait de lâcher le combiné parce qu'il avait tant de choses à raconter. Il avait été bien difficile de suivre ce qu'il disait, mais il s'agissait surtout d'un dessin animé et d'un méchant monstre vert. Piet Hoffmann déglutit et se secoua, comme on le fait quand quelque chose vous manque plus que votre corps n'est prêt à l'accepter. Ils se verraient ce soir et il les serrerait tous les trois dans ses bras jusqu'à ce qu'ils lui demandent d'arrêter. Il ouvrit un portillon dans la clôture, puis un autre, passa de la cour du 15 Vulcanusgatan à celle du 17 Sankt Eriksplan et franchit la porte de derrière pour pénétrer dans la cage d'escalier, qui resta plongée dans l'obscurité bien qu'il ait appuyé à plusieurs reprises sur la minuterie. Six volées d'escalier assez raides, surtout pas l'ascenseur et le risque de rester coincé, mais chaque marche était recouverte de papier brun rendant la discrétion impossible. Il consulta sa montre et les noms sur les boîtes aux lettres. La porte sur laquelle était inscrit le nom STENBERG s'ouvrit de l'intérieur à onze heures pile.

Erik Wilson avait ôté le plastique recouvrant deux des chaises et la table de cuisine et était en train de procéder de même avec celui de la gazinière et de l'un des placards sous l'évier, puis de fouiller jusqu'à ce qu'il trouve une casserole et un pot de quelque chose ressemblant à du café en poudre.

— De la part des Stenberg. Qui qu'ils soient.

Ils s'assirent.

— Comment va Zofia ?

— Je ne sais pas.

— Tu ne sais pas ?

— On ne s'est pas vraiment beaucoup vus, ces derniers jours. Mais à sa voix – on a parlé pendant pas mal de temps au téléphone pendant la nuit et encore ce matin –, je m'en rends bien compte, elle sent que je lui mens, que je mens plus que d'habitude.

— Prends soin d'elle. Tu vois ce que je veux dire ?

— Tu sais vachement bien que je prends soin d'elle.

— Bon. C'est bien, Piet. Rien de ce que tu fais n'est plus important qu'elle, que les enfants. Je veux juste que tu continues à t'en souvenir.

Piet Hoffman n'aimait pas beaucoup le café en poudre, car il avait une sorte d'arrière-goût fade qui lui rappelait celui des restaurants les plus chers de Varsovie.

— Il n'aurait jamais dû dire qu'il était de la police.

— C'était le cas ?

— Je n'en sais rien. Je ne crois pas. Je crois que c'était quelqu'un comme moi. Et qu'il a complètement flippé.

Wilson acquiesça. Il avait sans doute eu peur. Et, dans la panique, il avait lâché un mot qui aurait dû impliquer une protection. Mais à cet endroit et à ce moment précis, il avait eu l'effet exactement inverse.

— Je l'ai entendu crier *Je suis de la police*, et puis ça s'est changé en un pistolet sans cran de sûreté et un coup de feu.

Hoffmann posa la tasse, ce café en poudre était vraiment imbuvable, quel que soit le nombre de tentatives qu'on faisait pour l'ingurgiter.

— Il y avait longtemps que je n'avais pas vu quelqu'un mourir. Ce silence qui se produit quand quelqu'un arrête de respirer et qu'on suit son dernier souffle jusqu'à la fin.

Erik Wilson regarda l'homme perturbé et assez nerveux devant lui, qui portait la responsabilité d'un mort.

Il pouvait être très dur quand il le fallait mais, pour le moment, il était quelqu'un d'autre. Il ne s'était écoulé que trois ans depuis ses débuts d'infiltré à Wojtek Security International. Dans un rapport, le service du renseignement de la police judiciaire avait identifié cette société comme une branche florissante et en pleine expansion de la mafia de l'Europe de l'Est déjà implantée en Norvège et au Danemark. Le contrôleur général du commissariat central de Stockholm avait transmis ce rapport à Wilson en lui rappelant que Paula présentait un profil intéressant : le polonais était l'une de ses deux langues maternelles ; son nom figurait dans le fichier des personnes recherchées ; il avait un casier judiciaire assez solide pour subir avec succès tous les tests et mises à l'épreuve possibles.

Ils en étaient là, maintenant.

Avec courage, autorité et crédibilité en matière criminelle, Paula avait atteint le sommet de l'organisation, communiquait directement avec le directeur général adjoint et le Toit à Varsovie, derrière la façade de ce qui était censé être une entreprise de sécurité polonaise.

— Je l'ai entendu ôter le cran de sûreté, mais je n'ai pas été assez rapide.

Erik Wilson regarda son ami infiltré, dont le visage était alternativement celui de Piet et de Paula.

— J'ai tenté de les calmer, mais jusqu'à un certain point seulement, et puis… Erik, je n'avais pas le choix, tu comprends, j'ai un rôle à jouer et il faut que je le joue vachement bien, sinon… sinon, je suis mort.

C'était toujours aussi inattendu, son visage était totalement celui de Paula, maintenant.

— C'est lui qui a mal joué son rôle. Quelque chose clochait. Pour jouer les criminels, il faut être criminel.

Erik Wilson n'avait pas besoin d'être convaincu, il savait ce qu'il en était, que Paula vivait chaque jour avec une épée de Damoclès suspendue au-dessus de la tête et qu'un mouchard comme lui était détesté parmi les siens. Il voulait pourtant tester l'innocence de Piet, sans vraiment savoir pourquoi, avant de faire tout son possible pour qu'il obtienne l'immunité sur le plan pénal.

— Le tireur.

— Oui ?

— Quel angle ?

— Je sais ce que tu cherches, Erik. Je suis couvert.

— Quel angle ?

Piet Hoffmann savait que Wilson devait poser ses questions, que c'était ainsi que cela se passait.

— La tempe gauche. À angle droit et bout touchant.

— Où étais-tu ?

— En face du mort.

Erik Wilson revit l'appartement qu'il venait de visiter, la tache sur le sol et les fanions sur le mur, jusqu'à un espace en forme de cône où il n'y avait pas de sang éclaboussé ni de matière cérébrale.

— Tes vêtements ?

— Rien.

Jusqu'à présent, uniquement des bonnes réponses. L'espace en face du mort ne portait pas de trace de sang.

En revanche, le tireur avait dû en être couvert.

— Tu les as toujours ? Tes vêtements ?

— Non. Je les ai brûlés. Par mesure de sécurité.

Hoffmann savait ce qu'Erik cherchait. Des preuves.

— J'ai pris ceux du tireur. J'ai dit que je me chargeais de les brûler mais j'ai gardé la chemise. En cas de besoin.

Toujours seul. Ne te fie qu'à toi-même.

C'était ainsi que Piet Hoffmann vivait, c'était ainsi qu'il survivait.

— C'est bien ce que je pensais.

— Et l'arme. Je l'ai aussi.

Wilson sourit.

— L'appel ?

— C'était moi.

Encore une bonne réponse.

Après avoir quitté Kronoberg *twelve* Wilson était passé *thirty-seven* par le central départemental et avait vérifié *fifty* l'enregistrement.

— Je l'ai écouté. Tu avais l'air bouleversé. Et tu avais de bonnes raisons de l'être. Mais on va régler ça. Je m'en occuperai dès qu'on se quittera.

Ewert Grens en avait assez d'attendre. Vingt-deux minutes depuis leur dernière conversation. Combien de temps fallait-il vraiment pour examiner les empreintes dentaires et digitales d'un mort ? Jacob Andersen avait parlé d'un informateur. Grens soupira. C'était la vision d'avenir de la direction de la police : les personnes privées recrutées comme informateurs et infiltrés revenaient bigrement moins cher que les enquêteurs, sans compter qu'on pouvait s'en débarrasser et les griller à tout moment sans risquer des problèmes avec un syndicat gênant. Cet avenir n'était pas le sien. Le jour où le travail de n'importe quel policier serait interchangeable avec celui de criminels dénonçant les leurs, il serait à la retraite.

Vingt-quatre minutes. Il décida d'appeler lui-même.

— Andersen.

— Tu prends ton temps, bon sang.

— Ah, c'est toi, Ewert Grens.
— Alors ?
— C'est lui.
— Sûr et certain ?
— Les empreintes digitales étaient suffisantes.
— Qui c'est ?
— On l'appelait Carsten. Un de mes meilleurs infiltrés.
— Pas de nom de code, putain.
— Tu sais ce que c'est, comme officier traitant…
— Je dirige une enquête pour meurtre. Je me contrefous de tes prétendus secrets. Je veux un nom, un numéro de sécu, un domicile.
— Tu ne les auras pas.
— Situation de famille. Pointure. Orientation sexuelle. Taille de sous-vêtements. Je veux savoir ce qu'il faisait sur la scène de crime et sur ordre de qui il était là. Tout.
— Tu n'auras rien. Ce n'était que l'un des infiltrés de l'opération. On ne te dira donc rien.

Ewert Grens jeta le combiné sur le bureau avant de s'écrier :
— Bon… voyons voir… pour commencer, la police danoise opère sur le territoire suédois sans en informer les autorités du pays ! Et, quand l'opération tourne mal et se termine par un meurtre, elle continue ses cachotteries alors que ses collègues suédois tentent de résoudre l'affaire. Tu entends ça, Andersen ?

Le combiné de téléphone cogna une fois de plus la surface du bureau, encore un peu plus fort. Grens ne criait plus, il sifflait plutôt.
— Je sais que tu es tenu d'obéir aux ordres, Andersen.

Mais moi aussi. Et si je n'ai pas le fin mot de cette histoire avant… disons vingt-quatre heures, on va se voir, quoi que tu en penses, et se dire tout ce qu'on sait jusqu'au dernier mot.

Piet Hoffmann se sentait plus léger.

La veille au soir, il avait répondu correctement aux questions du directeur général adjoint sur le fâcheux événement de Västmannagatan et évité d'aller faire un tour en banlieue pour recevoir deux balles dans la tête. Et il venait de répondre correctement aux questions d'Erik, la seule personne pouvant témoigner de sa véritable mission et prête à lui éviter de passer en jugement et d'être condamné.

La rencontre, à Varsovie, avec le Toit, et la garantie financière de l'entreprise de conquête du marché fermé en Suède, voilà ce qu'on avait attendu de lui.

— Quatre mille gros consommateurs sous les verrous. Un prix trois fois plus élevé qu'au-dehors. Huit, voire neuf millions de couronnes par jour. À supposer que tout le monde paye, bien sûr.

Hoffmann arracha un autre morceau de plastique de la table de la cuisine.

— Mais ce n'est pas l'objectif.

Erik Wilson écouta, penché en arrière. C'était précisément ce moment qui justifiait toutes les peines. Trois années infernales à élaborer un profil assez dangereux pour pénétrer une organisation impossible à approcher sans cela. Les informations de Paula valaient bien le travail de quarante enquêteurs et il en savait maintenant davantage sur cette branche de la mafia que n'importe quel policier suédois.

— L'objectif est également de prendre le contrôle de l'extérieur.

Le moment qui justifiait la prise de risques, les menaces constantes.

— Il y a ceux qui ont assez d'argent pour se payer leur drogue depuis leur cellule.

Le moment où une organisation devait grandir, prendre le pouvoir, devenir autre chose.

— Et puis il y a les autres, ceux qui ne peuvent pas payer mais à qui on va continuer de vendre, les gagne-petit qui, à la fin de leur peine, sont libérés avec deux t-shirts, trois cents couronnes en poche et un billet de chemin de fer pour rentrer chez eux. Les larbins de Wojtek. C'est ainsi qu'on recrutera de nouveaux délinquants à l'extérieur. Ceux qui, quand ils auront fini leur temps, devront choisir entre travailler pour payer leur dette et prendre deux balles dans le buffet.

Le moment où la police suédoise pourrait intervenir pour mettre fin à l'expansion du crime et qui ne se présenterait pas deux fois.

— Tu comprends, Erik ? Il y a cinquante-six prisons, dans ce pays. Et on est en train d'en construire d'autres. Wojtek va les contrôler jusqu'à la dernière. Et disposer, à l'extérieur, d'une ribambelle d'endettés et d'endurcis du crime.

Les trois secteurs d'affaires de la mafia des pays de l'Est.

Trafic d'armes. Prostitution. Drogue.

Wilson resta assis à la table de cuisine bientôt recouverte à nouveau de plastique, avec vue sur une cour mitoyenne. Les organisations prenaient le contrôle et les autorités policières devaient se contenter de regarder.

Wojtek allait maintenant tenter un gros coup. D'abord les prisons, puis la rue. Mais il y avait une différence considérable, cette fois. La police avait placé un homme au sommet de la pyramide. Elle savait où, comment et à quel moment précis il serait possible de lancer une contre-attaque.

Erik Wilson vit Paula ouvrir un portillon, le refermer, puis disparaître dans l'immeuble de l'autre côté.

Il était temps de convoquer une autre réunion.

Dans les locaux du gouvernement.

Ils devaient obtenir la garantie de ne pas être tenus pour responsables du meurtre du 79 Västmannagatan, pour pouvoir continuer le travail d'infiltration, y compris depuis l'intérieur du système pénitentiaire.

Il restait deux cartons dans un coin de la pièce. Bientôt, il allait les pousser sur le sol du couloir, vers Einarsson, la protection de la confidentialité et un lieu de stockage sécurisé au dépôt des scellés.

Elle avait été totalement seule.

Il ne l'avait pas vraiment compris sur le moment, avait surtout pensé à lui-même, à sa propre peur et sa propre solitude.

Il ne s'était même pas rendu à l'enterrement et était resté couché, rasé de frais et vêtu de noir, sur le sofa en velours de son bureau, à contempler le plafond.

Ewert Grens se retourna, de honte, incapable de supporter la vue de ces cartons si intimement liés à elle.

Il avait tenté de laisser de côté, un certain temps, le 79 Västmannagatan, mais n'était arrivé à rien et sa table de travail était couverte d'enquêtes en cours qui vieillissaient et devenaient à chaque heure plus difficiles à résoudre. Il avait parcouru les dossiers des enquêtes préliminaires, puis les avait mis de côté l'un après l'autre. *Tentative d'extorsion de fonds* et adolescents boutonneux du quartier de la gare Sud menaçant des commerçants de Ringens Centrum. *Vol de véhicule* et véhicule de police banalisé retrouvé, sans ordinateur de bord ni matériel de communication, dans un tunnel sous

Sankt Eriksbron. *Harcèlement sexuel* et ex-mari contrevenant à plusieurs reprises à l'interdiction de visite à son ex-épouse dans Sibyllegatan. Enquêtes sans intérêt et sans âme qui n'en constituaient pas moins son quotidien et dont il s'occuperait plus tard, il était doué pour cela, le quotidien. Mais pas maintenant. Pour l'instant, il avait un cadavre sur les bras.

— Entrez.

On avait frappé à la porte. Un simple coup de phalange faisait beaucoup de bruit, dans une pièce sans musique.

— T'as un moment ?

Grens leva les yeux vers l'embrasure de la porte et vit quelqu'un qu'il n'appréciait guère. Il ne savait pas pourquoi, il n'y avait aucune raison particulière à cela, parfois c'était pour une raison sur laquelle il était impossible de mettre le doigt, mais cela le dérangeait quand même.

— Non, pas un seul.

Épaisse chevelure blonde, silhouette mince, yeux vifs, disert, intellectuel, pas mal de sa personne, encore bien jeune.

Erik Wilson était tout ce qu'Ewert Grens n'était pas.

— Même pas pour répondre à une petite question ?

Grens poussa un soupir.

— Les petites questions, ça n'existe pas.

Erik Wilson afficha un sourire et entra. Grens fut sur le point de le mettre à la porte, mais changea d'avis. Wilson avait été l'un des rares à ne pas se plaindre du volume sonore, dans le couloir qu'ils partageaient, et avait peut-être droit, donc, à une visite dans le silence.

— L'exécution au 79 Västmannagatan. Si j'ai bien compris… c'est toi qui mènes l'enquête ?

— C'est toi qui le dis.

Erik Wilson croisa le regard de ce commissaire peu loquace. La veille, en consultant le registre des dépôts de plainte, il pensait avoir trouvé un prétexte pour masquer sa véritable intention.

— Une simple idée. C'était au premier étage ?

Un nom finlandais, recel caractérisé, une tonne de cuivre traité.

— Non.

Selon le document qu'il avait consulté, l'affaire était close et le verdict déjà exécutoire.

— Il y a un an. Même adresse. J'ai enquêté sur un citoyen finlandais qui achetait et revendait de grosses quantités de cuivre volé.

Un crime merdique dont Grens ne s'était pas vraiment occupé, il était donc à peu près aussi informé que Wilson.

— Ah bon ?

— Même adresse. Je me demandais seulement s'il n'y aurait pas un lien.

— Non.

— T'es sûr ?

— Sûr et certain. Là, il s'agit de Polonais. Et d'un infiltré danois à l'état de macchabée.

Erik Wilson avait obtenu le renseignement qu'il désirait.

Grens enquêtait, avait déjà rassemblé des informations dangereuses et allait continuer à fouiner, le vieil homme était excité comme il l'était parfois, jadis, quand il était au mieux de sa forme.

— Un infiltré ?

— Tu… Je ne crois pas que ce soit tes oignons.

— Mais tu as piqué ma curiosité.

— Ferme la porte derrière toi en partant.

Wilson ne protesta pas, il n'avait pas besoin d'en savoir davantage. Quelques pas dans le couloir, puis la voix de Grens, à travers la poussière.

— La porte !

Deux pas en arrière, Wilson ferma la porte et poursuivit son chemin en direction de la suivante.

Celle du commissaire principal Göransson.

— Erik ?

— T'as un moment ?

— Assieds-toi.

Erik Wilson prit place devant l'homme qui était son chef et celui de Grens, et, de plus, la personne officiellement chargée de contrôler les activités des informateurs du commissariat du centre de la ville.

— T'as un problème.

Wilson regarda Göransson. La pièce était plus grande, le bureau aussi. C'était peut-être pour cela qu'il avait toujours l'air petit, lui.

— Ah bon ?

— Je viens de voir Ewert Grens. Il est en charge de l'exécution de Västmannagatan. Mais le problème, c'est que moi, qui ne le suis pas, j'en sais bien plus sur ce qui s'est passé que le responsable de l'enquête.

— Je ne vois pas pourquoi ça serait un problème.

— Paula.

— Eh bien ?

— Tu te souviens de lui ?

— Je m'en souviens.

Wilson savait qu'il n'avait pas besoin d'en dire beaucoup plus.

— Il était dans le coup.

Une voix électronique.

Twelve thirty-seven fifty.

Un bruit de fond. Manifestement, une scène d'intérieur. La voix était tendue et parlait à voix basse, sans accent.

Un homme mort. 79 Västmannagatan. Cinquième étage.

— Encore.

Nils Krantz appuya sur le bouton du lecteur de CD et régla avec soin le son des haut-parleurs. Tous deux identifiaient bien, à présent, le bourdonnement d'un réfrigérateur qui rendait les deux derniers mots difficilement compréhensibles.

— Encore.

Ewert Grens prêtait l'oreille au seul indice les reliant à un homme qui avait été témoin d'un meurtre avant de choisir de disparaître.

— Encore.

Le technicien secoua la tête.

— J'ai pas mal de choses à faire, Ewert. Mais je peux te graver ça pour que tu l'écoutes à ta guise et autant de fois que tu voudras.

Krantz transféra le fichier audio sur un nouveau disque et grava l'appel reçu par le central régional quelques minutes à peine après le coup de feu fatal.

— Qu'est-ce que je peux en faire ?

— T'as pas de lecteur de CD ?

— Je crois qu'Ågestam m'en a donné un après un petit différend qu'on a eu à propos du père qui avait tué le meurtrier de sa fille. Mais je ne m'en suis jamais servi. Pourquoi l'aurais-je fait ?

— Prends celui-ci. Mais rends-le-moi quand tu auras fini.

— Encore une fois ?

Krantz secoua de nouveau la tête.

— Ewert ?

— Oui ?

— Tu sais vraiment pas comment on fait ?

— Non.

— Mets le casque. Et lance la lecture. T'en es capable.

Grens s'assit sur une chaise, tout au fond du service technique, appuya sur plusieurs boutons, au hasard, tira avec prudence sur un fil assez long et sursauta, au bout d'un moment, quand la voix retentit de nouveau dans le casque.

La seule chose qu'il savait sur l'homme qu'il recherchait.

— Ce n'est pas tout.

Nils Krantz remua les mains autour de ses oreilles, pour faire comprendre à Ewert de retirer le casque.

— On a fouillé tout le 79 Västmannagatan. Le moindre recoin. On n'a rien trouvé qui pouvait avoir un lien avec cette enquête.

— Recommencez à chercher.

— Tu sais bien qu'on ne bâcle pas le travail. Si on n'a rien trouvé la première fois, on n'en trouvera pas plus la seconde. Tu le sais, Ewert.

Ewert Grens ne l'ignorait pas. Mais il savait aussi qu'il n'avait rien d'autre et qu'il n'arrivait à rien dans cette enquête, pour le moment. Le lecteur de CD à la main, il se hâta de traverser le grand bâtiment vers la sortie donnant sur Kungsholmsgatan. Quelques minutes plus tard, depuis le trottoir, il fit signe à une voiture de patrouille qui passait par là, ouvrit la portière arrière et demanda à l'agent étonné de le conduire au 79 Västmannagatan et de l'attendre sur place.

Il prit l'escalier pour monter les cinq étages, s'arrêtant brièvement devant la porte portant le nom finlandais dont Wilson avait tenté un peu plus tôt de lui parler, avant de poursuivre jusqu'à l'appartement encore gardé par un agent de sécurité privé en uniforme vert. Il regarda la grande tache de sang et les fanions sur le mur mais, cette fois, c'était la cuisine qui l'intéressait et surtout l'endroit près du réfrigérateur où Krantz était sûr à cent pour cent que s'était tenu l'homme qui avait passé l'appel. *Ta voix est calme, même si tu es bouleversé.* Il mit le casque et appuya sur les deux boutons qu'il avait actionnés la fois précédente. *Tu es précis, systématique, tu vas droit au but.* La voix à nouveau. *Tu es capable de t'abstraire du chaos qui règne autour de toi.* Grens alla de l'évier au plan de travail et écouta quelqu'un qui s'était trouvé à cet endroit précis et avait parlé à voix basse d'un homme mort, tandis que des gens se déplaçaient, de l'autre côté de la porte, près d'un corps qui saignait encore abondamment. *Tu as participé à un meurtre, mais tu as choisi de donner l'alerte avant de disparaître.*

— C'est génial ce truc.

Il avait appelé Nils Krantz en descendant l'escalier.

— De quoi tu parles ?

— De l'appareil que tu m'as prêté. Nom de Dieu, je peux écouter ça quand je veux, le nombre de fois que je veux.

— Parfait, Ewert. C'est super. À plus.

La voiture l'attendait, garée en double file devant la porte, l'agent toujours au volant, ceinture bouclée.

Grens monta sur le siège arrière.

— Arlanda.

— Pardon ?

— Il faut que j'aille à Arlanda.

— Mais je suis pas un taxi ! Et je suis plus en service dans un quart d'heure.

— Alors, je pense que tu devrais mettre le gyrophare. Ça ira plus vite.

Ewert Grens se cala contre le dossier de son siège, tandis que la voiture s'approchait de Norrtull et de la E4, en direction du nord. *Qui es-tu ?* Le casque sur les oreilles, il eut le temps d'écouter l'appel à plusieurs reprises avant d'arriver au Terminal 5. *Qu'est-ce que tu faisais là ?* Il allait voir quelqu'un qui en savait plus que lui sur au moins une des personnes qui s'étaient trouvées dans l'appartement lorsqu'une une balle en plomb et en titane avait pénétré brutalement une boîte crânienne, et il ne rentrerait pas chez lui avant d'avoir obtenu ce qu'il voulait. *Où es-tu, maintenant ?*

Il tenait un sac en plastique à la main, le balançant lentement d'avant en arrière entre le volant et la vitre latérale.

Piet Hoffmann avait quitté le cinq, un appartement vide accessible depuis deux adresses différentes, à onze heures et demie du matin. Il était tendu, partagé entre le coup de feu de Västmannagatan et le succès de son coup d'audace chez Wojtek, entre la confiance et la peine de mort potentielle, rester ou fuir. Quand il avait fermé la dernière porte de la cour, son téléphone avait sonné. C'était le personnel de l'école maternelle qui voulait lui parler d'accès de fièvre et de deux enfants aux joues brûlantes, allongés sur un sofa, qui attendaient de rentrer chez eux. Il s'était directement rendu à Hagtornsgården, à Enskededalen, avait récupéré ses deux enfants fébriles et épuisés et avait pris le chemin de sa maison, à Enskede.

Il regarda le sac en plastique, la chemise qui s'y trouvait et son motif à carreaux gris et blancs maintenant recouvert de sang et de fragments d'être humain.

Il les avait mis au lit et ils s'étaient endormis avec un livre pour enfants dans les mains. Il avait appelé Zofia, promis de rester à la maison et elle avait embrassé le combiné, deux fois, toujours un nombre pair.

À présent, à travers la vitre de la voiture, il regarda l'horloge au-dessus de l'entrée d'un magasin. Plus que six minutes. Il se retourna et les vit assis, particulièrement silencieux, le regard vide et le corps flasque, Rasmus était presque allongé sur le siège arrière.

Il avait arpenté un peu plus tôt la maison éveillée, caressant parfois avec inquiétude leurs joues fiévreuses, avant de se rendre compte qu'il n'avait pas le choix. Le flacon de paracétamol se trouvait dans un des compartiments latéraux du réfrigérateur et ils avaient fini par avaler tous les deux les cuillers à soupe de double dose qu'il leur avait administrées, non sans protester que c'était dégoûtant et qu'ils préféraient être malades. Il les avait ensuite portés à la voiture, avait effectué le court trajet qui les séparait de Slussen et Södermalm, et s'était garé à une centaine de mètres de l'entrée de Hökens gata.

Rasmus était maintenant allongé de tout son long sur la banquette arrière, partiellement recouvert par Hugo.

Leurs joues rouges étaient un peu moins en feu depuis que le paracétamol avait commencé à faire son effet.

Piet Hoffmann ressentit quelque chose qui devait être de la honte.

Pardon. Vous ne devriez pas être là.

Dès qu'il avait été recruté, il s'était promis de ne jamais mettre quelqu'un qu'il aimait en danger. Ce serait la seule et unique fois ; cela ne se reproduirait pas. Cela avait failli arriver, quelques années auparavant, le jour où on avait tout à coup frappé à la porte et Zofia avait invité les deux visiteurs à prendre un café. Elle s'était montrée prévenante et gaie, sans avoir la moindre idée de qui elle servait : le directeur général adjoint et le quatrième homme de la hiérarchie, qui enquêtait sur quelqu'un en train de monter en grade. Hoffmann lui avait ensuite expliqué que c'étaient deux de ses clients et elle l'avait cru, comme toujours.

Plus que deux minutes.

Il se pencha vers l'arrière, embrassa leurs fronts pour l'instant frais et leur expliqua qu'ils allaient rester seuls juste un petit moment, qu'ils devaient promettre d'être bien sages, comme des grands garçons.

Il verrouilla la portière de la voiture et franchit la porte d'entrée du numéro 1 Hökens gata.

Vingt minutes plus tôt, Erik était entré par le 15 Götgatan et l'observait par la fenêtre du troisième étage, comme il le faisait toujours quand Paula traversait la cour.

Lieu de rendez-vous numéro quatre à quatorze heures zéro zéro.

Un bel appartement vide du centre de la ville qui, durant les quelques mois de sa rénovation, était un de leurs six lieux de rendez-vous. Troisième étage, la porte au nom de LINDSTRÖM ; un signe de tête à l'intention d'Erik à qui il tend le sac en plastique resté dans une des armoires à fusils sous clé et contenant une chemise tachée de sang et de poudre, celle que Mariusz avait portée vingt-quatre heures plus tôt. Puis il se dépêche de descendre rejoindre les enfants.

Les marches en aluminium de l'escalier menant de l'avion de la SAS à la piste d'atterrissage de Kastrup étaient trop basses s'il en prenait une seule à la fois et trop hautes s'il tentait d'en prendre deux. Ewert Grens regarda ses compagnons de voyage et vit qu'il en allait de même pour eux, leurs jambes effectuaient des mouvements irréguliers pour gagner le petit bus qui devait les conduire au bâtiment du terminal. Près de la dernière marche, il attendit une voiture blanche à bandes bleues portant l'inscription POLITI, dont le jeune conducteur en uniforme lui rappelait l'agent suédois qui, une bonne heure plus tôt, s'était arrêté devant le hall des départs à Arlanda. Le jeune homme s'empressa de sortir, ouvrit la portière arrière et salua militairement le commissaire suédois. Le salut militaire. Il y avait longtemps de ça. C'était ce même salut qu'il faisait à ses supérieurs dans les années soixante-dix. Et que plus personne n'effectuait, maintenant qu'il était lui-même en situation de commandement. Il en était heureux, ayant du mal à supporter ce genre de gestes de soumission.

Il y avait déjà quelqu'un sur le siège arrière.

Un homme en civil dans la quarantaine, qui ressemblait beaucoup à Sven, le genre de policier à l'air sympathique.

— Jacob Andersen.

Grens sourit.

— Tu n'avais pas dit que ton bureau avait vue sur Langebro ?

— Bienvenue à Copenhague.

Quatre cents mètres plus loin, la voiture se gara près d'une porte, à peu près au milieu du terminal, et ils entrèrent dans le poste de police de l'aéroport. Ewert Grens y était déjà venu plusieurs fois auparavant et trouva sans difficulté la salle de réunion, tout au fond, où du café et des pâtisseries danoises les attendaient.

Ils viennent te chercher en voiture, réservent une salle de réunion dans le poste local et te servent du café et des gâteaux.

Grens observa ses collègues danois, qui cherchaient des gobelets en plastique et des morceaux de sucre.

Il éprouvait une bonne sensation, comme si l'étrange aversion, la réticence silencieuse qu'il éprouvait à l'idée de cette collaboration avait disparu.

Jacob Andersen essuya ses doigts collants du papier des pâtisseries sur son pantalon et posa une photo format A4 au centre de la table. Un tirage en couleurs, très fortement agrandi. Grens l'examina. Un homme entre trente et quarante ans, cheveux en brosse, blond, traits grossiers.

— Carsten.

Dans la salle d'autopsie, Ludvig Errfors avait évoqué un homme d'allure nord-européenne, avec traces d'opérations internes et dentaires laissant penser qu'il avait grandi en Suède.

— Nous procédons autrement, ici. Des noms de code masculins pour les informateurs masculins, féminins pour les informatrices. Pourquoi compliquer les choses ?

Je t'ai vu sur le sol, tu avais trois gros trous noirs dans la tête.

— Carsten. Ou Jens Christian Toft.

Je t'ai vu ensuite sur la table d'autopsie d'Errfors, sans le moindre morceau de peau sur le visage.

— Citoyen danois, mais né et ayant grandi en Suède. Condamné pour voies de fait aggravées, parjure, chantage, il était depuis deux ans dans le bloc D de Vestre Fængsel, à Copenhague, quand nous l'avons recruté. Comme vous. Parfois dès la préventive. N'est-ce pas ?

Je te reconnais, c'est bien toi, même sur la photo d'autopsie où on t'a rendu plus présentable, elle ressemble à celle-ci.

— On l'a formé, on lui a donné une couverture. Il a été rémunéré par la police de Copenhague en tant qu'infiltré pour inciter la quasi-totalité du crime organisé à procéder à des achats. Les Hells Angels, les Bandidos, la mafia russe, yougoslave, mexicaine… à toi de choisir celle que tu veux. C'était la troisième fois qu'il provoquait les Polonais de Wojtek.

— Wojtek ?

— Wojtek Security International. Agence de sécurité, protection des personnes, transports de fonds. Du moins officiellement. Comme dans tous les autres pays de l'Est. Le crime organisé derrière une façade de sociétés de sécurité.

— La mafia polonaise. Elle a donc un nom. Wojtek.

— Mais c'était la première fois qu'il opérait en Suède. Et sans appui, on voulait éviter une intervention en territoire suédois. C'est pour cette raison qu'on a qualifié ça d'achat non contrôlé.

Ewert Grens s'excusa et se leva. La photo d'un homme mort dans une main et le téléphone portable dans l'autre, il quitta la pièce pour gagner le grand hall des départs en s'efforçant d'éviter de buter sur les grosses valises qui s'agglutinaient en tout sens.

— Sven ?

— Oui ?

— Où es-tu ?

— Dans mon bureau.

— Mets-toi devant ton ordi. Envoie une question multiple sur un certain Jens Christian Toft. Né en 1965.

Il se pencha pour ramasser un bagage tombé du chariot d'une vieille dame bronzée et souriante. Elle le remercia et il lui rendit son sourire tout en écoutant Sven Sundkvist tirer sa chaise de bureau et le bruit agaçant, ressemblant à une tonalité, de l'ordinateur se mettant en marche.

— Prêt ?

— Non.

— Je suis pressé.

— Je lance le système, Ewert. Ça prend le temps qu'il faut. J'y peux rien.

— Tu peux le démarrer plus rapidement.

Quelques minutes de bruits de clavier, Grens arpentait fiévreusement le hall, entre les voyageurs et les comptoirs d'enregistrement, puis la voix de Sven revint.

— Aucune réponse.

— Nulle part ?

— Pas de casier judiciaire, rien dans le registre des permis de conduire, ni dans celui des citoyens suédois, il n'est pas fiché et ne figure pas dans le fichier des personnes recherchées.

Ewert Grens fit lentement deux fois le tour du hall bondé.

Il avait obtenu un nom. Il savait maintenant qui avait été retrouvé au milieu d'une tache sombre sur le sol d'une salle de séjour.

Mais cela ne lui servait à rien.

Le mort ne l'intéressait pas. L'identité d'un défunt n'avait de sens que si elle le rapprochait d'un coupable. C'était pour découvrir celui-ci qu'il était payé. Or, ce nom qui n'apparaissait nulle part dans les fichiers suédois ne changeait absolument rien à l'affaire.

— Écoute un peu ça.

Ewert Grens était retourné prendre place dans la pièce aux viennoiseries trop grasses et aux tasses de café trop petites, dans le poste de police de Kastrup.

— Pas encore.

— C'est pas grand-chose. Mais c'est tout ce que j'ai.

Cette voix qui prononçait sept mots à voix basse au cours d'un appel d'urgence était toujours ce qui le rapprochait le plus du meurtrier.

— Pas encore, Grens. Avant d'aller plus loin, je veux m'assurer que tu es bien conscient des tenants et des aboutissants de cette réunion.

Jacob Andersen prit le lecteur de CD et le casque, mais les posa sur la table.

— Je ne t'ai donné aucun renseignement par téléphone parce que je voulais savoir à qui je parlais, au juste. Si je pouvais te faire confiance. Parce que s'il devait se répandre que Carsten travaillait pour nous, d'autres infiltrés risquent de mourir eux aussi – ceux qu'il a recommandés et soutenus auprès de Wojtek. Cela reste entre nous. D'accord ?

— Je n'aime pas ces foutues cachotteries qui entourent tout ce qui concerne l'activité des informateurs. Ça fout d'autres enquêtes en l'air.

— D'accord ?

— D'accord.

Andersen mit le casque et écouta.

— L'appel passé depuis l'appartement.

— Je comprends.

— C'est sa voix ?

Ewert Grens désigna la photo sur la table.

— Non.

— Tu l'as déjà entendue ?

— Il m'en faudrait plus pour te répondre avec certitude.

— C'est tout ce qu'on a.

Jacob Andersen écouta de nouveau.

— Non, je ne reconnais pas cette voix.

Sur la photo, Carsten, de son vrai nom Jens Christian Toft, était mort, mais c'était presque comme s'il le regardait et Grens n'aimait pas cela. Il la tira vers lui et la retourna.

— Ce type ne m'intéresse pas. Celui qui m'intéresse, c'est celui qui lui a tiré dessus. Je veux savoir qui d'autre se trouvait dans l'appartement.

— J'en ai aucune idée.

— Tu dois quand même bien savoir qui il devait rencontrer au cours d'une de *tes* opérations, nom de Dieu !

Jacob Andersen n'aimait pas les gens qui haussaient le ton inutilement.

— La prochaine fois que tu me parles comme ça, je mets fin à la réunion.

— Mais si c'était bien toi qui…

— C'est bien compris ?

— Oui.

Le commissaire danois poursuivit.

— La seule chose que je sais, c'est que Carsten devait rencontrer des représentants de Wojtek et leur contact suédois. Mais je n'ai pas de nom.

— Leur contact suédois ?

— Oui.

— T'en es sûr ?

— C'est l'information dont je dispose.

Deux voix suédoises, dans un appartement, lors d'un règlement de comptes de la mafia polonaise.

L'un était mort. L'autre avait donné l'alerte.

— C'était toi.

Andersen regarda Grens avec surprise.

— Pardon ?

— Le contact suédois.

— De quoi tu parles ?

— Je dis que je vais retrouver ce salaud.

La maison n'était qu'à quelques centaines de mètres de la circulation très dense de Nynäsvägen, qui réduisait en bouillie toute tentative de réflexion. Mais, après un rapide parcours de petites rues, après une école et un petit parc, un autre monde l'attendait. Il ouvrit la portière de la voiture et prêta l'oreille. On n'entendait même pas le bruit sourd des camions en train de se doubler.

Quand il prit le virage, elle l'attendait déjà dans l'allée du garage.

Tellement belle, dans ses vêtements trop fins et malgré ses pantoufles.

— Où étais-tu ? Où étiez-*vous* ?

Zofia ouvrit la portière arrière et caressa la joue de Rasmus, avant de le prendre dans ses bras.

— Deux clients. Je les avais oubliés.

— Des clients ?

— Un gardien qui avait besoin d'un gilet pare-balles. Et un magasin qui veut adapter son système d'alarme. Je n'avais pas le choix. Et ils sont restés assis tranquillement sur le siège arrière, juste un petit moment.

Elle toucha le front des deux enfants.

— Ils ne sont pas brûlants.

— Bon.

— C'est peut-être en voie d'amélioration.

— J'espère.

Je l'embrasse sur la joue et je sens son parfum en même temps que je profère un mensonge.

C'est très simple. Et je suis doué pour ça.

Mais je ne supporterai pas de lui mentir encore une fois, pas à elle, pas aux enfants, je n'en peux plus.

L'escalier en bois gémit sous le poids de deux parents portant les petits corps de leurs enfants fiévreux, sous des draps blancs, au deuxième étage de la maison. Il resta un instant à les regarder, ils dormaient déjà et ronflaient un peu, comme quand on lutte contre des microbes rusés. Il tenta de se rappeler l'époque avant ces deux garçons qu'il aimait plus que tout au monde, ces jours de vide où il n'avait à penser qu'à lui-même. Il se souvenait mais ne ressentait rien, car il n'avait jamais réussi à comprendre, alors, que ce qui avait paru si important, si fort et si absolu perdait tout son sens dès que quelqu'un vous regardait et vous appelait papa.

Il passa d'une pièce à l'autre, les embrassa sur le front et sentit sur ses lèvres la fièvre qui commençait à monter de nouveau. Il descendit dans la cuisine, s'assit sur la chaise derrière Zofia et observa son dos tandis qu'elle lavait des assiettes qui seraient ensuite rangées dans un placard de sa maison à lui, de sa maison à elle, *leur* maison. Il lui faisait confiance. C'était la vérité, il ressentait une confiance comme il n'aurait jamais pu en souhaiter. Il lui faisait confiance et elle lui faisait confiance.

Et elle lui faisait confiance.

Or, il venait de lui mentir. Il y pensait rarement, car c'était une question d'habitude, il pesait toujours la plausibilité d'un mensonge avant d'être conscient qu'il allait mentir. Cette fois, celui-ci avait été répugnant. Il était assis derrière elle et sentait cette présence déraisonnable, exigeante et difficile à supporter.

Elle se retourna, lui sourit et caressa sa joue d'une main douce et humide.

Cette main qu'il aimait tant.

Mais, pour l'instant, il était simplement mal à l'aise.

« Deux clients. Je les avais oubliés. Et ils sont restés assis tranquillement sur le siège arrière, juste un petit moment. »

Et si elle n'avait pas avalé ça ? *Je ne te crois pas.* Et si elle n'avait pas gobé son mensonge ? *Je veux savoir ce que tu as vraiment fabriqué.*

Il se serait effondré et aurait tout arrêté, alors. Sa force, sa vie, son énergie, il avait tout édifié autour de sa confiance.

Dix ans plus tôt.

Il est incarcéré à Österåker, prison située au nord de Stockholm.

Ses voisins de cellule, ses amis de douze mois, ont tous leur façon de survivre à la honte et ont élaboré avec soin leurs mécanismes de défense, leurs mensonges.

Celui d'en face, dans la cellule 4, ce junkie qui vole pour continuer à s'offrir sa dope et se fait quinze maisons de banlieue en une seule nuit, répète avec conviction : *Je ne fais jamais de mal aux enfants, je ferme toujours la porte de leur chambre et n'y prends jamais rien, au moins,* c'est son foutu mantra, son réflexe de survie, sa morale bien à lui censée lui permettre de se sentir mieux dans sa peau, en tout cas, et d'éviter le mépris de soi.

Piet savait, comme tout le monde, que celui de la 4 avait depuis longtemps pissé sur cette morale et qu'il volait désormais tout ce qu'il y avait à voler dans les chambres des enfants, quand le besoin d'une nouvelle dose était plus fort que son amour-propre.

Et l'autre, un peu plus loin, cellule 8, reconnu coupable de voies de fait répétées, s'était fabriqué une autre morale de façade, au moyen d'un autre mantra, pour faire face au dégoût de soi : *Je frappe jamais les femmes, juste les hommes, je frapperais jamais une femme, quoi qu'il arrive.*

Piet savait, comme tout le monde, que celui de la 8 avait depuis longtemps distingué ses paroles de ses actes, lui aussi, et frappait maintenant les femmes : désormais il tapait sur tous ceux et toutes celles qui croisaient son chemin.

La morale de façade.

Piet avait méprisé cela, comme il avait toujours méprisé ceux qui mentaient, y compris à eux-mêmes.

Il la regarda. Le contact de sa main mouillée l'avait mis mal à l'aise.

Mais il n'avait à s'en prendre qu'à lui-même. Il avait mis en pièces sa propre morale, le sophisme qui lui permettait de rester quelqu'un de bien à ses propres yeux : *Ma famille, je ne me servirai jamais de ma famille pour mes mensonges, je ne forcerai jamais Zofia et les enfants à participer à mes mensonges, en tout cas.*

Mais c'était ce qu'il venait de faire, comme celui de la 4, de la 8 et tous les autres, précisément ce qu'il méprisait.

Il s'était menti à lui-même.

Il ne restait plus rien de bien en lui.

Zofia ferma le robinet, la vaisselle était terminée. Elle essuya l'évier et alla s'asseoir sur ses genoux. Il l'enlaça, l'embrassa sur la joue, par deux fois comme elle y tenait, blottit son nez dans l'espace entre son cou et son épaule, et le laissa à cet endroit où sa peau était si douce.

Erik Wilson ouvrit un fichier vide, dans l'ordinateur qu'il n'utilisait qu'après un contact avec un infiltré.

M sort un pistolet
(Radom 9 mm fabriqué en Pologne)
de son holster.
M ôte le cran de sécurité et le braque contre
la tête de l'acheteur.

Il tenta de rassembler ses souvenirs pour transcrire ce que Paula lui avait dit au cinq.

Pour le protéger. Pour se protéger lui-même.

Mais surtout pour avoir des munitions, si quelqu'un devait se mettre à poser des questions sur l'utilisation de l'argent destiné aux indics. Sans rapport secret et sans caisse noire pour la rémunération des tuyaux du grand public, ni Paula ni aucun de ses collègues ne serait payé pour son travail tout en restant inconnus des registres officiels de paye.

P ordonne à M de se calmer
M abaisse son arme, fait un pas
en arrière, remet le cran de sûreté.

Quand ce rapport secret aura quitté son bureau et sera parvenu, par l'intermédiaire du commissaire principal Göransson, dans celui du directeur de la police régionale, Wilson l'effacera du disque dur de l'ordinateur, activera le code de verrouillage et fermera l'appareil qui, par mesure de sécurité, n'est jamais connecté à Internet.

Soudain l'acheteur s'écrie
« Je suis de la police ».

Erik Wilson le rédigeait, Göransson le vérifiait et le directeur de la police régionale le conservait.

Si quelqu'un d'autre lisait cela, si quelqu'un d'autre savait… c'était la vie de l'infiltré qui était en péril, si quelqu'un qu'il ne fallait pas venait à avoir connaissance de l'identité de Paula et de sa mission, c'était condamner celui-ci à mort.

M braque de nouveau son arme
contre la tempe de l'acheteur.

La police suédoise ne ferait rien, n'arrêterait personne et ne procéderait à aucune saisie, cette fois. Le seul objectif de l'opération au 79 Västmannagatan avait été de renforcer la position de Paula au sein de Wojtek au moyen d'une transaction de drogue qui faisait partie de son quotidien.

P tente d'intervenir et
l'acheteur crie de nouveau « police ».
M presse le pistolet un peu plus fort contre
sa tempe et tire.

Tout infiltré vit en permanence comme un condamné à mort.

Erik Wilson relut à plusieurs reprises les dernières lignes de son rapport secret.

Cela aurait pu être Paula.

L'acheteur tombe de côté,
légèrement sur la droite, glisse de sa chaise
sur le sol.

Non, impossible.

Celui ou ceux qui avaient imaginé la couverture de l'informateur danois avaient fait un boulot de merde. Erik Wilson avait personnellement créé Paula. Pas à pas, fichier après fichier.

Il savait qu'il était doué pour ça.

Et il savait que Piet Hoffmann était doué pour survivre.

Ewert Grens avait pris place dans un des bars à forte odeur de bière de Kastrup et buvait de l'eau minérale danoise dans un gobelet en carton brun.

Tous ces gens qui partaient avec du Toblerone et des chocolats à la liqueur dans des sacs en plastique scellés. Il n'avait jamais compris pourquoi ils travaillaient onze mois afin d'économiser assez d'argent pour s'absenter le douzième.

Il soupira.

L'enquête n'avait pas avancé, il ne savait pas grand-chose de plus maintenant qu'à son départ de Stockholm, quelques heures plus tôt.

Que le mort était un informateur danois. Qu'il s'appelait Jens Christian Toft. Qu'il travaillait pour la police danoise et était chargé d'achats auprès du crime organisé.

Mais rien sur le meurtrier.

Rien sur la personne qui avait donné l'alerte.

Il savait aussi qu'un contact suédois et des Polonais représentant une branche de la mafia de l'Est connue sous le nom de Wojtek étaient sans doute dans l'appartement au moment où le coup de feu avait été tiré.

C'était tout.

Aucun visage, aucun nom.

— Nils ?

Grens avait joint Nils Krantz dans un des bureaux de la police scientifique.

— Oui ?

— Je veux que tu élargisses le périmètre de recherches.

— Maintenant ?

— Maintenant.

— De combien ?

— Autant qu'il le faudra. Les pâtés de maisons des alentours. Les arrière-cours, les cages d'escalier, les locaux à poubelles.

— Où es-tu ? Il y a un sacré bruit de fond.

— Dans un bar. Des Danois qui tentent d'oublier leur peur de l'avion en buvant.

— Et qu'est-ce que tu fabriques dans un…

— Nils ?

— Oui ?

— S'il y a quelque chose qui peut nous faire avancer… trouve-le.

Il but le reste de son eau minérale tiède, prit quelques cacahuètes dans un bol sur le comptoir et se dirigea vers sa porte d'embarquement et la file de passagers prêts à monter dans l'avion qui les attendait.

Le rapport secret sur le 79 Västmannagatan comportait cinq feuillets A4 rédigés serré et glissés dans une pochette en plastique trop étroite. Le commissaire principal Göransson l'avait relu quatre fois, en l'espace d'une bonne heure : il finit par ôter ses lunettes et lever la tête vers Erik Wilson.

— Qui ?

Wilson avait scruté ce visage qui, d'habitude, était perdu et presque timide, en dépit des responsabilités de son propriétaire.

À chaque relecture, il se tendait davantage et son teint devenait plus rouge.

Maintenant il était sur le point d'éclater.

— Qui est le mort ?

— Sans doute un infiltré.

— Un infiltré ?

— Un *autre* infiltré. Nous pensons qu'il travaillait pour nos collègues danois. Il ne connaissait pas l'existence de Paula. Et Paula ne savait pas qu'il existait.

Le patron de la brigade criminelle tenait ces cinq minces feuillets A4 qui pesaient plus lourd que toutes les enquêtes préliminaires du service réunies. Il les posa sur le bureau, près d'une autre version du même meurtre commis au même moment à la même adresse. Un rapport transmis par le procureur Ågestam sur les progrès de l'enquête officielle de Grens, Sundkvist et Hermansson.

— Je veux une garantie que l'éventuelle participation de Paula au meurtre de Västmannagatan restera là. Dans ce rapport secret.

Göransson contempla les deux piles de papiers devant lui. Le rapport secret de Wilson sur ce qui s'était réellement passé. Et l'enquête en cours de Grens, qui contenait et ne contiendrait rien d'autre que ce que les deux policiers présents dans cette pièce lui permettraient de contenir.

— C'est pas comme ça que ça se passe, Erik.

— Si Grens apprend… On ne peut simplement pas se le permettre. Paula est près du but. Pour la première fois, on va pouvoir briser une branche de la mafia dès sa phase de mise en place. On n'y est jamais parvenus. Tu sais aussi bien que moi, Göransson, que cette ville, c'est pas nous qui y faisons la loi, mais eux.

— Je ne fournis aucune garantie à une source à haut niveau de risque.

Erik Wilson tapa du poing sur le bureau. Jamais encore il n'avait fait ce genre de chose dans le bureau de son supérieur.

— Tu sais que ce n'est pas le cas. Tu as pris connaissance des rapports secrets sur ce qu'il a fait depuis neuf ans. Tu sais qu'il n'a *jamais* échoué.

— Il reste et restera un criminel.

— C'est une des conditions pour qu'un infiltré soit opérationnel !

— Complicité de meurtre. Si ce n'est pas une source à haut niveau de risque, ça… qu'est-ce qu'il te faut ?

Wilson frappa de nouveau du poing.

Il saisit la pochette en plastique, y glissa les cinq feuillets et la tint fermement dans la main.

— Écoute-moi, Fredrik. Sans Paula, on a une chance de moins. Et elle ne se renouvellera pas. Ce qu'on perd maintenant, on le perd pour toujours, on sera face à ce qu'on constate dans les prisons de Finlande, de Norvège et du Danemark. Combien de temps va-t-on rester sur la touche, à regarder ?

Göransson leva la main. Il avait besoin de réfléchir. Il avait entendu ce que disait Wilson et voulait comprendre ce que cela impliquait.

— Tu veux la même solution que pour Maria ?

— Je veux que Paula continue. Au moins deux mois de plus. On a encore besoin de lui.

Le patron de la brigade de recherches avait pris sa décision.

— Je vais convoquer une réunion. À Rosenbad[1].

---

1. Équivalent de l'hôtel Matignon, en France. (*Toutes les notes sont des traducteurs.*)

Erik Wilson quitta le bureau du commissaire principal Göransson à pas lents. Il s'arrêta brièvement devant la porte ouverte d'Ewert Grens : le bureau était vide, le commissaire qui ne finirait jamais son enquête n'y était pas.

Mercredi

Le mur d'êtres humains.

Il avait oublié la marée humaine qui déferlait à huit heures du matin entre le quai du métro et les bouches donnant sur Vasagatan.

La voiture était restée dans l'allée du garage, à côté d'un camion de pompiers rouge en plastique, au cas où la fièvre des enfants empirerait et où Zofia aurait besoin de les conduire au centre de soins ou à la pharmacie. Piet Hoffmann bâilla et zigzagua entre des banlieusards avançant trop lentement, sous l'effet de la fatigue. Au cours de la nuit, il s'était levé toutes les heures, tandis que la fièvre continuait à monter. La première fois, juste après minuit, il avait ouvert les fenêtres des chambres des deux garçons, écarté la couverture de leurs corps brûlants et s'était assis à leur chevet, à tour de rôle, jusqu'à ce qu'ils se rendorment. La dernière fois, vers cinq heures, il les avait obligés à prendre une nouvelle dose de paracétamol, car ils avaient besoin de repos, de sommeil, pour guérir. À l'aube, les deux parents en robe de chambre s'étaient mis d'accord à voix basse sur la façon de se répartir la journée, comme ils le faisaient toujours quand quelqu'un était malade ou que l'école maternelle était fermée pour cause de conférence pédagogique : il devait travailler le matin, rentrer à la maison et, après un déjeuner commun, libérer Zofia qui irait travailler l'après-midi.

Vasagatan n'était pas une rue particulièrement belle, ce n'était qu'un triste ruban d'asphalte sans âme, et pourtant elle accueillait les premiers pas des nombreux visiteurs qui venaient de descendre du train, du bus de l'aéroport ou d'un taxi, dans l'intention de voir la Venise du Nord que leur avaient promise les brochures touristiques sur papier glacé. Piet Hoffmann était en retard et ne prêta attention ni à la laideur ni à la beauté, en approchant de l'hôtel du nom de Sheraton et de la table près du comptoir, tout au fond de l'élégant hall d'accueil.

Ils s'étaient rencontrés trente-six heures plus tôt dans un grand bâtiment sombre d'ul. Ludwika Idzikowskiego, à Mokotów, dans le centre de Varsovie. Henryk Bak et Zbigniew Boruc. Son contact et le directeur général adjoint.

Il les salua d'une de ces solides poignées de main des hommes qui prennent soin de montrer qu'ils ont de la poigne.

Cette visite témoignait du sérieux avec lequel le siège prenait l'affaire.

C'était maintenant que tout commençait, au moyen de cette opération prioritaire. Les livraisons et les horaires à l'extérieur de la prison étaient gérés directement depuis Varsovie.

Ils desserrèrent leur poignée de main et le directeur général adjoint prit place à la table avec son demi-verre de jus d'orange. Henryk accompagna Hoffmann vers la sortie de l'hôtel, avant de ralentir et de marcher un pas derrière lui, comme s'il n'était pas sûr du chemin ou désirait simplement garder le contrôle. Vasagatan était aussi dépourvue d'âme dans ce sens, ils passèrent devant la bouche de métro, traversèrent la rue entre des voitures filant à toute allure et longèrent le trottoir jusqu'à la porte d'entrée d'une entreprise de sécurité, au deuxième étage.

Ils ne se parlèrent pas, pas plus qu'ils ne s'étaient parlé un jour et demi plus tôt, à Varsovie, alors qu'ils allaient rencontrer le Toit. Sans dire un mot, ils montèrent l'escalier, passèrent devant la porte de Hoffmann Security AB, continuèrent jusqu'au troisième, quatrième, cinquième, sixième étage, puis tout en haut, jusqu'à l'unique porte métallique donnant accès au grenier.

Piet Hoffmann l'ouvrit et ils avancèrent dans l'obscurité. Quelque part sur le mur, il y avait un bouton noir qu'il chercha à tâtons beaucoup plus longtemps que dans ses souvenirs, avant de verrouiller la porte de l'intérieur en prenant soin de laisser la clé dans la serrure pour éviter que quelqu'un n'entre derrière eux. Le box numéro vingt-six était vide, à part quatre pneus d'été entassés les uns sur les autres dans un coin, tout au fond. Il souleva celui du dessus pour en extraire un marteau et un burin scotchés dans la partie creuse de la jante, regagna l'étroit couloir faiblement éclairé et, à partir de là, suivit le tuyau brillant en aluminium gris suspendu à un mètre au-dessus de leur tête qui, en arrivant au mur, disparaissait dans une bouche de ventilation du chauffage. Il plaça la pointe du burin contre le bord de la bande en acier, à la jointure du tuyau et de la bouche, et, à grands coups de marteau, enfonça le burin jusqu'à ce que la bande se désolidarise et qu'il puisse sortir quatre-vingt-une boîtes en métal blanchâtre de cette ouverture provisoire.

Henryk attendit qu'elles soient toutes alignées sur le sol du grenier et en sélectionna trois : la plus à gauche, une de celles du milieu et l'avant-dernière sur la droite.

— Tu peux reprendre les autres.

Hoffmann remit les soixante-dix-huit boîtes restantes dans la cachette, tandis que Henryk retirait la protection en aluminium des trois autres. Une odeur de tulipe, tellement forte que c'en était presque désagréable, se propagea alors dans le grenier.

Dans chaque boîte, une boule compacte jaune.

De l'amphétamine fabriquée en usine, diluée dans deux tiers de glucose.

Les vêtements de Piet Hoffmann étaient encore couverts de matière cérébrale, quand il l'avait coupée et emballée sous vide, avec l'aide de Jerzy et Mariusz, dans la cuisine de Hoffmann Security.

Henryk ouvrit sa mallette noire et plaça une balance rudimentaire à côté d'un support de tubes à essai, d'un scalpel et d'une pipette. Mille quatre-vingt-sept grammes. Un kilo d'amphétamine plus le poids de la boîte. Il hocha la tête en direction de Hoffmann, le compte était bon.

Henryk utilisa le scalpel pour gratter une des trois boules d'amphétamine et en détacher un morceau, juste assez mince pour qu'il puisse le glisser dans le premier tube à essai. Il inséra la pipette dans le tube suivant, qui contenait du phénylacétone et du pétrole, aspira un peu de liquide pour le rejeter sur le morceau d'amphétamine qu'il avait détaché, puis secoua à plusieurs reprises. Il attendit une minute ou deux, puis approcha le tube de la fenêtre. Un liquide bleuâtre et transparent indiquait que le taux d'amphétamine était important, sombre et trouble, c'était le contraire.

— Trois ou quatre fois ?

— Trois.

— Ça m'a l'air bon.

Henryk referma la boîte avec du papier d'aluminium et le couvercle, répéta le processus avec les deux autres boîtes et constata chaque fois que le liquide bleuâtre était limpide. Satisfait, il demanda à son collègue suédois de les remettre dans la bouche d'aération et de refermer le tout à coups de marteau, jusqu'à ce qu'un cliquetis indique que le tuyau de ventilation était de nouveau en place.

La porte du grenier soigneusement refermée de l'extérieur. Six volées d'escalier à descendre jusqu'à l'asphalte de Vasagatan. Quelques pas en silence.

Le directeur général adjoint était toujours assis à la même table.

Avec un nouveau demi-verre de jus d'orange devant lui.

Hoffmann patienta au grand comptoir de la réception tandis que Henryk allait prendre place à côté du numéro deux dans la hiérarchie de Wojtek.

Un liquide bleuâtre transparent.

Quatre-vingt-un kilos d'amphétamine coupée.

Le directeur général adjoint se retourna, hocha la tête et, en traversant le hall de cet hôtel de luxe, Piet Hoffmann sentit son estomac se dénouer.

— Ces foutus morceaux de pulpe de fruit. Ça vous reste entre les dents.

Le directeur général adjoint montra son verre de jus d'orange à moitié vide et en commanda deux autres.

La serveuse était jeune et leur sourit, comme à tous les clients qui lui tendaient un billet de cent couronnes de pourboire et lui passeraient peut-être une autre commande.

— Je pilote l'opération de l'extérieur. Toi, de l'intérieur, de Kumla, Hall ou Aspsås. Les prisons suédoises qui ont le niveau de sécurité le plus élevé.

— J'aurais besoin d'un café.

Un double expresso. La jeune serveuse sourit à nouveau.

— La nuit a été longue.

Il regarda le directeur général adjoint, qui attendait.

Cela pouvait être une démonstration de force. Ce l'était peut-être.

Deux verres à moitié remplis de jus d'orange, cela avait plus de sens qu'un simple liquide jaune, quand le reste de la table était vide.

— Les nuits le sont parfois. Longues.

Le directeur général adjoint sourit. Il ne cherchait pas le respect. Il cherchait une force en laquelle avoir confiance.

— Nous avons pour l'instant quatre détenus à Aspsås, trois à Hall et à Kumla. Dans différentes unités, mais en mesure de communiquer. Je veux que, au cours de la semaine qui vient, tu sois arrêté pour un crime assez grave pour te valoir une incarcération dans l'une de ces prisons.

— Deux mois. Ça me suffit.

— Tu auras le temps dont tu auras besoin.

— Je n'en veux pas davantage. En revanche, j'exige une garantie. Que vous me sortiez de là à ce moment précis.

— Ne t'inquiète pas.

— Ta parole.

— On te sortira de là.

— Comment ?

— Pendant que tu seras en taule, on s'occupera de ta famille. Et, quand tu en auras terminé, on prendra soin de toi. Nouvelle vie, nouvelle identité, et l'argent qu'il faut pour repartir à zéro.

Le hall du Sheraton était toujours vide.

Ceux qui venaient dans la capitale pour affaires ne devaient pas s'enregistrer avant le soir. Ceux qui voulaient découvrir les musées et les statues étaient déjà en ville, accompagnés d'un guide au débit rapide et équipés de Nike toutes neuves.

Il avait bu son café, fait un geste en direction de la réception, un autre double expresso et un de ces petits gâteaux à la menthe.

— Trois kilos.

Le directeur général adjoint posa son verre de jus d'orange à côté des autres.

Il écoutait.

— Je serai arrêté avec trois kilos. Je serai interrogé et je plaiderai coupable. Je déclarerai que je travaille en solo. Je ne resterai pas longtemps en garde à vue, puisque les poursuites pourront être engagées immédiatement. Je serai condamné à une longue peine, car la détention de trois kilos d'amphétamine est une infraction grave au regard de la loi suédoise. J'accepterai le verdict et j'éviterai ainsi d'attendre son application pendant un certain temps. Si tout fonctionne bien, je devrais pouvoir être derrière les barreaux de l'endroit que vous souhaitez d'ici deux semaines.

Depuis ce hall d'hôtel de Stockholm, Piet Hoffmann revoyait une cellule exiguë d'Österåker, dix ans plus tôt.

Il y avait appris que quelques mois de détention peuvent briser l'être humain.

Des jours d'enfer au cours desquels des voix criaient *analyse d'urine* et des adultes nus se mettaient en rang dans une salle remplie de miroirs, pendant que des yeux scrutaient leur pénis et leur urine. Des nuits horribles avec des inspections inopinées, pendant lesquelles il fallait rester debout devant la porte de sa cellule, en slip, pendant que des gardiens mettaient tout sens dessus dessous, à l'intérieur, pour ne laisser que le chaos derrière eux, en fin de compte.

Cette fois, il tiendrait le coup. Il était là pour des raisons qui dépassaient l'humiliation.

— Sur place, tu opéreras en deux temps. Comme quand on a pris le contrôle de la Norvège, prison après prison, depuis Oslo, ou Riihimäki, la première en Finlande.

Le directeur général adjoint se pencha en avant.

— Tu te débarrasses de la concurrence en place. Puis on livre nos produits par les canaux dont on dispose. Pour commencer, les soixante-dix-huit kilos qui restent et que Henryk vient de valider. Tu t'en serviras pour faire baisser les prix. Tous ceux qui sont incarcérés doivent savoir que c'est nous les dealers. Amphétamine à cinquante couronnes le gramme, au lieu de trois cents. Jusqu'à ce qu'on ait tout pris. Après, on augmentera les prix à nouveau. Peut-être même qu'on fera mieux que ça. On les majorera de façon spectaculaire, jusqu'à cinq cents, six cents, pourquoi pas ? *Continue à acheter. Ou arrête de te shooter.*

Piet Hoffmann était de retour dans la cellule exiguë d'Österåker. Où régnait la drogue. Où celui qui *possédait* la drogue était le roi. Amphétamine. Héroïne. Même avec une miche de pain et des pommes pourries dans un seau d'eau pendant trois semaines dans un placard à balais – au moment où ça se changeait en moût à douze pour cent, le propriétaire du seau prenait le pouvoir.

— J'ai besoin de trois jours pour éliminer les concurrents. Pendant ce temps, je ne veux aucun contact, ce sera à moi de faire entrer les quantités qu'il faut.

— Trois jours.

— À partir du quatrième jour, je veux que Wojtek livre un kilo d'amphétamine toutes les semaines. À moi de faire en sorte qu'il soit consommé. Je ne veux personne qui planque ou qui stocke, rien qui rappelle la concurrence.

Un hall d'hôtel est un drôle d'endroit.

Personne n'y est chez soi. Personne n'a l'intention d'y rester.

Les deux tables les plus proches, demeurées vides jusqu'à présent, furent soudain occupées par deux groupes de touristes japonais qui s'assirent pour attendre patiemment que leurs chambres soient prêtes.

Le directeur général adjoint baissa la voix.

— Comment tu vas la faire entrer ?

— C'est mes oignons.

— Je veux savoir comment tu vas t'y prendre.

— Comme à Österåker, il y a dix ans. Comme je l'ai fait plusieurs fois, dans d'autres endroits depuis.

— Comment ?

— Avec tout le respect que je vous dois, vous savez

de quoi je suis capable et que je fais toujours mon boulot, ça doit vous suffire comme réponse.

— Comment, Hoffmann ?

Piet Hoffmann sourit, cela lui semblait irréel, c'était la première fois depuis la veille au soir.

— Avec des tulipes et de la poésie.

La porte n'était pas vraiment fermée.

Il entendait nettement des pas approcher rapidement dans le couloir.

Il ne voulait pas de visite à cet instant. Il ne partagerait cela avec personne.

Erik Wilson quitta sa chaise de bureau et tira sur la poignée de la porte, qui résista. Elle *était* déjà fermée. Il s'était fait des idées, ces pas qui raclaient le sol de plus en plus nettement n'existaient pas ; il devait être plus anxieux, plus stressé, qu'il ne le pensait.

Deux réunions en l'espace de quelques heures.

La plus longue, au cinq, avec Paula, sa version du meurtre de Västmannagatan et son compte rendu de la séance à Varsovie. Puis celle, bien plus courte, au quatre, où une chemise tachée de sang, dans un sac en plastique, avait changé de mains.

Wilson regarda en direction du placard fermé à clé, sur le mur, de l'autre côté de la pièce.

Elle était là. L'armure d'un meurtrier.

Mais elle n'allait pas y rester beaucoup plus longtemps.

Il se rassit. Les pas dans le couloir de la brigade de recherches avaient disparu, dans sa tête aussi. Il regarda l'écran de son ordinateur.

Nom: *Piet Koslow Hoffmann*. Numéro de sécurité sociale *721018-0010*. Nombre de résultats: *75*.

Son outil le plus important pour profiler, en l'espace de neuf ans, l'infiltré le plus doué dont il ait jamais entendu parler.

Le fichier des personnes recherchées.

Il avait entamé le processus dès que Piet avait été libéré d'Österåker, son premier jour de liberté et le premier en tant que futur infiltré. Erik Wilson l'avait attendu en personne à la porte de la prison, lui avait fait parcourir dans sa voiture personnelle les cinquante kilomètres les séparant de Stockholm et, après l'avoir déposé, s'était rendu tout droit à l'hôtel de police, où il avait porté dans le fichier ses premières observations sur le 721018-0010, informations qui, dès lors, pouvaient être consultées par n'importe quel policier se connectant pour en savoir un peu plus sur Piet Hoffmann. Ce n'était qu'un résumé, mais suffisamment clair, indiquant que, dès sa libération, le suspect avait aussitôt été récupéré, en voiture, à la porte d'Österåker, par deux anciens condamnés, criminels notoires, ayant des liens avérés avec la mafia yougoslave.

Au fil des ans, il l'avait progressivement rendu un peu plus dangereux: *a été vu sur les lieux lors d'une perquisition en relation avec un trafic d'armes présumé*; plus grave encore: *a été vu quinze minutes avant le meurtre d'Östling en compagnie du suspect Marković*; et ainsi de suite, de pire en pire. Wilson avait varié la formule et le degré de désinformation, pour que chaque nouvelle observation alimente le mythe de la puissance de Piet Hoffmann, jusqu'à ce qu'un fichier d'ordinateur fasse de lui l'une des personnes les plus dangereuses de Suède.

Il écouta à nouveau. D'autres pas dans le couloir. Le bruit se fit plus distinct et plus fort, jusqu'à ce qu'il s'éloigne progressivement, une fois passé devant la porte.

Il inclina l'écran vers le haut.

CONNU

Dans deux semaines, Piet serait condamné à une longue peine de prison, puis prendrait suffisamment le pouvoir – jusqu'à devenir le genre de type respecté derrière les barreaux – pour contrôler le trafic de drogue.

DANGEREUX

Erik Wilson écrivait donc cela en capitales, cette fois.

ARMÉ

La prochaine fois qu'un collègue chercherait Piet Hoffmann dans le fichier des personnes recherchées, il ou elle se trouverait face à une page spéciale pourvue d'un code particulier réservé à quelques rares criminels.

CONNU DANGEREUX ARMÉ

Toutes les patrouilles ayant accès à cette vérité qu'était le fichier de la police parleraient de lui et le considéreraient comme extrêmement dangereux et cette réputation le suivrait dans le bus transportant les condamnés entre le dépôt et la centrale.

Il avait le téléphone portable à l'oreille. Selon la voix électronique qui annonçait l'heure toutes les dix secondes, il était exactement midi et demi lorsque la porte sombre sur laquelle était écrit ce mot, « HOLM », s'ouvrit de l'intérieur et que Piet Hoffmann pénétra dans un appartement du troisième étage recouvert de plastique, où le parquet ployait étrangement, sans doute à la suite d'un dégât des eaux.

Le deux.

38 Högalidsgatan et 9 Heleneborgsgatan.

Erik Wilson avait préparé du café en poudre, comme d'habitude, et, comme d'habitude, Hoffmann ne le finit pas. Un sofa moelleux dans ce qui était probablement une salle de télévision, le plastique transparent chargé de protéger le tissu durant les quelques mois de rénovation bruissait quand ils bougeaient et leur déposait au bout d'un moment une couche de sueur dans le dos.

— On va utiliser ça.

Piet Hoffmann savait qu'ils étaient pressés.

Il le voyait pour la première fois dans les yeux d'Erik, qui parcouraient la pièce, anxieux, agités et incapables de se concentrer sur un endroit précis. La personne qui avait été son mentor pendant neuf ans, et qui ne riait ni ne pleurait jamais, était stressée et se comportait donc comme le font souvent les gens stressés, essayant de le cacher, ne faisant que le rendre plus manifeste encore.

— Les fleurs.

Hoffmann avait ouvert une petite boîte en métal autrefois fabriquée et vendue pour conserver du thé en vrac. Elle contenait à présent une pâte jaune et collante qui avait une forte odeur de tulipe. Erik Wilson en préleva soigneusement un morceau avec le couteau en plastique que Hoffmann lui tendait, le porta à sa langue et sentit que cela brûlait : ça allait lui faire un aphte.

— Vachement forte. Deux tiers de glucose ?

— Oui.

— Combien ?

— Trois kilos.

— Assez pour une comparution immédiate et une longue peine dans une prison de haute sécurité.

Piet Hoffmann referma le couvercle et remit la boîte dans la poche intérieure de sa veste. Il en restait quatre-vingt-un kilos dans la bouche de ventilation du grenier de l'immeuble centenaire de Vasagatan. Il dirait plus tard à Wilson où et comment les trouver. Mais pas tout de suite. Il fallait d'abord couper une nouvelle fois sa propre part, il le faisait parfois, pour la revendre.

— Je vais avoir besoin de trois jours pour mettre hors jeu tous les autres dealers. Wojtek aura les rapports dont ils ont besoin pour continuer. *Ensuite*, on fera ce qu'il faut. Les éliminer.

Erik Wilson aurait dû se sentir calme, heureux, alerte. Son meilleur infiltré était sur le point de se retrouver dans une cellule de prison, comme prévu aussi bien par la police suédoise que par Wojtek, ce qui marquerait à la fois le début et la fin de l'expansion de cette branche de la mafia. Mais l'inquiétude le gagnait, il n'en avait pas l'habitude et vit que Piet le remarquait.

— J'essaye de résoudre Västmannagatan de la manière habituelle. Un rapport secret au directeur de la police judiciaire régionale et le placard où on met ce genre de papiers. Mais cette fois… ça ne suffira pas. *Un meurtre, Piet !* Il faut viser plus haut que l'hôtel de police. Rosenbad. Et il faut que tu sois là.

— Tu sais très bien que ce n'est pas possible.

— Tu n'as pas le choix.

— Bon Dieu, Erik, je ne peux pas entrer tranquillement par l'entrée principale des bureaux du gouvernement, avec des policiers et des politiques !

— Je passerai te chercher au 2B.

Assis sur le sofa recouvert d'un plastique protecteur qui collait à son dos, Piet Hoffmann secoua lentement la tête.

— Si quelqu'un me voit… Ce sera mon arrêt de mort.

— Ce sera pareil dès l'instant où quelqu'un, dans la prison, comprendra qui tu es. Et tu seras sous les verrous avec ça. Tu as besoin des autorités. Pour sortir. Pour survivre.

Il avait laissé le café en poudre et l'appartement du troisième étage pour aller boire un vrai café, avec du lait chaud, au bistro du coin de Pålsundsgatan. Il tenta de se concentrer sur la voix des crooners italiens, sur une table de petites filles qui s'esclaffaient et avaient troqué la cantine de l'école pour des brioches à la cannelle, et sur deux personnes qui essayaient d'avoir l'air de poètes, au fond de la salle, en parlant fort de leurs écrits, mais qui ne parvenaient qu'à avoir l'air de personnes parlant trop fort.

Erik avait eu raison. *Toujours seul*. Il n'avait pas le choix. *Ne te fie qu'à toi-même*.

Il avait reposé sa tasse de café vide et franchi Västerbron en compagnie d'un soleil prudent. Il s'arrêta un instant près de la rambarde, à quarante mètres au-dessus de l'eau, et se demanda quel effet cela ferait de sauter, ces secondes séparant le tout du rien avant que le corps ne heurte violemment cette surface transparente. Au milieu de Norr Mälarstrand, il avait appelé Zofia à la maison et lui avait menti une fois de plus en lui disant que son travail à elle était aussi important que le sien, mais qu'il ne pouvait pas rentrer prendre la relève avant tard le soir. Il l'avait entendue élever la voix mais avait aussitôt raccroché car il ne supportait pas de lui mentir une fois de plus.

Plus on approchait du centre de la ville, plus l'asphalte était dur.

Bien que ce soit le début de l'après-midi, les trottoirs de Regeringsgatan étaient déserts quand il pénétra dans le parking à étages en face du grand magasin de luxe. Un petit escalier pour monter au deuxième étage, puis un zigzag entre les voitures pour rejoindre le minibus noir aux vitres teintées garé dans l'un des coins bétonnés, au fond de la zone B. Il approcha et actionna la poignée de l'une des portes arrière. Elle n'était pas verrouillée. Il l'ouvrit, prit place sur la banquette arrière du véhicule abandonné et regarda l'heure. Encore dix minutes à attendre.

Zofia n'avait pas fini de parler quand il avait raccroché.

Elle avait continué à lui parler dans sa tête, tandis qu'il longeait Norr Mälarstrand, au bord de l'eau, puis les horribles bâtiments de Tegelbacken, et elle était toujours à côté de lui sur ce siège de voiture vide, avec sa frustration. Elle ne pouvait savoir qu'il était de ceux qui mentent.

Il frissonna.

Il faisait toujours froid, dans ces parkings aseptisés, mais là, c'était un froid venant de l'intérieur, qu'aucun vêtement ni mouvement pour se réchauffer ne pouvait endiguer, car rien ne glace autant que le mépris de soi.

La portière avant s'ouvrit.

Il vérifia l'heure. Exactement dix minutes.

Erik avait l'habitude d'attendre à l'étage du dessus d'où, en se penchant, on avait vue sur tous les véhicules garés dans la zone B du parking et les gens qui en approchaient. Il monta à bord sans se retourner ni dire un mot, démarra, couvrit la petite distance entre Hamngatan et Mynttorget, franchit les grilles de la petite cour en pierre et des bâtiments où les hommes du gouvernement ont leurs bureaux. Ils descendirent et ils avaient à peine eu le temps d'atteindre la porte d'entrée qu'un garde venait à leur rencontre pour leur demander de le suivre, les faire descendre deux volées d'escalier et s'engager dans un couloir sous le parlement qui aboutissait à Rosenbad. Ces quelques minutes de marche entre les deux centres du pouvoir politique de la Suède étaient la seule façon de pénétrer dans les bureaux du gouvernement sans être vu.

Piet Hoffman appuya sur la porte, à quelques mètres de la guérite de l'entrée officielle de Rosenbad, puis sur la poignée, afin de s'assurer qu'elle était bien verrouillée.

Il avait du mal à bouger.

Le lavabo empiétait presque sur le siège des toilettes et les murs blanchis à la chaux menaçaient de l'étouffer.

Le petit magnétophone numérique oblong était dans sa poche de pantalon, à côté de l'étui à cigares et du tube en plastique de la pharmacie. Il appuya sur un des boutons de la face avant et le vert se mit à clignoter : la batterie était en pleine charge. Il le porta à sa bouche et dit à voix basse : *Bureaux du gouvernement, mercredi 10 mai*, en prenant soin de ne pas l'éteindre en le glissant dans l'étui à cigares qui allait bientôt être luisant de lubrifiant.

Les serviettes en papier sur le fond du siège. Le fil du micro glissé par le petit trou en haut de l'étui à cigares.

Il l'avait fait de nombreuses fois auparavant, cinquante grammes d'amphétamine ou un magnétophone numérique, une prison ou les bureaux du gouvernement, la seule façon de transporter en toute sécurité ce qui ne devait pas exister.

Il déboutonna son pantalon et s'assit, l'étui à cigares entre le pouce et l'index, se pencha en avant et l'introduisit lentement dans son anus, par à-coups, jusqu'à ce qu'il le sente pénétrer de quelques centimètres mais ensuite ressortir sous l'effet du lubrifiant et atterrir sur les serviettes en papier.

Nouvelle tentative.

Il l'enfonça à nouveau, à petits coups, centimètre par centimètre, jusqu'à ce qu'il disparaisse.

Le fil du micro était assez long pour qu'il puisse le sortir de son anus et le glisser jusqu'à l'aine, entre ses jambes, où il le fixa sur sa peau à l'aide d'un petit morceau de ruban adhésif.

Le garde, derrière la vitre, portait un uniforme gris et rouge, c'était un homme d'un certain âge aux cheveux presque blancs et au sourire timide. Piet Hoffmann l'observa un peu trop longtemps et détourna le regard dès qu'il s'en rendit compte.

Il ressemblait à son père. Celui-ci aurait eu exactement cet air-là.

— Votre collègue est déjà arrivé.

— Les toilettes. J'ai dû y aller.

— Il le faut bien, parfois. La secrétaire d'État auprès du ministère de la Justice, n'est-ce pas ?

Piet Hoffmann acquiesça et porta son nom, dans le registre des visiteurs, sur la ligne en dessous de celui d'Erik Wilson, tandis que l'homme aux cheveux blancs vérifiait sa carte d'identité.

— Hoffmann. C'est allemand, comme nom ?

— De Königsberg. Kaliningrad. Mais c'était il y a longtemps. Mes parents.

— Qu'est-ce que vous parlez, dans ce coin ? Russe ?

— Quand on est né en Suède, on parle suédois.

Il sourit à l'homme qui, l'espace d'un instant, avait été son père.

— Et pas mal de polonais.

Dès son arrivée, il avait repéré la caméra, en haut de la cage de verre. En passant devant, il la fixa du regard et s'immobilisa quelques secondes dans son champ : sa visite était enregistrée une nouvelle fois.

Il dut suivre pendant sept minutes un troisième garde, entre l'entrée et le couloir du troisième étage. Il n'était pas préparé à ce qu'elle surgisse si brusquement. La peur. Il était dans l'ascenseur quand elle le frappa, l'envahit, le renversa, le força à trembler. Il n'avait jamais éprouvé une telle peur auparavant, qui se changea d'abord en panique, puis en angoisse, et enfin, comme il ne pouvait toujours pas respirer, en mort.

Il avait peur d'un homme allongé sur le sol avec trois grands trous dans la tête, du succès qu'il avait connu dans une salle de conférences de Varsovie, de nuits dans une cellule exiguë et d'un arrêt de mort qui serait encore plus implacable derrière les barreaux, de la voix glaciale de Zofia, des corps fiévreux de ses enfants et de ne plus savoir ce qui distinguait la vérité du mensonge.

Il évita le regard du garde jusqu'à ce que le tremblement de ses jambes se calme et qu'il ose avancer lentement vers la porte qui était entrouverte, tout au fond d'un beau couloir.

Encore une fois.

Piet Hoffmann s'immobilisa alors qu'il ne lui restait plus que quelques mètres avant la porte et fit le vide comme il l'avait toujours fait, de ses pensées et sentiments, il les repoussa, leur donna des coups de pied et revêtit son armure, cette épaisse et horrible carapace, ce satané bouclier ; il était doué pour ça : ne pas s'autoriser à ressentir, encore une fois, une seule putain de fois de plus.

Il frappa sur le cadre de la porte. Un policier en civil. Il le reconnut, pour l'avoir rencontré à deux reprises, c'était celui qui s'appelait Göransson, le patron d'Erik.

— As-tu quelque chose à laisser dehors ?

Piet Hoffmann sortit de sa poche intérieure et de celles de son pantalon deux téléphones portables, un stylet et une paire de ciseaux pliables, et posa le tout dans une coupe à fruits en verre, vide, sur la table, en face de la porte.

— Tu veux bien écarter les bras et les jambes ?

Hoffmann acquiesça et se tourna le dos à un homme qui était grand et maigre, et affichait un sourire doucereux.

— Je suis désolé. Mais tu sais qu'on est bien obligés.

De longs doigts maigres sur ses vêtements et sur son cou, son dos, sa poitrine. Quand ils palpèrent ses fesses, ils touchèrent par deux fois le mince fil du micro sans le remarquer. Celui-ci glissa vers le bas et Piet Hoffmann retint sa respiration jusqu'à ce qu'il s'arrête à nouveau, à peu près au milieu de sa cuisse, et donne l'impression de ne pas vouloir aller plus loin.

De grandes fenêtres aux larges chambranles peints en blanc donnant sur les eaux calmes de Norrström et Riddarfjärden. Cela sentait le café et le détergent, et six chaises étaient disposées autour de la table de réunion. Il était le dernier et se dirigea donc vers l'une des deux places restées libres. Ils le dévisagèrent, toujours sans un mot. Il passa derrière leur dos en prenant soin de tâter le tissu de son pantalon, le micro était toujours là, mais orienté dans la mauvaise direction. En tirant sa chaise pour s'asseoir, il le remit à l'endroit.

Il les connaissait tous les quatre, mais n'avait rencontré que deux d'entre eux : Göransson et Erik.

La plus proche de lui, la secrétaire d'État, montra un document placé devant elle avant de se lever en lui tendant la main.

— Ce dossier… je l'ai lu. J'ai supposé… qu'il s'agissait… d'une femme ?

Sa poigne était ferme, comme celle des autres, ceux qui serrent fort, dans l'idée que c'est signe de pouvoir.

— Paula.

Piet Hoffmann ne lâcha pas sa main.

— C'est comme ça que je m'appelle. En interne.

L'étrange silence se prolongea et, tout en attendant que quelqu'un prenne la parole, il jeta un œil sur le document auquel la secrétaire d'État avait fait allusion.

Il reconnut la façon de s'exprimer d'Erik.

Le 79 Västmannagatan. Le rapport secret.

Une copie était posée devant chacun des participants à cette réunion. Ils faisaient déjà partie de la chaîne des événements.

— C'est la première fois que nous nous rencontrons ainsi, Paula et moi.

Erik Wilson prit soin de regarder chacun dans les yeux, en parlant.

— En présence d'autres personnes. Dans un local non sécurisé. À un endroit que nous ne contrôlons pas.

Il montra le rapport secret, description détaillée d'un meurtre auquel l'une des personnes présentes autour de cette table, dans les bureaux du gouvernement, avait participé.

— Réunion sans précédent. J'espère que nous nous quitterons sur une décision sans précédent.

Quand Sven Sundkvist frappa à la porte de son bureau et entra, quelques minutes plus tard, Ewert Grens était allongé sur le sol. Sven n'avait rien dit ni demandé et s'était contenté de prendre place sur le sofa en velours et d'attendre, comme il en avait l'habitude.

— On est mieux ici.

— Ici ?

— Par terre. Le sofa commence à être trop mou.

C'était la deuxième nuit qu'il y dormait. Sa jambe raide ne lui faisait pas mal du tout et il s'était presque habitué aux voitures qui accéléraient pour grimper la côte de Hantverkargatan.

— Je viens te parler de Västmannagatan.

— Du nouveau ?

— Pas grand-chose.

Allongé par terre, Ewert Grens inspectait le plafond. Près de la lampe, il y avait de grandes fissures ; il se demanda si elles étaient récentes ou si la musique l'avait empêché de les voir depuis tout ce temps.

Il soupira.

Pendant toute sa vie d'adulte, il avait résolu des meurtres. Mais, à propos du 79 Västmannagatan, il y avait quelque chose qui ne collait pas, il en avait le sentiment au plus profond de lui. Ils avaient identifié la victime, le propriétaire de l'appartement, et même des restes d'amphétamine et de bile laissés par une mule. Ils avaient des taches de sang et l'angle de tir, ainsi qu'un témoin qui avait choisi de donner l'alerte en suédois et le nom d'une entreprise de sécurité polonaise qui faisait partie de la mafia des pays de l'Est.

Autant dire rien, bon sang.

Depuis qu'il avait quitté l'aéroport de Kastrup, la veille au soir, ils n'avaient pas avancé d'un iota.

— Dans cet immeuble, il y a quinze appartements. J'ai interrogé tous ceux qui étaient présents au moment du meurtre. Trois d'entre eux ont fait des observations qui pourraient être intéressantes. Au premier étage… tu m'écoutes, Ewert ?

— Continue.

— Au premier étage, qui constitue le meilleur poste d'observation possible puisque tous ceux qui entrent ou qui sortent passent devant cette porte, on a un citoyen finlandais qui nous décrit de façon assez précise deux hommes qu'il n'a jamais vus auparavant. Visages pâles, crâne rasé, vêtements sombres, entre deux âges. Aperçus uniquement par le judas et l'espace de quelques secondes, mais on peut en voir et en entendre nettement plus que je n'aurais cru, à partir de là, et il est probable qu'il ne se trompe pas en évoquant une langue slave.

— Du polonais.

— Étant donné l'identité du propriétaire de l'appartement, ce ne serait pas étonnant.

— Une mule, un cadavre, un Polonais. De la drogue, de la violence, les pays de l'Est.

Sven Sundkvist observa ce vieil homme allongé sur le sol qui se fichait pas mal de ce que les autres pensaient de lui, avec un aplomb que Sven n'aurait jamais rêvé d'égaler. Pour sa part, il était de ceux qui, en dépit de leurs efforts pour changer, au fil des ans, désiraient être appréciés, avaient besoin qu'on les aime et donc tendance à ne pas se faire remarquer.

— Au cinquième étage, à deux portes de la scène de crime, habite une jeune femme et, au-dessus, au sixième, un vieil homme. Tous deux étaient chez eux à l'heure présumée du meurtre et disent avoir nettement perçu une détonation.

— Une détonation ?

— Ils n'en disent pas plus. Ils ne connaissent absolument rien aux armes à feu et sont incapables de préciser s'il s'agit d'un coup de pistolet. Mais ils sont sûrs que ce qu'ils qualifient de *détonation* était un bruit fort et inhabituel dans l'immeuble.

— C'est tout ?

— C'est tout.

Le téléphone, sur le bureau, fit entendre une sonnerie aiguë et agaçante qui ne s'interrompit pas, bien que Sven reste assis sur le sofa et Ewert allongé par terre.

— Tu veux que je réponde ?

— Je ne saisis pas pourquoi ça n'arrête pas de sonner.

— Tu veux que je réponde, Ewert ?

— C'est sur mon bureau.

Il se leva péniblement et se dirigea vers cette sonnerie si irritante.

— Oui ?

— Tu m'as l'air essoufflé.

— J'étais allongé par terre.

— Descends me voir.

Sans broncher, Grens et Sundkvist quittèrent le bureau, longèrent le couloir et piétinèrent d'impatience dans un ascenseur trop lent à leur goût. Nils Krantz les attendait près de l'entrée du service technique et les conduisit dans une pièce assez exiguë.

— Tu m'as demandé d'élargir le périmètre de recherches. C'est ce que j'ai fait. Toutes les cages d'escaliers entre le 70 et le 90 Västmannagatan. Et, dans le local à poubelles du 73 – dans un conteneur de papier à recycler –, on a trouvé ça.

Krantz tenait un sac en plastique à la main. Ewert Grens se pencha et, au bout d'un moment, mit ses lunettes de lecture. Du tissu à carreaux gris et blancs, en partie recouvert de taches de sang, peut-être une chemise, ou encore une veste.

— Intéressant. Ça pourrait même être décisif.

Le technicien ouvrit le sac en plastique et posa le tissu sur quelque chose qui ressemblait à un plateau, puis désigna du doigt des îlots très nets de taches.

— Des résidus de sang et de poudre qui nous ramènent à un certain appartement du 79 Västmannagatan. Étant donné que c'est le sang de la victime et la poudre de la charge qu'on a relevée sur la main de la victime.

— Ça ne nous mène nulle part. Ça ne nous donne rien de plus que ce qu'on a déjà.

Krantz montra à nouveau le tissu gris et blanc.

— C'est une chemise. Elle porte des taches de sang appartenant à la victime. Mais il y a autre chose. On a identifié un autre groupe sanguin. Et je suis certain qu'il appartient à la personne qui a tiré. Cette chemise, Ewert, a été portée par le meurtrier.

L'impression d'être dans une salle d'audience. Voilà ce qu'il éprouvait. Cette pièce sentait le pouvoir, avec ces documents évoquant des événements violents posés sur des tables imposantes. Göransson dans le rôle du procureur vérifiant les faits et posant des questions, la secrétaire d'État dans celui de la juge écoutant et prenant les décisions, et Wilson, à sa droite, dans celui de l'avocat de la défense plaidant la légitime défense et demandant la clémence. Piet Hoffmann aurait voulu se lever et partir, mais il était obligé de garder son calme. Après tout, c'était lui l'accusé.

— Je n'avais pas le choix. C'était une question de vie ou de mort.

— On a toujours le choix.

— J'ai tenté de les calmer. Mais il ne fallait pas que

ça dure trop longtemps. Je dois jouer le rôle du criminel, d'un bout à l'autre. Sinon, je suis mort.

— Je ne comprends pas.

C'était un sentiment étrange. Il était dans le bâtiment d'où l'on dirigeait la Suède, à un étage seulement du Premier ministre. Au-dehors, sur le trottoir, un peu plus bas dans le vrai monde, des gens rentraient du déjeuner avec une bière sans alcool tiède et une tasse de café s'ils acceptaient de payer cinq couronnes de plus, alors qu'il était là, lui, au cœur du pouvoir, à tenter d'expliquer pourquoi la société devait s'abstenir d'enquêter sur un meurtre.

— Je suis leur numéro un en Suède. Ceux qui étaient dans l'appartement ont été formés par les services secrets polonais et savent comment enquêter sur quelqu'un qui n'a pas l'air d'être celui pour qui il veut se faire passer.

— On a affaire à un meurtre. Et toi, Hoffmann, Koslow ou Paula, je ne sais pas comment t'appeler, tu aurais pu l'empêcher.

— La première fois que le pistolet a été pointé sur la tête de l'acheteur… cette fois-là, j'ai pu empêcher le tir. Mais la suivante, il s'était trahi, c'était l'ennemi, un mouchard, un mort… *je n'avais pas le choix, merde*.

— Et, comme tu n'avais pas le choix, nous n'en avons pas non plus, et on doit agir comme s'il ne s'était rien passé ?

Ils étaient quatre à le regarder, chacun avec son rapport secret devant lui, sur la table. Wilson, Göransson et la secrétaire d'État. Le quatrième restait silencieux. Hoffmann ne comprenait pas pourquoi.

— Oui, si on veut briser une nouvelle branche de la

mafia avant qu'elle ne prenne racine. Si c'est ce que vous voulez, alors vous n'avez pas le choix.

Cette salle d'audience ressemblait aux autres, aussi froide, sans véritables êtres humains à l'intérieur. À cinq reprises déjà, il s'était retrouvé en position d'accusé devant des gens qu'il ne respectait pas mais qui allaient décider s'il continuerait à vivre parmi les autres ou s'il serait confiné dans quelques mètres carrés derrière une porte métallique. Des peines avec sursis et des acquittements faute de preuves, mais un seul séjour en prison, un an d'enfer à Österåker.

Cette fois-là, il n'avait pas réussi à obtenir gain de cause, mais cela ne se reproduirait plus.

Nils Krantz approcha de l'écran d'ordinateur pour montrer sur l'image de petites pointes rouges toutes dirigées vers le haut et auxquelles étaient affectés différents chiffres.

— La rangée supérieure, que vous voyez ici, nous a été envoyée par la police de Copenhague. C'est le profil ADN d'un citoyen danois du nom de Jens Christian Toft, la victime du 79 Västmannagatan. Celle du bas vient du laboratoire de Linköping, c'est l'analyse de toutes les taches de sang d'au moins deux millimètres sur deux trouvées sur cette chemise-ci, récupérée dans la poubelle du 73 Västmannagatan. Vous voyez ? Les lignes sont identiques. Tous les marqueurs STR – ce sont ces pointes rouges – ont exactement la même longueur.

Ewert Grens écoutait, mais ne voyait toujours qu'un schéma monotone.

— La victime ne m'intéresse pas, Nils. Le meurtrier, en revanche, oui.

Krantz médita un instant une réplique sarcastique, ou du moins agacée. Dans l'incertitude, il choisit de s'abstenir, cela ne faisait qu'envenimer les choses, en général.

— Mais j'ai insisté pour que soient analysées, avec le même degré de priorité, les taches encore plus petites, de masse trop faible pour être établies comme preuve juridique, mais suffisante pour faire apparaître des différences décisives.

Il fit apparaître l'image suivante à l'écran.

Même dessin, mêmes pointes rouges, mais plus éloignées les unes des autres et affectées d'autres chiffres.

— Elles proviennent d'un autre individu.

— Qui ça ?

— Je ne sais pas.

— Mais tu as son profil.

— Oui, mais rien ne correspond.

— Ne complique pas les choses, bon Dieu, Nils.

— J'ai comparé à tout ce dont je dispose et je suis absolument certain que c'est le sang du tireur. Mais aussi que son ADN ne figure dans aucune base de données suédoise.

Il regarda le commissaire.

— Ewert, le meurtrier n'est probablement pas suédois. L'enchaînement des événements, le pistolet Radom, l'absence d'ADN identique. Tu devrais peut-être élargir ton champ de recherches.

Ce serait une belle soirée. Le soleil, une grosse orange charnue, seule chose vraiment visible depuis les grandes fenêtres de la secrétaire d'État, était déjà posé à l'endroit où le ciel se confondait avec Riddarfjärden.

Piet Hoffmann observait la lumière qui rendait la triste et luxueuse table de réunion en bouleau encore plus triste. Il avait envie de partir de là et d'aller rejoindre le corps si doux de Zofia, le rire de Hugo, les yeux de Rasmus quand il disait papa.

— Avant de poursuivre cette réunion.

Il n'était pas là. Il était aussi loin qu'on pouvait l'être de toute réalité, dans une pièce pleine de puissance et parmi des gens qui détenaient le pouvoir de décider s'il devait aller encore plus loin.

Erik Wilson, l'avocat de la défense de ce procès, se racla la gorge.

— Avant de poursuivre cette réunion, je veux une garantie que Paula ne sera pas accusé de quoi que ce soit qui ait pu se produire au 79 Västmannagatan.

Le visage de la secrétaire d'État était de ceux qui ne trahissent aucune émotion.

— J'ai compris que c'est ce que vous désiriez.

— Vous avez déjà traité des cas similaires.

— Mais si je dois garantir une immunité pénale, il faut aussi que je comprenne pourquoi.

Le micro était toujours en place sur sa cuisse.

Mais il était sur le point de glisser à nouveau, il sentait l'adhésif se décoller doucement et était sûr que la prochaine fois qu'il se lèverait, il ne tiendrait pas.

— Je veux bien vous l'expliquer.

Wilson saisit le rapport secret.

— Nous aurions déjà pu éliminer la mafia mexicaine lors de son implantation, il y a neuf mois. En voilà cinq, nous aurions pu étouffer dans l'œuf la mafia égyptienne. Si nous avions eu mandat de soutenir pleinement l'action de nos agents infiltrés. Ce n'est pas ce qui s'est passé. Nous sommes restés spectateurs pendant que deux nouveaux acteurs commençaient à nous bouffer. *Maintenant*, nous avons une autre occasion. Avec la polonaise.

Piet Hoffmann s'efforçait de rester assis sans bouger tout en tentant de séparer lentement, d'une seule main, sous la table, le fil du micro et les morceaux d'adhésif qui s'étaient emmêlés.

De petits mouvements tâtonnants des doigts.

— Paula doit poursuivre son infiltration. Il doit être sur place au moment où Wojtek prendra le contrôle du trafic de stupéfiants dans les prisons suédoises. C'est lui qui doit fournir à Varsovie des rapports sur les livraisons et les ventes, tout en nous communiquant des informations sur le moment et la manière de frapper et de les réduire à néant.

Il avait retrouvé, sous le tissu de son pantalon, le micro gros comme une tête d'épingle. Il tenta de le tirer à nouveau vers le haut et de le repousser vers l'entre-jambe, où il tiendrait mieux et où il serait plus facile de l'orienter dans la direction de celui qui parlait.

Il s'interrompit brusquement.

En face de lui, Göransson le dévisageait tout à coup, avec des yeux qui ne le lâchaient pas.

— Les prisons les plus sûres de Suède. Et Wojtek va se concentrer sur deux catégories de prisonniers. D'abord les *millionnaires*, ceux qui ont gagné de l'argent grâce au crime organisé, qui purgent de lourdes peines et qui, jour après jour, gramme après gramme, vont transférer leur capital mal acquis à une propriété située sur ul. Ludwika Idzikowskiego. Puis les *larbins*, ceux qui n'ont pas d'argent, qui sortent de prison avec des dettes importantes et qui, pour survivre une fois libres, s'en acquittent en revendant de grandes quantités de drogue ou en commettant des crimes de sang. Wojtek les connecte à de dangereux réseaux de criminels.

Il lâcha le micro et plaça ses deux mains bien en évidence sur la table.

Göransson continuait de le dévisager et il avait autant de mal à respirer qu'à avaler sa salive. Les secondes durèrent des heures avant que ces yeux ne se détournent enfin.

— Je ne peux pas expliquer ça plus clairement. C'est vous qui décidez. C'est à *vous* de trancher. Laisser Paula continuer. Ou rester plantés là, sur la touche, une fois de plus.

La secrétaire d'État les observa tour à tour puis regarda par la fenêtre ce soleil si magnifique, peut-être avait-elle envie d'être à l'extérieur, elle aussi ?

— Est-ce que je peux vous demander de quitter la pièce ?

Piet Hoffmann haussa les épaules et se dirigea vers la porte, avant de s'arrêter brusquement. Le micro s'était détaché et glissait lentement entre sa jambe droite et le tissu de son pantalon.

— Rien que quelques minutes. Ensuite, vous pourrez revenir.

Il ne dit rien mais pointa le majeur en l'air, tout en continuant à avancer, et perçut un soupir de lassitude derrière lui. Ils avaient noté son geste, s'en irritaient et levaient les yeux au ciel. C'était ce qu'il voulait : éviter les questions à propos de quelque chose qui traînait derrière son pied alors qu'il refermait la porte.

Le visage de la secrétaire d'État ne trahissait toujours rien.

— Tu as parlé de neuf mois. De cinq mois. De mafia mexicaine et égyptienne. J'ai dit non, alors, parce que les infiltrés au lourd passé criminel que vous utilisiez étaient à considérer comme des sources à haut risque.

— Paula n'est pas une *source à haut risque*. Il est la condition préalable à toute expansion de Wojtek. C'est autour de lui que toute l'opération est bâtie.

— Je ne procurerai jamais d'immunité pénale à un collaborateur en qui ni vous ni moi n'avons confiance.

— Je lui fais confiance, *moi*.

— Alors tu peux sans doute m'expliquer pourquoi le commissaire principal Göransson a pratiqué une fouille au corps sur lui avant de le laisser entrer.

Erik Wilson regarda son chef, puis la femme au visage neutre.

— C'est *moi* qui suis l'officier traitant de Paula, c'est moi qui travaille avec lui tous les jours. Je lui fais confiance et Wojtek est déjà dans la place ! Jamais encore nous n'avons réussi à placer un infiltré à un poste aussi central dans une mafia en expansion. Avec Paula… on peut la mettre à mort d'un seul coup. À condition de l'exonérer du 79 Västmannagatan. Et qu'il puisse agir entièrement à sa guise de l'intérieur de la prison.

La secrétaire d'État se dirigea vers la fenêtre et le soleil d'or : la capitale vaquait à ses occupations de l'après-midi sans avoir la moindre idée des décisions qui engageaient pourtant son avenir. Elle regarda ensuite celui des participants à la réunion qui était resté entièrement silencieux jusqu'à présent.

— Qu'en penses-tu ?

Elle avait ouvert sa porte au commissaire Wilson et au commissaire principal Göransson. Mais, pour ce genre de décision, elle s'adressait toujours au chef suprême de l'autorité policière et lui demandait de venir prendre place à côté d'elle et d'écouter.

— L'élite criminelle, les multimillionnaires, les plus grands criminels – voilà les financiers de Wojtek. Le commun des délinquants, les endettés, les petits voleurs – eux, ce sont ses esclaves.

Le directeur de la police judiciaire avait une voix nasale et aiguë.

— Je ne veux pas voir ça se produire. Tu ne veux pas voir ça se produire. Paula n'a pas de temps à perdre avec Västmannagatan.

Piet Hoffmann avait eu quelques minutes à sa disposition.

Il avait vérifié la position de la caméra de surveillance, près des deux ascenseurs, et s'était placé juste en dessous pour être sûr d'être dans un angle mort. Puis il s'était assuré qu'il était seul, avant de déboutonner sa ceinture et sa braguette, saisir le fil du micro, le tirer jusqu'à l'entrejambe et le repositionner sur l'aine.

Le ruban adhésif s'était complètement décollé.

Les mains de Göransson l'avaient abîmé lorsqu'il avait procédé à la fouille au corps.

Plus qu'une petite minute.

Il déchira un morceau de doublure, noua tant bien que mal le fil au tissu du pantalon, braqua le micro vers sa braguette et baissa son pull aussi bas que possible sur la ceinture de son pantalon.

Ce n'était pas la solution idéale. Mais c'était la seule possible dans des conditions d'urgence.

— Vous pouvez rentrer.

La secrétaire d'État lui faisait signe depuis la porte ouverte, au bout du couloir. Il s'efforça de se déplacer le plus naturellement du monde, en dépit des petites enjambées qu'il était obligé de faire.

Ils avaient pris leur décision. C'était l'impression qu'il avait, du moins.

— Une dernière question.

La secrétaire d'État regarda d'abord Göransson, puis Wilson.

— Depuis plus de vingt-quatre heures, une enquête préliminaire est en cours. Je suppose qu'elle est menée par le commissariat central. Je veux savoir comment vous… gérez ça.

Erik Wilson s'était attendu à cette question.

— Vous avez lu le rapport que j'ai adressé au patron de la criminelle départementale.

Il montra le document dont une copie était placée devant chacun d'eux, sur la table.

— Et voici celui que Grens, Sundkvist, Hermansson et Krantz, les enquêteurs, ont rédigé. Ce qu'ils savent, ce qu'ils ont vu. Comparez ça avec le contenu du mien, c'est-à-dire les événements tels qu'ils se sont déroulés et l'explication de la présence de Paula dans l'appartement, sur notre ordre.

Elle feuilleta rapidement les pages.

— Un vrai rapport. Et un qui contient ce que nos collègues savent.

Elle n'aimait pas cela. Quand elle le lut, son visage impassible s'anima pour la première fois, sa bouche, ses yeux, comme s'il se refusait à la fois au mépris et à une décision qu'elle avait pensé ne jamais avoir à envisager.

— Et maintenant ? Que s'est-il passé depuis que ceci a été rédigé ?

Wilson sourit, pour la première fois, dans cette pièce qui était sur le point d'étouffer sous son propre sérieux.

— En ce moment précis ? En ce moment, si j'ai bien compris, les enquêteurs viennent de trouver, dans un local à poubelles près du lieu du crime, une chemise glissée dans un sac en plastique

Il regarda Hoffmann, toujours aussi souriant.

— Une chemise avec des taches de sang et des résidus de poudre. Mais… les taches de sang qui présentent un intérêt ne figurent apparemment dans aucune base de données suédoise. Il s'agit d'une fausse piste intentionnelle qui ne les mènera nulle part, mais qui risque de leur faire perdre pas mal de temps dans leur enquête.

La chemise était grise et blanche et portait des taches qui, vingt-quatre heures après, étaient plus brunes que rouges. Agacé, Ewert Grens les toucha avec un gant.

— La chemise du meurtrier. Le sang du meurtrier. Et on n'arrive nulle part.

Nils Krantz était resté devant l'image de l'ordinateur et ses pointes rouges au-dessus de différents chiffres.

— Aucune identité. Mais peut-être un lieu.

— Je ne comprends pas.

La pièce exiguë était aussi poussiéreuse et sombre que les autres du service technique. Sven regarda les deux hommes à côté de lui. Même âge, même calvitie, aussi peu aimables l'un que l'autre, usés, mais doués et, peut-être, plus évident que tout, une existence qui se réduisait à leur travail.

Les jeunes nouvellement arrivés ne risquaient pas de devenir comme eux. Grens et Krantz étaient une espèce en voie de disparition.

— Les petites taches de sang, celles qui appartiennent au tireur, ne sont pas répertoriées dans nos bases de données. Mais même une personne anonyme habite quelque part et laisse toujours un indice exploitable. J'ai l'habitude de chercher des traces de polluants persistants et organiques stockés dans le corps, difficiles à séparer, à longue durée de vie et pas facilement solubles dans l'eau, mais parfois susceptibles d'orienter une enquête vers un lieu précis.

Nils Krantz ressemblait à Ewert Grens jusque dans sa façon de se déplacer. Sven n'y avait jamais pensé auparavant et se mit soudain en quête d'un sofa, convaincu que le technicien restait parfois dans son bureau, lui aussi, quand il n'y avait plus de lumière et que son appartement était livré à la solitude.

— Pas cette fois. Il n'y a rien dans le sang qui puisse relier ton meurtrier à un endroit, un pays, voire un continent.

— Nom de Dieu, Nils, tu viens de…

— Mais il y a autre chose. Sur le tissu.

Il déplia la chemise sur son plan de travail avec beaucoup de précautions.

— À plusieurs endroits. Surtout ici, en bas de la manche droite. Des fragments de fleur.

Grens se pencha pour voir quelque chose d'indiscernable.

— Des fleurs. De l'amphet jaune polonaise.

Ils en trouvaient de plus en plus lors des perquisitions. Une odeur de tulipe. De l'amphétamine chimique fabriquée industriellement à partir d'engrais pour fleurs au lieu d'acétone.

— T'en es sûr ?

— Oui. Les ingrédients, l'odeur, et même la couleur jaune, comme le safran, le sulfate qui déteint dans le vase de décantation.

— La Pologne. Encore.

— En outre, je sais exactement d'où ça vient.

Krantz plia la chemise avec de petits gestes, aussi soigneusement qu'il l'avait dépliée.

— J'ai analysé de l'amphétamine ayant exactement la même composition dans le cadre de deux autres enquêtes criminelles en moins d'un mois. On sait maintenant qu'elle est fabriquée dans une usine située tout près de Siedlce, à une centaine de kilomètres à l'est de Varsovie.

La vive lumière du soleil s'était muée en une désagréable chaleur qui donnait des démangeaisons sous le col des vestes.

Quinze minutes s'étaient écoulées depuis que la secrétaire d'État avait quitté la pièce pour une brève réunion dans une salle encore plus grande : sa décision, ce serait tout ou bien rien. Piet Hoffmann avait la bouche sèche et avala ce qui aurait dû être de la salive, mais était en fait de l'inquiétude et de la peur.

Très étrange.

Un petit dealer qui, dix ans plus tôt, purgeait une peine de prison dans une cellule de la prison d'Österåker. Un jeune père de famille qui avait une femme et deux garçons qu'il avait appris à aimer plus que tout au monde.

C'était quelqu'un d'autre, maintenant.

Un homme de trente-cinq ans assis sur le bord d'un bureau, dans un bâtiment symbole du pouvoir, inquiet, un téléphone de secrétaire d'État dans la main.

— Salut.

— Quand rentres-tu ?

— Tard ce soir. J'ai une réunion qui n'en finit pas. Et que je ne peux pas quitter. Comment vont-ils ?

— Ça t'intéresse ?

Il n'aimait pas le son de sa voix, froide, creuse.

— Hugo et Rasmus. Comment vont-ils ?

Elle ne répondit pas. Il l'imaginait très bien, connaissait chacune de ses expressions, chaque geste, sa façon de se frotter le front avec sa main très fine, ses pieds flottant dans des pantoufles trop grandes. Elle allait devoir décider si elle avait la force de rester en colère et si elle le désirait.

— Ça s'est calmé un peu. Trente-huit cinq il y a une heure.

— Je t'aime.

Il raccrocha, regarda les gens autour de la table de réunion, puis l'heure. Il s'était écoulé dix-neuf minutes. Fichue salive, il avait beau tenter de déglutir, il n'en avait plus. Il s'étira et, au moment où il s'apprêtait à regagner sa chaise vide à l'autre bout de la table, la porte s'ouvrit.

Elle était de retour, suivie par un grand homme bien bâti.

— Voici le directeur général Pål Larsen.

Elle avait pris sa décision.

— Il va nous venir en aide. Pour la suite des événements.

En entendant ce qu'elle venait de dire, Piet Hoffmann aurait peut-être dû éclater de rire ou applaudir. « Il va nous venir en aide. Pour la suite des événements. » Elle avait pris la décision d'ignorer une présence qui, sur le plan légal, était synonyme de complicité de meurtre. Elle courait un risque, estimant qu'il en valait la peine. Il savait qu'à deux reprises au moins elle avait contribué à faire gracier en secret des infiltrés condamnés à des peines de prison. Mais il était persuadé, aussi, que jamais auparavant elle n'avait choisi de fermer les yeux devant un crime non résolu, car ces solutions restaient habituellement du ressort de la police.

— Je veux savoir de quoi il s'agit.

Le directeur général de l'administration pénitentiaire fit clairement comprendre qu'il n'avait pas l'intention de s'asseoir.

— Vous devez… qu'est-ce qu'on a dit, déjà… nous *venir en aide* à propos d'un placement.

— Qui êtes-vous ?

— Erik Wilson, commissariat central.

— Et je dois vous venir en aide à propos d'un placement, c'est bien ça ?

— Pål ?

La secrétaire d'État sourit au directeur général.

— À moi. C'est à moi que vous allez prêter main-forte.

L'homme bien bâti au pantalon moulant ne dit rien, mais son langage corporel trahissait sa frustration.

— Ce qu'il faut, c'est faire en sorte que Paula – qui est assis juste à côté de moi – soit incarcéré à la prison d'Aspsås pour purger la peine dont il va écoper après avoir été arrêté en possession de trois kilos d'amphétamine.

— Trois kilos ? Ce sera une peine de longue durée. Et il devra d'abord passer par l'unité d'admission de Kumla.

— Pas cette fois.

— Si, il…

— Pål ?

La secrétaire d'État avait la voix douce, mais elle était capable de donner des instructions étonnamment simples et strictes.

— À vous de vous arranger pour ça.

Wilson attendit la suite, au milieu d'un silence gênant.

— Quand Paula arrivera à Aspsås, il faut qu'il soit déjà affecté à un certain poste de travail. Dès le premier après-midi, il doit prendre ses fonctions au ménage du bâtiment de l'administration et de l'atelier.

— La direction de la prison considère le ménage comme une récompense.

— Eh bien, récompense-le.

— Mais qui c'est ce Paula, bon sang ? Il a bien un nom ? T'en as un ? Tu sais parler, oui ou non ?

Le directeur général de l'administration pénitentiaire avait l'habitude de donner des ordres et d'être obéi, et non d'en recevoir et d'y obéir.

— Vous aurez mon nom et mes données personnelles. Pour me placer dans l'établissement qu'il faut, m'affecter au poste de travail qu'il faut et faire en sorte que, après le verrouillage des cellules, deux jours très exactement après mon arrivée, il soit procédé à une fouille complète et inopinée de toutes les cellules de la prison.

— Bon Dieu, qu'est-ce que…

— Avec les chiens. Détail important.

— Avec les chiens ? Et qu'est-ce qui arrivera quand on aura trouvé ce que tu y auras planté ? Au codétenu à qui t'auras fourgué ta came ? Jamais de la vie. Je ne marche pas. Ce serait mettre mon personnel en danger et, en fin de compte, accuser quelqu'un d'un crime qu'il n'aura pas commis. Je ne marche pas dans la combine.

La secrétaire d'État se leva, fit un pas vers Larsen, posa sa main sur la manche de sa veste et le regarda droit dans les yeux.

— Pål, dit-elle d'une voix douce, tu vas t'occuper de ça. C'est moi qui t'ai nommé à ton poste. Ça signifie que c'est toi qui as la main haute sur l'administration pénitentiaire. Tu prendras les décisions que nous estimons, toi et moi, que tu dois prendre. Alors, sois gentil de fermer la porte derrière toi en partant.

Une fenêtre ouverte, un peu plus loin dans le couloir, faisait courant d'air.

Peut-être est-ce la raison pour laquelle la porte claqua plus fort qu'on ne s'y attendait, dans la pièce.

— À Paula de s'infiltrer en prison. À nous d'aggraver son cas.

Erik Wilson avait attendu que le bruit de la porte cesse totalement de retentir.

— Il aura commis des crimes graves. Il sera condamné sévèrement. Ce n'est qu'en se faisant respecter qu'il sera en mesure d'agir à sa guise depuis sa cellule. Et, quand les autres auront vérifié son passé sur son casier judiciaire, ce qu'on peut être sûr qu'ils feront dès le premier jour, ils trouveront la réponse qu'on voudra qu'ils aient.

— Comment ?

La secrétaire d'État esquissa un froncement de sourcils dans son visage inexpressif.

— Comment faire pour ça ?

— J'utilise habituellement un de mes informateurs civils. Celui-ci travaille à l'administration nationale des tribunaux, il est de ceux qui sont chargés d'alimenter le fichier des casiers judiciaires. Aucun document original provenant de là… n'a jamais été mis en doute par qui que ce soit dans un couloir de prison, jusqu'à présent.

Il s'était attendu à d'autres questions. Sur la fréquence avec laquelle il modifiait les fichiers en question. Sur le nombre de personnes qui se baladaient avec des condamnations inventées de toutes pièces.

Il n'y en eut pas.

Ceux qui étaient assis autour de cette table avaient l'habitude de solutions souples qui n'exigeaient ni le nom ni le titre de personnes clés qui modifiaient le passé des gens ou raccourcissaient le délai d'attente d'un procès.

— Dans trente-huit heures, une personne recherchée sera arrêtée et interrogée.

Il regarda Hoffmann.

— Il va avouer son crime, se déclarer seul coupable et, une à deux semaines plus tard, accepter le jugement du tribunal correctionnel et la longue peine qu'il devra purger à la prison d'Aspsås, une des trois plus sûres du pays.

La pièce baignait toujours dans une vive lumière et la chaleur y était toujours aussi étouffante.

Ils se levèrent tous. Ils en avaient terminé.

Piet Hoffmann aurait aimé faire voler la porte en

éclats, traverser le bâtiment au pas de course et ne s'arrêter que lorsqu'il tiendrait le corps de Zofia dans ses bras et la serrerait très fort. Mais pas encore. Il désirait que tout soit formulé si clairement qu'il ne subsiste aucune ambiguïté.

Toujours seul.

— Avant de partir d'ici, je veux savoir très précisément ce qu'on me garantit.

Il s'attendait à ce que sa demande soit rejetée. Mais elle comprit ce qu'il désirait.

— Je m'en occupe.

En faisant un pas pour approcher, Piet Hoffmann sentit le fil frotter contre le tissu de son pantalon. Il se pencha légèrement sur la jambe droite, pour qu'elle soit juste devant elle, il était important de bien enregistrer le tout.

— Comment ?

— Je garantis que vous ne serez pas accusé de quoi que ce soit à propos du 79 Västmannagatan. Je garantis que nous vous aiderons de notre mieux à accomplir votre mission de l'intérieur de la prison. Et que… une fois que le travail sera terminé, nous prendrons soin de vous. Je sais que vous serez condamné à mort, alors, et grillé dans le monde du crime. Nous vous fournirons une nouvelle vie, une nouvelle identité et de l'argent pour repartir à zéro à l'étranger.

Elle lui sourit vaguement. C'est du moins ce qu'il crut sous cette vive lumière qui tombait sur son visage.

— Je le garantis en ma qualité de secrétaire d'État auprès du ministère de la Justice.

Wojtek ou le ministère de la Justice. Peu importait. Même choix des mots, mêmes promesses. Chacun d'un côté de la loi, mais même issue.

C'était bien. Mais pas assez.

Ne te fie qu'à toi-même.

— Je veux quand même savoir comment.

— On l'a déjà fait trois fois auparavant.

Un bref coup d'œil au directeur de la police nationale, qui acquiesça.

— Tu seras officiellement gracié. Pour raisons humanitaires. Inutile d'expliquer davantage. Les motifs médicaux ou humanitaires justifient pleinement une décision que le ministère de la Justice déclarera ensuite confidentielle.

Piet Hoffmann patienta quelques secondes devant elle, en silence.

Il était satisfait. Il s'était trouvé assez près.

Elle avait formulé ce qu'il voulait entendre, et assez clairement pour qu'on puisse l'entendre à nouveau.

Ils marchèrent côte à côte dans le souterrain qui reliait les bureaux du gouvernement au parlement et s'arrêtèrent près d'un ascenseur donnant accès à la Vieille Ville et au 2 Mynttorget. Ils auraient dû être pressés, car il restait bien peu de temps, mais on aurait dit que tous deux tentaient de comprendre vers quoi ils allaient vraiment.

— Te voilà un hors-la-loi, désormais.

Erik Wilson s'arrêta.

— À partir de maintenant, tu es dangereux pour les deux parties. Wojtek te tuera dès l'instant où tu seras démasqué comme infiltré. Mais aussi pour ceux autour de la table qu'on vient de quitter. Tu sais maintenant des choses que nul dans ce bureau n'admettra. Ils te sacrifieront eux aussi dès l'instant où tu deviendras une menace, ils te grilleront, comme les autorités le font toujours avec leurs informateurs quand il s'agit de protéger le pouvoir. Tu es l'homme clé de Wojtek. Et notre homme clé. Mais, s'il arrive quoi que ce soit, tu seras sacrément seul, Piet.

Piet Hoffmann savait à quoi ressemblait la peur et était bien décidé à la repousser comme il l'avait toujours fait, mais il désirait un moment de répit et rester dans le noir, sous les rues de Stockholm. Dans ce cas, ils ne monteraient pas immédiatement dans l'ascenseur puis dans la voiture qui attendait dans une cour et il n'aurait plus besoin de se battre.

— Piet ?

— Oui ?

— Il faut que tu gardes la situation bien en main. Si ça tourne mal… les autorités te laisseront tomber et tu seras grillé.

Il se mit à marcher.

Il restait exactement trente-huit heures.

DEUXIÈME PARTIE

Le minibus noir se gara dans un des coins les plus sombres du parking.

Troisième étage, zone A.

— Trente-huit heures.

— À bientôt.

— Hors la loi. N'oublie jamais ça.

Piet Hoffmann posa la main sur l'épaule d'Erik Wilson et descendit du siège arrière avant de respirer un air au goût de dioxyde de carbone. L'étroit escalier menait à Regeringsgatan et à cette capitale toujours sur le qui-vive.

Tulipes. Église. SwissMiniGun. Dix kilos. Bibliothèque. Mètres par seconde. Lettres. Émetteurs. Nitroglycérine. Coffre-fort. CD. Poésie. Tombe.

Trente-sept heures et cinquante-cinq minutes.

Il se mit à marcher sur le trottoir, passant près de gens qui le regardaient sans le voir, d'étrangers qui ne souriaient pas. Il rêvait d'une certaine maison dans une rue tranquille, à quelques kilomètres au sud de la ville, seul endroit où il ne serait pas traqué et qui n'exigeait pas qu'il survive. Il devait la rappeler. Tulipes et nitroglycérine et mètres par seconde, il savait qu'il en était capable et qu'il y arriverait mais, avec Zofia, il n'avait jamais la moindre idée de la façon de procéder. En matière de danger et de risque, il suffisait de garder le contrôle, et alors il était également capable de gérer le résultat. Mais, avec Zofia, il n'avait jamais été maître de la situation, il n'était pas en mesure de dominer ses réactions et ses sentiments, et il avait beau faire de son mieux, il ne disposait d'aucun moyen d'approcher d'elle à ses propres conditions.

Il l'aimait tellement.

Il fit ensuite comme les autres, traversa le cœur de la ville à pas pressés et sans sourire, Mäster Samuelsgatan, Klara Norra Kyrkogata, Olof Palmes gata jusqu'au coin de Vasagatan pour arriver chez un fleuriste du nom de Rose Garden, dont la vitrine donnait sur Norra Bantorget. Deux clients devant lui ; il se détendit et se perdit parmi des fleurs rouges, jaunes et bleues portant toutes un nom sur de petits écriteaux carrés qu'il lut et oublia aussitôt.

— Des tulipes ?

La jeune femme portait elle aussi son nom sur un petit badge carré qu'il avait déjà lu plusieurs fois auparavant et oublié.

— Je devrais peut-être varier un peu.

— Les tulipes, ça convient toujours. En boutons ? Tout juste sorties de la chambre froide ?

— Comme d'habitude.

C'était l'un des rares fleuristes de Stockholm vendant des tulipes au mois de mai, peut-être parce qu'il avait un client de trente-cinq ans venant régulièrement en acheter de gros bouquets s'il conservait les fleurs à un maximum de cinq degrés pour qu'elles n'éclosent pas.

— Trois bouquets ? Un de rouges et deux de jaunes ?

— Oui.

— Vingt-cinq dans chacun ? Et juste des cartes blanches ?

— Oui.

Le bruissement du papier de soie autour de chaque bouquet. « Merci pour votre collaboration, Association des Entrepreneurs d'Aspsås » sur la carte des deux bouquets de tulipes jaunes et « Je t'aime » sur celle qui devait accompagner les rouges.

Il paya et fit quelques centaines de mètres, le long de Vasagatan, jusqu'à une entrée où une plaque, sur la porte du deuxième étage, indiquait les bureaux de Hoffmann Security AB. Il ouvrit, désactiva l'alarme et une fois dans la cuisine se dirigea droit vers l'évier où, la veille, il avait fait rendre gorge à quatorze mules de quinze cents à deux mille grammes d'amphétamine chacune.

Il devait y avoir un vase, dans l'un des placards de la cuisine, il le trouva tout en haut, au-dessus de la hotte, et remplit le lourd récipient de cristal d'eau puis du bouquet de vingt-cinq tulipes rouges. Il lui restait deux bouquets, cinquante tiges vert clair aux boutons encore fermés alignées sur le plan de travail de la cuisine.

Le four à cinquante degrés, du moins à peu près, car il était difficile de savoir exactement où placer le curseur sur ce vieux cadran.

Baisser le réfrigérateur de six à deux degrés. Pour plus de sûreté, il posa un thermomètre sur la clayette du haut, celui qui était encastré dans le plastique de la porte était trop imprécis et difficile à lire.

Piet Hoffmann quitta la cuisine et l'appartement, un sac IKEA à la main, et monta quatre à quatre jusqu'au grenier et au tuyau d'aluminium. Il tapa sur la bande en acier pour la détacher, comme lors de la visite de Henryk, le matin. Onze boîtes, qu'il sortit une par une de la bouche de ventilation pour les fourrer dans le sac, puis refermer le tout et descendre quatre étages avec onze kilos d'amphétamine coupée dans les bras.

« J'ai besoin de trois jours pour éliminer les concurrents. »

Il vérifia le four. Il était bien à cinquante degrés. Il ouvrit le réfrigérateur, le thermomètre sur la clayette du haut affichait quatre degrés, comme chez le fleuriste, il fallait encore l'abaisser de deux degrés.

« Je veux savoir comment tu vas t'y prendre. »

Première boîte du sac. Mille grammes d'amphétamine. Plus qu'assez pour cinquante tulipes.

« Avec des tulipes et de la poésie. »

Bien qu'il eût soigneusement nettoyé l'évier, il trouva des restes de la veille collés sur les bords de la bonde. Le coup de feu inattendu et les mules qui avaient été vidées dans la panique au seul endroit auquel elles ne devaient pas être associées. Il ouvrit le robinet et laissa couler l'eau chaude tout en ôtant les derniers restes de vomissures de lait et de morceaux de caoutchouc brunâtre.

Les maniques étaient dans un des tiroirs à couverts, il posa une tulipe sur chacune d'elles et les enfourna en plaçant les boutons bien ronds près de la vitre. Il aimait tellement l'instant où cela se produisait. Le printemps et la vie contenus à l'extrémité d'une tige verte. Les boutons allaient s'éveiller à cette chaleur soudaine et libérer pour la première fois leurs couleurs.

Il les sortit au moment où ils s'ouvraient de deux centimètres, il ne fallait pas attendre trop longtemps, pour ne pas se perdre dans la beauté, la couleur et la vie.

Il les plaça sur le plan de travail et sortit les paquets de préservatifs, sans nervures, sans lubrifiant et surtout sans odeur, enfonça soigneusement un demi-préservatif dans chaque bouton et les remplit d'une pointe de couteau d'amphétamine, trois grammes dans les petits et quatre dans les gros, en tassant pour en mettre le plus possible, avant de poser deux tulipes pleines d'amphétamine sur un plat dans le congélateur bourdonnant, entre l'évier et la cuisinière.

Elles devaient rester là, à moins dix-huit, pendant dix minutes, jusqu'à ce que les boutons se referment et se rendorment, cachant leurs pétales. Ce n'était qu'alors qu'il les sortirait du congélateur, à une température inférieure à zéro, pour les placer dans le réfrigérateur à plus deux degrés en vue d'un long repos et d'une floraison retardée.

La prochaine fois, elles s'ouvriraient à température ambiante, sur le bureau d'un directeur.

Quand il le voudrait.

Piet Hoffmann se tenait comme d'habitude dans le grand bureau et regardait par la fenêtre les gens et les voitures sur Kungsbron et Vasagatan. Il avait préparé cinquante tulipes, soit un total de cent quatre-vingt-cinq grammes d'amphétamine à trente pour cent, sans même penser que cette poudre jaunâtre avait accaparé plusieurs années de sa vie et qu'il avait été un temps où il consacrait chaque heure de la journée à voler suffisamment pour pouvoir, le lendemain, s'en procurer d'autre. Entre le centre de cure, l'angoisse et la peine de prison, la drogue avait occupé une place considérable et tout le reste avait été totalement vide de sens jusqu'à ce que, un beau matin, Zofia soit là, devant lui. Depuis ce jour-là, il ne s'était pas injecté le moindre gramme, elle l'avait forcé à s'agripper à sa main comme seuls le font les gens qui ont confiance l'un en l'autre.

La boîte à cigares était posée sur le bureau. Juste à côté du magnétophone numérique.

« Ce dossier… je l'ai lu. J'ai supposé… qu'il s'agissait… d'une femme ? »

Un appareil assez petit pour tenir dans l'anus.

À présent, c'était des voix dans un ordinateur.

« C'est comme ça que je m'appelle. En interne. »

Il transféra l'ensemble de l'enregistrement sur deux CD distincts et plaça l'un dans une enveloppe brune et l'autre dans une blanche de format A4. Il prit quatre passeports sur l'étagère du haut de l'armoire à fusils, glissa trois d'entre eux dans l'enveloppe brune et le quatrième dans la blanche. Enfin, au fond du tiroir du bureau, deux petits récepteurs, deux oreillettes, une dans chaque enveloppe.

— C'est moi.

Il avait composé le seul numéro préenregistré du portable.

— Oui ?

— Västmannagatan. J'ai oublié le nom de ton collègue. Celui qui enquête ?

— Pourquoi ?

— Il ne me reste plus que trente-cinq heures, Erik.

— Grens.

— Son nom complet.

— Ewert Grens.

— Qui est-ce ?

— Je n'aime pas ça. Qu'est-ce que tu fabriques ?

— *Erik, putain. Qui ?*

— Un des anciens.

— Un bon ?

— Oui, il est bon. C'est ça qui m'inquiète.

— Qu'est-ce que tu veux dire ?

— C'est un de ceux… qui ne lâchent pas le morceau.

Piet Hoffmann inscrivit le nom en capitales bien lisibles sur le devant de l'enveloppe brune et l'adresse un peu plus bas, en plus petit. Il vérifia le contenu. Une copie sur CD, trois passeports, une oreillette.

Un de ceux qui ne lâchent pas le morceau.

Erik Wilson profitait du soleil qui s'enfonçait lentement dans les eaux du lac Vättern. Un moment de calme juste après l'étrange appel de Piet à propos d'Ewert Grens et avant la réunion qui allait bientôt aggraver le profil d'un infiltré. Ces derniers jours, il avait senti la situation évoluer d'heure en heure, Piet disparaître de plus en plus, et cette dernière conversation, il l'avait eue avec quelqu'un qui ne s'appelait plus que Paula. Il savait que c'était nécessaire et même qu'il le recommandait souvent mais c'était chaque fois aussi perturbant de voir un homme qu'il appréciait se transformer totalement.

Ces dernières années, il avait parcouru à plusieurs reprises la courte distance séparant la gare de Jönköping de l'administration nationale des tribunaux et, en coupant par Järnvägsgatan et Västra Storgatan, il était en mesure d'actionner la lourde porte pas plus de cinq minutes après son arrivée.

Il était là pour manipuler le système.

Il était doué pour cela : recruter une personne, que ce

soit un détenu purgeant une peine de prison et pouvant servir à infiltrer une organisation criminelle ou un fonctionnaire en situation d'ajouter ou de retirer quelques lignes dans un fichier. Il était doué pour faire en sorte qu'ils se sentent importants et leur laisser croire qu'ils venaient en aide aussi bien à la société qu'à eux-mêmes, doué pour sourire quand c'était nécessaire et rire quand il le fallait, et pour être plus apprécié par l'infiltré et l'informateur qu'il ne les appréciait lui-même.

— Salut.

— Merci d'être restée aussi tard.

La femme dans la cinquantaine lui sourit, il l'avait recrutée au cours d'un procès auprès de la cour d'appel de Göta, plusieurs années auparavant. Ils s'étaient côtoyés quotidiennement dans la salle d'audience durant une bonne semaine et, pendant un dîner, ils étaient tombés d'accord pour estimer que son travail quotidien lui permettait de modifier des fichiers précieux pour la police suédoise dans la lutte qu'elle menait contre le crime organisé.

Ils montèrent l'escalier de l'imposant palais de justice et elle fit signe au gardien *j'ai un visiteur* avant de pénétrer dans les bureaux de l'administration, au deuxième étage. Elle prit place devant l'ordinateur tandis qu'il allait chercher une chaise à la table de travail voisine, inoccupée. Et il patienta pendant qu'elle entrait son nom d'utilisateur, son mot de passe et glissait une carte en plastique dans l'étroite fente en haut du clavier.

— Qui ?

Elle triturait nerveusement le badge attaché à un cordon autour de son cou.

— 721018-0010.

Il posa le bras sur le dossier de sa chaise à elle, sachant qu'elle aimait ça.

— Piet Koslow Hoffmann ?

— Oui.

— Stockrosvägen 21. 122 32 Enskede.

Il regarda l'écran et la première page du fichier des délinquants de la direction générale de la police nationale.

1. GRAVE INFRACTION EN MATIÈRE
   D'ARME À FEU 1998-06-08
   CHAPITRE 91 § 2e al.
   LOI SUR LES ARMES À FEU
2. DÉTENTION ILLÉGALE 1998-05-04
   CHAPITRE 10 4 § CODE PÉNAL
3. CONDUITE SANS PERMIS 1998-05-02
   3 § 1er al 2 P INFRACTION AU CODE
   DE LA ROUTE (1951 : 649)

UN (1) AN SIX (6) MOIS DE PRISON
1998-07-04 APPLICATION DE LA PEINE
1999-07-01 LIBERTÉ CONDITIONNELLE
Temps de peine restant : 6 mois.

— Je désire apporter divers ajustements.

En se penchant légèrement vers l'écran, il lui toucha fugitivement le dos. Jamais plus que ça, l'illusion d'être ensemble, ils savaient tous deux de quoi il s'agissait mais elle faisait semblant parce qu'elle avait besoin de quelque chose qui ressemblait à un contact humain et lui parce qu'il fallait que quelqu'un travaille pour lui. Ils profitaient l'un de l'autre comme tous les officiers traitants et les informateurs au sein des autorités policières, en vertu d'un accord tacite indispensable pour désirer se rencontrer, de façon générale.

— Des ajustements ?

— Je veux… que tu en rajoutes un peu.

Il changea de position, se pencha en arrière, la main sur son dos, à nouveau.

— Où ça ?

— À la première page. Son passage à Österåker.

— Condamné à un an et six mois.

— Mets cinq ans, à la place.

Elle ne demanda pas pourquoi. Elle ne le faisait jamais. Elle faisait confiance à ce commissaire de la brigade de recherches de Stockholm venu prendre place à côté d'elle pour lutter contre le crime et rendre la société meilleure. Des doigts coururent sur le clavier et la mention UN (1) AN SIX (6) MOIS se changea en CINQ (5) ANS.

— Merci.

— C'est tout ?

— Ligne suivante. Grave infraction en matière d'arme à feu. Ce n'est pas suffisant. Je désire que tu fasses mention d'autres délits. Tentative de meurtre. Voies de fait à l'encontre d'un représentant de l'autorité publique.

Un seul ordinateur et une seule lampe de bureau allumés dans la grande pièce du deuxième étage de l'administration nationale des tribunaux. Wilson était conscient du danger qu'elle courait en s'attardant sur son lieu de travail alors que ses collègues avaient déjà terminé leur journée et étaient assis sur le canapé en cuir de leur salon, devant la télévision. Elle troquait le risque de poursuites pour falsification de documents administratifs contre le sentiment de servir à quelque chose.

— J'ai rallongé sa peine de prison et ajouté d'autres motifs de condamnation. Autre chose ?

Elle imprima un extrait du casier du dossier 721018-0010 et le remit à cet homme, assis près d'elle, qui lui donnait le sentiment de vivre intensément. Elle patienta le temps qu'il relise et se penche encore un peu plus, au bout d'un moment.

— Ça suffit. Pour aujourd'hui.

Erik Wilson tenait deux feuilles de papier qui feraient la différence entre le respect et la méfiance. Dès sa première heure derrière les verrous d'Aspsås, Piet Hoffmann serait invité par des codétenus suspicieux à faire état de ses condamnations et cinq ans pour TENTATIVE DE MEURTRE et VOIES DE FAIT À L'ENCONTRE D'UN REPRÉSENTANT DE L'AUTORITÉ PUBLIQUE revenaient à qualifier l'intéressé de sûr, puissant et capable de tuer, si nécessaire.

À l'instant même où il entrerait en cellule, Paula serait considéré comme étant ce qu'il faisait semblant d'être.

Quelqu'un qui, en l'espace de trois jours, pas plus, pourrait éliminer ses rivaux et prendre le contrôle de tout le trafic de drogue.

Erik Wilson caressa doucement le bras de la femme qui souriait et lui donna un rapide baiser sur la joue. Alors qu'il se dépêchait pour attraper le dernier train pour Stockholm, elle souriait encore.

La maison semblait plus petite dans l'obscurité qui commençait à l'engloutir.

La façade perdait sa couleur, la cheminée et le nouveau toit de tuiles se confondaient avec le dernier étage.

Piet Hoffmann se tenait entre les deux pommiers du jardin et s'efforçait de regarder à l'intérieur de la cuisine et du salon. Il était tard, dix heures et demie, mais à cette heure elle était encore debout, d'habitude, et on pouvait la voir quelque part derrière les rideaux blancs ou bleus.

Il aurait dû l'appeler.

La réunion de Rosenbad s'était terminée juste après cinq heures et il avait enchaîné sur les trois bouquets du fleuriste. Puis il était à nouveau monté dans ce grenier pour mettre onze boîtes et onze kilos d'amphétamine dans un sac, sans oublier des fleurs qui devaient passer deux par deux au four, puis au congélateur, avant de finir au réfrigérateur. Restaient encore les copies sur CD d'un enregistrement effectué dans l'un des bureaux du gouvernement et deux lettres adressées à des personnes qui ne devaient jamais les recevoir et la soirée s'était terminée avant qu'il ait pu donner de ses nouvelles.

Plus que trente-trois heures.

Il ouvrit la porte d'entrée, qui était fermée à clé. Pas de bruit de télé dans le salon, aucun éclairage autour de la table ronde de la cuisine, aucune radio dans le bureau ni ces longues conversations de la chaîne P1 qu'elle aimait tant. Il venait de pénétrer dans une maison hostile et s'apprêtait à faire face à des réactions qu'il ne pouvait contrôler et dont il avait très peur.

Piet Hoffmann ravala le sentiment de solitude extrême.

Sans doute l'avait-il toujours été, seul : guère d'amis car il avait choisi de s'en séparer l'un après l'autre, ne comprenant pas à quoi ils servaient ; guère de famille car il avait choisi de se séparer de ceux qui ne l'avaient pas déjà abandonné, mais cette fois c'était une autre solitude, qu'il n'avait pas choisie lui-même.

Il alluma la lumière de la cuisine. La table était vide, pas de taches de confiture d'airelles, de miettes de *encore un biscuit, un seul* ; elle avait été essuyée méticuleusement jusqu'à ce que tout ait disparu : en se penchant il pourrait même voir les traces de la lavette sur la surface luisante en pin. Quelques heures auparavant, ils avaient pris place autour de cette table pour manger. Et elle s'était assuré que le repas serait terminé, il n'y aurait pas pris part et c'était pourquoi il ne devait plus jamais en être.

Le vase était dans le placard, au-dessus de l'évier.

Vingt-cinq tulipes rouges, il rectifia la position de la carte *Je t'aime*, il fallait qu'elles soient au beau milieu de la table et la carte devait être bien visible.

Il tenta de monter l'escalier en silence, mais chaque marche craquait et donnait l'alerte, et des oreilles à l'affût savaient qu'il était tout près. Il avait peur, pas de la colère à laquelle il allait bientôt faire face, mais de ses conséquences.

Elle n'était pas là.

Debout dans l'ouverture de la porte, il contemplait une chambre vide, un lit fait, un dessus de lit toujours en place. Il avançait vers la chambre de Hugo et la toux d'une gorge de cinq ans enflée. Elle n'était toujours pas là.

Encore une pièce, il s'y précipita.

Elle était allongée dans le petit lit, tout contre leur plus jeune fils. Légèrement recroquevillée sous la couette. Mais elle ne dormait pas, sa respiration n'était pas régulière.

— Comment vont-ils ?

Elle ne le regarda pas.

— La fièvre ?

Elle ne répondit pas.

— Je suis désolé, impossible de me libérer. Mais j'aurais dû t'appeler, je sais, je sais que j'aurais dû le faire.

Son silence. Pire que tout. Il préférait les conflits ouverts.

— Demain, je les prendrai. Toute la journée. Tu le sais.

Toujours ce maudit silence.

— Je t'aime.

L'escalier ne craqua pas autant quand il redescendit, sa veste était accrochée au portemanteau de l'entrée, il referma la porte à clé derrière lui.

Il restait trente-deux heures et trente minutes. Pas question de dormir. Pas cette nuit. Ni la suivante, ce serait pour plus tard, quand il serait enfermé pour deux semaines dans les cinq mètres carrés d'une cellule du dépôt, sur une couchette, sans télé, sans journaux ni visites, alors il s'allongerait et fermerait les yeux pour se débarrasser de toute cette merde.

Piet Hoffmann était assis dans sa voiture, tandis que la rue bordée de maisons plongées dans le noir s'endormait. Il avait l'habitude de procéder ainsi, compter lentement jusqu'à soixante et sentir chaque partie de son corps se détendre l'une après l'autre.

Demain.

Demain, il lui dirait tout.

L'une après l'autre, les fenêtres des maisons voisines qui partageaient sa vie de banlieusard plongeaient dans le noir, la lueur bleutée de la télévision à l'étage supérieur des Samuelsson et des Sundell, une lampe qui clignotait rouge et jaune derrière la fenêtre du sous-sol des Nyman, où il savait que logeait un de leurs fils adolescents, à part cela la nuit s'amorçait. Un dernier regard en direction de la maison et de son jardin, qu'il pouvait toucher en tendant la main par la vitre baissée, en direction de ce qui représentait pour lui la sécurité mais qui se cachait à présent dans le silence et l'obscurité, pas même les lampes décoratives du salon n'étaient allumées.

Demain, il lui dirait tout.

La voiture longea de petites rues, tandis qu'il passait deux coups de fil, le premier au sujet d'une réunion au deux, à minuit, le second à propos d'une rencontre d'un tout autre genre, un peu plus tard, en haut de Danviksberget.

Il n'était plus pressé. Une heure à tuer. Il roula en direction de la ville, vers Södermalm et le quartier de Horntull, qu'il avait habité pendant tant d'années, à l'époque où c'était encore une partie de la ville sur laquelle les costards-cravates crachaient quand ils se perdaient dans le coin. Il se gara l'avant vers l'eau, sur Bergsunds Strand. La belle vieille maison de bains en bois que des maniaques s'étaient battus pour faire abattre quelques années auparavant était toujours là et brillait comme un bijou dans ce quartier à la mode, proposant des séances de natation pour les femmes le lundi et pour les hommes le vendredi. Il faisait chaud, bien que la nuit fût proche, il ôta sa veste et marcha sur l'asphalte en plongeant les yeux dans cette eau luisante qui reflétait les puissants phares des rares voitures se glissant entre les immeubles à la recherche d'une place de parking.

Un banc peu confortable, dans un parc, pendant dix minutes, une bière dégustée lentement à Gamla Uret, chez ce barman qui riait très fort et que Hoffmann connaissait de nuits tardives, dans une autre vie, quelques articles dans un journal du soir oublié, des doigts luisants après avoir plongé dans le bol de cacahuètes bien grasses à l'extrémité du comptoir.

Cette heure-là, il l'avait tuée.

Il se mit en marche vers le 38 Högalidsgatan et le 9 Heleneborgsgatan, et cet appartement au parquet abîmé, au troisième étage.

Erik Wilson était assis sur un sofa enveloppé de plastique quand l'homme qui n'était plus que Paula désormais ouvrit la porte et traversa le hall de l'appartement où s'étaient produits des dégâts des eaux.

— Il n'est pas trop tard. Pour faire machine arrière. Tu le sais.

Il le regarda avec une certaine chaleur, il n'aurait pas dû le faire mais n'avait pu s'en empêcher. Un infiltré ne devait être qu'un instrument, quelque chose que lui et les autorités de police pouvaient utiliser tant qu'il présentait un intérêt et abandonner si cela devenait dangereux.

— Tu ne seras jamais très bien payé. Tu n'auras même pas droit à un remerciement officiel.

Avec Piet, Paula, ce n'était plus le cas. C'était plus que cela, maintenant. Un ami.

— Tu as Zofia. Et tes fils. Je n'ai aucune idée de

l'effet que ça fait, mais… j'y pense parfois, avec regret. Et si j'avais ça… jamais de la vie je ne le risquerais pour quelqu'un qui ne dit pas merci.

Wilson était conscient qu'il faisait à ce moment précis ce qu'il ne fallait jamais faire. Il fournissait à un infiltré extraordinaire un argument pour faire faux bond à l'instant où les autorités avaient le plus besoin de lui.

— Cette fois tu prends un risque infiniment plus grand qu'auparavant. Je l'ai dit cet après-midi dans le souterrain, en revenant de Rosenbad. *Piet, regarde-moi quand je te parle*. Je te le redis. *Regarde-moi !* À l'instant où tu auras mené à bien notre mission, tu seras condamné à mort par Wojtek. Es-tu absolument sûr d'avoir compris ce que ça impliquait vraiment ?

Neuf ans en tant qu'infiltré. Piet Hoffmann examina du regard tous ces meubles recouverts de plastique et choisit un fauteuil de couleur verte ou peut-être brune. Il n'était plus certain de comprendre ce que cela impliquait ou pourquoi ils étaient en fait assis là, l'un en face de l'autre, dans un lieu de rencontre secret, pendant que sa femme et ses enfants dormaient dans une maison plongée dans le silence. Parfois, c'était comme ça. Parfois, quelque chose commençait tout seul et se poursuivait ensuite, les jours devenaient des mois et les mois des années sans qu'on ait le temps de beaucoup y réfléchir. Mais il se rappelait clairement pourquoi il avait dit oui et le jour où Erik avait pris place dans le parloir de la prison d'Österåker pour lui parler d'une peine aménagée au moyen de permissions régulières, d'une vie après la sortie où ses activités criminelles rencontreraient moins d'obstacles tant qu'il travaillerait pour la police : on fermerait les yeux sur ses propres délits, on les dissimulerait et on ferait en sorte que la brigade de recherches et le service du procureur n'en aient pas connaissance. Cela lui avait paru drôlement facile. Il n'avait même pas réfléchi aux mensonges, au danger d'être démasqué comme mouchard, ni au manque de reconnaissance et de protection. Il n'avait pas de famille, à l'époque. Il n'existait que pour lui-même et encore.

— Je vais mener ce boulot à bien.

— Nul ne te blâmera si tu décides d'arrêter.

Il avait commencé, puis continué. Il avait appris à vivre pour prendre son pied, pour l'adrénaline qui faisait battre son cœur jusqu'à briser sa poitrine, pour la fierté de savoir qu'il était meilleur que n'importe qui d'autre, sur ce point, lui qui n'avait jamais été le meilleur à quoi que ce soit.

— Je ne me dégonfle pas.

Il était devenu accro. À l'adrénaline, à la fierté, il ne comprenait pas à quoi ressemblait une vie sans tout ça.

— On n'en parle plus, donc.

Il avait été de ceux qui n'avaient jamais réussi à aller au bout de quoi que ce soit.

Mais il avait l'intention de remédier à cela.

— J'apprécie que tu poses la question, Erik. Je me rends compte que ce n'est pas vraiment ton rôle. *Mais on n'en parle plus.*

Erik Wilson avait posé sa question. Et obtenu la réponse qu'il espérait.

— S'il arrive quelque chose.

Il changea de position sur ce sofa inconfortable.

— Si tu es sur le point d'être démasqué. Dans une prison, tu ne peux pas aller très loin. Mais tu peux demander à être placé à l'isolement.

Wilson regarda Paula, Piet.

— Tu peux être condamné à mort. Mais tu ne mourras pas nécessairement. Quand tu auras demandé ton transfert et que tu seras à l'abri, tout seul dans ta cellule, tu nous contacteras et tu attendras une semaine. C'est le temps qu'il nous faut pour nous organiser et te faire sortir.

Il ouvrit la mallette noire qui se trouvait à ses pieds et posa deux dossiers entre eux, sur la table basse. Un extrait de fraîche date du registre des condamnations de la direction de la police nationale et un procès-verbal d'interrogatoire tout aussi récent qui faisait désormais partie du dossier d'une enquête préliminaire vieille de dix ans.

1. *L'ENQUÊTEUR JAN ZANDER (E) : Un Radom neuf millimètres.*
2. *PIET KOSLOW HOFFMAN (PKH) : Ah oui.*
3. *E : Il venait d'être utilisé quand tu as été arrêté. Il manquait deux balles dans le magasin.*
4. *PKH : Si tu le dis.*

Piet Hoffmann parcourut en silence la version modifiée de son passé.

— Cinq ans ?

— Oui.

— Tentative de meurtre ? Voies de fait à l'encontre d'un représentant de l'autorité publique ?

— Oui.

5. *E : Deux coups de feu. Plusieurs témoins l'attestent.*

6. PKH : (silence)

7. E : Plusieurs témoins dans l'immeuble locatif de Kaptensgatan, à Söderhamn, dont les fenêtres donnent sur la pelouse où tu as tiré deux coups de feu sur l'agent de police Dahl.

8. PKH : Söderhamn ? J'y ai jamais mis les pieds.

Erik Wilson avait soigneusement travaillé les moindres détails qui, mis bout à bout, devaient constituer un passé plausible et crédible.

— Est-ce que tu crois… est-ce que ça peut marcher ?

Pour modifier un verdict du registre des condamnations il faut toujours faire figurer un nouveau procès-verbal dans le rapport d'enquête établi précédemment et introduire de nouveaux documents dans le dossier de l'administration pénitentiaire de la prison où la peine a été effectuée.

— Ça marche.

— D'après le verdict et le procès-verbal de l'enquête préliminaire, tu as frappé au visage, à trois reprises, avec la crosse d'un pistolet Radom chargé, l'agent qui t'arrêtait et tu l'as laissé inconscient sur le sol.

9. E : Tu as tenté de tuer un policier en service. Un de mes collègues. Et je veux savoir pourquoi t'as fait ça, nom de Dieu.

10. PKH : C'est une question ?

11. E : Je veux savoir pourquoi !

12. PKH : J'ai jamais tiré sur un policier, à Söderhamn. Puisque je suis jamais allé à Söderhamn. Mais si j'y étais allé et si j'avais tiré sur ton collègue, ce serait parce que j'aime pas trop les flics.

— Tu as ensuite retourné le pistolet, tu l'as armé et tu as tiré deux coups de feu. Le premier l'a touché à la cuisse, le second en haut du bras gauche.

Wilson s'appuya contre le plastique du sofa.

— Personne n'aura le moindre doute, s'il fouille dans ton passé sur la base du registre des condamnations ou des différentes pièces de l'enquête préliminaire. J'ai aussi ajouté une note, un peu plus bas, à propos des menottes. Tu as donc été menotté pendant tout le temps de l'interrogatoire. Par mesure de sécurité.

— Ça se tient.

Piet Hoffmann replia deux liasses de photocopies.

— Laisse-moi une ou deux minutes. Il faut que je relise ça encore une fois. Après, je saurai ce que je dois savoir.

Il tenait entre ses mains ce jugement qui n'avait jamais été prononcé et cet interrogatoire qui n'avait jamais eu lieu, et qui étaient pourtant ses outils les plus précieux en vue de poursuivre son travail d'infiltration dans un couloir de prison.

Plus que trente et une heures.

Jeudi

Les cloches des deux tours de Högalidskyrkan sonnaient une heure du matin lorsqu'il quitta Erik Wilson et le deux par une cour et une entrée donnant sur Heleneborgsgatan. Il faisait toujours étrangement chaud, dehors, comme si le début du printemps se changeait en début d'été ou en ce genre de chaleur émanant d'un corps soumis au stress. Piet Hoffmann ôta sa veste et gagna Bergsunds Strand et sa voiture, garée assez près du quai pour que ses phares éclairent l'eau sombre lorsqu'il démarra. Il traversa Södermalm d'ouest en est et la nuit, qui aurait dû grouiller de gens peu enclins à rentrer chez eux après avoir aspiré à la chaleur pendant l'hiver, était déserte. Cette ville si bruyante s'était déjà endormie. Après Slussen, il mit les gaz le long de Stadsgårdskajen puis ralentit et tourna juste avant Danvikstullsbron et la limite de Nacka. Il descendit Tegelviksgatan et tourna à gauche sur Alsnögatan jusqu'à la barrière barrant l'unique voie d'accès à Danviksberget.

Il descendit de voiture dans le noir et secoua son trousseau de clés jusqu'à ce qu'il trouve le morceau de métal qui y était accroché depuis longtemps et qui n'était pas plus gros que la moitié d'une clé normale. Ils s'étaient souvent rencontrés, ces dernières années.

Il ouvrit la barrière, la referma et monta doucement la route sinueuse jusqu'au café en plein air, en haut, qui servait depuis des décennies des brioches à la cannelle tout en offrant une belle vue sur la capitale.

Il gara la voiture sur une place de parking vide et écouta le bruissement de la Baltique, au bout de la falaise. Quelques heures plus tôt, des gens avaient pris place à cet endroit, s'étaient tenu la main en se parlant, en se désirant ou en buvant simplement leur café latte, en partageant ce genre de silence qui vous réunit. Une tasse à café oubliée sur un banc, deux plateaux en plastique avec des serviettes en papier froissées sur un autre. Près du bâtiment aux volets fermés, il s'assit à une table attachée par une chaîne à un morceau de béton gris. Piet Hoffmann regarda la ville où il avait passé la plus grande partie de sa vie, mais dans laquelle il se sentait toujours étranger, comme quelqu'un qui n'était venu en visite qu'un petit moment avant de continuer vers l'endroit où il allait réellement.

Il entendit les pas.

Quelque part derrière lui, dans le noir.

D'abord faibles et lointains, sur un sol dur, puis plus proches et distincts, cette fois sur un gravier très sonore en dépit des efforts de celui qui le foulait pour rester discret.

— Piet.

— Lorentz.

La silhouette sombre d'un homme bien bâti, du même âge que lui.

Ils s'étreignirent comme ils en avaient l'habitude.

— Combien ?

L'homme s'assit en face de lui, les coudes lourdement

appuyés sur la table, qui fléchit légèrement. Ils se connaissaient depuis exactement dix ans. C'était l'un des rares en qui il ait jamais eu confiance.

— Dix kilos.

Ils avaient été sous les verrous ensemble, à Österåker. Dans la même unité et dans des cellules voisines. Ils s'étaient liés d'une façon qui n'aurait pas été possible s'ils s'étaient rencontrés ailleurs mais, faute de mieux, ils étaient devenus les meilleurs amis du monde sans vraiment le comprendre, à l'époque.

— Force ?

— Trente.

— Provenance ?

— Siedlce.

— Les fleurs. C'est bien. C'est ce qu'ils veulent. Je n'aurai pas à m'emmerder à leur faire tout un baratin sur la qualité. Mais perso… je supporte pas l'odeur.

Lorentz était le seul nom qu'il ne donnerait jamais à Erik. Il l'aimait bien. Il avait besoin de lui. Lorentz revendait ce que Piet coupait, pour se faire de l'argent pour son propre compte.

— Mais trente pour cent… c'est trop pour Plattan et Centralen[1]. Là-bas, personne ne veut plus de quinze, sinon ça part en couille. Ça… je vais le vendre dans les clubs, les mômes veulent de la forte et ils ont de quoi payer.

Erik avait compris qu'il y avait quelqu'un dont il ne connaîtrait jamais le nom. Mais aussi pourquoi.

1. Le « Plateau » en sous-sol de Sergels torg, célèbre pour ses trafics en tout genre, de même que « Centralen », la gare centrale de Stockholm.

Piet pouvait donc continuer à gagner de l'argent sur sa propre marchandise, Erik et ses collègues fermeraient les yeux et lui faciliteraient même parfois la tâche en échange de la poursuite de son infiltration.

— Dix kilos à trente pour cent, c'est un sacré lot. Et je le prends, bien sûr. Je prends toujours ce que tu me demandes de prendre. Mais… là, je te parle en ami, Piet… t'es sûr que tu maîtrises l'opération, au cas où quelqu'un se mettrait dans l'idée de poser des questions ?

Ils se regardèrent. Cela aurait pu être une question, en apparence, mais cacher quelque chose d'autre. De la méfiance. De la provocation. Or, ce n'en était pas. Lorentz voulait dire exactement ce qu'il venait de dire et Piet savait qu'il ne désirait que son bien, en la posant. Jusqu'à présent, cela s'était toujours limité à couper un peu plus la marchandise pour se faire une marge convenable sur les livraisons venant d'ailleurs pour être revendues. Cette fois, il aurait besoin de plus d'argent, c'était pourquoi les boîtes sous vide étaient passées de la bouche de ventilation du grenier à un sac IKEA sans être coupées davantage, quelques heures seulement après la visite de Henryk.

— T'inquiète. Si un jour j'ai besoin de me servir de ce fric-là, ce sera parce qu'il sera trop tard pour répondre à des questions.

Lorentz n'eut rien d'autre à demander.

Il avait appris que chacun a ses raisons et fait ses propres choix et que, si quelqu'un ne veut pas dire pourquoi, ce n'est même pas la peine d'essayer de l'y forcer.

— Je retiens cinquante mille pour les explosifs. Le

délai que tu m'as imposé était vachement court, Piet, et ça m'a coûté plus que d'habitude.

Cent couronnes le gramme. Un million pour dix kilos.

Neuf cent cinquante mille cash, le reste en explosifs.

— T'as tout ce que je t'ai demandé ?

— Le PETN.

— Ça ne suffit pas.

— Et la nitroglycérine. Rapide. En poches de plastique.

— C'est ce qu'il me faut.

— Le détonateur et la mèche, c'est cadeau.

— Dans ce cas.

— Ça va faire un sacré barouf.

— Parfait.

— Tu fais comme tu veux, Piet.

Les deux voitures étaient garées, coffres ouverts, dans l'obscurité propice, tandis qu'un sac IKEA bleu contenant dix boîtes d'un kilo d'amphétamine à trente pour cent et une serviette brune dans laquelle il y avait neuf cent cinquante mille couronnes en billets et deux paquets hautement explosifs changeaient de mains. Après ça, il était pressé et c'est tous feux éteints qu'il descendit l'étroite route sinueuse de Danviksberget, ouvrit la barrière avec la clé spéciale du cadenas, avant de poursuivre en direction d'Enskede et cette maison qui lui manquait toujours autant.

Quand il se rendit compte qu'il avait roulé dessus, il était trop tard. Il faisait très sombre, dans l'allée du garage, et le plastique rouge du camion de pompiers était difficile à distinguer. Piet roula cinquante centimètres de plus, sortit de la voiture et se mit à genoux pour tâtonner autour de la roue avant droite et trouver le véhicule préféré de Rasmus. Il n'était plus très beau à voir mais, en recouvrant l'une des portières de quelque chose qui pourrait passer pour de la peinture rouge et en remettant en place la belle petite échelle blanche qui se trouvait au centre du toit, peut-être pourrait-il, dans quelques jours, reprendre du service dans le bac à sable ou sur le parquet de l'une des chambres.

Ils dormaient tous, à l'intérieur. Les autres camions de pompiers en plastique. Sous les lits, parfois même dans le lit de deux garçons que, dans quelques heures, il allait serrer très fort dans ses bras.

Il ouvrit le coffre et prit la serviette brune, tout au fond, derrière la roue de secours, hésita, puis en sortit les deux petits paquets. Il laissa les neuf cent cinquante mille couronnes en billets là où elles étaient.

Se glisser parmi les ombres du jardin.

Il attendit pour allumer d'avoir pénétré dans la cuisine et refermé la porte. Il ne voulait pas réveiller Zofia avec un rayon de lumière importun, pas plus qu'être surpris par des pieds nus en train de se rendre aux toilettes ou au frigo. Il prit place à la table nettoyée, sur laquelle les traces de lavette étaient encore visibles. C'est là qu'ils allaient prendre leur petit déjeuner, dans quelques heures, ensemble, poisseux, bruyants et ébouriffés.

Les deux paquets étaient posés au milieu de la table. Il ne les avait pas vérifiés, il ne le faisait jamais quand c'était Lorentz qui assurait la livraison, cela lui suffisait. Il ouvrit le premier, qui faisait penser à un étui à stylos et en sortit un fil très long. C'était du moins à ça que cela ressemblait : un mince fil de dix-huit mètres de long enroulé sur lui-même. Mais, pour quelqu'un qui s'y connaissait en matière d'explosifs, c'était quelque chose de tout différent. Un cordon détonant de PETN et la différence entre la vie et la mort. Il le replia, le soupesa, puis le coupa par le milieu et reposa les deux morceaux de neuf mètres de long. L'autre paquet était plus carré et se présentait sous la forme d'une poche en plastique avec vingt-quatre petits compartiments, un peu comme celles que son père mettait dans des albums verts pour conserver de vieilles pièces de monnaie sans grande valeur datant de l'époque où sa ville s'appelait encore Königsberg. Un jour où son corps aspirait à la fuite dans la drogue, Piet avait essayé de les vendre et s'était alors rendu compte que ces morceaux de métal brun auxquels il ne s'était jamais intéressé étaient beaucoup trop usés et n'avaient d'autre valeur en tant qu'objets de collection que celle que son père leur avait attachée, celle du souvenir du temps passé. Il tâta doucement chaque compartiment et le liquide transparent qu'il contenait, soit quatre centilitres de nitroglycérine répartis dans vingt-quatre poches en plastique plates.

Quelqu'un se mit à crier.

Piet Hoffmann ouvrit la porte.

Le même cri à nouveau, puis le silence.

Il faillit monter. Rasmus faisait des cauchemars mais, cette fois, ils avaient disparu sans qu'il soit là pour le consoler.

À la place, il descendit à la cave et gagna l'un des cagibis, où se trouvait son arsenal personnel. Il l'ouvrit et vit toutes ces armes, bien rangées sur une des étagères. Il en prit une et remonta.

Le plus petit revolver du monde, un *SwissMiniGun*, pas plus gros qu'une clé de voiture.

Il avait acheté directement à l'usine à La Chaux-de-Fonds, le printemps précédent, les balles de six millimètres qui se trouvaient dans le cylindre de cette arme miniature, toutes capables de tuer. Il posa le revolver dans la paume de sa main et la soupesa en passant le bras d'avant en arrière au-dessus de la table. Quelques grammes, seulement, mais assez pour mettre fin à une vie, au besoin.

Il ferma de nouveau la porte de la cuisine et se mit à sectionner le pontet à ses deux extrémités au moyen d'une scie à métaux – l'arc métallique qui entourait et protégeait la détente était trop petit pour qu'il puisse y glisser l'index. Il devait donc le supprimer, pour être en mesure d'appuyer dessus et de tirer, et il n'en eut que pour quelques minutes.

Ensuite, il tint le petit revolver à deux doigts, le braqua vers le lave-vaisselle et fit semblant de tirer.

Une arme meurtrière pas plus longue qu'un cure-dent, et pourtant c'était encore trop.

Il allait donc la réduire en morceaux plus petits au moyen du minuscule tournevis qui lui rappelait sa grand-mère, à Kaliningrad. Elle le conservait dans le tiroir sous la machine à coudre qui se trouvait dans sa chambre à coucher et qui, pour un enfant de sept ans, était aussi grosse qu'un meuble. Il dévissa doucement la première vis sur l'un des côtés de la crosse en bois et la plaça sur la nappe blanche du plan de travail, afin qu'elle soit bien visible, il ne fallait surtout pas qu'il la perde. La suivante se trouvait sur l'autre côté de la crosse, encore plus près du chien. Puis il appuya la pointe du tournevis sur la goupille, au milieu du revolver, frappa légèrement dessus jusqu'à ce qu'elle sorte et que cette arme longue comme une allumette se subdivise en six parties : les deux côtés de la crosse, la carcasse avec le canon, l'axe du barillet et la détente, le barillet et ses six balles, le protège-canon, et une dernière partie de la carcasse qui n'avait pas de nom. Il plaça chacun des morceaux dans un sac en plastique et les sortit de la maison, avec les dix-huit mètres de cordon détonant de PETN et les quatre centilitres de nitroglycérine finement emballée, pour déposer le tout sur les neuf cent cinquante mille couronnes de la serviette brune, au fond du coffre de la voiture, derrière la roue de secours.

Piet Hoffmann avait pris place sur une des chaises près de la table de la cuisine et regardé la lumière chasser l'obscurité. Il l'avait attendue pendant plusieurs heures et maintenant il entendait son pas lourd dans l'escalier en bois, la totalité du pied à plat sur la marche, comme toujours quand elle n'avait pas assez dormi. Il écoutait souvent les pas des gens, qui reflétaient clairement leurs sentiments, et il était toujours plus facile de déterminer l'état d'esprit de quelqu'un en fermant les yeux tandis qu'il ou elle approchait.

— Salut.

Elle ne l'avait pas vu et sursauta donc quand il lui adressa la parole.

— Salut.

Il avait déjà préparé le café, complétant la tasse au

moyen d'environ un centimètre de lait, comme elle l'aimait le matin. Il l'apporta à la belle femme somnolente et ébouriffée en robe de chambre et elle la prit, les yeux bien las. Elle avait été furieuse durant la première moitié de la nuit et avait sommeillé dans le lit d'un enfant fébrile pendant l'autre.

— Tu n'as pas dormi du tout.

Elle n'était pas en colère, ce n'était pas ce qu'indiquait le ton de sa voix, elle était juste fatiguée.

— Je n'ai pas pu.

Il posa sur la table du pain, du beurre, du fromage.

— La fièvre ?

— Pas très forte. Pour l'instant. Encore une journée à la maison, peut-être deux.

D'autres pas, beaucoup plus légers, des pieds alertes dès qu'ils quittaient le lit et touchaient le sol. Hugo, le plus âgé, se réveillait toujours le premier. Piet se dirigea vers lui, le souleva, l'embrassa et pressa sa joue contre la sienne, si douce.

— Tu piques.

— Je ne me suis pas rasé.

— Tu piques plus que d'habitude.

Assiettes à soupe, cuillers, verres. Il s'assirent tous, la place de Rasmus encore vide, on allait le laisser dormir aussi longtemps que possible.

— Je m'occupe d'eux, aujourd'hui.

Elle s'était attendue à ce qu'il dise cela. Mais cela avait été dur. Car ce n'était pas vrai.

— Toute la journée.

La table était mise. À l'endroit où, peu auparavant, de la nitroglycérine avait été posée près d'un cordon détonant de PETN et d'un revolver chargé. À présent, elle était encombrée de flocons d'avoine, de yaourt et de pain suédois. Les cornflakes croustillèrent bruyamment et un verre de jus d'orange fut renversé par terre. Ils prirent leur petit déjeuner comme ils le faisaient habituellement, jusqu'à ce que Hugo frappe un grand coup sur la table avec sa cuiller.

— Pourquoi vous êtes fâchés, tous les deux ?

Piet échangea un bref regard avec Zofia.

— On n'est pas fâchés.

Il avait parlé en se tournant vers son fils aîné tout en se rendant compte que quelqu'un de cinq ans ne pourrait se satisfaire d'une réponse aussi simple, et c'était pour cette raison qu'il avait choisi de soutenir ce regard inquisiteur.

— Pourquoi tu mens ? Je le vois bien. Vous *êtes* fâchés.

Piet et Zofia se regardèrent à nouveau, jusqu'à ce qu'elle se décide à répondre.

— On *était* fâchés. Mais on ne l'est plus.

Piet Hoffmann regarda son fils avec gratitude et sentit ses épaules se relâcher, il avait été tellement tendu et avait eu tellement envie d'entendre ces mots, mais sans oser le demander lui-même.

— Bien. Personne n'est fâché. Alors je veux encore du pain et des cornflakes.

Ses mains de cinq ans versèrent d'autres cornflakes sur ceux qui se trouvaient déjà dans son assiette, se firent une tartine au fromage et la posèrent à côté d'une autre, qui n'était même pas encore entamée. Ses parents choisirent de ne rien dire, on pouvait le laisser faire, ce matin-là, après tout il était plus intelligent qu'eux, en ce moment.

Il était assis sur l'escalier de bois, près de la porte d'entrée. Elle venait de partir. Et il ne lui avait toujours pas dit ce qu'il devait lui dire, cela ne s'était pas fait, tout simplement. Ce soir. Ce soir, il lui parlerait. De tout.

Dès qu'elle avait disparu dans l'étroit passage entre la maison des Samuelsson et celle des Sundell, il avait administré à Hugo et à Rasmus une dose de paracétamol. Puis une demi-dose supplémentaire. Une demi-heure plus tard, la fièvre avait entièrement disparu et ils s'étaient habillés pour aller à l'école maternelle.

Il lui restait vingt et une heures et demie.

Piet Hoffmann avait loué la voiture la plus banale de Suède, une Volvo gris métallisé. Elle n'était pas prête, ni nettoyée ni vérifiée. Comme il était pressé, il opta pour une Volkswagen Golf rouge, la deuxième voiture la plus banale de Suède.

Quiconque souhaite ne pas se faire remarquer et qu'on ne se souvienne pas de lui doit se démarquer aussi peu que possible.

Il se gara près du cimetière et à quinze cents mètres de l'immense mur en béton. Un long flanc de colline, des prés d'herbe verte mais pas encore très haute. C'était là qu'il allait se retrouver. La prison d'Aspsås, l'une des trois prisons de haute sécurité du pays. Il allait être arrêté, placé en détention provisoire, poursuivi, condamné et, dans dix jours, peut-être douze, quatorze au maximum, il serait sous les verrous, là-bas.

Il sortit de voiture et plissa les yeux sous le soleil et le vent.

La journée allait être belle mais, face à un mur de prison, il ne pouvait avoir en tête que de la haine.

Après douze putains de mois derrière un autre mur de béton en forme d'enceinte, c'était le seul sentiment qui vous restait.

Il avait longtemps cru que c'était le combat évident du jeune homme contre tout ce qui tendait à l'enfermer et à lui assigner des limites. Mais ce n'était pas cela. Il n'était plus tout jeune, et ce sentiment était toujours aussi fort en lui en voyant ce mur. La haine de la routine, de l'oppression, de l'exclusion, des portes closes, des attitudes, des blocs de bois à tailler au carré, à l'atelier, du soupçon, des transports sécurisés, des analyses d'urine, des fouilles au corps. La haine des matons, des flics, des règles, de tout ce qui représentait la société, cette saleté de haine qu'il partageait avec les autres, seule chose qu'ils aient en commun avec la came et la solitude, la haine qui les avait incités à se parler et même à désirer être ailleurs et aspirer à quelque chose qui était de la haine plutôt qu'à rien du tout.

Cette fois, il serait enfermé parce qu'il l'avait voulu, il n'aurait pas le temps de ressentir quoi que ce soit, il serait là pour conclure et ensuite s'en aller pour toujours.

Il se tenait près de la voiture de location, dans le soleil matinal et le vent léger. Au loin, à l'une des extrémités de l'immense mur, on apercevait de petits pavillons identiques en briques rouges et une cité édifiée autour de la grande prison. Ceux qui n'étaient pas gardiens travaillaient pour l'entreprise qui réparait les sols du bloc C, pour la société de restauration qui livrait les repas tout préparés à la cantine ou pour l'électricien qui installait l'éclairage dans la cour. Les gens qui vivaient en liberté, d'un côté du mur d'Aspsås, dépendaient tous de ceux qui étaient enfermés de l'autre côté.

« Je garantis que vous ne serez pas accusé de quoi que ce soit à propos du 79 Västmannagatan. »

Le magnétophone numérique était toujours dans la poche de son pantalon. Il avait écouté cette voix à plusieurs reprises, ces dernières heures, sa jambe droite et le micro avaient été suffisamment proches et les paroles de cette femme étaient faciles à saisir.

« Je garantis que nous vous aiderons de notre mieux à accomplir votre mission de l'intérieur de la prison. »

Il ouvrit le portillon, l'allée de gravier était ratissée de frais, chacun de ses pas effaçait les traces d'un sacristain consciencieux. Il observa les tombes carrées et bien entretenues, simples pierres sur de petits morceaux de pelouse, comme si les habitants des pavillons continuaient à vivre de la même façon après la mort, à une légère distance les uns des autres pour ne pas se gêner, mais assez près pour ne jamais être seuls, jamais trop et jamais trop grand, mais chacun avec son emplacement nettement délimité.

Le cimetière était entouré d'un mur de pierre et d'arbres qui avaient été plantés longtemps auparavant et qui se tenaient toujours à distance régulière les uns des autres, assez d'espace pour pousser tout en donnant l'impression d'un écran protecteur. Hoffmann s'approcha, c'était des érables sycomores dont les feuilles venaient d'éclore et bougeaient un peu, ce qui signifiait que le vent soufflait entre deux et cinq mètres par seconde. Il observa les petites branches, qui bougeaient elles aussi, entre sept et dix mètres par seconde. Puis il se pencha en arrière et chercha les grosses branches, encore immobiles, on était assez loin des quinze mètres par seconde.

La lourde porte en bois était ouverte et il pénétra dans une église qui était trop grande, avec son plafond blanc tout en haut et son autel tout au fond, on aurait dit que toute la localité d'Aspsås était censée pouvoir s'asseoir sur ses bancs de bois en y laissant encore de la place. Un de ces bâtiments datant d'une époque où le pouvoir se mesurait encore à la taille.

La grande salle déserte, mis à part un sacristain qui écartait des chaises en bois très simples des fonts baptismaux, était silencieuse, à l'exception d'un raclement provenant de la galerie, près de l'orgue.

Il entra et glissa un billet de vingt couronnes dans l'un des troncs placés sur la table, juste à côté de l'entrée, et salua de la tête le sacristain, qui avait entendu quelqu'un bouger et s'était retourné. Puis il regagna l'espace entre l'église proprement dite et le portail, attendit d'être bien sûr qu'on ne l'observait pas et ouvrit la porte grise, sur le côté droit.

Il monta rapidement.

Les marches de l'escalier très raide dataient d'une époque où les gens étaient plus petits. La porte s'ouvrit facilement, lorsqu'il exerça avec son pied-de-biche une légère pression sur la fente du chambranle. L'échelle très simple, en aluminium, était appuyée contre une petite trappe dans le plafond et donnait accès au clocher.

Il s'arrêta.

Une note insistante. Le bruit sourd d'un orgue.

Il sourit, le raclement qu'il avait entendu peu avant

dans la galerie, c'était un maître de chœur qui préparait les psaumes du jour.

L'échelle en aluminium oscilla dangereusement, quand il sortit une clé à tubes du sac qu'il portait en bandoulière et saisit l'étrier du cadenas fermant la trappe. Il tira un bon coup et celui-ci céda. Il poussa la trappe, monta dans le clocher et se glissa sous l'énorme cloche en fonte.

Une dernière porte.

Il l'ouvrit et sortit sur un balcon d'où la vue était si belle qu'il fut obligé de s'arrêter pour suivre la ligne d'horizon jusqu'à la forêt, les deux lacs et ce qui ressemblait à une montagne anguleuse, dans le lointain. En se tenant à la rambarde, il examina l'espace, autour de lui. Il n'était pas particulièrement grand, suffisant toutefois pour s'y allonger. Cela soufflait plus fort, ici, le vent qui s'était contenté des feuilles et des petites branches, au niveau du sol, s'en donnait à cœur joie, plus haut. Le balcon tremblait légèrement, quand il était pris dans une rafale qui tentait de l'emporter. Il observa le mur de la prison, les barbelés et les bâtiments avec des barreaux aux fenêtres. La prison d'Aspsås était aussi grande et laide vue de là et rien ne la masquait ou ne faisait obstacle. Il pouvait distinguer le moindre détenu dans la cour sous surveillance, la moindre clôture inutile, la moindre porte fermée à clé dans le béton.

« Et que… une fois que le travail sera terminé, nous prendrons soin de vous. Je sais que vous serez condamné à mort, alors, et grillé dans le monde du crime. Nous vous fournirons une nouvelle vie, une nouvelle identité et de l'argent pour repartir à zéro à l'étranger. »

Il tenait le magnétophone à la main et la voix de la femme était toujours aussi claire, malgré le souffle monotone du vent.

« Je le garantis en ma qualité de secrétaire d'État auprès du ministère de la Justice. »

S'il réussissait.

Si le travail qu'il devait mener à bien derrière ce mur, là-bas, se déroulait exactement comme prévu, il serait condamné à mort et devrait s'en aller, bien loin.

Il posa son sac et sortit de la poche avant un câble fin et noir et deux émetteurs, tous deux à reflets argentés, de la taille d'une pièce de cinquante centimes. Il relia un émetteur à chaque extrémité du câble et colla le morceau de cinquante centimètres de long sur le côté extérieur de la rambarde au moyen de pastilles adhésives, de façon qu'il soit orienté vers la prison mais invisible pour quiconque se trouverait sur le balcon du clocher.

Il s'accroupit et, avec un couteau, dénuda quelques centimètres de la gaine protectrice du câble afin de libérer le fil de métal, pour pouvoir le raccorder au câble suivant et faire ainsi courir celui-ci sur la face extérieure de la rambarde. Puis il s'allongea contre celle-ci et relia les deux morceaux au moyen de quelque chose qui ressemblait à un petit morceau de verre noir strié.

Toujours seul.

En passant la tête à l'extérieur, il s'assura que les deux câbles, les deux émetteurs et la cellule photoélectrique étaient bien fixés sur la rambarde.

Ne te fie qu'à toi-même.

La prochaine fois que quelqu'un parlerait à cet endroit précis, il ne se douterait pas que chacun de ses mots, chacune de ses phrases serait capté par quelqu'un qui était condamné à purger une peine, là-bas, derrière le mur de la prison d'Aspsås.

Il s'attarda un peu pour admirer de nouveau la vue.

Deux extrêmes, si proches, si lointains.

En penchant légèrement la tête vers le bas, au sommet de ce clocher, il pouvait voir les lacs scintillants, la cime des arbres et un ciel bleu clair s'étendant à l'infini.

S'il la baissait encore un peu, un monde particulier recoupait une réalité particulière, sous la forme de neuf bâtiments carrés en béton qui, de loin, ressemblaient à une ville faite de briques de Lego identiques, dans laquelle les individus les plus dangereux du pays étaient rassemblés et enfermés pour des jours qui n'étaient qu'une longue attente.

Piet Hoffmann savait qu'il serait affecté au ménage du bloc B, c'était une des mesures décidées lors de la réunion dans les bureaux du gouvernement et que le directeur de l'administration pénitentiaire avait été chargé de mettre en œuvre. Il se concentra donc sur la brique de Lego située à peu près au centre de ce monde encadré par un mur de sept mètres de haut et inspecta à la jumelle chaque partie de ce bâtiment qu'il ne connaissait pas encore, mais qui, dans deux semaines, serait son quotidien. Il choisit une fenêtre au troisième étage du secteur occupé par l'atelier, le plus grand lieu de travail pour les détenus de la prison d'Aspsås qui préféraient ne pas étudier[1]. Une fenêtre

1. Option proposée à tous les détenus de Suède.

en verre blindé et munie de barreaux rapprochés, près du toit, et pourtant il pouvait voir, dans ses jumelles, plusieurs de ceux qui travaillaient sur les machines – des visages et des yeux qui s'immobilisaient parfois et regardaient un moment en l'air par envie d'ailleurs – rendus encore plus dangereux par ces journées à ne faire rien d'autres que compter les jours et laisser passer le temps.

Un système clos et sans issue.

Si je suis démasqué. Si je suis grillé. Si je suis seul.

Il n'aurait plus de choix.

Il mourrait.

Il s'allongea sur le balcon, rampa jusqu'à la rambarde, saisit à deux mains un fusil imaginaire et visa la fenêtre qu'il venait de choisir, au troisième étage du bloc B. Sur les arbres, le long du mur de pierre du cimetière, il constata que le vent s'était levé, car les grosses branches s'étaient mises à bouger.

Vent douze mètres par seconde. Corriger de huit degrés vers la droite.

Avec le fusil imaginaire, il visa les têtes qui bougeaient derrière la fenêtre de l'atelier. Puis il ouvrit son sac, sortit le télémètre et le pointa sur la même fenêtre.

Il avait estimé la distance à quinze cents mètres. Il vérifia le chiffre qui s'affichait et esquissa un sourire.

Il y avait exactement quinze cent trois mètres entre le balcon du clocher et la fenêtre blindée.

Distance quinze cent trois mètres. Vue dégagée. Trois secondes entre le tir et l'impact.

Il serra très fort ce fusil qui n'existait pas.

Il était dix heures moins cinq quand il passa devant les tombes, sous les érables sycomores, et emprunta la longue allée de gravier bien ratissée pour rejoindre la voiture garée devant la grille du cimetière. Il était dans les temps, il avait réussi à préparer ce qu'il fallait, à l'église, et serait le premier arrivé à la bibliothèque d'Aspsås, qui s'apprêtait à ouvrir.

Dans un bâtiment séparé sur la petite place, niché entre la banque et la supérette ICA, une bibliothécaire dans la cinquantaine aussi sympathique qu'elle en avait l'air.

— Puis-je vous aider ?

— Oui, dans un instant. Mais je dois d'abord vérifier un deux ou titres.

Le coin des enfants avec ses coussins, ses petites chaises et ses exemplaires de *Fifi Brindacier* en piles égales, trois tables simples pour ceux désirant étudier ou simplement lire un moment au calme, un sofa avec casque pour écouter de la musique et des ordinateurs pour naviguer sur Internet. C'était une jolie petite bibliothèque dans laquelle la sérénité et le sentiment de la qualité du temps contrastaient avec la vue sur le mur de la prison, depuis chaque fenêtre, synonyme d'inquiétude et de privation de liberté.

Il s'assit devant l'un des écrans, près du bureau de prêt, et se mit à chercher dans le catalogue. Il lui fallait six titres, de préférence pas empruntés depuis longtemps.

— Voici.

La femme sympathique lut sa note manuscrite.

Byron *Don Juan* Homère *L'Odyssée* Johansson *Du*

fond des cœurs suédois Bergman *Les Marionnettes* Bellman *Histoire de ma vie* Collection Atlantis Anthologie de la littérature mondiale *Paysages français*.

— De la poésie… et des titres que… non, je ne crois pas que nous en ayons un seul dans notre salle de lecture.

— Je sais.

— Ça prendra un moment d'aller les chercher.

— J'en ai besoin maintenant.

— Je suis seule ici et… ils sont dans la réserve. C'est ainsi que nous procédons pour les livres qui ne sont pas très demandés.

— J'apprécierais vraiment de les avoir maintenant. Je suis assez pressé.

Elle soupira, mais juste un peu, comme si ça l'ennuyait mais lui faisait plaisir en même temps.

— Vous êtes seul et il ne devrait pas y avoir beaucoup d'autres visiteurs avant le déjeuner. Si vous voulez bien surveiller à ma place, je vais descendre au sous-sol.

— Je vous remercie. Pas de poches, s'il vous plaît.

— Pardon ?

— En grand format, avec la couverture rigide.

— Rigide ? C'est plus encombrant alors que le contenu est le même.

— C'est ce qu'il me faut. À cause de la façon dont je lis. Ou plutôt de l'endroit.

Piet Hoffmann prit la place de la bibliothécaire à la réception et attendit. Il était déjà venu emprunter des livres peu demandés et donc stockés dans la réserve, au sous-sol. Il l'avait d'ailleurs déjà fait dans plusieurs autres bibliothèques de localités situées à proximité des prisons les plus sécurisées du pays. Il en avait emprunté à la bibliothèque municipale de Kumla, qui comptait parmi ses usagers certains détenus de la prison, et à celle de Södertälje, où se fournissaient ceux de la prison de Hall. Quand ceux qui étaient détenus à quelques centaines de mètres de là demandaient des livres, on les faisait toujours venir de la bibliothèque d'Aspsås. Et si, en plus, ils étaient entreposés dans la réserve, l'emprunteur pouvait être sûr d'avoir exactement celui qu'il avait commandé.

Elle était à bout de souffle en ouvrant la porte en métal du sous-sol.

— L'escalier est un peu raide.

Elle sourit.

— Et puis je devrais faire un peu plus de sport.

Six livres sur le comptoir de prêt.

— C'est bien, comme ça ?

Cartonnés. Gros. Lourds.

— Des tulipes et de la poésie.

— Pardon ?

— Exactement comme je les voulais.

La place d'Aspsås était venteuse, plutôt ensoleillée, presque déserte. Une vieille dame avançait prudemment sur les pavés à l'aide d'un déambulateur, un homme à peu près du même âge, avec des sacs en plastique accrochés au guidon de son vélo, fouillait à deux mains dans une poubelle, à la recherche de bouteilles vides consignées. Piet Hoffmann sortit lentement de la petite cité où il devait revenir dix jours plus tard, prisonnier et menotté, à bord d'un fourgon.

« Je veux quand même savoir comment.

— On l'a déjà fait trois fois auparavant. »

Un système clos, sans issue.

Un infiltré grillé, une balance, aussi haï en cellule qu'un pointeur, un pédophile ou un violeur, toujours au plus bas de la hiérarchie en vigueur dans les prisons européennes qui conférait aux meurtriers et gros trafiquants de drogue leur statut et leur pouvoir.

« Tu seras officiellement gracié. Pour raisons humanitaires. Inutile d'expliquer davantage. Les motifs médicaux ou humanitaires justifient pleinement une décision que le ministère de la Justice déclarera ensuite confidentielle. »

S'il arrivait quelque chose. La promesse de cette femme était tout ce qu'il avait. Cela et ses propres préparatifs.

Il regarda l'heure sur le tableau de bord. Plus que dix-huit heures.

Une dizaine de kilomètres pour Stockholm, dont il traversait un peu trop vite les banlieues fatiguées, lorsque l'un de ses deux téléphones portables se mit à sonner. Une voix de femme irritée, celle de l'une des institutrices de Hagtornsgården.

Les deux garçons avaient de la fièvre.

Il se rendit tout droit à Enskededalen, c'était son tour, ce jour-là, et le paracétamol avait cessé d'agir.

Une femme intelligente, plus jeune que lui d'un ou deux ans, près de laquelle Hugo et Rasmus s'étaient toujours sentis en sécurité.

— Je ne comprends pas.

La même qui, deux jours plus tôt, avait appelé à

propos de garçons malades. Elle était à présent assise en face de lui dans le bureau de l'école maternelle et l'observait de près tandis que les deux petits fiévreux attendaient sur un banc, dans la salle de jeux, à l'extérieur.

— Que vous… que vous, vous et votre femme… ça ne va pas… Toutes ces années et vous, entre tous, vous nous faites ce coup du paracétamol pour pouvoir nous les envoyer. Je ne comprends vraiment pas.

— Je ne vois pas très bien ce que…

Il avait commencé à se défendre, comme toujours lorsque quelqu'un l'accusait de quelque chose. Mais il s'était interrompu. Ce n'était pas un interrogatoire, la maîtresse d'école n'était pas un agent de police et il n'était accusé d'aucun crime.

— Nous avons nos règles, dans cette école. Vous les connaissez, tous les deux. Des règles qui disent quand un enfant est le bienvenu ici ou non. C'est un lieu de travail, le lieu de travail d'adultes et celui de vos enfants et des enfants des autres.

Honteux, il ne répondit pas.

— De plus… Piet, ce n'est pas bon pour un enfant. Ce n'est pas bon pour Hugo, pour Rasmus. Vous voyez bien la mine qu'ils ont ? Être ici alors que leurs petits corps luttent contre la fièvre… ça peut avoir des conséquences bien plus graves. Vous comprenez ?

Lorsque quelqu'un a franchi une limite qu'il a promis de ne jamais franchir, qui est-il, alors ?

— Je comprends. Ça ne se reproduira plus.

Il les porta sur ses épaules jusqu'au siège arrière de la voiture et embrassa leur front fiévreux.

Encore une fois. Une seule.

Il leur expliqua qu'il le fallait. S'ils voulaient guérir. Il leur donna à chacun sa dose de paracétamol.

— Je ne veux pas.

— Une dernière fois.

— C'est dégoûtant.

— Je sais. C'est la dernière fois. Je te promets.

Il les embrassa de nouveau sur le front et se mit à rouler, mais Hugo comprit très vite que ce n'était pas dans la direction de la maison.

— Où est-ce qu'on va ?

— Au travail de papa. Vous allez venir avec moi un petit peu. Après, ça sera fini. Après, on rentrera à la maison.

Quelques minutes de trajet jusqu'à l'entrée en ville par Skanstull et Söderleden, puis direction Vasagatan et le centre, mais soudain, au milieu du tunnel sous Södermalm, il changea de file pour prendre la bretelle vers Mariatorget et Hornsgatan. Il se gara devant le vidéoclub coincé entre le supermarché Konsum et le bowling, et se dépêcha d'y d'entrer sans quitter du regard le siège arrière de la voiture, à travers la vitrine, et sélectionna trois films : douze épisodes de *Winnie l'Ourson*, au total. Les enfants en connaissaient depuis longtemps les dialogues par cœur, mais c'était une des rares bandes qu'il était lui-même capable de supporter, car le niveau sonore n'était pas aussi hystérique que dans la plupart de celles où des adultes hurlent d'une voix de fausset pour incarner des personnages de dessins animés en faisant semblant d'être des enfants.

La fois suivante, il s'arrêta juste devant l'entrée de l'immeuble de Vasagatan. Hugo et Rasmus étant toujours aussi fiévreux et fatigués, il tenait à ce qu'ils marchent aussi peu que possible. Ils étaient déjà venus à plusieurs reprises au bureau de Hoffmann Security AB, curieux du travail de papa ou de maman comme les enfants le sont souvent, mais jamais pendant qu'il y travaillait. Pour eux, ce n'était toujours qu'un endroit où papa allait en attendant que ses enfants aient fini de jouer à l'école maternelle.

Un demi-litre de crème glacée à la vanille, deux grands verres de Coca-Cola et douze épisodes de Winnie l'Ourson en train de se dandiner. Il les adossa à la table de travail, devant l'écran de télévision, dans le grand bureau, et leur expliqua qu'il devait monter quelques minutes au grenier, mais ils ne l'entendirent pas, absorbés par Coco Lapin, Bourriquet et une charrette dans laquelle ils voulaient que Winnie l'Ourson s'installe. Il récupéra trois boîtes dans la bouche de ventilation, les descendit, les posa par terre et débarrassa le bureau pour travailler plus à son aise.

Six livres rarement empruntés de la bibliothèque d'Aspsås, raison pour laquelle ils portaient la mention « RES », en majuscules bleues, scotchée sur le devant.

Un revolver miniature démonté, dans un sac en plastique.

Deux morceaux de cordon détonant de PETN de neuf mètres chacun.

Une poche en plastique contenant quatre centilitres de nitroglycérine répartie en vingt-quatre compartiments.

Une boîte d'amphétamine coupée à trente pour cent.

Il sortit du tiroir un tube de colle, un paquet de lames de rasoir et un de feuilles OCB, minces et autocollantes, normalement utilisées par ceux qui aiment rouler leurs cigarettes.

Des tulipes.

Et de la poésie.

Il ouvrit le premier livre. *Don Juan*, de Lord Byron. Parfait. Cinq cent quarante-six pages. Solide reliure de bibliothèque, dix-huit centimètres de long, douze de large.

Il savait que cela marchait. Ces dix dernières années, il avait dissimulé de dix à quinze grammes d'amphétamine dans quelques centaines de romans, recueils de poésie et essais, et avait réussi chaque fois. Là, il allait, pour la première fois, emprunter lui-même les livres ainsi préparés et les vider dans une cellule de prison, à Aspsås.

« J'ai besoin de trois jours pour éliminer les concurrents. Pendant ce temps, je ne veux aucun contact, ce sera à moi de faire entrer les quantités qu'il faut. »

Il ouvrit la couverture de devant et découpa à la lame de rasoir le dos du livre. Les cinq cent quarante-six pages de *Don Juan* n'étaient plus retenues que par la couverture arrière et, avec la pointe de la lame, il égalisa les petits morceaux de fil qui pendaient. Il le feuilleta jusqu'à la page 90, saisit toute cette partie d'une seule main, tira un coup sec et posa ce qu'il venait d'arracher sur le bureau, puis il feuilleta jusqu'à la page 390 et arracha cette nouvelle liasse de feuilles.

C'était sur les pages 91 à 390 qu'il allait travailler.

Dans la marge de gauche de la page 91, il traça au crayon à papier un rectangle de quinze centimètres de long et un de large. Puis il creusa de plus en plus profondément le long de ces lignes, millimètre par millimètre, à la lame de rasoir, jusqu'à ce qu'il ait découpé les trois cents pages. Sa main maniait l'instrument avec dextérité et éliminait la moindre irrégularité ou frange. Puis il remit en place et recolla le centre du livre, dont la marge de gauche portait maintenant un trou de quinze centimètres de long, un de large et trois de profondeur. Il en tâta les bords avec le bout des doigts, sentit qu'il restait des irrégularités et tapissa donc les parois du trou avec du papier à cigarettes. Il était important que les bords du trou soient bien lisses, pour le remplir d'amphétamine. Dans un livre aussi épais que celui-ci, il pourrait en loger quinze grammes.

Les quatre-vingt-dix premières pages étaient encore intactes, il les remit en place, par-dessus le trou, les recolla au dos et à la couverture de devant, et serra la totalité du classique de Lord Byron contre le bureau, avec ses deux mains, jusqu'à ce qu'il soit sûr que toutes les parties soient bien solidaires.

— Qu'est-ce que tu fais, papa ?

Le visage de Hugo apparut derrière son coude, juste à côté du livre fraîchement préparé.

— Rien. Je lis juste un peu. Pourquoi tu ne regardes pas le film ?

— C'est fini.

Il caressa la joue de l'enfant et se leva. Il y avait encore deux autres bandes vidéo. Winnie l'Ourson allait devoir manger d'autres quantités de miel et se faire réprimander à nouveau par Coco Lapin avant que tous les préparatifs soient terminés.

Piet Hoffmann procéda de même avec *L'Odyssée*, *Histoire de ma vie* et *Paysages français*. Dans deux semaines, un passionné de littérature purgeant sa peine à Aspsås pourrait emprunter quatre livres contenant au total quarante-deux grammes d'amphétamine.

Il en restait deux.

Au moyen d'une nouvelle lame de rasoir, il découpa un trou rectangulaire dans la marge de gauche de *Du fond des cœurs suédois* et des *Marionnettes*. Dans le premier, il plaça, morceau après morceau, quelque chose qu'un emprunteur de livres s'y connaissant quelque peu en armes pourrait assembler pour en faire un revolver miniature, le plus difficile à caser étant le barillet et ses six balles. Il était en effet plus large qu'il ne le pensait. Il parvint pourtant à l'enfoncer dans le trou, avec précaution et en ôtant un peu de papier à cigarettes. Cette arme était capable de tuer, si la cible était à bout portant. Il l'avait constaté pour la première fois à Świnoujście, six mois auparavant, quand une mule avait tenté de vomir deux mille cinq cents grammes d'héroïne avant même de monter à bord du ferry, dans les toilettes du terminal. Mariusz avait ouvert la porte alors qu'elle était allongée par terre, devant un sac en plastique. Il n'avait pas dit un mot, s'était juste avancé assez près, avait pressé le petit canon contre l'un de ses yeux et l'avait tuée d'un coup. Dans le trou suivant, celui du dernier livre, il enfonça un détonateur de la taille d'une tête de clou et un récepteur gros comme une pièce de cinquante centimes, du genre de ceux qui, placés dans l'oreille, peuvent capter les sons de deux émetteurs collés sur la rambarde d'un clocher.

Il restait encore, sur le bureau, les deux morceaux de neuf mètres de cordon détonant de PETN et la poche en plastique aux quatre centilitres de nitroglycérine. Un rapide coup d'œil à deux petits dos qui regardaient un ours d'animation et poussèrent des cris de joie quand un pot de miel atterrit sur la tête de Winnie. Hoffmann gagna la cuisine, ouvrit un autre paquet de glaces, le posa sur la table, entre eux, et caressa la joue de Rasmus.

Le cordon détonant et la poche en plastique étaient plus difficiles à mettre en place sans laisser de trace.

Il choisit le plus gros des deux livres, *Du fond des cœurs suédois,* avec ses vingt-deux centimètres de long et quinze de large, incisa les deux couvertures de la reliure, en sortit quelque chose qui ressemblait à du papier poreux et le remplaça par l'explosif, recolla le tout et nettoya les bords. Puis il feuilleta chacun des six livres pour s'assurer que tous les raccords tenaient bon et qu'il était impossible de détecter les orifices qui y avaient été pratiqués.

— C'est quoi, ça ?

Le visage de Hugo, à nouveau, près du bureau, le deuxième film était terminé.

— Rien.

— C'est *quoi*, ça, papa ?

Il montrait la boîte contenant de l'amphétamine coupée à trente pour cent.

— Ça ? Principalement du glucose.

Hugo restait planté là, il n'était pas pressé.

— Tu ne veux pas voir la fin ? Il en reste un.

— Si, tout à l'heure. Il y a deux lettres là, papa. C'est pour qui ?

Des yeux curieux avaient découvert les enveloppes qui se trouvaient en haut de l'armoire à fusils restée ouverte.

— Je ne vais sans doute pas les envoyer.

— Mais il y a des noms, dessus.

— Il faut d'abord que je les termine.

— Il y a écrit quoi ?

— Tu ne veux pas mettre le film, maintenant ?

— C'est le nom de maman, ça. Sur la blanche. Il s'écrit comme ça. Et, sur la brune, ça commence par la lettre E, je le vois bien aussi.

— Ewert. C'est comme ça qu'il s'appelle. Celui qui ne va sans doute pas la recevoir.

La neuvième partie des aventures de Winnie l'Ourson racontait la fête d'anniversaire de Porcinet et une excursion avec Christopher Robin. Hugo prit de nouveau place près de Rasmus et Piet Hoffmann vérifia d'abord le contenu de l'enveloppe brune – une copie sur CD de l'enregistrement, trois passeports et un récepteur –, l'affranchit et la fourra dans le sac en cuir brun, avec les six livres de la bibliothèque d'Aspsås. Puis l'enveloppe blanche que Hugo avait identifiée comme portant le nom de Zofia – une copie sur CD, le quatrième passeport et une lettre d'instructions, auxquels il ajouta neuf cent cinquante mille couronnes en billets, avant de la glisser également dans le sac brun.

Plus que quinze heures.

Il arrêta *Winnie l'Ourson* et aida les deux enfants qui recommençaient à être fiévreux à mettre leurs chaussures, passa par la cuisine et le réfrigérateur, dans lequel il prit cinquante boutons verts de tulipes qu'il transféra dans une glacière. Puis il descendit l'escalier, avec la glacière, le sac et les deux garçons, jusqu'à la voiture restée garée devant l'entrée et maintenant ornée d'une contravention sur le pare-brise.

Il regarda les visages rouges sur le siège arrière.

Plus que deux arrêts.

Puis il les mettrait chacun dans son lit, avec des draps propres, et se contenterait de les regarder à tour de rôle jusqu'au retour de Zofia.

Quand il entra dans la succursale de Handelsbanken dans Kungsträdgårdsgatan et descendit au sous-sol et à la salle où s'alignaient les coffres-forts, ils restèrent allongés dans la voiture. Il ouvrit le coffre vide avec l'une de ses deux clés, y déposa une enveloppe brune et une blanche, le referma et, une minute plus tard, remonta dans sa voiture et roula en direction de Södermalm et Hökens gata.

Il les regarda à nouveau, tout honteux.

Il avait dépassé la limite. Ces deux garçons qu'il aimait plus que tout au monde, assis sur le siège arrière, avec de l'amphétamine et de la nitroglycérine dans le coffre.

Il déglutit, il ne fallait pas qu'ils le voient pleurer, à aucun prix.

Il se gara aussi près du 1 Hökens gata qu'il osa. Le quatre à quinze heures zéro zéro. Erik était déjà entré de l'autre côté.

— Je veux plus marcher.

— Je sais. Jusque-là, seulement. Et puis on rentrera à la maison. Je te promets.

— J'ai mal aux jambes, papa, très très mal aux jambes.

Rasmus s'était assis sur la première marche de l'escalier. En prenant sa main dans la sienne, Piet sentit qu'elle était fiévreuse. Il le prit dans l'un de ses bras, la glacière et le sac au bout de l'autre. Hugo dut monter tout seul l'escalier, c'est ce qu'on est parfois obligé de faire, quand on est l'aîné.

Trois étages plus haut, la porte au nom de LINDSTRÖM s'ouvrit de l'intérieur, au moment précis où l'alarme de sa montre se mettait à retentir.

— Hugo. Rasmus. Voici tonton Erik.

Les petites mains se tendirent pour saluer et il sentit la colère dans le regard d'Erik Wilson, *qu'est-ce qu'ils foutent ici, putain ?*

Ils entrèrent dans le salon recouvert de plastique de l'appartement en cours de rénovation. Malgré la fatigue, ils regardèrent l'étrange mobilier avec curiosité.

— Pourquoi y a du plastique ?

— Parce qu'on fait des réparations.

— Quelles réparations ?

— On répare l'appartement. Et on ne veut pas le salir.

Il les laissa sur le sofa crissant et gagna la cuisine, où il croisa de nouveau le regard noir et secoua la tête.

— Je n'ai pas le choix, en ce moment.

Wilson resta assis en silence, comme s'il avait perdu le fil en voyant deux enfants en chair et en os dans une réalité où il ne s'agissait que de vie ou de mort.

— As-tu parlé à Zofia ?

— Non.

— Il faut que tu le fasses.

Il ne répondit pas.

— Tu peux trouver toutes les excuses du monde, Piet. Tu sais que tu dois le faire. Bon sang de bon Dieu, tu dois absolument lui parler !

Les réactions de Zofia, il ne pouvait pas les contrôler.

— Ce soir. Quand les enfants dormiront. Je le ferai à ce moment-là.

— Tu peux encore tout arrêter.

— Tu sais que je vais mener ça à bien.

Erik Wilson acquiesça et regarda la glacière bleue que Piet posa sur la table.

— Des tulipes. Cinquante. Elles seront jaunes.

Wilson examina des tiges et des boutons verts posés à côté de carrés réfrigérants blancs.

— Je les mets au frigo, là. Il faut le régler à deux degrés. Je veux que tu t'en charges. Et que, le jour où je franchirai le portail d'Aspsås, tu les envoies là où je veux.

Wilson fouilla dans la glacière et retourna l'une des cartes blanches des bouquets.

Merci pour votre collaboration, Association des Entrepreneurs d'Aspsås.

— Oui.

— Et où faut-il les envoyer ?

— À la prison d'Aspsås. Au directeur de l'établissement.

Erik Wilson n'en demanda pas davantage. Mieux valait ne rien savoir.

— On va attendre encore longtemps ?

Hugo était fatigué de passer ses doigts sur le plastique pour le faire crisser.

— Plus qu'un petit moment. Va voir Rasmus. J'arrive tout de suite.

Wilson attendit que les petits pieds aient disparu dans l'obscurité du hall.

— Tu seras arrêté demain, Piet. Après ça, on n'aura

plus aucun contact. Tu ne communiqueras ni avec moi ni avec qui que ce soit d'autre de la police du commissariat central. Avant d'en avoir terminé et de nous demander à sortir. C'est trop dangereux. Si quelqu'un suspecte que tu travailles pour nous… tu es mort.

Erik Wilson longea le couloir de la brigade de recherches. Il était inquiet et ralentit le pas devant le bureau d'Ewert Grens, comme il le faisait chaque fois ces derniers jours, et jeta un coup d'œil curieux en direction de la pièce vide et de la musique qui n'y retentissait plus. Il se demanda ce que faisait le commissaire qui enquêtait sur le meurtre de Västmannagatan, ce qu'il savait et combien de temps il lui faudrait pour poser les questions auxquelles il n'y avait pas de réponse.

Wilson soupira, c'était moche, ils étaient si petits, ces enfants. C'était son travail d'inciter un infiltré à prendre de gros risques pour obtenir des informations dont la police avait besoin, mais il n'était pas certain que Piet ait vraiment compris ce qu'il avait à perdre. Ils étaient devenus trop proches l'un de l'autre, il s'inquiétait sincèrement pour lui.

S'il arrive quelque chose, tu arrêtes.

Si quelqu'un découvre qui tu es, tu auras une nouvelle mission.

Survivre.

Wilson ferma la porte de son bureau et mit en marche l'ordinateur qui, pour des raisons de sécurité, n'était jamais connecté à Internet. Pendant que les deux garçons tiraient leur papa par le bras, il avait expliqué à Piet que, au cours de la période durant laquelle ils n'auraient pas de contact l'un avec l'autre, il retournerait au FLETC, dans le sud de la Géorgie, pour terminer ce qu'il avait dû interrompre quelques jours plus tôt. Il n'était pas persuadé que l'homme en face de lui ait vraiment écouté, il avait dit oui et hoché la tête, avant de rentrer chez lui pour son dernier soir de liberté avant longtemps. L'écran de l'ordinateur affichait un document vide et Erik Wilson commença à rédiger son rapport secret à l'intention du directeur de la police régionale, sous couvert du commissaire principal Göransson, avant de l'effacer de son disque dur. Ce rapport expliquait les tenants et aboutissants de l'arrestation d'un dangereux criminel recherché par les autorités, en possession de trois kilos d'amphétamine dans le coffre de sa voiture, et il ne pourrait être remis que le lendemain, pour la bonne raison que les faits ne s'étaient pas encore produits.

Il avait patienté deux heures, seul à la table de la cuisine.

Une bière, un sandwich, des mots croisés, mais il n'avait ni bu, ni mangé ni écrit quoi que ce soit.

Hugo et Rasmus dormaient depuis longtemps à l'étage. Ils avaient dégusté des crêpes à la confiture de fraises avec un peu trop de crème fouettée, puis il avait refait leurs lits et ouvert les fenêtres et les avait vus s'endormir au bout d'à peine quelques minutes.

Et il entendait maintenant ces pas qu'il connaissait si bien.

Le jardin, le perron, puis le grincement de la porte qui s'ouvrait et le coup de poing à l'estomac.

— Salut.

Toujours aussi belle.

— Salut.

— Ils dorment ?

— Depuis deux heures.

— La fièvre ?

— Elle aura complètement disparu demain.

Elle l'embrassa légèrement sur la joue et lui sourit, sans avoir remarqué que le monde était sur le point de voler en éclats.

Encore un baiser, de l'autre côté, deux fois, comme d'habitude.

Elle ne sentait même pas que ce foutu plancher tanguait.

— Il faut qu'on parle.

— Maintenant ?

— Maintenant.

Elle soupira légèrement.

— Ça ne peut pas attendre ?

— Non.

— Demain ? Je suis tellement fatiguée.

— Il sera trop tard.

Elle était montée se changer à l'étage, pantalon de jogging et gros pull aux manches trop longues, elle était conforme à ses rêves et le regardait en silence, pelotonnée dans un coin du sofa, attendant qu'il se mette à parler. Il avait pensé préparer de la nourriture sentant fort l'Inde ou la Thaïlande, ouvrir une bonne bouteille de vin rouge et, au bout d'un moment, commencer à s'exprimer prudemment. Mais il s'était rendu compte que ce qui était faux et devait être expliqué risquait de paraître encore plus mensonger. Il se pencha en avant, l'étreignit, elle sentait bon, elle sentait Zofia.

— Je t'aime. J'aime Hugo. J'aime Rasmus. J'aime cette maison. J'aime savoir que quelqu'un m'appelle mari et quelqu'un d'autre papa. Je ne savais pas que ça existait. Je m'y suis habitué, et maintenant j'en suis totalement dépendant.

Elle se recroquevilla un peu plus, tout au fond du sofa. À sa voix, elle comprenait qu'il avait longtemps réfléchi à ce qu'il voulait dire.

— Et maintenant, je veux que tu m'écoutes, Zofia. Mais plus que tout, je veux que tu ne bouges pas de là avant que j'en aie terminé.

Il en savait toujours plus sur chaque situation que ceux avec qui il la partagerait par la suite. S'il était mieux préparé, il avait l'avantage, or c'est toujours celui qui maîtrise la situation qui décide.

Mais pas en ce moment.

Ses sentiments, ses réactions, à elle, le terrorisaient.

— Ensuite… Zofia, tu feras ce que tu voudras. Écoute-moi et, ensuite, fais-en ce que tu voudras.

Il s'assit en face d'elle et se mit à raconter à voix basse l'histoire d'une peine de prison, dix ans plus tôt, la façon dont un policier l'avait recruté en tant qu'infiltré et lui avait permis de poursuivre ses activités criminelles tandis que le même homme fermait les yeux. Il lui parla d'une mafia polonaise du nom de Wojtek et de réunions secrètes dans des appartements en rénovation, lui expliqua que pendant toutes ces années elle avait déposé et récupéré son mari dans les locaux d'une société fictive qu'il avait baptisée Hoffmann Security AB, lui révéla l'existence d'un casier judiciaire falsifié, d'une base de données criminelles et d'un registre pénitentiaire le décrivant comme violent et psychopathe, lui annonça que l'un des hommes décrits à tort comme l'un des plus dangereux de Suède allait être arrêté le lendemain matin à six heures et demie dans un café du centre de Stockholm, lui demanda de s'attendre à un procès, à une condamnation à plusieurs années de prison, à une vie derrière les barreaux qui devait commencer dans dix jours et se poursuivre pendant deux mois, et la pria pour finir d'imaginer ce que c'était de regarder chaque jour sa femme et ses enfants dans les yeux en sachant que leur confiance était construite sur un mensonge.

Vendredi

Ils étaient couchés l'un à côté de l'autre, prenant soin d'éviter de se toucher.

Elle était restée totalement muette.

Il avait parfois cessé de respirer, de peur de ne pas entendre ce qu'elle ne disait pas.

Il s'assit au bord du lit, sachant qu'elle était réveillée et allongée là, en train de regarder le dos d'un menteur. Il avait continué à parler, tandis qu'ils buvaient une bouteille de vin bon marché et, quand il en avait eu terminé, elle s'était simplement levée, était passée dans la chambre à coucher et avait éteint la lumière. Elle n'avait pas parlé, pas crié, rien que le silence.

Piet Hoffmann s'habilla, tout à coup pressé de partir, il ne servait à rien de rester là face au néant. Il se retourna et ils se regardèrent en silence jusqu'à ce qu'il lui donne la clé d'un coffre à la succursale de Kungsträdgårdsgatan de Handelsbanken. Si elle désirait encore partager quoi que ce soit avec lui, elle devait l'utiliser, au cas où il lui ferait savoir que tout avait très mal tourné, ouvrir le coffre et faire exactement ce qui était marqué sur la lettre manuscrite qu'elle y trouverait. Il n'était pas sûr qu'elle l'ait écouté, car ses yeux étaient absents. Il prit alors refuge auprès de deux petites têtes dormant sur deux petits oreillers, sentit leur odeur et caressa leurs joues avant de quitter la maison de ce quartier résidentiel endormi.

Plus que deux heures et demie. Son visage dans le rétroviseur de la voiture de location. Son menton sombre était par endroits poivre et sel, et c'était particulièrement flagrant sur les joues. La dernière fois qu'il avait omis de se raser, c'était alors qu'il n'était encore qu'un très jeune homme. Cela le démangeait un peu, c'était toujours le cas au début, puis les poils se mettaient à pousser par touffes. Il tirait dessus, mais cela ne changeait pas grand-chose, ils n'étaient pas assez drus pour qu'il puisse vraiment les laisser pousser.

Il allait bientôt être arrêté, transféré dans un fourgon de police, puis placé en détention provisoire au dépôt de Kronoberg, où il revêtirait les vêtements informes de l'univers carcéral.

Il effectua une dernière fois, dans l'aube, le trajet jusqu'à la localité au nord de Stockholm où il s'était rendu à l'église et à la bibliothèque, moins de vingt-quatre heures plus tôt. Une faible lumière et un vent qui ne savait trop dans quel sens souffler furent ses seuls compagnons sur la place d'Aspsås, pas même de pies ni de pigeons ni celui qui dormait d'habitude sur le banc. Piet Hoffmann ouvrit la fente de la boîte des retours de livres, sur la droite de l'entrée de la bibliothèque, et y glissa les six volumes qui n'étaient pas empruntés assez souvent pour rester sur les rayons de la salle de lecture. Il se rendit ensuite à l'église, dont la façade blanchie à la chaux prenait beaucoup de place, pénétra dans le cimetière noyé sous une douce brume et leva les yeux vers le clocher d'où l'on voyait une des prisons les plus sécurisées du pays. À nouveau il crocheta la lourde porte de bois puis celle, plus petite, située derrière, escalada l'escalier branlant puis l'échelle en aluminium jusqu'à la trappe fermée, juste sous cloche en fonte de plusieurs centaines de kilos.

Neuf bâtiments carrés, en béton, derrière un énorme mur, qui ressemblaient plus que jamais à un univers particulier de briques de Lego.

Il regarda en direction de la fenêtre qu'il avait choisie et la visa avec une arme imaginaire, sortit de sa poche un récepteur argenté, un écouteur identique à celui qui était maintenant inséré dans un trou de la marge de gauche des *Marionnettes*, et se pencha par-dessus la rambarde. L'espace d'un instant, il eut l'impression de tomber et se retint d'une main à la barre de fer tandis que, de l'autre, il vérifiait que les deux émetteurs, le câble noir et la cellule photo électrique étaient bien en place là où il fallait. Il plaça le récepteur dans son oreille et un doigt sur l'un des émetteurs, tira légèrement d'avant en arrière, cela crachota et cliqueta dans son oreille interne, tout fonctionnait parfaitement.

Il redescendit près des tombes disposées côte à côte, sans être trop proches et dans cette brume qui estompait la mort.

Un marchand et sa femme. Un chef pilote et sa femme. Un maçon et sa femme. Des hommes morts en tant que fonctions et des femmes mortes en tant qu'épouses de maris réduits à leur fonction.

Il s'arrêta devant une petite stèle grise élevée en

mémoire d'un capitaine de marine. Piet Hoffmann revoyait son père, du moins tel qu'il se l'était imaginé, dans la modeste barque qui voguait dans la zone frontalière entre Kaliningrad et la Pologne puis disparaissait des semaines d'affilée, avec ses filets, dans la baie de Danzig et la Baltique. Et sa mère qui restait ensuite à attendre pendant le long trajet du retour et courait vers le port et les bras de son père. Ce n'était pas vraiment l'impression que cela donnait, elle avait souvent parlé de filets vides et de longue attente, mais jamais de pieds qui couraient ni de bras grands ouverts. C'était pourtant l'image qu'il s'était confectionnée, pendant son enfance, quand il leur posait maintes et maintes questions sur leur vie à une autre époque, et c'était celle qu'il avait choisi de garder.

Une tombe dont nul ne s'était occupé depuis des années. De la mousse sur les bords de la pierre et des mauvaises herbes sur un petit coin de terre presque retourné à l'état sauvage. C'était celle dont il allait se servir. Le capitaine Stein Vidar Olsson et sa femme. Né le 3 mars 1888. Mort le 18 mai 1958. Il avait atteint l'âge de soixante-dix ans et avait été une personnalité. Désormais, il n'était même plus une tombe sur laquelle quelqu'un se rendait. Piet Hoffmann sortit son téléphone portable, seul moyen de contacter Erik, qui serait hors de fonction dans moins de deux heures. Il l'éteignit, l'enveloppa dans un morceau de film alimentaire, l'enfonça dans un sac en plastique, s'agenouilla et se mit à creuser à mains nues près du bord droit de la pierre jusqu'à ce que le trou soit assez profond. Il regarda autour de lui. Personne d'autre ne rendait visite à ce cimetière aussi tôt le matin, il déposa le téléphone dans le trou, remit la terre en place et se hâta de regagner sa voiture.

La brume cernait toujours l'église d'Aspsås, la prochaine fois qu'il la verrait, ce serait depuis la fenêtre d'une cellule, dans un bâtiment carré en béton.

Il avait réussi. Ses préparatifs étaient terminés. Il allait bientôt être entièrement seul.

Ne te fie qu'à toi-même.

Elle lui manquait déjà, il lui avait tout avoué et elle n'avait pas dit un mot, un peu comme s'il avait été infidèle, alors qu'il ne toucherait jamais une autre femme, et pourtant c'était le sentiment qu'il en avait.

Le mensonge, c'est sans fin. Si quelqu'un était bien placé pour le savoir, c'était lui. Il change simplement de forme et de contenu, s'adapte aux fluctuations de la réalité et il faut un nouveau mensonge pour que le précédent puisse s'éteindre. Pendant dix ans, il avait tellement menti à Zofia, Hugo et Rasmus et tous les autres autour de lui que, lorsque ceci serait terminé, il aurait déplacé pour toujours la frontière entre le mensonge et la réalité, c'était ainsi, il ne savait jamais où s'arrêtait le mensonge et où commençait la vérité, il ne savait plus qui il était.

Soudain, il prit sa décision. Il roula plus lentement sur quelques kilomètres, conscient que c'était vraiment la dernière fois. Ce sentiment qu'il avait porté tout le long de l'année l'avait maintenant rattrapé, il le reconnaissait et pouvait l'interpréter. C'était toujours ainsi qu'il avait fonctionné. D'abord quelque chose de vague qui le tiraillait quelque part en lui-même, puis une période d'inquiétude pendant laquelle il tentait de comprendre ce que cela signifiait, et ensuite la compréhension, soudaine et à pleine puissance, de quelque chose qui n'avait cessé d'être là. Il allait purger sa peine derrière les barreaux d'Aspsås et mener à bien ce qu'il avait à y faire et, après cela, jamais plus. Il aurait fait son devoir envers la police suédoise, sans autre remerciement que l'amitié d'Erik et les dix mille couronnes par mois qui lui seraient versées, depuis un fonds secret, pour ne pas exister. Ensuite, il mènerait une autre vie, quand il saurait à quoi ressemblait vraiment ce genre d'existences, les vraies.

Cinq heures et demie. Stockholm était encore en train de s'éveiller. Il y avait peu de voitures, les gens arrivaient un par un et gagnaient rapidement le métro et le bus. Il se gara dans Norrtullsgatan, en face de Matteusskolan, et entra dans ce café ouvert tôt le matin qui, pour trente-neuf couronnes, servait du porridge, de la compote de pommes, des sandwichs au fromage, des œufs et du café noir, sur des plateaux en plastique rouge. Il vit aussitôt Erik, près de l'étagère à journaux, le visage plongé dans *Dagens Nyheter* pour éviter tout contact visuel. Piet Hoffmann commanda son petit déjeuner et choisit le coin opposé de la pièce, aussi loin de lui que possible. Il y avait six autres clients, deux jeunes ouvriers d'un chantier de construction en gilet fluorescent, et quatre hommes beaucoup plus âgés qui portaient tous des costumes et les cheveux gominés. Les cafés ouverts pour le petit déjeuner ressemblaient souvent à cela, c'était le lieu de rendez-vous des hommes qui n'avaient personne et qui fuyaient une table solitaire, ce que faisaient rarement les femmes. Peut-être supportaient-elles mieux la solitude, à moins qu'elles n'en aient honte et ne veuillent pas le montrer en public ?

Le café était fort et le porridge un peu épais, mais c'était le dernier repas avant longtemps qu'il prenait quand il voulait, où il voulait et sous la forme qu'il voulait. À Österåker, il avait évité les petits déjeuners, il était trop tôt dans la journée pour manger avec des gens réunis au même endroit dont le seul point commun était le désir de drogue, c'était le genre d'hommes qu'il redoutait mais, pour survivre, il avait dû affronter l'agressivité, les sarcasmes, la prise de distance, tout ce qui ne ressemblait pas à de la faiblesse.

En sortant, Erik Wilson passa près de sa table et la heurta presque. Hoffmann patienta très exactement cinq minutes puis le suivit et gagna Vanadisvägen, à pied, en deux minutes. Là, il ouvrit la portière d'une Volvo gris métallisé et prit place sur le siège passager.

— Tu es venu avec la Golf rouge, celle qui est garée devant Matteusskolan ?

— Oui.

— Depuis la station-service OK près de Slussen, comme d'habitude ?

— Oui.

Ils quittèrent Vanadisvägen, roulèrent lentement le long de Sankt Eriksgatan, et gardèrent le silence entre les deux premiers feux de Drottningholmsvägen.

— Tu t'es occupé de tout ?

— De tout.

— Et Zofia ?

Piet Hoffmann ne répondit pas. Wilson arrêta la voiture à un arrêt de bus de Fridhemsplan, pour bien marquer qu'il n'irait pas plus loin.

— Et Zofia ?

— Elle sait.

Ils restèrent assis là, l'heure de pointe venait de commencer, les gens qui arrivaient un par un constituaient maintenant des groupes entiers ou de longues files.

— Hier, j'ai encore aggravé ton cas dans le fichier des personnes recherchées. La patrouille qui va t'arrêter sera pleine de préjugés et d'adrénaline. Ça va être violent, Piet, il ne faut pas que tu sois armé parce que ça pourrait mal tourner. Mais personne, personne parmi les témoins, ceux qui écoutent la radio ou lisent les journaux ne soupçonnera pour qui tu travailles réellement. Un mandat d'arrêt a d'ailleurs été émis contre toi.

Piet Hoffmann sursauta.

— Un mandat ?

— Depuis une heure.

Il flottait encore une vague odeur de cigarette. Mais peut-être était-ce le fait de son imagination, il y avait toujours eu du brouillard au-dessus de chaque tapis de feutrine vert. Piet Hoffmann se pencha en avant pour la sentir et elle était bien là, cette odeur de fumée liée à la craie bleue qui restait collée au bout des doigts et aux cendriers à chaque coin de la table de billard, il percevait même les grossiers ricanements lorsque quelqu'un ratait son coup et qu'une boule ne suivait pas la trajectoire prévue. Il avala la moitié d'une tasse en carton de café noir du 7-Eleven de Fleminggatan et regarda l'heure. Le moment était arrivé. Il vérifia que le couteau qu'il portait d'habitude dans sa poche arrière n'était plus là et gagna la fenêtre donnant sur Sankt Eriksgatan. Il resta sans bouger, faisant semblant de parler dans son téléphone portable jusqu'à ce qu'il soit parfaitement sûr que l'homme aussi bien que la femme assis sur le siège avant de la voiture de police l'avaient bien repéré.

Ils avaient été avertis par un appel anonyme, passé depuis un numéro impossible à identifier, qu'une personne recherchée pour crimes graves se trouvait ce matin-là au Palais du billard.

Et voilà qu'il se tenait à la fenêtre.

Ils avaient son nom et un simple clic sur le clavier de l'ordinateur de bord leur avait tout dit sur sa vie.

CONNU DANGEREUX ARMÉ

Ils étaient tous deux jeunes et fraîchement recrutés et n'avaient encore jamais vu apparaître sur leur écran le code réservé à de très rares criminels dans le fichier des personnes recherchées.

Nom : *Piet Koslow Hoffmann.* Numéro INSEE : *721018-0010.* Nombre de résultats : *75.*

Ils lurent rapidement, se firent une image claire d'un individu extrêmement dangereux : *a été vu quinze minutes avant le meurtre d'Östling en compagnie du suspect Marković* et très violent : *a été vu sur les lieux lors d'une perquisition en relation avec un trafic d'armes présumé*, ayant déjà menacé des policiers, tiré sur eux et blessé certains d'entre eux, et qui était sans doute armé.

— Central, ici voiture 9027, à vous.

— Ici le central, à vous.

— Demandons assistance en vue arrestation imminente.

Il avait entendu les sirènes approcher entre les bâtiments du centre de la ville et devina que le bruit et les gyrophares avaient dû être coupés quelque part sur Fleminggatan.

Quinze secondes plus tard, deux fourgons de police bleu foncé pilèrent devant la fenêtre.

Il était prêt.

— Ici voiture 9027, à vous.

— Décrivez le suspect.

— Piet Koslow Hoffmann. Comportement violent lors d'arrestations antérieures.

— Vu pour la dernière fois où ça ?

— À l'entrée d'un café au 32 Sankt Eriksgatan.

— Signalement ?

— Sweat à capuche gris. Jean. Cheveux blonds. Pas rasé. Environ un mètre quatre-vingts.

— Autre chose ?

— Sans doute armé.

Il n'avait pas tenté de fuir.

Lorsque les portes – *Police !* – s'ouvrirent de deux côtés différents de ce local désert et que plusieurs policiers en uniforme se ruèrent à l'intérieur – *À terre !* – arme dégainée, Piet Hoffmann s'écarta calmement de la table en prenant soin de ne masquer à aucun moment ses deux mains. Il – *à terre, nom de Dieu !* – ne s'allongea pas de son plein gré, mais fut projeté sur le sol par deux violents coups à la tête, puis un troisième quand, ensanglanté, il pointa – *salauds de flics !* – son majeur en l'air, après quoi il ne se souvint plus de grand-chose à part une paire de menottes aux mains et un coup de pied dans les côtes puis, une fois que tout fut terminé, une douleur à la nuque.

Erik Wilson était dans sa voiture, devant l'entrée du garage de Kronoberg, lorsque deux fourgons de police bleu foncé passèrent à toute allure en direction de Sankt Eriksgatan. Il avait attendu qu'ils coupent leurs sirènes pour s'avancer jusqu'à la barrière, près de la petite guérite, s'identifier et se diriger vers les portes automatiques du garage de la Préfecture de police sous Kronobergsparken. Il s'était garé dans la cage en métal, face à l'ascenseur du dépôt et avait suivi le va-et-vient des véhicules depuis le siège avant de sa voiture.

Il avait patienté une demi-heure pour baisser les deux vitres avant afin de mieux entendre. Extrêmement tendu, il avait tenté de se libérer de son inquiétude et de sa peur sans vraiment y parvenir. Il inspira l'air humide et l'odeur d'essence et entendit une voiture s'arrêter, au loin, de l'autre côté du garage, quelqu'un en sortir, puis quelqu'un d'autre, et des pas traînants dans une autre direction.

Puis il vit la grande porte articulée s'ouvrir.

Il avait fallu trente-cinq minutes à huit policiers spécialement entraînés pour localiser et arrêter l'un des individus les plus dangereux du pays, d'après tous les renseignements.

Le fourgon bleu foncé approcha et il le suivit sur deux

à trois centaines de mètres, avant qu'il ne pénètre dans la cage de métal.

« Si ça tourne mal. Alors tu mettras fin à ta mission et solliciteras de ton plein gré d'être placé à l'isolement. Pour survivre. »

Deux collègues en uniforme sortirent en premier. Puis un homme au visage tuméfié, sweat à capuche gris, jean et menottes.

Les policiers qui avaient eu mission d'appréhender un individu violent, recherché et sans doute armé, l'avaient appréhendé de la seule façon dont ils étaient capables.

En ayant eux-mêmes recours à la violence.

— Eh... j'aime pas que des tapettes de flics posent les pattes sur moi.

Erik Wilson vit Piet Hoffmann se retourner tout à coup vers le policier le plus proche et lui cracher au visage. L'homme en uniforme ne broncha pas, ne laissa rien paraître, et Piet cracha de nouveau. Un rapide coup d'œil en direction de collègues qui, par hasard, regardaient tous ailleurs, puis l'agent fit un pas en avant et lui asséna un violent coup de genou dans les testicules.

« Pour jouer les criminels... »

Il avait gémi de douleur, ainsi qu'après le coup de pied dans le ventre, puis il s'était relevé et s'avançait, les mains liées dans le dos, entre les quatre uniformes, vers l'ascenseur du dépôt lorsque Erik Wilson l'entendit hurler au visage de celui sur lequel il venait de cracher.

— Fais gaffe, sale flic. Je t'aurai. Tôt ou tard, on se retrouvera. Tôt ou tard, je te foutrai deux balles dans la peau, comme à ce putain de flic, à Söderhamn.

« Pour jouer les criminels, il faut être criminel. »

TROISIÈME PARTIE

Lundi

Ils se tenaient près de lui. Deux d'entre eux juste derrière lui dans cet espace confiné et qu'il aurait heurtés au moindre pas en arrière, et deux autres en face de lui qui scrutaient ses yeux, ses oreilles, ses narines, le moindre souffle déposant une couche humide et chaude sur la peau de son visage.

Ils avaient été avertis.

Tous les gardiens du dépôt de Kronoberg, à Stockholm, avaient lu le dossier de l'un des détenus les plus dangereux de Suède et avaient en outre entendu leurs collègues raconter que, dix jours plus tôt, alors qu'il venait d'être arrêté dans une salle de billard sur Sankt Eriksgatan, il avait, entre le fourgon de police et l'ascenseur, craché au visage de l'un d'eux avant de le menacer de deux balles dans la peau, la prochaine fois qu'ils se rencontreraient.

Cette fois, il allait être transféré ailleurs. L'étroit ascenseur donnant accès à la cage de métal du garage qui se trouvait sous Kronobergsparken, puis le fourgon cellulaire allait l'amener à la prison d'Aspsås. Ils étaient quatre, deux de plus que d'habitude, et le détenu était menotté tant aux mains qu'aux pieds. On avait même envisagé de l'entraver à la taille avant de renoncer.

Il était de ceux qui haïssaient le monde entier et

utilisaient le peu d'intelligence qu'ils possédaient pour causer des ennuis, ils en avaient vu pas mal, au fil des ans, de ces criminels endurcis en route vers une mort prématurée, leur seule destination possible. Les gardiens avaient gardé les yeux fixés sur le détenu et ne s'étaient pas quittés du regard pendant le bref trajet entre l'ascenseur et le fourgon, c'est-à-dire là où il avait craché, la fois précédente, et reçu en retour un bon coup de pied dans les parties, tandis que les autres regardaient ailleurs.

Ils attendaient, prêts à tout, car ils savaient qu'il n'allait pas tarder à agir.

Il resta silencieux jusqu'au fourgon et monta dedans, toujours en silence. Il prit place, sans rien dire, sur l'un des sièges du fond. Ce détenu qui haïssait le monde entier et requérait une surveillance particulière ne souffla mot jusqu'à ce qu'ils se mettent à rouler vers la sortie et le poste de garde de Drottningholmsvägen. Puis il se lâcha.

— Où tu vas, toi, putain ?

Quand on l'avait poussé dans le fourgon cellulaire, le dénommé Hoffmann avait découvert qu'un autre détenu y était déjà assis, avec les mêmes vêtements informes portant le logo de l'administration pénitentiaire sur la poitrine. Il avait cherché son regard et attendu de capter son attention.

— Österåker.

Une autre prison, à quelques dizaines de kilomètres au nord de Stockholm. En effet, on assurait souvent le transfert de plusieurs détenus à la fois depuis le dépôt vers la centrale où ils devaient purger leur peine.

— T'as été condamné pour quoi, bon Dieu ?

Le détenu du nom de Hoffmann n'obtint pas de réponse.

— Je te le demande encore une fois. Tu t'es fait pincer pour quoi, merde ?

— Voies de fait.

— T'as pris combien ?

— Dix mois.

Les gardiens se regardèrent. Ça n'était pas bon.

— Dix mois. Je me disais aussi. T'en as bien l'air. C'est ce que prennent les petites merdes qui tabassent leurs bonnes femmes.

Hoffmann avait baissé la voix et tentait de s'approcher, tandis que le fourgon franchissait la barrière et le poste de garde, avant de partir vers le nord par Sankt Eriksgatan.

— Comment ça ?

Ayant noté le changement de ton de Hoffmann et son agressivité, le détenu à destination d'Österåker s'efforça inconsciemment de s'éloigner de lui.

— T'es de ceux qui ne sont capables de taper que sur les gonzesses. Et qu'on a du mal à blairer, nous autres.

— Comment tu peux… savoir ça, putain ?

Piet Hoffmann eut un léger sourire. Il avait deviné juste. Et il sentit que les matons écoutaient. C'était exactement ce qu'il voulait, il fallait qu'ils écoutent pour parler ensuite de ce dangereux détenu qui avait proféré des menaces et qui demandait une surveillance particulière.

— Les petites merdes qui méritent pas de vivre, on les reconnaît toujours.

Ils écoutaient et Piet Hoffmann était sûr qu'ils avaient déjà compris ce qu'il cherchait. Ils avaient déjà connu ça. C'était toujours dangereux et risqué de transférer des délinquants sexuels ou des auteurs de violences sur des femmes en compagnie d'autres détenus. Il regarda vers le siège avant, sa voix était calme.

— Vous avez cinq minutes. Pas plus.

Les deux hommes se retournèrent et le maton assis sur le siège passager était sur le point de répondre lorsque Hoffmann le devança.

— Cinq minutes pour larguer ce salopard. Sinon... Ça pourrait faire du vilain, là-dedans.

Ils en parleraient plus tard à leurs collègues.

Et ça se répandrait très vite, y compris derrière les barreaux.

Une façon d'imposer le respect, rien d'autre.

Le maton qui ne conduisait pas poussa un gros soupir avant de passer un appel à la radio pour dire qu'il fallait qu'une voiture de police vienne immédiatement rejoindre le fourgon de l'administration pénitentiaire qui attendait près de Norrtull, afin de prendre en charge un détenu qu'on devait transférer séparément à Österåker.

Piet Hoffmann n'avait encore jamais mis les pieds à l'intérieur de la prison d'Aspsås. Du haut d'un clocher, il avait recensé chacun des bâtiments en béton et scruté le moindre barreau de fenêtre. Avec l'aide d'Erik, il avait obtenu, pendant sa détention provisoire, des informations sur ses codétenus et le personnel des différents étages du bloc G. Mais, quand les grilles s'ouvrirent et que le fourgon s'approcha du bâtiment du centre de contrôle, c'était la première fois qu'il se retrouvait vraiment à l'intérieur d'une des prisons les plus sécurisées du pays. Il avait du mal à se déplacer avec ces entraves qui lui serraient les pieds et le gênaient dans ses mouvements. Il ne pouvait faire que de tout petits pas et le métal acéré lui pénétrait dans la peau. Deux matons juste derrière lui et deux autres devant, tout aussi près, lui indiquèrent la porte à gauche de celle des simples visites, qui donnait directement accès à la salle d'écrou, où l'attendaient d'autres préposés à la sécurité. Ils lui ôtèrent ses menottes et il fut alors libre de bouger ses bras et ses jambes tandis que, nu et penché en avant, il sentait une main gantée de plastique pénétrer dans son anus, une autre passer dans ses cheveux et une troisième lui inspecter les aisselles.

On lui avait donné de nouveaux vêtements, aussi laids et informes que les autres, puis on l'avait conduit dans la salle d'attente stérile, où il avait pris place sur une chaise en bois, à regarder dans le vide.

Dix jours s'étaient écoulés depuis son arrestation.

Vingt-trois heures par jour, il était resté allongé sur une couchette, derrière une porte métallique dans laquelle un judas permettait de l'observer de l'extérieur. Cinq mètres carrés, pas de visites, de journaux, de télé ni de radio. De quoi vous briser et vous inciter à coopérer.

Or, il s'était habitué à avoir de la compagnie et avait oublié à quel point la solitude renforçait la nostalgie.

Elle lui manquait tellement.

Il se demanda ce qu'elle faisait, à cet instant précis, ce qu'elle portait, quel parfum, si ses pas étaient longs et calmes ou courts et nerveux.

Zofia, qui n'était peut-être plus là pour lui.

Il lui avait fait cadeau de la vérité et elle l'avait utilisée comme elle avait voulu, et il avait très peur de ne plus avoir, dans deux mois, quelqu'un qui lui manquait ; car, sans cela, il n'était rien.

Il avait les yeux fixés depuis quatre heures sur les murs blancs de la salle d'attente, lorsque deux matons de l'équipe de jour ouvrirent la porte et expliquèrent qu'une cellule du G2 gauche allait lui servir de lieu de résidence pendant les premiers temps de sa longue peine. Un gardien devant et un autre derrière, ils empruntèrent un large souterrain qui passait sous la cour de la prison, soit une centaine de mètres de couloir en béton, puis une porte d'accès verrouillée surveillée par une caméra, un nouveau souterrain et un escalier pentu pour monter au bloc G.

Il avait laissé derrière lui sa détention provisoire au dépôt de Kronoberg, et un procès bâclé au cours duquel il s'était comporté exactement comme il avait assuré à Henryk et au président-directeur général adjoint qu'il le ferait.

Il avait reconnu avoir été en possession de trois kilos d'amphétamine dans le coffre de sa voiture de location.

Il avait laissé le procureur constater qu'il avait agi seul et qu'il était l'unique responsable en la matière.

Il avait déclaré ne pas vouloir faire appel et avait aussitôt signé le document, pour ne pas avoir à attendre que le verdict devienne exécutoire.

Et le lendemain, il était là, dans l'un des souterrains de la prison d'Aspsås, en route vers sa cellule.

— Je voudrais emprunter des livres.

Le gardien qui le précédait s'arrêta.

— Pardon ?

— Je voudrais emprunter…

— J'ai entendu ce que t'as dit. J'espérais seulement avoir mal entendu. T'es ici que depuis quelques heures, t'es même pas encore arrivé dans une des unités et tu nous parles déjà de bouquins.

— J'ai le droit, tu le sais bien.

— On verra ça plus tard.

— J'en ai besoin. C'est important pour moi. Sans livre, je tiendrai pas le coup, ici.

— Plus tard.

Tu ne comprends pas.

Je ne suis pas ici pour purger une peine merdique.

Je suis ici pour briser, en l'espace de quelques jours, le trafic de drogue de vos unités complètement poreuses et en prendre personnellement le contrôle.

Ensuite, je continuerai à travailler, à analyser et à repérer jusqu'à ce que je sache exactement tout ce dont j'ai besoin pour réduire à néant, au nom de la police suédoise et en mettant à profit toutes ces informations, les activités de l'organisation polonaise.

Je ne crois pas que tu aies compris ça.

L'unité était entièrement déserte quand il y arriva, encadré par deux jeunes matons assez nerveux.

Il s'était écoulé dix ans et c'était une tout autre prison, et pourtant on aurait dit que c'était toujours la même unité et qu'il était de retour dans le même couloir, avec les huit cellules de chaque côté, la cuisine équipée, le coin télé, les jeux de cartes et les journaux lus et relus, la table de ping-pong au fond de l'étroite salle de rangement, la raquette cassée au milieu du filet en lambeaux, la table de billard en feutrine vert sale dont toutes les boules étaient sous clé, l'odeur elle-même était identique, la sueur, la poussière, l'angoisse, l'adrénaline et peut-être même un vague soupçon d'alcool frelaté.

— Nom ?

— Hoffmann.

L'inspecteur de l'administration pénitentiaire était aussi petit qu'il était gros et, depuis sa cage de verre, il adressa un signe de tête aux deux matons pour leur signifier qu'à partir de maintenant il prenait le relais.

— On s'est pas déjà rencontrés ?

— Je ne crois pas.

Il avait de petits yeux perçants, derrière lesquels il était difficile d'imaginer qu'un être humain puisse se cacher.

— Dans ton dossier... Hoffmann, c'est bien ça, hein... Je vois que tu es de ceux qui savent parfaitement comment ça se passe, ici.

Piet Hoffmann acquiesça en silence. Il n'était pas là pour dire à un gros lard d'inspecteur qu'il méritait une bonne fessée.

— Oui. Je suis au parfum.

L'unité serait déserte pendant trois heures encore, puis les autres reviendraient de l'atelier ou des salles de cours. Il aurait le temps d'en faire une visite guidée, en compagnie de l'inspecteur, et d'apprendre où et comment aller pisser, et pourquoi les cellules étaient bouclées à sept heures trente et non pas trente-cinq. Malgré cela, il aurait amplement le temps de rester tranquillement assis dans sa cellule et de se rendre compte que ce serait désormais son chez-lui.

Quelques minutes avant le retour des autres, Piet Hoffmann prit place dans le coin télé. Comme il avait vu des photos de ses quinze codétenus et pris connaissance de l'historique de l'unité, il pourrait facilement les identifier, l'un après l'autre, à leur arrivée. Mais, avant tout, il désirait être lui-même vu. Il fallait qu'il soit clair qu'un nouveau était arrivé dans la cellule 4, un type qui n'avait pas froid aux yeux, qui ne se cachait pas pour attendre l'autorisation de montrer pourquoi il était là et se faire accepter, qui s'était déjà approprié le fauteuil favori d'un autre, avait pris son paquet de cartes biseautées et commencé à faire une réussite sur sa table sans même envisager de demander au préalable la permission.

Il était en quête de deux visages en particulier.

L'un puissant, presque carré, pâle et aux petits yeux trop rapprochés. Et un plus maigre, oblong, dont le nez avait été cassé et mal réparé, et le menton et la joue recousus au moyen d'une aiguille qui n'était certainement pas celle d'un médecin.

Stefan Lygás et Karol Tomasz Penderecki.

Deux des quatre membres de Wojtek purgeant une longue peine à Aspsås, qui allaient lui servir à éliminer les concurrents et à prendre le contrôle du trafic de drogue, mais qui seraient aussi ses éventuels bourreaux dès l'instant où il serait démasqué.

Les premières questions lui furent posées dès le repas du soir. Deux des détenus plus âgés, leurs cous épais ornés d'or, prirent place de chaque côté de lui, avec leurs assiettes chaudes et leurs coudes pointus. Lorsque Stefan et Karol Tomasz se levèrent, il leur fit signe d'attendre. Il allait laisser ces deux types lui poser les questions qu'il avait lui-même posées dans le fourgon, quelques heures plus tôt. En fait, c'était toujours la même histoire, à savoir le respect basé sur la haine partagée des délinquants sexuels.

— On veut voir tes papiers.

— Ah bon.

— T'as des objections ?

Stefan et Karol Tomasz avaient déjà fait le gros du travail. Ces derniers jours, ils avaient annoncé l'arrivée de Piet Hoffmann, la raison pour laquelle il était condamné, avec qui il collaborait, et son statut dans une des branches de la mafia de l'Est. Par l'intermédiaire de l'avocat de Stefan, ils avaient obtenu des copies du dossier 721018-0010 du registre des condamnations de la police nationale, du fichier des personnes recherchées, des documents de l'administration pénitentiaire le concernant et de sa dernière condamnation.

— J'ai juste du mal à supporter ceux qui fouinent un peu trop.

— Tes papiers, nom de Dieu !

Il allait les inviter dans sa cellule, les leur montrer, et, après cela, il n'aurait plus à répondre à d'autres questions, le nouveau détenu de la cellule 4 n'était ni un délinquant sexuel ni un type qui tabassait les femmes, mais quelqu'un qui avait bien le passé qu'il disait avoir. Il aurait même sans doute droit à des sourires et à une petite tape sur l'épaule : les détenus qui avaient tiré sur des policiers et été condamnés pour tentative de meurtre et voies de fait sur un représentant de l'autorité publique étaient de ceux qui n'avaient pas besoin de se battre pour se faire respecter.

— Vous les aurez. Si vous la bouclez. Et me laissez finir de manger.

Ils jouèrent ensuite au stud poker avec des allumettes valant mille couronnes chacune. Il était assis à la place d'un type qui n'osait pas la reprendre et il fanfaronnait à propos de ce salaud de flic à Söderhamn, qui l'avait supplié de ne pas le tuer, quand il lui avait braqué son flingue sur le front, en fumant des roulées pour la première fois depuis de nombreuses années. Il leur parla aussi d'une femme qu'il baiserait à mort lors de sa première permission surveillée, et ils rirent tous à gorge déployée. Puis il se pencha en arrière et regarda autour de lui, dans cette pièce et ce couloir pleins de types qui avaient envie d'être ailleurs depuis tellement de temps qu'ils ne savaient même plus où.

Mardi

Il avait conduit lentement à travers Stockholm, dans une obscurité qui s'était changée en lumière ; encore une de ces nuits faites de longues heures d'inquiétude et d'agitation. Il avait évité cela depuis plus de deux semaines mais, vers trois heures et demie, il s'était de nouveau retrouvé au beau milieu du Lidingöbron, à regarder le ciel et l'eau, *je ne veux plus vous revoir ici*, en route pour la maison de soins où il n'avait plus le droit de mettre les pieds, devant la fenêtre à laquelle elle ne s'asseyait plus, *ce que vous redoutez est déjà arrivé*, quand, tout à coup, il avait fait demi-tour, était revenu vers les habitations et les gens, vers cette capitale à la fois si grande et si petite, où il avait vécu et travaillé toute sa vie.

Ewert Grens descendit de voiture.

Il n'était jamais venu là auparavant. Il n'avait même pas eu conscience que c'était là qu'il se rendait.

Il avait tant de fois imaginé, projeté et commencé de s'y rendre, sans jamais aller jusqu'au bout. Maintenant, il se tenait à l'entrée sud, la Grille numéro 1, et sentait ses deux jambes se dérober sous lui et sa poitrine subir la pression de son estomac, à moins que ce ne soit celle de son cœur.

Il se mit à avancer, mais s'arrêta au bout de quelques pas.

Cela n'allait pas, ses jambes tremblaient violemment, et la pression intérieure se changeait en coups assénés de façon régulière.

L'aube était agréable et le soleil brillait sur les tombes, l'herbe et les arbres, mais il était incapable de continuer. Pas ce matin. Il allait regagner sa voiture et repartir vers la ville, laissant le cimetière Nord disparaître dans son rétroviseur.

Peut-être la prochaine fois.

Peut-être pourrait-il alors se renseigner pour savoir où se trouvait sa tombe, et peut-être irait-il jusque-là.

La prochaine fois.

Le couloir de la brigade de recherches était vide et sombre quand il alla chercher une tranche de pain rassis restée dans la corbeille sur la table de la salle de repos et appuya sur le bouton de la machine pour obtenir deux tasses de café, avant de continuer jusqu'au bureau qui ne chanterait plus jamais. Il avala son frugal petit déjeuner et prit le mince dossier de l'enquête en cours, actuellement au point mort. Dès les premiers jours, ils avaient identifié le mort comme étant un infiltré travaillant pour la police danoise, avaient réussi à recueillir des traces de mules et d'amphétamine et pu constater qu'au moment du meurtre il y avait dans l'appartement au moins une personne dont la langue maternelle était le suédois, qui avait donné l'alerte et qu'il avait écoutée jusqu'à ce qu'elle devienne une partie de lui-même.

Ils avaient découvert l'existence d'une branche de la mafia polonaise appelée Wojtek, dont le siège se trouvait probablement à Varsovie mais, depuis, ils se heurtaient à un mur.

Ewert Grens mâcha le morceau de pain dur et but la dernière goutte de café de son gobelet en plastique. Ce n'était pas si souvent qu'il renonçait. Ce n'était pas son genre. Mais ce mur était large et haut, et il avait eu beau s'arc-bouter dessus et l'abreuver d'injures, au cours de ces deux dernières semaines, il n'était parvenu ni à le contourner, ni à l'enjamber.

Il avait suivi la piste des taches de sang sur la chemise retrouvée dans une benne à ordures, mais elle ne correspondait à rien dans leurs fichiers.

Puis, accompagné de Sven, il était parti en Pologne sur celle des taches jaunes cette fois, que Krantz avait détectées sur le même tissu, dans une ville qui s'appelait Siedlce, où ils s'étaient rendus tout droit sur les décombres d'une usine d'amphétamine qui venait d'exploser. Durant plusieurs jours, ils avaient travaillé en étroite collaboration avec les trois mille policiers d'une force spéciale chargée de lutter contre le crime organisé. Mais ils avaient eu le sentiment que leur traque ne débouchait sur rien dans ce pays où, chaque jour, cinq cents groupes criminels se disputaient la capitale polonaise et où quatre-vingt-cinq autres encore plus grands opéraient à l'échelle internationale, où les policiers prenaient régulièrement part à des affrontements armés et où un peuple tout entier tolérait la fabrication de drogues synthétiques d'une valeur de plus de cinq cents milliards de couronnes par an.

Ewert Grens se souvenait surtout de l'odeur des tulipes.

L'usine d'amphétamine d'où provenaient les taches sur la chemise du meurtrier était située au sous-sol d'un immeuble d'habitation, au centre d'une banlieue sale et fatiguée, à quelques kilomètres à l'ouest du cœur de la ville, parmi des bâtiments uniformes construits par milliers pour parer provisoirement à une grave pénurie de logements. De la voiture dans laquelle ils étaient restés assis, Ewert Grens et Sven Sundkvist avaient assisté à une intervention qui s'était terminée par des coups de feu et la mort d'un jeune policier. Les six personnes qui se trouvaient dans l'une ou l'autre des pièces du sous-sol n'avaient pas pipé mot durant l'interrogatoire, que ce soit devant les enquêteurs polonais ou suédois, elles avaient gardé le silence, ricané ou s'étaient contentées de fixer le sol. Elles savaient que celui qui parlait n'en avait plus pour longtemps à vivre.

Grens jura bruyamment dans le bureau vide, ouvrit la fenêtre et cria quelque chose à une personne habillée en civil qui arpentait l'asphalte de la cour de Kronoberg, ouvrit brutalement la porte et fit les cent pas dans le grand couloir en boitillant jusqu'à ce que son front et son dos soient trempés de sueur, puis retourna s'asseoir sur la chaise de son bureau pour reprendre son souffle.

Il ne s'était jamais senti comme cela.

Il était habitué à la colère, y était presque accro, et recherchait toujours le conflit, pour mieux s'y dissimuler.

Ce n'était pas cela.

C'était comme si la vérité était là, comme si la réponse le narguait et lui donnait le sentiment étrange d'être tout près mais de ne rien voir.

Ewert Grens prit le dossier et alla s'allonger par terre, jambes tendues, derrière son canapé en velours. Il se mit à feuilleter lentement les différents éléments du dossier qui, depuis cette voix qui donnait l'alerte à propos d'un homme mort à Västmannagatan, rendait compte de deux semaines de travail d'une équipe complète ayant accès aux moyens techniques et aux investigations sur place tant à Siedlce qu'à Copenhague.

Il jura à nouveau.

Ils n'arrivaient à rien.

Il allait donc rester à terre jusqu'à ce qu'il comprenne à qui appartenait la voix qu'il avait écoutée tant de fois, qu'il identifie ce qu'il ne comprenait pas et ce sur quoi il n'avait pas la moindre prise et qu'il sache pourquoi le sentiment d'une vérité qui le narguait tout près de lui était si fort.

Il entendit le cliquetis des clés.

Deux matons déverrouillaient et ouvraient les cellules les plus éloignées, celles avec vue sur le grand espace gravillonné, la 8 et celle d'en face, la 16.

Il se raidit et se prépara pour ces vingt minutes qui, chaque jour, pouvaient lui coûter la vie.

Il avait passé une sale nuit.

Même après plusieurs jours entiers sans sommeil, il était resté allongé sans parvenir à s'endormir. Zofia, Hugo et Rasmus étaient là, près de lui, de l'autre côté de la fenêtre, ils s'étaient assis au bord de son lit et s'étaient couchés tout contre lui, et il avait été obligé de les chasser. Ils n'existaient plus, il ne devait plus rien ressentir. Dans ce lieu clos, il avait une mission à accomplir et il ne lui restait guère d'énergie pour la nostalgie, il s'agissait de refouler, d'oublier. En prison, celui qui se laissait aller à rêver coulait très rapidement.

Ils se rapprochaient. Les clés cliquetèrent à nouveau, les cellules 7 et 15 furent ouvertes, il entendit vaguement quelqu'un dire *bonjour* et une voix répondre *va te faire foutre*.

Il s'était ensuite levé, quand Zofia avait disparu et que l'obscurité était totale dehors, et, pour repousser l'angoisse, il avait fait des pompes et des abdominaux, avait sauté de son lit et y était remonté à pieds joints. Il s'était cogné plusieurs fois contre le mur, à cause du manque d'espace, mais c'était bon de suer et de sentir son cœur battre dans sa poitrine.

Son travail avait déjà commencé.

Au cours de ce premier après-midi, en seulement quelques heures, il avait acquis le respect dont il avait besoin dans l'unité pour aller de l'avant. Il savait maintenant qui gérait les livraisons et la vente et dans quelles unités et quelles cellules ils se trouvaient. L'un d'eux, le Grec de la cellule 2, était là, et les deux autres étaient chacun à un étage du bloc H. Bientôt, Piet Hoffmann devait récupérer les premiers grammes qui lui étaient confiés et qu'il devait utiliser pour éliminer les concurrents.

Les matons approchaient, ouvraient la 6 et la 14, plus qu'une minute environ.

Tout dépendait du moment juste après l'ouverture des cellules, les vingt minutes entre sept heures et sept heures vingt. S'il les surmontait, il survivrait aussi au reste de la journée.

Il s'était préparé comme il allait continuer à le faire chaque matin. Pour survivre, il devait supposer que quelqu'un, durant la soirée ou la nuit, avait appris qu'il avait aussi un autre nom, qu'il y avait un Paula qui travaillait pour les autorités, une balance qui était là pour les éliminer. Tant que la cellule était verrouillée, il était en sécurité, une porte fermée ne vous attaquait pas, mais les vingt premières minutes après l'ouverture et le *bonjour* faisaient toute la différence entre la vie et la mort. Une agression bien préparée se produisait toujours au moment où les matons disparaissaient dans la guérite pour boire un café et faire une pause. Au cours des dernières années, ces vingt minutes sans personnel de surveillance avaient laissé le temps à de nombreux meurtres d'être commis en prison.

— Bonjour.

Le maton avait ouvert et regardait à l'intérieur. Piet Hoffmann le dévisagea sans répondre depuis le bord de son lit. Ce salut ne voulait rien dire, il était effectué uniquement parce que le règlement l'exigeait.

— Bonjour.

Ce salaud de maton insistait, il restait planté là, à attendre une réponse confirmant que le détenu était en vie et que tout était normal.

— Bonjour. Et fous-moi la paix, nom de Dieu.

Le maton hocha la tête et se dirigea vers les cellules qui lui restaient. C'était maintenant que Hoffmann devait agir. Quand la dernière porte serait ouverte, il serait trop tard.

Une chaussette autour de la poignée, il tira la porte normalement impossible à verrouiller ou à refermer complètement de l'intérieur vers lui, et la coinça en position fermée en enfonçant le morceau de tissu entre le chambranle et le battant de la porte.

Une seconde.

Il plaça juste devant le seuil la simple chaise en bois qui se trouvait habituellement près de l'armoire, en prenant soin de bloquer presque entièrement l'entrée.

Une seconde.

Les oreillers et le pantalon modelèrent un corps, sous la couverture, et la manche bleue de la veste de sport prit la forme d'un bras. Personne ne serait dupe.

Mais cela pourrait faire illusion, le temps d'un rapide coup d'œil.

Une demi-seconde.

Les deux matons disparurent au bout du couloir. À présent, toutes les cellules étaient déverrouillées et les portes ouvertes, et Piet Hoffmann se plaça sur le côté gauche de la sienne, le dos collé au mur. Ils pouvaient surgir à n'importe quel moment. S'ils savaient, s'il avait été dénoncé, la mort n'allait pas tarder à frapper.

Il surveilla la chaussette autour de la poignée, la chaise dans l'embrasure de la porte, et les oreillers sous la couverture.

Deux secondes et demie.

Sa sauvegarde, le temps qu'il lui fallait pour riposter.

Il respira lourdement.

Il allait rester là à attendre pendant vingt minutes.

C'était son premier matin à la prison d'Aspsås.

Quelqu'un était debout devant lui. Deux jambes maigres revêtues d'un costume, qui avaient dit quelque chose et attendaient maintenant qu'il réponde. Il n'en fit rien.

— Grens ? Qu'est-ce que tu fabriques ?

Ewert Grens s'était endormi sur le sol, derrière le sofa en velours brun, le dossier posé sur le ventre.

— On avait rendez-vous. C'était toi qui voulais que ce soit de bonne heure. Je suppose que tu as passé toute la nuit allongé là ?

Il avait un peu mal au dos. Le sol avait été plus dur, cette fois.

— C'est pas tes oignons.

Il roula sur le côté puis se hissa avec l'aide de l'accoudoir du sofa. Le monde tournait un peu.

— Comment ça va ?

— C'est pas tes oignons non plus.

Lars Ågestam prit place sur le sofa, le temps qu'Ewert Grens regagne son bureau. Ils ne s'aimaient guère. Ou plutôt, ils se détestaient. Le jeune procureur et le vieux commissaire venaient chacun d'un monde bien à lui et aucun d'eux n'avait envie, désormais, d'aller voir ce qu'il en était de l'autre côté. Ågestam avait essayé, du moins les premières années, il avait bavardé, écouté et observé jusqu'à ce qu'il se rende compte que c'était inutile, Grens avait décidé de le mépriser et on ne pouvait rien y changer.

— Le 79 Västmannagatan. Tu voulais un rapport.

Lars Ågestam hocha la tête.

— Je suis convaincu que vous n'arriverez à rien.

En effet, ils n'arrivaient à rien. Mais il n'était pas prêt à l'admettre. Pas encore. Ewert Grens ne s'avouait pas vaincu aussi facilement.

— Nous travaillons sur plusieurs pistes.

— Lesquelles ?

— Je ne suis pas encore disposé à t'en parler.

— Je ne sais pas ce que tu as. Si tu avais quelque chose, tu me l'aurais donné et tu m'aurais envoyé balader. Je ne pense donc pas que tu aies quoi que ce soit. Je crois qu'il est temps de réduire le degré de priorité de l'affaire.

— Le réduire ?

Lars Ågestam eut un geste en direction du bureau et des piles d'enquêtes en cours.

— Tu n'iras pas plus loin. L'enquête préliminaire est au point mort. Grens, tu sais aussi bien que moi qu'il n'est pas raisonnable de mobiliser autant de moyens pour une enquête qui n'avance pas.

— Je ne lâche jamais un meurtre.

Ils se regardèrent. Ils venaient de deux mondes différents.

— Bon… qu'est-ce que tu as, alors ?

— Dans une enquête pour meurtre, Ågestam, on ne réduit pas le degré de priorité. Les meurtres, on les résout.

— Tu sais…

— Et ça fait trente-cinq ans que ça dure, en ce qui me concerne. Alors que tu faisais encore dans tes couches.

Le procureur n'écoutait plus. Une fois que tu as décidé de ne plus prêter attention, tu n'écoutes plus. Il y avait longtemps qu'Ewert Grens n'avait plus réussi à le vexer.

— J'ai lu l'enquête préliminaire et les résultats auxquels tu es parvenu. C'est allé… assez vite. Mais il y a ces noms, à la périphérie de l'enquête, qui n'ont pas été exploités à fond. Fais-le. Passe en revue tous ces noms-là et boucle l'affaire. Je te donne trois jours. Ensuite, on se revoit. Si tu n'as rien de nouveau, tu pourras crier autant que tu voudras, je réduirai le degré de priorité.

Ewert Grens suivit des yeux le dos du costume qui quittait son bureau à grands pas, et il lui aurait certainement crié dessus si l'autre voix n'avait pas déjà été là, celle qui depuis deux semaines résonnait dans sa tête à chaque instant et se frayait de nouveau un chemin, chuchotant obstinément ces courtes phrases qui le rendaient fou.

Un homme mort. 79 Västmannagatan. Cinquième étage.

Il avait trois jours.

Qui es-tu ?

Où es-tu ?

Il était resté tapi contre le mur de la cellule pendant vingt minutes, les muscles bandés, chaque nouveau bruit représentant pour lui la menace imaginaire d'un agresseur.

Il ne s'était rien passé.

Ses quinze codétenus étaient allés aux toilettes, ou à la salle de douches, puis ils étaient allés prendre un petit déjeuner matinal dans la cuisine, mais nul n'avait marqué une pause devant sa porte ni tenté de l'ouvrir. Ici, il s'appelait toujours Piet Hoffmann tout court, était membre de Wojtek et condamné pour détention de trois kilos d'amphet polonaise dans le coffre de sa voiture, en plus d'une peine préalable pour avoir tiré à deux reprises sur un salaud de flic.

Ils avaient ensuite disparu un par un, certains vers la laverie et l'atelier, la plupart vers les salles de cours, quelques-uns à l'infirmerie. Personne ne fit grève en refusant de quitter sa cellule, ce qui arrivait souvent : ceux qui le faisaient se moquaient des menaces de prolongation de peine et continuaient à refuser de travailler, puisque les quelques mois de plus, sur un total de douze ans, n'existaient que sur les papiers officiels.

— Hoffmann.

C'était l'inspecteur qui l'avait accueilli la veille, qui foudroyait de ses yeux glacés quiconque se tenait devant lui.

— Oui ?

— C'est l'heure de sortir de cellule.

— Ah bon ?

— Le boulot. Le nettoyage. Bâtiment de l'administration et celui de l'atelier. Mais pas aujourd'hui. Aujourd'hui, tu vas venir avec moi pour savoir où, quand et comment tu auras à manier la brosse et le détergent.

Ils marchèrent côte à côte dans le couloir de l'unité et descendirent l'escalier menant au passage souterrain.

« Quand Paula arrivera à Aspsås, il faut qu'il soit déjà affecté à un certain poste de travail. Dès le premier après-midi, il doit prendre ses fonctions au ménage du bâtiment de l'administration et de l'atelier. »

Le tissu informe des vêtements ternes de l'administration pénitentiaire lui irritait les cuisses et les épaules, alors qu'ils approchaient du troisième étage du bloc B.

« La direction de la prison considère le ménage comme une récompense. »

Ils s'arrêtèrent d'abord aux toilettes, à l'entrée de l'atelier.

« Eh bien, récompense-le. »

Piet Hoffmann hocha la tête, c'était là qu'il devait entamer sa tournée de nettoyage, sur un lavabo fêlé et un siège de toilettes couvert de pisse, dans un vestiaire sentant le moisi. Ils poursuivirent leur chemin dans le vaste local de l'atelier où flottait une vague odeur de diesel.

— Les toilettes à l'extérieur, le bureau là, derrière la paroi vitrée, et ensuite tout l'atelier. Compris ?

Il s'immobilisa sur le seuil, pour scruter la pièce du regard. Des établis où brillaient des morceaux de tuyaux, des étagères avec des piles de ruban d'emballage adhésif, des presses, des diables, des palettes à moitié chargées et, à chaque poste de travail, un détenu à dix couronnes l'heure. Les ateliers des prisons fabriquaient souvent des pièces détachées simples qui étaient ensuite revendus à des entreprises. À Österåker, il avait scié des carrés de bois rouges à l'intention d'un fabricant de jouets ; ici, c'était des composants de lampadaires, des plaques oblongues d'un décimètre assurant le contact avec le sol et laissant passer les fils électriques et les prises de courant comme il y en a tous les mètres le long de chaque mur et que personne ne remarque, mais qui sont forcément fabriquées quelque part. En pénétrant dans l'atelier, l'inspecteur lui montra la poussière et les corbeilles à papier qui débordaient, tandis que Hoffmann saluait de la tête les détenus qu'il ne connaissait pas : celui d'une vingtaine d'années, près de la presse, qui était en train de recourber les bords de la plaque, celui qui parlait finnois, près de la machine à forer, avec laquelle il perçait de petits trous pour chaque vis, et celui, au fond, près de la fenêtre, qui avait une grosse cicatrice allant du cou à la joue et qui se penchait sur le bidon de diesel pour nettoyer ses outils.

— Tu vois le sol, hein ? C'est vachement important que tu soignes le boulot, ici, il faut que tu frottes sacrément fort, là, Hoffmann, sinon ça pue.

Piet Hoffmann n'entendait pas ce que disait ce sale bureaucrate. Il s'était arrêté près du bidon de diesel et de la fenêtre. C'était l'endroit précis qu'il avait choisi de viser, en pointant son arme imaginaire, à exactement quinze cent trois mètres de là, du haut de cette belle église dont on pouvait voir le clocher d'ici, et depuis lequel on voyait tout aussi clairement la fenêtre.

Il se retourna, dos à la fenêtre, pour mémoriser la pièce rectangulaire subdivisée par trois piliers en béton blanchis à la chaux, assez gros pour qu'un être humain puisse se dissimuler derrière sans être vu. Il fit quelques pas jusqu'à celui qui était le plus proche de la fenêtre, se plaça à côté et constata qu'il était aussi large qu'il l'avait imaginé et qu'une fois caché derrière il serait totalement invisible. Puis il traversa lentement la pièce en sens inverse, pour bien la sentir, en quelque sorte, et s'habituer à elle. Il ne s'arrêta que lorsqu'il eut atteint l'espace derrière la paroi de verre, qui était en fait un bureau à l'intention des surveillants.

— C'est bon, Hoffmann, faut qu'elle soit… nickel, cette pièce.

Un petit bureau, des étagères, un tapis merdique. Plus une paire de ciseaux dans le pot à crayons, un téléphone mural et deux tiroirs vides mais pas verrouillés.

Ce serait une question de temps.

Si tout foirait, si Paula était démasqué, plus il aurait de temps, plus grandes seraient ses chances de survie.

L'inspecteur le précéda dans le passage sous la cour, jusqu'au bâtiment administratif. Quatre portes fermées à clé, quatre caméras de surveillance, ils levèrent les yeux vers chacune d'elles, leur adressèrent un signe de tête, puis attendirent que le préposé du centre de contrôle appuie sur un bouton et que se fasse entendre le déclic d'une serrure qui s'ouvre. Ces deux cents mètres sous terre, il leur fallut plus de dix minutes pour les parcourir.

Le deuxième étage du bâtiment de l'administration était un étroit couloir avec vue sur le hall d'entrée de la prison. Chaque détenu descendant d'un fourgon de transfert et franchissant le poste de garde pour gagner la salle d'écrou pouvait être observé depuis les six bureaux et la petite salle de réunion. Le directeur de l'établissement et le personnel administratif l'avaient donc vu arriver, la veille au soir, comme détenu particulièrement surveillé, avec des menottes aux poignets et des entraves aux chevilles, dans la tenue du dépôt de Kronoberg, avec ses mèches de cheveux blonds et sa barbe poivre et sel de deux semaines.

— Tu me suis, Hoffmann ? Tu viendras ici tous les jours. Et, à ton départ, je veux qu'il ne reste pas un poil de poussière. C'est compris ? Ça fait une sacrée quantité de sols à récurer, de bureaux à dépoussiérer, de corbeilles à vider et de fenêtres à nettoyer. Ça te pose un problème ?

Les murs, le sol et le plafond de ces pièces étaient d'un gris institutionnel, comme si la pénombre et le désespoir du couloir se propageaient jusque-là. De rares plantes vertes s'y trouvaient et une sorte de cercle en céramique ornait l'un des murs, mais tout le reste était mort, des meubles et des couleurs qui n'incitaient pas à rêver d'un ailleurs.

— Faut peut-être que je te présente. Tiens-toi droit.

L'inspecteur avait frappé à la seule porte fermée du bâtiment.

— Oui ?

Le directeur de la prison, un certain Oscarsson, d'après ce qui était marqué sur sa porte, avait la cinquantaine et était aussi gris que les murs de son bureau.

— Voici Hoffmann. À partir de demain, c'est lui qui fera le ménage dans le bâtiment.

Le directeur de la prison tendit une main qui était douce mais serrait fort.

— Lennart Oscarsson. Je veux que les deux corbeilles soient vidées tous les jours. Celle sous le bureau et celle là-bas, dans le coin des visiteurs. Et, s'il reste des verres sales, tu les enlèveras.

C'était une vaste pièce dont les fenêtres donnaient sur la porte d'entrée et la cour. Mais il s'en exhalait la même atmosphère que des autres, celle d'une institution ignorant ce que c'était que la joie. Tout ce qui était d'ordre personnel n'y avait aucune place, il n'y avait même pas de photo de famille dans un cadre en argent ni de diplôme sur le mur. À une seule exception près. Deux bouquets de fleurs dans un vase en cristal, sur le bureau.

— Des tulipes, hein ?

L'inspecteur approcha de la table et des longues tiges vertes aux boutons tout aussi verts. Il prit les deux cartes posées dedans et les lut à voix haute.

— *Merci pour votre collaboration, Association des Entrepreneurs d'Aspsås.*

Le directeur redressa l'un des bouquets de son bureau, vingt-cinq tulipes jaunes pas encore écloses.

— Je crois, oui, du moins ça ressemble à des tulipes. On reçoit beaucoup de fleurs, désormais. Tout Aspsås travaille ici, après tout. Ou y livre quelque chose. Et puis il y a les visites d'étude. Voilà peu, tout le monde crachait sur l'administration pénitentiaire. Maintenant, ça n'arrête pas et le moindre incident fait la une des journaux et figure dans les médias.

Il regarda avec fierté les fleurs.

— Elles ne tarderont pas à fleurir. En général, ça prend quelques jours.

Piet Hoffmann hocha la tête et quitta la pièce, l'inspecteur à environ un mètre devant lui, comme à l'aller.

Demain.

Elles fleuriront demain.

Ewert Grens ôta deux gobelets en plastique vides et un demi-gâteau aux amandes de la petite table en bois près du sofa. Puis il s'assit et s'enfonça dans les coussins en attendant que Sven et Hermansson prennent place à ses côtés.

C'était un simple morceau de papier manuscrit arraché à un bloc-notes, taché de brun dans un coin par une goutte de café renversée, et portant, dans un autre, de petites marques de graisse laissées par des miettes de gâteau.

Une liste de sept noms.

Des personnes qui étaient apparues à la périphérie de l'enquête préliminaire, sur lesquelles il faudrait enquêter en l'espace de trois jours et qui feraient peut-être la différence entre une enquête encore en cours et une autre qui serait classée sans suite faute de moyens, entre un meurtre résolu et un qui ne le serait pas.

Il les répartit sous trois rubriques.

Drogue, hommes de main, Wojtek.

Sven allait se concentrer sur la première, les dealers connus vivant ou opérant près du 79 Västmannagatan. Un certain Jorge Hernandez, au troisième étage du même immeuble, et un certain Jorma Rantala, habitant l'immeuble où une chemise ensanglantée enveloppée dans un sac en plastique avait été retrouvée dans un conteneur à ordures.

Hermansson choisit la rubrique suivante, celle des hommes de main : Jan du Tobit et Nicholas Barlow, deux tueurs à gages internationaux qui, selon la police secrète, se trouvaient à Stockholm ou dans les environs au moment du meurtre.

Ewert Grens, lui, devait se consacrer aux trois derniers noms, ceux ayant déjà travaillé pour Wojtek International AB : Maciej Bosacki, Piet Koslow Hoffmann et Karl Lager. Tous à la tête d'entreprises de sécurité suédoises engagées – en toute légalité – par Wojtek pour des missions de protection lors de visites d'État polonaises ou d'activités officielles du genre qu'une organisation mafieuse digne de ce nom se doit d'exercer pour rester intouchable, partie visible d'un iceberg devant à la fois dissimuler et révéler la nature de ses affaires. Grens était l'un des policiers de Stockholm qui en savait le plus sur le crime organisé de l'autre côté de la Baltique, et il n'y avait que lui, dans cette pièce, qui s'y connaissait assez pour déterminer si l'un de ces trois hommes pouvait aussi être lié à l'autre Wojtek, l'officieuse, la vraie, celle qui était capable de procéder à des exécutions dans des appartements suédois.

On ne lui posa pas d'autres questions.

Pas un seul type pour venir s'asseoir trop près de lui ni le dévisager pendant qu'il mangeait ses pommes de terre et sa viande. Dès le déjeuner, le deuxième jour, il était quelqu'un et ils n'avaient aucune idée que c'était lui qui, très bientôt, déciderait de tout. Le pouvoir était dans la drogue et, deux jours plus tard, il contrôlerait les livraisons et les ventes, et surpasserait les assassins dans la hiérarchie de la prison. Parmi les détenus, le plus estimé et respecté était celui qui avait tué l'un de ses semblables, puis venaient les gros trafiquants de drogue et les braqueurs de banques et, tout en bas, les pédophiles et les violeurs. Mais celui qui contrôlait la drogue et fournissait les seringues, même les assassins se prosternaient devant lui.

Piet Hoffmann avait suivi l'inspecteur de près pour se familiariser avec sa tournée de nettoyage, puis il avait attendu sur sa couchette que les autres détenus de son unité reviennent de l'atelier et des salles de cours pour ingurgiter une nourriture au goût insipide. À plusieurs reprises, il avait échangé un regard avec Stefan et Karol Tomasz, qui attendaient de recevoir ses instructions, et avait formé du bout des lèvres le mot *wieczorem* pour les faire patienter.

Ce soir.

Ce soir, ils élimineraient les trois principaux fournisseurs.

Il se porta volontaire pour débarrasser la table et laver la vaisselle, tandis que les autres fumaient des roulées sans filtre dans la cour gravillonnée ou jouaient au stud pour gagner d'autres cure-dents à mille couronnes. Nul ne le vit donc, seul dans la cuisine, profiter de ce qu'il essuyait l'évier et le plan de travail pour glisser deux cuillers à soupe et un couteau dans les poches de devant de son pantalon.

Il alla à l'aquarium, comme on appelait la cage en verre des matons, frappa au carreau et reçut pour toute réponse un geste d'irritation. Il frappa donc de nouveau, un peu plus fort et plus longtemps, pour faire comprendre qu'il n'avait pas l'intention de s'en aller.

— Qu'est-ce que tu veux, nom de Dieu ? C'est la pause de midi. C'est pas toi qui dois t'occuper de la cuisine ?

— Est-ce qu'il y a l'air d'y en avoir un autre, là-bas ?

— On s'en fout.

Hoffmann haussa les épaules, il n'obtiendrait rien de plus.

— Mes livres.

— Et alors ?

— Je les ai commandés hier. Y en a six.

— Je suis pas au courant.

— Tu pourrais p't-être jeter un œil, hein ?

Un des gardiens les plus âgés, pas l'un des petits jeunes qui l'avaient accueilli la veille, agita une fois de plus le bras d'un air agacé mais, au bout d'un moment, il alla chercher quelque chose sur le bureau, au fond de la cage de verre.

— Ceux-là ?

De solides couvertures cartonnées de bibliothèque. Sur chacune la mention RES tapée à la machine, en lettres bleues, sur un morceau de papier fixé avec du scotch.

— C'est ça.

Le maton d'un certain âge parcourut rapidement la présentation des auteurs, sur la quatrième de couverture, feuilleta distraitement quelques pages ici et là, et lui tendit les ouvrages.

— *Du fond des cœurs suédois*. *Les Marionnettes*. Qu'est-ce que c'est que ce truc ?

— De la poésie.

— C'est pour les gonzesses, ça, non ?

— Essaye, tu verras bien.

— Eh, le môme, je lis pas des livres de tapettes, moi.

Piet Hoffmann repoussa la porte de sa cellule suffisamment pour que personne ne puisse voir à l'intérieur mais pas assez pour éveiller l'attention. Puis il plaça les six volumes sur l'étroite table de chevet. Ces titres-là n'étaient pas souvent demandés et avaient dû être récupérés au sous-sol de la bibliothèque d'Aspsås dès que la commande en provenance de la grande prison avait été reçue, par une bibliothécaire cinquantenaire, seule et essoufflée, qui les avait confiés au conducteur du bibliobus.

Il passa le bout des doigts sur la pointe du couteau qu'il avait volé à la cuisine : il était suffisamment tranchant.

Il l'appuya fortement sur la jointure entre la couverture reliée et la première page du *Don Juan* de Lord Byron. Elle se détacha, fil après fil, et, bientôt, le devant du livre et le dos se trouvèrent séparés, comme quand il l'avait ouvert, treize jours plus tôt, sur un bureau de Vasagatan. Il feuilleta jusqu'à la page 90, saisit toute la liasse et tira un coup sec. Dans la marge de gauche de la page 91 apparut un trou de quinze centimètres de long et un de large, finement tapissé de papier à cigarettes, et d'une épaisseur de trois cents pages. Le contenu était intact, exactement tel qu'il l'y avait laissé.

Jaunâtre, légèrement poisseux, quinze grammes très exactement.

Dix ans plus tôt, il consommait lui-même la majeure partie de ce qu'il faisait pénétrer dans la prison. Parfois, s'il en avait en trop, il lui arrivait d'en revendre un peu, et, en de rares occasions, quand il était trop sous pression, il s'en était servi pour s'acquitter partiellement de ses dettes les plus urgentes. Cette fois, son but était complètement différent. Les quarante-deux grammes d'amphétamine contenus dans ces quatre livres allaient lui servir à éliminer les concurrents et prendre lui-même le contrôle.

Des fleurs et de la poésie.

De petites quantités, mais il n'en avait pas besoin de plus pour le moment. Les trucs qu'il avait appris au cours des années étaient absolument sûrs et ne craignaient pas les routines de la prison.

À l'époque, à Österåker, il s'était fait pincer dès le retour de sa première permission sous surveillance, quelqu'un avait mouchardé qu'il avait de la drogue cachée dans le ventre ou dans le cul, et il avait été placé dans les W.-C. de la douane, une cellule avec des murs en verre, une couchette pour s'allonger et un siège de toilettes en circuit fermé, rien d'autre. Il y avait passé une bonne semaine, nu vingt-quatre heures sur vingt-quatre, avec trois matons qui le regardaient chier et contrôlaient ses selles, ils le surveillaient par la vitre même pendant qu'il dormait, toujours sans couverture, le cul exposé à leurs regards.

Il n'avait pas eu le choix, alors, avec toutes ses dettes et toutes les menaces. Il était devenu une mule de plus. Mais maintenant, il l'avait, le choix.

Chaque jour, dans chaque prison, heure après heure, tournait autour de la drogue : comment la faire entrer et la consommer, malgré les analyses d'urine régulières. Un parent venant en visite pouvait aussi être un parent contraint d'introduire sa propre urine, propre et négative, pour servir en cas de test. Une fois, au cours d'une de ses premières semaines à Österåker, une des copines d'un Yougo braillard avait pissé sur commande deux tasses pleines, dont le contenu avait été revendu très cher, et pas un seul d'entre eux n'avait été contrôlé positif alors que plus de la moitié étaient chargés. Mais les tests avaient eu l'effet bizarre de diagnostiquer que tous les détenus de l'unité étaient enceintes.

Don Juan, L'Odyssée, Histoire de ma vie, Paysages français.

Il les vida l'un après l'autre, s'interrompant quand

il entendait des pas devant la porte de sa cellule ou des bruits inhabituels.

Il restait deux livres. *Du fond des cœurs suédois* et *Les Marionnettes*. Il les laissa intacts sur sa table de nuit, espérant n'avoir jamais à les lire.

Il regarda cette substance jaunâtre pour laquelle des gens s'entretuaient.

Chaque gramme coûtait plus cher derrière les barreaux.

Ici, la demande était plus forte que l'offre. Ici, le risque d'être pris était plus grand qu'en liberté. La sanction était plus dure derrière les murs d'une prison qu'à l'extérieur. Ici, une même quantité valait toujours une peine plus longue.

Piet Hoffmann répartit les quarante-deux grammes d'amphétamine dans trois sachets en plastique. Il allait en garder un pour le Grec de la 2 et placer les deux autres de façon qu'ils soient collectés pour le bloc H, où les autres fournisseurs principaux étaient internés, l'un au rez-de-chaussée, l'autre à l'étage. Trois sachets en plastique de quatorze grammes qui allaient éliminer d'un seul coup tous ses concurrents.

Les cuillers à soupe de la cuisine étaient encore dans l'une des poches de devant de son pantalon.

Il les tâta, les appuya fortement contre le bord métallique de la couchette, jusqu'à ce qu'elles soient toutes deux pliées presque à angle droit, et vérifia qu'elles étaient en état de faire office de crochets. Le pantalon de jogging bleu à l'emblème de l'administration pénitentiaire était posé sur le lit. Il l'ouvrit à la taille avec le couteau et en sortit la bande élastique, qu'il partagea en deux morceaux égaux.

La porte de la cellule légèrement entrouverte, il attendit un instant pour s'assurer que le couloir était vide.

La salle de bains était à quinze petits pas de là.

Il referma la porte derrière lui, entra dans le W.-C. situé au fond à droite et vérifia que le loquet était bien en place.

Ewert Grens était allé chercher un nouveau gobelet en plastique de café noir et s'était acheté un autre gâteau aux amandes, qui s'émiettait et dont le glaçage était poisseux. Le morceau de papier portant les sept noms manuscrits était encore plus sale qu'auparavant mais il était toujours lisible, et il allait rester sur la table près du sofa jusqu'à ce qu'ils les aient examinés et éliminés l'un après l'autre.

Ils disposaient de trois jours.

Ou bien l'enquête sur l'exécution perpétrée en plein jour dans un appartement locatif en plein cœur de Stockholm se poursuivrait grâce à l'un de ces noms écrits à la main sur une feuille tachée ; ou bien, dans trois jours, elle serait jetée aux oubliettes et rejoindrait les trente-sept autres enquêtes préliminaires rangées dans des chemises sur son bureau, qui n'iraient sans doute jamais plus loin que cela. Il y aurait toujours un nouveau meurtre ou une nouvelle agression qui, une ou deux semaines plus tard, mobiliserait tous leurs moyens jusqu'à ce que l'affaire soit résolue ou discrètement enterrée.

Il relut les noms qui le concernaient. Maciej Bosacki, Piet Koslow Hoffmann, Karl Lager. Tous propriétaires de sociétés de sécurité qui, comme les autres de leur espèce, installaient des systèmes d'alarme, vendaient des gilets pare-balles, donnaient des cours d'autodéfense ou se voyaient confier des missions de protection. Mais ces trois-là avaient en outre été sollicités séparément par Wojtek Security International lors de visites d'État polonaises, et ces missions officielles avaient fait l'objet de factures authentiques. Rien que de très normal, bien entendu. Mais cela éveillait son intérêt. L'officiel sert parfois de paravent à ce qui l'est beaucoup moins et il cherchait donc l'invisible, les liens avec l'autre Wojtek, la véritable organisation, celle qui achetait et revendait de la drogue, des armes, des êtres humains.

Ewert Grens se leva et sortit dans le couloir.

Le sentiment que la vérité le narguait était de nouveau là. Il tâtonnait pour la saisir au vol, mais elle lui glissait entre les doigts.

Pendant deux heures, il avait cherché trois numéros de sécurité sociale dans la base de données des autorités policières, ce qui représentait des pages entières de PERSONNES RECHERCHÉES, IDENTIFICATION, CASIER JUDICIAIRE, RECHERCHES EN COURS, SITUATION ACTUELLE, et cela n'avait pas été en vain. Tous ces hommes avaient été condamnés par le passé, ils figuraient tous dans le fichier des personnes recherchées et dans celui des suspects, leurs empreintes digitales avaient toutes été recueillies, deux d'entre eux avaient fait l'objet d'une enquête et avaient vu leur ADN prélevé, et au moins l'un d'entre eux avait appartenu à un gang. Grens n'en avait pas été particulièrement surpris : de plus en plus de gens évoluaient dans la zone grise de la criminalité, où la familiarité avec la délinquance était une condition préalable à l'expertise en matière de sécurité.

Il se rendit quelques portes plus loin dans le couloir. Peut-être aurait-il dû frapper, mais il le faisait rarement.

— J'ai besoin de ton aide.

Le bureau était nettement plus grand que le sien et il n'y venait pas très souvent.

— Ah bon ?

Ce n'était pas quelque chose dont ils avaient parlé. Mais, d'une certaine façon, ils avaient passé un accord tacite. Pour se tolérer, ils prenaient soin de ne jamais se croiser.

— Västmannagatan.

Le commissaire principal Göransson n'a pas de piles de dossiers sur son bureau, pas de gobelets en carton vide, pas de miettes de gâteaux sous plastique du distributeur.

— Västmannagatan ?

Il ne comprend donc pas d'où cela vient.

Ce sentiment de malaise, comme si on manquait de place, dans ce bureau.

— Ça ne me dit rien.

— L'exécution. J'enquête sur les derniers noms et je voudrais vérifier s'ils sont dans le fichier du port d'armes.

Göransson hocha la tête, se tourna vers son ordinateur et se connecta au fichier qui, pour des raisons de sécurité, n'était accessible qu'à de rares membres du personnel.

— Tu es trop près, Ewert.

Ce malaise.

— Qu'est-ce que tu veux dire ?

Qui vient de l'intérieur.

— Tu peux reculer d'un pas ?

Et qui prend sans cesse davantage de place.

Göransson avait devant lui quelqu'un qu'il n'aimait pas et qui ne l'aimait pas, ils avaient rarement affaire l'un à l'autre et cela s'arrêtait là.

— Numéros d'identité ?

— 72101800-0010. 660531-2559. 580219-3672.

Trois numéros. Trois noms sur l'écran.

— Qu'est-ce que tu veux savoir ?

— Tout.

Västmannagatan.

Tout d'un coup, il comprend.

— Göransson ? Tu m'entends ? Je veux tout avoir.

Ce nom-là.

— L'un d'entre eux a des permis. Armes de service et quatre fusils de chasse.

— Des armes de service ?

— Des pistolets.

— Marque ?

— Radom.

— Calibre ?

— Neuf millimètres.

Ce nom qui reste affiché sur l'écran.

— Merde alors, Göransson. Merde !

Le commissaire s'était levé brusquement et était déjà en train de sortir de la pièce.

— Mais on les a déjà, Ewert.

Grens s'arrêta en plein élan.

— Qu'est-ce que tu veux dire ?

— Il y a une note ici. Toutes ces armes ont été saisies. Elles sont sûrement chez Krantz.

— Pourquoi ?

— Ça n'apparaît pas. Il faut voir ça avec lui.

Le bruit monotone d'un corps qui boitait lourdement s'éloigna dans le couloir de la brigade de recherches. Le commissaire principal Göransson n'avait plus la force de combattre le sentiment que quelque chose se passait, ce malaise qui l'envahissait de l'intérieur, et il resta longtemps assis devant le nom affiché à l'écran.

Piet Koslow Hoffmann.

Il suffisait à Ewert Grens d'appuyer sur quelques touches et de passer quelques coups de fil pour localiser l'actuel propriétaire de ces armes, puis de se rendre dans la petite ville où se trouvait la grande prison, à quarante kilomètres au nord, et de l'interroger jusqu'à ce qu'il obtienne les réponses qu'il n'était pas censé avoir.

Ce qui ne devait pas se produire venait d'arriver.

Piet Hoffmann patienta derrière la porte verrouillée du W.-C. jusqu'à ce qu'il soit absolument sûr d'être seul.

Bande élastique, cuiller à soupe, sac en plastique.

C'était déjà ainsi qu'il avait dissimulé la drogue et les seringues, à Österåker. Lorentz lui avait confirmé que ça marchait encore, alors que c'était vachement simple. Ou peut-être que c'était justement pour ça. Aucun maton ne fouillait le trou des chiottes, dans aucune prison.

Le réservoir d'eau, les tuyaux d'évacuation, les canalisations sous le lavabo, autant de cachettes qu'il n'était plus question d'utiliser, désormais. Mais même après toutes ces années, ils n'avaient toujours pas pensé au trou des chiottes, putain.

Il plaça la bande élastique, la cuiller tordue et le sac en plastique rempli d'amphétamine sur le sol souillé du W.-C. Il tendit la bande, attacha le sac en plastique à une extrémité et la cuiller à l'autre. Puis, tenant le sac en plastique dans sa main, il s'agenouilla devant le siège pour l'enfoncer aussi profondément que possible dans le conduit. Son bras était trempé quand il tira la chasse d'eau, le sac en plastique s'enfonçant encore un peu plus sous la pression de l'eau, et la cuiller courbée alla se coincer dans le coude du tuyau. Il attendit, puis tira une nouvelle fois la chasse. L'élastique devait normalement s'étirer, et le sac en plastique resterait suspendu, loin à l'intérieur de la canalisation.

Quant à la cuiller coincée dans le coude du tuyau et retenant le sac en plastique, impossible de la voir.

Mais elle serait facile à récupérer la prochaine fois.

À genoux, une main dans l'eau, en tirant doucement.

Ewert Grens avait quitté Göransson et le couloir de la brigade de recherches, et la vérité sur laquelle il n'arrivait pas à mettre la main ne riait plus aussi fort. *Radom*. Pour la première fois depuis le début de l'enquête préliminaire, il avait un nom. *Neuf millimètres*. Quelqu'un qui pourrait être le lien avec une exécution.

Piet Koslow Hoffmann.

Un nom qu'il n'avait jamais entendu auparavant.

Mais qui possédait une société de sécurité ayant effectué des missions officielles de protection pour Wojtek International lors de visites d'État polonaises. Et qui, en dépit de cinq ans de prison pour actes de violence graves, possédait un permis pour des armes de service fabriquées en Pologne. Lesquelles, selon les fichiers, se trouvaient déjà au commissariat. Saisies deux semaines auparavant.

Ewert Grens prit l'ascenseur et entra dans les locaux du service technique.

Il avait un nom.

Et il allait bientôt en avoir d'autres.

Piet Hoffmann avait les genoux endoloris lorsqu'il se releva et tendit l'oreille. Il tira encore deux fois la chasse, écouta de nouveau, mais il n'y eut toujours pas de bruit lorsqu'il souleva le loquet et sortit dans le couloir, donnant l'impression d'être resté là un certain temps pour des ennuis intestinaux. Il gagna le coin télé, battit distraitement l'un des jeux de cartes et s'efforça d'avoir l'air de se distraire pour quelques minutes, tout en surveillant la guérite et la cuisine afin de localiser les matons qui arpentaient l'unité.

Des visages détournés, des dos vêtus d'uniformes occupés à quelque chose. Il pointa le majeur en l'air, ce qui les faisait réagir, en général.

Rien. Personne ne bougea, personne ne le remarqua.

Les autres avaient encore une heure à passer en cours ou à l'atelier, le couloir était vide, les matons ailleurs.

Maintenant.

Il commença par se diriger vers la rangée de cellules. Un rapide coup d'œil en direction de personne. Il ouvrit la porte de la 2.

La cellule du Grec.

Elle était identique à la sienne, le même putain de lit et les mêmes putains d'armoire, de chaise et de table de chevet. L'odeur, elle, était différente, ça sentait le renfermé, ou peut-être l'aigre, mais l'air était tout aussi sacrément chaud et poussiéreux. Au mur, la photo d'un enfant, une fillette aux longs cheveux bruns, et une autre, celle d'une femme, la mère de la fillette, Hoffmann en était persuadé.

Si quelqu'un ouvrait la porte.

Si quelqu'un se rendait compte de ce qu'il tenait à la main, de ce qu'il était sur le point de faire.

Il frissonna brièvement puis se reprit. Il ne fallait pas qu'il se laisse aller à ses émotions.

Cela ne faisait guère d'injections ni de prises à sniffer, treize, quatorze grammes, mais ici, derrière les barreaux, c'était assez, une quantité suffisante pour une nouvelle condamnation et un supplément de peine avec transfert immédiat dans un autre établissement.

Treize, quatorze grammes à placer en hauteur.

Il tâta la tringle à rideaux, tira dessus avec précaution et elle sauta à la première tentative. Un morceau de ruban adhésif autour du sac et contre le mur, c'était en place et la tringle du rideau était facile à remettre.

Il ouvrit la porte et jeta un ultime coup d'œil à la pièce, s'arrêtant un instant sur la photo accrochée au mur. La fillette avait dans les cinq ans, elle était debout sur une pelouse, à l'arrière-plan des enfants qui avaient l'air heureux faisaient signe de la main. Ils partaient quelque part, en voyage scolaire, avec leurs sacs à dos à la main et leurs casquettes jaunes et rouges sur la tête.

Son papa ne serait sûrement pas là, la prochaine fois qu'elle viendrait lui rendre visite.

Ewert Grens se pencha sur l'établi et sur les sept armes qui y étaient alignées.

Trois pistolets fabriqués en Pologne et quatre fusils de chasse.

— Dans une armoire à fusils ?

— Dans *deux* armoires à fusils. Autorisées.

— Il avait les permis nécessaires ?

— Ceux que délivre la police du commissariat central.

Grens se tenait près de Nils Krantz, dans l'une des nombreuses pièces du service technique aux faux airs de petit laboratoire avec ses hottes, ses microscopes et ses pots contenant des préparations chimiques. Il souleva l'un des pistolets et soupesa l'arme enveloppée de plastique. Il était certain que c'était une arme de ce genre que le mort gisant sur le plancher du salon tenait dans sa main.

— Il y a deux semaines ?

— Oui. Un bureau dans un appartement de Vasagatan. Grave infraction en rapport avec la drogue.

— Et rien ?

— On les a toutes testées. Aucune d'elles n'apparaît dans une enquête criminelle quelconque.

— Et le 79 Västmannagatan ?

— Je sais que tu espérais une autre réponse. Mais tu ne l'auras pas. Aucune de ces armes n'a tiré les coups de feu de là-bas.

Ewert Grens frappa un grand coup sur le meuble le plus proche.

L'armoire métallique trembla, des livres et des classeurs tombèrent par terre.

— Je ne comprends pas.

Il était sur le point de recommencer, lorsque Krantz, inquiet pour son armoire, s'interposa.

Grens s'en prit alors au mur, à la place. Celui-ci ne trembla pas aussi longtemps, mais fit presque autant de bruit.

— Nils, putain, je ne comprends pas. Cette enquête… C'est comme si j'étais constamment réduit à l'état de spectateur. Tu as donc confisqué ses armes ? Il y a vingt jours ? Nom de dieu, Nils, il y a quelque chose qui cloche. Tu ne comprends pas qu'un sale type comme ça ne devrait absolument pas avoir le droit de posséder d'arme à feu, encore moins de détenir un permis de port d'arme délivré par nos services. C'est vrai qu'il y a dix ans de ça, mais… avec une condamnation pareille… Je n'ai jamais entendu parler d'un repris de justice pour fait de grand banditisme qui soit détenteur d'un permis.

Nils Krantz restait posté devant l'armoire métallique. Pour le cas où son collègue n'aurait pas fini de taper sur des objets inanimés.

— T'auras qu'à lui demander.

— J'y compte bien. Dès que je saurai où il est.

— À Aspsås.

Ewert Grens regarda le technicien qui était l'un des rares à avoir fréquenté la maison aussi longtemps que lui.

— Aspsås ?

— Sous les verrous. Une peine d'emprisonnement assez longue, je crois.

Il s'était assis à sa nouvelle place, dans le coin télé, et avait attendu cet après-midi encore que ses voisins de cellule reviennent un par un de l'atelier ou des cours. Ils avaient fait d'autres parties de stud et quelques-unes de casino, parlé du salaud de maton de l'équipe du matin et pas mal du braquage d'une banque, à Täby, qui avait mal tourné. Puis ils s'étaient lancés dans une vive discussion sur le nombre de fois qu'il était possible de se branler après s'être injecté un gramme d'amphétamine. Ils avaient ri bien fort à des descriptions très détaillées d'une trique d'enfer sous speed, et Stefan aussi bien que Karol Tomasz et les deux Finlandais s'étaient vantés de journées entières de baise et de bite dure comme de la pierre, à condition d'avoir de l'amphet assez forte. Au bout d'un moment, Piet Hoffmann avait adressé un discret signe de tête au Grec et lui avait offert une chaise, mais sans obtenir de réponse. Celui qui vendait et contrôlait la drogue et jouissait donc du statut le plus élevé n'était pas encore prêt à parler à un nouveau.

Plus qu'une heure ou deux.

Le sac en plastique allait rester derrière la tringle à rideaux et ce sale bâtard n'aurait pas le temps de comprendre ce qui se passait que ce serait déjà terminé.

Ewert Grens se leva de derrière son bureau et serra le combiné du téléphone, bien que la communication fût terminée depuis longtemps. Il tenait à la main un morceau de papier taché de gouttes de café et de miettes de gâteau aux amandes.

Nils Krantz avait eu raison.

Celui dont le nom figurait tout en bas de cette petite liste était *déjà* en prison.

Il avait été arrêté avec trois kilos d'amphétamine dans son coffre et, en un temps record, avait été placé en détention provisoire, condamné et incarcéré à la prison d'Aspsås.

De l'amphétamine sentant très nettement la fleur. Une odeur très nette de tulipe.

Il était allongé sur la couchette et fumait une cigarette. Cela faisait des années qu'il n'en avait pas roulé, pas depuis qu'ils avaient des enfants. Zofia et lui avaient tous les deux arrêté le jour où ils avaient vu, sur un écran, un fœtus d'un centimètre de long, un être qui se voyait à peine mais qui était affecté par la moindre inhalation. Inquiet, il fuma très vite sa cigarette et en alluma bientôt une autre. C'était un enfer de devoir rester allongé là à attendre.

Il se leva et écouta, la tête contre la porte de la cellule.

Rien.

Il avait entendu des bruits qui n'existaient pas. Peut-être les petits craquements provenant à intervalles réguliers des tuyaux du plafond. Peut-être une télé. Lui-même préférait ne pas en avoir pour ne pas prendre part à ce qui se passait dans le monde extérieur.

Si tout se déroulait comme prévu, ils devaient arriver d'un instant à l'autre.

Il se recoucha, alluma une troisième cigarette, c'était agréable de tenir quelque chose dans sa main. Huit heures moins le quart. Il ne s'était encore écoulé que quinze minutes depuis le verrouillage des cellules et, normalement, il fallait patienter environ une demi-heure. Ils attendaient en général que tout le monde se soit installé pour la nuit.

Tout était préparé, exactement comme il le souhaitait, il avait obtenu le dernier feu vert dans la salle de douches durant la soirée, tandis que les matons attendaient que tous les détenus reviennent dans leur cellule. Les deux sacs en plastique qui avaient été accrochés à une bande élastique, à environ un mètre de profondeur, dans le tuyau d'évacuation des toilettes, se trouvaient à présent dans le bloc H, dissimulés derrière des tringles à rideaux.

Maintenant.

Il était sûr de son coup.

Des chiens gémissant d'impatience, des chaussures noires tapant sur le sol du couloir.

« Tu auras mon nom et mes données personnelles. Pour me placer dans l'établissement qu'il faut, m'affecter le poste de travail qu'il faut et faire en sorte que, après le verrouillage des cellules, deux jours très exactement après mon arrivée, il soit procédé à une fouille complète et inopinée de toutes les cellules de la prison. »

Les portes des premières cellules, au bout du couloir, s'ouvrirent à grand fracas.

Puis une violente altercation : un des Finlandais se mit à crier et un des matons à hurler encore plus fort.

Vingt-cinq minutes et huit cellules plus tard, ils étaient là et une main ouvrit sa porte.

— Inspection.

— Suce ma bite, sale maton.

— Dehors, Hoffmann. Sinon, tu vas avoir ce que tu cherches.

Quand ils le traînèrent dans le couloir, Piet Hoffmann cracha par terre. *Criminel.* Et il continua à le faire tandis qu'ils sondaient toutes les cavités de son corps. « Pour jouer les criminels, il faut être criminel. » Il était debout devant la porte, dans son caleçon blanc enfilé de travers, tandis que les deux matons pénétraient dans sa cellule et fouillaient tous les recoins susceptibles de dissimuler ce qui ne devait pas s'y trouver.

Deux cellules se faisant face étaient toujours inspectées en parallèle, et il n'y avait pas beaucoup de place pour passer quand les deux portes étaient ouvertes en même temps.

Deux matons dans chaque cellule, et deux autres à l'extérieur pour surveiller les détenus qui juraient, menaçaient, gueulaient.

Il les vit déchirer les draps et les secouer, basculer l'armoire vers l'avant, vider les chaussures et retourner les chaussettes à l'envers, feuilleter la pile de livres empruntés sur la table de chevet et arracher plusieurs mètres de plinthe. Ils passèrent au peigne fin les poches et les coutures des pantalons, les vestes et les pulls, et lâchèrent un chien déchaîné au milieu de tout ce chaos, sur le sol recouvert de linoléum, avant de le soulever vers le plafond, la lampe et la tringle à rideaux.

« Bon Dieu, qu'est-ce que…

— Avec des chiens. C'est important.

— Avec les chiens ? Et qu'est-ce qui arrivera quand on aura trouvé ce que t'y auras planté ? Au codétenu à qui t'auras fourgué ta came ? »

Encore une plinthe, celle sous le lavabo.

Et derrière la lampe de chevet, le petit trou dans le mur pour la vis à béton.

— Ça va ? Vous trouvez quelque chose ? Non ? C'est pas de veine, putain. Il vous reste plus qu'à aller vous branler dans la cellule de quelqu'un d'autre. Vous voulez un coup de main ?

Le type en face éclata de rire. Celui d'à côté frappa

sur la porte et se mit à siffler *continue à la leur mettre profond, Hoffmann.*

Ils avaient entendu.

Quand ils refermèrent la porte et passèrent à la cellule suivante, Piet Hoffmann s'assit sur le bord de sa couchette. Il y avait une demi-cigarette, sous un caleçon, quelque part dans le fouillis sous la table de chevet, il l'alluma et s'allongea.

Dix minutes à attendre.

Il fumait, les yeux au plafond, lorsque le chien se mit à s'agiter.

— *Bon sang de bon Dieu, mais c'est pas à moi, cette merde, putain !*

Le Grec de la 2 avait une voix perçante, le genre qui ouvrait les portes fermées à clé.

— *Bon sang de bon Dieu... C'est vous qui l'avez plantée là, cette merde, salauds de matons, je vais...*

Un des gardiens du peloton de sécurité avait soulevé le chien noir, qui s'était mis à gratter furieusement avec la patte, près de la fenêtre, derrière la tringle à rideaux. Le sac en plastique contenant treize, quatorze grammes d'amphétamine de haute qualité était scotché au mur. Tremblant et crachant de rage, le Grec fut traîné le long du couloir, puis hors de l'unité. Le lendemain, il serait transféré à Kumla ou à Hall pour purger la fin d'une longue peine qui venait encore de s'allonger. À peu près en même temps, deux autres sacs en plastique contenant la même quantité d'amphétamine furent trouvés dans deux cellules, au rez-de-chaussée et à l'étage du bloc H, et, ce soir-là, trois détenus, au total, allaient passer leur dernière nuit à la prison d'Aspsås.

Piet Hoffmann resta allongé et, pour la première fois

depuis son arrivée derrière ces hauts murs, il put se laisser aller à sourire.

C'est fait.

On a pris le contrôle.

Mercredi

Il avait dormi profondément pendant près de quatre heures, au moment où l'obscurité était totale de l'autre côté des barreaux de la fenêtre, une fois le Finlandais enfin calmé deux cellules plus loin. Le cliquetis des clés avait pénétré dans sa tête et l'avait empêché de dormir chaque fois que ce bâtard s'était manifesté pour exiger qu'on s'occupe de lui. L'unité n'avait retrouvé le calme que lorsque quelques autres détenus avaient menacé de lancer une émeute si son doigt avait encore le malheur de presser la sonnette.

Piet Hoffmann s'appuya contre le mur et braqua des yeux inquiets vers l'oreiller sous la couverture, la chaise devant la porte et la chaussette entre le chambranle et la porte. Sa protection, exactement comme la veille et le lendemain, deux secondes et demie, au cas où quelqu'un saurait et l'attaquerait au seul moment de la journée où les matons n'entendaient ni ne regardaient.

Sept heures une. Plus que dix-neuf minutes. Puis il irait se doucher et prendre son petit déjeuner comme les autres.

Il avait fait le premier pas. Avec un total de quarante-deux grammes d'amphétamine, il avait éliminé les trois principaux dealers de la prison d'Aspsås. Varsovie et le directeur général adjoint avaient déjà reçu les rapports qu'ils attendaient et ouvert une bouteille de Żubrówka pour trinquer à la prochaine étape.

Plus que huit minutes.

Il respira lentement, muscles bandés. La mort ne frappait jamais à la porte.

Aujourd'hui, il allait passer à l'étape suivante. Pour Wojtek, les premiers grammes aux premiers clients et la rumeur qu'un nouveau dealer était présent dans l'une des prisons les plus sécurisées de Suède. Pour la police suédoise, d'autres informations sur les dealers, les dates de livraison et les circuits de distribution, jusqu'à ce que le trafic prenne assez d'ampleur pour qu'on puisse le réduire à néant ; des jours ou des semaines passés à attendre l'instant précis où l'organisation aurait pleinement pris le contrôle mais n'aurait pas encore gagné la prison suivante, et où les informations d'un infiltré seraient suffisantes pour la frapper en plein cœur, dans un immeuble noir d'ul. Ludwika Idzikowskiego, à Varsovie.

Hoffmann regarda le réveil au tic-tac trop sonore. Sept heures vingt. Il enleva la chaise, fit son lit et, au bout d'un moment, ouvrit la porte sur un couloir encore à moitié endormi. Stefan et Karol Tomasz lui sourirent quand il passa devant la cuisine et la table du petit déjeuner. En général, le fourgon de transfert de l'administration pénitentiaire quittait la prison à peu près à cette heure et sur l'un de ses sièges puants était certainement assis quelqu'un qui s'appelait le Grec, avec, en face de lui, les deux du bloc H. Sans doute n'avaient-ils pas grand-chose à se dire, tandis qu'ils regardaient par les vitres en tentant vainement de comprendre ce qui s'était vraiment passé.

Il prit une douche chaude, pour évacuer la tension de ces vingt minutes passées à côté d'une porte de cellule, prêt à se battre et à s'enfuir. Dans la partie du miroir qui n'était pas encore embuée, il vit ensuite quelqu'un de mal rasé et aux cheveux un peu longs, mais laissa son rasoir dans la poche de son pantalon : il resterait encore poivre et sel ce matin-là.

Le chariot de nettoyage était rangé dans un placard, devant la porte d'entrée de la section.

Un cadre métallique soutenant un sac-poubelle noir, des rouleaux d'autres sacs-poubelle, blancs et beaucoup plus petits, une mince brosse et une pelle en mauvais état, un seau en plastique puant, de petits morceaux de tissu qu'il supposa destinés à nettoyer les fenêtres et, tout en bas, un détergent non parfumé qu'il n'avait jamais vu.

— Hoffmann.

L'inspecteur aux yeux de feu était assis dans l'aquarium, avec les autres gardiens, quand il passa devant les grandes vitres.

— Premier jour ?

— Premier jour.

— Tu attends près de chaque porte fermée à clé. Tu lèves la tête vers chaque caméra. Quand le centre de contrôle a décidé de te laisser passer, si jamais l'envie lui en prend, tu franchis la porte aussi vite que possible pendant les quelques secondes où elle est ouverte.

— Autre chose ?

— J'ai feuilleté un peu tes papiers, hier. Tu as bien… combien, déjà… dix ans à faire. Je ne sais pas, Hoffmann, mais, avec un peu de chance, ça sera assez long pour que tu saches vraiment nettoyer correctement.

La première porte se trouvait à l'entrée du passage

souterrain. Il arrêta le chariot, regarda en direction de la caméra, attendit le déclic et poursuivit son chemin dans la partie suivante. Une sensation d'humidité le fit légèrement frissonner lorsqu'il fut sous la cour de la prison. Durant ses années à Österåker, il avait à plusieurs reprises été escorté le long d'un tunnel similaire en béton, pour aller dans l'une des infirmeries, au gymnase ou au kiosque où chaque couronne qu'il avait gagnée pouvait être échangée contre de la mousse à raser et du savon. Il s'arrêta devant chaque porte, adressa un signe de tête à chacune des caméras qui le scrutait et se hâta de passer pendant que c'était ouvert, car il voulait attirer aussi peu l'attention que possible.

— Hé, toi !

Il venait de saluer un groupe de détenus, de l'autre côté de la prison, qui se dirigeait vers son lieu de travail, et l'un d'eux s'était retourné et le regardait.

— Ouais ?

Un camé. Maigre comme un clou, les yeux dans le vague, des pieds qui avaient du mal à rester tranquilles.

— J'ai entendu… Je t'en achète. Huit g.

Stefan et Karol Tomasz avaient fait du bon boulot.

Une grande prison, ce n'était jamais qu'un endroit assez petit où les messages passaient à travers les murs.

— Deux.

— Deux ?

— Je t'en vends deux. Cet aprèm. À l'angle mort.

— Deux ? Putain, mais j'ai besoin d'au moins…

— C'est tout ce que t'auras. Pour cette fois.

Quand Hoffmann lui tourna le dos et poursuivit son chemin dans le large passage souterrain, le maigre était en train de faire de grands gestes.

Il allait rester là. Son corps agité de spasmes avait déjà commencé à compter les minutes le séparant du moment qui lui permettrait de tenir le coup. Il allait acheter ses deux g et se les injecter avec une seringue sale, dans les premières toilettes disponibles.

Piet Hoffmann avança lentement en s'efforçant de ne pas rire.

Plus que quelques heures.

Après cela, il aurait pris le contrôle du trafic de drogue de la prison d'Aspsås.

Le couloir de la brigade de recherches était éclairé par des lampes puissantes qui clignotaient de façon irrégulière. Une luminosité agaçante qui éblouissait et s'accompagnait d'un craquement perçant à chaque éclat. Les deux néons juste au-dessus du distributeur automatique et de la machine à café étaient les pires. Fredrik Göransson portait encore en lui le malaise de la veille. Il lui avait fallu tout l'après-midi, la soirée et une partie de sa nuit de sommeil pour comprendre que la visite de Grens lui laisserait un sentiment tenace qui continuerait à le tenailler, malgré tous ses efforts. Accorder la priorité à une infiltration derrière les barreaux au détriment d'une enquête sur un meurtre n'était pas une bonne solution. Mais, à la table de Rosenbad, il avait comparé cela à la prise de contrôle sur la mafia polonaise et opté pour la lutte contre l'expansion criminelle.

— Göransson.

Cette sale voix.

— Il faut que je te parle, Göransson.

Il ne l'avait jamais aimée.

— Bonjour, Ewert.

Ewert Grens boitait plus que jamais, mais peut-être étaient-ce les murs du couloir qui amplifiaient le bruit.

— Le fichier des permis de port d'armes.

Ce qui est en train de se passer.

Fredrik Göransson évita les mains maladroites qui, près de lui, étaient en quête de gobelets en plastique et des boutons de la machine à café.

Voilà qu'on est à l'étroit, à nouveau.

— T'es trop près.

— Je ne vais pas m'écarter une nouvelle fois.

— Si tu veux des réponses, il faudra bien.

Ewert Grens ne bougea pas de là où il était.

— 721018-0010. Trois pistolets Radom et quatre fusils de chasse.

Le nom qui reste affiché à l'écran.

— Oui ?

— Je veux savoir comment il est possible que quelqu'un qui a un casier judiciaire se voie accorder un permis de port d'armes de service.

— Je ne suis pas sûr de voir où tu veux en venir.

— Voies de fait aggravées contre représentant de l'autorité publique. Tentative de meurtre.

Le gobelet en plastique était plein, Grens y trempa les lèvres pour goûter le liquide chaud, hocha la tête avec satisfaction et appuya sur le bouton pour en obtenir un second.

— Je ne comprends pas, Göransson.

Moi, je comprends, Grens.

Un permis de port d'armes lui a été délivré étant donné qu'il n'est pas violent, n'est pas répertorié psychopathe, n'a pas besoin d'être expertisé quant à sa dangerosité et n'a pas été condamné pour tentative de meurtre.

Étant donné que tes extraits de casier sont un outil de travail, un faux.

— Mais je peux étudier la question. Si c'est important.

Grens goûta également la deuxième tasse, eut l'air aussi satisfait et s'éloigna, plus lentement, cette fois.

— *C'est* important. Je veux savoir qui a délivré ce permis. Et pourquoi.

C'est moi.

— Je vais voir ce que je peux faire.

— J'en ai besoin aujourd'hui. Il sera interrogé demain de bonne heure.

Le commissaire principal Göransson resta debout sous cet éclairage clignotant et bruyant tandis que Grens continuait à s'éloigner.

Il cria à l'enquêteur qui exigeait des réponses :

— Et les autres ?

Grens s'immobilisa, mais ne se retourna pas.

— Quels autres ?

— Tu avais trois noms, quand tu es passé me voir, hier.

— Les deux autres, je m'en occupe dès aujourd'hui. Ce salopard-là, il est en taule, je sais où il est et il y sera encore demain.

Trop près.

Le corps dégingandé boitilla le long du couloir, un gobelet en plastique dans chaque main, et disparut dans son bureau.

Grens s'était tenu trop près.

Le siège des toilettes était jaune de pisse et le lavabo couvert de chiques mouillées et de mégots de cigarettes sans filtre. Le détergent sans parfum ne venait même pas à bout de la couche supérieure de merde. Il eut beau frotter longuement avec une brosse puis avec une serpillière, tout cela glissait en vain sur les surfaces de porcelaine usée. Les toilettes devant l'entrée de l'atelier étaient petites et seulement utilisés par ceux qui pissaient à l'extérieur pendant les courtes pauses d'un boulot qu'ils détestaient. Quelques minutes d'évasion d'une peine qui n'était jamais aussi évidente que quand on la purgeait près d'une machine forant des petits trous pour que des vis puissent être glissées tout au fond d'une plaque de lampadaire.

Piet Hoffmann entra dans la grande pièce et salua les visages qu'il avait déjà salués la veille. Il essuya les établis et les étagères, récura le sol autour du bidon de diesel, vida les poubelles, nettoya les grandes fenêtres donnant sur l'église. De temps en temps, un regard en direction du petit bureau, derrière sa paroi de verre, et les deux matons qui y étaient assis. Il attendait qu'ils se lèvent pour la ronde qu'ils devaient effectuer dans la salle toutes les demi-heures.

— C'est toi, hein ?

Il était grand, avait les cheveux attachés en queue-de-cheval et une barbe qui lui donnait l'air beaucoup plus âgé que les vingt ans à peine que lui attribuait Hoffmann.

— Oui.

Il travaillait à la presse, ses grandes mains maniaient des morceaux de métal qui devaient être façonnés pour former des plaques oblongues. Il parvenait à en faire deux à la minute quand il évitait de regarder par la fenêtre.

— Un g. Pour aujourd'hui. Et tous les jours.

— Cet aprèm.

— Bloc H.

— On a quelqu'un, là-bas.

— Michal ?

— Oui. Tu vois avec lui pour qu'il te le donne et pour le payer.

Hoffmann prit tout son temps. Il épousseta et récura pendant une bonne heure de plus : c'était un excellent moyen d'apprendre à connaître la pièce, de calculer la distance entre les fenêtres et les piliers et de repérer la position des caméras de surveillance, d'en savoir plus que les autres, de contrôler chaque situation, et donc tout ce qui faisait la différence entre la vie et la mort. Les matons quittèrent leurs chaises et le bureau, et il se dépêcha d'entrer avec son chariot pour épousseter un bureau vide et vider une corbeille tout aussi vide, veillant sans cesse à tourner le dos à la paroi de verre et à l'atelier. Il n'avait besoin que de quelques secondes. Le rasoir était toujours dans la poche de son pantalon et il le déposa dans le tiroir supérieur du bureau, dans un espace libre entre des crayons et des trombones. Un sac en plastique propre dans la poubelle, toujours le dos à la vitre, puis il sortit, prit l'ascenseur pour descendre dans le passage souterrain et ses quatre portes fermées à clé, jusqu'au bâtiment administratif.

Son corps le démangeait et son costume était trop serré au niveau de la poitrine. Fredrik Göransson desserra un peu son nœud de cravate et courut un peu plus vite le long du couloir, puis franchit la porte donnant sur la grande maison qui avait été accolée aux bâtiments voisins et constituait maintenant une partie essentielle de ce pâté de maisons dédié aux opérations de police.

Il sentit la sueur lui couler le long des joues, du cou, du dos.

Piet Hoffmann. Paula.

Ewert Grens était sur le point de se rendre à la prison d'Aspsås, il avait déjà pris rendez-vous pour réserver le parloir. Au bout de quelques minutes d'interrogatoire, pas plus, Hoffman se pencherait pour demander calmement à Grens d'éteindre son magnétophone, il éclaterait de rire et lui dirait *maintenant tu peux rentrer chez toi, on est du même bord, putain, je suis en mission pour tes collègues et c'est tes chefs qui, dans un des bureaux du gouvernement, ont choisi de tirer un trait sur une exécution perpétrée dans un appartement du centre de la ville pour que je puisse continuer mon travail d'infiltration ici, sous les verrous.*

Göransson sortit de l'ascenseur et entra sans frapper et sans s'occuper de la main qui tenait un combiné de téléphone ni du bras qui s'agitait dans sa direction pour lui faire signe d'attendre à l'extérieur que la communication soit terminée. Il se laissa tomber dans l'un des sièges et racla sans y penser sa gorge qui s'enflammait de plus en plus. Le directeur de la police nationale mit fin à la conversation en disant qu'il rappellerait et regarda quelqu'un qu'il n'avait jamais vu dans cet état.

— Ewert Grens.

Son front était luisant et ses yeux papillotaient.

Le directeur de la police nationale se leva de son fauteuil pour se diriger vers le chariot contenant de grands verres et de petites bouteilles d'eau minérale, en ouvrit une et la versa sur deux glaçons, espérant que ce serait assez froid pour le calmer.

— Il va y aller. Il va l'interroger. C'est pas bon… C'est… Il faut le griller.

— Fredrik ?

— Il faut…

— Fredrik, regarde-moi. De quoi parles-tu… au juste ?

— De Grens. Il interroge Hoffmann, demain. Dans un des parloirs de la prison.

— Tiens. Bois un peu d'eau.

— Tu ne comprends pas ? Il faut le griller.

Dans le bâtiment de l'administration, des gens étaient assis à tous les bureaux. Il commença par l'étroit couloir, à l'extérieur, passant la serpillière et frottant le linoléum gris qui en devint presque brillant. Puis il attendit un moment que chacun d'eux lui permette à son tour d'entrer dans leurs petites pièces anonymes donnant sur la cour pour vider les corbeilles à papier et épousseter les étagères et les tables de travail. Au-dehors, il vit des groupes de détenus qu'il ne reconnaissait pas, cigarette à la main, assis au soleil à rêvasser. Certains avaient un ballon de football dans les bras, d'autres marchaient sur la piste d'exercice, le long du mur. Une seule porte était fermée et il passa régulièrement devant, espérant qu'elle s'ouvre assez longtemps pour qu'il puisse jeter un coup d'œil à l'intérieur. Quelques heures plus tard, il ne lui restait plus que cet endroit.

Il frappa, attendit.

— Oui ?

Le directeur de la prison ne le reconnut pas quand il entra, alors qu'il l'avait vu la veille.

— Hoffmann. C'est moi qui fais le ménage, je me disais…

— Attends que j'aie fini. Occupe-toi des autres bureaux, pour l'instant.

— J'ai…

— Pas maintenant. Reviens plus tard !

Mais Piet Hoffmann avait vu ce qu'il voulait voir et referma la porte. Le bureau et les vases de tulipes. Les boutons avaient commencé à s'ouvrir.

Il s'assit sur une chaise, un peu plus loin, une main sur le chariot, en lorgnant de plus en plus souvent en direction de la porte fermée. Il commençait à s'impatienter, c'était là, c'était maintenant qu'il devait passer à l'étape numéro deux.

Éliminer les concurrents.

Prendre le contrôle.

— Hé, toi, là-bas ?

La porte s'était ouverte. Oscarsson le regardait.

— C'est bon, maintenant.

Le directeur de la prison se dirigea vers le bureau voisin, celui d'une femme qui, d'après ce qui était marqué sur sa porte, gérait les finances. Piet Hoffmann hocha la tête et entra, plaça le chariot près de la table de travail et attendit. Une minute, puis deux. Oscarsson n'était toujours pas de retour, ses rires se mêlaient à ceux de la femme d'à côté.

Il se pencha sur les bouquets. Les boutons étaient assez ouverts, pas complètement, mais suffisamment pour que ses doigts saisissent doucement des préservatifs sectionnés et noués contenant chacun trois grammes d'amphétamine chimique.

Piet Hoffmann en vida cinq à la fois, puis les jeta au fond du sac-poubelle noir du chariot, tout en écoutant les voix dans la pièce voisine.

Il sourit.

Il n'allait pas tarder à effectuer la première livraison de Wojtek sur le marché fermé.

Göransson avait bu deux verres d'eau minérale et broyé consciencieusement les glaçons entre ses dents, ce qui produisait des craquements très désagréables.

— Je ne comprends pas, Fredrik ? Griller qui ?

— Hoffmann.

Le directeur de la police nationale eut du mal à rester assis sur le sofa sur lequel il avait pris place. Quand son collègue était entré directement dans son bureau, il avait déjà ressenti ce sentiment difficile à identifier mais qui s'imposait à lui.

— Tu veux un café ?

— Une sèche.

— Mais tu ne fumes que le soir ?

— Pas aujourd'hui.

Le paquet de cigarettes n'était pas ouvert et se trouvait tout au fond du tiroir du bas.

— Ça fait deux ans qu'il est là. Je ne sais pas s'il est encore fumable, il n'était pas destiné aux visiteurs. Il est uniquement là pour me prouver que je n'ai pas recommencé à fumer, après chaque tasse de café, quand le besoin s'en fait sentir dans tout mon corps

Lorsque la première bouffée de fumée se mit à planer au-dessus du bureau, il alla ouvrir la fenêtre.

— Je crois qu'il vaut mieux la laisser fermée.

Le directeur de la police nationale regarda celui qui tirait de grosses bouffées. Il referma la fenêtre et inspira cette odeur si familière.

— Il faut faire vite, je ne sais pas si tu t'en rends compte. Grens va l'interroger et apprendre les décisions prises au cours d'une réunion à laquelle on n'aurait jamais dû participer. Il va…

— Fredrik ?

— Oui ?

— Tu es ici. Et je t'écoute. Mais seulement si tu te calmes et si tu me dresses le tableau complet.

Fredrik Göransson fuma jusqu'à ce que toute la cigarette soit consumée, écrasa le mégot, en alluma une nouvelle et en fuma la moitié. Il retrouva la sensation de malaise qu'il avait éprouvée à la machine à café et en présence d'un commissaire qui, en parcourant une liste de noms figurant à la périphérie de son enquête, avait trouvé celui de quelqu'un qui avait effectué des missions pour la partie officielle de Wojtek et, qui, selon les fichiers des autorités, avait été condamné pour voies de fait aggravées, ce qui ne l'avait pas empêché d'obtenir un permis de port d'armes.

— Ewert Grens.

— Oui.

— Siw Malmkvist ?

— C'est lui.

— Un de ceux qui ne lâchent pas le morceau.

Un de ceux qui ne lâchent pas le morceau.

— Ça va foirer. Tu entends, Kristian ? Foirer.

— Ça ne foirera pas.

— Grens ne laissera pas tomber. Après l'interrogatoire

de Hoffmann… ce sera à notre tour, nous qui l'avons protégé et lui avons fourni une couverture.

Le directeur de la police nationale ne se mit pas à trembler, ni à dégouliner de sueur, et pourtant il comprenait maintenant la nature de l'inquiétude qui avait envahi la pièce et qu'il fallait dissiper pour ne pas qu'elle grandisse encore.

— Attends un peu.

Il quitta le sofa pour son téléphone, fouilla dans un agenda noir et, au bout d'un moment, composa le numéro qu'il avait cherché.

La tonalité était plus aiguë que la normale et s'entendit même depuis l'endroit où Göransson était assis, trois fois, quatre fois, cinq fois, jusqu'à ce qu'une voix d'homme très grave réponde et que le directeur de la police nationale approche le combiné de sa bouche.

— Pål ? C'est Kristian. Tu es seul ?

La voix qui répondit était un peu trop éloignée et se réduisait à un faible murmure, mais le directeur de la police eut l'air satisfait et hocha légèrement la tête.

— J'ai besoin de ton aide. On a un problème, tous les deux.

Piet Hoffmann se tenait devant la première porte de sécurité du passage souterrain entre le bâtiment administratif et le bloc G, qui était verrouillée. La caméra bougea légèrement, le centre de contrôle changea d'angle et zooma sur le visage barbu d'environ trente-cinq ans, scruté sur un écran et peut-être comparé à la photo des dossiers de l'administration pénitentiaire. Le détenu arrivé deux jours plus tôt n'était encore qu'un prisonnier parmi tous ceux condamnés à une longue peine.

Il avait pris soin de placer le contenu des corbeilles dans le grand sac-poubelle, sur le dessus du chariot, afin que toute personne passant par là et jetant un coup d'œil ne voie que des enveloppes froissées et des gobelets en plastique vides, et non pas cinquante préservatifs et cent cinquante grammes d'amphétamine. Il avait utilisé les premiers quarante-deux grammes dissimulés dans quatre livres de bibliothèque pour éliminer les trois principaux dealers de la prison. Il allait maintenant se servir de l'amphétamine qu'il avait dissimulée dans les boutons de cinquante tulipes jaunes pour assurer les premiers achats auprès du nouveau dealer de la prison. Dans quelques heures, les détenus de chaque unité sauraient qu'une certaine quantité de drogue chimique était désormais disponible auprès d'un nouveau détenu du bloc G du nom de Piet Hoffmann. Pour cette première fois, il ne vendrait pas plus de deux grammes à qui que ce soit, en dépit de toutes les supplications et les menaces. Le premier shoot procuré par Wojtek devait suffire pour les soixante-quinze détenus camés et les endetter auprès d'un maître qui réclamerait ensuite son dû. Quand il aurait aussi pris le contrôle des deux gardiens du bloc F rémunérés par le Grec pour laisser régulièrement entrer de grandes quantités de stupéfiants, il augmenterait les rations.

Un déclic, le centre de contrôle avait cessé de s'intéresser à lui et ouvrait la porte l'espace de quelques secondes. Hoffmann la franchit, tourna à droite au premier croisement dans le tunnel et fit deux grands pas, soit deux mètres et demi. Stefan et Karol Tomasz avaient confirmé que c'était là. Un espace de cinq mètres de long, dans un angle mort entre deux caméras.

Il regarda autour de lui, personne ne venait du bloc H ni du bâtiment administratif.

Il fouilla dans le chariot, repêcha les cinquante préservatifs et en vida le contenu dans un sac en plastique noir posé sur le sol en béton. Une cuiller à café prise dans une des tasses du bureau du directeur de la prison, de celles qui, tassées à ras bord, contenaient exactement deux grammes de poudre, lui servit à répartir la drogue chimique en soixante-quinze tas.

Il travailla rapidement, mais de façon méthodique, déchirant les petits sacs-poubelle blancs en morceaux dans lesquels il enveloppa chaque tas de deux grammes, et bientôt les soixante-quinze doses étaient au fond du chariot, bien protégées par le contenu des corbeilles du personnel administratif.

— On a dit huit, hein ?

Il l'avait entendu arriver de son pas traînant de camé sur le béton. De toute façon, il savait qu'il serait là pour lui faire des courbettes.

— Huit, hein ? C'est bien huit, hein ?

Hoffmann secoua la tête en signe d'agacement.

— T'en auras deux. C'est si difficile que ça à piger, merde ?

Chaque nouveau client allait pouvoir obtenir au moins une dose, afin de s'offrir ce jour-là un trip dans un monde artificiel et donc beaucoup plus facile à vivre. Mais il fallait aussi éviter que quiconque puisse se balader avec une quantité suffisante pour pouvoir en revendre. Pas d'autre dealer, pas de concurrent, la drogue devait être contrôlée à partir d'une seule cellule du couloir G2 gauche.

— Mais, putain, je…

— Ferme ta gueule. Si tu veux avoir quoi que ce soit.

Le camé décharné tremblait encore plus que ce matin, ses pieds bougeaient constamment, ses yeux se posaient partout sauf sur le visage de celui avec lequel il parlait. Il se tut et tendit la main, jusqu'à ce que s'y pose un petite boule en plastique blanc, et il commença à s'éloigner dès qu'il l'eut fourrée dans sa poche.

— Je crois que t'as oublié quelque chose.

Le maigrichon avait autour des yeux de petits tics qui se propagèrent sur ses joues.

— J'aurai le fric.

— Cinquante balles le gramme.

Les tremblements s'atténuèrent l'espace de quelques secondes.

— Cinquante ?

Hoffmann sourit de sa perplexité. Il aurait pu prendre entre trois cents et quatre cent cinquante. Peut-être même six cents, maintenant qu'il n'y avait plus d'autre dealer. Mais il voulait faire passer le message dans toute la prison pour pouvoir augmenter les prix ensuite, lorsque tout le monde serait obligé de s'approvisionner auprès du seul et unique fournisseur de la prison.

— Cinquante.

— Bon Dieu… Alors, j'en veux vingt g.

— Deux.

— Ou trente, putain, peut-être même…

— Tu me dois du fric, maintenant.

— T'inquiète.

— On est très à cheval, pour les dettes.

— Calmos, putain, enfin j'ai jamais…

— Bon. On trouvera un truc.

… bruit de pas approchant rapidement se répercuta …lement dans le couloir en direction du bloc H, mais … l'entendirent tous deux et le camé était déjà en train …e s'éloigner.

— Tu bosses ?

— Je suis des cours.

— Où ça ?

Le maigrichon était en sueur et ses joues n'étaient plus qu'un énorme tic.

— Putain, ça va…

— Où ça ?

— Dans la salle de classe F3.

— Alors, maintenant tu passeras tes commandes auprès de Stefan. Et tu iras les récupérer chez lui.

Deux portes fermées puis l'ascenseur pour monter au bloc G. Il fourra le chariot dans le placard à balais sentant les chiffons humides, glissa onze des petites boules de plastique dans ses poches et laissa les autres sous les bouts de papier chiffonnés. Dans une heure, ils seraient distribués par d'autres mains dans les différents bâtiments et, dans chaque unité, il y aurait des acheteurs qui pourraient attester l'existence d'un nouveau dealer et de la qualité ainsi que du prix de sa marchandise. Wojtek et lui auraient alors pris totalement le contrôle.

Ils l'attendaient.

Un dans le couloir, deux dans le coin télé, regards fugaces et affamés.

Dans ses poches de devant, il avait onze livraisons destinées à une unité ressemblant à toutes les autres, cinq qui paieraient avec de l'argent se comptant par millions, les recettes d'une criminalité que la société parvenait rarement à réprimer. Et six qui n'avaient même pas assez d'argent pour se payer les chaussettes qu'ils portaient et qui allaient devoir travailler pour Wojtek à l'extérieur afin de s'acquitter de leur dette. Ce capital et cette force de travail criminelle lui appartenaient.

Assis sur l'un des sofas du directeur de la police nationale, Fredrik Göransson entendait maintenant distinctement la voix qui parlait dans le combiné, au loin, le murmure initial s'étant changé en des mots bien distincts insérés dans de courtes phrases.

— *Un problème ?*

— Oui.

— *Si tôt ce matin ?*

La voix masculine poussa un soupir et le directeur de la police nationale reprit la parole.

— Il s'agit de Hoffmann.

— *Eh bien ?*

— Demain, dans la matinée, il sera convoqué dans un des parloirs d'Aspsås pour un interrogatoire. Par un commissaire de police du commissariat central qui enquête sur le 79 Västmannagatan.

Il attendit une réponse, une réaction, quelque chose. Il n'obtint rien.

— Il ne faut pas que cet interrogatoire ait lieu, Pål. Hoffmann ne doit en aucun cas rencontrer un policier à propos d'une enquête préliminaire ayant trait à des faits qui ont eu lieu précisément à cette adresse.

Toujours le silence. Quand la voix revint, c'était à nouveau sous la forme d'un murmure inaudible à plus de quelques mètres.

— Je ne peux pas en dire plus. Pas ici, pas maintenant. Sauf que c'est à toi de résoudre le problème.

Assis sur le bord de son bureau, le directeur de la police nationale commençait à ne pas se sentir très à l'aise. Il se redressa et quelque chose craqua dans sa hanche.

— J'ai juste besoin de deux, trois jours, Pål. Peut-être de la semaine. Et il n'y a que toi qui puisses me donner ça.

Il raccrocha et se leva avant de se pencher en avant. Deux nouveaux craquements, on aurait dit qu'ils provenaient du bas de son dos.

— On a le temps qu'il nous faut. À nous de jouer, maintenant pour éviter de nous retrouver dans le même pétrin dans soixante-douze ou quatre-vingt-seize heures.

Ils se partagèrent le reste de la cafetière. Göransson alluma une nouvelle cigarette.

La réunion dans la belle pièce avec vue sur Stockholm, deux semaines plus tôt, venait de prendre un tout autre aspect. Paula n'était plus simplement une opération que la police suédoise avait montée et qu'elle avait attendue pendant des années ; elle impliquait aussi des relations avec un partenaire au casier judiciaire chargé dont ils ne savaient pas grand-chose, et si cela s'ébruitait, les conséquences seraient bien plus graves que celles envisagées autour d'une table ovale.

— Alors, Erik Wilson est à l'étranger ?

Göransson hocha la tête.

— Et les collaborateurs de Hoffmann auprès de Wojtek dans l'unité, on sait qui ils sont ?

Le commissaire principal Göransson hocha de nouveau la tête et s'appuya contre le dossier. Pour la première fois depuis qu'il s'était assis, le siège était presque confortable.

Le directeur de la police nationale contempla un visage rasséréné.

— Tu as raison.

Il souleva la cafetière vide. Il avait soif. Il n'avait jamais compris l'intérêt de l'eau gazeuse, mais il s'en versa un verre, puisque c'était la seule chose qu'il y avait de rafraîchissant dans cette pièce chargée de fumée de cigarette.

— Si on leur dit qui est Hoffmann. Si l'un des membres de l'organisation découvre qu'il y a un infiltré parmi eux. Ce que celle-ci fera de ce renseignement, par la suite, ce n'est pas notre problème. Nous ne devons et ne pouvons être tenus pour responsables des faits et gestes des autres.

Un autre verre, encore des bulles.

— On va faire comme tu veux. Le griller.

Jeudi

Il avait rêvé du trou. Quatre nuits durant, les traces de poussière sur l'étagère derrière le bureau s'étaient changées en un trou sans fond qui ne cessait de grandir. Peu importait où il se trouvait et comment il essayait de l'éviter, il était attiré par ce trou noir et se réveillait à bout de souffle dès l'instant où il y tombait, allongé par terre derrière le sofa en velours, le dos trempé de sueur.

Il était cinq heures et demie et il faisait déjà chaud dans la cour de Kronoberg. Ewert Grens sortit dans le couloir pour gagner la petite cuisine, où une lavette bleue était accrochée au robinet. Il la mouilla et l'emporta vers son bureau et vers ce trou, qui était en réalité beaucoup plus petit. Pendant trente-cinq ans, tant d'heures, la majeure partie de ses journées, avaient tourné autour d'une époque révolue. Il passa la lavette sur la longue et étroite ligne marquant l'emplacement où se trouvait auparavant le lecteur de cassettes qu'il avait reçu en cadeau pour son vingt-cinquième anniversaire, puis sur celles bien plus courtes correspondant aux piles de cassettes et de photos, ainsi qu'aux carrés des deux haut-parleurs, presque beaux dans leur netteté.

À présent, il n'y avait même plus de poussière.

Il alla chercher un cactus sur le rebord de la fenêtre, prit les classeurs gisant par terre, qui contenaient des enquêtes préliminaires terminées depuis longtemps et qui auraient dû être archivées quelque part et s'en servit pour boucher les espaces vides sur les étagères abandonnées. Ainsi, il ne tomberait plus. Le trou avait disparu et, s'il n'y avait plus de trou, l'absence de fond n'existait plus non plus.

L'air était saturé de particules virevoltantes cherchant un nouvel endroit où se déposer et sa tasse de café noir n'était pas aussi bonne que d'habitude, comme si la poussière se diluait dans le liquide et l'éclaircissait.

Il partit de bonne heure, souhaitant obtenir des réponses claires. Un prisonnier encore mal réveillé fait souvent moins le fanfaron et sourit de manière moins insolente. Un interrogatoire, c'était soit une lutte, soit une quête de confiance, et il n'avait pas le temps d'établir cette dernière. Il sortit de la ville en roulant trop vite sur les premiers kilomètres de la E4. Il ralentit soudain à la hauteur de Haga et de l'immense cimetière, sur le côté gauche, hésita un instant mais continua tout droit et accéléra de nouveau. Il ferait le détour sur le chemin du retour, et passerait plus lentement devant des gens transportant des fleurs dans une main et un arrosoir dans l'autre.

Il lui restait quelques kilomètres pour arriver à cette prison où il s'était rendu environ deux fois par an pendant les trente dernières années. Tout policier de Stockholm suivait régulièrement des enquêtes qui aboutissaient là : un interrogatoire, un transfert de prisonnier, il y avait toujours quelqu'un qui savait et quelqu'un qui avait vu quelque chose. Mais le mépris pour l'uniforme y était plus grand que partout ailleurs et la crainte des conséquences, pour celui qui parlait, était justifiée. Une balance ne survit jamais très longtemps en lieu clos, et la réponse la plus courante devant un magnétophone en marche est le ricanement ou alors le silence, tout simplement.

La veille, Ewert Grens avait éliminé deux des trois noms de propriétaires de sociétés de sécurité officiellement missionnées par Wojtek International. À Odensala, près de Märsta, il avait pris un café avec un certain Maciej Bosacki et un autre, à Södertälje, avec un certain Karl Lager. Au bout de quelques minutes, il avait compris chaque fois que, quelles que soient leurs activités, elles n'avaient rien à voir avec des exécutions dans des appartements du centre-ville.

Au loin, là-bas, l'immense mur.

Il lui était déjà arrivé de passer sous la grande cour, le long d'un des passages souterrains, et avait rencontré chaque fois certains de ceux qu'il avait fait placer à l'écart de la vraie vie. Il comprenait pourquoi ils crachaient sur celui qui les avait privés de tant de journées et de tant d'années. Il respectait même cette attitude, mais cela ne l'affectait pas ; ils avaient tous nui à d'autres personnes et, dans le monde d'Ewert Grens, celui qui s'arrogeait le droit de faire du mal à autrui devait ensuite avoir le cran d'en assumer la responsabilité.

Le béton gris était sans cesse plus long, plus haut.

Il lui restait un nom sur son papier taché de brun. Un certain Piet Hoffmann, précédemment reconnu coupable d'avoir tiré volontairement sur un policier, et à qui on avait pourtant délivré un permis de port d'armes, si bizarre que cela puisse paraître.

Ewert Grens gara sa voiture et se dirigea vers la porte

de la prison, et vers le détenu qui allait bientôt prendre place en face de lui.

Quelque chose clochait.

Il n'aurait pas su dire quoi. Si c'était à cause du silence. Ou s'il était aussi sur le point d'être enfermé dans sa propre tête.

Il avait écarté toutes les pensées qui le ramenaient à Zofia. Le moment le plus difficile était survenu à deux heures du matin, juste avant que le ciel ne commence à s'éclaircir. Il s'était alors levé comme les autres fois, pour faire des pompes et des sauts à pieds joints, jusqu'à ce que la sueur lui coule sur le visage et le long de la poitrine.

Il n'avait pourtant pas de quoi s'inquiéter. Wojtek était informé que, en l'espace de trois jours, il avait éliminé la concurrence et pris le contrôle. Et dès cet après-midi, on allait lui livrer de plus grosses quantités et il pourrait à son tour accroître ses ventes.

— Bonjour, Hoffmann.

— Bonjour.

Mais il ne parvenait pas à se détendre. Quelque chose le hantait, un événement passé que sa raison ne parvenait pas à écarter.

Il avait peur.

Ils avaient ouvert les cellules et ses voisins se déplaçaient déjà dans le couloir. Il ne les voyait pas mais ils étaient là, à crier et à chuchoter. La chaussette entre la porte et le chambranle, la chaise sur le seuil, l'oreiller sous la couverture.

Il était sept heures deux. Plus que dix-huit minutes.

Il se tapit contre le mur.

Le vieil homme du centre de contrôle examina sa plaque de police, pianota un instant sur son ordinateur et soupira.

— Un interrogatoire, c'est ça ?

— Oui.

— Grens.

— Oui.

— Piet Hoffmann.

— J'ai réservé le parloir. Alors ça serait vraiment bien si je pouvais entrer. Pour faire ce que j'ai à faire.

Le vieil homme n'était pas pressé. Il souleva le combiné de son téléphone et composa un numéro.

— Il va falloir patienter un moment. Je dois vérifier quelque chose.

Il s'écoula quatorze minutes.

Puis l'enfer se déchaîna.

La porte s'ouvrit brusquement. *Une seconde.* La chaise fut renversée. *Une seconde.* Stefan passa près de lui sur la droite, un tournevis au poing.

Il reste un instant, le temps d'une respiration, peut-être, il y a tellement de façons différentes de vivre une demi-seconde.

Ils étaient sans doute quatre.

Après tout, il avait déjà vu cela se produire plusieurs fois et y avait même participé en une ou deux occasions.

Un type entrait en coup de vent, armé d'un tournevis, d'un pied de table, d'un morceau de tôle affûté. Un autre juste derrière, d'autres mains prêtes à frapper ou à tuer. Et deux dans le couloir, toujours un peu plus loin, pour faire le guet.

Le coussin sous la couverture, ses deux secondes et demie étaient écoulées, sa protection, son recours.

Un coup.

Il n'aurait pas le temps pour un de plus.

Un seul coup, le coude droit contre le côté gauche du cou et les récepteurs de la carotide, un grand coup à cet endroit et le corps de Stefan indique une tension artérielle très élevée, il s'effondre, s'évanouit.

Le corps lourd tomba sur le sol et bloqua la porte, le morceau de tôle tranchant déniché à l'atelier que Karol Tomasz brandit dans le vide afin de conserver son équilibre. Piet Hoffmann se glissa entre le chambranle de la porte et une épaule qui n'avait pas encore tout à fait compris où se cachait celui qui devait mourir. Il se rua dans le couloir et passa entre les deux qui faisaient le guet près de la porte fermée de la guérite.

Ils savent.

Il courut et se retourna, ils étaient toujours là.

Ils savent.

Il ouvrit la porte et entra dans le bureau des matons, alors que quelqu'un criait *stukatj* derrière lui. L'inspecteur hurla *dégage, nom de Dieu*. Lui-même ne cria rien, même s'il n'en était pas sûr, c'était l'impression qu'il avait. Il resta derrière la porte à présent refermée et murmura *je veux être envoyé au mitard* et, comme ils ne réagissaient pas, il dit un peu plus fort *je veux un P18*[1] et, alors que ces salauds de gardiens se contentaient de regarder dans le vide sans rien faire, il cria peut-être malgré tout, *maintenant, sales matons*,

1. Pour « Paragraphe 18 », article du règlement des prisons suédoises codifiant l'isolement volontaire.

sans doute est-ce ce qu'il fit, *faut me mettre au trou, maintenant*.

Ewert Grens était assis sur une chaise du parloir et observait un rouleau de papier-toilette posé près du lit, sur lequel un matelas recouvert de plastique dépassait du cadre. L'angoisse et le désir qui, une heure par mois, étaient contenus dans deux corps nus serrés l'un contre l'autre. Il gagna la fenêtre, rien d'extraordinaire à voir, deux solides clôtures surmontées de barbelés et, un peu plus loin, un grand mur de béton gris. Il s'assit de nouveau, malgré l'impatience qui l'habitait toujours et ne le laissait jamais en paix. Il joua avec le magnétophone noir posé sur la table, comme chaque fois qu'il était venu interroger ceux qui n'avaient rien vu ou entendu. Il se rappelait les visages qui s'approchaient parfois un peu trop près et qui baissaient la voix avant de regarder par terre en signe de haine, jusqu'à ce qu'il arrête l'appareil. Il n'était pas sûr qu'un seul des interrogatoires qu'il avait menés dans cette pièce l'ait aidé à résoudre une enquête.

On frappa à la porte et un homme entra. Selon ses renseignements, Hoffmann était encore relativement jeune. C'était donc une autre personne qui se présentait, nettement plus âgée et revêtue de l'uniforme bleu de la prison.

— Lennart Oscarsson, directeur de l'établissement.

Grens sourit et serra la main qu'il lui tendait.

— Bon sang. La dernière fois qu'on s'est vus, tu n'étais encore qu'inspecteur au quartier des délinquants sexuels. T'as pris du galon. T'as eu le temps d'en laisser filer d'autres ?

Quelques années en une à deux secondes.

Ils étaient revenus à l'époque où l'inspecteur pénitentiaire Lennart Oscarsson avait accordé une autorisation de visite sous surveillance à l'hôpital à un pédophile récidiviste, un pointeur qui en avait profité pour s'évader et assassiner une fillette de cinq ans.

— La dernière fois qu'on s'est vus, tu n'étais *que* commissaire. Et maintenant… tu l'es toujours ?

— Oui parce que, pour monter en grade, il faut vraiment faire de grosses conneries.

De l'autre côté de la table, Grens se leva en attendant une autre réplique sarcastique, tout aussi drôle, mais elle ne vint pas. Il avait remarqué quand Oscarsson était entré dans la pièce qu'il avait l'air distrait et peu concentré, que son esprit était ailleurs.

— Tu es venu parler à Hoffmann.

— Oui.

— J'arrive de l'infirmerie. Tu ne pourras pas le voir.

— Pardon ? J'ai annoncé ma visite hier, et il était en pleine forme.

— Ils sont tombés malades cette nuit.

— Ils ?

— Ils sont trois, pour l'instant. Forte fièvre. On ne sait pas ce que c'est. Le médecin a décidé de les placer en quarantaine. Ils ne sont pas autorisés à voir qui que ce soit avant qu'on sache ce qu'ils ont.

Ewert Grens poussa un long soupir.

— Pour combien de temps ?

— Trois jours, peut-être quatre. C'est tout ce que je peux te dire pour l'instant.

Ils se regardèrent. Il n'y avait pas grand-chose à ajouter, et ils étaient sur le point de se séparer lorsqu'un son strident retentit dans la pièce. Le carré de plastique noir accroché à la hanche d'Oscarsson se mit alors à clignoter à chaque signal sonore.

Le directeur décrocha l'appareil de sa ceinture et lut ce qui s'affichait sur l'écran. Son visage trahit d'abord la surprise, puis le stress, avant de prendre une expression évasive.

— Bon, il faut que j'y aille.

Il était déjà en train de partir.

— Il est manifestement arrivé quelque chose. Tu pourras retrouver la sortie ?

Lennart Oscarsson se précipita vers l'escalier menant au passage souterrain et au couloir donnant accès aux différentes unités. L'alarme s'éclaira une fois de plus.

G2.

Bloc G, deuxième étage.

C'était là qu'il était.

Le détenu à propos duquel il venait de mentir, sur ordre direct du plus haut gradé de l'administration pénitentiaire.

Il leur avait crié dessus avant de s'asseoir par terre.

Ils avaient fini par réagir. L'un des matons avait verrouillé la porte de l'intérieur et s'était posté près de la vitre pour surveiller ceux qui se déplaçaient dans le couloir de l'unité. Un autre avait appelé le centre de contrôle et demandé l'aide de l'équipe d'intervention et de sécurité pour conduire un détenu à l'isolement, à la suite d'une menace supposée.

Il était allé s'asseoir sur une chaise et était maintenant en partie dissimulé aux yeux de ceux qui passaient en murmurant *stukatj* assez fort pour qu'il l'entende.

Stukatj.

Balance.

La porte du bureau du directeur de la police nationale était ouverte.

Göransson frappa légèrement contre le chambranle et entra. Il était attendu : une grosse bouteille Thermos métallique et des sandwichs dans des sacs en papier froissés venant du petit café à l'autre bout de Bergsgatan étaient posés sur la table, entre les sofas. Il s'assit, versa deux tasses de café et dévora un sandwich. Il avait faim ; l'inquiétude le rongeait. Dans le couloir, il était passé lentement devant le bureau de Grens, d'ordinaire le seul éclairé tôt le matin et qui déversait sur les alentours une musique des plus banales. Il était aussi vide que Göransson se sentait. Ewert Grens, qui avait pourtant l'habitude de dormir sur place et de travailler à son bureau dès le lever du jour, n'était pas là. Il était déjà parti pour la prison d'Aspsås, aussi tôt qu'il l'avait annoncé la veille. *Grens ne devait pas parler à Hoffmann*. Un morceau de pain resta coincé dans sa bouche, grossissant jusqu'à ce qu'il fût contraint de le cracher dans l'assiette en carton. *Hoffmann ne devait pas parler à Grens*. Il avala encore un peu de café, pour faire passer ce qu'il n'avait pas encore avalé.

— Fredrik ?

Le directeur de la police nationale était de retour et avait pris place à côté de son collègue.

— Qu'est-ce qu'il y a, Fredrik ? Ça ne va pas ?

Göransson essaya de sourire, mais sans succès. Sa bouche s'y refusait.

— Non.

— On va arranger ça.

Il mordit dans son sandwich puis souleva une tranche de fromage : il y avait quelque chose de vert dessous, du poivron, à moins que ce ne fût des tranches de concombre.

— Je viens de passer un coup de fil. Grens est sur le chemin du retour d'Aspsås. Il a été informé que le détenu Piet Hoffmann ne pourrait recevoir aucune visite pendant trois à quatre jours.

Göransson regarda son morceau de pain. Ses crampes à l'estomac s'étaient légèrement relâchées.

— Perturbé.

— Pardon ?

— Tu m'as demandé comment j'allais. Eh bien, je suis perturbé. Voilà comment je me sens. Vachement perturbé.

Il reposa la tranche de fromage sur l'assiette en carton, avant de jeter celle-ci dans la corbeille. Cela n'allait pas. Sa gorge était trop sèche.

— Parce que Hoffmann risque de parler. Parce que j'ai peur de découvrir ce que je suis prêt à faire pour qu'il garde le silence.

Il leur était déjà arrivé de griller des informateurs. *Nous ne savons pas qui il est.* De laisser tomber des infiltrés, lorsque les questions commençaient à pleuvoir. *On ne travaille pas avec des criminels.* De regarder ailleurs quand la chasse était lancée et que l'organisation criminelle infiltrée réglait les choses à sa manière.

Mais jamais dans une prison, jamais dans un lieu clos et sans issue.

La vie, la mort.

Soudain, tout était devenu tellement net.

— Qu'est-ce qui te perturbe le plus ?

Le directeur de la police nationale se pencha en avant.

— Il faut que tu puisses le dire, Fredrik. Qu'est-ce qui te dérange le plus. Les conséquences au cas où Hoffmann parlerait ? Ou les conséquences si on agit ?

Göransson resta silencieux.

— Est-ce que tu as le choix, Fredrik ?

— Je ne sais pas.

— Est-ce que j'ai le choix, moi ?

— Je ne sais pas !

La main de Göransson balaya la table en un geste mal contrôlé, renversant le Thermos au passage. Le directeur de la police nationale attendit, puis le ramassa quand il comprit qu'il allait désormais se tenir tranquille.

— Écoute-moi, Fredrik.

Il se rapprocha.

— On ne fait rien de mal. Voilà ce qu'il en est. *On ne fait rien de mal*. La seule chose que *nous* faisons, et la seule que *nous* ayons faite, c'est de parler à un avocat qui représente deux membres de Wojtek purgeant à l'heure actuelle leur peine à Aspsås. Si *lui* décide ensuite de faire passer l'information à ses clients, si *lui* a décidé de le faire hier soir, on ne peut pas en être tenus pour responsables. Et si *ses clients* choisissent ensuite d'agir comme le font toujours les détenus, on ne peut pas nous le reprocher.

Il s'avança encore un peu.

— *Nous* ne pouvons être tenus pour responsables que de *nos propres* actions.

Göransson se leva brusquement et alla à la fenêtre. On pouvait voir Kronobergsparken. Des petits enfants jouaient dans un bac à sable, deux chiens couraient en liberté et refusaient d'écouter leurs maîtres qui les attendaient, la laisse à la main. C'était un beau petit parc au milieu de Kungsholmen. Göransson le contempla longuement en se demandant pourquoi il n'allait jamais s'y promener.

— Les conséquences, s'il parle.

— Oui ?

Göransson resta debout près de la fenêtre, rasséréné par l'air qui pénétrait par la petite bouche d'aération.

— Ta question. Sur ce qui me perturbe le plus. Les conséquences, si Hoffmann parle.

Il déplaça la chaise légèrement sur la gauche. Comme cela, il pouvait voir par la vitre l'ensemble du couloir de l'unité et la table de billard où les quatre qui venaient de l'agresser faisaient semblant de jouer tout en l'observant. Il était clair qu'ils voulaient qu'il comprenne, qu'il sache qu'il était un sale petit rat qui ne pourrait se réfugier nulle part. La prison est un système refermé sur lui-même, et quiconque tente de s'échapper ne tarde pas à trouver sur son chemin un solide obstacle impossible à contourner. C'était Karol Tomasz qui était le plus proche. Il leva le bras, pointa sa bouche du doigt et articula à plusieurs reprises le mot *stukatj*.

Paula n'existait plus.

Piet Hoffmann essaya de trouver au plus profond de lui-même un peu de sérénité. Il lui fallait tenter de comprendre qu'il avait à présent une nouvelle mission : survivre.

Ils savaient.

Ils avaient dû l'apprendre au cours de la soirée ou de la nuit. Au moment où les cellules avaient été fermées à clé, il ne s'était encore rien passé, quelqu'un disposait donc de circuits de communication qui ouvraient les portes verrouillées.

« Si tu es sur le point d'être démasqué. Dans une prison, tu ne peux pas aller très loin. Mais tu peux demander à être placé à l'isolement. »

Ils étaient dix, armés de casques, de boucliers antiémeutes pour se protéger et de sédatifs pour garder le contrôle. L'équipe d'intervention de la prison d'Aspsås avait traversé la cour au pas de course pour monter l'escalier du bloc G. Six d'entre eux allaient rester pour éviter de nouvelles violences, et les quatre autres allaient escorter le détenu menacé dans le passage souterrain jusqu'au bloc C et au quartier d'isolement volontaire, deux derrière et deux devant.

« Tu peux être condamné à mort. Mais tu ne mourras pas nécessairement. »

Seize cellules ici aussi. L'unité d'isolement volontaire était bâtie comme n'importe quelle autre prison – une guérite pour les gardiens, un coin télé, des douches, une cuisine, une table de ping-pong. Ceux qui demandaient à y être admis pouvaient se déplacer librement sans risquer de se retrouver nez à nez avec les détenus des autres unités. Les visages qu'il voyait actuellement seraient les seuls qu'il croiserait.

Une semaine.

Il allait attendre et éviter toute confrontation. C'était ici qu'il allait vivre et survivre. Au-delà de cette porte, il était mort. Toutes les autres parties de la grande prison étaient synonymes de tournevis en travers de sa gorge ou de pied de table en pleine tête, autant de fois qu'il le fallait pour le tuer. Dans une semaine, Erik et la police du commissariat central viendraient le récupérer. Il n'allait pas mourir, pas encore, pas avec Hugo et Rasmus, pas avec Zofia, il n'allait pas mourir

n'allait pas

n'allait pas

n'allait

pas

— Merde, ça va ?

Il était tombé la tête la première, s'était cogné la joue et le menton et, pendant quelques secondes, s'était retrouvé ailleurs. L'agression, les matons dans l'aquarium, les bouches qui formaient le mot *stukatj*, les combinaisons noires de l'équipe d'intervention, il avait tout à coup eu du mal à respirer et ses jambes s'étaient mises à flageoler.

Il n'avait jamais réalisé à quel point le corps se vidait d'énergie quand il ne restait plus que la peur de la mort.

— Je sais pas. Les toilettes, il faut que je me passe le visage sous l'eau, je suis en nage.

Le lavabo du milieu avait l'air presque propre. Il ouvrit le robinet et laissa l'eau couler jusqu'à ce qu'elle soit assez froide. Il mit la tête dessous pour se rafraîchir le cou, puis se frotta le visage. C'était comme s'il revenait à lui, il ne se sentait même plus étourdi.

Le coup de pied l'atteignit au côté.

La douleur était intense, une brûlure quelque part à la hanche.

Piet Hoffmann n'avait ni vu ni entendu un jeune costaud aux cheveux longs d'une vingtaine d'années entrer et lui sauter dessus. Mais, avec les matons de l'équipe d'intervention à l'extérieur, il ne pouvait pas aller plus loin, pas pour l'instant. Il se contenta de cracher, de chuchoter *stukatj* et de refermer la porte en sortant.

Sa condamnation à mort était déjà arrivée.

Il se leva et ne put se retenir de tousser en se passant la main sur la hanche. Le coup l'avait atteint plus haut qu'il ne croyait et lui avait brisé deux ou trois côtes. Il fallait qu'il s'en aille de là. Qu'il passe à l'étape suivante. Le mitard. L'isolement complet, contact uniquement avec les matons, sans croiser aucun autre détenu. Vingt-quatre heures sur vingt-quatre enfermé dans une cellule sans aucun accès dans un sens ni dans l'autre.

Stukatj.

Il fallait qu'il parte, une nouvelle fois. Il n'allait pas mourir.

Ewert Grens s'était arrêté à la station-service OK de Täby, à mi-chemin d'Aspsås, et s'était assis près de la fenêtre, avec un jus d'orange et un sandwich au fromage. *Forte fièvre. Quarantaine. Trois, voire quatre jours*. Parmi les rouleaux de papier-toilette et le matelas enveloppé dans du plastique de ce parloir, il avait eu envie de cogner contre les murs, mais il s'était retenu. Cela n'aurait servi à rien de parlementer avec un médecin de la prison à propos d'infections dont celui-ci n'avait jamais entendu parler. Il acheta un autre sandwich sous plastique, effectua le dernier tronçon de route vers Stockholm et, ne pouvant retarder cela plus longtemps, quitta la E4 au niveau de Haga sud. Il passa devant l'hôpital et s'arrêta, un peu plus loin sur Solna kyrkväg, à la Grille numéro 1, qu'il n'était pas parvenu à franchir la fois précédente.

Il n'était pas seul.

Visiteurs et jardiniers, tous munis d'arrosoirs, se dirigeaient vers les vastes pelouses et leurs rangées de tombes. Il baissa les vitres avant. L'air était moite et il avait le dos qui collait au siège.

— Vous travaillez ici ?

Un homme en salopette bleue, avec deux bêches dans la remorque de sa mobylette. Le jardinier, à moins que ce ne soit un gardien du cimetière, s'arrêta près de l'homme resté bien à l'abri dans sa voiture sans oser ouvrir sa portière.

— Depuis dix-sept ans.

Grens s'agita nerveusement, déplaça l'emballage en plastique du sandwich qui bruissait sur le siège, suivit du regard une vieille dame se penchant sur une petite pierre grise qui avait l'air neuve, des fleurs dans une main et un pot vide dans l'autre.

— Alors vous connaissez tout ou presque, ici ?

— On peut le dire, oui.

Elle se mit à creuser, enfonça soigneusement la plante dans une petite bande de terre, entre la pelouse et la pierre tombale.

— Je me demandais…

— Oui ?

— Je me demandais… Si on veut trouver une tombe en particulier, celle d'une personne qu'on cherche… Comment est-ce qu'on fait ?

Lennart Oscarsson se tenait près de la fenêtre, au fond du bureau qu'il avait rêvé d'occuper pendant toute sa vie d'adulte. Celui du directeur de la prison d'Aspsås. Après vingt et un ans en tant que gardien, inspecteur et directeur de prison par intérim, il avait, quatre mois plus tôt, été nommé directeur titulaire et avait pu ranger ses dossiers dans des étagères un peu plus longues et placées contre le mur près d'un sofa un peu plus confortable. Il l'avait désiré si longtemps que maintenant qu'il était là, son rêve accompli, il ne savait plus quoi en faire. Que faire quand on n'a plus rien à désirer ? S'échapper ? Il soupira un peu, regarda la cour où les détenus se détendaient, ces groupes d'individus qui avaient assassiné, tabassé, volé et qui étaient assis là-bas, sur le gravier, et méditaient sur ce qu'ils avaient fait ou le refoulaient pour supporter leur sort. Il regarda par-dessus le mur, vers la petite ville et ses rangées de maisons blanches et rouges, s'attarda sur la fenêtre qui avait longtemps été celle de la chambre à coucher d'une famille. Il y vivait seul, maintenant. Il avait fait un choix, mais pas le bon, et parfois il est trop tard pour revenir en arrière.

Il soupira à nouveau sans s'en rendre compte. Le soir et la nuit avaient été remplis d'une rage naissante, de celles qui se glissent furtivement à l'intérieur de votre tête pour y fermenter avant de se transformer en frustration grandissante. Tout avait commencé par une sensation de démangeaison sous la tempe, dès qu'il avait entendu cette voix qu'il avait reconnue sans jamais lui avoir parlé. Il était en train de dîner à la table de sa cuisine comme il le faisait toujours, même s'il ne dressait plus à présent qu'un seul couvert. Il avait presque terminé lorsque le téléphone s'était mis à sonner. Le directeur général lui avait alors expliqué d'une voix amicale mais ferme qu'il fallait à tout prix éviter que le commissaire Grens puisse, le lendemain matin, interroger un certain Piet Hoffmann, détenu en G2 à Aspsås, comme il en avait l'intention. Ils ne devaient en aucun cas se rencontrer ce jour-là, ni le lendemain, ni le surlendemain. Lennart Oscarsson n'avait pas posé de question et ce n'est que plus tard, après avoir lavé son assiette, son verre, son couteau et sa fourchette, qu'il avait compris d'où venait cette contrariété qui allait se transformer en rage.

Un mensonge.

Un mensonge qui venait de naître.

Il avait demandé à Ewert Grens de partir et s'apprêtait à le faire lui-même quand l'alarme avait résonné dans l'étroit parloir. Une menace, un détenu transféré d'urgence de G2 au quartier d'isolement volontaire.

Piet Hoffmann.

L'homme à propos duquel on lui avait ordonné de mentir.

Oscarsson se mordit la lèvre inférieure jusqu'au sang et planta ses dents dans la plaie jusqu'à ce qu'elle le brûle, comme pour se punir, ne serait-ce que pour oublier un instant cette rage qui lui donnait envie d'ouvrir la fenêtre, de sauter et de se précipiter vers Aspsås et vers tous ces gens qui ne savaient rien.

L'agression et le coup de téléphone visant à empêcher un policier de mener à bien son interrogatoire étaient sûrement liés. Mais ce n'était pas tout. Il avait reçu un autre ordre : hier soir, il avait dû autoriser un avocat à rendre une visite tardive à son client. Il leur arrivait bien de frapper ainsi aux portes, à l'approche d'un procès ou lorsqu'un récent jugement nécessitait la présence d'un avocat dans la cellule, mais cela n'arrivait jamais sur ordre et rarement après le verrouillage des portes le soir. Or, celui-ci avait rendu visite à l'un des Polonais du G2 et Oscarsson était persuadé qu'il faisait partie de ceux qui, moyennant rétribution, servaient d'intermédiaire pour faire passer des informations.

La visite tardive d'un avocat dans l'unité précise où, le lendemain matin, survenait une agression.

Lennart Oscarsson se mordit à nouveau la lèvre inférieure, son sang avait goût de fer et d'autre chose. Il ne savait pas à quoi il s'était attendu, peut-être avait-il été naïf, pendant tout ce temps où il avait lancé des regards d'envie vers le bureau où il se trouvait à présent et pensé à l'uniforme qu'il portait maintenant. Quoi qu'il en soit, il n'aurait jamais imaginé cela.

C'était une cellule dépourvue de quoi que ce soit de personnel : couchette, chaise, armoire, sans couleur ni âme. Il ne l'avait pas quittée depuis son arrivée en isolement volontaire, mais il n'allait pas y rester. Sa condamnation à mort était arrivée avant lui, elle était restée cachée dans les douches et l'avait attendu pour lui asséner un coup de pied dans les côtes en murmurant *stukatj* et en lui promettant encore pire. S'il voulait survivre une semaine de plus, il ne pourrait le faire que dans une tout autre sorte d'isolement, au mitard, là où les détenus étaient à l'abri non seulement du reste de la prison, mais aussi les uns des autres, et enfermés dans leur cellule vingt-quatre heures sur vingt-quatre.

Il se mit sur la pointe des pieds pour pisser : le lavabo était placé un peu haut sur le mur, mais pas question pour lui d'aller aux toilettes.

Il appuya ensuite sur le bouton près de la porte pour appeler un gardien.

— Tu voulais quelque chose ?

— Passer un coup de fil.

— Y a un téléphone dans le couloir.

— Pas question que j'aille là-bas.

Le maton fit un pas dans la cellule et se pencha au-dessus du lavabo.

— Ça pue.

— J'ai le droit de passer un coup de fil.

— Putain, t'as pissé dans le lavabo ?

— J'ai le droit d'appeler mon avocat, les services de probation, la police et mes cinq numéros autorisés. Et je veux le faire maintenant.

— Dans cette unité, où tu as toi-même demandé à

venir, on utilise les toilettes qui sont dans le couloir. Et j'ai pas ta putain de liste.

— La police. Je veux appeler un numéro qui dépend du standard du commissariat central. Tu peux pas me l'interdire.

— Il y a un téléphone dans…

— Je veux appeler d'ici. J'ai le droit d'appeler le standard de la police en privé.

Douze sonneries.

Piet Hoffmann tenait le téléphone dans sa main. Erik Wilson n'était pas là : il savait qu'ils ne pourraient pas avoir de contact pendant qu'il était en formation aux États-Unis. Mais c'était là qu'il avait appelé, à son bureau, c'était par là qu'il devait commencer.

Il essaya une nouvelle fois.

« Quand tu auras demandé à être placé à l'isolement et que tu seras à l'abri, tout seul dans ta cellule, tu nous contacteras et tu attendras une semaine. C'est le temps qu'il nous faut pour nous organiser et te faire sortir. »

Quatorze sonneries.

Peu importait combien. Erik ne répondrait pas.

— Je veux appeler le standard, sans intermédiaire.

Je suis seul.

La sonnerie habituelle d'un standard, faible et monotone.

Personne n'est encore au courant.

— Police de Stockholm, bonjour, que puis-je faire pour vous ?

— Göransson.

— Lequel ?

— Le directeur de la brigade de recherches.

La voix féminine transféra la communication. Puis

de nouveau cette sonnerie faible et monotone, encore et encore. *Je suis seul. Personne n'est encore au courant.* Il attendit, le téléphone collé à l'oreille. La sonnerie était de plus en plus forte, allant jusqu'à lui déchirer le cerveau et à se confondre avec la voix de la salle de douches, qui passait devant la cellule fermée à clé et criait *stukatj* une fois, deux fois, trois fois.

Ewert Grens était allongé sur son sofa de velours et contemplait l'étagère derrière le bureau et le trou qu'il avait bouché tôt ce matin, la rangée de dossiers et l'unique cactus dissimulant une vie entière. *Comme s'il n'y avait même pas eu de poussière.* Il se tourna, inspecta le plafond, trouva de nouvelles fissures qui étaient sur le point de diverger puis se rejoignaient pour se séparer à nouveau. Il était resté dans la voiture. Le jardinier lui avait indiqué la direction des pelouses et des arbres qui formaient presque une forêt, et lui avait expliqué que les tombes les plus récentes étaient celles qui se trouvaient le plus loin, vers Haga. Il avait même proposé, comme il n'était jamais venu, de l'accompagner et de lui montrer le chemin. Grens l'avait remercié mais avait fait non de la tête, il irait un autre jour.

— Le bruit ?

Quelqu'un s'était arrêté dans l'ouverture de la porte.

— Tu voulais quelque chose ?

— Le bruit.

— Mais quel bruit, merde ?

— Le bruit. Celui qui est… atonal. Dissonant.

Lars Ågestam franchit le seuil.

— Le bruit qu'on entend, normalement. Siw Malmkvist. J'étais en train de me diriger vers elle.

Jusqu'à ce que je me rende compte que j'étais passé devant. Et qu'on n'entendait rien.

Le procureur pénétra dans ce bureau qui semblait avoir changé, comme s'il avait pris de nouvelles proportions et que son centre avait disparu.

— Tu as déplacé les meubles ?

Il regardait l'étagère. Des dossiers, des enquêtes préliminaires, un cactus mort. Un pan de mur qui avait probablement été autre chose auparavant, sans doute le centre en question.

— Qu'est-ce que… tu as fait ?

Grens ne répondit pas. Lars Ågestam écoutait la musique qui s'était toujours trouvée là, qu'il détestait et qui s'était imposée.

— Pourquoi ? Grens ?

— T'occupe.

— Tu as…

— Je ne veux pas en parler.

Le procureur déglutit. Il avait essayé de dire des choses qui n'avaient rien de juridique et le regrettait, comme d'habitude.

— Västmannagatan.

— Oui ?

— Tu as eu tes trois jours.

Pas un bruit. Impossible, en un lieu pareil.

— Trois jours. Pour les derniers noms.

— Ce n'est pas tout à fait fini.

— Si vous n'avez toujours rien… Grens, je réduis le degré de priorité, cette fois.

Jusque-là, Ewert Grens était resté allongé. Il se leva d'un bond, laissant une empreinte très nette sur le sofa.

— Putain, non ! On a fait exactement ce que tu nous

as indiqué. Cerner de plus près les noms à la périphérie de l'enquête. On les a contactés, interrogés, éliminés. Tous, sauf un. Un certain Piet Hoffmann, qui est déjà sous les verrous. Il est à l'infirmerie, injoignable pour le moment.

— Injoignable ?

— Isolement médical. Pendant trois à quatre jours.

— Qu'est-ce que t'en penses ?

— Je pense qu'il est très intéressant. Il y a un truc… Ça colle pas.

Le jeune procureur regarda les dossiers et le cactus qui dissimulaient les choses passées. Il n'aurait jamais cru que Grens puisse laisser partir quelque chose, qu'il pouvait se contenter d'aimer à distance.

— Quatre jours. Pour que tu puisses interroger ce dernier type. Soit tu parviens à le relier au crime d'ici là, soit je réduis le degré de priorité.

Le commissaire hocha la tête et Lars Ågestam s'apprêta à sortir de ce bureau où il n'avait jamais ri, même pas souri. Chacune de ses visites ici avait été marquée par le conflit et par la volonté de repousser et de blesser dont faisait preuve son occupant. Il se hâta de quitter cet endroit terne et n'entendit pas le léger raclement de gorge ni ne vit un papier quitter la poche intérieure d'une veste.

— Ågestam ?

Le procureur s'immobilisa, se demandant s'il avait bien entendu. C'était la voix de Grens, mais elle paraissait presque amicale, voire implorante.

— Tu sais ce que c'est ça ?

Ewert Grens déplia le papier et le plaça sur la table devant le sofa.

Un plan.

— Le cimetière Nord.

— Tu y es déjà allé ?

— Qu'est-ce que tu veux dire ?

— Oui ou non ? Tu y es déjà allé ?

Étranges questions. On aurait presque dit une conversation, la première qu'ils aient jamais eue.

— J'ai deux proches qui y sont enterrés.

Ågestam n'avait jamais vu ce sale arrogant aussi… petit. Grens tournait entre ses doigts le plan d'un des plus grands cimetières de Suède et cherchait ses mots.

— Alors, tu sais… je me demande… est-ce que c'est bien, là-bas ?

La porte de la cellule au fond du couloir du quartier d'isolement volontaire était ouverte. Le détenu du G2 y avait été conduit par le passage souterrain de la prison, escorté par quatre membres de l'équipe d'intervention. Après avoir exigé d'appeler le standard de la police, il avait fait de leur journée un enfer. Il avait appuyé sur sa sonnette et exigé un nouveau transfert, réclamé à cor et à cri d'être envoyé au mitard, avait cogné sur les murs, renversé son armoire, cassé sa chaise et pissé par terre jusqu'à ce que l'urine passe sous la porte et coule dans le couloir. Il avait l'air terrifié mais donnait en même temps l'impression d'être concentré, maître de lui-même. Il savait ce qu'il disait et pourquoi et n'allait pas s'effondrer. Le détenu dénommé Piet Hoffmann ne se tairait que lorsque quelqu'un l'aurait écouté. Lennart Oscarsson était occupé à regarder la cour de la prison et la ville au loin depuis son bureau quand il avait été informé du désordre causé par un détenu du quartier d'isolement volontaire du bloc C. Il avait alors décidé de s'y rendre personnellement pour rencontrer quelqu'un qu'il ne connaissait pas, mais qui le préoccupait depuis une conversation téléphonique tardive la veille au soir.

— Ici ?

Le directeur de la prison hocha la tête en direction de la porte ouverte et des quatre gardiens postés à l'extérieur.

— Ici.

Il l'avait déjà vu. C'était le préposé au nettoyage du bâtiment administratif. Il lui avait paru plus grand, alors, le dos plus droit, les yeux éveillés et vigilants. L'homme qui était assis sur la couchette, les jambes repliées sous le menton et le dos solidement appuyé contre le mur, était quelqu'un d'autre.

Seule la mort ou le fait de fuir celle-ci pouvait transformer quelqu'un aussi rapidement.

— On a un problème, Hoffmann ?

Le détenu qui ne devait pas subir d'interrogatoire tenta de se donner meilleure contenance.

— Je sais pas. D'après toi ? Ou bien est-ce que t'es venu me demander de vider ta corbeille ?

— Il me semble que ça en a tout l'air. Et que c'est toi qui le causes. Le problème. *L'ordre d'autoriser une visite d'avocat dans ton unité.* Tu as demandé l'isolement volontaire. Sans vouloir dire pourquoi. Eh bien, tu l'as, ton isolement volontaire. *L'ordre de ne pas t'interroger.* Alors… quel est ton problème ?

— Je veux aller au trou.

— Tu veux quoi ?

— Aller au trou. Au mitard.

Je te regarde.

Tu portes les vêtements qu'on t'a donnés.
Mais je ne comprends pas qui tu es.

— Au mitard ? De quoi parles-tu exactement… ?

— Je ne veux plus être en contact avec les autres détenus.

— On t'a menacé ?

— Plus de rapport avec qui que ce soit. C'est tout.

Piet Hoffmann regarda par la porte de la cellule, restée ouverte. Des détenus se déplaçant librement, qui pouvaient mettre une condamnation à mort à exécution aussi facilement que dans n'importe quelle autre unité. Ils avaient été séparés du reste de la prison, mais pas les uns des autres.

— Ça ne marche pas comme ça. Le placement en cellule disciplinaire, Hoffmann, c'est à nous d'en décider. Ce n'est pas quelque chose qui peut être choisi par les détenus. Tu as été placé ici à ta demande, en vertu du paragraphe 18. Ça, on ne peut pas te le refuser. Si tu le réclames, on est tenu de te l'accorder. Mais pour le mitard, il y a des règles, des conditions tout à fait différentes. Le paragraphe 50, ce n'est pas un droit que tu peux invoquer, ce n'est pas un placement volontaire, c'est une décision contraignante, qui est du ressort de l'inspecteur de ton unité. Ou du mien.

Dehors, les autres se baladaient en sachant parfaitement ce qu'il en était. Il ne survivrait pas une semaine ici.

— Une décision contraignante ?

— Oui.

— Et dans quels cas on la prend, putain ?

— Si tu présentes un danger pour quelqu'un d'autre. Ou pour toi-même.

Avec tous ces murs autour de lui, il n'avait nulle part où s'enfuir.

— Un danger ?

— Oui.

— Comment ça ?

— La violence. Envers tes codétenus. Ou envers nous, les membres du personnel.

Ils l'attendaient.

Ils murmuraient *stukatj*.

Il s'approcha du directeur de la prison et vit son visage déformé par la douleur. Il l'avait frappé fort.

Il était assis au milieu de la pièce, sur le sol en béton. Il avait entendu parler de ce qu'on appelait le trou, le gnouf ou le mitard. Il connaissait l'histoire de ceux qui excellaient à la violence dans le monde extérieur, mais qui avaient craqué au bout de quelques jours et avaient été transférés à l'infirmerie en position fœtale, ou qui s'étaient tout simplement pendus avec un drap. On ne pouvait pas être plus éloigné de la vie, coupé de la réalité qu'ici.

Il était assis par terre, parce qu'il n'y avait pas de chaise. Un lourd lit de fer et un siège de toilettes en ciment solidement scellé au sol. C'était tout.

Il avait mis son poing dans la figure du directeur de la prison. Sur la joue, les yeux, le nez. Oscarsson était tombé à la renverse, toujours conscient mais saignant abondamment. Les matons s'étaient précipités à l'intérieur, le directeur avait levé les mains devant son visage pour se protéger des coups à venir, et Piet Hoffmann avait volontairement tendu les bras et les jambes pour qu'on l'emmène. Les gardiens s'étaient mis à quatre pour le sortir de là, chacun le tenant par un membre, tandis que les détenus regardaient le spectacle, en rang dans le couloir.

Piet avait survécu à l'agression. Il avait survécu à

l'isolement volontaire. Il était arrivé là, c'est-à-dire dans le lieu le plus protégé qu'il soit possible de trouver dans un centre de détention, mais il ne s'en recroquevilla pas moins comme avant, *je suis seul*, *personne n'est encore au courant*, allongé sur ce sol si dur, frissonnant de froid puis de sueur puis de froid à nouveau. Il resta allongé même quand, un peu plus tard, un des matons ouvrit le judas carré pour lui demander s'il voulait profiter de son heure d'air frais, une heure par jour dans une cage en forme de tranche de gâteau qui laissait apercevoir le ciel bleu à travers un grillage métallique. Il secoua la tête : il refusait de quitter sa cellule, de s'exposer à qui que ce soit.

Lennart Oscarsson ferma la porte du quartier de haute sécurité et descendit lentement, une marche à la fois, l'escalier menant à l'étage inférieur du bloc C. Une main contre la joue, touchant sa blessure du bout des doigts. Sa pommette était particulièrement sensible et enflée, et il sentait encore le goût du sang sur sa langue et dans sa gorge. Encore une bonne heure et le tour de son œil deviendrait bleu. Le directeur sentait à chaque seconde la douleur physique de son visage qui mettrait longtemps à guérir, mais il s'en moquait bien. C'était surtout une douleur plus intérieure qu'il ressentait. Durant toute sa vie professionnelle, il avait vécu parmi ceux qui n'avaient aucune place dans la société réelle et il avait été fier de pouvoir dire qu'il savait déchiffrer le comportement de ces gens si difficiles. Son savoir professionnel était la seule chose à laquelle il attachait encore une certaine valeur.

Mais ce coup, il ne l'avait pas vu venir.

Il n'avait pas mesuré le désespoir de Hoffmann, ni anticipé la force de sa frayeur.

L'équipe d'intervention avait emporté ce sale type là où il le méritait, et il allait être enfermé pour longtemps dans la plus dégueulasse de toutes les cellules dégueulasses. Et cet après-midi, Lennart Oscarsson allait rédiger un rapport qui aurait pour effet d'allonger encore sa longue peine. Mais cela ne le consolait pas. Il passa ses doigts sur sa joue douloureuse. Cela ne changeait rien et n'atténuait pas sa frustration d'avoir aussi mal anticipé les réactions d'un détenu.

Lit de fer, toilettes en ciment. Il aurait beau patienter, cela se réduirait toujours à cela. Ces murs sales qui avaient jadis été blancs, ce plafond qui n'avait jamais été peint, ce sol d'un froid glacial. Il venait d'appuyer sur la sonnette et continuerait jusqu'à ce que l'un des matons finisse par en avoir assez et se précipite pour demander au détenu qui avait agressé le directeur de la prison de cesser d'appeler ou de se préparer à passer quelques jours en camisole de force.

Il avait de nouveau froid.

Ils savaient. Il était une balance, un condamné à mort. Ils finiraient même par l'atteindre ici. Ce n'était qu'une question de temps, puisque même une cellule fermée à clé vingt-quatre heures sur vingt-quatre ne pouvait le protéger. Wojtek ne manquait pas de moyens et nul n'était incorruptible quand la mort entrait en jeu.

Le judas était placé légèrement en hauteur sur la porte. Il s'ouvrit en grinçant et en claquant.

Des yeux inquisiteurs.

— Tu veux quelque chose ?

Qui es-tu ?

— Je veux passer un coup de fil.

Un maton ?

— Pourquoi est-ce qu'on devrait te laisser téléphoner ?

Ou bien l'un d'eux ?

— Je veux appeler la police.

Les yeux s'approchèrent, éclatèrent de rire.

— Tu veux appeler la police ? Pourquoi donc ? Signaler que tu viens d'agresser un directeur de prison ? Nous, on bosse ici, on a pas le temps pour ce genre de choses.

— C'est pas tes putains d'affaires et tu le sais très bien. Tu sais aussi que tu peux pas m'empêcher d'appeler la police.

Les yeux se turent. Le judas se referma. Les pas s'éloignèrent.

Piet Hoffmann se leva, se précipita sur le bouton et le maintint enfoncé pendant ce qu'il estima être cinq minutes.

Tout à coup, la porte s'ouvrit. Trois uniformes bleus. Les yeux inquisiteurs appartenaient bien à un maton, il n'y avait plus aucun doute. À côté de lui, un autre, semblable. Derrière eux, un troisième, plus âgé, dans la soixantaine, avec assez de galons pour être inspecteur.

C'est lui qui parla.

— Je m'appelle Martin Jacobson. Je suis inspecteur. C'est moi le patron de l'unité. C'est quoi, le problème ?

— J'ai demandé à téléphoner. À la police. C'est mon droit, putain.

L'inspecteur l'examina du regard et vit un détenu aux vêtements trop grands, trempé de sueur et qui avait du mal à rester tranquille, puis se tourna vers le maton aux yeux inquisiteurs.

— Apportez le téléphone.

— Mais…

— Je me fous de savoir pourquoi il est ici. Laisse-le téléphoner.

Le combiné à la main, il s'assit au bord du lit en fer.

Il avait demandé le standard du commissariat central chaque fois. Davantage de sonneries, ce coup-ci. Il en avait compté jusqu'à vingt, aussi bien pour Erik Wilson que pour Göransson.

Mais aucun des deux n'avait répondu.

Il était enfermé dans une cellule dépourvue de tout, mis à part un lit en fer et des toilettes en ciment. Il n'avait aucun contact avec le monde extérieur ni avec les autres détenus. Aucun des matons, au-dehors de sa cellule, n'était au courant qu'il était en mission pour le compte de la police suédoise.

Il était coincé. Il ne pouvait pas sortir de là. Il était seul dans une prison, condamné à mort par ses codétenus.

Il se déshabilla entièrement, au risque de grelotter de froid, et fit des pompes jusqu'à être en nage, retenant sa respiration jusqu'à ce que la pression dans sa poitrine soit plus forte que la douleur. Il s'allongea face contre terre, essayant d'éprouver quelque chose, n'importe quoi, qui ne soit pas de la peur.

Piet Hoffmann le sut dès que la porte du couloir s'ouvrit et se referma.

Il n'avait pas besoin de le voir, il le savait, ils étaient là.

Les pas lourds de quelqu'un qui se déplaçait lentement. Il se précipita vers la porte de la cellule, colla l'oreille contre le métal froid et écouta. Un nouveau détenu escorté par plusieurs gardiens.

Puis il entendit la voix et la reconnut.

— *Stukatj.*

Celle de Stefan. En route vers une cellule, un peu plus loin dans le couloir.

— Qu'est-ce que t'as dit ?

Le maton aux yeux inquisiteurs. Voulant être sûr de comprendre chaque mot, Piet Hoffmann appuya l'oreille encore plus fort contre la porte de la cellule.

— *Stukatj. C'est du russe.*

— On parle pas russe, ici.

— *Y a un type qui le parle.*

— Ça suffit, entre dans ta cellule, maintenant !

Ils étaient là. Et ils allaient bientôt être encore plus nombreux. Chaque détenu du mitard saurait maintenant qu'il y avait une balance planquée dans une des cellules.

La voix de Stefan était remplie de haine.

Il appuya sur le bouton rouge.

Ils lui avaient fait savoir qu'ils étaient là. Maintenant, ce n'était plus qu'une question de temps. D'heures, de jours, de semaines. Ceux qui étaient en chasse savaient que leur attente prendrait fin tôt ou tard.

Le judas s'ouvrit, mais c'était les yeux d'un autre, ceux du vieux, l'inspecteur.

— Je veux…

— Tes mains tremblent.

— Merde…

— Tu transpires beaucoup.

— Le téléphone, je…

— T'as un tic à l'œil.

Il maintenait toujours le bouton enfoncé. Une sonnerie stridente se répercutait dans le couloir.

— Lâche ce bouton, Hoffmann. Il faut te calmer. Et, avant de faire quoi que ce soit… je veux savoir ce qu'il se passe.

Piet Hoffmann baissa la main. Tout devint étrangement calme autour d'eux.

— Il faut que je passe un autre coup de téléphone.

— Tu viens de le faire.

— Le même numéro. Jusqu'à ce qu'on me réponde.

Le chariot sur lequel étaient posés le téléphone et un annuaire fut poussé à l'intérieur de la cellule et l'inspecteur aux cheveux gris composa un numéro qu'il connaissait par cœur. Il ne cessait d'observer le visage du détenu : les muscles qui se contractaient autour de son œil, le front et la racine de ses cheveux qui luisaient et où perlaient de grosses gouttes, ceux de quelqu'un qui se battait contre sa propre peur en attendant une réponse qui ne venait pas.

— Tu ne vas pas bien.

— Je veux encore appeler.

— Tu pourras le faire plus tard.

— Il faut que je…

— Tu n'as pas eu de réponse. Tu rappelleras plus tard.

Piet Hoffmann ne lâcha pas le combiné. Il le tenait entre ses mains tremblantes tout en cherchant le regard de l'inspecteur.

— Je veux qu'on m'apporte mes livres.

— Quels livres ?

— Ceux qui sont dans ma cellule. En G2. J'ai le droit

à cinq livres, ici. J'en veux deux. Je ne peux pas rester à regarder les murs. Ils sont sur ma table de nuit. *Du fond des cœurs suédois* et *Les Marionnettes*. Je veux qu'on me les apporte, maintenant.

Le détenu ne tremblait plus autant quand il parlait de ses livres, il était plus calme.

— De la poésie ?

— Ça pose un problème ?

— C'est pas souvent qu'on en lit, ici.

— J'en ai besoin. Ça m'aide à croire en l'avenir.

— « *Et soudain je m'avise que le plafond, mon plafond, est le plancher de quelqu'un d'autre.* »

— Quoi ?

— C'est de Nils Ferlin[1]. *Enfant aux pieds nus*. Si tu aimes la poésie, je pourrais…

— Apporte-moi simplement mes livres.

Le vieux gardien n'ajouta rien. Il tira le chariot hors de la cellule et referma la lourde porte en métal. À nouveau le silence. Piet Hoffmann resta assis sur le sol glacial et sentit la sueur perler sur son front. Il avait des tics, tremblait, transpirait. Il n'avait pas eu conscience que sa peur était visible.

---

1. Poète suédois (1896-1961) au talent d'un extrême dépouillement. Le recueil *Barfotabarn* date de 1933. C'est nous qui traduisons ce bref extrait.

Il était passé du sol au lit et s'était allongé sur le mince matelas dépourvu de draps et de couvertures. Grelottant de froid, il s'était recroquevillé dans ses vêtements raides et trop grands, puis il s'était endormi. Il avait rêvé de Zofia, qu'il voyait courir devant lui sans parvenir à la rattraper, en dépit de ses efforts. Sa main se dissolvait dès qu'il tentait de la saisir. Elle criait, il répondait mais elle ne l'entendait pas, il perdait sa voix et Zofia se faisait de plus en plus petite, s'éloignait et finissait par disparaître lentement.

Il fut réveillé par le bruit dans le couloir.

Quelqu'un passait sous escorte pour aller à la douche ou prendre l'air dans la cage, et ce quelqu'un avait dit quelque chose. Il s'approcha de la porte et colla l'oreille contre le judas. Cette fois, c'était une autre voix, suédoise, sans aucun accent, qu'il n'avait jamais entendue auparavant.

— *Paula, où es-tu ?*

Il était sûr d'avoir bien entendu.

— *Paula, tu ne te caches pas, hein ?*

Le gardien aux yeux inquisiteurs dit à cette voix de la fermer.

Elle avait crié dans le vide, mais juste devant sa cellule, et choisi très clairement à qui s'adresser.

Piet Hoffmann s'effondra près de la porte et s'assit en repliant les genoux contre la poitrine et le menton. Ses jambes ne fonctionnaient plus.

La nuit précédente, quelqu'un l'avait dénoncé, avait fait de lui un *stukatj* et l'avait condamné à mort. Mais… Paula… Il venait seulement de s'aviser que ce quelqu'un connaissait aussi son nom de code. Paula. Mon Dieu… Il n'y avait que quatre personnes qui connaissaient ce nom. Paula. Erik Wilson qui l'avait inventé. Le commissaire principal Göransson qui l'avait approuvé. Pendant des années, il n'y avait eu qu'eux. Et puis deux autres après la réunion à Rosenbad. Le directeur de la police nationale. La secrétaire d'État. Personne d'autre.

Paula.

C'était un des quatre.

C'était un de ceux qui étaient censés le protéger et assurer sa fuite qui l'avait grillé.

— *Dis, Paula, on aimerait tellement te rencontrer.*

La même voix, un peu plus loin maintenant, vers la salle de douches, puis le même « ferme ta gueule » du gardien fatigué qui ne comprenait pas.

Piet Hoffmann serra plus fort ses jambes et les pressa contre son corps.

Tout le monde était à ses trousses. Il était une balance dans un monde où les balances étaient aussi détestées que les délinquants sexuels.

Quelqu'un frappa à la porte de sa cellule.

Quelqu'un cria *stukatj* de l'autre côté.

Les choses deviendraient bientôt comme elles l'étaient toujours lorsqu'un sentiment commun de haine se concentrait sur une cellule fermée à double tour. Deux se mirent à taper, puis trois, quatre, puis encore plus, minute après minute, la haine se canalisait dans ces coups frappés de plus en plus fort. Il se boucha les oreilles, mais le bruit s'enfonça dans sa tête jusqu'à la limite du tolérable. Il appuya sur le bouton et le maintint enfoncé, mais ce fut comme si la sonnerie se noyait dans le chahut ambiant.

Le judas. Les yeux de l'inspecteur.

— Oui ?

— Je veux téléphoner. Et je veux mes livres. Il faut que je téléphone et qu'on m'apporte mes livres.

La porte s'ouvrit. L'inspecteur entra, passa la main dans sa tignasse grise et désigna le couloir.

— Ce boucan, c'est à ton sujet ?

— Non.

— Ça fait un bon bout de temps que je travaille ici. Tu as des tics, tu trembles, tu transpires. Tu as une sacrée frousse et je crois que c'est pour ça que tu veux téléphoner.

Il ferma la porte en prenant soin que le détenu le voie.

— J'ai raison, oui ou non ?

Piet Hoffmann contempla l'uniforme bleu, devant lui. Il avait l'air gentil. Sa voix l'était, du moins.

Ne te fie à personne.

— Non. Ça n'a rien à voir avec ça. Je voudrais passer ce coup de fil, maintenant.

L'inspecteur poussa un soupir. Le chariot du téléphone se trouvait à l'autre bout du couloir, il sortit donc son portable pour cette fois, composa le numéro du standard du commissariat central et tendit l'appareil à ce détenu qui n'osait pas reconnaître qu'il avait peur et que le tapage, au-dehors, avait quelque chose à voir avec cette peur.

Le premier numéro. Ces sonneries qui résonnaient dans le vide.

Les tics, le tremblement, c'était de pire en pire.

— Hoffmann.

— Encore une fois. L'autre numéro.

— Tu n'es pas en état. Il faudrait que j'appelle un médecin. Tu devrais aller à l'inf…

— Fais ce putain de numéro. Vous ne m'emmènerez nulle part.

Les sonneries à nouveau. À trois reprises. Puis une voix d'homme.

— Göransson.

Il avait répondu.

Il sentait à nouveau ses jambes.

Il avait répondu.

Ils allaient savoir, dans quelques minutes ils pourraient entreprendre les démarches administratives qui seraient synonymes de liberté, pour lui, dans une semaine.

— Bon Dieu, enfin, ça fait… J'ai besoin de votre aide. Maintenant.

— Qui est au bout du fil ?

— Paula.

— Qui ça ?

— Piet Hoffmann.

Le silence ne dura pas très longtemps, mais il eut l'impression que la communication était interrompue, que c'était le vide, un silence électronique de mort.

— Allô ? Nom de Dieu, allô, où…

— Je suis toujours là. Comment dis-tu que tu t'appelles ?

— Hoffmann. Piet Koslow Hoffmann. On…

— Désolé, je n'ai aucune idée de qui tu es.

— Mais putain… Tu sais… Tu sais très bien qui je suis, on s'est rencontrés dans le bureau de la secrétaire d'État y a pas longtemps… Je…

— Non. On ne s'est jamais rencontrés. Si tu veux bien m'excuser, j'ai des choses à faire.

Chacun de ses muscles était bandé, il avait l'estomac, la poitrine et la gorge qui brûlaient.

— J'appelle l'infirmerie.

Il refusa de lâcher le téléphone.

— J'irai nulle part tant que j'aurai pas mes deux livres.

— Le téléphone.

— Mes livres. Au mitard, j'ai droit à cinq livres !

Il laissa le téléphone glisser de sa main.

Celui-ci se brisa en touchant le sol et les morceaux de plastique volèrent dans toutes les directions. Il s'allongea près d'eux.

— Il avait l'air aux abois ?
— Oui.
— Sous pression ?
— Oui.
— Effrayé ?
— Terrorisé.

Ils se regardèrent. *Si on leur dit qui est Hoffmann.* Ils burent encore du café. *Ce que l'organisation fera ensuite de cette information, ce n'est pas notre problème.* Ils déplacèrent des tas de papier d'un côté à l'autre de la table. *On ne doit ni on ne peut être tenus pour responsables des faits et gestes des autres.*

Cela aurait dû être terminé.

Ils avaient organisé une réunion tardive à l'intention d'un avocat qui avait ensuite parlé à l'un de ses clients. Ils l'avaient grillé.

Et pourtant, il venait tout juste d'appeler d'une cellule, de la prison.

— T'en es sûr ?
— Oui.
— C'est impossible…
— C'était lui.

Le directeur de la police nationale alla chercher dans le tiroir de son bureau des cigarettes qui étaient là pour ne pas être fumées. Il tendit le paquet ouvert à son collègue ; les allumettes étaient sur la table, et la pièce fut bientôt envahie d'une brume blanchâtre.

— Donne-m'en une.

Göransson secoua la tête.

— Tu n'as pas fumé depuis deux ans, je ne voudrais pas te donner le mauvais exemple.

— Je ne vais pas la fumer. Simplement la tenir.

Il la sentit entre ses doigts, et avec elle le manque et l'habitude, mais elle lui procura surtout le calme dont il avait besoin.

— On a le temps.

— On avait quatre jours. Il y en a déjà un de passé. Si Grens et Hoffmann se rencontrent. Si Hoffmann parle. Si…

Göransson s'interrompit. Il n'avait pas besoin d'en dire plus. Ils voyaient tous les deux un commissaire boiteux, âgé et têtu, un de ceux qui ne lâchent jamais le morceau. Il chercherait la vérité tant qu'il ne l'aurait pas trouvée, d'autant plus lorsqu'il se rendrait compte qu'elle était cachée parmi ses propres collègues dès le début. Il continuerait donc et n'aurait de cesse tant qu'il ne serait pas parvenu jusqu'à ceux qui étaient à l'origine de cette dissimulation.

— C'est une simple question de temps, Fredrik. Une organisation qui a obtenu ce genre d'information et qui veut l'utiliser le fera. Sans contact avec des codétenus, ça prendra un peu plus de temps, mais le moment viendra.

Le directeur de la police nationale tritura sa cigarette, qui n'était pas allumée.

C'était une sensation familière, il reniflerait bientôt le bout de ses doigts, s'attarderait dans l'interdit.

— Mais, si tu veux, on peut… Je veux dire, rester là, à l'isolement, c'est quand même un endroit dégueulasse. Aucun contact humain. Il devrait retourner à l'unité d'où il vient. Il devrait être parmi ses codétenus. Pour… raisons humanitaires.

Il se tenait près de la fenêtre, à sa place habituelle dans son bureau de directeur, et observait le monde, la grande prison et la petite ville. Il n'avait jamais été très curieux de savoir ce qui se trouvait ailleurs et n'avait jamais rien désiré d'autre que ce qu'on pouvait voir depuis ici. Le soleil changea la fenêtre en miroir et il se passa la main sur la joue, le nez, le front, c'était sensible. Il était difficile de bien voir dans cette vitre un peu sombre, mais il avait l'impression que le bleu autour de son œil en était déjà presque à la nuance suivante.

Il avait commis une erreur, n'avait pas su identifier ce désespoir.

— Oui ?

Le téléphone avait mis fin à cette sensation de peau qui se rétractait.

— Lennart ?

Il reconnut de nouveau la voix du directeur général.

— C'est moi.

Cela crachota un peu dans le combiné, un téléphone portable, à l'extérieur, par vent assez fort.

— Il s'agit de Hoffmann.

— Oui ?

— Il faut qu'il retourne à l'unité d'où il vient.

Le crachotement se changea en crépitement presque inaudible.

— Lennart ?

— De quoi tu parles, bon sang ?

— Il doit retourner en G2. Au plus tard demain matin de bonne heure.

— Il existe une menace très nette.

— Pour raisons humanitaires.

— Il ne faut pas qu'il retourne dans la même unité. Ni dans la même prison. S'il doit aller quelque part, il faut qu'il parte d'ici, qu'il soit transféré d'urgence à Kumla ou à Hall.

— Tu ne l'expédieras nulle part. *Il doit revenir où il était*.

— Un détenu menacé ne revient *jamais* dans la même unité.

— C'est un ordre.

Les deux bouquets de son bureau avaient commencé à fleurir, les pétales jaunes luisaient devant lui comme des lampes allumées.

— J'ai reçu l'ordre d'autoriser une visite tardive d'avocat et je l'ai fait. J'ai reçu l'ordre de refuser à un commissaire de procéder à un interrogatoire et je l'ai fait. Mais ça… Je ne le ferai pas. Si le matricule 0913 revient dans l'unité où il a été menacé…

— C'est un ordre. Non négociable.

Désireux de sentir l'odeur de quelque chose de réel, Lennart Oscarsson se pencha vers les tulipes. Sa joue frotta légèrement contre les pétales et sa peau se rétracta de nouveau. Le coup avait été violent.

— Personnellement, je n'ai pas d'objection particulière à l'envoyer en enfer. J'ai mes raisons. Mais, tant que je serai directeur de cette prison, ça ne se passera pas comme ça, ce serait signer son arrêt de mort et il y a eu assez de meurtres comme ça dans les prisons suédoises ces dernières années. Toutes ces enquêtes où personne n'a rien vu ni rien entendu et ces cadavres qui finissent par disparaître de la circulation, au bout d'un moment, faute de quelqu'un qui s'y intéresse.

Le crachotement reprit, était-ce le fait du vent ou d'une haleine lourde, dans un micro sensible ?

— Lennart ?

C'était l'haleine.

— Tu t'exécutes. Ou bien tu quittes ton poste. Je te donne une heure.

Il était couché sur le lit en fer et fermait les yeux. « Désolé, je n'ai aucune idée de qui tu es ». Ceux qui devaient lui ouvrir la porte et le ramener à la réalité lui avaient fait savoir qu'il n'existait pas.

Il était officiellement condamné à dix ans de prison.

Si ceux qui savaient le niaient, si ceux qui avaient arrangé un simulacre de procès et falsifié un casier judiciaire le niaient, il ne restait plus personne qui puisse expliquer la situation.

Il ne sortirait pas. On avait sonné l'hallali et il aurait beau courir et se cacher, il n'y aurait personne de l'autre côté du mur pour lui ouvrir la porte et l'aider à sortir.

Le vent soufflait dans la cour, l'air chaud rebondissait sur le mur de béton et revenait encore plus pauvre en oxygène. Le directeur avançait à pas pressés en s'essuyant le front avec la manche de sa chemise. La porte d'entrée du quartier disciplinaire était fermée et il dut fouiller parmi ses clés. Ce n'était pas si souvent qu'il venait dans ce vieux couloir plongé dans l'obscurité, qui était le foyer provisoire de ceux qui n'obéissaient à aucune règle.

— Martin.

La guérite était juste derrière la porte et il se retrouva face à trois de ses employés, Martin Jacobson et deux jeunes intérimaires dont il n'avait pas retenu le nom.

— Martin, je voudrais te parler un moment.

Les intérimaires hochèrent la tête ; ils avaient entendu ce qu'il n'avait pas dit et sortirent dans le couloir en refermant la porte derrière eux.

— Hoffmann.

— La 9. Il ne va pas bien. Il…

— Il faut qu'il revienne en G2. Au plus tard demain matin.

L'inspecteur regarda dans le couloir désert, entendit le tic-tac de l'affreuse horloge sur le mur, une trotteuse dont le bruit emplissait tout l'espace.

— Lennart ?

— Tu m'as bien entendu.

Martin Jacobson se leva de sa chaise, près de la table étroite servant surtout à poser les tasses de café, regarda son ami, son collègue, son chef.

— On travaille ensemble depuis… vingt bonnes années. On est voisins depuis presque aussi longtemps. Tu es un de mes rares amis, à l'intérieur comme à l'extérieur, un de ceux que j'invite chez moi pour prendre un cognac, le dimanche.

Il chercha du regard quelqu'un qui n'était pas là.

— Regarde-moi, Lennart.

— Ne pose pas de questions.

— Regarde-moi !

— Je t'en supplie, Martin, cette fois, pas de questions, bon Dieu.

L'homme aux cheveux gris déglutit, d'étonnement, de rage.

— De quoi s'agit-il ?

— Pas de questions, merde !

— Il va mourir.

— Martin…

— C'est contraire à tout ce qu'on sait, tout ce qu'on dit, tout ce qu'on fait.

— Je m'en vais. Tu as reçu un ordre. Exécute-le.

Lennart Oscarsson ouvrit la porte. Il était déjà en train de partir.

— Je veux voir ton visage.

Il s'arrêta, se retourna.

— Il t'a frappé, Lennart… C'est personnel ?

Il sentit sa peau se contracter. À chaque pas qu'il faisait, la douleur irradiait de sa pommette vers le bas.

— C'est ça ? C'est personnel ?

— Fais simplement ce que je te dis.

— Non.

— Dans ce cas, Martin, obéis à l'ordre que je te donne !

— Je ne le ferai pas. Parce que c'est une erreur. S'il faut qu'il retourne là-bas… Alors, fais-le toi-même.

Lennart Oscarsson se dirigea vers la cellule numéro 9. Il sentait le regard de celui qui était peut-être son meilleur ami fixé sur lui, et il aurait voulu se retourner pour lui expliquer cet ordre envers lequel il avait lui-même conçu tant de mépris. Martin était un ami avisé, un collègue expérimenté, un de ceux qui avaient le courage de parler lorsque quelqu'un de mieux placé qu'eux se trompait.

Les intérimaires dont il ne connaissait pas les noms marchaient près de lui et, quand ils s'arrêtèrent devant la porte, leur trousseau de clés cliqueta tandis qu'ils cherchaient la bonne clé.

Le détenu était allongé sur le lit, entièrement nu à part un caleçon blanc. Il avait les yeux clos, tremblait un peu, le haut de son corps était aussi luisant que son visage.

— Tu retournes là-bas.

Ce corps pâle qui ne payait pas de mine l'avait frappé durement au visage, à peine quelques heures plus tôt.

— Demain. À huit heures.

Il ne bougea pas.

— Dans la même unité et la même cellule.

Il ne semblait pas entendre, ni voir.

— Tu comprends ce que je te dis ?

Le directeur patienta, puis hocha la tête en direction de ses jeunes collègues et de la porte.

— Les livres.

— Pardon ?

— *J'ai besoin de mes livres*. C'est mon droit.

— Quels livres ?

— J'ai demandé à avoir deux des cinq livres auxquels j'ai droit. *Du fond des cœurs suédois* et *Les Marionnettes*. Ils sont dans ma cellule.

— Tu vas lire ?

— Les nuits sont longues, ici.

Lennart Oscarsson adressa un nouveau signe de tête aux intérimaires : quitter la cellule, fermer la porte et la verrouiller.

Il se redressa. *Retourner là-bas*. Ce serait sa mort. *Revenir*. Dès l'instant où, haï, traqué, il remettrait les pieds dans l'unité, il serait mort. Il avait enfreint la première des règles de la prison, c'était une balance et les balances, on les tue.

Il s'agenouilla devant le siège des toilettes en ciment, enfonça deux doigts dans sa gorge et les y maintint jusqu'à ce qu'il se mette à vomir.

Cette peur qui avait tout aspiré et recraché, il fallait qu'il s'en débarrasse. À genoux il se vida de tout ce qui avait existé et de tout ce qu'il y avait en lui. Il était seul, désormais, ceux qui l'avaient grillé le grillaient à nouveau.

Il appuya sur la sonnette.

Il n'allait pas mourir, pas encore.

Cela faisait un quart d'heure qu'il maintenait le bouton enfoncé lorsque le judas s'ouvrit et que le gardien aux yeux inquisiteurs lui cria d'arrêter, nom de Dieu.

Il ne se retourna pas et appuya encore plus fort sur le bouton.

— Les livres.

— Tu vas les avoir.

— Les livres.

— Je les ai apportés. Ordre du directeur. Mais, si tu veux que je te les donne, lâche ce foutu bouton.

Dès que la porte s'ouvrit, Piet Hoffmann les vit. Ses livres. Dans la main du maton. La saleté de pression qu'il avait dans la poitrine et qui le faisait trembler se relâcha. Il se détendit, prêt à s'effondrer, à pleurer, c'était l'impression qu'il avait, il se libérait et avait juste envie de pleurer.

— Ça pue le vomi, ici.

Le maton plongea le regard dans le trou en ciment, eut un haut-le-cœur et recula.

— À toi de choisir. Tu sais qu'il n'y a personne pour faire le ménage, ici. Cette odeur, faudra que tu t'y habitues.

Les mains du maton tâtèrent les livres, les secouèrent, les feuilletèrent, les secouèrent encore une fois. Hoffmann se tenait devant lui mais n'avait pas peur, il savait qu'ils tiendraient.

Il était resté longtemps assis sur le lit de fer, avec près de lui deux livres absolument intacts de la bibliothèque d'Aspsås. Il était désormais très calme, son corps était souple et presque flexible. Il suffisait qu'il se repose, qu'il dorme un moment. Il n'allait pas mourir, pas encore.

Vendredi

Il s'était réveillé trempé de sueur, s'était rendormi, avait rêvé de façon décousue et incolore, le genre de sommeil superficiel, en noir et blanc, et lointain. Puis il s'était réveillé de nouveau, s'était redressé pour s'asseoir sur le lit de fer, et avait longuement regardé le sol et les livres qui s'y trouvaient. Il n'allait pas se recoucher une fois de plus : son corps avait certes soif de repos mais, comme son sommeil consommait plus d'énergie qu'il ne lui en procurait, il choisit de rester assis en attendant que l'aube se change en matin.

Tout était silencieux, sombre.

Pour quelques heures encore, le couloir du mitard allait être plongé dans le sommeil.

La veille, il s'était vidé de la peur qui lui barrait le chemin et qui devait être éliminée. L'odeur en était encore très forte. Maintenant, il ne lui restait plus que l'autre mission : survivre.

Piet Hoffmann souleva les deux livres et les posa devant lui, sur le lit. *Du fond des cœurs suédois. Les Marionnettes.* Reliés sous une solide couverture unicolore de bibliothèque, avec RES en bleu et BIBLIOTHÈQUE D'ASPÅS en rouge. Il ouvrit le volume à la première page, saisit la couverture d'une main ferme et l'arracha d'un coup sec, puis fit de même pour détacher le dos et l'arrière du livre. Un coup d'œil en direction de la porte fermée à clé. Toujours le silence. Personne ne marchait au-dehors, personne n'avait entendu quoi que ce soit et ne se dépêchait de jeter un regard inquisiteur par le judas. Il se déplaça pour s'adosser à la porte. Si quelqu'un s'avisait de regarder par là, il ne verrait que l'angoisse d'un détenu condamné à une longue peine qui ne parvenait pas à dormir.

Il caressa doucement le livre déchiré et passa ses doigts le long de la marge de gauche, autour du trou rectangulaire qui y avait été découpé.

Il était là. En onze morceaux.

Il retourna le livre, en sortit tous ces bouts de métal qui, dans quelques minutes, constitueraient un revolver miniature de cinq centimètres de long. D'abord les plus grosses pièces, le fût avec le canon, l'axe du barillet et la détente, puis le protège-canon avec la première vis, les côtés de la crosse et le stabilisateur.

Il se tourna vers la porte, mais les pas n'existaient que dans sa tête, comme la dernière fois.

Il fit pivoter le petit barillet du revolver, le vida et contrôla les six balles longues comme une moitié d'ongle d'auriculaire alignées sur le lit de fer les unes à côté des autres, et qui, à elles toutes, pesaient moins d'un gramme.

Il avait vu quelqu'un cesser de respirer dans ces foutues chiottes, tout au fond du terminal du ferry, à Świnoujście, le petit canon appuyé contre l'œil écarquillé. Le revolver miniature avait tué d'une seule balle.

Piet Hoffmann le prit, le brandit et visa le mur

crasseux. Son index gauche appuya légèrement sur la queue de détente, puis doucement vers l'arrière ; il y avait juste la place maintenant que le pontet avait été scié. Il vit le chien suivre le mouvement de son doigt, une ultime pression et il se propulsa vers l'avant, puis le bruit, le petit claquement. Il fonctionnait.

Il déchira le second livre de la même façon pour faire apparaître le trou découpé dans la marge de gauche, un détonateur de la taille d'un clou et un récepteur pas plus gros qu'une pièce de cinquante centimes. Puis il tira le long du bord inférieur du devant et de l'arrière de la grosse couverture pour en détacher la doublure, et sortit deux morceaux de neuf mètres de long de cordon détonant de PETN ainsi qu'une poche en plastique tout aussi mince contenant un total de quatre centilitres de nitroglycérine.

Il était sept heures passées de quelques minutes.

Il entendit les gardiens arriver pour la relève, dans le couloir derrière la porte verrouillée, l'équipe de nuit laissant la place à celle de jour. Plus qu'une heure. Ensuite, on viendrait le chercher pour le ramener là-bas.

G2 gauche. *Retourner.* Là-bas, il était condamné à mort.

Il appuya sur le bouton.

— Oui ?

— Faut que j'aille chier.

— T'as un trou à côté du lit.

— Il est bouché. Par mon vomi d'hier.

Le haut-parleur rudimentaire grésilla.

— C'est pressé ?

— Oui.

— Dans cinq minutes.

Piet Hoffmann resta près de la porte, des pas, d'autres pas, deux matons qui allaient chercher quelqu'un, *à la cellule*, qui ouvraient et refermaient une porte, *visite aux toilettes*, jamais deux détenus en même temps dans le couloir, *rentre nom de Dieu*. Le revolver reposait au milieu de sa paume, il ouvrit le barillet, compta six balles, l'enfonça dans l'une des poches de devant de son pantalon, dont le tissu rêche l'aida également à dissimuler le détonateur et le récepteur qu'il plaça dans son autre poche, avant de glisser le cordon détonant de PETN et la poche de nitroglycérine sous la bande élastique de son caleçon.

— Ouvre la neuf.

Le maton qui venait de crier se trouvait juste devant sa porte. Hoffmann bondit sur le lit de fer, s'allongea, vit le judas s'ouvrir et le gardien observer assez longtemps pour s'assurer que le détenu était bien couché là où il le devait.

Cliquetis de clés.

— Tu voulais aller aux toilettes ? Alors, lève-toi et vas-y.

Un gardien près de la porte de la cellule. Un autre un peu plus loin dans le couloir. Et deux dans la cour.

Hoffmann braqua le regard vers la guérite. Le cinquième était là. Jacobson, le vieil inspecteur aux cheveux gris clairsemés, tournant le dos au couloir.

Ils étaient trop loin les uns des autres.

Il se dirigea lentement vers la salle de douches et les toilettes, trois matons à l'intérieur, *ils étaient trop loin les uns des autres*.

Il s'assit sur le plastique sale du W.-C., tira la chasse, ouvrit le robinet et respira profondément. Quelque part dans son ventre, il ressentait chaque respiration, le calme qui y régnait : il en avait besoin, il n'allait pas mourir, pas encore.

— J'ai fini. Tu peux ouvrir.

Le gardien déverrouilla la porte et Piet Hoffmann se précipita en avant, montra son revolver, le pointa puis l'appuya très fort contre ces putains d'yeux qui l'avaient observé par le judas de la cellule.

— Ton collègue.

Il chuchotait.

— Appelle-le.

Le gardien ne bougea pas. Comme s'il ne comprenait pas. Comme s'il était pétrifié de peur.

— *Maintenant*. Fais-le venir *maintenant*.

Tout en surveillant l'alarme personnelle accrochée à la ceinture du gardien, Hoffmann appuya la bouche du revolver encore plus fermement contre sa paupière close.

— Erik ?

Il avait compris. Sa voix était faible et le signe qu'il fit de la main, prudent.

— Erik ? Tu peux venir ?

Piet Hoffmann vit l'autre gardien approcher et s'arrêter brusquement : il avait compris pourquoi son collègue était absolument immobile, avec ce qui ressemblait à un morceau de métal braqué contre la tête.

— Viens ici.

Le gardien qui s'appelait Erik hésita, puis se mit à avancer en jetant un regard vers le haut et la caméra que quelqu'un de la sécurité centrale était peut-être en train de regarder, en ce moment.

— Encore une fois et je le tue. Je le *tue*.

Il appuya encore plus fortement contre la paupière, d'une main, et, de l'autre, arracha les deux morceaux de plastique qui étaient leur seul moyen de donner l'alerte.

Ils attendaient et faisaient exactement ce qu'il disait. Ils savaient bien qu'il n'avait rien à perdre, ces gens-là le sentaient.

Il en restait un.

Une seule personne qui pouvait se déplacer librement dans le couloir. Hoffmann regarda en direction de la guérite. Son visage était toujours détourné, sa nuque penchée vers l'avant, comme s'il lisait.

— Debout !

Le vieil homme grisonnant se retourna. Vingt mètres les séparaient, mais il savait parfaitement ce qu'il voyait. Un détenu pressant quelque chose contre une tête. Un collègue immobile, à côté, qui attendait.

— Pas d'alerte ! Pas de verrouillage !

Martin Jacobson déglutit.

Il s'était toujours demandé ce qu'il ressentirait. Maintenant, il le savait.

Toutes ces années passées à attendre une agression et à craindre que ce genre de situation se produise, merde alors.

Du calme.

Voilà ce qu'il ressentait.

— Pas d'alerte ! Pas de verrouillage ! *Sinon je tire !*

L'inspecteur Jacobson connaissait par cœur les consignes de sécurité de la prison d'Aspsås. *En cas d'agression : Enfermez-vous. Donnez l'alerte*. Bien des années auparavant, il avait participé à l'élaboration des règles d'une culture carcérale basée sur le fait que le personnel n'était pas armé, et il allait les mettre à profit pour la première fois.

Il devait d'abord fermer la guérite à clé de l'intérieur.

Puis donner l'alerte au centre de contrôle.

Mais il avait écouté cette voix et observé ce corps, il avait vu, entendu et senti l'agressivité de Hoffmann et savait que celui qui criait et tenait une arme était violent et capable de tout. Il avait lu le dossier de l'administration pénitentiaire et les enquêtes réalisées sur ce détenu classé psychopathe et la vie de ses collègues, ces vies humaines, étaient tellement plus importantes que des consignes de sécurité arrêtées à l'avance. Il ne resta donc pas dans la guérite et ne ferma pas non plus la porte. Il n'appuya ni sur son alarme personnelle ni sur le bouton au mur. Au lieu de cela, il avança lentement, comme le bras de Hoffmann lui indiquait de le faire. Au moment où il passait devant la première cellule, quelqu'un se mit à cogner de l'intérieur et ce bruit lourd et monocorde se répercuta entre les murs du couloir. Un détenu réagissait à ce qui se passait au-dehors, en faisant ce qu'ils faisaient toujours quand ils étaient énervés ou cherchaient à attirer l'attention ou encore, comme maintenant, quand ils étaient simplement excités pour une raison ou pour une autre, n'importe laquelle, qui n'était pas de l'ennui. À chaque porte devant laquelle il passait, d'autres se mettaient à frapper alors qu'ils n'avaient pas, eux non plus, la moindre idée de ce qui se passait, ils suivaient le mouvement parce que c'était mieux que rien.

— Hoffmann, je…

— Silence.

— Peut-être qu'on…

— Silence ! *Sinon je tire.*

Trois matons. Tous suffisamment proches, maintenant. Il faudrait quelques minutes à ceux qui se trouvaient à l'extérieur, dans la cour, pour rentrer.

Il cria dans le couloir désert.

— Stefan !

Encore une fois.

— Stefan. Stefan !

La 3.

— *Salaud de balance.*

La voix était excitée et déchirait les mots et les murs.

Stefan.

À quelques mètres seulement, une porte fermée, la seule chose qui les séparait.

— *Tu vas crever, salaud de balance.*

L'arme glissa légèrement, lorsque Piet Hoffmann l'appuya un peu plus fort encore contre la paupière du jeune gardien.

Du liquide, des larmes, il pleurait.

— Vous allez changer de place. Toi, tu rentres là-dedans. Dans la cellule 3.

Il ne bougea pas. On aurait dit qu'il n'avait pas entendu.

— Ouvre et entre ! C'est la seule chose que t'as à faire. Ouvre, nom de Dieu !

Le gardien se déplaça machinalement, sortit son trousseau de clés, tourna consciencieusement la clé et s'écarta lorsque la porte s'ouvrit lentement.

— *Salaud de balance. Avec ses nouveaux copains.*

— Vous allez changer de place. Maintenant !

— *Salaud de balance. Mais putain... qu'est-ce que t'as dans la main, merde ?*

Stefan était nettement plus grand et plus maigre que Piet Hoffmann.

Au point que son ombre ricanante occupait toute l'ouverture de la porte de sa cellule.

— Sors de là !

Il n'hésita pas, ricana et bougea trop vite, trop près.

— Arrête !

— *Et pourquoi ça ? Parce qu'un petit salaud de balance braque une arme contre la tête d'un maton ?*

— Arrête !

Stefan avançait toujours vers lui, la bouche ouverte, les lèvres sèches, le souffle chaud. Son visage était trop proche, envahissant, agressif.

— *Tire donc. Ça fera un maton de moins.*

Piet Hoffmann ne pensait à rien en voyant ce grand corps s'approcher. Il aurait aimé changer d'otage et aurait préféré menacer Wojtek plutôt que l'administration pénitentiaire, mais il avait sous-estimé la haine. Lorsque Stefan se mit à courir vers lui, sur les derniers pas, son cerveau cessa de fonctionner, seule la peur lui donnait la force de survivre. Il dégagea le gardien d'une bourrade, braqua le canon du revolver vers cet œil plein de haine et tira un unique coup de feu dans la pupille, le cristallin, le globe vitreux, et jusque dans la masse molle du cerveau, où la balle s'arrêta sans doute.

Stefan, toujours ricanant et apparemment impassible, fit un pas de plus, puis tomba lourdement en avant. Hoffmann s'écarta pour l'éviter puis il se pencha, pressa le canon contre l'autre œil, et tira un second coup de feu.

Un être humain gisait sur le sol, mort.

Le martèlement insistant et envahissant, puis le coup de feu qui avait retenti, et soudain, le silence complet.

Un étrange silence, sans aucune respiration.

— Tu peux entrer, maintenant.

Il s'adressait à l'un des jeunes, mais c'est Jacobson, le plus vieux, qui répondit.

— Dis donc, Hoffmann, maintenant il faut qu'on…

— Je ne vais pas encore mourir.

Il regarda les trois matons dont il avait besoin et qui lui barraient le chemin. Deux jeunes, terrorisés, au bord de la crise de nerfs. Un plus âgé, assez calme, un de ceux qui persisteraient à tenter d'intervenir et qui n'était pas du genre à craquer.

— Entre dans la cellule.

Du métal contre une paupière en pleurs, et l'obscurité à un tout petit geste de là.

— Entre !

Le jeune gardien pénétra dans la cellule déserte et s'assit sur le bord du lit de fer.

— Ferme la porte ! À clé !

Hoffmann lança le trousseau à Jacobson. Aucune tentative de communication, aucun faux contact destiné à perturber, à créer une certaine proximité, des sentiments.

— Le corps.

Il donna un coup de pied dedans, c'était une question de pouvoir, de pouvoir à maintenir, de distance à conserver.

— Je le veux devant la 6. Mais pas trop près, pour ne pas empêcher la porte de s'ouvrir.

Jacobson secoua la tête.

— Il est trop lourd.

— *Tout de suite*. Devant la 6.

Il plaça le revolver contre la tempe, puis l'œil, puis la tempe, puis l'œil.

— Où est-ce qu'il faut que je le mette quand j'appuierai ?

Jacobson saisit les bras mous, totalement dépourvus de réflexes musculaires, son corps noueux, légèrement vieilli, tira les cent vingt kilos du mort sur le sol en plastique dur et, quand il fut positionné de façon à ce que la porte puisse s'ouvrir malgré tout, Hoffmann lui adressa un signe de tête.

— Ouvre-la.

Il ne le reconnaissait pas, ils ne s'étaient jamais vus, mais c'était la voix qui l'avait appelé Paula, à plusieurs reprises, la veille, en passant devant sa cellule, un des nombreux larbins de Wojtek.

— *Saloperie de* stukatj.

La même voix aiguë, lorsqu'il se précipita au-dehors et s'immobilisa tout à coup.

— *Merde, qu'est-ce que...*

Il regardait quelqu'un qui gisait à ses pieds, entièrement immobile, des poumons qui ne respiraient pas.

— *Espèce de salaud...*

— À genoux !

Hoffmann le visa avec son revolver miniature.

— À genoux !

Il s'était attendu à des menaces, peut-être du mépris.

Mais l'homme devant lui ne broncha pas et se laissa tomber près du corps inerte. Hoffmann resta un moment immobile : il avait été prêt à devoir tuer à nouveau, mais il se trouvait devant quelqu'un qui lui obéissait.

— Comment tu t'appelles ?

Le jeune gardien avait fermé les yeux et pleurait sous la pression du canon du revolver.

— Janne.

— Entre là-dedans, Janne.

Un autre membre du personnel de la prison était assis sur le bord d'un autre lit de fer vide, lorsque Jacobson verrouilla la porte de la 6.

Le martèlement reprit.

Derrière chaque porte, des détenus à l'isolement qui ne savaient pas ce qui se passait mais qui l'entendaient et sentaient que quelque chose clochait communiquaient. Le coup de feu très net, les voix fortes et le silence soudain. Ils frappaient plus fort, maintenant, d'inquiétude, encore et encore, sur les portes closes.

Piet Hoffmann fit rapidement le compte. Cela lui avait fait l'effet d'une éternité, mais ce n'était que le début. Il s'était écoulé huit minutes, neuf tout au plus, depuis qu'il avait ouvert la porte des toilettes en brandissant son arme. Deux des matons étaient enfermés, le troisième se tenait devant lui, le quatrième et le cinquième resteraient encore quelque temps dans la cour. Mais, à n'importe quel moment, le centre de contrôle pouvait sélectionner les caméras de cette unité et faire apparaître leurs images sur l'un de ses écrans et, à n'importe quel moment aussi, des matons d'autres secteurs pouvaient passer par là. Il fallait faire vite. Il savait où il allait. Il était en chemin depuis le moment où il avait compris qu'il était seul, condamné à mort, grillé par l'une des rares personnes qui étaient au fait de sa mission et de son nom de code. Il se rendait à l'endroit qu'il avait choisi pour ne pas avoir à mourir, si ce qui ne devait pas arriver se produisait malgré tout.

Ils se tenaient près de lui. Aussi près qu'il le fallait. À une distance suffisante pour qu'il puisse garder le contrôle de la situation tout en évitant d'être maîtrisé. Le détenu qui n'avait pas encore de nom était dangereux, il n'hésiterait pas à tuer s'il en avait la possibilité.

— Va chercher cette lampe, là-bas.

Il tendit le bras vers un simple lampadaire allumé dans l'un des coins de la guérite et attendit que Jacobson le pose par terre, devant lui.

— Ligote-le. Avec la rallonge.

Une fois les mains du détenu derrière son dos, Jacobson tira sur le fil blanc jusqu'à ce qu'il pénètre dans sa peau tout aussi blanche. Hoffmann le tâta pour vérifier, puis enroula lui-même le reste du cordon autour de la taille du gardien. Ils commencèrent alors à monter la cage d'escalier, qui semblait être en train de prendre vie. Les portes closes des unités retenaient de bruyants échanges entre détenus en colère, des bruits de couverts, des voix de joueurs de cartes énervés et le son d'une télé restée allumée à plein volume. Un seul cri, un seul coup de pied contre une porte et il risquait d'être découvert. Il pressait alternativement le canon du revolver contre les yeux du détenu et ceux du maton.

Ils étaient arrivés tout en haut du bâtiment, dans l'étroit couloir donnant accès à l'atelier.

La porte était ouverte. La vaste salle était plongée dans l'obscurité.

Les détenus affectés à cet endroit étaient encore en train de prendre leur petit déjeuner, une heure avant la session de travail du matin.

Il avait attendu qu'ils soient au milieu de l'atelier pour ordonner au détenu de se mettre à genoux.

— Plus bas ! Et penche-toi en avant.

— *Pourquoi ?*

— Penche-toi en avant !

— *Tu peux me tuer, tu peux tuer ce putain de maton. Mais, Paula, c'est bien comme ça qu'on t'appelle chez tes copains les flics, petite Paula, tu es mort toi aussi, bon Dieu. Ici. Plus tard. N'importe. On sait. On te lâchera pas. Et tu sais que c'est comme ça que ça se passe.*

De son poing libre, Hoffmann frappa avec force la nuque du détenu. Il ne savait pas pourquoi, cela lui était juste venu à l'idée en voyant qu'il ne savait pas quoi répondre. Car c'était vrai. Le larbin de Wojtek avait raison.

— Prends les feuillards de cerclage ! Enroule-les autour de ses poignets ! Et après, coupe le fil !

Jacobson se mit sur la pointe des pieds pour attraper, sur l'étagère au-dessus de la presse, le rouleau de feuillards gris en plastique dur qui servaient à cercler les cartons. Ensuite, il dut couper deux morceaux de cinquante centimètres qu'il serra autour des bras du détenu, lui entaillant la chair jusqu'au sang. Puis il dut arracher les vêtements de celui qui était à genoux, se déshabiller lui-même et placer leurs vêtements sur le sol en deux tas bien distincts. Enfin, il fut contraint de tourner son dos nu vers Hoffmann, pour qu'il attache également ses poignets.

Piet Hoffmann avait soigneusement mémorisé cette

salle qui sentait l'huile, le diesel et la poussière. Il avait repéré les caméras de surveillance, au-dessus de la foreuse et des petits chariots, mesuré la distance entre les établis et les trois grands piliers sur lesquels reposait le plafond et savait exactement où se trouvait le bidon de diesel et quels outils étaient rangés dans quel placard.

Le détenu et le gardien étaient nus, à genoux, les mains derrière le dos. Hoffmann vérifia de nouveau qu'ils étaient solidement ligotés, puis prit les deux tas de vêtements et les porta sur un établi, près du mur avec une grande fenêtre donnant sur l'église. Le récepteur se trouvait dans une de ses poches de devant, il l'introduisit dans son oreille, écouta et sourit. Puis un coup d'œil à l'extérieur, par la fenêtre, en direction du clocher, et il entendit le vent qui soufflait doucement dans un émetteur : cela fonctionnait.

Puis le vent céda la place à un bruit puissant et répétitif.

L'alarme.

Il se rua sur la pile de vêtements, déchira de la taille du pantalon d'uniforme bleu un morceau de plastique dont le voyant rouge clignotait et lut le message électronique qui s'affichait.

B1.

Le mitard. Le quartier qu'ils venaient de quitter. C'était plus rapide qu'il ne l'aurait cru.

Il regarda par la fenêtre.

Vers l'église. Vers le clocher.

Quinze minutes avant que les premiers arrivent près du mur. Et quelques heures avant que le personnel qualifié soit à l'endroit qu'il fallait, avec les armes qu'il fallait.

L'alerte avait été donnée par un inspecteur qui, en sortant dans la cour, avait jeté un coup d'œil, en passant devant la porte fermée de l'escalier, pour dire *bonjour* et s'assurer que tout allait bien. À présent, la première vague de gardiens se ruait dans le couloir mal éclairé, s'arrêtant tous en même temps pour contempler la même scène.

Un homme gisait sur le sol, mort.

Et des détenus perturbés et agressifs assénaient des coups de poing réguliers contre les portes verrouillées des cellules.

Un collègue livide et en sueur fut extrait de la cellule 6.

À peine relâché, il désigna la 3 d'un doigt fiévreux.

Un autre collègue enfermé fut libéré, un jeune homme qui pleurait, regardait par terre et disait quelque chose, *il lui a tiré dessus.* Puis il le répéta encore plus fort, que ce soit pour noyer le martèlement ou parce qu'il avait besoin de le formuler à nouveau, *il lui a tiré dessus, dans l'œil.*

Il les entendit se précipiter dans la cage d'escalier, regarda par la fenêtre et en vit d'autres traverser la cour. Par terre, les deux corps nus se tordaient d'inquiétude. Il pointa son revolver d'un visage à l'autre, visant les yeux et leur rappelant qu'il avait besoin d'être tranquille encore un moment.

— À quoi ça rime, tout ça ?

Les articulations du gardien le plus âgé étaient sûrement endolories. Il n'en parlait pas, mais c'était évident à la façon dont il se balançait d'avant en arrière pour répartir le poids de son corps recroquevillé sur ses genoux.

Piet Hoffmann entendit bien ce qu'il disait, mais ne répondit pas.

— Hoffmann. Regarde-moi. À quoi ça rime, tout ça ?

— Je t'ai déjà répondu.

— J'ai pas compris la réponse.

— Je veux pas mourir, pas encore.

Il tordit le cou, leva le visage et regarda droit dans le revolver, d'un œil, et Hoffmann de l'autre.

— Tu sortiras pas vivant d'ici.

Il le fixait, exigeant une réponse.

— T'as de la famille.

Parler, c'était pour lui changer de statut, se transformer d'objet en sujet, en personne communiquant avec une autre.

— T'as une femme et des enfants.

— Je sais ce que t'essayes de faire.

Piet Hoffmann alla se placer derrière les deux hommes nus, peut-être pour vérifier que les bandes de plastique enserrant leurs poignets étaient toujours en place, sans doute pour échapper à l'œil inquisiteur du gardien.

— Tu comprends, moi aussi. Une femme. Trois enfants. Tous grands, maintenant. Ça…

— Jacobson ? C'est bien ton nom ? Ta gueule ! Je t'ai déjà expliqué gentiment que je sais très bien ce que t'essayes de faire, putain. J'ai pas de famille. Plus maintenant.

Il tira sur le plastique, qui entailla la peau un peu plus profondément encore et fit jaillir du sang.

— Et je vais pas mourir, pas encore. Et s'il faut que tu meures à ma place, ça n'a aucune importance, putain.

Tu sers qu'à me protéger, Jacobson, t'es mon bouclier et rien d'autre. Avec ou sans femme et enfants.

L'espace de quelques minutes, l'inspecteur du B2 avait tenté d'entrer en contact avec le collègue qu'il venait de libérer de la 3. Un jeune homme, guère plus âgé que son propre fils et intérimaire pour l'été, qui n'avait même pas encore travaillé un mois entier. C'était ainsi. Certains passaient leur vie professionnelle à attendre et à redouter un matin comme celui-ci. D'autres le vivaient au bout de vingt-quatre jours.

Il avait répété une seule et même phrase, en réponse à toutes les questions.

Il lui a tiré dessus, dans l'œil.

Le jeune homme était en état de choc. Il avait vu quelqu'un mourir et une arme avait été appuyée contre sa paupière ; la marque ronde en était encore bien visible sur sa peau molle. Ensuite, il était resté là à attendre la mort, enfermé dans une cellule d'isolement. Il ne dirait rien d'autre, pas pour l'instant. L'inspecteur chargea le gardien le plus proche de s'occuper de lui et rejoignit celui qui avait été enfermé dans la 6, livide et en nage, et qui ne parlait qu'à voix basse mais de façon parfaitement audible.

— Où est Jacobson ?

L'inspecteur posa la main sur ses frêles épaules, qui tremblaient un peu.

— Qu'est-ce que tu veux dire ?

— On était trois. Jacobson était là, lui aussi.

La conversation était terminée depuis longtemps.

Mais les mots étaient toujours là, énervants, et il

en attendait d'autres pour calmer son inquiétude, une suite qui lui garantirait que tout allait désormais pour le mieux. Mais ce ne fut pas le cas, pas pour le moment. L'inspecteur du B2 avait expliqué tout ce qu'il y avait à expliquer.

Deux gardiens enfermés. Un détenu mort.

Et sans doute une prise d'otages.

Le directeur de la prison balança le combiné contre son bureau et l'un des vases de tulipes jaunes tomba par terre. Martin Jacobson avait été emmené par un détenu armé, un condamné à une longue peine placé à l'isolement, le matricule 0913 : Hoffmann.

Il s'assit par terre et ramassa distraitement les pétales jaunes qui flottaient dans l'eau renversée.

Bien sûr, il avait protesté. Exactement comme Martin par la suite.

« J'ai menti purement et simplement à un commissaire qui venait enquêter. J'ai menti parce que tu m'as ordonné de le faire. Mais ça, non. »

Il déchira les pétales jaunes un par un et en fit de petits morceaux poreux qu'il lâcha sur le sol mouillé. Il tendit ensuite le bras vers le combiné qui pendait toujours au bout de son fil, composa le numéro et ne s'arrêta pas de parler avant d'être tout à fait sûr que le directeur général avait compris chaque mot, chaque implication.

— Je veux une explication.

Un raclement de gorge. Rien d'autre.

— Une explication, Pål !

Un simple raclement de gorge, rien de plus.

— Tu m'appelles chez moi, tard le soir, et tu m'ordonnes de déplacer, sans poser de question, un détenu pour le réintégrer dans l'unité où il a fait l'objet de menaces. Tu ajoutes qu'il faut impérativement que ce soit fait le lendemain matin au plus tard. Et maintenant, Pål, ce même détenu braque une arme chargée contre mes employés. Explique-moi le lien entre tes ordres et cette prise d'otages. Sinon, je serai obligé de poser mes questions à quelqu'un d'autre.

Il faisait chaud, dans la guérite de l'entrée qui tenait lieu de centre de contrôle, à Aspsås comme dans toutes les autres prisons suédoises. Le gardien en uniforme bleu froissé du nom de Bergh transpirait, malgré le ventilateur posé sur la table derrière son dos, qui faisait voltiger des feuilles volantes et ses cheveux. Il se retourna donc pour prendre la serviette de toilette qui se trouvait d'habitude dans l'espace entre les boutons rouges et verts du panneau de régulation et l'un des seize écrans de télévision.

Des corps nus.

La résolution en noir et blanc n'était pas excellente et l'image vacillait un peu, et pourtant il en était tout à fait sûr.

L'écran le plus proche de la serviette montrait deux corps nus, sur le sol, et un homme en tenue de prisonnier tenant quelque chose près de leurs têtes.

Il leva les yeux vers le beau ciel bleu. Quelques nuages floconneux laissaient apparaître un agréable soleil accompagné d'une brise tiède. C'était une belle journée d'été. Mis à part le bruit des sirènes de cette première voiture de police, avec deux flics en uniforme du district d'Aspsås à l'avant.

— Oscarsson… ?

Le directeur de la prison d'Aspsås se tenait sur le parking goudronné, près du portail de l'entrée principale, le mur en béton brut et gris faisant écran au bruit derrière lui.

— Qu'est-ce que vous… Merde.

— Il a déjà tiré une fois.

— Oscarsson ?

— Et il menace de recommencer.

Ils étaient assis à l'avant, vitres baissées, une jeune agent que Lennart Oscarsson n'avait encore jamais rencontrée et Rydén, un inspecteur de police de son âge. Ils ne se connaissaient que de vue, mais savaient qui ils étaient. C'était un des rares policiers à avoir été en poste à Aspsås pendant tout le temps qu'Oscarsson avait travaillé à la prison.

Ils éteignirent le gyrophare et sortirent de la voiture.

— Qui ça ?

Je viens de l'infirmerie. Tu ne peux pas le voir.

— Piet Koslow Hoffmann. Trente-six ans. Dix ans de prison pour trafic de drogue. Psychopathe, violent et très dangereux, d'après son dossier.

L'inspecteur de police du district d'Aspsås se rendait assez souvent à la grande prison pour bien la connaître.

— Je ne saisis pas. Le bloc B. C'est le quartier disciplinaire, non ? Et il était armé ?

Il doit retourner en G2. Au plus tard demain matin de bonne heure.

— On ne comprend pas nous non plus.

— Mais l'arme, nom de Dieu, Oscarsson… Comment ? D'où…

— Je ne sais pas. Je ne *sais* pas.

Rydén regarda par-dessus le mur en béton, vers l'endroit où il savait que se trouvaient le troisième étage et le toit du bloc B.

— Il faut m'en dire plus. Quel genre d'arme ?

Lennart Oscarsson soupira.

— D'après le gardien qui a été menacé… il est sous le choc et perturbé, mais il a décrit une sorte de… pistolet miniature.

— Un pistolet ? Ou un revolver ?

— Quelle est la différence ?

— Y a un chargeur ? Ou un barillet ?

— Je ne sais pas.

Le regard de Rydén s'attarda sur le toit du bloc B.

— Prise d'otages. Un détenu violent et jugé dangereux.

Il secoua la tête.

— Il nous faut un autre genre d'armes. Et un autre genre de compétences. Des hommes spécialement formés pour ce type de cas.

Il retourna à la voiture, passa la main par la fenêtre et parvint tout juste à saisir le micro de la radio de bord.

— Je contacte l'officier de permanence du central régional. Je vais lui demander d'envoyer l'équipe nationale d'intervention.

Le sol crasseux était dur et froid contre sa jambe nue.

Martin Jacobson bougea doucement, tenta de basculer son corps en arrière, mais la douleur taraudait ses membres. Recroquevillés, penchés en avant, les mains ligotées dans le dos, ils étaient à genoux l'un près de l'autre depuis qu'ils étaient entrés dans l'atelier principal. Il jeta un coup d'œil au détenu, si proche qu'il pouvait presque sentir sa respiration. Il ne se souvenait pas de son nom, il était rare que les détenus du quartier disciplinaire acquièrent le statut d'individu. Mais il était originaire d'Europe centrale, il en était sûr. Il était grand, sa haine était tangible, il y avait quelque chose entre eux, quelque chose qui ne datait pas de la veille. Quand leurs regards se croisaient, ils restaient accrochés l'un à l'autre, et il se mettait à cracher et à lancer des sarcasmes. Hoffmann avait fini par se lasser, quand l'autre s'était mis à hurler dans une langue que Jacobson ne comprenait pas, et il l'avait frappé à la joue avant d'entraver ses jambes avec les bandes de plastique acérées.

Martin Jacobson avait peu à peu éprouvé ce qu'il n'avait pas eu la force de ressentir alors que tout n'était que chaos et qu'il devait se concentrer pour tenter de communiquer avec le preneur d'otages.

Une peur rampante, affreuse, s'insinuait en lui.

C'était bel et bien vrai, Hoffmann était sous pression et concentré et quelqu'un d'autre gisait déjà sur le sol, à un autre étage, quelqu'un qui ne penserait, ne parlerait ni ne rirait plus jamais.

Jacobson oscilla de nouveau, inspira profondément ; c'était plus que de la peur qu'il ressentait. Il n'avait jamais éprouvé cela auparavant : l'angoisse de la mort.

— Bouge pas.

Piet Hoffmann lui avait donné un coup de pied dans l'épaule, pas très fort, mais assez pour marquer sa peau nue. Il se mit ensuite à traverser l'atelier le long des établis, s'arrêtant devant les trois premières caméras, tendant le bras et les tournant l'une après l'autre vers le mur. Mais il garda un instant la quatrième entre ses deux mains, regarda l'objectif et s'approcha jusqu'à ce que son visage occupe tout l'écran. Puis il hurla à plusieurs reprises, avant de tourner aussi cette caméra-là contre le mur.

Bergh transpirait toujours, mais il ne le remarquait pas. Il avait déplacé sa chaise, dans la guérite de verre du centre de contrôle, et était maintenant penché sur la rangée d'écrans. Quatre d'entre eux affichaient des images de l'intérieur de l'atelier du bloc B. Depuis quelques minutes, il avait de la compagnie. Le directeur de la prison se tenait dans son dos et ils regardaient tous deux les mêmes séquences en noir et blanc avec une concentration similaire, presque en silence. Tout à coup, quelque chose changea. L'un des écrans, relié à la sortie d'image de la caméra la plus proche de la fenêtre, vira au noir. Mais pas un noir électronique ; elle continuait à fonctionner, on aurait plutôt dit qu'elle était obstruée par quelqu'un ou quelque chose. Puis ce fut au tour de la suivante. La caméra avait été tournée rapidement, peut-être contre un mur. Ce noir pouvait en fait être le gris d'un mur en béton filmé par l'objectif à un ou deux centimètres de distance. Pour la troisième, ils étaient prêts et eurent le temps de distinguer une main, là, juste avant la rotation, celle d'un homme qui fit pivoter brusquement la caméra et son support.

Il en restait une. Ils fixèrent l'écran, patientèrent et sursautèrent tous deux.

Un visage.

Un gros plan, bien trop gros, un nez et une bouche, rien d'autre. Une bouche qui cria quelque chose avant de disparaître.

Hoffmann.

Il avait dit quelque chose.

Il frissonna.

Non pas à cause de la température du sol, mais de peur de manquer de force pour combattre ses pensées tournant autour de sa propre mort.

Près de lui, le détenu avait de nouveau proféré des menaces, déversé encore un peu plus de haine et de sarcasmes, jusqu'à ce que Hoffmann aille prendre un chiffon, sur un des établis, et le lui enfonce dans la bouche.

Ils restèrent tous les deux à genoux en silence, même quand Hoffmann se dirigea d'un pas ferme vers le mur en verre éloigné, qui était en fait une fenêtre intérieure donnant sur un bureau. En tournant la tête, Martin Jacobson put le voir entrer dans la petite pièce et soulever quelque chose qui, à cette distance, ressemblait au combiné d'un téléphone.

La bouche remuait lentement. Des lèvres minces, tendues, qui paraissaient gercées, presque à vif.

Il

Ils se regardèrent, hochèrent la tête.

Ils avaient tous deux compris que les mouvements de la bouche formaient ce premier mot.

— La suivante.

Oscarsson se tenait près de Bergh, dans cette petite guérite. Ses doigts impatients appuyèrent sur le bouton lecture image par image. La bouche envahit la totalité de l'écran, articulant en écartant nettement les lèvres.

— T'as vu ?

— Oui.

— Encore une fois.

C'était très clair.

Les mots formés par ces lèvres étaient d'une telle agressivité qu'ils en devenaient une véritable attaque.

Il va mourir.

Sa main tremblait, c'était si inattendu qu'il avait été obligé de lâcher le combiné de téléphone.

Et s'il obtenait une réponse ?

Et s'il n'en obtenait pas ?

Un coup d'œil, par la fenêtre intérieure, vers l'atelier et les deux hommes nus, immobiles. Au milieu du bureau se trouvait une tasse en porcelaine encore à moitié pleine de café de la veille, qu'il but. Il était froid et amer, mais la caféine s'attarderait dans son corps pendant un moment.

Il composa de nouveau le numéro. Une première sonnerie, une deuxième, il attendit, était-elle encore là, avait-elle toujours le même numéro, il ne savait pas, il l'espérait, peut-être qu'elle…

Sa voix.

— C'est toi ?

Il y avait si longtemps.

— Je veux que tu fasses exactement ce qu'on a dit.

— Piet, je…

— *Exactement* ce qu'on a dit. *Maintenant.*

Il raccrocha. Elle lui manquait. Elle lui manquait tellement.

Et il se demandait si elle était toujours là pour lui.

Les gyrophares bleus étaient de plus en plus nets et allaient bientôt pénétrer dans la zone boisée séparant la route nationale de la bretelle d'accès à la prison d'Aspsås. Lennart Oscarsson se tenait près de l'inspecteur Rydén, sur le parking de l'entrée principale, quand deux grosses voitures noires et carrées arrivèrent. Vingt-cinq minutes plus tôt, les hommes de permanence à l'équipe nationale d'intervention avaient quitté Solna et leur quartier général de Sörentorp et – alors que les lourds véhicules étaient encore en marche – ils avaient déposé neuf d'entre eux, vêtus de façon identique : brodequins noirs, combinaisons bleu foncé, cagoules, visières de protection, casques, gants ignifugés et gilets pare-balles. Rydén se hâta d'aller saluer l'homme grand et fin qui sauta du siège passager du premier véhicule. John Edvardson, le directeur de l'équipe d'intervention.

— Là-bas. Le toit noir. Au dernier étage.

Quatre fenêtres sur le bâtiment le plus proche du mur extérieur. Edvardson hocha la tête. Il était déjà en route et Oscarsson et Rydén durent presque courir pour le suivre. En se retournant, ils virent les huit autres lui emboîter le pas, pistolet-mitrailleur à la main. Deux d'entre eux étaient même munis de fusils de précision, spécialement adaptés aux longues distances.

Ils traversèrent le centre de contrôle et le bâtiment de l'administration, franchirent une porte au niveau du mur suivant, qui était un peu plus bas et séparait toute la prison en différents secteurs, des carrés identiques contenant des bâtiments identiques en forme de L, à trois étages.

— Blocs G et H.

Lennart Oscarsson s'attarda près du mur intérieur, d'où ils avaient une bonne visibilité tout en étant protégés.

— Blocs E et F.

Il désignait un à un les bâtiments où étaient internés les condamnés à de longues peines.

— Blocs C et D.

Soixante-quatre cellules, soixante-quatre prisonniers dans chaque ensemble.

— Pour les détenus normaux. L'unité spéciale pour délinquants sexuels est dans une autre partie de la prison. On a eu des problèmes il y a quelques années quand des détenus qui n'auraient pas dû le faire se sont croisés.

Ils marchaient toujours à pas pressés, longeant mètre après mètre le béton épais jusqu'à s'approcher du dernier bâtiment en L. Oscarsson reprit légèrement son souffle avant de continuer.

— Blocs A et B. Chacun dans une aile du bâtiment. Le B est de l'autre côté. On a repéré le forcené à plusieurs reprises derrière la grande fenêtre, celle qui donne sur les champs et sur l'église, là-bas, celle d'Aspsås. J'ai recueilli les observations de deux gardiens différents et ils sont absolument affirmatifs.

Un bunker en béton gris, une brique de Lego, un affreux bâtiment, dur et silencieux.

— Tout en bas, B1, le quartier disciplinaire. Le mitard, quoi. C'est là qu'il a pris les otages. C'est de là qu'il s'est échappé.

Ils s'arrêtèrent pour la première fois depuis que l'unité armée avait quitté les véhicules, quelques minutes plus tôt.

— Un étage plus haut, B2 gauche et B2 droite. Seize

cellules de chaque côté. Trente-deux prisonniers normaux.

Lennart Oscarsson attendit quelques secondes. Il parlait toujours de façon saccadée, n'ayant pas réussi à reprendre son souffle.

Il baissa un peu la voix.

— Là. Tout en haut. B3. L'atelier. L'un des lieux de travail des détenus. Tu vois la fenêtre ? Celle qui donne sur la cour ?

Il se tut. La grande fenêtre avait l'air étrange, il faisait si beau dehors, le soleil, le vert des champs et le bleu du ciel, et puis, derrière la vitre, là-bas, la mort.

— Armé ?

Dans l'attente de la réponse de Rydén, Edvardson ordonna à six des hommes de l'équipe nationale d'intervention de se poster devant les trois entrées du bloc B et aux deux tireurs d'élite d'inspecter le toit des bâtiments situés à proximité.

— J'ai eu l'occasion de m'entretenir par deux fois avec les gardiens qui ont vu son arme. Ils sont toujours sous le choc et perturbés, mais je suis quasi sûr qu'ils parlent d'une sorte de revolver miniature à six coups. Je n'en ai vu en vrai qu'une seule fois, un SwissMiniGun. Il est fabriqué en Suisse et il est vendu comme le plus petit pistolet au monde.

— Vous avez dit : six coups ?

— Selon les gardiens, il en a tiré au moins deux.

John Edvardson regarda le directeur de la prison.

— Nom de Dieu, Oscarsson… Comment un détenu au mitard a-t-il pu se procurer une arme mortelle, dans l'une des prisons les plus sécurisées de Suède ?

Lennart Oscarsson n'eut pas la force de répondre,

pas pour le moment, et se contenta de secouer la tête de façon désabusée. Le chef de l'équipe nationale d'intervention se tourna donc à nouveau vers Rydén.

— Un revolver miniature. Je ne connais pas ce genre d'arme. À ton avis, c'est assez puissant pour tuer ?

— C'est déjà arrivé une fois.

John Edvardson contempla la fenêtre donnant sur la vieille église, derrière laquelle le preneur d'otages, un condamné à une longue peine disposant de suffisamment de contacts pour introduire une arme chargée dans une prison sous haute sécurité, avait été observé.

— Jugé psychopathe ?

— Oui.

Une vitre blindée.

Deux otages, nus, sur le sol.

— Avec un passé violent ?

— Oui.

Celui qui était là-bas savait parfaitement ce qu'il faisait. Selon les gardiens, il avait agi de façon calme et délibérée. Puis il s'était réfugié dans l'atelier, ce qui ne pouvait être un hasard non plus.

— Alors, on a un problème.

Edvardson regarda la façade du bâtiment. C'était là qu'ils cherchaient à entrer et le temps pressait, car le preneur d'otages venait de menacer de tuer une deuxième fois.

— On l'a vu à la fenêtre, mais étant donné la façon dont elle est placée, aucun tireur d'élite ne peut l'atteindre depuis l'intérieur de la prison. Et vu l'image que son dossier et toi donnez de lui… On ne peut pas non plus donner l'assaut. On pourrait facilement enfoncer la porte ou passer par un des vasistas, mais avec un malade pareil en situation de force… Si on fait ça, si on lance l'assaut, il ne va *pas* se retourner contre nous, il va rester calme et s'en prendre aux otages. Quelle que soit la menace qui pèse sur lui, il fera ce qu'il a dit : il tuera.

John Edvardson se remit en marche pour revenir vers la porte et le mur.

— On l'aura. Mais pas d'ici. Je vais positionner les tireurs d'élite. *À l'extérieur* de la prison.

Il s'écarta de la fenêtre.

Ils étaient à genoux, nus, à ses pieds.

Ils n'avaient pas bougé, ni essayé de communiquer.

Il vérifia leurs bras, leurs jambes, tira un peu sur les bandes de plastique acérées. Elles entaillaient un peu plus profondément que nécessaire, mais c'était une question de pouvoir : il fallait que sa force soit évidente aux yeux de ceux qui le menaçaient depuis l'extérieur.

Pour la deuxième fois, il avait entendu des sirènes. Les premières, une demi-heure plus tôt, étaient celles de la police locale, les seuls à pouvoir arriver aussi rapidement. Le bruit de celles-ci était bien différent, plus puissant et persistant, et il avait retenti tout le temps qu'il fallait pour venir du quartier général de l'équipe nationale d'intervention, à Sörentorp.

Il traversa la salle, compta ses pas, vérifia la porte d'entrée, inspecta l'autre fenêtre et se concentra sur le plafond et la couche de plaques de fibre de verre indépendantes qui servaient de revêtement pour amortir et absorber le vacarme de l'atelier. Il prit le long et fin tuyau de fer qu'il trouva sur un des établis pour cogner avec force sur ces panneaux, qui tombèrent sur le sol l'un après l'autre en carrés identiques, mettant à nu le vrai plafond.

La lourde voiture noire quitta le parking de l'entrée principale de la prison d'Aspsås pour aller se poster, une bonne minute plus tard et un bon kilomètre plus loin, devant une autre entrée bien plus petite, située près d'une allée gravillonnée menant à une église blanche qui avait fière allure. John Edvardson emprunta l'allée ratissée de frais, Rydén à ses côtés et les deux tireurs d'élite placés juste derrière lui. Les rares visiteurs de ce cimetière bien entretenu et baigné de soleil observèrent avec inquiétude les uniformes de ces hommes armés au visage noir, car cette violence et cette paix n'allaient pas l'une avec l'autre. L'église était ouverte ; ils jetèrent un coup d'œil dans la vaste nef déserte mais choisirent la porte sur la droite, l'escalier très raide puis la porte suivante dont les marques sur le chambranle indiquaient clairement qu'elle avait été forcée récemment, et enfin la légère échelle en aluminium donnant accès, par une trappe, au toit du clocher. Ils se courbèrent pour passer sous la cloche en fonte et ne se redressèrent que lorsqu'ils eurent atteint l'étroit balcon. À cet endroit, le vent soufflait violemment et, lorsqu'ils eurent enfin une vue entièrement dégagée, la prison leur apparut sous la forme d'un colosse gris de forme carrée. Ils se tinrent à la petite rambarde pour scruter le bâtiment le plus proche du mur et la fenêtre du troisième étage, où le preneur d'otages s'était montré et où ils supposaient qu'il se trouvait encore.

Après avoir fait tomber la moitié des plaques de fibre de verre du plafond, Pier Hoffmann arrêta de gesticuler.

Il avait entendu quelque chose. Un bruit dans son oreille. Il était très net. Ce qui, jusque-là, n'était rien d'autre que l'écho d'un vent léger dans le récepteur s'était changé en coup assez sec, puis en bruit de pas, puis en grattement. Quelqu'un marchait, et même plusieurs personnes. Il courut à la fenêtre et les vit : quatre d'entre eux étaient dans le clocher de l'église, en train de le regarder.

Une ombre fugitive au coin de la fenêtre, qui s'était aussitôt volatilisée.

Il s'était tenu là, les avait observés et avait disparu.

— C'est un bon endroit. Le meilleur pour l'atteindre. On va procéder à partir d'ici.

John Edvardson assura sa prise sur la rambarde en fer du balcon. Le vent soufflait plus qu'il ne l'aurait cru et ils étaient très en hauteur.

— J'ai besoin de ton aide, Rydén. À partir de maintenant je vais travailler d'ici, depuis l'église et le clocher, mais je veux aussi disposer de quelqu'un, plus près de la prison, qui ait une vue d'ensemble, quelqu'un comme toi, qui soit familier des lieux.

Rydén suivit du regard quelques visiteurs du cimetière qui avaient levé un œil inquiet vers le clocher et étaient maintenant en train de partir. La paix qu'ils étaient venu partager avec leurs êtres chers s'était éclipsée.

Il hocha lentement la tête : il avait écouté et compris, mais il avait une autre solution.

— Volontiers. Mais il y a un officier qui connaît la prison encore mieux que moi. Il travaillait dans le district quand elle a été construite et depuis, il vient régulièrement en visite pour accompagner des détenus ou conduire des interrogatoires. C'est un excellent enquêteur.

— Qui ça ?

— Un gradé du commissariat central de Stockholm. Il s'appelle Ewert Grens.

Chaque mot était parfaitement retransmis. Le récepteur argenté fonctionnait aussi bien que prévu.

« Qui ça ? »

Il l'ajusta un peu, poussant légèrement le mince disque de métal avec l'index pour l'enfoncer un peu plus dans son oreille.

« Un gradé du commissariat central de Stockholm. Il s'appelle Ewert Grens. »

Leurs voix étaient aussi claires que s'ils parlaient bien droit dans l'émetteur.

Piet Hoffmann patienta près de la fenêtre.

Ils étaient près de la petite rambarde en fer, peut-être même se penchaient-ils un peu par-dessus.

Puis quelque chose se passa.

Des raclements très nets, d'abord une arme en métal qui frappait sur une surface en bois, puis la masse d'un corps qui s'allongeait de tout son long.

— Quinze cent trois mètres.

— Quinze cent trois mètres. J'ai bien compris ?

— Oui.

— Trop loin. On n'a pas ce qu'il faut pour cette distance. On peut le voir. Mais pas l'atteindre.

La voiture bougeait à peine.

Dense et paresseuse, la circulation matinale se traînait sur les deux files de Klarastrandsleden.

Un passager sortit du bus de devant, furieux, et se mit à marcher tout seul le long de cette artère très fréquentée. Il eut l'air satisfait en dépassant les voitures surchauffées et constatant qu'il atteindrait la bretelle d'accès à la E4 bien avant ses compagnons de voyage immobilisés. Ewert Grens envisagea un instant de klaxonner cet homme qui marchait à un endroit interdit et peut-être même de lui mettre sous le nez son insigne de police, sous l'emprise de la colère, mais s'abstint. Il le comprenait et si une petite promenade dans un air torride et pollué, au milieu d'un océan de véhicules, pouvait empêcher les gens de s'acharner sur leur tableau de bord pour effrayer leurs congénères automobilistes, pourquoi pas, après tout ?

Il tâta le plan chiffonné qui se trouvait sur le siège passager.

Il avait pris sa décision. Il allait la voir.

Dans quelques kilomètres, il s'arrêterait devant l'une des entrées ouvertes en permanence du cimetière Nord, descendrait de voiture, chercherait sa tombe et lui dirait quelque chose ressemblant à un adieu.

Son téléphone portable était posé sous le plan.

Il l'ignora pendant les trois premières sonneries, le regarda pendant les trois suivantes et finit par le prendre en se rendant compte qu'il ne s'arrêterait pas de sonner.

L'officier de permanence.

— Ewert ?

— Oui.

— Où es-tu ?

En entendant le ton familier de sa voix, il se mit aussitôt à chercher un moyen de sortir de l'embouteillage, car un officier de permanence qui lui parlait ainsi allait sûrement avoir besoin d'aide très rapidement.

— Klarastrandsleden. En direction du nord.

— Mission spéciale.

— Quand ça ?

— En urgence absolue, Ewert.

Ewert Grens n'aimait pas modifier des plans bien arrêtés.

Il aimait la routine, aller jusqu'au bout, et c'est pourquoi il avait du mal à changer de direction quand il était déjà en route.

Il aurait donc dû soupirer, peut-être même protester un peu mais, en fait, il était soulagé.

Il n'avait pas besoin d'y aller. Pas encore.

— Attends.

Grens mit son clignotant et inséra le nez de la voiture dans la file opposée en vue d'un demi-tour sur place, en dépit de la ligne blanche continue, ce qui lui valut des coups de klaxon hystériques de la part de véhicules qui durent freiner brutalement. Il finit par s'en lasser et baissa sa vitre latérale pour fixer son gyrophare bleu sur le toit de la voiture.

Les autres se turent et leurs conducteurs baissèrent la tête.

— Ewert ?

— Je suis là.

— C'est à Aspsås. Tu connais l'intérieur de la prison mieux que n'importe quel autre officier de la région. J'ai besoin de toi là-bas immédiatement pour prendre la tête des opérations.

— Ah bon ?

— La situation est critique, tu sais.

John Edvardson se tenait au milieu du beau cimetière entourant l'église d'Aspsås. Vingt minutes plus tôt, il avait quitté le clocher et les tireurs d'élite qui, à deux reprises, avaient observé aussi bien Hoffmann que les otages. À tout moment, ils pouvaient décider d'entrer. Ils n'en auraient que pour quelques secondes à enfoncer la porte ou le toit et maîtriser le preneur d'otages. Mais tant que ces derniers étaient en vie et que lui n'était pas blessé, ils n'allaient pas courir le risque.

Il regarda autour de lui.

Le cimetière était gardé par une patrouille de la police d'Uppsala qui avait bouclé la zone. Il n'y avait plus un seul visiteur en deuil, derrière la bande de plastique bleu et blanc, pas de pasteur ni de bedeau. Deux voitures étaient arrivées d'Arlanda, deux autres de Stockholm, et il en avait placé une à chaque coin du mur de béton entourant la prison. Il disposait maintenant de quatre policiers du district d'Aspsås, autant d'Uppsala, d'Arlanda et de Stockholm, et bientôt, quand les douze autres membres de l'équipe nationale d'intervention arriveraient, il aurait un total de trente-sept hommes sur place pour surveiller, protéger, donner l'assaut.

John Edvardson était tendu. Il était dans un cimetière, face à un mur gris, et l'inquiétude qui s'installait le rongeait et l'énervait. Il n'arrivait pas à mettre la main dessus, il y avait quelque chose… Quelque chose qui ne collait pas.

Hoffmann.

Le type qui menaçait de tuer, là-bas, ne collait pas.

Au cours des dix dernières années, Edvardson estimait qu'il avait dû y avoir deux, peut-être trois prises d'otages par an dans les prisons suédoises. Chaque fois, l'équipe nationale était intervenue, suivant le même scénario joué d'avance. Il se rappelait d'un détenu qui avait réussi d'une manière ou d'une autre à se procurer de l'alcool frelaté, s'était fortement enivré, et en était parvenu à la conclusion qu'il était lésé et traité injustement, en particulier par le personnel féminin. Et, l'ivresse entraînant un sentiment de puissance qui le rendait redoutable, il était passé à l'action et avait pris en otage une intérimaire de vingt-neuf ans en lui appliquant un tournevis rouillé contre la gorge. Puis l'alerte avait été donnée et deux douzaines de policiers spécialement entraînés et dotés d'armes de tireurs d'élite étaient arrivés. Dès lors, ce n'était plus qu'une question de temps pour que, les effets de l'alcool se dissipant et la gueule de bois se faisant sentir, le détenu réalise qu'il n'était pas vraiment en position de force. Les mains sur la tête, il s'était rendu et tout ce qu'il avait gagné, c'était six années supplémentaires de prison et une réduction de ses permissions.

Mais Hoffmann, non, ça ne collait pas.

Selon les gardiens qu'il avait réussi à mettre sous clé, il n'était pas ivre. Il avait agi de façon réfléchie, chacune de ses étapes semblait avoir été préméditée : ce n'était pas l'impulsion qui l'avait guidé, mais la réflexion.

John Edvardson monta le volume de la radio de bord pour répartir les douze nouveaux arrivants de l'équipe nationale d'intervention : quatre d'entre eux vers la porte de l'atelier du bloc B afin de mettre en place des micros, cinq autres passant par les échelles extérieures du bâtiment pour installer encore plus de matériel d'écoute sur le toit, et les trois derniers pour renforcer la surveillance de la cage d'escalier.

Il s'était approché de l'atelier et avait bouclé le cimetière.

Il avait donc fait tout ce qu'il pouvait et devait faire pour le moment.

La balle était maintenant dans le camp du preneur d'otages.

La lourde porte d'acier du quatrième étage de l'hôtel de police était ouverte. Ewert Grens glissa sa carte de service dans la fente du lecteur, tapa le code à quatre chiffres et attendit que la grille s'ouvre. Il pénétra dans l'étroit espace et s'approcha d'une boîte numérotée, l'ouvrit avec sa clé et en sortit une arme de service dont il se servait rarement. Il y inséra le chargeur resté plein, des munitions à la douille légèrement évidée dans laquelle on avait placé quelque chose qui ressemblait à un morceau de verre transparent, le genre de projectile fait pour déchiqueter. Il se précipita ensuite en direction de la brigade de recherches, ralentit en passant devant le bureau de Sven Sundkvist.

— On a du boulot, Sven, je veux vous voir Hermansson et toi dans le garage dans quinze minutes et savoir tout ce qu'on a dans nos fichiers sur le 721018-0010.

Puis il continua son chemin. Sven répondit peut-être quelque chose mais, si c'était le cas, il ne l'entendit pas.

Quelqu'un bougeait sur le toit.

On y traînait quelque chose qui raclait.

Piet Hoffmann se tenait près de la pile de panneaux de fibre de verre. Il avait pris la bonne décision. S'ils avaient encore été accrochés au plafond, ils auraient amorti et étouffé les petits mouvements qui se déroulaient au-dessus de sa tête en ce moment même.

Nouveaux raclements.

De l'autre côté de la porte cette fois.

Ils étaient partout : dans le clocher, sur le toit, près de la porte d'entrée, réduisant sans cesse un peu plus son rayon d'action. Ils étaient assez nombreux pour surveiller la prison tout en préparant l'assaut de plusieurs côtés.

Il ramassa les panneaux carrés et les jeta un par un sur la porte, pour que le bruit s'entende. Il fallait qu'ils puissent constater à l'aide de leur matériel d'écoute qu'il leur était maintenant un peu plus difficile d'entrer, qu'il y avait sur leur chemin un obstacle qu'il leur faudrait une seconde de plus pour franchir, c'est-à-dire le temps dont une personne armée a besoin pour tuer son otage.

Mariana Hermansson conduisait beaucoup trop vite, gyrophares allumés et sirènes hurlantes. Ils étaient maintenant à une dizaine de kilomètres au nord de Stockholm, étrangement silencieux et repensant peut-être à une autre prise d'otages ou à une précédente visite à cette prison dans le cadre de leurs enquêtes et de leur quotidien. Au bout d'un moment, Sven fouilla dans la boîte à gants comme il le faisait habituellement et trouva les deux cassettes de compilation de tubes des années soixante de Siwan. Il en glissa une dans le lecteur de la voiture. Ils écoutaient toujours le passé de Grens pour ne pas avoir à se parler, et pour éviter de se rendre compte qu'ils n'avaient pas grand-chose à se dire.

— Enlève-moi ça !

Ewert avait élevé la voix et Sven n'était pas sûr de comprendre pourquoi.

— Je croyais…

— Enlève-la, Sven ! Respecte un peu ma peine.

— Tu veux dire…

— Respect. Peine.

Sven éjecta la cassette et la replaça dans la boîte à gants, prenant soin qu'Ewert le voie et l'entende la refermer. Il comprenait rarement son chef et avait appris à ne pas poser de questions. Parfois, il valait mieux que les particularités des gens restent des particularités. Après tout, il était lui-même quelqu'un d'ennuyeux, qui ne cherchait pas la bagarre, qui n'avait pas besoin de réponse pour se positionner dans la hiérarchie. Il avait depuis longtemps décidé de laisser ça aux anxieux et à ceux qui manquaient de confiance en eux.

— Le preneur d'otages ?

Il se tourna vers le siège arrière.

— Oui ?

— Tu as son historique ?

— Attends.

Sven Sundkvist sortit cinq documents d'une enveloppe et mit ses lunettes. Le premier, extrait du fichier des personnes recherchées, était pourvu du code utilisé uniquement pour quelques rares criminels. Il le tendit à Grens.

CONNU DANGEREUX ARMÉ

— C'est un de *ceux-là*.

Ewert Grens soupira. Un de ceux dont l'arrestation nécessitait toujours le renfort des effectifs de garde ou d'unités de policiers spécialement entraînés. Un de ceux avec lesquels il n'y avait pas de limites.

— Autre chose ?

— Son casier judiciaire. Dix ans pour de l'amphétamine. Mais c'est une peine plus ancienne qui nous intéresse.

— Ah bon ?

— Cinq ans. Tentative de meurtre. Voies de fait contre un représentant de l'autorité publique.

Sven Sundkvist feuilleta le document suivant.

— J'ai les détails du jugement. Quand il a été arrêté à Söderhamn, le preneur d'otages a tout d'abord frappé plusieurs fois un policier au visage avec la crosse de son pistolet, puis il a tiré deux coups de feu sur un autre, un dans la cuisse, l'autre dans le bras gauche.

Ewert Grens leva une main en l'air.

Son visage était légèrement rouge, il se pencha en arrière et passa l'autre main dans ses cheveux clairsemés.

— Piet Hoffmann.

Sven Sundkvist sursauta.

— Comment tu sais ?

— C'est comme ça qu'il s'appelle.

— Je n'en étais même pas arrivé à son nom. Mais… C'est bien ça, en effet. Comment tu peux le savoir, Ewert ?

Le rouge du visage de Grens s'accentua, sa respiration se fit un peu plus laborieuse.

— J'ai lu ce verdict, *Sven, ce putain de verdict et pas un autre*, il y a moins de vingt-quatre heures. C'est Piet Hoffmann que je voulais voir quand je suis allé à Aspsås en enquêtant sur le meurtre du 79 Västmannagatan.

— Je ne comprends pas.

Ewert Grens secoua lentement la tête.

— C'est l'un des trois noms sur lesquels j'étais chargé d'enquêter afin de les éliminer de l'enquête sur Västmannagatan. Piet Koslow Hoffmann. Je ne comprends pas pourquoi ni comment, mais c'était l'un d'eux, Sven.

C'était un cimetière qui aurait dû être beau. Avec le soleil qui perçait les grands érables verts, les allées de gravier rectilignes récemment ratissées et le carré de pelouse bien entretenue autour de pierres tombales attendant en silence leurs prochains visiteurs. Mais cette beauté n'était qu'une façade illusoire qui, lorsqu'ils s'en approchèrent, laissa la place à une menace, une inquiétude, une agitation. Les visiteurs avaient troqué leurs fleurs et arrosoirs contre des pistolets-mitrailleurs et des cagoules noires. John Edvardson les accueillit à l'entrée et ils se hâtèrent de se diriger vers le portail clos de l'église blanche, en haut du perron. Edvardson tendit des jumelles à Ewert Grens et attendit en silence que le commissaire trouve la bonne fenêtre.

— Cette partie de l'atelier.

Ewert Grens tendit ensuite les jumelles à Hermansson.

— Cette partie de l'atelier ne possède qu'une entrée et une sortie. Avec des otages… C'est vraiment le plus mauvais endroit à choisir.

— On les a entendus parler.

— Tous les deux ?

— Oui. Ils sont vivants. Donc on ne peut pas entrer.

La pièce qui se trouvait sur la droite, juste derrière l'entrée de l'église, n'était pas bien grande, mais c'était la seule qui puisse leur servir de poste de commandement, pour le moment. C'était l'endroit où, d'habitude, les familles en deuil se réunissaient, avant un enterrement, et où les couples patientaient tranquillement, avant un mariage. Sven et Hermansson prirent les chaises pour les placer contre le mur pendant qu'Edvardson s'avançait vers le petit autel en bois sur lequel il déplia d'abord un plan de la prison tout entière, puis un croquis détaillé de l'atelier.

— Tout le temps… visible ?

— Je pourrais ordonner à mes tireurs d'élite de faire feu à n'importe quel moment. Mais c'est trop loin. Quinze cent trois mètres. Avec nos armes, si je veux pouvoir garantir le résultat, on ne peut pas aller au-delà de six cents mètres.

Ewert Grens posa le doigt sur le croquis et la fenêtre qui était pour le moment leur seul contact avec un homme qui avait tué quelques heures auparavant.

— Il sait qu'on ne peut pas tirer d'ici… Et derrière

les barreaux, derrière des vitres blindées… il se sent en sécurité.

— Il *croit* l'être.

Grens regarda Edvardson.

— Comment ça ?

— Avec l'équipement dont *nous* disposons, oui. Mais pas dans tous les cas de figure.

Sur la grande table de l'un des bureaux d'angle de la Chancellerie était posé un plan bien éclairé. La lumière des lampes du plafond se mêlait à celle des hautes fenêtres donnant sur les eaux de Norrström d'un côté et de Riddarfjärden de l'autre. Fredrik Göransson lissa de la main les plis du papier et le déplaça légèrement pour que le directeur de la police nationale et la secrétaire d'État puissent le voir.

— Ceci, le bâtiment le plus proche du mur, c'est le bloc B. Et là, au dernier étage, vous avez l'atelier.

Trois visages se penchèrent sur la table et scrutèrent sur un morceau de papier un endroit où ils n'étaient jamais allés.

— Hoffmann se trouve donc ici. Près de lui, sur le sol, les otages. Un détenu et un inspecteur. Entièrement nus.

Il était difficile d'imaginer qu'à l'endroit désigné par ces lignes droites, sur un plan d'architecte, se tenait quelqu'un qui menaçait de tuer d'autres personnes.

— D'après Edvardson, il s'est régulièrement montré à la fenêtre depuis l'arrivée de l'équipe nationale d'intervention.

Göransson prit sur la table les classeurs et l'épais

dossier contenant les documents de l'administration pénitentiaire et les posa sur les chaises, pour faire de la place et, comme cela ne suffisait pas, il fit de même avec le Thermos et les trois tasses vides. Il déroula ensuite un plan de la localité d'Aspsås et traça à l'aide d'un marqueur une ligne droite, par-dessus un vaste espace vert, entre les grands carrés représentant les différents bâtiments de la prison et l'un des autres rectangles de la carte, celui portant une croix.

— L'église. À quinze cent trois mètres, très précisément, de distance. Le seul endroit offrant une vue suffisante pour un tireur d'élite. Hoffmann le sait, Edvardson en est convaincu. Il sait que l'équipement de la police n'a pas une telle portée et c'est ce qu'il nous laisse entendre en se tenant à cet endroit.

Il restait un peu de café dans le Thermos. La secrétaire d'État prit sa tasse sur la chaise, la remplit à moitié, puis se leva et s'éloigna légèrement dans la pièce en regardant ses visiteurs.

— Vous auriez dû m'en informer dès hier.

Puis elle ajouta :

— Vous nous avez conduits dans une impasse.

Elle les observa l'un après l'autre, tremblant de rage, et baissa encore d'un ton.

— Vous l'avez obligé à agir. Et maintenant, je n'ai pas le choix, je dois agir moi aussi.

Elle les regardait toujours en se dirigeant vers la porte.

— Je reviens dans un quart d'heure.

Chaque marche d'escalier avait été un supplice et, quand Ewert Grens vit l'échelle en aluminium menant à une trappe dans le clocher de l'église, sa jambe raide protesta au moyen de petits élancements qui oblitérèrent toutes ses pensées. Il ne dit rien lorsqu'il glissa sur le premier barreau, et rien non plus lorsque sa poitrine, un peu plus haut, se pressa contre son cou. Son front luisait de sueur et ses bras étaient engourdis quand il se hissa par la trappe, se cogna la tête et l'écorcha contre le bord de la lourde cloche de fonte. Il se baissa et couvrit presque à quatre pattes les derniers mètres le séparant de la porte du balcon, où une brise légère vint le rafraîchir.

Ils disposaient maintenant d'un total de quarante-six agents sur place, en dehors de la prison, à l'intérieur de celle-ci et à l'extérieur de l'église, et de deux autres dans ce clocher, des tireurs d'élite observant avec des jumelles une fenêtre du troisième étage de la façade du bloc B.

— Il y a deux endroits possibles. Le pont de chemin de fer, là-bas, est plus proche de la prison d'environ deux cents mètres mais, de là, l'angle est bien plus mauvais et la cible devient de ce fait trop petite. D'ici, en revanche, elle est parfaite. On le voit parfaitement. Mais on a un problème. Nos tireurs d'élite utilisent un fusil qui s'appelle le PSG 90 et qui est conçu pour une distance maximale de six cents mètres. C'est ce à quoi sont entraînés nos tireurs. Or, ici, Ewert, on est beaucoup plus loin.

Ewert Grens s'était relevé et se tenait maintenant tout au bord de l'étroit balcon, les doigts crispés autour de la rambarde. Il aperçut de nouveau l'ombre de Hoffmann.

— Et qu'est-ce que ça signifie ?

— Que c'est une distance impossible. Pour nous.

— Impossible ?

— La plus longue distance à laquelle un tireur d'élite ait jamais atteint sa cible est de deux mille trois cent soixante-dix mètres. C'est un Canadien.

— Bon.

— Bon, quoi ?

— Ce n'est donc pas impossible.

— Si. Pour nous.

— C'est presque neuf cents mètres de moins ! Quel est le problème, bon Dieu ?

— Le problème, c'est qu'il n'y a pas un seul agent qui soit capable de tirer à une telle distance. Cela n'entre pas dans la formation que *nous* leur donnons. Et *nous* ne disposons pas de l'équipement nécessaire.

Grens se tourna vers Edvardson et le balcon trembla. Il avait secoué violemment la rambarde, et il pesait bon poids.

— Qui ?

— Qui, quoi ?

— Qui dispose de cette formation ? Et de l'équipement.

— L'armée. C'est eux qui forment nos tireurs d'élite. Ils ont l'entraînement qu'il faut. Et surtout, l'équipement.

— Alors, fais-en venir un. *Maintenant*.

Le balcon trembla de nouveau, Ewert Grens était agité, son grand corps bougeait d'avant en arrière, il secouait la tête et tapait du pied. John Edvardson attendit qu'il soit calmé, il n'avait pas l'habitude de trop se préoccuper des humeurs d'un commissaire de police.

— Ce n'est pas tout à fait comme ça que ça se passe. On ne peut pas avoir recours à des militaires à des fins policières.

— C'est une question de vie ou de mort !

— Référence SFS 2002 : 375. Ordonnance sur la participation des forces armées aux activités d'ordre civil. Je peux te la lire si tu veux. Alinéa sept.

— Je m'en fous.

— C'est la loi de ce pays, Ewert.

Il les avait écoutés bouger sur le toit, par tout petits mouvements. Ils étaient là en permanence, ils étaient prêts, mais ils attendaient.

Puis son oreillette crachota.

— L'armée. C'est eux qui forment nos tireurs d'élite. Ils ont l'entraînement qu'il faut. Et surtout, l'équipement.

Piet Hoffmann sourit.

— Alors, fais-en venir un. *Maintenant*.

Il sourit à nouveau, mais seulement intérieurement, puis il prit soin de se placer de profil, perpendiculairement à la fenêtre.

Équipement, formation, savoir-faire.

Un tireur d'élite. Un tireur d'élite *militaire*.

Le plan d'Aspsås était toujours sur la table de réunion, quand la secrétaire d'État revint dans son bureau et referma soigneusement la porte derrière elle.

— On continue.

Quand elle était sortie, un quart d'heure plus tôt, elle était tendue et son visage était rouge. Mais, quoi qu'elle ait fait ou à qui que ce soit qu'elle ait parlé, cela avait fait de l'effet : elle avait l'air plus calme et buvait maintenant le reste de sa tasse de café, l'air concentrée et déterminée.

— C'est le journal de bord ?

Elle avait hoché la tête en direction d'un des classeurs qui avaient été ôtés de la table.

— Oui.

— Donne-le-moi.

Göransson lui tendit l'épais classeur noir et, en le feuilletant lentement, elle remarqua que chaque page était manuscrite alternativement au stylo bille noir et bleu.

— Toutes les réunions entre vous, les officiers traitants, et ce Hoffmann sont consignées là-dedans ?

— Oui.

— Et c'est l'unique exemplaire ?

— C'est celui que je conserve en ma qualité de contrôleur officiel. Le seul qui existe.

— Détruis-le.

Elle posa le classeur sur la table et le poussa légèrement vers Göransson.

— Existe-t-il d'autres traces formelles de contact entre les autorités de police et Hoffmann ?

Göransson secoua la tête.

— Non. Pas dans son cas. Ni dans celui d'autres d'infiltrés. Ce n'est pas ainsi que nous travaillons.

Il parut se détendre un peu.

— Hoffmann a perçu pendant neuf ans un salaire de notre part. Mais uniquement à partir du compte affecté à la rémunération des indics. Celui-ci ne comporte aucune indication d'ordre personnel et n'a donc pas à être communiqué aux autorités fiscales.

Hoffmann ne figure donc pas sur nos livres de paye. À strictement parler, il n'existe absolument pas pour nous.

Le dossier contenant les documents de l'administration pénitentiaire était toujours sur une des chaises.

— Et celui-ci ? C'est à son sujet ?

— Oui.

Elle l'ouvrit, parcourut les extraits de casier judiciaire et les rapports sur sa santé mentale.

— C'est tout ?

— C'est l'image que nous avons de lui.

— Que nous avons ?

— Que nous avons créée.

— Et cette image globale… si je peux m'exprimer ainsi… constitue une base suffisante pour l'agent qui va prendre une décision à propos de Hoffmann quant à… disons : la poursuite de la prise d'otages ?

Le soleil pénétra dans la pièce et l'illumina, tandis que les feuilles de papier blanc renforçaient et réfléchissaient son puissant éclat.

— C'était une image suffisante pour qu'elle recueille la sanction de la branche de la mafia qu'il a infiltrée. Nous l'avons ensuite améliorée pour le rendre parfaitement crédible, même pendant son travail à l'intérieur d'Aspsås.

La secrétaire d'État mit le dossier de côté, contempla Göransson qui, avec les titres dont il disposait, aurait très bien pu prendre la tête de l'opération de gestion de la prise d'otages.

— Est-ce que tu… Avec ce dossier et vu la situation actuelle à Aspsås, étant donné la menace qui pèse sur la vie des otages… Est-ce que tu prendrais une décision basée sur l'idée que Hoffmann est dangereux, capable de tout ?

Le commissaire principal Göransson hocha la tête.

— Sans aucun doute.

— Est-ce que n'importe quel officier de police en charge des opérations prendrait la même décision en s'appuyant sur la même base ?

— Compte tenu de l'image que nous avons donnée de Hoffmann, aucun policier sur place ne mettrait en doute le fait que celui-ci est prêt à tuer un responsable de l'administration pénitentiaire.

— Alors… si le chef des opérations à Aspsås est convaincu que Hoffmann est prêt à tuer les otages… et s'il doit prendre une décision en ce moment précis… que fait-il ?

— Si notre chef des opérations sur place estime que les otages courent un danger imminent et que Piet Hoffmann va les tuer, il doit ordonner l'assaut pour préserver la vie des otages.

Göransson s'approcha de la table et du plan, passa le bout de son doigt sur le papier, entre le rectangle représentant le bloc B et celui, à un kilomètre et demi de là, qui figurait l'église.

— Mais ce n'est pas possible dans le cas présent.

De la main, il traça un cercle en l'air, au-dessus du bâtiment marqué d'une croix, et s'attarda là pour dessiner lentement des boucles sans fin.

— Le chef des opérations de la police va donc, s'il le faut, ordonner aux tireurs d'élite de l'équipe nationale d'intervention de neutraliser le preneur d'otages.

— Le neutraliser ?

— Tirer sur lui.

— Tirer ?
— Le mettre hors d'état de nuire.
— Hors d'état de nuire ?
— Le tuer.

La pièce dans laquelle se trouvait le petit autel de bois avait déjà été transformée en poste de commandement. Les plans de la prison d'Aspsås étaient toujours sur la surface destinée à célébrer la messe. Des gobelets en carton plus ou moins vides de la station-service la plus proche traînaient par terre et la fenêtre étroite, grande ouverte pour renouveler l'air que les voix stressées et forcées avaient épuisé depuis longtemps, était légèrement agitée par le vent. Ewert Grens ne cessait de se déplacer entre Edvardson, Sundkvist et Hermansson. Bruyant, sans être agressif ni en colère, il venait de prendre les rênes de l'opération policière et se concentrait pour tenter de trouver des solutions. C'était lui qui devrait bientôt prendre la décision finale, c'était lui et lui seul qui porterait la responsabilité directe de la vie de plusieurs personnes. Il quitta cet espace étouffant pour errer un peu dans le cimetière vide, entre les tombes et les fleurs fraîchement plantées, et vit un autre cimetière qu'il n'avait pas encore osé arpenter, où il se rendrait plus tard, quand tout ceci serait terminé. Il s'arrêta entre une très belle pierre tombale grise et un arbre ressemblant à un érable, prit ses jumelles et scruta le bâtiment derrière le mur de la prison d'Aspsås ainsi que l'homme qui se montrait à la fenêtre, celui qui s'appelait Piet Hoffmann et qu'il aurait dû interroger la veille. Cela sentait mauvais, cela ne collait pas. Les gens qui tombaient soudain malades possédaient rarement l'énergie et la présence d'esprit de tuer d'autres personnes en leur tirant une balle dans l'œil.

— Hermansson ?

Il s'était approché et l'avait appelée à travers la fenêtre ouverte.

— Je veux que tu trouves le médecin de la prison. Je veux savoir comment ça se fait qu'un détenu qui a été mis en quarantaine hier matin puisse aujourd'hui, à l'heure du déjeuner, être là-bas avec des otages.

Ewert Grens resta un moment devant la fenêtre ouverte, à regarder la prison. Cette fois, il savait exactement d'où lui venait cette force intérieure qui, d'habitude, était seulement en lui pour le forcer à partir en chasse encore et encore, jusqu'à ce qu'il touche au but. Le gardien le plus âgé. Si les deux personnes retenues en otages avaient toutes deux été des détenus, il n'aurait pas été aussi stressé, il n'aurait pas éprouvé la même inquiétude lancinante. C'était ainsi. Il ne s'inquiétait pas vraiment pour l'un de ces corps nus, sur le sol de l'atelier, il ne connaissait rien de ce prisonnier qui, pour autant qu'il le sache, pouvait même être de mèche avec le preneur d'otages. Ce n'était pas un sentiment dont il était particulièrement fier, mais c'était ce qu'il ressentait. En revanche, le gardien, cet homme qui portait l'uniforme et qui travaillait là, qui *représentait l'autorité publique dans un milieu de travail méprisé de tous*, cet homme plus très jeune qui avait donné tous les jours de sa vie à cette merde n'avait pas à être humilié de la sorte par quelqu'un qui s'était arrogé le droit de mettre fin à son existence, un revolver contre sa tête.

Grens déglutit.

C'était de cet homme, le gardien, qu'il s'agissait.

Il abaissa les jumelles, saisit son téléphone portable et tenta de se rappeler s'il avait jamais demandé deux jours de suite de l'aide à son supérieur direct. Depuis longtemps, ils avaient passé l'accord tacite de ne pas interférer dans le quotidien de l'un ou de l'autre, pour éviter tout conflit avec quelqu'un qu'ils n'appréciaient pas. Mais il n'avait pas le choix. Il composa le numéro du bureau qui se trouvait à quelques portes du sien, dans le couloir. Pas de réponse. Il appela alors le standard, pour demander à être transféré sur le portable du commissaire principal Göransson. Celui-ci répondit dès la première sonnerie, à voix basse, comme s'il se penchait discrètement en avant au cours d'une réunion.

— Écoute, Ewert… Je ne crois pas que je vais vraiment avoir le temps, là, tout de suite. J'essaye de régler un problème urgent.

— Mais c'est urgent.

— Nous…

— Je suis exactement à quinze cent trois mètres de la prison d'Aspsås en qualité de responsable des opérations lors d'une prise d'otages qui se déroule en ce moment même. Un surveillant risque de mourir, si je ne prends pas la bonne décision, et je vais faire tout mon possible pour que ça ne se produise pas. Mais j'ai besoin d'aide sur le plan administratif. Tu sais, le genre de choses qui sont de ton ressort.

Le commissaire principal Göransson passa la main sur son visage, puis dans ses cheveux.

— Tu es à Aspsås ?

— Oui.

— Et c'est toi qui es à la tête des opérations ?

— Je viens de remplacer Edvardson. Il se concentre sur l'équipe d'intervention.

Göransson souleva le téléphone au-dessus de sa tête et le désigna avec de grands mouvements pour attirer l'attention du directeur de la police nationale et de la secrétaire d'État, puis hocha vigoureusement la tête jusqu'à ce qu'ils aient compris.

— Je t'écoute.

— J'ai besoin d'un excellent tireur d'élite.

— Mais l'équipe nationale d'intervention est sur place ?

— Oui.

— Alors je ne comprends pas.

— J'ai besoin de quelqu'un qui soit capable de tirer à une distance de quinze cents mètres. Apparemment, ça n'existe pas dans la police. Il me faut donc un tireur d'élite *militaire*.

Assis tout près, le directeur de la police nationale et la secrétaire d'État prêtaient l'oreille et commençaient à comprendre.

— Tu sais aussi bien que moi que les militaires n'ont pas le droit d'intervenir contre des civils.

— C'est toi le bureaucrate, Göransson. Si tu es doué pour quelque chose, c'est bien ça. La bureaucratie. Il faut que tu me trouves une solution.

— Ewert…

— *Avant* que les otages ne soient tués.

Göransson avait le téléphone à la main.

Le malaise.

Il était revenu.

— C'était Ewert Grens. Le commissaire qui enquête sur le 79 Västmannagatan. Il est sur place.

Il montra sur le plan les minces lignes symbolisant la réalité. Ewert Grens se tenait là. C'était lui qui allait bientôt devoir prendre une décision basée sur les informations contenues dans les fichiers et les dossiers disponibles, sur une image créée de toutes pièces par ses propres collègues et qui, pour tout officier de police, était synonyme de permission de tirer.

Tirer.

— Là... Il se tient exactement là, à la tête des forces de police. C'est lui qui dirige toute l'opération sur place, qui en est responsable et décide *comment* elle doit être conduite.

La main de Göransson tremblait. Il eut beau l'appuyer fortement sur le plan, elle continua à trembler, ce qui ne lui arrivait jamais.

— À quinze cent trois mètres de la fenêtre où Hoffmann se montre régulièrement, en compagnie de tireurs d'élite, ceux de la police, qui ne sont pas formés pour ça et ne disposent pas de l'équipement nécessaire. Il demande donc un tireur d'élite militaire. Un armement plus puissant, des munitions plus lourdes et l'habitude de tirer à très longue distance.

Tirer pour tuer.

— Il y a toujours une solution. Quand on veut vraiment en trouver une, il existe toujours une solution raisonnable. Et il est bien sûr de notre intérêt à tous de la dénicher et de l'aider à en finir.

La voix de la secrétaire d'État était calme et ferme.

— Il est de notre devoir de sauver la vie des otages.

Ewert Grens avait demandé un tireur d'élite exercé et bien équipé.

Étant donné ce qu'on savait maintenant dans les couloirs de la prison, Hoffmann n'allait pas mettre fin à sa prise d'otages.

Et, si Grens obtenait son tireur d'élite militaire, il s'en servirait.

— Qu'est-ce que tu essayes de me dire ?

Göransson s'était levé. Il regarda cette femme fluette qui se tenait face à lui.

Ce n'était pas eux qui auraient le doigt sur la détente.

Ce serait le chef des opérations qui donnerait l'ordre de tirer. Et le tireur d'élite.

Ils ne prendraient aucune décision.

Ils laisseraient aux autres la possibilité d'en prendre.

— Mais… Mon Dieu…

Göransson avait toujours le doigt sur le plan lorsque, tout à coup, il le tira vers lui et le chiffonna à deux mains.

— Qu'est-ce qu'on est en train de faire ?

Il se leva brusquement, le visage figé et enflâmmé.

— On est en train de faire d'Ewert Grens un tueur !

— Calme-toi un peu.

— On légalise un meurtre !

Il jeta la boule de papier, qui frappa la vitre et rebondit ensuite sur le bureau de la secrétaire d'État.

— Si on offre au chef des opérations la solution qu'il demande, et s'il prend sa décision sur la base des éléments dont il dispose à propos de Hoffmann, Ewert Grens peut se voir dans l'obligation d'ordonner un tir destiné à tuer sur une personne présumée violente et capable de tout, alors que Hoffmann n'a jamais commis de crime de sang auparavant !

La secrétaire d'État se pencha pour ramasser la boule de papier, la posa sur ses genoux et contempla longuement ce visage sur le point d'exploser.

— Si c'est le cas, si ce responsable obtient un tireur d'élite militaire et doit ensuite prendre la décision de tirer… alors, ce sera pour préserver la vie des otages.

Sa voix était maîtrisée, assez basse pour que celui qui l'écoutait soit obligé de cesser de respirer pour l'entendre, tout en restant audible.

— Il n'y a que Hoffmann qui ait tué. Et menace de le faire à nouveau.

La cour de la prison d'Aspsås était couverte de gravier, gros et sec, qui dégageait de la poussière. Pas une âme, pas un bruit. Depuis quelques heures, tous les détenus étaient enfermés dans leurs cellules, derrière des portes qui ne s'ouvriraient pas tant que la prise d'otages ne serait pas terminée. Grens marchait avec Edvardson à ses côtés, deux membres de l'équipe nationale d'intervention un pas devant eux et Hermansson un pas derrière. Hermansson l'avait attendu à l'entrée de la prison et avait brièvement évoqué avec lui son entretien avec le médecin, qui n'avait jamais entendu parler d'une quelconque épidémie et n'avait pas non plus décidé la moindre mise en quarantaine durant tout son temps à Aspsås. Ils approchaient de la porte du premier étage du bloc B lorsque Grens s'arrêta pour l'attendre.

— Foutu mensonge… Et qui a à voir avec… Avec tout ça. Continue, Hermansson. Va voir le directeur de la prison et force-le à répondre.

Elle acquiesça, fit demi-tour et il suivit son dos et ses épaules si minces à travers le fin nuage de poussière. Ils ne s'étaient guère parlé ces derniers temps, voire ces dernières années. En fait, il n'avait pas vraiment parlé à qui que ce soit. Quand il aurait rendu visite à la tombe, il pourrait s'approcher d'elle à nouveau. Lui qui ne voulait plus jamais s'adresser à une femme de la police avait appris à l'apprécier un peu plus, au fil des ans. Il ne savait toujours pas avec certitude si elle se moquait de lui ou si elle était agacée, mais elle était efficace et intelligente et elle le regardait d'un air exigeant et sans compromis, ce que les autres osaient rarement faire. Il allait lui parler à nouveau, peut-être même lui demander de quitter l'hôtel de police un moment pour prendre un café et un gâteau aux amandes, un peu plus loin sur Bergsgatan. L'idée d'attendre avec impatience de prendre un café avec la fille qu'ils n'avaient jamais eue le réjouissait.

Ewert Grens ouvrit la porte du quartier disciplinaire et du couloir où tout avait commencé, quelques heures plus tôt. Le corps qui gisait avec la tête ensanglantée avait déjà été enlevé et emporté sur un brancard pour être autopsié. Les deux gardiens qui avaient été enfermés chacun dans une cellule, sous la menace d'une arme, étaient maintenant dans une salle de consultation, avec l'équipe de gestion de crise, en grande conversation avec le psychologue et l'aumônier de la prison.

La première chose qui attira vraiment son attention fut les coups martelés contre les portes.

Dans chaque cellule du premier étage se trouvaient des détenus isolés de force qui cognaient sur leur porte fermée à clé. Ce bruit régulier faisait battre son cœur à un rythme déréglé. Il savait que c'était ce qu'ils avaient l'habitude de faire et avait décidé de l'ignorer, mais le bruit s'insinuait dans sa tête et c'est avec soulagement qu'il continua à monter l'escalier derrière Edvardson et passa, sur chaque palier, devant des policiers armés.

Arrivés au troisième étage ils s'arrêtèrent, hochèrent la tête en silence pour saluer les huit membres de l'équipe nationale d'intervention qui se tenaient devant l'atelier, prêts à exécuter l'ordre d'enfoncer la porte, de lancer une grenade incapacitante et de prendre le contrôle de la situation en l'espace de dix secondes.

— C'est beaucoup trop long.

Ewert Grens parlait à voix basse et John Edvardson se pencha pour pouvoir lui répondre tout aussi bas.

— Huit secondes. Avec ce groupe-ci, Ewert, je peux abaisser le délai à huit secondes.

— C'est encore trop long. Pour viser, déplacer le canon d'une tête à l'autre et tirer… Hoffmann n'a besoin que d'une seconde et demie. Et, vu son état mental… je ne veux pas risquer la mort d'un otage.

John Edvardson hocha la tête vers le toit et le léger bruit de corps changeant de temps en temps de position.

Grens secoua la tête.

— Ça ne suffira pas non plus, bon sang. Par la porte, par le toit, en l'espace de toutes ces secondes dont tu parles… les otages auront le temps de mourir plusieurs fois.

Il ne supportait plus le martèlement. Sa concentration était insuffisante pour supporter à la fois les fous d'en bas et le cinglé d'en haut. Il fut sur le point de redescendre l'escalier, au milieu de ce vacarme incessant, mais se retourna en sentant la main d'Edvardson se poser sur son épaule.

— Ewert…

— Merci.

Ils se turent, le souffle des policiers aux aguets dans le dos.

— Dans ce cas, Ewert, à moins que Hoffmann ne se rende soudain de son plein gré, et quand nous estimerons qu'il va mettre sa menace à exécution… il ne restera plus qu'un seul moyen d'en finir. Le tireur d'élite militaire. Muni d'une arme capable de tuer.

Le malaise était sur ses talons, se transformant parfois en mouvements saccadés accompagnés de raclements de gorge prolongés et répétitifs. Depuis dix minutes, Fredrik Göransson tournait en rond entre la fenêtre et la table de réunion, dans l'un des bureaux de la Chancellerie, et n'avait nulle part où aller.

— C'est *nous* qui avons fait en sorte que les détenus sachent qu'il y avait une balance parmi eux.

Il prit le plan chiffonné dans la corbeille à papier et le déplia.

— C'est *nous* qui l'avons forcé à agir.

— Il avait une mission.

Jusque-là, le directeur de la police nationale avait laissé la secrétaire d'État répondre. Maintenant, il regardait son collègue.

— Menacer de tuer n'en faisait pas partie.

— C'est nous qui l'avons grillé.

— Tu as déjà grillé des infiltrés, par le passé.

— J'ai toujours nié avoir eu recours à des infiltrés. Chaque fois qu'une organisation s'en prenait elle-même à un infiltré démasqué, je suis resté sans intervenir. Mais là… ce n'est pas la même chose. Ce n'est pas le griller. C'est l'assassiner.

— Tu ne comprends toujours pas. Ce n'est pas nous qui prenons la décision. Nous ne faisons que dégager une solution à l'intention du policier *à qui il revient* de prendre une décision.

Göransson, dont les mouvements étaient de plus en plus saccadés, ne supporta plus de rester sans bouger ; son malaise sur ses talons, il se précipita vers la porte fermée.

— Je refuse d'être mêlé à ça.

Il ne frissonnait plus. Le sol qui puait le diesel était toujours aussi dur et glacial, mais il ne sentait plus le froid ni la douleur dans ses genoux. Il ne pensait même pas au fait qu'il était nu et ligoté et qu'il allait bientôt recevoir un nouveau coup de pied dans le côté de la part de quelqu'un qui murmurait de temps en temps qu'il allait mourir. Martin Jacobson manquait de force pour parler, pour penser, il était à genoux sur le sol sans bouger. Pour autant qu'il puisse le voir à présent, il n'était plus certain que Hoffmann soit vraiment en train de se diriger vers le plus grand des établis, d'extraire de la doublure de son pantalon une poche en plastique contenant une sorte de liquide et de la découper en morceaux de taille identique qu'il colla ensuite, au moyen de ruban adhésif pris sur l'étagère, sur la tête du prisonnier sans nom, sur ses bras, son dos, son ventre, sa poitrine, ses cuisses, ses jambes, ses pieds. Il n'était pas certain non plus que, du même endroit de sa ceinture, il sortit quelque chose qui ressemblait à un morceau de plusieurs mètres de cordon détonant de PETN avant de l'enrouler plusieurs fois autour du corps du prisonnier. Si c'était bien le cas, si ce qu'il voyait se produisait vraiment, il n'en pouvait plus, il détourna doucement le regard pour ne pas voir cela. Il n'y avait plus de place en lui pour ce qu'il ne comprenait pas.

Une des trois chaises tirées autour de la table de réunion était vide et celle dont c'était le bureau, la secrétaire d'État auprès du ministère de la Justice, passait la main sur le plan chiffonné comme pour tenter inconsciemment de lisser des bosses qui n'auraient pas dû se trouver là.

— Est-ce qu'on peut mettre ça en œuvre ?

L'homme qui lui faisait face, le directeur de la police nationale, entendit sa question, mais il savait que ce n'était pas uniquement ce qu'elle voulait dire. Elle n'avait pas demandé s'ils en étaient capables, personne n'en doutait. Ce n'était pas à Göransson de régler cela, la possibilité n'avait pas disparu avec lui. Ce qu'elle avait réellement demandé, c'était *est-ce que nous nous faisons confiance* voire *est-ce que nous*

nous faisons assez confiance pour résoudre d'abord ce problème et nous en tenir ensuite à cette solution et surtout à ses conséquences ?

Il hocha la tête.

— Oui, on peut.

La secrétaire d'État était retournée à la bibliothèque derrière son bureau et en sortit un classeur d'une longue rangée de dos noirs. Elle le feuilleta et trouva la référence qu'elle cherchait. SFS 2002 : 375. Puis elle se connecta à son ordinateur, l'afficha dans son intégralité et l'imprima en deux exemplaires.

— Tiens. Prends-en un.

SFS 2002 : 375.

Ordonnance sur la participation des forces armées aux activités d'ordre civil.

Elle montra le septième alinéa.

— C'est de ça qu'il s'agit. C'est ça qu'il faut contourner.

Lorsque cette participation intervient au titre de la présente ordonnance, le personnel des forces armées ne peut être employé dans des situations où il existe un risque qu'il soit tenu d'avoir recours à la force ou la violence contre une personne privée.

Ils savaient tous deux ce que cela impliquait : impossible d'utiliser l'armée à des fins policières. Depuis près de quatre-vingts ans, ce pays avait évité de résoudre ses problèmes en autorisant ses soldats à tirer sur des civils.

Pourtant, c'était précisément ce qu'ils devaient faire.

— Tu penses comme le commissaire qui est sur place ? À savoir que la seule façon de régler ça, c'est d'avoir recours à un tireur d'élite militaire ?

La secrétaire d'État avait suffisamment lissé le plan pour qu'il soit possible de suivre son doigt.

— Oui, je suis d'accord avec lui. Il nous faut un armement plus puissant, des munitions plus lourdes, une meilleure formation. C'est ce que je réclame depuis des années.

Elle eut un sourire de lassitude, se leva et se mit à marcher lentement dans la pièce.

— Les autorités de police ne peuvent pas utiliser les tireurs d'élite des forces armées.

Elle s'arrêta.

— En revanche, les autorités de police ont le droit d'utiliser les tireurs d'élite de la police. N'est-ce pas ?

Elle le regarda et il lui répondit par un signe prudent de la tête, tout en levant les mains en l'air, pour signifier qu'il ne comprenait pas où elle voulait en venir. Elle retourna à son ordinateur, chercha un moment sur l'écran et revint avec d'autres documents en double exemplaire.

— SFS 1999 : 740.

Elle attendit qu'il ait trouvé la page.

— Ordonnance sur la formation des agents de police. Alinéa neuf.

— Et alors ?

— On va se baser là-dessus.

Elle lut à voix haute.

Au vu de circonstances particulières, la direction de la police nationale peut accorder des dérogations aux dispositions prévues dans la présente ordonnance en matière de formation.

Le directeur de la police nationale haussa les épaules.

— Je connais bien cette disposition. Mais je ne vois toujours pas le rapport.

— On va embaucher un tireur d'élite militaire. À un poste de tireur d'élite de la police.

— Il serait toujours militaire et n'aurait pas officiellement la formation d'un agent de police.

La secrétaire d'État sourit à nouveau.

— Tu es juriste, tout comme moi ? Hein ?

— Oui.

— Tu es directeur de la police nationale. Et tu as des pouvoirs de police. N'est-ce pas ?

— Oui.

— Même si tu n'as pas officiellement une formation d'agent de police ?

— Oui.

— Alors, on va partir de là pour trouver une solution.

Il ne comprenait guère plus la direction dans laquelle elle voulait s'engager.

— On déniche ce tireur d'élite militaire bien entraîné et équipé. Avec l'accord de ses supérieurs, on le licencie de son emploi au sein des forces armées et on propose à ce militaire fraîchement démis de ses fonctions… eh bien, disons… six heures de service intérimaire auprès des autorités de police. En tant que commissaire principal, ou tout autre grade qui te conviendra.

Il ne souriait pas, pas encore.

— Il est donc employé pendant exactement six heures en tant que policier. Il remplit sa mission. Ensuite, une fois les six heures écoulées, il peut postuler à un poste qui n'a pas encore été déclaré vacant par l'armée et le retrouver.

Mais il commençait à comprendre où elle voulait en venir.

— Et les autorités de police ne donnent jamais, que ce soit avant, pendant ou après une mission, le nom des tireurs d'élite.

Très précisément où.

— Personne ne pourra donc savoir qui aura tiré.

Un bâtiment propre et vide.

Un sol qu'aucun pied n'avait encore foulé, des fenêtres par lesquelles aucun œil n'avait encore lancé un regard d'envie.

Le bâtiment tout entier était plongé dans le silence et l'obscurité, tandis que les poignées de porte inutilisées brillaient de tous leurs feux. Lennart Oscarsson avait récemment envisagé l'inauguration du tout nouveau bloc K, avec sa capacité d'hébergement accrue, davantage de cellules et de détenus, témoignage des ambitions et de la puissance d'un directeur fraîchement nommé. Mais elle n'aurait pas lieu. Il arpenta le couloir désert et passa devant des portes de cellules grandes ouvertes. Il aurait dû être sur le point d'allumer le violent éclairage et d'activer le nouveau système d'alarme, et bientôt l'odeur de peinture et de meubles en pin tout juste déballés se serait mêlée à celle de l'angoisse et des dents mal lavées. Au lieu de cela, ces cellules inhabitées allaient dans quelques minutes être inaugurées par des détenus rapidement évacués du bloc B, dont la sécurité était gravement mise en péril par les puissantes armes de l'équipe nationale d'intervention braquées sur ses portes et ses fenêtres, et par un preneur d'otages au troisième étage du bâtiment, dont on ignorait les intentions et les revendications.

Encore une sale journée.

Il avait menti à un enquêteur au point de se ronger la lèvre inférieure. Il avait forcé un détenu à revenir dans l'unité où il avait été menacé et, quand celui-ci avait pris des otages, il avait mis des pétales de tulipes jaunes en lambeaux et les avait laissés sur le sol mouillé. En entendant sonner son portable, dont l'écho se répercutait dans le vide qui l'entourait, il pénétra dans une cellule inoccupée et s'étendit, épuisé, sur une couchette dépourvue de matelas.

— Oscarsson ?

Il reconnut immédiatement la voix du directeur général et étira son corps sur cette surface bien dure.

— Oui.

— Quelles sont ses revendications ?

— Je…

— Quelles sont ses revendications ?

— Aucune.

— Trois heures et cinquante-quatre minutes. Et toujours pas la moindre revendication ?

— Il ne nous a fait part de rien.

Il venait de voir une bouche remplir un écran de télévision, des lèvres serrées former lentement le mot « mourir ». Il ne supportait pas d'en parler.

— S'il a des revendications. *Quand* il en aura, Lennart. Il ne faut pas qu'il quitte la prison.

— Je ne comprends pas.

— S'il exige qu'on lui ouvre la porte, tu ne donneras pas ton accord. Sous aucun prétexte.

Il ne sentait plus à quel point la couchette était dure.

— Est-ce que je t'ai bien compris ? Tu veux que je… Que j'ignore la politique que tu as toi-même édictée ? Et que nous tous qui occupons des postes de responsabilité avons signée ? Si des vies humaines sont en danger, si nous estimons qu'un preneur d'otages est prêt à mettre à exécution les menaces qu'il a formulées, s'il exige d'être libéré, *nous devons* lui ouvrir la porte pour sauver des vies. C'est cette règle que tu me demandes maintenant d'ignorer ?

— Je connais parfaitement les règles que j'ai édictées. Mais… Lennart, si tu aimes encore ton travail, tu vas continuer à agir comme je te le demande.

Il ne parvenait pas à bouger. C'était tout simplement impossible.

— Comme *tu* me le demandes, *à moi* ?

Chacun a ses limites, un point précis au-delà duquel il ne peut aller.

Celui-ci était le sien.

— Ou comme *quelqu'un* te le demande, *à toi* ?

— Lève-toi.

Piet Hoffmann coupait les liens du vieux gardien aux yeux las et s'adressa à lui jusqu'à ce qu'il comprenne peu à peu et commence à se lever. Jacobson grimaça de douleur en redressant ses genoux et son dos et se mit à marcher dans la direction indiquée par le preneur d'otages, passant devant les trois solides piliers en béton puis derrière un mur, près de la porte d'entrée, pour gagner une partie distincte de l'atelier faisant office de réserve dans laquelle des cartons intacts portant des étiquettes de fournisseurs d'outils et de pièces de machines étaient empilés les uns sur les autres. Comme il ne s'asseyait pas assez vite, Hoffmann lui appuya sur les épaules d'un geste rageur et lui intima l'ordre de se pencher en arrière et de tendre les jambes pour qu'il soit plus facile de l'entraver à nouveau. Le vieil homme tenta désespérément, à plusieurs reprises, d'entrer en contact avec lui, de lui demander pourquoi, quand et comment, mais n'obtint pas de réponse. Puis il suivit longtemps des yeux le dos de Piet Hoffmann et le vit disparaître quelque part derrière une machine à forer et un établi.

Ce foutu martèlement semblait suivre un certain rythme. Ewert Grens secoua la tête. Ces cinglés frappaient deux minutes sur la porte de leur cellule, patientaient pendant une minute, puis recommençaient durant deux autres. Il se dirigea donc vers la guérite des gardiens, suivi de près par Edvardson, et referma soigneusement la porte. Les deux petits écrans placés l'un à côté de l'autre sur le bureau montraient la même image, toute noire, celle d'une caméra tournée vers l'un des murs de l'atelier. Il tendit la main vers le réceptacle en verre de la machine à café, qui était froid et dont le fond contenait un liquide brun et visqueux. Il le renversa et patienta le temps que la substance brune se déverse dans l'un des gobelets déjà utilisés. Il en offrit la moitié à John Edvardson, qui refusa, et avala donc le tout. Ce n'était pas particulièrement bon, mais assez fort.

Il avait vidé le gobelet en plastique presque blanc lorsque le téléphone fixe, devant lui, se mit soudain à sonner.

— Commissaire Grens ?

Il regarda autour de lui. Ces putains de caméras. Le

centre de contrôle l'avait vu pénétrer dans la guérite des gardiens et y avait transféré l'appel.

— Oui.

— Tu sais qui je suis ?

Grens reconnut la voix. Le bureaucrate, à quelques étages au-dessus de lui, à l'hôtel de police de Kronoberg.

— Oui, je sais qui tu es.

— Tu peux parler ? Il y a de sacrées interférences, de ton côté.

— Je peux parler.

Il entendit le directeur de la police nationale se racler la gorge.

— Est-ce que la situation a évolué ?

— Non. On veut agir. On pourrait agir. Mais, pour le moment, on n'a pas le personnel qu'il faut. Et le temps est compté.

— Tu as demandé un tireur d'élite militaire.

— Oui.

— C'est pour ça que j'appelle. La demande est arrivée sur mon bureau.

— Un instant.

Grens fit un signe à Edvardson pour lui demander de vérifier que la porte était bien fermée.

— Oui ?

— Je crois que j'ai une solution.

Le directeur de la police nationale se tut, espérant que Grens réagirait, puis reprit la parole après ce silence qui s'était dissous dans le vacarme du couloir.

— Je viens de signer un contrat. J'ai engagé en tant qu'auxiliaire de police, pour une mission d'intérim de six heures, un instructeur et tireur d'élite militaire jusque-là en poste à la Garde royale de Svea, à Kungsängen. Il vient de partir de là-bas en hélicoptère, chargé pour commencer de prêter assistance à la police d'Aspsås. Il doit atterrir près de l'église dans dix minutes, quinze au plus tard. À l'expiration de son contrat, dans exactement cinq heures et cinquante-six minutes, ce même hélicoptère le récupérera pour le ramener à Kungsängen, afin qu'il ait le temps de postuler à un poste récemment libéré mais pas encore déclaré vacant, d'instructeur et tireur d'élite militaire.

Il l'entendit alors qu'il n'était encore qu'un petit point rond dans le ciel sans nuages. Il se précipita à la fenêtre et le vit grandir, tandis que le bruit se renforçait, puis atterrir, bleu et blanc dans l'herbe haute de la prairie, entre le mur de la prison et le cimetière de l'église. Piet Hoffmann regarda en haut, vers les deux hommes qui attendaient sur le balcon du clocher puis en bas, vers l'hélicoptère et les policiers qui couraient dans sa direction. Il écouta ensuite ceux qui bougeaient, sur le toit, au-dessus de lui, et les autres, juste derrière la porte. Il hocha alors la tête, à l'intention de personne. Tout était en place, maintenant. Il vérifia que les bras et les jambes du détenu étaient solidement attachés puis se hâta de gagner le mur séparant la réserve du reste de la salle. Il obligea le vieux gardien à se lever et venir se placer devant la caméra dont l'objectif était braqué vers le béton. Il la tourna et prit soin que sa bouche ainsi que le gardien soient bien visibles, avant de se mettre à parler distinctement.

Il s'était avancé, légèrement voûté, vêtu d'une tenue de camouflage gris et blanc. Il avait la quarantaine et s'était présenté sous le nom de Sterner.

— C'est pas possible.

Pendant qu'ils approchaient de l'église et montaient l'escalier de bois et l'échelle en aluminium, Ewert Grens avait évoqué une prise d'otages qui, dans le pire des cas, risquait de se terminer par un tir du haut du clocher.

— Comment ça « pas possible » ? Qu'est-ce que tu me chantes, bon Dieu ?

Ce tireur militaire qui, pendant encore cinq heures et trente-huit minutes, allait faire légalement office de policier, était monté sur l'étroit balcon et avait pris la place d'un des deux hommes allongés à cet endroit, l'autre restant en qualité d'observateur.

— Ceci n'est pas un simple fusil de précision. C'est un M107. C'est une arme lourde, puissante, utilisée pour détruire du matériel. Faire sauter un bus. Un bateau. Des mines.

— On m'a parlé de tir à longue distance. Mais là… Je ne peux pas tirer sur une cible molle.

À l'aide d'une paire de jumelles, il avait ensuite observé Piet Hoffmann, au coin de la fenêtre, et compris de quoi il s'agissait réellement.

Maintenant, il regardait Grens.

— Pardon ? Alors lui, là… c'est une… *cible molle* ?, demanda le vieux policier.

— Oui.

— Et… qu'est-ce que ça implique, au juste ?

— Ça implique que les munitions que j'ai apportées sont explosives et que je ne peux pas les utiliser contre des personnes.

Grens se mit à rire, ou du moins à laisser entendre quelque chose qui ressemblait à un petit rire de contrariété.

— Mais… qu'est-ce que tu fous ici, alors ?

— Tir à quinze cent trois mètres. C'est la mission pour laquelle on m'a fait venir.

— *On t'a fait venir* pour empêcher un type de prendre la vie de deux autres personnes. Ou, si tu préfères, empêcher une cible molle de prendre la vie de deux autres cibles molles.

Sterner fixait le preneur d'otages avec ses jumelles. Celui-ci était toujours à la même place, à la fenêtre, et il était difficile de comprendre pourquoi il s'exposait ainsi.

— Je ne fais que me conformer au droit international.

— Le droit… Nom de Dieu, Sterner… Il est conçu par le genre de personnes qui sont bien à l'abri derrière leur bureau ! Mais là… c'est la réalité. Et si celui qui est là-bas, *la cible molle*, celui qui incarne la réalité en ce moment précis, n'est pas arrêté, des gens vont mourir. Et ceux-là et leurs familles seront vachement contents de savoir que tu respectes… Comment t'as dit déjà… *Le droit international*.

Ses jumelles étaient à fort grossissement et, même si ses mains tremblaient légèrement dans le vent, il était facile de suivre l'homme aux longs cheveux blonds qui se tournait parfois pour regarder quelque chose. Les otages. Sterner était convaincu qu'ils étaient allongés sur le sol, près de lui, c'était sûrement là qu'ils étaient.

— Si je fais ce que tu veux, si je tire avec le type de fusil et de munition dont je dispose, il perdra ses bras et ses jambes. Ils seront arrachés et il n'en restera rien.

Il baissa ses jumelles et leva les yeux vers Grens.

— La cible molle, ce type, là-bas… Tu en retrouveras des morceaux un peu partout.

Le visage, la bouche, il était de nouveau là.

Le même écran que la dernière fois, la même caméra, cette fois détournée du mur en béton. Bergh avait toujours aussi chaud, mais il éteignit et éloigna le ventilateur qui se trouvait au milieu de la petite guérite du centre de contrôle. Il aurait besoin de plus d'espace pour bien voir, quand il connecterait l'image aux seize écrans.

La bouche qui disait quelque chose, et puis le reste, quelqu'un d'autre, Jacobson, nu, ligoté. Le preneur d'otages recula brusquement d'un pas, en le tenant fermement, pour qu'on voie bien qu'il tenait un revolver miniature contre la tête de son otage, puis répéta les mêmes mots.

Bergh n'eut pas besoin de rembobiner, cette fois.

Il reconnut aussitôt les premiers.

Il va mourir.

Les trois derniers, eux, étaient incroyablement faciles à interpréter à partir du mouvement distinct de ses lèvres.

Dans vingt minutes.

Son téléphone portable à la main, Sven Sundkvist se précipita en haut de l'escalier de l'église. L'entretien qu'il avait eu avec la voix bouleversée provenant du centre de contrôle avait été clair. Ils étaient maintenant confrontés à un compte à rebours et chaque minute, chaque seconde qui passait était autant de temps en moins pour prendre une décision. Il redressa l'échelle, ouvrit la trappe et rampa jusqu'au balcon en passant sous la cloche. Ewert s'y trouvait, avec le tireur d'élite récemment arrivé et son observateur. Sven s'adressa à tous les trois d'une voix forte, on n'avait plus de temps à perdre à se répéter.

Ewert le regarda, les yeux aux aguets, une veine battant sur sa tempe.

— Il y a combien de temps de ça ?

— Une minute et vingt secondes.

Ewert Grens s'y était attendu, mais il avait pensé disposer d'un peu plus de temps. Il soupira, il en était toujours ainsi, le temps faisait perpétuellement défaut. Cramponné à la rambarde, il contempla la petite ville, la prison, ces deux mondes qui n'étaient qu'à quelques mètres de distance, mais bien distincts, chacun avec son propre système de règles qui n'avait rien à voir avec l'autre.

— Sven.

— Oui ?

— Qui c'est ?

— Qui ?

— Le gardien.

Lui là-bas, à la fenêtre, derrière la vitre blindée, il savait. Hoffmann savait exactement comment ça se passait, bon Dieu, et il avait décidé de commencer maintenant, pensant qu'on réagirait plus facilement à propos du gardien d'un certain âge. Et il avait raison. C'était le gardien aux cheveux gris qui les préoccupait. Si… S'il s'agissait d'un trafiquant de drogue servant une longue peine parmi tant d'autres, difficile à dire, difficile à estimer, ils ne se seraient pas donné autant de mal.

— Sven ?

— Un instant.

Sven Sundkvist feuilletait son carnet, des pages

entières d'une écriture serrée au crayon, comme peu de gens s'en servaient encore.

— Martin Jacobson. Soixante-quatre ans. Employé à la prison d'Aspsås depuis ses vingt-quatre ans. Marié. Des enfants adultes. Habite tout près d'ici. Apprécié, respecté, n'a fait l'objet d'aucune menace.

Grens acquiesça distraitement.

— Il te faut autre chose ?

— Pas pour le moment.

Cette colère. Son moteur intérieur, sa force sans laquelle il n'était rien. Et voilà qu'elle s'emparait de lui, le secouait rudement, pas lui, nom de Dieu, pas cet homme nu et ligoté, un revolver miniature braqué contre son œil, qui avait travaillé pendant quarante ans pour un salaire de merde au milieu de gens qui le méprisaient, tout cela pour finir par mourir sur le sol puant d'un atelier, un an avant la retraite, merde alors…

— Sterner.

Le tireur d'élite militaire était allongé un peu plus loin sur le balcon, près de la rambarde, jumelles aux yeux.

— Maintenant, tu es dans la police. *Maintenant*, et pour cinq heures et demie. Et c'est moi qu'on a choisi pour commander les opérations policières sur place. Je suis donc ton supérieur. Ce qui implique que tu vas faire exactement ce que je t'ordonnerai de faire. Et, écoute-moi bien, je me fiche pas mal de toutes tes considérations sur *les cibles molles* et *le droit international*. C'est compris ?

Ils se regardèrent. Il n'obtint pas de réponse, mais il n'en attendait pas.

La grande fenêtre.

Un homme nu de soixante-quatre ans.

Il se rappelait de quelqu'un d'autre, de celui qu'il était avant et d'une autre prise d'otages, une vingtaine d'années plus tôt, mais le caractère étouffant de sa colère était toujours bien présent en lui. Des jeunes délinquants avaient décidé de s'enfuir de l'établissement dans lequel ils avaient été internés de force et avaient donc pris des otages. Ils s'étaient attaqués à une retraitée effectuant des heures supplémentaires à la cuisine en lui plaquant un tournevis à bon marché contre la gorge. Ils avaient délibérément choisi le membre le plus vulnérable du personnel et elle était morte un peu plus tard, pas au cours de la prise d'otages, mais à la suite de celle-ci – d'un arrêt cardiaque.

Cette fois, c'était aussi lâche et minable, bon Dieu : il s'en prenait au plus âgé des membres du personnel, au plus faible du groupe.

— Je veux que tu le mettes hors d'état de nuire.

— Qu'est-ce que tu veux dire ?

— Blesse-le.

— Impossible.

— Impossible ? Je viens de t'expliquer…

— Impossible de juste le blesser, et de plus la cible est trop petite. Si je devais tirer… disons sur un de ses bras… primo, le risque que je le rate est trop grand, et secundo, même si je faisais mouche, d'autres parties de son corps voleraient aussi en morceaux.

Sterner tendit son fusil à Grens.

L'arme noire et presque fluette était plus lourde qu'il ne l'aurait cru, sans doute une quinzaine de kilos, et ses bords entaillaient presque la paume de ses mains.

— Ce fusil de précision… possède une force d'impact dévastatrice, pour un corps humain.

— Si tu le touches ?
— Il meurt.

L'oreillette avait par deux fois été sur le point de tomber et il la maintint donc avec le doigt dans son conduit auditif, car chaque mot était crucial.

— Blesse-le.

Le crachotement d'une interférence quelconque l'incita à changer d'oreille, mais la réception ne s'améliora pas. Il redoubla donc de concentration auditive, car il fallait absolument qu'il comprenne chaque mot.

— Si tu le touches ?
— Il meurt.

C'était suffisant.

Piet Hoffmann traversa la salle pour gagner le petit bureau et la table de travail au fond de celui-ci. Il actionna le tiroir du haut et prit le rasoir qui s'y trouvait, dans un compartiment vide, entre les stylos et les trombones, puis les ciseaux dans le pot à crayons. Il passa ensuite dans la réserve, où le gardien du nom de Jacobson était toujours assis contre le mur. Hoffmann vérifia les bandes de plastique autour de ses mains et de ses pieds, décrocha d'un coup sec les rideaux de la fenêtre, ôta le tapis du sol et retourna vers l'autre otage, dans la salle.

Les petites poches en plastique contenant la nitroglycérine étaient toujours en place, sur sa peau, et le cordon détonant de PETN bien enroulé autour de son corps. Hoffmann croisa son regard de supplication, tandis qu'il le recouvrait avec le tapis qu'il attacha ensuite autour de lui avec le rideau.

Puis il fit tomber le bidon de diesel de l'établi et le plaça près des jambes de l'otage.

Ensuite, il glissa les mains sous le tapis pour saisir le détonateur et, avec du ruban adhésif, le fixa à l'une des extrémités du cordon détonant.

Il gagna ensuite la fenêtre et leva les yeux vers le clocher et vers l'arme braquée sur lui.

Ils se tenaient l'un à côté de l'autre devant l'une des grandes fenêtres du troisième étage de la Chancellerie. Ils venaient d'ouvrir en grand la fine vitre de verre et respiraient l'air frais à pleins poumons. Ils étaient prêts. Quarante-cinq minutes plus tôt, ils avaient annoncé au responsable des opérations à l'église d'Aspsås qu'il n'allait pas tarder à disposer du tireur d'élite militaire qu'il avait demandé, et celui-ci était déjà en route.

Le problème insoluble avait été résolu.

À présent, tout était en place pour prendre une décision en fonction des données disponibles.

Une décision qui revenait à Ewert Grens, qu'il allait bientôt prendre de son propre chef et dont il serait seul responsable.

Il n'était jamais monté dans un clocher. Du moins, pas qu'il s'en souvienne. Peut-être étant enfant, au cours d'une sortie scolaire, sous la conduite d'un enseignant ambitieux. Étrange, vraiment, qu'après toutes ces années d'entraînement il n'ait jamais tiré depuis un emplacement aussi évident, alors que les églises étaient bien souvent le point le plus élevé d'un endroit. Il s'adossa au mur et regarda la lourde cloche de fonte, coulée il y a bien longtemps pour annoncer le bonheur ou l'enfer. Il était assis, face à elle, se reposant comme il devait le faire, comme le faisait toujours un tireur d'élite avant un éventuel tir, pour s'accorder un moment de calme et d'isolement pendant que l'observateur restait près de l'arme.

Il avait atterri à côté de l'église moins d'une heure auparavant. Dans cinq heures, il serait à Kungsängen, réembauché en tant que militaire après avoir mis fin à son affectation temporaire en tant que policier. En arrivant ici, il croyait qu'il s'agirait de tirer sur une cible inerte. Mais ce n'était pas le cas. Dans quelques minutes, il allait devoir faire ce qu'il n'avait encore jamais fait. Tirer sur un être humain, avec une arme à feu chargée à balles réelles.

Un être de chair et de sang.

Qui respirait, pensait et manquerait à quelqu'un.

— Objectif en vue.

Il ne craignait pas de ne pas avoir le courage de tirer et ne doutait pas de sa capacité à atteindre la cible.

Mais il avait peur des conséquences intérieures, contre lesquelles il était impossible de se prémunir, à savoir l'effet que peut produire la mort sur celui qui a tué.

— Je répète. Objectif en vue.

La voix de l'observateur était pressante. Sterner sortit dans le vent léger, s'allongea sur le sol, serra son arme dans ses mains et attendit. L'ombre à la fenêtre. Il regarda son collègue. Tous deux avaient ressenti la même chose, procédé aux mêmes observations : ni l'un ni l'autre n'estimait que celui qui se tenait de profil, là-bas, en dessous d'eux, ignorait qu'il était tout à fait possible de l'atteindre.

— Prépare-toi à faire feu.

Ce lourdaud de commissaire, avec sa façon saccadée de parler et sa jambe raide qui semblait plus douloureuse qu'il ne voulait le montrer, vint se placer juste derrière lui.

— Si Hoffmann ne revient pas sur sa menace, j'ordonne de tirer. Son compte à rebours se termine dans treize minutes. Tu es prêt ?

— Oui.

— Et les munitions ?

Sterner ne se retourna pas. Il resta allongé sur le ventre, le visage tourné vers la prison, concentré sur son viseur et sur une fenêtre, tout en haut de la façade du bloc B.

— *Avec les bonnes informations*, j'aurais chargé et

utilisé les munitions sous-calibrées qui viennent de quitter Kungsängen à bord d'un hélicoptère et qui n'arriveront pas à temps. Avec celles dont je dispose… si je dois percer une vitre blindée, avant d'atteindre la cible… ça marchera. Mais je le répète… il n'est *pas* possible de simplement la blesser. Le coup sera forcément mortel.

La porte était fermée.

Brune, peut-être en chêne, éraflée autour de la serrure, un trousseau qui raclait un peu chaque fois que la clé tournait par deux fois dans le pêne grippé.

Mariana Hermansson frappa légèrement.

Aucun pas, aucune voix : s'il y avait quelqu'un derrière, il ne bougeait pas, ne parlait pas, ne voulait pas entrer en contact.

Sur ordre d'Ewert, elle était allée voir le médecin, de l'autre côté de la vaste prison, derrière les mêmes murs mais à plusieurs centaines de mètres de l'atelier, de Hoffmann et du risque d'autres morts. Dans le bloc C, par l'une des étroites fenêtres de l'unité de l'infirmerie, elle avait observé un détenu qui toussait dans son lit, pendant que l'homme en blouse blanche lui expliquait que le matricule 0913 n'avait été soigné dans aucun des lits de l'unité, qu'aucun symptôme d'épidémie n'y avait été identifié et donc qu'aucune mise en quarantaine n'avait été ordonnée.

Ewert Grens avait été trompé. On lui avait délibérément menti. Le directeur avait empêché qu'un détenu soit interrogé. Et maintenant, cet individu braquait un revolver sur la tête d'un inspecteur de l'administration pénitentiaire.

Elle frappa de nouveau, plus fort, puis appuya sur la poignée.

La porte n'était pas verrouillée.

Lennart Oscarsson était assis dans un fauteuil en cuir sombre, les coudes sur son large bureau, la tête dans les mains. Sa respiration était haletante, profonde et irrégulière, et elle vit que son front et ses joues luisaient sous la lumière crue du lustre, peut-être de sueur, peut-être de larmes. Il n'avait pas remarqué qu'elle était entrée dans son bureau et n'était qu'à quelques mètres de lui.

— Mariana Hermansson, du commissariat central.

Il sursauta.

— J'ai des questions à vous poser. À propos de Hoffmann.

Il la regarda.

— Il va mourir.

Elle préféra ne pas s'en aller.

— C'est ce qu'il a dit.

Elle tenta de capter son regard papillotant, mais sans succès. Il était ailleurs.

— Il va mourir. C'est ce qu'il a dit !

Elle ne savait pas à quoi elle s'était attendue. Mais pas à ceci. Quelqu'un en train de craquer.

— Il s'appelle Martin. Tu le savais ? Un de mes meilleurs amis. Bien plus que ça, *mon* meilleur ami. Le plus ancien employé de la prison d'Aspsås. Quarante ans. Ça fait quarante ans qu'il est ici ! Et maintenant… Maintenant, il va mourir.

Elle traqua ses yeux fuyants.

— Hier. Un commissaire, Ewert Grens, celui qui dirige en ce moment les opérations depuis le clocher, était ici. Il était venu interroger un détenu. Piet Hoffmann.

L'écran carré.

— Si Martin meurt.

La bouche qui remue doucement.

— S'il meurt.

Il va mourir.

— Je ne sais pas si…

— Vous lui avez expliqué que ce n'était pas possible. Que Hoffmann était malade. Qu'il était soigné, en quarantaine, à l'infirmerie.

— … Je ne sais pas si je pourrai supporter ça.

Lennart Oscarsson ne l'avait pas entendue.

— Je viens de passer au bloc C. J'ai parlé avec le médecin. Hoffmann n'y est jamais allé.

La bouche.

— Vous avez menti.

Elle remue.

— Vous avez menti. Pourquoi ?

Quand elle remue comme ça sur l'écran, on dirait qu'elle parle de meurtre.

— Oscarsson ! Vous m'entendez ? Quelqu'un est mort sur le sol d'un des couloirs du bloc B. Deux autres personnes n'ont plus que neuf minutes à vivre, très exactement. Il faut prendre une décision. On a besoin de votre réponse !

— Tu veux une tasse de café ?

— Pourquoi avez-vous menti ? De quoi s'agit-il ?

— Ou de thé ?

— Qui est Hoffmann ?

— J'ai du thé vert, à l'églantine ou de l'ordinaire. En sachet, à faire tremper.

De grosses gouttes de sueur tombèrent du front du directeur sur la surface luisante de son bureau quand il se leva pour se diriger vers un chariot en verre au cadre doré, dans un coin de la pièce, avec des tasses et des soucoupes en porcelaine empilées les unes sur les autres.

— On a besoin de réponses. Pourquoi ? Pourquoi avez-vous menti ?

— C'est important de ne pas le laisser infuser trop longtemps.

Il ne la regarda pas et ne se tourna pas vers elle, bien qu'elle eût élevé la voix pour la première fois. Il plaça une des tasses sous le Thermos, la remplit d'eau chaude et y trempa un sachet orné d'une églantine rouge.

— Environ deux minutes. Pas plus.

Il lui échappait.

— Tu veux du lait ?

Ils avaient besoin de lui.

— Du sucre ? Les deux, peut-être ?

Hermansson passa la main droite sous sa veste et orienta son pistolet de service de façon qu'il sorte du holster. Elle tendit le bras vers le visage du directeur, arma ; le coup de feu frappa le centre de l'armoire.

La balle transperça la porte, heurta la paroi du fond et ils l'entendirent tous deux retomber.

Lennart Oscarsson ne bougea pas, sa tasse de thé fumante à la main.

Elle désigna l'horloge sur le mur, derrière le bureau, avec le canon de son arme.

— Il reste huit minutes ! Vous m'entendez ? Je veux savoir pourquoi vous avez menti, qui est Hoffmann, pourquoi il est à la fenêtre de l'atelier avec un revolver braqué sur des otages.

Il regarda l'arme, l'armoire, Hermansson.

Il retourna s'asseoir à la chaise de son bureau et posa le thé.

— Je me suis allongé sur… une couchette inutilisée du bloc K à regarder le beau plafond qui vient d'être peint en blanc. Parce que… Parce que je ne sais pas qui est Hoffmann. Parce que je ne sais pas pourquoi il est là à me dire qu'il va tuer mon meilleur ami.

Sa voix était mal assurée, comme s'il était sur le point de se mettre à pleurer ou si elle trahissait simplement la fragilité du renoncement.

— Ce que je sais… c'est qu'il y a autre chose… qu'il y a d'autres personnes qui sont impliquées.

Il déglutit, avala de nouveau.

— On m'a donné l'ordre d'autoriser la visite d'un avocat, la veille de la venue de Grens. Pour un détenu de la même unité que Hoffmann, Stefan Lygás, qui a pris part à la première attaque. Et c'est lui qui… a été abattu ce matin. Les avocats, tu le sais peut-être, les informations qu'on veut faire parvenir derrière les murs… c'est souvent par eux que ça passe.

— Donné l'ordre ? Qui ça ?

Lennart Oscarsson eut un vague sourire.

— On m'a donné l'ordre d'empêcher Grens – ou qui que ce soit de la police – d'approcher de Hoffmann. J'étais là, dans le parloir, à tenter de le regarder dans les yeux en lui expliquant que le détenu qu'il voulait voir était à l'infirmerie pour trois jours, voire quatre.

— Qui vous a donné cet ordre ?

Le même sourire, las.

— On m'a donné l'ordre de déplacer Hoffmann. De le renvoyer dans l'unité d'où il venait. Alors qu'un détenu menacé ne retourne jamais à l'endroit d'où il vient.

Hermansson se mit alors à crier.

— Qui ça ?

Le sourire.

— Et on vient de me donner l'ordre que, si Hoffmann exige qu'on leur ouvre la porte de la prison, aussi bien à lui qu'aux otages… *je ne dois pas le laisser sortir*.

— Oscarsson, je veux savoir qui…

— Et moi je veux que Martin s'en sorte vivant.

Elle regarda le visage à bout de forces, puis l'horloge accrochée au mur.

Plus que sept minutes.

Elle tourna les talons et se mit à courir, la voix d'Oscarsson la pourchassant dans le couloir.

— *Hermansson ?*

Elle ne s'arrêta pas.

— *Hermansson…*

Les mots se répercutaient en écho sur les murs nus.

— *... Quelqu'un veut que Hoffmann meure.*

Pieds entravés, mains ligotées. Un chiffon dans la bouche. Un tapis sur la tête.

La nitroglycérine sur la peau. Le cordon détonant de PETN autour de la poitrine, du torse, des jambes.

— Réglage trente-deux.

Il tira la lourde masse du corps vers la fenêtre, le frappa et le força à rester là.

— Élévation trois.

— Répète.

— Élévation trois.

Ils se préparaient à tirer. Le dialogue entre le tireur et l'observateur allait continuer jusqu'au moment fatidique.

Il avait besoin d'un délai supplémentaire.

Piet Hoffmann traversa en hâte l'atelier pour gagner la réserve et l'autre otage, le gardien au visage pâle.

— Je veux que tu cries.

— Les bandes en plastique, elles me font mal…

— Crie !

Le vieil homme était las, il haletait, sa tête pendait légèrement sur le côté, comme s'il n'avait pas la force de la tenir droite.

— Je ne comprends pas.

— Crie, nom de Dieu !

— Qu'est-ce que…

— N'importe quoi. Plus que cinq minutes. Crie ça.

Les yeux effrayés le dévisagèrent.

— Crie-le !

— Plus que cinq minutes.

— Plus fort !

— Plus que cinq minutes !

— Plus fort !

— Plus que cinq minutes !

Piet Hoffmann resta immobile, à écouter les bruits furtifs derrière la porte de l'atelier.

Ils avaient entendu.

Ils avaient entendu que l'otage était en vie. Ils n'allaient donc pas entrer. Pas encore.

Il gagna le bureau, décrocha le téléphone et les sonneries se succédèrent, une, deux, trois, quatre, cinq, six, sept. Il attrapa une tasse en porcelaine vide qui traînait, la jeta contre le mur, il y eut des éclats partout sur le bureau, puis le pot à crayons, sur le même mur, elle n'avait pas répondu, elle n'était plus là, elle…

— Objectif invisible depuis une minute et demie.

Il n'était pas assez en vue.

— Répète.

— Objectif invisible depuis une minute et demie. Impossible de localiser l'objectif ni les otages.

— Assaut dans deux minutes, préparez-vous.

Hoffmann se précipita hors du bureau. Ils bougeaient de nouveau sur le toit, se préparaient, se mettaient en position. Il s'arrêta près de la fenêtre et tira avec force le tapis vers lui. L'otage devait être tout près, et il l'entendit gémir quand les bandes de plastique s'enfoncèrent un peu plus profondément dans les plaies qu'il avait aux chevilles.

— Objectif de nouveau en vue.

Il resta là, attendit, *vas-y annule nom de Dieu.*

— Annulation des préparatifs d'assaut.

Lente expiration, nouvelle attente, puis retour précipité vers le bureau et le téléphone, nouvelle composition du numéro. Il n'eut pas le courage de compter les sonneries, *putain de tonalité*, *putain de putain de tonalité*, *merde*...

Soudain, le silence.

Quelqu'un avait répondu mais ne parlait pas.

Le bruit d'une voiture, d'un véhicule en mouvement, la personne qui avait répondu était au volant et, peut-être, un peu plus faibles, comme s'ils étaient plus loin, ce devait être ça, la voix de deux enfants.

— T'as fait ce qu'on avait dit ?

C'était difficilement audible, mais il en était absolument sûr, c'était elle.

— Oui.

Il raccrocha.

Oui.

Il aurait voulu rire, sauter de joie, mais il se contenta de composer le numéro suivant.

— Centre de contrôle.

— Passez-moi le chef des opérations de police.

— Le chef des opérations ?

— Tout de suite !

— T'es qui, toi, merde ?

— Quelqu'un qu'on voit sur un de tes écrans. Mais je crois que pour cette pièce-là, il est assez noir.

Un déclic, quelques secondes de silence, puis une voix, déjà entendue, celle du responsable des opérations. On l'avait mis en relation avec le clocher.

— Dans trois minutes, il va mourir.
— Qu’est-ce que tu veux ?
— Dans trois minutes, il va mourir.
— Je répète… Qu’est-ce que tu veux ?
— Mourir.

Trois minutes.

Deux minutes et cinquante secondes.

Deux minutes et quarante-neuf secondes.

Ewert Grens se sentait terriblement seul, dans ce clocher. Il devait décider si quelqu'un allait vivre ou mourir. C'était sa responsabilité. Et il n'était plus très sûr d'en avoir le courage et de pouvoir vivre ensuite avec ça.

Le vent ne soufflait plus. Du moins, il ne sentait rien sur son front et sur ses joues.

— Sven ?

— Oui ?

— Je voudrais que tu me le relises. Qui il est. De quoi il est capable.

— Il n'y a rien d'autre.

— Lis !

Sven Sundkvist avait le dossier personnel de Hoffmann entre les mains. Il n'y avait le temps que pour quelques lignes.

— Troubles de la personnalité, extrêmement antisocial. Aucune faculté d'empathie. Signes caractéristiques d'impulsivité, agressivité, manque d'égards pour sa propre sécurité et celle des autres, absence de conscience morale.

Sven regarda son chef, mais n'obtint aucune réponse.

— Lors de la tentative de meurtre du policier, à Söderhamn, sur un espace vert, il a frappé…

— Ça suffit.

Il se pencha vers le tireur d'élite couché sur le sol.

— Deux minutes. Prépare-toi à faire feu.

Il montra la porte du clocher et l'échelle en aluminium dépassant de la trappe. Ils devaient descendre, pour que le tireur soit dérangé le moins possible. À mi-chemin, il alluma sa radio de service et la porta à sa bouche.

— Éteignez vos téléphones portables. À partir de maintenant et jusqu'au tir, seuls le tireur et moi communiquerons.

Chaque marche de l'escalier en bois grinçait. Ils approchaient du poste de commandement, qu'il quitterait lorsque tout serait terminé.

Mariana Hermansson frappa sur la vitre sale, contre la caméra qui la surveillait. C'était la quatrième porte fermée du long passage souterrain et, quand celle-ci s'ouvrit, elle se précipita vers le centre de contrôle et la sortie.

Martin Jacobson ne comprenait pas ce qui se passait, mais il sentait que la fin approchait. Au cours des dernières minutes, Hoffmann avait effectué plusieurs allers et retours. Il était à bout de souffle et avait parlé très fort, de temps et de mort. Jacobson tenta de remuer ses jambes, ses mains, il avait très envie de partir et de ne surtout pas rester assis là où il était. Il ne demandait qu'à se lever, rentrer chez lui, dîner, regarder la télé et boire un verre de whisky canadien, celui au goût si doux.

Il pleurait.

Il pleurait aussi quand Hoffmann entra dans la petite réserve, le colla contre le mur et lui murmura que tout allait péter et que, s'il restait sans bouger, il serait protégé et n'aurait pas à mourir.

Il était allongé, les coudes sur le plancher du balcon, avec juste assez d'espace pour les jambes. Sa position était confortable et il pouvait se concentrer sur sa lunette de visée et la fenêtre.

Le moment était proche.

Jamais auparavant, en temps de paix, un tireur d'élite suédois n'avait pris une autre vie, ni même tiré pour tuer. Mais le preneur d'otages avait menacé, refusé le dialogue, menacé de nouveau, et les avait peu à peu placés de force dans cette situation de choix entre une vie et une autre.

Un tir, un coup au but.

Il en était capable, même à cette distance, et donc confiant : un tir, un coup au but.

Mais il n'en verrait pas les conséquences : un homme en lambeaux. Il se rappelait cette matinée à l'entraînement où ils avaient utilisé des restes de cochons comme cible, et n'avait pas le cœur de voir un être humain dans le même état.

Il s'avança un peu plus sur le balcon. Il voyait encore mieux la fenêtre, maintenant.

Elle franchit en courant la porte ouverte de la prison et, une fois sur le parking presque plein, elle composa une nouvelle fois le numéro d'Ewert. Une nouvelle fois aussi, la communication lui fut refusée. Elle s'approcha de la voiture et essaya Sven et Edvardson, sans plus de succès. Elle monta dans sa voiture, démarra et roula sur l'herbe et sur les plantes en regardant tout autant le clocher que la route, car quelqu'un était couché là-bas et attendait.

Ewert Grens ôta ses écouteurs, il voulait se débarrasser des voix qui étaient là parce qu'il l'avait ordonné, dont il était responsable et qui n'avaient qu'une seule mission.

Tuer.

— La cible ?

— Un homme seul. Veste bleue.

— Distance ?

— Quinze cent trois mètres.

Il ne lui restait guère de temps.

Hermansson quitta la voie d'accès à la prison et roula en direction d'Aspsås, sur le mauvais côté de la route.

— Vent ?

— Sept mètres par seconde droite.

Elle accéléra au même rythme qu'elle montait le volume de la radio de bord.

— Température extérieure ?

— Dix-huit degrés.

Oscarsson, ce qu'il venait de dire, Ewert… Avant le coup de feu, avant… Il fallait qu'il sache.

Je n'ai jamais tiré sur un être humain.

Je n'ai jamais ordonné à quelqu'un d'autre de tirer sur un être humain.

Trente-cinq ans dans la police. Dans une minute... Il reste moins d'une minute.

— Grens, à toi.

Sterner.

— Ici Grens, à toi.

— L'otage... Il est masqué, maintenant... comme si on lui avait attaché une sorte de tapis autour du corps.

— Ah bon ?

Ewert Grens attendait.

— Je crois... Le tapis... Grens, ça m'a l'air vachement bizarre...

Grens tremblait.

Ce n'était pas ceux qui étaient hors des murs qui décidaient, c'était le preneur d'otages, c'était lui qui abolissait les limites, qui lançait les défis.

— Continue !

— ... Je crois qu'il prépare une... exécution.

Tu as travaillé là toute ta vie.

Tu es le plus âgé. Tu es le plus faible. Tu es l'élu.

Tu ne vas pas mourir.

— Feu.

Il n'avait cessé d'observer le clocher et les personnes qui s'y trouvaient. Il avait pris soin de se montrer de profil, près de l'otage et du bidon de diesel. Il avait écouté leurs voix parfaitement claires. Il avait été facile d'entendre l'ordre.

— Feu.

Quinze cent trois mètres.

Trois secondes.

Il entendit le déclic.

Il hésita.

Il se déplaça.

Le coup de feu.

La mort.

Ils attendaient.

— Halte au feu. Objectif hors de vue.

Hoffmann s'était tenu là, la tête penchée, le visage de profil, facile à voir et facile à toucher. Mais, soudain, il s'était déplacé. Un seul pas avait suffi. La respiration d'Ewert Grens était lourde, sans qu'il en soit conscient. Il tâta sa joue avec l'une de ses mains : elle était brûlante.

— Objectif de nouveau visible. Paré à tirer. En attente d'un nouvel ordre.

Hoffmann était de retour et se tenait de nouveau là.

Une nouvelle fois.

Une nouvelle décision.

Il ne voulait pas la prendre, n'était pas capable d'y faire face.

— Feu.

Il avait entendu un déclic. Un cran de sûreté qu'on ôtait. Et il avait bougé.

Mais il était toujours là. Au centre de la fenêtre.

Le premier déclic dans son oreille et il était toujours là.

Le deuxième déclic.

Celui d'un doigt sur une détente.

Quinze cent trois mètres. Trois secondes.

Il se déplaça avant.

Un seul instant.

Qui s'étirait. Qui était vide, silencieux et se prolongeait.

Ewert Grens savait tout de ces instants, la façon dont ils vous traquaient, dont ils vous dévoraient, et surtout la façon qu'ils avaient de ne plus jamais vous lâcher.

— Halte au feu. Objectif hors de vue.

Il s'était déplacé une fois de plus.

Ewert Grens déglutit.

Hoffmann allait mourir et c'était comme s'il le savait, un seul instant, il l'avait mis à profit et avait bougé de nouveau.

— Objectif de nouveau visible. Paré à tirer. En attente d'un troisième ordre.

Il était de retour.

Grens prit les écouteurs posés sur ses épaules, les agrippa, les mit en place.

Il se tourna vers Sven mais son visage se détourna.

— Je répète. Paré à tirer. En attente d'un troisième ordre. À vous.

C'était sa décision. Uniquement la sienne.

Une profonde inspiration.

Il chercha le bouton de l'émetteur, le sentit sous ses doigts et appuya dessus, fort.

— Feu.

Piet Hoffmann avait entendu l'ordre pour la troisième fois.

Il était resté immobile lors du déclic annonçant qu'on ôtait le cran de sûreté.

Il était resté immobile lors du déclic annonçant qu'un doigt venait d'appuyer sur la détente.

C'était un étrange sentiment de savoir qu'une balle avait été tirée et qu'il ne lui restait plus que trois secondes.

L'explosion étouffa le bruit, la lumière, son souffle. Quelque part, juste derrière elle, ce qui ressemblait à une bombe venait d'exploser.

Elle freina brusquement, la voiture fit une embardée et l'entraîna vers le bord de la route et le fossé. Elle lâcha la pédale, freina de nouveau et reprit le contrôle. Elle s'arrêta et sortit de la voiture, toujours tellement stressée qu'elle n'avait pas eu le temps d'avoir peur.

Mariana Hermansson n'était pas à plus de quelques centaines de mètres de l'église d'Aspsås.

Elle se retourna vers la prison.

Un feu intense et soudain.

Puis une épaisse fumée noire s'échappant par un grand trou de l'endroit où, un instant auparavant, il y avait une fenêtre, sur la façade de l'atelier de la prison.

QUATRIÈME PARTIE

Samedi

La nuit était sans doute aussi sombre qu'elle pouvait l'être à la fin du mois de mai.

Autour de lui, maisons, jardins et champs aux contours imprécis attendaient de retrouver leur netteté avec le retour de la lumière.

Ewert Grens conduisait sur une route déserte, à une vingtaine de kilomètres au nord de Stockholm, bientôt à mi-chemin. Son corps était tendu ; chacune de ses articulations, chacun de ses muscles lui faisait encore mal à cause de l'adrénaline, bien qu'il se soit écoulé douze heures depuis le tir, l'explosion et la mort de plusieurs personnes. Il n'avait même pas essayé de dormir. Il s'était certes allongé un moment sur son sofa en velours, à écouter le silence qui régnait dans l'hôtel de police, mais il n'avait pas fermé l'œil. Il n'arrivait pas à calmer ce qui bouillonnait en lui. Il avait tenté de se perdre dans ses pensées à propos d'Anni et du cimetière, de s'imaginer à quoi ressemblait le lieu de son repos éternel. Il ne s'y était toujours pas rendu, mais il allait bientôt le faire. C'était une de ces nuits où, dix-huit mois plus tôt, il lui aurait parlé, car il n'avait survécu à ces nuits qu'avec son aide. Il aurait appelé la maison de soins alors que c'était interdit, harcelé un membre du personnel jusqu'à ce qu'on la réveille et lui tende le combiné. Il aurait écouté sa respiration et ces petits bruits qui n'appartenaient qu'à elle jusqu'à ce que, petit à petit, le calme revienne en lui tandis qu'il lui racontait tout, avec sa présence tout contre son oreille. Depuis qu'elle était partie, il avait cessé d'appeler et, à la place, il prenait sa voiture pour rouler vers Gärdet, Lidingöbron et la maison de soins si bien située sur cette île de riches. Il se garait sur la place de parking près de son ancienne fenêtre, restait à observer celle-ci puis, au bout d'un moment, descendait de voiture pour faire le tour de la maison à pied.

« Vous ne pouvez pas gérer votre deuil comme un emploi du temps, Ewert. Ce que vous redoutez est déjà arrivé. Je ne veux plus vous revoir ici ! »

Maintenant, il n'en avait même plus le droit.

Au bout d'une heure environ, il s'était levé, était allé retrouver sa voiture garée dans Bergsgatan et s'était mis à rouler en direction de Solna et du cimetière Nord pour lui parler de nouveau. Il s'était posté près de l'une des entrées et avait cherché parmi les ombres. Puis il avait continué en direction du nord à travers un paysage flou, jusqu'au mur d'une prison et à une église avec un beau clocher.

— Grens.

L'obscurité, le silence, s'il n'y avait pas eu la forte odeur de brûlé, de suie et de diesel, cela aurait pu n'être qu'un rêve, la tête à la fenêtre, la bouche articulant le mot « mourir ». Bientôt, peut-être n'y aurait-il plus que le chant des oiseaux pour saluer l'arrivée de l'aube, et une ville qui se réveillerait sans avoir entendu parler de prise d'otages et d'êtres humains gisant sur le sol.

— Oui ?

Il avait appuyé sur le petit bouton près de la porte de la prison et parlé dans l'interphone.

— C'est moi qui mène l'enquête sur cette sale affaire. Tu me laisses entrer ?

— Il est trois heures du matin.

— Oui.

— Il n'y a personne ici qui…

— Tu me laisses entrer ?

Il franchit la porte, passa devant le centre de contrôle et arriva dans une des cours desséchées de la prison.

Il n'avait jamais tiré pour tuer.

Or, c'était lui qui avait pris la décision.

C'était sa responsabilité.

Ewert Grens approcha du bâtiment qu'on appelait bloc B, s'arrêta brièvement devant la porte d'entrée et leva la tête vers le troisième étage.

L'odeur d'incendie était presque plus intense.

D'abord une explosion puis un projectile qui avait pénétré et fait voler en éclats une fenêtre puis la tête d'un homme. Puis une autre, plus forte, cette saleté de fumée noire qui ne cessait pas, qui cachait ce qu'ils tentaient de voir, cette explosion que nul ne parvenait à expliquer.

Sa décision.

Il monta l'escalier, passa devant les portes fermées et se rapprocha de l'odeur de fumée.

Sa responsabilité.

En fait, Ewert Grens n'avait jamais entretenu de relation avec la mort. Il travaillait avec elle, la rencontrait régulièrement, mais l'idée de sa propre mort l'avait toujours laissé indifférent. C'était ainsi depuis trente ans, depuis le jour où, alors qu'il conduisait un fourgon de police, il avait roulé sur une tête qui avait cessé pour toujours de fonctionner. La tête d'Anni. Il n'avait éprouvé aucune envie de mourir, ce n'était pas cela, mais plus aucune envie de continuer à vivre, non plus. Il avait fait connaissance avec la culpabilité et la douleur, qu'il avait enveloppées d'une carapace afin de continuer. Et maintenant, il ne savait même plus où commencer à chercher.

La porte était ouverte et noire de suie.

Grens regarda l'atelier détruit par les flammes, enfila des couvre-chaussures en plastique transparents et enjamba un ruban bleu et blanc.

Il planait toujours une sorte de solitude sur les pièces qui avaient été détruites par un incendie, comme si les flammes avaient tout dévoré avant de finalement faire demi-tour et abandonner. Il marcha sur des restes d'étagères effondrées et passa entre des machines noires broyées et immobilisées.

C'était là. Dans le plafond, sur les murs. Ce pour quoi il était venu.

Il avait déjà vu les fanions blancs au moyen desquels les techniciens marquaient l'emplacement des corps, mais il y en avait encore plus qu'à Västmannagatan. Les rouges, en revanche, non, il ne s'était jamais encore trouvé sur une scène de crime avec des fanions rouges.

Des corps subdivisés en centaines, en milliers de morceaux.

Il se demanda si Errfors, le médecin légiste, serait en mesure de reconstituer suffisamment ce puzzle pour permettre une identification. Des êtres qui existaient auparavant et qui n'étaient plus là ou alors uniquement à l'état de fragments, réduits en mille morceaux indiqués par des fanions. Sans savoir pourquoi, il se mit à les compter. Rien que sur quelques mètres carrés de mur, il en était déjà à trois cent soixante-quatorze quand il se lassa. Il se dirigea alors vers la fenêtre qui n'était plus là et sentit la caresse du vent à travers le grand trou dans le mur. Il se posta à l'endroit où s'était tenu Hoffmann. La silhouette de l'église et du clocher se détachaient dans le ciel. C'était de là-bas que le tireur, allongé sur le balcon, avait visé et tiré une seule et unique balle sur son ordre.

La ville d'Aspsås rapetissait sans cesse dans le rétroviseur.

Il était resté une à deux heures dans l'odeur d'huile brûlée et d'âcre fumée. Il avait eu beau compter un nombre impressionnant de morceaux de cadavres marqués par des fanions blancs et rouges, il portait encore en lui ce sentiment impossible à comprendre et désagréable qui le tenait éveillé et lui rappelait l'adrénaline et la colère. Il ne l'aimait pas et avait tenté de s'en débarrasser, au milieu des décombres éparpillés sur le sol et de ces outils qui ne seraient plus jamais utilisés, mais il se cramponnait à lui, murmurant quelque chose qu'il ne parvenait pas à comprendre. Il se trouvait dans la banlieue nord de Stockholm lorsque son téléphone portable se mit à sonner sur le siège arrière. Il ralentit et tendit le bras vers sa veste.

— Ewert ?

— Tu es réveillé ?

— Où es-tu ?

— À cette heure-ci, Sven ? Est-ce que ça ne devrait pas être à moi de t'appeler ?

Sven Sundkvist sourit. Cela faisait longtemps qu'Anita et lui n'avaient pas été réveillés dans leur chambre par un téléphone sonnant entre minuit et l'aube. Ewert appelait toujours dès qu'il avait quelque chose qui nécessitait une réponse immédiate, et ce genre de question lui venait en particulier la nuit, pendant que les autres dormaient. Mais cette nuit-là, Sven n'avait pas dormi. Il était resté allongé à côté d'Anita et avait écouté le tic-tac du réveil jusqu'à ce que, au bout de quelques heures, il se glisse doucement hors du lit et descende dans la cuisine au rez-de-chaussée de leur lotissement pour faire des mots croisés, ainsi qu'il en avait l'habitude lorsque les nuits étaient longues. Mais le malaise avait refusé de quitter leur domicile. Le même que celui qu'Ewert avait évoqué plus tôt dans la soirée, à savoir ces pensées qui n'avaient nulle part où aller.

— J'arrive en ville, Ewert. J'approche de Gullmarsplan et je vais poursuivre vers l'ouest jusqu'à Kungsängen. Sterner vient d'appeler.

— Sterner ?

— Le tireur d'élite.

Grens accéléra. Les premiers habitants de banlieue à prendre la route étaient encore dans leurs garages, la voie était libre.

— Alors, on est à la même distance. Je suis presque à Hagaparken. De quoi s'agit-il ?

— On verra ça là-bas.

Une autre porte fermée dans un autre monde en uniforme.

Grens et Sundkvist étaient arrivés à la Garde royale

de Svea, à Kungsängen, à quelques minutes d'intervalle. Sterner les attendait près de la guérite du régiment, l'air reposé, vêtu comme la veille d'un uniforme de camouflage blanc et gris froissé par une nuit sur une couverture. Devant ce portail fermé et sur fond de caserne, il ressemblait au cliché du marine américain, cheveux ras et larges épaules supportant un visage carré, le genre de ceux qui, dans les films, se tiennent trop près et crient trop fort.

— Mêmes vêtements qu'hier ?

— Pas eu le temps de me changer. Quand l'hélicoptère m'a déposé… je suis allé me coucher direct.

— Et tu as dormi ?

— Comme un bébé.

Grens et Sundkvist se regardèrent. Celui qui avait tiré avait dormi, alors que celui qui avait pris la décision du coup de feu et son plus proche collaborateur étaient restés éveillés.

Sterner leur fit signer le registre du poste de garde et les conduisit dans une cour de caserne dont les solides bâtiments scrutaient chaque visiteur. Sterner marchait vite et Grens eut du mal à le suivre quand ils franchirent la première porte et enfilèrent, un étage plus haut, de longs couloirs dallés qui le firent passer devant des conscrits en caleçon se préparant à une journée en uniforme.

— La première compagnie de la Garde royale. Les futurs officiers, ceux qui restent le plus longtemps.

Il les introduisit ensuite dans une pièce au mobilier institutionnel très simple, aux murs blanchis à la chaux ayant grand besoin d'être repeints, et au sol revêtu de linoléum posé à même le béton.

Quatre postes de travail, chacun dans un coin.

— Mes collègues ne viendront pas aujourd'hui. Un exercice de deux jours dans le nord de l'Uppland, aux environs de Tierp. On ne sera pas dérangés.

Il ferma la porte.

— J'ai appelé dès que je me suis réveillé. La pensée avec laquelle je me suis endormi était encore là, et elle ne voulait pas quitter mon lit.

Il se pencha en avant.

— Je l'ai vu. Par la lunette de visée. Je l'ai vu longtemps. J'ai suivi ses mouvements, son visage pendant près de trente minutes.

— Et alors ?

— Il était debout à la fenêtre, totalement exposé. Vous en avez aussi parlé, j'ai entendu. Vous avez dit qu'il savait qu'il était visible, qu'il voulait montrer son pouvoir sur les otages, sur la situation, peut-être aussi sur vous. Vous avez dit qu'il agissait comme s'il était sûr qu'il était hors de portée.

— Et alors ?

— C'est ce que *vous* avez dit. Ce que *vous* pensiez.

Il regarda en direction de la porte, comme s'il voulait s'assurer qu'elle était bien fermée.

— *Moi*, je n'y croyais pas sur le moment. Et je n'y crois toujours pas.

— Il va falloir que tu nous expliques.

Grens ressentait à nouveau le malaise qui l'avait tenu éveillé et qui allait de pair avec le sentiment qu'il avait eu dans l'atelier incendié.

Il y avait quelque chose qui ne collait pas.

— Quand je l'ai vu dans la lunette de visée. *Objectif en vue. J'attends les ordres.* Je ne sais pas, on aurait dit qu'il savait. *Je répète. J'attends les ordres.* Qu'il était possible de l'atteindre.

— Je ne comprends pas.

— J'ai annulé. *Halte au feu. Objectif hors de vue.* Annulé à deux reprises.

— Et alors ?

— Et, les deux fois… c'était exactement comme s'il savait que j'allais tirer. Il s'est déplacé de façon tellement… précise.

— Il s'est déplacé plusieurs fois.

Sterner se leva. Il était nerveux, alla vérifier la porte, puis alla à la fenêtre qui donnait sur la cour gravillonnée.

— Oui, il s'est beaucoup déplacé. Mais les deux fois… *Pile* au moment où le coup de feu allait être tiré.

— Et la troisième ?

— Il est resté sans bouger. Là… C'était comme… Comme s'il avait pris sa décision. Il est resté sans bouger et a attendu.

— Et ?

— Un tir, un coup au but. La devise du tireur d'élite en cours de formation. Je ne tire que si je suis sûr de faire mouche.

Grens se leva aussi et se dirigea vers la même fenêtre.

— Où ça ?

— Où quoi… ?

— Où as-tu fait mouche ?

— À la tête. Je n'aurais pas dû. Mais je n'avais pas d'autre solution.

— Que veux-tu dire ?

— Qu'à longue distance, c'est toujours la poitrine qu'on vise. La plus grande surface. C'est donc là que j'aurais dû viser. Mais il était tout le temps de profil et pour disposer de la cible la plus large possible… j'ai visé sa tête.

— Et l'explosion ?

— Je ne sais pas.

— Tu ne sais pas ?

— *Je ne sais pas.*

— Mais tu…

— Elle n'a rien à voir avec le coup de feu.

Une vingtaine d'adolescents en uniforme marchaient sur deux rangs, dans la cour.

Ils s'efforçaient de balancer les bras au rythme où ils levaient les jambes, tandis que quelqu'un d'un peu plus âgé leur criait quelque chose, à côté d'eux.

Mais ils n'y arrivaient pas.

— Une dernière chose.

— Oui ?

— Qui était-ce ?

— Pourquoi ça ?

— Je l'ai tué.

Les deux rangs étaient maintenant à l'arrêt.

L'homme en uniforme montra aux recrues comment tenir l'arme à l'épaule tout en marchant.

Il était important que tous la tiennent exactement de la même manière.

— Je l'ai tué. Alors, je veux savoir son nom. Il me semble que j'ai le droit.

Grens hésita, regarda Sven, puis Sterner.

— Piet Hoffmann.

Sterner ne broncha pas. S'il connaissait ce nom, il le cacha bien.

— Hoffmann. Vous avez ses données personnelles ?

— Oui.

— J'aimerais aller avec vous à l'administration. Pour vérifier quelque chose.

Sur les talons de Sterner, Ewert et Sven traversèrent la cour jusqu'à un bâtiment plus petit que les autres qui abritait le commandement et l'état-major du régiment, ainsi que le mess des officiers. Au deuxième étage, Sterne frappa au chambranle d'une porte ouverte et un homme âgé assis devant un ordinateur leur adressa un aimable signe de tête.

— Il me faut son numéro d'identité.

Sven avait déjà sorti son carnet de sa poche intérieure. Il le feuilleta et trouva ce qu'il cherchait.

— 721018-0010.

Le vieil homme entra ces dix chiffres dans son ordinateur et attendit quelques secondes avant de secouer la tête.

— S'il est bien né au début des années 1970, il ne figure pas dans ce fichier. Dix ans, c'est ce que dit la loi. Les documents plus anciens que cela sont conservés aux Archives militaires.

Il sourit d'un air satisfait.

— Mais… je fais toujours des copies pour mon usage personnel, avant qu'on envoie ce qu'on a. Là-dedans. Les archives particulières de la Garde royale de Svea. Tous ceux qui ont fait leur service militaire ici au cours des trente dernières années sont sur les étagères, à côté.

Une pièce étroite avec des rayonnages le long des murs, du sol au plafond. Il s'agenouilla, passa un doigt sur le dos d'une série de classeurs et en choisit un noir.

— Né en 1972. S'il était ici en… 91, 92, 93, voire 94. Tu as bien dit la compagnie de la Garde royale. Peloton des tireurs d'élite ?

— Oui.

Il feuilleta et reposa le classeur qu'il venait de prendre, puis ouvrit celui d'à côté.

— Pas en 91. Essayons en 92.

Il en était à la moitié quand il s'interrompit et leva la tête.

— Hoffmann ?

— Piet Koslow Hoffmann.

— Alors, il est là.

Ewert et Sven firent tous deux un pas en avant pour mieux voir les papiers que tenait l'archiviste. Nom et prénom de l'intéressé, numéro d'identité, puis une longue série de chiffres et de lettres formant une sorte de code.

— Qu'est-ce que ça veut dire ?

— Ça veut dire que quelqu'un du nom de Piet Koslow Hoffmann, qui a le numéro d'identité que vous venez de me donner, a effectué son service militaire ici en 1993. Et a suivi une formation de tireur d'élite de onze mois.

Ewert Grens examina à nouveau le morceau de papier.

C'était bien lui.

L'homme qu'ils avaient vu mourir seize heures plus tôt.

— Formation spécifique au maniement des armes et au tir couché, assis, à genoux, debout, à courte et à longue portée et… je crois que vous avez compris ?

Sterner ouvrit le classeur, prit le papier et le plaça

dans une photocopieuse qui était presque aussi grande que la pièce.

— Je sentais bien… Comme s'il savait exactement où je me trouvais, ce que je faisais. S'il a été formé ici… il avait assez de connaissances pour conclure que le clocher d'Aspsås était le seul endroit d'où on puisse l'atteindre. Il savait qu'*il était possible* de le tuer.

Sterner serra la copie dans sa main presque au point de la froisser, avant de la tendre à Grens.

— Il a choisi l'endroit avec soin. Ce n'est pas un hasard s'il s'est réfugié dans l'atelier, à cette fenêtre et pas à une autre. Il a provoqué le tir. Et il savait qu'un bon tireur d'élite, bien entraîné, pouvait l'atteindre s'il le fallait.

Il secoua la tête.

— Il voulait mourir.

Les murs du couloir du service des urgences de l'hôpital de Danderyd étaient jaunes et le sol bleu clair. Les infirmières sourirent aimablement, et Ewert Grens et Sven Sundkvist leur rendirent la pareille. C'était un matin calme. Tous deux étaient déjà venus là pour motif de service, souvent le soir et le week-end, au milieu de blessés qu'on véhiculait sur des brancards dans la lumière crue du couloir. Pour l'instant il était désert, comme d'habitude quand l'alcool, les matchs de football et les routes enneigées n'étaient pas à l'ordre du jour.

Ils étaient venus directement de Kungsängen et de la Garde royale de Svea par Norrviken et Edsberg, à travers de petites villes de banlieues agréables dont les pavillons avaient rappelé à Sven qu'Anita et Jonas lui manquaient. Il les avait appelés alors qu'ils prenaient leur petit déjeuner et s'apprêtaient à partir à l'école chacun de son côté.

Le médecin était un homme jeune, grand et mince, à la limite de la maigreur, et au regard réservé. Il les salua et leur montra le chemin d'une salle de consultation dont les rideaux étaient tirés.

— Il souffre d'une sévère commotion cérébrale. Je vais vous demander de rester dans le noir.

Un seul lit se trouvait dans la pièce.

Un homme dans la soixantaine aux cheveux grisonnants, aux yeux fatigués, avec des éraflures sur les deux joues, une plaie au front qui avait l'air profonde et le bras droit en écharpe.

On l'avait retrouvé sous un mur.

— Je m'appelle Johan Ferm. Nous nous sommes vus hier soir, quand je vous ai admis dans le service. Il y a ici deux policiers qui désirent vous poser quelques questions.

Les pompiers du service des grands blessés avaient longtemps fouillé l'atelier incendié avant de percevoir un léger bruit en provenance d'un des tas de gravats et de découvrir un gardien nu et contusionné, à la clavicule cassée, mais qui respirait encore.

— Je vous accorde cinq minutes. Après ça, je vous demanderai de partir.

L'homme aux cheveux gris se redressa à demi, grimaça soudain de douleur et vomit dans le seau placé à côté du lit.

— Il souffre d'une grave commotion cérébrale et ne doit *pas* bouger. Vos cinq minutes ont déjà commencé.

Ewert Grens se tourna vers le jeune médecin.

— Nous préférerions être seuls.

— Je reste. Pour raisons médicales.

Grens se posta près de la fenêtre tandis que Sven Sundkvist déplaçait le tabouret du lavabo vers le bord du lit en prenant soin de s'assurer que son visage était à peu près à la hauteur de celui du gardien blessé.

— Tu connais Grens ?

Martin Jacobson hocha la tête. Il savait qui était Ewert Grens. Ils s'étaient vus plusieurs fois : le commissaire se rendait régulièrement à l'endroit où il avait choisi de travailler pendant toute sa vie.

— Ceci n'est pas un interrogatoire, Jacobson. Ce sera pour plus tard, quand tu iras mieux et qu'on aura le temps. Mais nous avons déjà besoin de certaines informations.

— Pardon ?

— Ceci n'est pas…

— Parle plus fort. Mes tympans ont été percés par l'explosion.

Sven se pencha en avant et éleva la voix.

— Nous avons une image assez précise de ce qui s'est passé lors de la prise d'otages. Tes collègues nous ont raconté en détail la façon dont un détenu à l'isolement a été abattu.

Le médecin tapota sur l'épaule de Sven.

— Des questions brèves, s'il vous plaît. C'est tout ce qu'il est en état de supporter. Et des réponses courtes. Sinon, vous allez gaspiller vos cinq minutes.

Sven hésita à se retourner et à demander à l'homme en blouse blanche de la fermer. Mais il se retint. Il ne s'énervait jamais contre les gens ; cela ne faisait que compliquer la situation.

— D'abord… est-ce que tu te souviens de ce qui s'est passé hier ?

Jacobson respira lourdement. Il avait mal et chercha des mots qui se perdirent dans un lourd hochement de tête.

— Je me souviens de tout. Jusqu'à ce que je m'évanouisse. Si j'ai bien compris, c'est un mur qui m'est tombé dessus ?

— C'est l'explosion qui l'a fait tomber. Mais je voudrais savoir… que s'est-il passé juste avant ?

— Je ne sais pas. Je n'étais pas là.

— Tu n'étais… pas là ?

— J'étais dans la pièce d'à côté. Hoffmann m'avait placé là, ligoté, quelque part dans la partie la plus éloignée de l'atelier, près de l'entrée. Il m'y a emmené après nous avoir demandé de nous déshabiller. Après ça… je crois qu'on n'a eu qu'un seul contact. « Tu ne vas pas mourir. » C'est ce qu'il a dit. Juste avant l'explosion.

Sven regarda Ewert. Ils avaient tous deux compris ce que le vieux gardien venait de dire.

— Jacobson… Serait-il possible que Hoffmann t'ait mis là pour te… protéger ?

Martin Jacobson répondit sans hésiter.

— J'en suis sûr. Malgré tout ce qui s'est passé… je ne me sentais plus menacé.

Sven se pencha un peu plus, il était important que Jacobson l'entende.

— L'explosion. Je voudrais y revenir. À la réflexion, te souviens-tu de quelque chose qui puisse expliquer cette puissance incroyable ?

— Non.

— Rien du tout ?

— J'y ai réfléchi. Bien sûr, c'était un atelier et il y avait du diesel. Ça peut expliquer la fumée. Mais l'explosion en elle-même… Non, rien.

Le visage de Jacobson était passé du blanc au gris cendré et des gouttes de sueur de plus en plus grosses perlaient à la racine de ses cheveux.

Le médecin se posta près du lit.

— Il ne peut pas en supporter beaucoup plus. Une dernière question et je vais devoir vous demander de partir.

Sven hocha la tête. La dernière question.

— Durant toute la prise d'otages, Hoffmann est resté silencieux. Aucun message. Sauf à la fin. *Il va mourir*. On ne comprend pas. Je veux savoir si, à un moment donné, tu l'as vu s'exprimer ? Ou faire quoi que ce soit qui tienne de la communication ? On ne comprend pas pourquoi il est resté aussi silencieux.

Le gardien blessé allongé sur ce lit d'hôpital mit du temps à répondre. Sven eut le sentiment qu'il était sur le point de s'évanouir et le médecin faisait signe que c'était terminé lorsque Jacobson leva le bras : il voulait continuer. Il avait autre chose à dire.

— Il a téléphoné.

Jacobson regarda Sven, puis Ewert.

— Il a téléphoné. Depuis le bureau de l'atelier. À deux reprises.

Pour la deuxième fois de la matinée, Ewert Grens approchait d'Aspsås et de sa grande prison.

Au café de l'hôpital, ils avaient acheté une tasse de thé amère et un sandwich de pain blanc avec des boulettes de viande et une bouillie violette qui, selon Sven, était de la salade de betteraves, et ils avaient mangé en silence avec les réponses de Jacobson pour toute compagnie. Selon le gardien blessé, Hoffmann avait à deux reprises délaissé ses otages pour se rendre dans le bureau de l'atelier. Il les avait surveillés à travers la vitre, tandis qu'il décrochait le combiné, et avait parlé pendant une quinzaine de secondes chaque fois. La première fois, au tout début, il leur avait ordonné de ne pas bouger et était entré dans le bureau à reculons en pointant son arme sur eux. La seconde fois, juste avant l'explosion, le gardien nu et ligoté avait remarqué avec certitude, depuis l'endroit où il se trouvait derrière la vitre, qu'il passait un nouveau coup de fil et était beaucoup plus nerveux ; quelques secondes de doute et d'inquiétude, peut-être les seules de tout ce drame.

Le parking, désert quelques heures plus tôt, était maintenant plein. Le matin avait réveillé la prison la plus sécurisée de Suède. Ewert Grens se gara sur la pelouse près du mur. Tout en attendant Sven Sundkvist, il appela Hermansson qui préparait depuis trois jours un rapport sur l'enquête préliminaire liée au meurtre du 79 Västmannagatan, qui devait être remis au procureur au cours de l'après-midi. Il déciderait alors de réduire ou non le niveau de priorité.

— Mets-le de côté pour l'instant.

— Mais Ågestam est venu me voir hier. Il le veut cet après-midi.

— Hermansson ?

— Oui ?

— Ågestam aura son rapport quand tu l'auras

terminé. *Mets-le de côté.* Je veux que tu dresses la liste de toutes les communications téléphoniques passées depuis la prison d'Aspsås entre huit heures quarante-cinq et neuf heures quarante-cinq, et entre treize heures trente et quatorze heures trente. Ensuite, je veux que tu fasses le tri pour savoir lesquelles on peut négliger et celles qui auraient pu être passées par quelqu'un depuis le bureau de l'atelier.

Il s'était attendu à ce qu'elle proteste.

Ce ne fut pas le cas.

— Hoffmann ?

— Hoffmann.

La cour de la prison grouillait de détenus : c'était la promenade du matin. Ils étaient assis par groupes, levaient les yeux vers le ciel et leurs joues rougissaient lentement. Grens n'avait aucune envie d'entendre les sarcasmes de détenus sur lesquels il avait enquêté et qu'il avait interrogés longtemps auparavant, et préféra donc la voie du passage souterrain en béton. Les souvenirs d'une autre enquête criminelle refirent surface. Même si ni l'un ni l'autre ne dit rien, Ewert Grens et Sven Sundkvist pensèrent au même souvenir vieux de cinq ans : un père qui avait tué l'assassin de sa fille et avait été condamné à une longue peine. Cette affaire venait souvent les perturber par des images qu'ils tentaient depuis longtemps d'oublier ; c'était parfois le cas de certaines enquêtes.

À la sortie du passage souterrain, ils furent frappés, dès la cage d'escalier du bloc B, par le silence ambiant. Le martèlement irritant avait disparu. Ils passèrent devant le quartier disciplinaire du B1 et les unités normales du B2, toujours vides, tous les détenus ayant été évacués dans le bloc K. Ce serait le cas tant que ce bâtiment où l'on pouvait encore percevoir l'écho de l'explosion serait une scène de crime placée au cœur d'une enquête.

Quatre techniciens se déplaçaient à quatre pattes en différents endroits de la salle incendiée, en quête de traces de suie sur des murs qui, auparavant, étaient blancs. L'odeur âcre et forte du diesel imprégnait tout et rappelait combien il était dangereux de respirer à cet endroit à peine un jour plus tôt. Déterminé et concentré, Nils Krantz délaissa un instant ses morceaux de cadavre. Ni Ewert ni Sven ne l'avaient jamais vu rire.

— Suivez-moi.

Krantz se rendit dans la partie de l'atelier donnant sur la cour de la prison, s'accroupit devant un mur dans lequel il y avait un trou de la taille d'un pamplemousse, se tourna et désigna l'autre côté de la pièce.

— Le tireur a donc perforé cette fenêtre, là-bas. Celle que vous voyiez depuis le clocher et derrière laquelle Hoffmann a choisi de s'exposer pendant toute la durée des événements. Il a utilisé pour cela une munition explosive d'une vitesse initiale de huit cents trente mètres par seconde. Ce qui signifie qu'il s'est écoulé trois secondes entre le coup de feu et l'impact.

Nils Krantz n'avait jamais été témoin d'un crime au moment où il était commis. Il ne s'était jamais trouvé à un endroit au moment où celui-ci se changeait en scène de crime. Mais son travail consistait précisément à être là après pour reconstruire le passé.

— Le projectile a perforé une fenêtre puis l'os d'un crâne avec une grande puissance d'impact. Il s'est ensuite aplati et sa vitesse a diminué jusqu'à ce que, vous voyez ce gros trou, il percute le mur suivant.

Il enfonça une longue tige de métal au milieu du trou pour déterminer l'angle de tir. Il était légèrement de biais, puisque le coup avait été tiré à partir d'un endroit situé plus en hauteur.

— La balle qui a été utilisée fait presque dix centimètres de long. Mais la partie propulsée, c'est-dire celle qui reste quand on déduit la douille, en fait trois voire trois et demi. Elle a frappé et détruit des fragments de ce mur et a poursuivi sa course jusque dans la cour. Or, un projectile qui traverse successivement du verre, des os humains et un gros mur en béton termine sa course singulièrement aplatie, et finit par ressembler à une pièce de monnaie du XVIIIe.

Grens et Sundkvist regardèrent le cratère dans le mur. Tous deux avaient entendu Jacobson évoquer un bruit ressemblant à un coup de fouet, d'une puissance inouïe.

— Elle est là-bas, quelque part. On ne l'a pas encore trouvée, mais ça ne devrait pas tarder. J'ai plusieurs hommes du district d'Aspsås qui sont à genoux sur la pelouse et le gravier, en train de la chercher.

Krantz traversa la pièce et s'arrêta près de la fenêtre où s'était tenu Hoffmann. Des fanions rouges et blancs sur le mur, sur le sol, au plafond. Plus nombreux que Grens n'en avait le souvenir, après sa visite nocturne.

— J'ai été obligé de créer une sorte de code couleur. Rouge pour les éclaboussures de sang, blanc pour les parties du corps. Jamais encore je n'avais travaillé sur des morceaux de cadavre déchiquetés à ce point.

Sven observa les fanions, pour tenter de comprendre

ce qu'ils indiquaient exactement et, alors qu'il avait pour habitude de se tenir soigneusement à l'écart de la mort, il s'approcha.

— On a une explosion et des fragments de cadavres. Il y a quelque chose, là, que je ne comprends pas.

Sven s'approcha encore un peu plus. Il n'avait pas peur, il ne ressentait aucun malaise, car ce n'était pas la mort. Il ne parvenait pas à la voir ainsi.

— Des tissus humains en milliers de morceaux. Ce genre de projectile déchire certes les corps. Mais en gros morceaux. Il n'explose pas.

Des êtres humains réduits à l'état de particules. Sven n'était plus qu'à quelques centimètres et, à cette distance, ils n'avaient plus rien d'humain.

— Alors, on cherche autre chose. Quelque chose qui explose, qui fragmente, mais pas en gros morceaux.

— Comme quoi ?

— Un explosif. Je ne vois aucune autre explication.

Ewert Grens regarda les fanions blancs et rouges, les éclats de verre et la suie qui recouvrait tout.

— Un explosif. Comme quoi ?

Krantz écarta les bras de contrariété.

— Du TNT. De la nitroglycérine. Du C4. Du Semtex. Du PETN. De l'octogène. Du Dynamex. Ou autre chose. *Je ne sais pas, Grens*. Étant donné qu'on n'a pas fini de chercher. Ce que je sais, en revanche… c'est qu'il était sur les corps. Peut-être même en contact direct avec la peau.

Il désigna les fanions d'un signe de tête.

— Oui… Vous comprenez.

Rouge pour les éclaboussures de sang, blanc pour les parties du corps.

— Nous savons aussi qu'il s'agit d'un explosif dégageant une forte chaleur.

— Ah bon ?

— Assez forte pour que le bidon de diesel prenne feu.

— Je reconnais l'odeur.

Le technicien donna un léger coup de pied dans un bidon placé devant le trou qui, la veille, était encore une fenêtre.

— C'est du diesel mélangé avec de l'essence qui a causé cette sacrée fumée. Du gasoil comme on en trouve dans des fûts ou des cuves de n'importe quel atelier de prison. Ça sert de carburant pour les machines et les chariots élévateurs, ou alors pour nettoyer les outils. Mais ce bidon-là… Il était près de Hoffmann. Et il n'y est pas venu tout seul.

Nils Krantz secoua la tête.

— Un explosif. De la fumée toxique. Un bidon qui n'était pas là par hasard, Ewert. Piet Hoffmann voulait vraiment être sûr.

— Sûr de quoi ?

— Que lui et un des otages meurent.

Grens coupa le moteur et sortit de la voiture. Il fit signe à Sven de continuer sans l'attendre, se mit à marcher à travers champs pour couvrir les quinze cent trois mètres qui séparaient la prison de l'église d'Aspsås. Ces vastes étendues d'herbe le purifiaient de son manque de sommeil et de la puanteur du gasoil, mais pas du sentiment qui s'était enraciné en lui, qu'il n'aimait pas, mais dont il savait qu'il allait l'accompagner jusqu'à ce qu'il comprenne ce qui lui échappait.

Il aurait dû mettre d'autres chaussures.

Ce vert qui, à distance, semblait bien doux, était plein de creux et de glaise, et il glissa à plusieurs reprises, chutant lourdement sur le sol. Son pantalon était maculé d'herbe verte et de terre brune quand il parvint à l'entrée latérale du cimetière.

Il se retourna. La brume matinale s'était dissipée et les murs paraissaient gris clair dans la lumière du soleil. Il s'était tenu au même endroit exactement vingt-quatre heures plus tôt ; il n'avait alors pas encore pris la décision qui allait causer la mort d'un homme.

Des visiteurs, maris, enfants ou amis, se déplaçaient entre les tombes, des fleurs dans les bras. Grens évita leurs regards, mais observa leurs mains qui creusaient parmi les buissons et les couronnes. C'était une sorte d'épreuve, mais le fait d'être près d'une tombe qui n'avait aucune signification pour lui ne lui inspirait rien.

Un ruban de plastique était tendu entre les arbres du cimetière et des piquets temporaires. Il l'abaissa pour hisser par-dessus sa jambe raide levée bien haut. Près du lourd portail de l'église attendaient quatre personnes. Sven Sundkvist, deux policiers en uniforme du district d'Aspsås et un homme âgé portant un col blanc de pasteur.

Il tendit une main, en serra une autre.

— Gustaf Lindbeck. Je suis le curé de la paroisse.

Il était de ceux qui prononçaient Gustaf en faisant bien sonner le F. Grens eut un petit sourire. *Peut-être devrais-je prononcer le W de Ewert à l'anglaise*.

— Grens, du commissariat central de Stockholm.

— C'est vous qui êtes en charge des opérations, ici ?

Le curé tira légèrement sur le ruban.

— C'est moi qui dirige l'enquête, si c'est ce que vous voulez dire.

Ewert Grens tira lui aussi sur le ruban.

— Ça vous pose un problème ?

— J'ai déjà annulé un baptême et un mariage. Dans une heure, environ, j'ai un enterrement. Je voudrais savoir si je vais pouvoir officier.

Grens regarda l'église, puis Sven, puis les visiteurs à genoux devant les tombes, en train d'arroser d'étroites plates-bandes.

— On va faire comme ça.

Il tira légèrement sur le ruban, jusqu'à faire tomber les piquets provisoires.

— J'ai besoin d'inspecter encore une fois certaines parties du rez-de-chaussée de l'église. Ça prendra environ une demi-heure. Pendant ce temps, vous pourrez – mais uniquement vous – vaquer à vos occupations et préparer ce dont vous avez besoin. Quand on aura fini, je mettrai fin au périmètre de sécurité et les visiteurs pourront entrer. En revanche – pour des raisons ayant trait à l'enquête –, je vais laisser en place pour quelques jours encore celui qui est autour du clocher. Ça vous paraît raisonnable ?

Le curé hocha la tête.

— Je vous en suis reconnaissant. Mais… une dernière chose. Dans une heure, nous devons sonner le glas. Est-ce que je peux utiliser la cloche de l'église ?

Ewert regarda le clocher et la lourde cloche de fonte suspendue en son centre.

— Oui. La cloche elle-même n'est pas incluse dans le périmètre de sécurité.

Ils s'avancèrent vers la porte maintenant accessible. *La cloche de l'église*. Le beau cimetière l'observait. *Le glas*. Il s'était écoulé un an et demi et il n'avait même pas encore choisi sa pierre tombale.

Le curé pénétra dans la fraîcheur et le silence de l'église. Grens et Sundkvist tournèrent à droite juste après l'entrée. Les chaises étaient toujours empilées contre le mur et le plan déplié sur l'autel en bois, près de la seule fenêtre de la petite pièce.

Sven ? Oui ? Je voudrais que tu me le relises. Qui il est. De quoi il est capable.

Ewert tenait entre ses mains le plan schématique d'une prison.

Troubles de la personnalité, extrêmement antisocial. Aucune faculté d'empathie.

Il le replia lentement.

Signes caractéristiques d'impulsivité, agressivité, manque d'égards pour sa propre sécurité et celle des autres, absence de conscience morale.

Il le glissa dans la poche intérieure de sa veste, ils n'en avaient plus besoin.

— Tu me donne un coup de main, Ewert.

Sven avait ramassé et vidé un total de six gobelets aux couleurs rouge et jaune de Shell : ces quelques heures avaient été faites de décisions de vie ou de mort prises avec l'énergie puisée dans le mauvais café de la station-service la plus proche. Il souleva l'une des chaises, dans l'attente qu'Ewert fasse de même avec une autre. Ils quittèrent la pièce qui redeviendrait bientôt un lieu de rassemblement intime pour des personnes en deuil et ouvrirent la porte de l'escalier donnant accès au clocher. Un regard rapide vers la salle de culte et le curé qui manœuvrait un chariot de bibles entre deux rangées de sièges. Celui-ci les vit et leva la main en l'air.

— Vous montez ?

— Oui.

— Le glas… Ce sera dans vingt minutes.

— On aura fini avant.

Ils grimpèrent l'escalier, puis l'échelle en aluminium et, d'une certaine façon, cela leur parut plus long et plus haut que la veille. La porte du balcon était ouverte et oscillait lentement au gré du vent qui jouait sur les tombes et les pelouses. Grens était sur le point de la refermer derrière lui quand il avisa la marque sur le chambranle. Une trace de fraîche date, bien visible, à peu près à la hauteur de la poignée. Il se souvint que le premier tireur d'élite avait fait remarquer que la porte avait été forcée. Il toucha avec un crayon l'écharde qui pendait et qui n'avait pas encore eu le temps de se teinter à la lumière.

La brume matinale était sur le point de se lever et le ciel serait bientôt aussi bleu que la veille. En dessous de lui, la prison d'Aspsås attendait tranquillement, avec ses blocs de ciment gris et silencieux, ses murs et ses bâtiments destinés à enfermer et non à inciter au rire ou au rêve.

Ewert Grens sortit sur le fragile balcon de bois.

Continue à lire, Sven.

Vingt-quatre heures plus tôt, un tireur d'élite s'était allongé à cet endroit.

Il n'y a rien d'autre.

Une arme braquée sur la tête d'une personne.

Lis !

Lors de la tentative de meurtre du policer, à Söderhamn, sur un espace vert, il a frappé...

Ça suffit.

Il avait pris sa décision.

Il avait condamné à mort.

Le vent se leva, causant une sensation agréable sur son visage et, pendant un moment, il n'y eut rien d'autre que le soleil qui réchauffait ses joues pâles et les oiseaux qui pourchassaient quelque chose d'invisible au-dessus de sa tête. Il se tenait à la rambarde, qui n'était pas très haute : un instant de vertige, un seul pas en avant et il tomberait la tête la première. Il regarda à ses pieds et vit deux petites taches noires sur la dernière planche, celle qui s'interrompait une dizaine de centimètres au-delà de la rambarde. Il les toucha du bout des doigts, les renifla. C'était de la graisse qui avait coulé du canon du fusil, et qui souillerait pour toujours une partie du plancher de ce balcon.

Ewert Grens s'agenouilla puis s'allongea entièrement, forçant son corps manquant de souplesse à adopter la position du tireur d'élite. Les coudes sur le plancher, une arme imaginaire entre les mains, il visa cette fenêtre maintenant réduite à un trou encadré de suie, tout en haut du pignon d'un bâtiment appelé bloc B.

— C'est là qu'il était allongé. Attendant mes ordres.

Ewert leva les yeux vers Sven.

— Attendant que je lui dise de tuer.

Il eut un geste d'impatience vers son collègue

— Allonge-toi, toi aussi. Je veux que tu le ressentes.

— J'ai le vertige. Tu le sais bien.

— Sven, contente-toi de t'allonger. La rambarde est solide, elle te protégera.

Sven Sundkvist s'écarta prudemment, à quatre pattes, pour éviter de s'allonger juste à côté de son lourd collègue. Il détestait les positions élevées, il y avait trop à perdre si on tombait, et cette sensation n'avait fait que se renforcer au fil des ans. Il rampa sur le plancher et, quand il fut assez près, tendit la main pour se cramponner à la rambarde.

C'était vertigineux. Ewert respirait fort. Le vent soufflait.

Sven resserra sa prise sur une barre de fer froide et sentit quelque chose se détacher dans sa paume. Il tira dessus et cela se détacha encore plus, quelque chose de rectangulaire, peint en noir, de trois à quatre centimètres de long, avec un fil à l'une de ses extrémités.

— Ewert.

Un bras tendu.

— C'était accroché à la rambarde.

Ils comprirent tous deux de quoi il s'agissait.

Une cellule photoélectrique.

Peinte en noir, comme la rambarde. La main qui l'avait placée là ne désirait sûrement pas qu'on la trouve.

Sven tira doucement sur le fil, tout aussi noir, qui se détacha. Il tira un peu plus fort et révéla un morceau de métal rond, plus petit que le premier, à peine un centimètre de diamètre.

Un émetteur électronique.

Quand je l'ai vu dans la lunette de visée. Je ne sais pas, on aurait dit qu'il savait.

— Un émetteur, un fil, une cellule photoélectrique. Ewert… Sterner avait raison.

On aurait dit qu'il savait qu'il était possible de l'atteindre.

Sven prit le fil, le balança d'avant en arrière, oubliant un instant qu'il avait peur du vide.

— Hoffmann a entendu tout ce que vous vous disiez, le tireur et toi.

Ewert Grens avait pris soin de fermer la porte de son bureau.

Deux tasses de café accompagnées d'un sandwich jambon-fromage pris au distributeur automatique du couloir.

Il sentait encore la pression de l'explosion, l'odeur de fumée et le bruit imaginaire de respirations s'interrompant sous ses yeux.

Il n'avait pas eu le choix.

Toutes les informations dont ils disposaient les incitaient à penser que Piet Hoffmann était un des rares criminels réellement capables de mettre leurs menaces à exécution. Ewert Grens feuilleta le dossier pénitentiaire contenant ses tests psychologiques et son temps d'incarcération, consulta sur son ordinateur son casier judiciaire, cinq ans pour voies de fait et tentative de meurtre sur un représentant de l'autorité publique, ainsi que le fichier des personnes recherchées qui le désignait comme un criminel CONNU DANGEREUX ARMÉ.

Il n'avait pas eu le choix.

Il était sur le point d'éteindre son ordinateur et de sortir dans le couloir chercher un autre sandwich jambon-fromage, quand son regard se porta tout en bas de l'écran, sur la première entrée du casier judiciaire de Piet Hoffmann.

Date de la dernière modification.

Grens compta. Dix-huit jours.

Pour une peine purgée dix ans auparavant.

Il resta dans son bureau, y fit les cent pas entre la fenêtre et la porte, et eut de nouveau la désagréable impression que quelque chose ne collait pas.

Il composa le numéro qu'il connaissait par cœur depuis longtemps, celui de la base informatique de la police. Cela faisait plusieurs nuits qu'il passait à jurer sur des touches et des symboles qui refusaient de se plier à sa volonté.

Une voix jeune et masculine lui répondit. C'était toujours des jeunes, et toujours des hommes.

— Grens à l'appareil. J'aurais besoin d'un peu d'aide.

— Le commissaire ? Un instant.

Ewert Grens avait traversé le bâtiment à plusieurs reprises pour se faire une idée de visu et savait donc à quoi correspondait ce qu'il entendait durant son attente. Le bruit de métal qui s'entrechoquait correspondait au fait que cette voix jeune, de même que les autres, empilait une nouvelle canette vide de Coca-Cola sur les autres, près de son ordinateur.

— Je veux savoir qui a modifié une entrée du fichier des casiers judiciaires. As-tu accès à ce genre d'information ?

— Je pense que oui. Mais ça relève de la Justice. Vous devriez vous adresser à leur base de données.

— Mais si je te pose la question à toi ? Maintenant ?

La voix jeune ouvrit une nouvelle canette.

— Laissez-moi cinq minutes.

Quatre minutes et quarante-cinq secondes plus tard, Grens souriait au bout du fil.

— Qu'est-ce que tu as trouvé ?

— Rien de particulièrement bizarre. Ça a été modifié sur un des ordinateurs de la Justice.

— Par qui ?

— Une personne qualifiée. Une certaine Ulrika Danielsson. Vous voulez son numéro ?

Il fit de nouveau les cent pas dans son bureau en buvant le café froid qui collait au fond de son gobelet en plastique.

Pour son coup de fil suivant, il resta debout.

— Ulrika Danielsson.

— Grens, du commissariat central.

— Oui ?

— C'est à propos d'une enquête. 721018-0010. Un verdict qui date de près de dix ans.

— Oui ?

— D'après le fichier, celui-ci vient d'être modifié. Il y a exactement dix-huit jours.

— Oui ?

— Par vous.

Son silence était audible.

— Je veux savoir pourquoi.

Il ne faisait aucun doute qu'elle était stressée. Pauses trop longues, inspirations trop profondes.

— Je ne peux pas le dire.

— Pourquoi ça ?

— C'est confidentiel.

— Et pour quelle raison, bon Dieu ?

— Je ne peux pas en dire davantage.

Grens n'éleva pas la voix. Au contraire, il baissa le ton : c'était parfois plus efficace.

— Je veux savoir *pourquoi* vous avez apporté cette modification. Et *ce que* vous avez changé.

— J'ai dit ce que j'avais à dire.

— Dites-moi, Ulrika… Je peux vous appeler Ulrika, non ?

Il n'attendit pas sa réponse.

— Ulrika, je suis commissaire de police. J'enquête sur un meurtre. Et vous, vous travaillez pour le ministère de la Justice. La confidentialité, vous pouvez y avoir recours vis-à-vis des journalistes. Mais pas envers moi.

— Je…

— Vous allez me répondre tout de suite. Sinon je vous rappelle dans un ou deux jours, Ulrika. Le temps qu'il me faudra pour obtenir une ordonnance du tribunal.

Elle ne tentait plus de cacher ses profondes inspirations.

— Wilson.

— Wilson ?

— Votre collègue. C'est à lui qu'il faut poser la question.

Ce n'était plus seulement une impression.

Il y avait bien quelque chose qui ne collait pas.

Il était allongé sur son sofa en velours brun. Une demi-heure s'était écoulée et il avait vraiment tout essayé. Il avait fermé les yeux et s'était détendu, mais il était encore plus loin du sommeil que lorsqu'il avait commencé.

Je ne comprends pas.

Un détenu derrière une fenêtre d'atelier l'en empêchait.

Pourquoi voulais-tu mourir ?

Un visage de profil.

Si tu nous entendais, comme Sterner en est persuadé, si ce qu'on a trouvé dans le clocher et qui se trouve maintenant sur mon bureau est bien un émetteur en état de fonctionnement, pourquoi diable as-tu fui devant ta propre mort à deux reprises pour y faire face la troisième fois ?

Quelqu'un qui avait pris soin de rester bien visible, pendant tout ce temps.

Avais-tu déjà pris ta décision, sans oser la mettre à exécution ?

Dans ce cas, qu'est-ce qui t'a finalement donné le courage de ne pas bouger et de mourir ?

Et pourquoi faire en sorte que, par mesure de sécurité, pour ainsi dire, tu sois réduit en mille morceaux après le coup de feu ?

— Tu dors ?

Un coup frappé à la porte, et la tête de Hermansson apparut.

— Pas vraiment.

Il se redressa, heureux de la voir, comme souvent. Elle prit place près de lui sur le sofa, un classeur dans les bras.

— J'ai fini de rassembler les pièces du dossier sur le meurtre du 79 Västmannagatan. Je suis persuadée qu'on va vers une réduction du degré de priorité. On n'arrivera à rien de plus.

Grens soupira.

— Ça me paraît… Ça me paraît drôlement bizarre. Si on classe ça… ce sera mon troisième meurtre non résolu dans cette maison.

— Le troisième ?

— Un au début des années quatre-vingt, un corps découpé en morceaux retrouvé dans l'eau juste au large de Kastellholmen par des pêcheurs qui vidaient un filet. Et un autre il y a quelques hivers de cela, la femme qui a été retrouvée dans le passage souterrain d'un hôpital, après avoir été traînée depuis le réseau des tunnels, avec le visage truffé de morsures de rats.

Il frappa légèrement sur le classeur.

— Est-ce que c'est moi qui deviens mauvais, Hermansson ? Ou bien la réalité qui est de plus en plus compliquée ?

Hermansson regarda son chef avec un sourire.

— Ewert ?

— Oui ?

— Depuis combien de temps travailles-tu ici, au juste ?

— Tu le sais bien.
— Combien ?
— Depuis… avant ta naissance. Trente-cinq ans.
— Et sur combien de meurtres as-tu enquêté ?
— Tu veux le chiffre exact, je suppose ?
— Oui.
— Deux cent treize.
— Deux cent treize ?
— En comptant celui-ci.

Elle sourit à nouveau.

— Trente-cinq ans. Deux cent treize homicides. Dont trois non résolus.

Il ne répondit rien. Ce n'était pas une question.

— Un tous les douze ans, Ewert. Je ne sais pas ce que tu en penses. Mais moi, je dirais que c'est pas mal, comme résultat.

Ewert lui jeta un regard de côté. Il avait l'habitude de se poser ce genre de question. Il le savait déjà. S'il avait eu un fils, une fille.

À peu près comme elle.

— Tu avais autre chose ?

Elle ouvrit le classeur et sortit la pochette en plastique qui se trouvait tout à l'arrière.

— Deux autres choses.

Elle sortit deux feuilles de l'étroite pochette.

— Tu m'as demandé d'identifier tous les appels passés depuis la prison d'Aspsås entre huit heures quarante-cinq et neuf heures quarante-cinq et entre treize heures trente et quatorze heures trente.

Des colonnes de chiffres apparaissaient clairement sur la gauche, en face de noms et de prénoms sur la droite.

— Il y en a eu trente-deux. En dépit des dispositions restreignant les communications depuis l'établissement.

Elle suivit du doigt la ligne de chiffres.

— J'en ai éliminé trente. Onze appels de membres du personnel à leurs familles, pour les rassurer et les prévenir qu'ils allaient rentrer tard. Huit qui nous ont été passés, à nous, la police, que ce soit au district d'Aspsås ou au commissariat central. Trois à la prison de Norrköping. Quatre à des familles de détenus dont la visite était prévue, pour leur demander de différer leur venue. Et…

Elle regarda le commissaire.

— … quatre sur les lignes directes des grands quotidiens.

Grens secoua la tête.

— Rien d'extraordinaire. C'était nos collègues qui les appelaient, non ?

Hermansson rit brièvement.

— Selon le procureur général, cette question est considérée comme attentatoire à la protection des sources. Je crois, Ewert, que c'est un délit passible d'une peine d'emprisonnement.

— Donc, nos collègues.

Elle poursuivit.

— Je les ai tous éliminés. Trente explications crédibles.

Elle déplaça le doigt vers le bas des colonnes.

— Il en reste deux. Un durant la matinée, à neuf heures vingt-trois, et un autre durant l'après-midi, à quatorze heures douze. Depuis la prison d'Aspsås, vers un abonné du bureau de la société Ericsson, à Västberga.

Pochette en plastique suivante, des notes manuscrites sur des pages de bloc-notes.

— J'ai mené une enquête à ce sujet. Selon le service du personnel d'Ericsson, ce numéro est celui d'une de leurs employées, Zofia Hoffmann.

Grens se racla la gorge.

— Hoffmann.

— Mariée à un certain Piet Hoffmann.

Elle tourna la feuille de papier, au dos de laquelle il y avait d'autres notes manuscrites.

— J'ai vérifié toutes les données personnelles que j'ai trouvées. Zofia Hoffmann habite Stockrosvägen, à Enskede. Selon son employeur – le nom exact de l'entreprise est apparemment Ericsson Enterprise AB –, elle a quitté son lieu de travail hier juste avant le déjeuner.

— Pendant la prise d'otages.

— Oui.

— Entre les deux appels.

— Oui.

Ewert Grens se leva du sofa moelleux et étira son dos douloureux tandis que Hermansson sortait une autre feuille de la pochette.

— Selon les services fiscaux, Zofia et Piet Hoffmann ont eu deux enfants ensemble. Deux garçons qui, depuis trois ans, vont dans une école maternelle d'Enskededalen pendant la journée et sont récupérés soit par la maman, soit par le papa vers cinq heures. Ce jour-là, quelques heures avant que son mari ne soit abattu par la police, et vingt minutes très précisément après avoir disparu de son lieu de travail, Zofia Hoffmann a récupéré ses deux enfants bien plus tôt que d'habitude et sans fournir de motif au personnel. Elle paraissait stressée, deux institutrices sont du même avis à ce propos et précisent qu'elle n'a pas croisé leur regard ni prêté attention à leurs questions.

Mariana Hermansson vit son vieux collègue pencher son grand corps d'abord en avant, puis en arrière, en un mouvement qu'il avait probablement appris dans une salle de gymnastique très performante, un demi-siècle plus tôt.

— J'ai envoyé une patrouille à leur domicile, un pavillon construit dans les années cinquante, à quelques minutes au sud du centre. On a regardé à travers les fenêtres fermées, sonné aux portes closes, ouvert la boîte aux lettres qui ne contenait que le journal du jour et le courrier de la veille. Rien. Rien, Ewert, qui indique la présence d'un membre quelconque de la famille depuis hier matin.

Il se pencha deux fois de plus en avant, puis en arrière.

— Lance un avis de recherche au nom de Zofia Hoffmann.

— C'est déjà fait. Depuis une demi-heure.

Ewert Grens resta de nouveau immobile, puis hocha légèrement la tête, ce qui équivalait à un compliment.

— Il l'a appelée. L'a prévenue. Pour la mettre à l'abri des conséquences de sa propre mort.

Elle avait déjà refermé la porte et fait deux pas dans le couloir quand elle s'arrêta, fit demi-tour et l'ouvrit de nouveau.

— Autre chose.

Grens était toujours debout au centre de la pièce.

— Oui ?

— Est-ce que je peux entrer ?

— Tu n'as jamais demandé la permission.

Cela n'augurait rien de bon.

Toute la matinée, elle avait tenté de se persuader de venir le voir et pourtant elle avait fini par quitter son bureau sans qu'ils aient parlé de ce pour quoi elle était venue.

— Je sais quelque chose d'important. Et dont il aurait été bon que tu sois informé dès hier. Mais je ne suis pas arrivée à temps.

Elle n'avait pas l'habitude de perdre la maîtrise de la situation et de ne pas être tout à fait sûre d'avoir bien agi.

— Je venais te rejoindre. J'ai couru dans les couloirs d'Aspsås et conduit aussi vite que j'ai pu vers l'église.

C'était un sentiment qu'elle n'aimait pas. Dans aucune circonstance et encore moins ici, dans le bureau d'Ewert.

— J'ai essayé de t'appeler, mais ton portable était éteint. Je savais que c'était une question de minutes, de secondes. Je vous entendais, le tireur et toi, à la radio de bord. Ton ordre. Et puis la détonation.

— Hermansson ?

— Oui ?

— Viens-en au fait.

Elle le regarda, nerveuse. Cela faisait longtemps qu'elle ne l'avait pas été, dans ce bureau.

— Tu m'as demandé de parler à Oscarsson. Je l'ai fait. À propos de Hoffmann. Ewert, quelqu'un a donné des ordres à Oscarsson. Quelqu'un l'a manipulé.

Elle avait appris à interpréter les signes sur son visage.

Elle savait ce que cela signifiait quand ses joues se mettaient à rougir et sa veine à pulser sur sa tempe.

— La veille de ta venue, on a ordonné à Oscarsson d'autoriser la visite d'un avocat à un détenu de la même unité que Hoffmann, de t'empêcher, toi ou qui que ce soit de la police, de l'interroger ou de le voir, de le renvoyer dans son unité d'origine, en dépit du fait qu'un détenu menacé ne revient jamais là d'où il vient, et de refuser d'ouvrir les portes de la prison, au cas où Hoffmann exigerait qu'on le fasse, et ce contrairement à toutes les règles de l'administration pénitentiaire.

— Nom de Dieu, Hermansson, qu'est-ce que…

— Laisse-moi terminer, Ewert. J'avais ces informations, mais je n'ai pas eu le temps de te les transmettre. Et après… l'explosion, ça n'avait plus d'importance, à ce moment-là.

Grens posa la main sur son épaule, en un geste sans précédent de sa part.

— Je suis furieux, Hermansson. Mais pas contre toi. Tu as fait ce qu'il fallait. En revanche, j'aimerais savoir qui.

— Qui… Quoi ?

— Qui a lui a donné ces ordres !

— Je ne sais pas.

— Tu ne sais pas !

— Il n'a pas voulu me le dire.

En un éclair Ewert Grens traversa la pièce jusqu'à son bureau et l'étagère qui se trouvait derrière. Un trou et des marques de poussière. Elle n'était plus là, cette musique qui, pendant toutes ces années, avait été sa force et son réconfort. C'était dans ce genre d'occasion qu'il en avait le plus besoin, lorsque la colère se changeait en rage, prenant racine quelque part dans son ventre et se propageant à chaque parcelle de son corps pour s'attarder en lui jusqu'à ce qu'il comprenne par qui il s'était laissé manipuler, imbécile qu'il était.

— Si j'avais disposé de cette information, Hermansson, je n'aurais pas ordonné au tireur de faire feu.

Il regarda sa jeune collègue.

— Si j'avais su, alors, ce que je sais maintenant… Hoffmann ne serait pas mort à l'heure qu'il est.

Son gobelet en plastique brun était presque plein de café noir, fort et amer. La machine grinçait comme d'habitude, surtout vers la fin, quand elle rechignait à lâcher les dernières gouttes. Le commissaire principal Göransson commença à le boire alors qu'il était encore dans le couloir. Il vit Mariana Hermansson quitter le bureau de Grens, un classeur sous le bras. Il savait quelle était la raison de sa venue. Ils faisaient exactement ce qu'ils avaient à faire : tirer au clair la fusillade mortelle d'Aspsås.

Je n'y ai pas participé.

Il serra le gobelet dans sa main et du liquide brûlant coula sur son poignet.

J'ai retiré mes billes.

Göransson vida le gobelet du liquide amer qu'il contenait encore et salua Sven Sundkvist qui passait, lui aussi un classeur sous le bras, en route pour le bureau que Hermansson venait de quitter.

Il nota le rouge de ses joues et la veine qui pulsait sur sa tempe.

Sven connaissait Ewert Grens mieux que quiconque dans la maison. Il avait dû faire de nombreuses fois face à la colère de son chef et apprendre à la gérer. Quand les hurlements et les coups de pied dans la poubelle prenaient le dessus, ce dernier ne voyait ni n'entendait plus rien, il n'était plus lui-même et était livré à ses propres démons.

— T'as pas l'air content.

— Va voir Hermansson, quand on en aura terminé. Elle t'expliquera. Moi, j'en ai pas encore le courage.

Sven regarda l'homme debout au centre de la pièce. Ils s'étaient vus plus tôt dans la journée. Aucune trace de cette fureur, à ce moment-là.

Quelque chose s'était passé.

— Que sais-tu de Wilson ?

— Erik ?

— Y en a un autre, dans ce putain de couloir ?

Il faut que j'aille trouver Hermansson, après ça.

— Je ne le connais pas vraiment. Même si on est arrivés ici à peu près en même temps. C'est comme ça. Mais… il m'a l'air d'être quelqu'un de sensé. Pourquoi ça ?

— C'est juste que j'ai entendu son nom, aujourd'hui. Et pas dans un contexte favorable.

— Qu'est-ce que tu veux dire ?

— Pour ça aussi, on verra plus tard.

Sven ne posa pas d'autre question. De toute façon, il n'obtiendrait pas de réponse.

— J'ai un rapport préliminaire sur Hoffmann Security AB. Ça t'intéresse ?

— Tu sais bien que oui.

Il posa deux feuilles de papier sur le bureau de Grens.

— J'aimerais que tu regardes ça. Tu veux venir ici ?

Ewert alla se placer près de Sven.

— Une société avec un très petit nombre d'actionnaires, dont les statuts et les bilans ont l'air parfaitement normaux. Je pourrai regarder ça en détail par la suite, si tu le souhaites, et décortiquer ces chiffres en profondeur.

Il montra la seconde feuille de papier.

— Mais ça, j'aimerais que tu y jettes un coup d'œil dès maintenant.

Un schéma constitué de carrés empilés les uns sur les autres.

— C'est la structure juridique, Ewert. Elle est intéressante. Le conseil d'administration est composé de trois personnes. Piet Koslow Hoffmann, Zofia Hoffmann et un citoyen polonais, Stanislaw Rosloniec.

Un citoyen polonais.

— J'ai vérifié ce qui concerne Rosloniec. Il est domicilié à Varsovie, n'apparaît dans aucune base de données internationale sur la criminalité et – c'est là que ça devient intéressant – est employé par une société polonaise qui s'appelle Wojtek Security International.

Wojtek.

Ewert Grens observait les carrés de Sven mais voyait un aéroport danois et un commissaire du nom de Jacob Andersen.

Dix-huit jours plus tôt.

Ils étaient installés dans une salle de réunion du poste de police de Kastrup, après avoir mangé des viennoiseries bien grasses, et Andersen leur avait parlé d'un informateur danois censé acheter des amphétamines dans un appartement de Stockholm. En compagnie de deux Polonais et de leur contact suédois.

Leur contact suédois.

— Nom de… Attends un peu, Sven !

Grens ouvrit l'un des tiroirs de son bureau et en sortit un lecteur de CD et le disque contenant la voix que Krantz avait gravée. Les écouteurs sur les oreilles et trois phrases qu'il connaissait par cœur.

Un homme mort. 79 Västmannagatan. Cinquième étage.

Il ôta ses écouteurs et les plaça sur la tête de Sven.

— Écoute ça.

Sven Sundkvist avait analysé autant de fois qu'Ewert l'enregistrement du central en date du 9 mai à douze heures trente-sept minutes et cinquante secondes.

— Et maintenant ceci.

Une voix conservée dans un des fichiers audio de l'ordinateur. Ils l'avaient déjà entendue la veille, tous les deux, alors qu'ils attendaient dans un cimetière.

« Dans trois minutes, il va mourir. »

D'un côté, le mot « mourir » était chuchoté, et de l'autre, il était hurlé, mais en écoutant un peu plus attentivement la façon dont les M et les R étaient prononcés dans chacune de ces phrases, Ewert Grens et Sven Sundkvist durent se rendre à l'évidence.

C'était la même voix.

— C'est lui.

— Bien sûr que c'est lui, Sven ! Merde ! C'était Hoffmann qui était dans cet appartement ! C'est lui qui a donné l'alerte !

Grens était déjà en train de quitter la pièce.

Wojtek : la mafia polonaise.

Hoffmann Security AB entretient des liens avec Wojtek.

Sa voiture était garée dans Bergsgatan et il descendit

l'escalier quatre à quatre, alors même que l'ascenseur était libre.

Alors, pourquoi as-tu donné l'alerte ?

Alors, pourquoi as-tu tué un autre détenu du quartier disciplinaire et en as-tu fait voler un troisième en mille morceaux ?

Il quitta Bergsgatan et prit Hantverkargatan en direction du centre-ville. Il allait rendre visite à la personne dont il était responsable de la mort.

Il arrêta sa voiture dans la file des bus, devant l'entrée du 42 Vasagatan.

Quelques minutes plus tard, Nils Krantz frappa à la vitre latérale.

— Quelque chose de particulier ?

— Je ne sais pas encore. C'est juste une intuition, une heure peut-être, il faut que je réfléchisse.

— Tiens, garde-les pour l'instant. Je te ferai signe si j'en ai besoin.

Krantz lui remit un trousseau de clés qu'Ewert Grens fourra dans la poche intérieure de sa veste.

— Au fait, Ewert.

Le technicien s'était immobilisé un peu plus loin sur le trottoir.

— J'ai identifié deux sortes d'explosifs. Du PETN et de la nitroglycérine. C'est le PETN qui a causé l'explosion. L'onde de choc a propulsé la fenêtre vers l'extérieur et le dégagement de chaleur a mis le feu au diesel. La nitroglycérine, elle, avait été appliquée à même la peau de quelqu'un – duquel des deux, je ne sais pas encore.

Grens monta l'escalier d'un des nombreux bâtiments

du centre-ville construits dans les premières années du XXe siècle et qui avaient modifié radicalement le paysage urbain.

Il s'arrêta devant la porte du deuxième étage.

Hoffmann Security AB. La même solution partout. Une société de sécurité servant d'écran pour la mafia des pays de l'Est.

Il ouvrit au moyen des clés que Krantz lui avait remises.

Un bel appartement, un parquet bien ciré, un plafond haut, des murs blanchis à la chaux.

Il regarda par la fenêtre donnant sur Kungsbron et Vasateatern. Un couple âgé se rendait au théâtre pour la représentation du soir, le genre de chose à laquelle il pensait souvent mais qu'il ne mettait jamais en pratique.

Tu as été condamné pour trafic de drogue. Mais tu n'étais pas revendeur d'amphétamine.

Il traversa l'entrée et gagna la partie de l'appartement qui avait autrefois servi de salle de séjour, mais servait à présent de bureau, avec deux armoires à fusils sur le mur, près de la cheminée.

Tu entretenais des liens avec Wojtek. Mais tu n'étais pas membre de la mafia.

Il s'assit sur la chaise de bureau sur laquelle il supposa que Hoffmann avait l'habitude de prendre place.

Tu étais quelqu'un d'autre.

Il se releva et arpenta l'appartement, regardant dans les armoires à fusils vides, tâtant l'alarme désamorcée et rinçant les verres qui n'avaient pas été lavés.

Qui ?

En quittant Hoffmann Security AB, Grens avait effectué un détour par divers endroits qui, selon le rapport, étaient liés à l'appartement. Il avait ouvert une cave qui l'avait accueilli avec une forte odeur d'humidité et arpenté un grenier dans lequel un ventilateur ronronnait au-dessus de sa tête, tandis qu'il fouillait un box plus ou moins vide, à l'exception d'un marteau et d'un tournevis qui traînaient au beau milieu d'une pile de pneus usagés.

Il se faisait tard et peut-être aurait-il dû se contenter de parcourir l'unique kilomètre qui séparait l'immeuble de Vasagatan de son propre appartement de Sveavägen. Mais la rage et le malaise chassant la fatigue, il ne dormirait pas cette nuit-là non plus.

Le couloir de la brigade de recherches était désespérément vide. Les premières soirées d'été, ses collègues les passaient plutôt devant un verre de vin, sur une des terrasses de Kungsholmen ou à rentrer chez eux en flânant, plutôt qu'à faire des heures supplémentaires non rémunérées sur les vingt-quatre enquêtes menées en parallèle. Il ne se sentait pas à l'écart, cela ne lui manquait pas. Il avait simplement choisi depuis longtemps de ne pas les imiter, et n'en ressentait aucunement une affreuse solitude, puisqu'il l'avait fait de son plein gré. Ce soir-là, il serait occupé par un rapport concernant un coup de feu tiré dans une prison et, le lendemain, par un autre rapport à propos d'un autre coup de feu. Grens approchait de la machine pour prendre ses deux gobelets en plastique de café noir quand il s'arrêta devant son casier à la vue d'une grosse enveloppe matelassée posée sur sa pile de courrier, au milieu d'un nombre invraisemblable de listes de références et d'envois de masse sans intérêt. Il tira dessus, constata qu'elle n'était pas très lourde, la retourna mais ne trouva aucune mention d'expéditeur. Son nom et son adresse étaient bien écrits, sûrement par un homme, car il y avait là quelque chose d'irrégulier, de carré et presque tranchant.

Ewert Grens posa l'enveloppe brune au milieu de son bureau et l'examina en vidant son premier gobelet. Parfois, on ne parvenait pas à expliquer ce que l'on ressentait. Il ouvrit le tiroir de son bureau et le sachet contenant des gants en latex neufs, puis décacheta l'enveloppe sur l'un de ses côtés avec son index. Il regarda avec précaution par l'ouverture. Pas de lettre, de texte d'accompagnement ni de morceau de papier quelconque. En revanche, il dénombra cinq objets, qu'il sortit les uns après les autres et aligna devant lui, entre les dossiers des enquêtes en cours.

Encore un demi-gobelet de café.

Il commença par la gauche. Trois passeports. Portant la mention UNION EUROPÉENNE, SUÈDE, PASSEPORT en capitales dorées sur fond rouge. Tous authentiques, délivrés par les autorités de police de Stockholm, Suède.

Les photos avaient été prises dans un photomaton des plus banals.

Elles étaient en noir et blanc et légèrement floues, mesuraient quelques centimètres, et les yeux brillants reflétaient la lumière.

Trois fois le même visage. Mais des noms et des numéros d'identité différents.

Le visage d'un défunt.

Piet Koslow Hoffmann.

Grens se pencha contre le dossier de son fauteuil pour regarder par la fenêtre la lumière au-dehors, la faible lueur des réverbères qui veillaient sur les allées rectilignes, goudronnées et désertes, de la cour de Kronoberg.

Si c'est bien toi.

Il souleva l'enveloppe, la retourna.

Si cela vient de toi.

Il l'approcha de son visage et passa légèrement le bout des doigts sur le devant. Aucune trace de timbre. Dans le coin supérieur droit, en revanche, il y avait quelque chose ressemblant à un cachet postal. Il l'examina longuement. Il était difficile à lire, car le texte en était en partie effacé. FRANCFORT. Ça, il en était sûr. Puis six chiffres. 234212. Et, pour finir, une sorte de symbole, peut-être un oiseau, ou un avion.

Le reste n'était que de vagues traits laissé par quelque chose de trop liquide.

Grens chercha dans le tiroir de son bureau puis dans la liste de numéros de téléphone qui se trouvait quelque part dans une pochette. Horst Bauer, *Bundeskriminalamt*, Wiesbaden. Il avait beaucoup apprécié ce commissaire allemand avec lequel il avait collaboré quelques années plus tôt pour une enquête sur un bus d'enfants roumains abandonnés.

Bauer était chez lui, en train de manger. Mais, pendant qu'Ewert patientait et que son plat refroidissait, il avait eu la gentillesse de passer trois appels téléphoniques pour lui confirmer que l'enveloppe qui s'était retrouvée dans son casier avait, selon toute vraisemblance, été expédiée par le bureau d'une société de messageries de l'aéroport international de Francfort.

Ewert Grens le remercia et raccrocha.

L'un des plus grands aéroports au monde.

Il poussa un grand soupir.

Si c'est bien toi. Si cela vient de toi. Tu as demandé à quelqu'un de l'envoyer pour toi. Après ta mort.

Il restait deux objets sur le bureau. Le premier mesurait moins d'un centimètre de long. Il le tint entre des doigts que le latex rendait maladroits. C'était un récepteur, une oreillette en argent, de l'électronique pour écouter des conversations interceptées par un émetteur de la même taille.

Mon Dieu.

Moins de douze heures auparavant, Sven avait tenu entre ses mains un émetteur identique relié à un cordon noir et à une cellule photoélectrique de la même couleur.

La fragile rambarde du clocher.

À quinze cent trois mètres de la fenêtre maintenant détruite d'un atelier.

Ewert Grens tendit le bras vers l'étagère, derrière son bureau, et le sachet en plastique qui n'avait pas encore été enregistré dans un P.-V. de saisie ni remis à la Scientifique. Il en vida le contenu, appela un des rares numéros qu'il connaissait par cœur et posa le combiné sur le bord de son bureau pour laisser la voix monocorde de l'horloge parlante retentir dans l'émetteur. Puis il quitta la pièce, ferma la porte et inséra le récepteur argenté dans son oreille pour écouter l'heure égrenée toutes les dix secondes.

Cela concordait.

Le récepteur qu'il venait de recevoir était réglé exactement sur la même fréquence que celui qu'ils avaient trouvé sur la rambarde du clocher.

Il restait un objet. Un CD.

Grens posa le disque brillant en équilibre sur la

paume de sa main. Aucun texte sur l'une ou l'autre de ses faces, rien qui puisse en révéler le contenu.

Il le glissa dans le lecteur de l'ordinateur.

« Chancellerie, mercredi 10 mai. »

C'était la même voix.

Il l'avait écoutée, en compagnie de Sven, à peine deux heures auparavant.

C'était la voix qui avait donné l'alerte. Et celle qui avait proféré les menaces.

Hoffmann.

Grens avala les dernières gouttes de son gobelet en plastique. Un troisième ?

Dans un instant. Il lut l'indication de durée portée sur le fichier audio. Dans soixante-dix-huit minutes et trente-quatre secondes.

Quand j'aurai fini d'écouter ça.

Le troisième gobelet de café de la machine était posé sur son bureau.

Ewert Grens était allé le chercher alors qu'il n'en avait pas besoin. Ce qui tambourinait dans sa poitrine et lui donnait le vertige n'avait rien à voir avec la caféine.

Une *opération de police parfaitement légale* venait de se transformer en *meurtre légalisé*.

Il écouta une fois de plus.

D'abord des crachotements, le bruit de quelqu'un qui marche, un micro qui frotte à chaque pas contre du tissu. Après onze minutes et quarante-sept secondes, d'après le fichier audio, des voix étouffées. Le micro était placé assez bas, à hauteur de jambes, et il était clair que Hoffmann bougeait parfois pour se rapprocher de la source sonore, tendait lentement la jambe vers celui qui parlait et se levait sans raison apparente pour s'approcher un peu plus.

« Ce dossier… je l'ai lu. J'ai supposé… J'ai supposé qu'il s'agissait… d'une femme ? »

La seule voix qu'il n'ait jamais entendue auparavant.

Une femme, quarante, peut-être cinquante ans. Une voix douce, aux formulations dures, il était sûr qu'il la reconnaîtrait s'il l'entendait à nouveau.

« Paula. C'est comme ça que je m'appelle. En interne. »

La voix la plus nette.

Celle de l'homme qui portait le micro.

Hoffmann. Mais son nom de code était Paula.

« Il faut le rendre encore plus dangereux. Lui faire commettre des crimes plus graves. Le condamner à des peines plus longues. »

La troisième voix.

Une voix assez claire, de celles qui ne correspondent pas au visage d'où elles sortent, un collègue du même couloir, à quelques portes de là, pas plus, et qui, au cours des premiers jours de l'enquête sur le 79 Västmannagatan, était passé là comme par hasard pour se renseigner et leur fournir un tuyau qui allait les orienter dans la mauvaise direction.

Ewert frappa violemment sur son bureau.

Erik Wilson.

Il frappa de nouveau, à deux mains cette fois, et proféra des jurons sonores à la seule intention des murs nus de la pièce.

Il restait deux voix.

Les deux qu'il connaissait le mieux, les maillons d'une chaîne hiérarchique, les liens entre un criminel et un service gouvernemental.

« Paula n'a pas de temps à perdre avec Västmannagatan. »

Une voix nasale, un peu trop forte.

Le directeur de la police nationale.

« Tu as déjà traité des cas similaires. »

Une voix profonde, pleine, qui ne lâchait pas ses mots mais les gardait pour elle, des voyelles étirées.

Göransson.

Ewert Grens arrêta le disque et avala d'un trait le café encore trop chaud qui lui brûla la gorge et l'estomac. Il ne sentit pourtant rien ; chaud ou froid, peu importait. Il tremblait comme il le faisait depuis la première fois qu'il avait écouté cela et n'allait pas tarder à sortir de nouveau dans le couloir en continuant à avaler ce liquide brûlant jusqu'à ce qu'il ait la force de comprendre autre chose que la rage qui l'étouffait.

Une réunion à Rosenbad.

Il prit un feutre dans le pot à crayons et dessina, directement sur son sous-main, un rectangle et cinq cercles.

La table de réunion et cinq têtes.

L'une était sans doute la secrétaire d'État auprès du ministère de la Justice. Une autre s'appelait Paula. Une troisième faisait fonction d'officier traitant de Paula. Une autre encore était le plus haut gradé de la police du pays. Et une dernière, il regarda le cercle censé représenter Göransson, le supérieur direct tant d'Ewert Grens que d'Erik Wilson. Il était à ce titre responsable de leurs activités à tous les deux, et n'avait donc pas ignoré, pendant toute l'enquête, pourquoi on ne pouvait trouver de solution à l'affaire du 79 Västmannagatan.

— J'ai été manipulé.

Ewert Grens prit le sous-main gribouillé et le jeta par terre.

— J'ai été manipulé, bon Dieu.

Il écouta une nouvelle fois le fichier audio et ces phrases qu'il avait déjà entendues.

« Paula. C'est comme ça que je m'appelle. En interne. »

Tu n'étais pas de la mafia. Tu étais des nôtres. C'était nous qui t'employions pour jouer à la mafia.

Et je t'ai assassiné.

Dimanche

La grosse horloge de l'église de Kungsholmen sonnait minuit et demi lorsque Ewert Grens quitta son bureau et l'hôtel de police pour parcourir au volant de sa voiture la courte distance qui le séparait de Rosenbad. C'était une belle et chaude soirée, mais il ne le remarqua pas. Il savait ce qu'il s'était passé au 79 Västmannagatan. Il savait pourquoi Piet Hoffmann purgeait une peine à la prison d'Aspsås. Et il devinait pourquoi ceux-là mêmes qui avaient manigancé la peine de prison de Hoffmann s'étaient soudain retrouvés là afin d'imaginer, avec le commissaire responsable, un moyen bureaucratique de le tuer.

Piet Hoffmann était dangereux.

Piet Hoffmann détenait la vérité sur un meurtre qui était moins important que la poursuite de l'infiltration.

Quand Grens avait identifié le nom de Hoffmann, en périphérie de l'enquête, et avait voulu l'interroger, il était devenu encore plus dangereux.

Et ils l'avaient grillé.

Mais il avait survécu à une agression, avait pris des otages et s'était posté bien en vue à la fenêtre de l'atelier.

Tu as enregistré la réunion. Tu m'as envoyé ça, à moi. Celui qui a décidé ta mort.

Ewert Grens se gara sur Fredsgatan, près du bâtiment

depuis lequel la Suède était dirigée et dont toutes les lumières étaient éteintes. Il allait bientôt y pénétrer. Il venait d'écouter une réunion qui s'était tenue vingt jours plus tôt dans un de ses nombreux bureaux de responsables politiques.

Il sortit son téléphone portable et composa le numéro de Sven Sundkvist. Trois sonneries. Quelqu'un qui se raclait la gorge pour mobiliser ses forces.

— Oui ?

— Sven, c'est moi. Je veux…

— Ewert, j'étais en train de dormir. Je dormais depuis huit heures. On n'a pas fermé l'œil la nuit dernière, tu t'en souviens ?

— Tu ne dormiras pas beaucoup cette nuit non plus. Tu vas partir pour les États-Unis et le sud de la Géorgie, ton avion décolle d'Arlanda dans deux heures et demie. Tu vas…

— Ewert.

Sven s'était assis, pour mobiliser un surcroît d'énergie, c'était un peu plus facile de parler quand la poitrine et les voies respiratoires étaient débarrassées de l'oreiller et de la couette.

— De quoi tu parles ?

— Je veux que tu te lèves et que tu t'habilles. Tu vas aller voir Erik Wilson et lui demander de confirmer qu'une réunion dont je viens de prendre connaissance a bien eu lieu. Je t'appelle dans une heure. Tu seras alors dans un taxi et tu auras écouté le fichier audio que je t'ai envoyé sur ton ordinateur. Tu comprendras exactement de quoi il s'agit.

Grens raccrocha, coupa son moteur et descendit de voiture.

Les portes du pouvoir étaient en verre et, lors de ses visites précédentes qui avaient eu lieu en journée, elles s'étaient ouvertes automatiquement. Cette fois, elles restaient closes et il dut appuyer sur le bouton pour réveiller le gardien, à l'étage au-dessus.

— Oui ?

— Commissaire Ewert Grens, du commissariat central. Je suis venu visionner certaines images de vos caméras de surveillance.

— Maintenant ?

— Vous avez beaucoup d'autres choses à faire ?

Des mains déplacèrent des papiers, ce qui causa des crachotements dans le micro.

— C'est bien Grens, votre nom ?

— Vous pouvez me voir à la caméra. Et maintenant, ma plaque de police, que je lui montre.

— Votre visite n'a pas été annoncée. Il faudra me la montrer à nouveau ici. Et ensuite, je déciderai si vous pouvez rester ou si je préfère que vous reveniez demain.

Ewert Grens accéléra, la E18 était presque déserte en direction du nord, après Roslagstull, et, à cet instant, il se moquait pas mal des panneaux limitant la vitesse à soixante-dix kilomètres à l'heure.

Il avait d'abord vérifié le registre des visiteurs.

Le 10 mai, la secrétaire d'État auprès du ministère de la Justice avait reçu quatre invités au total. Ils étaient arrivés chacun de leur côté, en l'espace de vingt-cinq minutes. D'abord le directeur de la police nationale, puis Göransson, suivi d'Erik Wilson puis de quelqu'un dont la signature avait été difficile à déchiffrer. Mais, au bout d'un moment, Grens aussi bien que le gardien avaient fini par conclure que le visiteur qui s'était inscrit à quinze heures trente-six n'était autre que Piet Hoffmann.

Pour la troisième fois en vingt-quatre heures, il passa près de Danderyd, Täby et Vallentuna, et approcha d'Aspsås. Pourtant, il ne se rendait ni à la prison ni à l'église : il était en route vers un pavillon situé dans un lotissement, afin de rencontrer un homme qu'il ne laisserait pas en paix avant qu'il ait répondu à l'unique question qu'il était venu lui poser.

Le registre des visiteurs à la main, Ewert Grens avait demandé à visionner les enregistrements de deux des caméras surveillant les bureaux du gouvernement et tous ceux qui y pénétraient et en sortaient. Personnes qu'il avait identifiées les unes après les autres. D'abord grâce à une caméra située juste au-dessus de la guérite du gardien, à l'entrée de Rosenbad, près de laquelle ils s'étaient tenus tous les quatre, sans lever la tête, pour apposer leur nom sur le registre. Puis grâce à une autre, à hauteur de visage, dans un couloir du troisième étage, en face du bureau de la secrétaire d'État. Il avait vu le directeur de la police nationale y frapper et entrer, suivi à quelques minutes d'intervalle par Göransson et Wilson, arrivés presque vingt minutes plus tard. Et, au bout de sept autres minutes, il avait vu Hoffmann apparaître à son tour dans le couloir. Celui-ci savait très précisément où se trouvait la caméra et l'avait très vite repérée. Il l'avait d'ailleurs regardée un peu trop longtemps et avait fixé l'objectif, pour bien signifier qu'il était conscient que sa présence était enregistrée.

Piet Hoffmann avait frappé à la porte comme les autres, mais on ne l'avait pas laissé entrer aussi rapidement qu'eux. On lui avait demandé d'attendre un moment dans le couloir et d'écarter les bras pendant que Göransson le fouillait. Grens avait eu du mal à rester tranquille quand il s'était rendu compte que le grand bruit qu'il avait entendu au bout d'environ neuf minutes d'enregistrement était celui des mains du commissaire principal entrant en contact avec le micro.

Il roulait à vive allure et dut donc freiner brusquement lorsque la sortie en direction d'Aspsås surgit de l'obscurité.

Plus que quelques kilomètres. Il ne riait pas encore, mais il souriait.

Il ne s'était écoulé qu'à peine deux heures de la journée de dimanche et il ne disposait pas de beaucoup de temps, mais ce serait suffisant. Il lui restait encore plus d'un jour jusqu'au lundi matin et le moment où la société de sécurité transmettrait les bandes de surveillance du week-end au service compétent du gouvernement.

Il avait eu les voix, il avait maintenant aussi les images.

Et, dans un instant, il aurait la preuve des liens entre trois des participants à la réunion, et des ordres qu'un directeur de prison avait reçus avant et pendant une prise d'otages qui s'était terminée par des morts.

Un ensemble de maisons de lotissement, le long d'une rue de maisons de lotissement dans un lotissement.

Ewert Grens se gara devant la boîte aux lettres portant le numéro 15 et resta assis à regarder en silence. Il n'avait jamais aimé ce genre de ville anonyme. Des gens qui habitaient trop près les uns des autres et tentaient de se ressembler. Dans son grand appartement de Sveavägen, quelqu'un marchait sur son plafond, quelqu'un d'autre sous son plancher et quelqu'un d'autre encore buvait un verre d'eau de l'autre côté du mur de sa cuisine, mais il ne les voyait ni ne les connaissait. Il les entendait parfois, mais ne savait pas ce qu'ils portaient, quelle voiture ils avaient, il n'avait pas à les croiser en robe de chambre, le journal sous le bras, ni à se demander si leur prunier dépassait un peu trop par-dessus la clôture.

Il avait déjà du mal à se supporter lui-même.

Alors comment, bon sang, aurait-il pu supporter la fumée de viande grillée au barbecue et le bruit de ballons de football heurtant des portes en bois ?

Il se renseignerait plus tard, quand tout ceci serait fini, pour savoir comment on faisait, comment on parlait à des gens qui ne vous intéressaient absolument pas.

Il ouvrit la portière et sortit dans une nuit de printemps presque tiède. Quelques centaines de mètres plus loin se profilait un grand mur, ligne sombre sur un ciel refusant d'être noir et qui continuerait à le faire jusqu'à ce que cet été-là se soit lui aussi transformé en début d'automne.

Des dalles carrées sur une pelouse bien tondue. Il se dirigea vers la porte et vit que certaines fenêtres étaient éclairées, tant au rez-de-chaussée qu'à l'étage, sans doute la cuisine et une chambre à coucher. Lennart Oscarsson passait le reste de sa vie à quelques minutes de marche seulement de son lieu de travail. Grens était sûr qu'être en mesure d'affronter l'existence dans un lotissement était en quelque sorte lié au fait de ne pas avoir à distinguer une réalité d'une autre.

Il avait eu l'intention de le prendre par surprise et

n'avait donc pas appelé pour le prévenir. Il avait espéré tomber sur quelqu'un qui était en train de dormir, et qui n'aurait donc guère d'énergie pour protester.

Ce ne fut pas le cas.

— C'est toi ?

Il se souvint de la description que Hermansson lui avait faite d'une personne au bord du gouffre.

— Qu'est-ce que tu veux ?

Oscarsson était en uniforme.

— Alors, tu travailles encore ?

— Pardon ?

— Ta tenue.

Oscarsson poussa un soupir.

— Dans ce cas, il me semble que je ne suis pas le seul. À moins que tu ne sois venu jusqu'ici au milieu de la nuit pour boire du thé et m'aider à faire mes mots croisés ?

— Tu me fais entrer ? Ou tu préfères rester dehors pour parler ?

Du parquet en pin, un escalier en pin, des lambris en pin. Il se dit que le directeur de la prison avait rénové lui-même l'entrée de sa maison. La cuisine semblait plus ancienne, les placards et les surfaces datant sans doute des années quatre-vingt, avec ces teintes pastel qu'il n'était plus possible de se procurer.

— Tu vis seul ici ?

— Maintenant, oui.

Ewert Grens savait parfaitement qu'une maison refuse parfois qu'on y apporte des modifications et qu'une personne disparue s'attarde en quelque sorte au milieu de ses couleurs et de ses meubles.

— Tu as soif ?

— Non.

— Alors, je vais boire tout seul.

Lennart Oscarsson ouvrit le réfrigérateur, propre et bien rempli, avec ses légumes sur l'étagère du bas et la bouteille de bière qu'il tenait maintenant à la main prise sur celle du haut.

— Tu as failli perdre un bon ami, hier.

Le directeur de la prison s'assit et but sans répondre.

— Je suis allé lui rendre visite ce matin à l'hôpital de Danderyd. Il est sous le choc et souffre pas mal, mais il va s'en sortir.

Oscarsson posa la bouteille sur la table avec un bruit sec.

— Je sais. Moi aussi, je lui ai parlé. À deux reprises.

— Ça fait quel effet ?

— Quoi ?

— De savoir que c'était ta faute.

La culpabilité. Grens en savait long à ce sujet, lui aussi.

— Il est une heure et demie du matin. Je me promène en uniforme dans ma propre cuisine. Et tu me demandes l'effet que ça fait ?

— Parce que c'était bien ta faute, hein ?

Oscarsson écarta les bras.

— Je sais ce que tu cherches, Grens.

Ewert Grens regarda cet homme qui n'irait pas se coucher cette nuit-là, lui non plus.

— Il y a bientôt trente-six heures, tu as parlé à une de mes collègues. Tu as reconnu avoir pris au moins quatre décisions qui ont forcé Hoffmann à agir comme il l'a fait.

Le visage de Lennart Oscarsson était rouge.

— Je sais ce que tu cherches !

— Qui ?

Le directeur se leva, vida le reste de sa bouteille puis la lança avec force contre le mur et attendit que le dernier morceau de verre s'immobilise. Il déboutonna sa veste d'uniforme, la posa sur la table de cuisine et prit une grande paire de ciseaux dans le tiroir à couverts. Puis il lissa soigneusement une de ses manches, passant le dos de sa main sur le tissu jusqu'à ce qu'il soit sûr qu'il soit bien plat et se mit ensuite à y découper un grand morceau de cinq à six centimètres de large.

— Qui t'a donné l'ordre ?

Il tint ce premier morceau de tissu dans sa main et en palpa le bord effiloché en souriant, Grens en était convaincu, d'une façon presque timide.

— *Qui*, Oscarsson ?

Puis il découpa soigneusement un nouveau morceau en le plaçant sur le premier, à grands coups de ciseaux bien droits.

— Stefan Lygás. Un détenu dont tu étais responsable. Et qui n'est plus de ce monde.

— Ce n'est pas ma faute.

— Pawel Murawski. Piet Hoffmann. Deux autres détenus dont tu étais responsable. Et qui ne sont plus de ce monde non plus.

— Ce n'est pas ma faute.

— Martin Jacobson. Un…

— Ça suffit comme ça.

— Martin Jacobson, un inspecteur qui…

— Ça suffit, Grens, nom de Dieu !

Le premier bras était terminé. Des morceaux de tissu empilés en un petit tas.

Oscarsson tira sur l'autre manche et la secoua légèrement. Il y avait un pli à peu près au milieu, il passa la main dessus, d'avant en arrière, jusqu'à le faire disparaître.

— Pål Larsen.

Il se remit à découper, plus rapidement, cette fois.

— C'est le directeur général Pål Larsen qui m'a donné l'ordre.

Grens se souvint qu'au bout d'une demi-heure d'enregistrement environ des bruits s'étaient fait entendre dans le micro, sans doute celui d'une jambe de pantalon qui se tendait et, en même temps, celui d'une cuiller contre de la porcelaine, sans doute parce que quelqu'un en profitait pour boire une tasse de café.

« C'est moi qui t'ai nommé à ton poste. Ça signifie que c'est toi qui as la haute main sur l'administration pénitentiaire. »

Une courte pause pendant que la secrétaire d'État quittait la pièce pour aller chercher le plus haut gradé de l'administration pénitentiaire, qui attendait dans le couloir.

« Tu prendras les décisions que nous estimons, toi et moi, que tu dois prendre. »

Le directeur général avait reçu un ordre. Le directeur général avait répercuté cet ordre. Émanant du véritable décideur.

En voyant quelqu'un, torse nu, qui était en train de découper l'uniforme dont il avait rêvé toute sa vie d'adulte, Ewert Grens se hâta de sortir et de quitter cette cuisine qui ne changerait jamais de couleur et cette maison qui était encore plus solitaire que la sienne.

— Tu sais ce que je vais faire de ça ?

Lennart Oscarsson se tenait sur le seuil de sa maison, lorsque Grens monta dans sa voiture. Il brandissait bien haut les morceaux de tissu fraîchement découpés et en laissait tomber quelques-uns par terre.

— Laver la voiture, Grens. Tu sais, on a toujours besoin de ce genre de bouts de tissu bien propres pour astiquer, et ça, c'est du tissu qui vaut sacrément cher.

Il composa le numéro dès que la voiture sortit du lotissement plongé dans le silence. Il regarda en direction de l'église et de son clocher carré, de la prison et de la partie de l'atelier visible derrière le grand mur.

Il ne s'était même pas écoulé trente-six heures. Cela allait le poursuivre pour le reste de sa vie.

— Oui ?

Göransson était réveillé.

— Du mal à dormir ?

— Qu'est-ce que tu veux, Ewert ?

— Toi et moi, nous allons tenir une réunion. Dans à peu près une demi-heure.

— Je ne crois pas.

— Une réunion. Dans ton bureau. En ta qualité de commissaire principal.

— Demain.

Grens regarda le panneau dans son rétroviseur. Il était difficile à lire dans le noir, mais il voulait quand même connaître le nom de la ville qu'il venait de quitter.

Il espérait ne pas avoir à y revenir avant un moment.

— Paula.

— Pardon ?

— C'est de ça qu'on va parler.

Il attendit, un bon moment.

— Quelle Paula ?

Il ne répondit pas. La forêt avait lentement cédé la place aux immeubles, il approchait de Stockholm.

— Quelle Paula ? Réponds, Grens !

Ewert Grens se contenta de garder un instant le téléphone en main avant de raccrocher.

Le couloir était vide. Le grincement de la machine à café résonnait dans l'obscurité. Il s'assit sur une des chaises devant le bureau de Göransson.

Son chef allait bientôt arriver. Grens en était persuadé.

Il but le café de la machine.

Wilson était l'officier traitant de Hoffmann. Un officier traitant rend compte du travail de son infiltré dans un journal de bord conservé dans un coffre par le commissaire principal en charge.

À savoir Göransson.

— Grens.

Göransson arriva sans un mot et ouvrit la porte de son bureau. Ewert Grens regarda l'heure et sourit. Il s'était écoulé exactement une demi-heure depuis leur conversation.

Il entra dans le bureau, nettement plus vaste que le sien, et s'assit en se tortillant dans un fauteuil en cuir.

Göransson était nerveux.

Il prenait soin de faire semblant de rien, mais Grens n'avait aucun mal à interpréter sa respiration et ses gestes un peu trop démonstratifs.

— Le journal de bord, Göransson. Je veux le voir.

— Je ne comprends pas.

Grens était furieux, mais n'avait pas l'intention de le montrer.

Il ne cria pas, ne menaça pas.

Pas encore.

— Donne-moi ce journal. Tout le dossier.

Göransson s'était assis sur le bord de son bureau. Il eut un geste du bras en direction de deux murs couverts d'étagères et de dossiers sur chacune d'elles.

— Quel dossier, merde ?

— Le dossier de celui que j'ai assassiné.

— Je ne comprends pas de quoi tu parles.

— Le dossier des indics.

— Qu'est-ce que tu veux en faire ?

Je vais t'envoyer au trou, espèce de salaud. J'ai un jour entier pour le faire.

— Tu le sais bien.

— Ce que je sais, Ewert, c'est qu'il n'en existe qu'un seul exemplaire, enfermé dans mon coffre-fort, dont je suis le seul à avoir le code, et qu'il y a une bonne raison pour qu'il s'y trouve.

Göransson tapa légèrement du pied contre la grande armoire verte posée contre le mur, derrière son bureau.

— C'est qu'aucune personne non autorisée ne doit le voir.

Grens respira lentement. Il avait failli cogner ; son poing serré avait parcouru la moitié du chemin vers le visage de Göransson quand il se reprit, en dépit de la violente envie qu'il éprouvait.

Il desserra ses doigts crispés, les tendit, peut-être avec un calme exagéré.

— Le dossier, Göransson. Et j'ai besoin d'un stylo.

Göransson vit la main devant lui, ses doigts noueux.

Un Ewert Grens qui crie, qui menace, je suis capable de maîtriser ça.

— Tu me le donnes ?

— Quoi ?

— Le stylo.

Mais cette façon de presque chuchoter.

— Et une feuille de papier.

— Ewert ?

— Une feuille de papier.

Les doigts noueux pointaient vers lui.

Il leur donna un bloc-notes et un stylo, un rouge, un feutre.

— Il y a une demi-heure, je t'ai cité un nom. Je sais que ce nom se trouve là, dans ton fichier d'indics. Je veux le voir.

Il sait.

Ewert Grens posa le bloc-notes sur le bras du fauteuil en cuir et écrivit quelque chose. Normalement, son écriture était difficile à déchiffrer. Mais pas maintenant. Cinq lettres soigneusement calligraphiées au feutre rouge.

Grens sait.

Göransson se dirigea vers son coffre, peut-être ses mains tremblaient-elles, peut-être était-ce la raison pour laquelle cela lui prit si longtemps de taper les six chiffres, d'ouvrir la lourde porte et d'en sortir un dossier noir.

— L'ensemble des réunions entre vous, les officiers traitants, et ce Hoffmann est-il consigné là-dedans ?

— Oui.

— C'est l'unique exemplaire ?

— C'est celui que je conserve en tant que commissaire principal. Et oui, c'est le seul qui existe.

Détruis-le.

Il posa le dossier noir devant lui, sur le bureau, feuilleta les noms de code des criminels recrutés pour faire office d'infiltrés, en mission auprès de la police suédoise. Une fois au milieu, il s'arrêta.

J'ai compris que c'était une erreur et je l'ai dit.

— Grens ?

— Oui ?

J'ai quitté le bureau de la secrétaire d'État.

— Il est ici. Le nom que tu cherches.

Ewert Grens s'était déjà levé et était allé se placer derrière son chef, pour lire par-dessus son épaule des pages d'une écriture serrée.

D'abord le nom de code. Puis la date. Ensuite le résumé de la brève réunion qui avait eu lieu ce jour-là dans un immeuble avec deux entrées différentes.

Page après page, réunion après réunion.

— Tu sais ce que je veux avoir.

J'ai repris mes billes.

— C'est impossible.

— L'enveloppe, Göransson. Donne-la-moi.

À chaque journal de bord était attaché une enveloppe contenant le vrai nom de l'infiltré, scellée le premier jour par l'officier traitant au moyen d'un cachet de cire rouge et brillant.

— Ouvre-la.

Je peux m'en tirer droit dans mes bottes.

— Je ne peux pas.

— Maintenant, Göransson.

L'enveloppe à la main, Grens lut ce nom qu'il avait entendu pour la première fois à peine un jour plus tôt dans l'enregistrement d'une réunion ayant eu lieu dans un bureau de la Chancellerie.

Cinq lettres.

Le même nom que celui qu'il avait écrit sur un bloc-notes, peu auparavant.

P-a-u-l-a.

Il tendit le bras vers le coupe-papier de Göransson, brisa le cachet de cire et ouvrit l'enveloppe brune.

Il le savait déjà.

Et pourtant il eut un sacré coup au cœur.

Ewert Grens sortit le morceau de papier et lut le nom dont il savait qu'il allait se trouver là. La confirmation que l'homme sur lequel il avait donné ordre de tirer avait vraiment travaillé pour la police du commissariat central de Stockholm.

Piet Koslow Hoffmann.

Piet.

Paula.

Un cryptage à la suédoise, la première lettre d'un nom d'homme devenait la première d'un nom de femme. Le fichier des indics fourmillait d'infiltrés s'appelant Maria, Lena, Birgitta.

— Et maintenant, je veux avoir le rapport secret. Sur ce qu'il s'est réellement passé au 79 Västmannagatan.

À nouveau ce chuchotement.

Göransson regardait un collaborateur qu'il n'avait jamais apprécié.

Il sait.

— Tu ne l'auras pas.

— Où conserves-tu le rapport classifié ? Ce qui s'est réellement passé au 79 Västmannagatan. Ce que nous devrions savoir, nous qui enquêtons sur cette affaire.

— Il n'est pas ici.

— Où ça ?

— Il n'y en a qu'un seul exemplaire.

— Où ça, Göransson, nom de Dieu ?

Il sait.

— Chez le patron de la criminelle départementale. Notre chef à tous.

Il boitait lourdement, pas à cause de la douleur, cela faisait bien des années qu'il ne s'en souciait plus et vivait avec : sa jambe gauche frappait le sol légèrement, la droite plus lourdement, puis à nouveau la gauche légèrement. Mais, lorsque la colère lui servait de moteur, il frappait chaque fois la jambe droite plus durement sur le sol et le couloir plongé dans l'obscurité répercutait ce bruit monotone entre ses murs. L'ascenseur pour descendre quatre étages, à droite en direction de l'escalier roulant, traverser la cantine et de nouveau l'ascenseur pour monter cinq étages. Puis à nouveau ce bruit, quelqu'un qui boitait le long d'une dernière portion de couloir et s'arrêtait devant la porte du directeur de la criminelle départementale.

Il resta immobile, aux aguets.

Il appuya sur la poignée.

La porte était fermée à clé.

Ewert Grens avait interrompu par trois fois sa marche, d'abord dans la grande salle de la base de données informatiques, près de l'un des jeunes buveurs de Coca-Cola pour récupérer un CD contenant un programme étonnamment simple et accessible qui, en deux minutes, décryptait les mots de passe de tous les ordinateurs. Puis dans la petite cuisine en face du distributeur automatique pour prendre une serviette et enfin dans la salle de maintenance, en face du dépôt de matériel, pour prendre un marteau et un tournevis.

Il enroula plusieurs fois la serviette autour du marteau et inséra le tournevis dans l'interstice entre le gond du haut de la porte et la clavette. Puis il regarda une nouvelle fois autour de lui, dans le noir, et asséna de grands coups de marteau sur le tournevis jusqu'à ce que la clavette saute. Puis il procéda de même avec le gond du bas. Il lui fut alors facile de défaire deux gonds, d'enfoncer le tournevis entre la porte et le chambranle en le faisant doucement osciller d'avant en arrière, puis de pousser l'ensemble de la porte vers l'arrière jusqu'à ce que le pêne glisse hors de la gâche.

Il souleva la porte et la déposa sur le côté.

C'était plus facile qu'il ne l'avait imaginé.

Il avait forcé d'autres portes, au cours de ses interventions, à la suite d'une crise cardiaque de l'autre côté ou pour délivrer des enfants effrayés par la solitude dans laquelle on les avait laissés, sans avoir à attendre un serrurier qui n'arrivait pas.

Mais jamais encore il n'avait forcé la porte du bureau du plus haut gradé de la police.

L'ordinateur portable, semblable au sien, était posé sur le bureau. Il le mit en marche, attendit que le programme du CD identifie et modifie le mot de passe, et chercha ensuite parmi les documents comme il avait appris à le faire.

Quelques minutes lui suffirent.

Ewert Grens replaça la porte sur ses gonds, remit doucement en place les clavettes, vérifia qu'aucune trace d'effraction n'était visible sur le chambranle puis quitta les lieux, l'ordinateur caché dans sa serviette.

Le réveil placé derrière le téléphone de son bureau ne marchait pas. Il était arrêté à quatre heures moins le quart. Grens fixait du regard un cadran blanc tout en appelant l'horloge parlante pour la deuxième fois cette nuit-là.

Trois heures quarante-cinq minutes trente secondes. Il marchait donc bien.

La nuit était en train de s'évanouir sans qu'il s'en rende compte.

Comme il était en sueur, il ôta la serviette enroulée autour du marteau et s'en servit pour s'éponger le front et le cou. Le trajet à travers le bâtiment et la porte qu'il avait forcée représentaient un effort physique bien supérieur à ce dont il avait l'habitude.

Il prit place devant l'ordinateur qu'il venait de trouver sur un autre bureau et procéda à une recherche dans le fichier qu'il avait ouvert peu auparavant.

79 Västmannagatan.

Le rapport secret. Celui qui disait ce qui s'était vraiment passé.

Il attrapa un dossier assez mince un peu plus loin sur le bureau et le feuilleta. Le même événement. Mais pas la même vérité. Les rares informations auxquelles Sven, Hermansson, Ågestam et lui avaient eu accès et qui avaient abouti au classement de l'affaire.

Il continua de parcourir les documents sur l'ordinateur et remonta exactement un an en arrière. Trois cent deux rapports secrets dans lesquels le travail des informateurs ou des infiltrés pour démasquer un crime avait été la cause d'un autre. Il en reconnut plusieurs. D'autres enquêtes qui s'étaient enlisées en dépit des informations dont on disposait déjà en interne.

Il n'avait pas dormi la nuit précédente et ne dormirait pas celle-ci non plus. La rage qui ne pouvait s'évacuer avait pris toute la place et empêchait la fatigue de s'installer. *J'ai été manipulé.*

J'ai commis un meurtre légalisé.

J'ai porté le fardeau de mes erreurs pendant toute ma vie d'adulte et je l'ai bien mérité, mais aucun salaud ne va me forcer à porter la culpabilité des autres.

Je ne connaissais pas Hoffmann. Il ne m'intéresse même pas.

Mais ça, cette saloperie de culpabilité de merde que je ne suis pas décidé à porter, je la ressens.

Il tira le téléphone à lui, se remémora le numéro qu'il avait souvent composé à cette heure-là : la voix était faible, comme toujours quand quelqu'un vient de se réveiller.

— Oui ?

— Anita ?

— Qui…

— C'est Ewert.

Un soupir d'agacement dans une chambre plongée dans le noir, à l'étage supérieur d'un pavillon, quelque part à Gustavsberg.

— Sven n'est pas là. Il passe la nuit à bord d'un avion pour les États-Unis. C'est toi-même qui l'y as envoyé il y a quelques heures.

— Je sais.

— Alors n'appelle plus ici cette nuit.

— Je sais.

— Bonne nuit, Ewert.

— Normalement, c'est Sven que j'appelle. Mais cette fois c'est toi qui dois m'écouter. Je suis tellement en rogne, nom de Dieu, tu comprends…

Il entendait sa respiration, bien lente.

— Ewert ?

— Oui ?

— Appelle quelqu'un d'autre. Quelqu'un qui est payé pour ça. Moi, il faut que je dorme.

Elle avait raccroché. Il fixa des yeux cet ordinateur qui ne lui appartenait pas, mais qui se trouvait sur son bureau et les regardait, lui et sa rage cachée.

Sven était à bord d'un avion quelque part au-dessus de l'Atlantique.

Il ne se sentait pas le droit d'appeler Hermansson ; un vieil homme solitaire ne pouvait pas appeler une jeune femme en pleine nuit.

Grens souleva la languette en plastique de son sous-main, passa l'index le long de la longue liste, trouva ce qu'il cherchait et composa le numéro de la seule personne à laquelle il ne voulait absolument pas parler.

Huit sonneries.

Il raccrocha, patienta exactement une minute, puis appela à nouveau.

Quelqu'un répondit aussitôt. Quelqu'un qui avait décroché brusquement.

— C'est toi, Grens ?

— Tu es donc réveillé ?

— Maintenant, oui. Qu'est-ce que tu veux, bon sang ?

Ewert Grens le haïssait. Inflexible, pénétré du sens de la hiérarchie, traits de caractère qu'il méprisait, mais dont il avait besoin, cette fois.

— Ågestam ?

— Oui ?

— J'ai besoin de ton aide.

Lars Ågestam bâilla, s'étira puis se recroquevilla.

— Va te coucher, Grens.

— De ton aide. Maintenant.

— Je n'ai qu'une réponse à te faire. La même que chaque fois que tu m'as réveillé, moi et ma famille, à cette heure de la nuit. Appelle le procureur de permanence.

Il avait raccroché. Cette fois, Grens n'attendit pas et rappela aussitôt.

— Arrête, Grens ! Enfin merde…

— Des centaines de procès. Rien qu'au cours de l'année écoulée. Des témoignages, des preuves, des interrogatoires qui… Qui ont disparu.

Lars Ågestam se racla la gorge.

— De quoi tu parles ?

— Qu'il faut qu'on se voie.

Quelqu'un dit quelque chose derrière Ågestam. C'était certainement sa femme. Grens essaya de se rappeler à quoi elle ressemblait. Il se souvenait qu'ils s'étaient rencontrés, mais pas de son visage, car il était de ceux qui n'offrent guère de prise à la mémoire.

— Tu es ivre, Grens ?

— Des centaines. Tu es toi-même impliqué dans plusieurs d'entre eux.

— Bien sûr. On se verra. Demain.

— Maintenant, Ågestam ! Je n'ai pas beaucoup de temps. Lundi matin. Ensuite… Ensuite, il sera trop tard. Et cette conversation… Elle est aussi dans ton intérêt. Nom de Dieu… Tu saisis à quel point c'est bizarre de te dire ça ? À toi ?

De nouveau cette voix de femme dans le fond. Grens l'entendit, mais ne comprit pas ce qu'elle disait. Ågestam reprit la conversation un ton plus bas.

— Je t'écoute.

— Ce n'est pas quelque chose dont je puisse parler au téléphone.

— Mais je t'ai dit que je t'écoute !

— Il faut qu'on se voie. Tu comprendras pourquoi.

Ågestam soupira.

— Viens ici.

— Chez toi ?

— Oui, chez moi.

Il avait dépassé la station de métro d'Åkeshov et poursuivit son chemin jusqu'à la zone de pavillons des années quarante destinés aux classes moyennes supérieures. Ce serait encore une belle journée, avec ce soleil qui se levait au loin. Il arrêta la voiture devant un jardin planté de grands pommiers, au bout de cette rue aux maisons endormies. Il était déjà venu une fois, cinq bonnes années auparavant. Le procureur fraîchement nommé avait fait l'objet de menaces répétées au cours d'un procès contre un père de famille accusé de meurtre. Mais Grens n'avait pas pris cela au sérieux avant que les mots *Tu vas crever, sale larbin* ne soient tagués à la peinture noire dégoulinant sur la façade jaune de sa maison, entre la fenêtre de la cuisine et celle du salon.

Deux grandes tasses sur la table.

Entre eux, une théière contenant du thé noir infusé.

— Sans rien, n'est-ce pas ?

— Sans rien.

Grens vida sa tasse et Ågestam la remplit une nouvelle fois.

— Presque aussi bon que celui du distributeur du couloir.

— Il est quatre heures et quart du matin. Qu'est-ce que tu me voulais ?

La serviette était déjà sur la table. Grens l'ouvrit et en sortit trois dossiers.

— Tu les reconnais ?

Lars Ågestam hocha la tête.

— Oui.

— Trois enquêtes sur lesquelles on a travaillé ensemble l'année passée.

Ewert Grens les lui montra l'une après l'autre.

— Parking de Regeringsgatan, grave infraction en rapport avec la drogue. *Mis en examen, mais acquitté.* Passerelle sous Liljeholmsbron, infraction à la législation sur le port d'armes. *Mis en examen, mais acquitté.* Magnus Ladulåsgatan, tentative d'enlèvement. *Mis en examen, mais acquitté.*

— Tu ne pourrais pas parler un peu moins fort ? Ma femme et mes enfants dorment.

Ågestam désigna le plafond et l'étage supérieur.

— T'as des enfants ? Tu n'en avais pas, la dernière fois.

— J'en ai, maintenant.

Grens baissa la voix.

Grens mit les dossiers de côté et les remplaça par l'ordinateur qui, un peu plus tôt, se trouvait sur le bureau d'un directeur, derrière une porte verrouillée. Comme il l'avait déjà fait, il fouilla parmi les documents puis tourna l'écran vers le procureur.

— Je veux que tu lises ça.

Lars Ågestam prit sa tasse de thé et la porta à sa bouche, mais cela n'alla pas plus loin, comme si ses doigts étaient subitement gelés.

— Qu'est-ce que c'est que ça ?

Il regarda Ewert Grens.

— Qu'est-ce que c'est que *ça*, Grens ?

— Ce que c'est ? Les mêmes adresses. Les mêmes heures. Mais une autre vérité.

— Je ne comprends pas.

— Celui-là ? Parking de Regeringsgatan. Grave infraction en rapport avec la drogue. Mais ce qui s'est *réellement* passé et qui figure dans un rapport secret rédigé par un policier qui ne faisait pas partie des enquêteurs.

Ewert Grens fouilla dans l'ordinateur.

— Deux autres. Lis.

Sa gorge était irritée. Il se passa la main dans les cheveux.

— Et ça ?

— Celui-ci ? Passerelle sous Liljeholmsbron, infraction à la législation sur le port d'armes. Et celui-ci ? Magnus Ladulåsgatan, tentative d'enlèvement. Encore une fois ce qui s'est *réellement* passé et qui figure dans des rapports secrets rédigés par des policiers qui ne faisaient pas partie des enquêteurs.

Le procureur se leva.

— Grens, je…

— Et ce ne sont que trois cas sur les trois cent deux de l'année dernière. Ils sont tous là. Ainsi que la vérité dont on ne nous a jamais informés. Des crimes qui ont été balayés sous le tapis pour en résoudre d'autres. Une enquête officielle, du genre de celles sur lesquelles nous travaillons toi et moi. Et puis une autre, dont on ne trouve trace qu'ici, dans des rapports secrets destinés à la direction de la police.

Ewert Grens regarda l'homme en robe de chambre devant lui.

— Tu es impliqué dans vingt-trois affaires de ce genre, Lars. Des affaires dans lesquelles tu étais le ministère public, mais où tu as échoué et que tu as classées parce que tu ne disposais pas des informations contenues dans le *vrai* rapport, le rapport *secret*, celui qui aurait fait condamner l'indic.

Lars Ågestam ne bougea pas.

Il a dit Lars.

Ça paraît… bizarre, malvenu. Ce n'est que mon nom, après tout. Mais dans la bouche de Grens… c'est presque désagréable.

Jamais auparavant il n'a utilisé mon prénom.

Je ne veux pas qu'il le fasse à nouveau.

— L'indic ?

— L'indic. L'informateur. L'infiltré. Un criminel qui commet des crimes dont on se fiche pas mal parce qu'il nous aide à résoudre d'autres crimes.

Ågestam avait tenu sa tasse devant sa bouche durant toute la conversation. Il la reposa.

— À qui appartient cet ordinateur ?

— Tu ne le sauras pas.

— À *qui* ?

— Au patron de la criminelle départementale.

Lars Ågestam se leva, sortit de la cuisine et monta à l'étage d'un pas décidé. Ewert Grens le suivit des yeux.

Et ce n'est pas tout.

Le 79 Västmannagatan.

Tu l'auras aussi. Quand on en aura fini avec tout ça. D'ici vingt-quatre heures.

À nouveau ce pas décidé, mais à la descente, cette fois. Le procureur tenait dans ses bras une imprimante qu'il connecta à l'ordinateur et ils écoutèrent trois cent deux copies s'entasser une par une.

— Tu vas le remettre à sa place ?

— Oui.

— Tu as besoin d'aide ?

— Non.

— Tu es sûr ?

— La porte n'est pas fermée à clé.

Le soleil avait pris possession de la cuisine. La lumière qui peu auparavant était noyée dans le vif éclat des lampes se suffisait maintenant à elle-même, et il ne remarqua rien quand Ågestam éteignit l'éclairage.

Il était quatre heures et demie, mais le jour était déjà là.

— Lars.

Elle était jeune et ses cheveux étaient en bataille, elle portait un peignoir blanc et des pantoufles de la même couleur, et elle était très fatiguée.

— On t'a réveillée ? Pardon.

— Pourquoi n'es-tu pas couché ?

— Voici Ewert Grens et…

— Je sais qui c'est.

— Je monte dans un moment. Il faut juste qu'on termine ça.

Elle soupira. Elle ne pesait pas bien lourd, mais ses pas étaient plus pesants que ceux de Grens quand elle regagna sa chambre à l'étage.

— Désolé, Ågestam.

— Elle va se rendormir.

— Elle est encore fâchée ?

— Elle pense que tu as commis une erreur de jugement. Moi aussi.

— Je me suis excusé. Et c'était il y a cinq ans, nom de Dieu !

— Grens ?

— Oui ?

— Tu recommences à crier. Ne réveille pas les enfants.

Lars Ågestam vida dans l'évier les deux tasses de liquide amer, visqueux et qui collait au fond de la tasse.

— Je n'ai plus besoin de thé.

Il souleva la pile des trois cent deux copies fraîchement imprimées.

— Peu importe l'heure qu'il est. Ça… Je ne suis plus fatigué, Grens, je suis… énervé. S'il y a quelque chose dont j'ai besoin, c'est de me calmer.

Il ouvrit le placard au-dessus de l'évier. Sur l'étagère tout en haut, une bouteille de Seagram's et de grands verres.

— Qu'est-ce que tu en dis, Grens ?

Ågestam remplit deux verres un peu plus qu'à moitié.

— Il est quatre heures et demie du matin.

— Ça arrive.

Un autre homme.

Ewert Grens sourit faiblement pendant qu'Ågestam buvait sa demi-ration.

Si on lui avait posé la question, il aurait parié dix fois sur dix qu'il avait affaire à quelqu'un qui ne buvait pas d'alcool.

Au bout d'un moment, Grens but lui aussi. C'était plus doux au goût qu'il ne l'aurait cru et cela allait très bien, dans une cuisine, avec un pyjama et une robe de chambre.

— La vérité dont on ne nous a jamais fait part, Ågestam.

Il posa la main sur la pile de feuilles de papier.

— Je ne suis pas ici parce que j'aime te surprendre au saut du lit. Ni pour ton thé, ni même pour ton whisky. Je suis venu parce que je suis convaincu qu'on peut résoudre cette affaire à nous deux.

Lars Ågestam feuilleta ces rapports secrets dont il ignorait jusqu'à présent l'existence.

Sa gorge était toujours en feu.

Il passait toujours la main d'avant en arrière dans ses cheveux.

— Trois cent deux.

Il observait parfois une pause, lisait un moment, feuilletait à nouveau, puis choisissait le document suivant au hasard.

— Deux versions. Une officielle. Et une uniquement destinée à la direction de la police.

Il agita la pile en l'air devant lui et remplit à nouveau son verre de whisky.

— Tu comprends, Grens ? Je peux entamer des

poursuites contre tous ces types-là. Je peux poursuivre le moindre salaud de flic qui trempe là-dedans. Le mettre en examen pour falsification de document. Pour déclaration fallacieuse. Pour incitation au crime. Ça suffirait pour remplir une unité entière à Aspsås.

Il finit son verre et se mit à rire.

— Et tous ces procès ? Qu'est-ce que tu en dis, Grens ? Toutes ces audiences, toutes ces plaidoiries et tous ces verdicts qui ont eu lieu ou été prononcés sans tenir compte de faits dont vous aviez déjà connaissance, à la police !

Il jeta la pile sur la table. Des feuilles tombèrent sur le sol, il se leva et les piétina.

— Tu as réveillé les enfants.

Ils ne l'avaient pas entendue revenir. Elle se tenait à la porte dans son peignoir blanc, mais sans ses pantoufles cette fois.

— Il faut que tu te calmes, Lars.

— Je ne peux pas.

— Tu leur fais peur.

Ågestam l'embrassa sur les deux joues, déjà en route vers la chambre des enfants.

— Grens ?

Il se retourna sur la première marche de l'escalier.

— Je vais y passer la journée.

— Avant lundi matin. Parce que alors, on s'apercevra qu'il manque deux bandes de surveillance.

— Je reprends contact avec toi au plus tard ce soir.

— Lundi matin. Parce que alors, les personnes qu'il ne faut pas sauront que je suis proche de la vérité.

— Ce soir au plus tard. C'est le mieux que je puisse faire. Ça ira ?

— Ça ira.

Le procureur marqua une pause, se remit à rire.

— Tu te rends compte, Grens ? Une unité entière de flics derrière les barreaux, à Aspsås !

Le café avait un goût différent.

Il avait jeté le premier gobelet en plastique dès les premières gorgées. Un second, à la machine du couloir, avait ensuite eu le même goût. Il tenait le troisième dans sa main, quand il comprit pourquoi.

Il avait une sorte de pellicule sur le palais.

Il avait débuté sa journée dans la cuisine d'Ågestam avec deux verres de whisky. Il n'en avait pas l'habitude. Il ne buvait vraiment pas beaucoup d'alcool fort, et cela faisait des années qu'il avait arrêté de boire seul.

Ewert Grens s'assit à son bureau, avec un étrange sentiment de vide.

Les employés les plus matinaux étaient déjà arrivés et étaient passés devant sa porte ouverte, mais ils ne l'avaient pas embêté, même pas ceux qui avaient tenté de s'arrêter pour lui dire bonjour.

Il venait de donner libre cours à sa colère.

Dans sa voiture, en revenant de chez Ågestam, il n'avait croisé personne mis à part des livreurs de journaux et des cyclistes ; les grandes villes étaient au plus fort de leur torpeur juste avant cinq heures.

Il y avait eu en lui beaucoup de place pour la culpabilité. Celle que les autres avaient essayé de lui faire porter. Il avait écumé de rage envers elle, s'était efforcé de la faire taire lorsqu'elle était venue s'asseoir près de lui et l'avait reléguée sur le siège arrière. Elle avait ensuite continué à le harceler et l'avait obligé à conduire plus vite, et il avait pris la direction de chez Göransson pour s'en débarrasser. Il voulait le mettre face à ses responsabilités, mais pas encore, bientôt, car il n'allait pas tarder à rencontrer ceux qui étaient véritablement coupables. Il s'était garé dans Bergsgatan, au niveau de l'entrée de l'hôtel de police, mais il n'était pas allé directement dans son bureau. Il avait pris l'ascenseur pour monter au dépôt de Kronoberg, avant de continuer jusqu'à la terrasse servant de cour de promenade. Huit cages plus longues que larges, vingt mètres de terrain d'exercice et une heure d'air frais par jour, avant le retour en cellule. Il avait ordonné aux gardiens de service de rappeler les deux détenus qui, revêtus de la tenue peu seyante de l'administration pénitentiaire, regardaient, chacun depuis sa cage, la ville et la liberté, puis de quitter leur poste pour la pause-café du matin, deux étages plus bas. Grens avait attendu d'être totalement seul pour pénétrer dans une de ces petites cours. Il avait observé le ciel à travers le réseau de barreaux et avait hurlé. Pendant une quinzaine de minutes, il avait brandi au-dessus des immeubles endormis de l'aube stockholmoise un ordinateur volé contenant une autre réalité et avait crié plus fort que jamais. Il avait libéré sa rage, qui s'était envolée par-dessus les toits et s'était évaporée quelque part au-dessus de Vasastan, le laissant la voix rauque, las, presque épuisé.

Le café avait toujours mauvais goût. Il le mit de côté et s'assit sur son sofa de velours. Au bout d'un moment, il s'allongea, ferma les yeux tout en cherchant un visage à la fenêtre d'un atelier de prison.

Je ne comprends pas.

Quelqu'un qui choisit une vie dans laquelle chaque jour recèle un potentiel arrêt de mort.

Pour la sensation que cela procure ? Pour une sorte de foutu romantisme de l'espionnage ? Pour sa propre moralité ?

Je n'y crois pas. C'est le genre de chose qui n'est bien qu'en théorie.

Pour l'argent ?

Dix mille couronnes merdiques par mois, prélevées sur les fonds destinés aux primes, pour éviter de figurer sur le registre officiel des salaires et protéger son identité ?

Peu probable.

Grens défroissa le tissu du dossier un peu trop haut du canapé, qui frottait sur son cou et l'empêchait de se détendre.

Je ne comprends pas.

Tu pouvais commettre n'importe quelle saloperie de crime à ton goût, tu étais hors la loi, mais seulement tant que tu te rendais utile, jusqu'à ce que tu sois purement et simplement jetable.

Tu étais hors la loi.

Tu le savais. Tu savais que c'était ainsi que ça se passait.

Tu avais tout ce que je n'ai pas, tu avais une femme, des enfants, une maison, tu avais quelque chose à perdre.

Et pourtant, tu as quand même fait ce choix.

Je ne comprends pas.

Sa nuque était engourdie. Le dossier un peu trop haut du sofa.

Il s'était endormi.

Le visage avait disparu de la fenêtre d'un atelier de prison, le sommeil avait pris le dessus, la douce torpeur qui succède à la rage l'avait bercé pendant près de sept heures. Il s'était bien réveillé une fois ; il n'en était pas sûr mais il en avait l'impression, comme si le téléphone avait sonné, comme si Sven avait expliqué qu'il était à l'aéroport de New York, dans l'attente de la correspondance pour Jacksonville, que les fichiers audio étaient intéressants et qu'il avait préparé sa rencontre avec Wilson à bord de l'avion.

Il y avait longtemps qu'Ewert Grens n'avait pas aussi bien dormi.

Malgré la vive lumière du soleil dans la pièce, malgré tous ces putains de bruits.

Il s'étira : son dos était aussi contrarié que chaque fois qu'il dormait sur cet étroit sofa, et sa jambe raide lui fit mal quand elle toucha le sol. Il tombait lentement en morceaux, un peu plus chaque jour, comme tous ces hommes de cinquante-neuf ans qui faisaient trop peu d'exercice et mangeaient trop.

Une douche froide dans la salle du personnel, qu'il utilisait rarement, deux brioches à la cannelle et une bouteille de yaourt liquide à la banane pris au distributeur automatique.

— Ewert ?

— Oui ?

— C'est ton déjeuner, ça ?

Hermansson était sortie de son bureau, un peu plus

loin dans le couloir. Elle l'avait entendu boiter, il n'y avait que Grens pour claudiquer ainsi.

— Petit déjeuner, déjeuner, je ne sais pas. Tu veux quelque chose ?

Elle secoua la tête, ils marchèrent lentement côte à côte.

— Ce matin, de bonne heure… est-ce que c'était *ta* voix, Ewert ?

— Tu habites ici, à Kungsholmen ?

— Oui.

— Près d'ici ?

— Pas très loin.

Grens hocha la tête.

— Alors c'est probablement moi que tu as entendu.

— Où ça ?

— Depuis la cour, sur le toit. De là-haut, on a une très belle vue.

— Je t'ai entendu. De même que tout Stockholm.

Ewert Grens la regarda, sourit, c'était rare.

— C'était ça ou bien tirer une balle dans la porte d'une armoire. J'ai cru comprendre que certains préfèrent la seconde solution.

Ils étaient arrivés à la porte de son propre bureau. Il s'arrêta, avec l'impression qu'elle était sur le point d'entrer.

— Tu voulais quelque chose, Hermansson ?

— Zofia Hoffmann.

— Oui ?

— Je ne trouve plus rien. Elle a disparu.

Il avait déjà bu tout le yaourt aromatisé à la banane. Il aurait dû en acheter un autre.

— J'ai posé de nouveau la question sur son lieu de

travail. Elle n'a pas donné signe de vie depuis la prise d'otages. Même chose à l'école maternelle des enfants.

Mariana Hermansson essaya de jeter un œil à l'intérieur de son bureau, mais Grens ferma un peu plus la porte. Il ne savait pas pourquoi, elle y était venue plusieurs fois par jour depuis qu'il l'avait engagée, trois ans auparavant. Mais il venait d'y dormir pendant près de sept heures, sur le sofa, et on aurait dit qu'il ne voulait pas qu'elle le sache.

— J'ai localisé sa famille la plus proche. Ils ne sont pas nombreux. Ses parents, une tante, deux oncles. Dans la région de Stockholm. Elle n'est pas chez eux. Les enfants non plus.

Elle le regarda.

— J'ai parlé à trois femmes qui se disent ses meilleures amies. À ses voisins, au jardinier qui venait travailler pour la famille quelques heures par-ci par-là, à plusieurs membres de la chorale où elle chantait deux à trois fois par semaine, à l'entraîneur de football de son fils aîné et au prof de gymnastique du plus jeune.

Elle haussa les épaules.

— Personne ne les a vus.

Hermansson attendait une réponse. Elle n'en eut pas.

— J'ai passé au crible les hôpitaux, les hôtels, les auberges. Ils n'y sont pas, Ewert. Zofia Hoffmann et les deux garçons ont tout simplement disparu.

Ewert Grens hocha la tête.

— Attends-moi ici, je vais te montrer quelque chose.

Il ouvrit la porte et la referma derrière lui.

Tu es arrivé à la prison d'Aspsås en tant que contact de Wojtek en Suède.

Ils t'avaient confié la mission d'éliminer la

concurrence avant de faire en sorte que Wojtek élargisse son rayon d'action.

En un instant, tu es devenu quelqu'un d'autre.

Une seule rencontre avec un avocat, un messager et ils savaient qui tu étais vraiment.

Tu l'as appelée. Tu l'as prévenue.

Grens prit sur son bureau l'enveloppe matelassée qui avait contenu trois passeports, une oreillette et un CD enregistré en cachette et alla retrouver Hermansson dans le couloir en la portant sous le bras.

— Elle a reçu deux brefs appels téléphoniques de Hoffmann. On ne sait pas de quoi ils ont parlé et on n'a rien trouvé qui indique qu'elle soit impliquée d'une manière ou d'une autre. Et on n'a aucune raison de la soupçonner de quoi que ce soit.

Grens tint l'enveloppe de sorte que Hermansson puisse la voir.

— On ne peut donc pas lancer un avis de recherche à son nom à l'étranger. Même si c'est sûrement là qu'elle se trouve.

Il montra le timbre.

— Je suis convaincu que c'est Zofia Hoffmann qui a expédié ceci. Aéroport international de Francfort. Deux cent soixante-cinq destinations, quatorze cents avions, cent cinquante mille passagers. Par jour.

Il s'éloigna en direction du distributeur automatique, il avait besoin d'un yaourt et d'une brioche à la cannelle supplémentaires.

— Elle est partie loin, Hermansson. Et elle sait. Et elle sait que nous ne pouvons en aucune façon nous lancer à sa recherche.

Le soleil était haut dans le ciel.

Il avait fait chaud dès le petit matin et il avait dû se battre avec des draps moites et un oreiller noyé depuis longtemps dans la sueur de ses cheveux. Chaque nouvelle heure était plus chaude de quelques degrés et, juste avant le déjeuner, la chaleur et la vivacité de la lumière l'avaient forcé à s'arrêter net devant la grande entrée, jusqu'à ce qu'il cesse de voir double.

Erik Wilson resta immobile sur le siège avant de sa voiture de location.

Cela faisait cinq jours qu'il était de nouveau à Glynco, en Géorgie, sur une base militaire baptisée FLETC, afin de poursuivre le travail interrompu lorsque Paula l'avait appelé pour lui parler d'un dealer de Västmannagatan qui avait payé avec une balle polonaise dans la tempe.

Il démarra à nouveau la voiture, roula lentement pour franchir la grille devant un gardien qui fit le salut militaire. Encore trois semaines. La collaboration des polices suédoise et européenne avec les organisations policières américaines était la condition préalable au développement des activités des informateurs et des infiltrés. C'était là que se trouvaient la tradition et les connaissances sur le sujet, et, comme Paula ne devait absolument pas être contacté durant son travail derrière les barreaux d'Aspsås, c'était le moment d'achever cette formation en infiltration de pointe.

Cette étrange chaleur.

Il n'y était pas encore habitué. En général, cela allait plus vite et il souffrait moins, c'était du reste le souvenir qu'il avait conservé de ses derniers séjours à cet endroit.

Peut-être était-ce dû au changement climatique. À moins que ce ne soit lui qui ait vieilli.

Il aimait conduire le long des larges routes droites de ce grand pays construit en fonction de l'automobile. Il s'engagea sur la I 95 et accéléra, soixante kilomètres à faire jusqu'à Jacksonville et la frontière de l'État, soit trente minutes de route à cette heure de la journée.

L'appel l'avait réveillé.

C'était encore l'aube, la vive lumière du soleil accompagnait les cris perçants des oiseaux qui venaient de se réveiller, de l'autre côté de la fenêtre.

Sven Sundkvist était dans un bar, en train de prendre son petit déjeuner, à l'aéroport international de Newark.

Il avait expliqué que, dans quelques heures, il allait poursuivre son voyage en direction du sud des États-Unis pour obtenir son aide immédiate à propos d'une enquête.

Erik Wilson lui avait demandé de quoi il s'agissait – ils se parlaient rarement quand ils se croisaient dans un couloir de l'hôtel de police, au centre de Kungsholmen, alors pourquoi le faire à sept mille kilomètres de là ? Sundkvist n'avait pas répondu et s'était obstiné à demander quand et où, jusqu'à ce que Wilson propose le seul restaurant qu'il connaisse où on pouvait manger incognito et sans avoir à s'occuper de ses voisins.

C'était un endroit agréable, au coin du San Marco Boulevard et Philips Street, très calme bien que toutes les tables fussent occupées, et ombragé en dépit du soleil qui inondait le toit, les murs, les fenêtres. Sven Sundkvist regarda autour de lui. Des hommes en costume-cravate mangeant du poisson grillé et se regardant à la dérobée tout en exposant leurs meilleurs arguments et menant des négociations qui nécessitaient du vin européen et des téléphones portables posés sur une nappe blanche. Les serveurs étaient invisibles, mais surgissaient dès qu'une assiette était vide ou qu'une serviette tombait sur le sol. L'odeur de la nourriture se mêlait à celles des bougies allumées et des roses rouges et jaunes.

Il venait de faire un voyage de dix-sept heures. Ewert avait appelé à l'instant même où Anita avait éteint la lampe de chevet pour se blottir contre lui, la douceur de son épaule et de sa poitrine contre son dos, le calme de son souffle contre son cou, tandis que ses pensées se dissipaient lentement, impossibles à retenir même s'il avait essayé. Anita s'était bien gardée de dire quoi que ce fût quand il avait fait sa valise, et avait évité son regard quand il avait cherché ses yeux. Il la comprenait. Ewert Grens faisait depuis longtemps partie de leur quotidien. C'était quelqu'un qui vivait dans sa bulle temporelle et qui ignorait celle des autres. Sven n'avait pas la force de le lui dire, de poser des limites, mais il comprenait que Anita devait en porter les conséquences.

Le taxi qui l'avait amené de l'aéroport n'avait pas l'air conditionné et la chaleur avait été aussi inattendue qu'envahissante. Il s'était habillé comme pour le printemps suédois et avait atterri dans la chaleur caniculaire des plages de Floride. Il se dirigea vers l'entrée du restaurant. Il avait partagé le même couloir avec Erik Wilson pendant dix ans, ils avaient collaboré pour plusieurs enquêtes, et pourtant il ne le connaissait pas. Ce n'était pas quelqu'un avec qui on allait prendre une bière, mais peut-être était-ce Sven avec qui on ne le faisait pas, ou encore étaient-ils simplement trop différents l'un de l'autre. Sven aimait son existence pavillonnaire avec Anita et Jonas, alors que Wilson détestait cela. Et maintenant ils allaient se rencontrer, chacun dans l'expectative, l'un attendant de l'autre des informations que celui-ci n'avait aucune intention de lui fournir.

Il était grand, bien plus que lui, et le parut plus encore quand il se dressa sur la pointe des pieds pour passer en revue les clients de toutes les tables du restaurant. Il eut l'air satisfait et vint le rejoindre à la table qui se trouvait tout au fond du luxueux établissement.

— Je suis un peu en retard.

— Je suis content que tu sois là.

Le serveur surgit de nulle part et leur apporta deux verres d'eau minérale, avec deux tranches de citron.

J'ai une minute.

Quand il aura compris pourquoi je suis venu, je n'aurai pas plus d'une minute pour le convaincre de rester assis.

Sven déplaça le chandelier en argent supportant une bougie blanche et posa l'ordinateur entre eux. Il ouvrit le programme contenant divers fichiers audio, cliqua sur le symbole ressemblant à un grand tiret, trois phrases, sept secondes très précisément.

« Il faut le rendre encore plus dangereux. Lui faire commettre des crimes plus graves. Le condamner à des peines plus longues. »

Le visage d'Erik Wilson.

Il ne laissait rien paraître.

Sven chercha son regard. S'il était étonné ou mal à l'aise d'entendre sa propre voix, cela ne se voyait pas, même pas dans ses yeux.

Autre séquence, une seule phrase, cinq secondes.

« Ce n'est qu'en se faisant respecter qu'il sera en mesure d'agir à sa guise depuis sa cellule. »

— Tu veux en entendre davantage ? Tu comprends… c'est une réunion assez longue et intéressante. Et je… Je l'ai dans son intégralité.

La voix de Wilson était encore parfaitement maîtrisée quand il se leva, comme ses yeux qui ne devaient rien laisser paraître.

— Ravi de t'avoir rencontré.

C'est maintenant.

La minute en question.

Il est déjà en train de s'éloigner.

Sven ouvrit un troisième fichier audio.

« Avant de partir d'ici, je veux savoir très précisément ce qu'on me garantit. »

— Tu crois savoir ce que tu as entendu ?

Erik Wilson était déjà en train de s'éloigner. Il était à mi-chemin de la sortie et Sven dut presque crier la suite.

— Je ne pense pas. C'est la voix d'un mort.

Les clients, dans leurs beaux costumes, n'avaient pas compris ce qu'il avait dit. Mais ils avaient tous interrompu leur conversation et posé leurs couverts, cherchant à savoir qui perturbait ainsi leur tranquillité.

— La voix d'un homme qui, il y a deux jours, était à la fenêtre de l'atelier d'une prison et braquait un pistolet contre la tête d'un inspecteur de la pénitentiaire.

Wilson avait atteint le bar qui se trouvait sur la droite, juste avant la sortie, quand il s'arrêta.

— La voix d'un homme qui a donc été abattu sur ordre de notre collègue Ewert Grens.

Il se retourna.

— Qu'est-ce que tu racontes, bon sang ?

— Je parle de Paula.

Il regarda Sven, hésita.

— C'est bien comme ça que tu l'appelles, hein ?

Un pas en avant.

Un pas l'éloignant de la sortie.

— Nom de Dieu, Sundkvist…

Sven baissa un peu la voix. Wilson écoutait, il n'allait plus partir.

— Je t'informe qu'il a été éliminé. Et que Grens et toi vous êtes complices de légalisation d'assassinat.

Ewert Grens se leva, jeta un gobelet en plastique vide dans la poubelle et grignota deux bouchées d'une brioche à la cannelle déjà entamée qu'il prit sur l'étagère derrière son bureau.

Il était inquiet, le temps était compté. Il fit les cent pas entre son affreux sofa et la fenêtre qui donnait sur la cour de Kronoberg.

Sven devait maintenant être en compagnie de Wilson, en train de l'affronter et d'exiger de lui des réponses.

Grens soupira.

Erik Wilson revêtait une importance capitale.

L'une de ces voix était morte. Pour trois d'entre elles,

Grens attendrait, il faudrait qu'ils écoutent, mais seulement quand il le voudrait.

Wilson était la cinquième voix.

Celle qui confirmerait que la réunion avait bien eu lieu et que l'enregistrement était authentique.

— Tu as une minute ?

Une mèche blonde peignée sur le côté et une paire de lunettes rondes apparurent dans l'entrebâillement de la porte.

Lars Ågestam avait troqué son pyjama et sa robe de chambre pour un costume et une cravate grise.

— Hein ?

Grens hocha la tête. Ågestam ferma la porte et suivit le grand corps qui se déplaçait en boitillant sur le linoléum de la pièce pour aller s'asseoir sur un sofa qui avait depuis longtemps perdu toute trace de velours côtelé. La nuit avait été longue. Grens, du whisky et l'ordinateur du directeur de la criminelle départementale dans sa cuisine. Pour la première fois, ils s'étaient parlé sans haine mutuelle. Ewert Grens avait même utilisé son prénom. Lars. Lars, avait-il dit. À ce moment précis et à cet endroit-là, ils avaient été presque proches et Grens avait tenté de le montrer.

Lars Ågestam se laissa choir sur le sofa.

Il n'était pas tendu.

Il ne se préparait pas à faire face à quelqu'un qui le menaçait et l'insultait.

Auparavant, chacune de ses visites dans ce bureau lui avait fait l'effet d'une attaque, désagréable et pleine d'animosité, mais, maintenant que la musique n'était plus là et avec le sentiment de la nuit dernière encore présent à l'esprit, il se mit soudain à pouffer de rire. Cela lui était venu spontanément et lui faisait presque du bien de se laisser aller.

Il avait posé deux dossiers devant lui sur la table et commença par ouvrir celui qui se trouvait sur le dessus.

— Les rapports secrets. Au nombre de trois cent deux. J'en ai fait des copies cette nuit.

Il souleva ensuite l'autre dossier.

— Les résumés des rapports d'enquête préliminaire rédigés sur les mêmes affaires. Vous connaissiez ça, puisque c'est ce sur quoi vous avez pu mener vos propres investigations. J'ai eu le temps d'en passer une centaine en revue. Une centaine d'affaires classées ou pour lesquelles les poursuites n'ont abouti à aucune condamnation. J'ai consacré tout mon temps, depuis qu'on s'est vus chez moi, à effectuer des recherches, à analyser et à comparer avec ce qui s'est réellement passé. C'est-à-dire avec les informations que certains de tes collègues possédaient déjà et qui sont citées ici, dans ces rapports secrets.

Ågestam parlait de copies récupérées sur un ordinateur qui s'était trouvé sur le bureau d'un patron. Grens, lui, espérait que sa porte remplissait bien la fonction pour laquelle elle avait été conçue.

— Vingt-cinq de ces affaires ont abouti à un non-lieu – le procureur ayant estimé qu'il n'y avait pas suffisamment de preuves pour motiver une condamnation. Dans trente-cinq de ces affaires, l'accusé a été entièrement blanchi – la cour ayant rejeté l'acte d'accusation.

Le cou de Lars Ågestam était maintenant rouge vif, comme toujours lorsque la colère montait en lui. Ewert Grens en avait été témoin dans toutes les circonstances où ils s'étaient affrontés avec mépris. Seulement, cette fois, la colère était dirigée contre quelqu'un d'autre et cela le mettait presque mal à l'aise. Se mépriser l'un l'autre était en fait leur seule façon de communiquer. C'était ainsi qu'ils se sentaient en sécurité. S'ils ne pouvaient plus se cacher derrière cela, il était difficile de repartir à zéro.

— Je suis persuadé que si les procureurs avaient eu accès à ces faits dont la police, *tes collègue*s, Grens, avaient connaissance et qu'ils ont dissimulés, si les informations contenues dans les rapports secrets de ce foutu dossier n'avaient pas été enfouies au fond d'un ordinateur dans le bureau d'un chef de service, alors toutes ces affaires, *toutes*, Grens, se seraient soldées par des condamnations.

Sven Sundkvist demanda encore de l'eau minérale et des tranches de citron. Il n'avait plus chaud, le beau restaurant était frais et l'air facile à respirer, mais il était tendu.

Il avait eu sa minute.

Il avait réussi à stopper Wilson dans son élan et à ce qu'il revienne s'asseoir.

Maintenant, il fallait s'arranger pour qu'il continue à collaborer.

Il regarda son collègue. Son visage était toujours impassible. Mais pas ses yeux. Il y avait au fond d'eux une certaine agitation. Ils ne cillaient pas, Wilson était bien trop professionnel pour cela, mais les voix enregistrées sur cette bande l'avaient surpris, elles le troublaient et exigeaient des réponses.

— Cet enregistrement était contenu dans une enveloppe qui a atterri dans le casier d'Ewert Grens.

Sven hocha la tête vers le symbole, sur l'écran de son ordinateur, qui représentait un fichier audio.

— Aucune mention d'expéditeur. Le jour suivant la mort de Hoffmann. Et ce casier, qu'est-ce que tu en penses, doit être à peu près aussi éloigné de ton bureau que le mien ?

Wilson ne soupira pas, ne secoua pas la tête, ne serra pas les dents. Mais, dans ses yeux, à nouveau cette fièvre.

— L'enveloppe contenait un enregistrement. Mais ce n'était pas tout. Trois passeports délivrés sous trois identités différentes – mais portant tous la même photo en noir et blanc et assez granuleuse de Hoffmann. Et, au fond de l'enveloppe, un récepteur électronique, un de ceux en métal argenté qu'on enfonce dans l'oreille. On a pu le coupler à un émetteur placé dans le clocher de l'église d'Aspsås, l'endroit que le tireur d'élite sous les ordres de Grens avait choisi pour être sûr de toucher sa cible quand il ferait feu.

Erik Wilson aurait dû saisir le bord de la nappe blanche et la tirer violemment, fracassant les verres et éparpillant les fleurs, il aurait dû cracher, pleurer, s'effondrer.

Loin de là. Il resta aussi immobile qu'il le put, espérant ne rien laisser paraître.

Sundkvist avait déclaré qu'ils s'étaient rendus coupables de légalisation de meurtre.

Il avait affirmé que Paula était mort.

S'il s'était agi de quelqu'un d'autre, il aurait continué à partir. Si quelqu'un d'autre lui avait fait entendre cette foutue bande, il l'aurait balayée comme étant une absurdité. Mais Sundkvist ne trichait pas. Lui-même le faisait, Grens le faisait, la plupart des flics et des gens qu'il connaissait le faisaient. Mais pas Sundkvist.

« Avant de partir d'ici, je veux savoir très précisément ce qu'on me garantit. »

Personne d'autre que Paula n'aurait pu enregistrer cette réunion ni avoir de raison de le faire. Et maintenant, il avait décidé d'en faire part à Grens et à Sundkvist. Dans un but bien précis.

Ils t'ont grillé.

— Je voudrais te montrer quelques images, aussi.

Sven orienta l'écran d'ordinateur vers Wilson et ouvrit un nouveau fichier.

Un plan fixe, instant figé sur une des nombreuses caméras de surveillance de la prison d'Aspsås, montrant un morceau de façade assez flou et une fenêtre à barreaux, floue elle aussi.

— L'atelier d'Aspsås. Le bloc B. Celui qui se tient là et que tu vois de profil n'a plus que huit minutes et demie à vivre.

Erik Wilson tira l'ordinateur vers lui, modifia l'angle de l'écran, pour voir cette personne, à peu près au centre de la fenêtre, un morceau d'épaule, des parties de visage.

Il avait rencontré un homme de dix ans son cadet alors qu'il avait lui-même dix ans de moins. Si cela avait été aujourd'hui ? Aurait-il recruté Hoffmann ? Hoffmann se serait-il laissé recruter ? Piet purgeait alors une peine à la prison d'Österåker, un repaire de petits délinquants à une dizaine de kilomètres au nord de Stockholm. Piet avait été l'un d'eux. Sa première condamnation. Il était du genre de ceux qui purgent leurs douze mois, se retrouvent un temps en liberté et en prennent douze autres. Mais ses origines, sa langue maternelle, sa personnalité avaient servi à autre chose qu'à confirmer les statistiques sur la récidive.

— Sur celle-ci ? Il lui reste cinq minutes à vivre.

Sundkvist avait changé d'image. Prise par une autre caméra de surveillance. Plus rapprochée, pas de façade, juste la fenêtre et le visage plus net.

Ils avaient ajouté quelques pistolets – sans doute une ou deux kalachnikovs, c'est ce qu'ils faisaient en général – à l'arsenal qui avait motivé le verdict déjà archivé. Il avait ensuite été facile de demander une nouvelle estimation du degré de dangerosité et d'imposer des conditions de détention plus sévères : plus de permission de sortie ni de rapport avec l'extérieur. Aux abois, Piet avait prêté une oreille compréhensive. Après quelques mois sans aucun contact humain, il aurait pu être recruté à n'importe quelle fin.

— Trois minutes. Je pense que tu le vois sur l'image. Il crie. Une caméra à l'intérieur de l'atelier.

Un visage en très gros plan.

C'est lui.

— *Il va mourir.* On a décrypté ce qu'il crie.

Erik Wilson regarda cette image absurde. Ce visage déformé. Cette bouche ouverte, au désespoir.

C'était lui qui avait méthodiquement créé Paula.

Pièce après pièce, on avait fait d'un petit voleur l'une des personnes les plus dangereuses du pays. Le registre de l'administration pénitentiaire, celui de la Justice, le fichier des personnes recherchées. Des patrouilles ignorant la réalité des choses et se basant sur les informations disponibles n'avaient ensuite fait que propager le mythe de ses hauts faits. Et, quand il avait été sur le point d'accomplir le dernier pas, dans la salle du conseil d'administration de Wojtek, et qu'il avait fallu faire en sorte qu'il soit encore un peu plus respecté, il y avait également contribué, lui, Erik Wilson. Il avait fait réaliser une copie d'un test de troubles mentaux pratiqué sur un individu classé parmi les criminels les plus dangereux de Suède.

Ce document avait ensuite été inséré dans les archives de l'administration pénitentiaire.

Piet Hoffmann s'était retrouvé dépourvu de conscience morale, agressif et très dangereux pour les autres.

— Ma dernière image.

Une épaisse fumée noire, dans le fond peut-être un bâtiment, tout en haut sans doute un ciel bleu.

— Quatorze heures vingt-six. Le moment de sa mort.

Il entendait Sundkvist parler, mais continuait à scruter l'épaisse fumée noire sur l'écran et tentait de discerner l'être humain qui s'y tenait un instant auparavant.

— Vous étiez cinq personnes à cette réunion, Erik. Il faut que je sache si l'enregistrement contenu dans une enveloppe, dans le casier de Grens, est authentique. Si ce qu'on entend correspond exactement à ce qui s'y est dit. Si trois de ces personnes qui n'ont jamais touché la détente d'une arme à feu ont fait en sorte de légaliser un meurtre.

Son cou était maintenant enflammé jusqu'en haut, sa frange était en bataille depuis un moment et il arpentait fiévreusement le bureau de Grens en sifflant presque.

— Saloperie de système, Grens. Les criminels effectuent des missions pour le compte de la police, ce qui couvre et banalise leurs propres crimes. Tel crime est légalisé pour qu'on puisse enquêter sur un autre. Des policiers mentent et dissimulent la vérité à d'autres. Et tout ça dans une société démocratique, Grens, nom de Dieu !

Pendant la nuit, il avait copié, depuis l'ordinateur du patron de la criminelle départementale, trois cent deux rapports confidentiels. Il en avait déjà parcouru une centaine, comparant la vérité et les enquêtes de police du commissariat central. Vingt-cinq avaient abouti à des non-lieux, trente-cinq à des acquittements.

— Et, dans les quarante autres cas, je constate que ces informations défectueuses ont certes entraîné une condamnation mais, chaque fois, des verdicts erronés – celui qui a été puni s'est vu infliger une peine, mais pas pour le bon motif. *Tu m'entends, Grens ?* Dans tous les cas !

Ewert Grens regarda le procureur, son costume et sa cravate, un dossier dans une main, ses lunettes dans l'autre.

Saloperie de système.

Et ce n'est pas fini, Ågestam.

On va bientôt parler d'un rapport secret que tu n'as pas encore vu et qui est si récent qu'il se trouve dans un fichier distinct.

Le 79 Västmannagatan.

Une enquête que nous avons close alors que d'autres policiers dans des bureaux du même couloir connaissaient les réponses qui nous faisaient défaut. Une enquête à cause de laquelle il fallait griller un infiltré et manipuler quelqu'un pour lui faire porter le chapeau.

— Merci. Tu as fait du bon travail.

Il tendit la main à ce procureur qu'il ne parviendrait jamais à apprécier.

Lars Ågestam la prit, la serra peut-être un peu trop longtemps, mais c'était très agréable, cette familiarité, cette sensation d'être pour la première fois du même côté, et puis ces souvenirs de la nuit passée, le whisky dans le verre de chacun d'eux et Grens qui, à un moment, l'avait appelé Lars.

Il sourit.

Le mépris délibéré et les tentatives d'humiliation, ce ne serait pas pour cette fois.

Ågestam lâcha la main et se dirigeait déjà vers la porte, avec un étrange sentiment de joie, quand il se retourna soudain.

— Grens ?

— Oui ?

— Le plan que tu m'as montré, la dernière fois que je suis venu ici.

— Eh bien ?

— Tu m'as posé une question à propos du cimetière Nord, à Haga. Tu voulais savoir s'il était bien.

Ce plan d'un lieu de repos éternel en usage depuis deux cents ans, et l'un des plus grands du pays, était posé sur le bureau et il l'avait vu dès son entrée.

Grens le gardait à portée de main. Pour s'y rendre.

— Tu as trouvé ce que tu cherchais ?

Ewert Grens respirait lourdement, tout son grand corps oscillait.

— Hein ?

Grens se retourna ostensiblement, sans rien dire, seule sa respiration se fit plus lourde lorsque son visage se tourna vers la pile de dossiers sur le bureau.

— Écoute, Ågestam.

— Oui ?

Il ne regarda pas le visiteur qui allait partir, sa voix n'était plus la même, cette voix un peu trop haut perchée que le jeune procureur avait toujours trouvée très désagréable.

— Je crains que tu m'aies mal compris.

— Ah bon ?

— Tu vois, Ågestam, c'est juste le boulot qui nous rapproche. Je ne suis pas ton copain, bon sang.

Le plat suggéré par le serveur leur avait été apporté : du poisson gras qui n'était pas du saumon. *Il faut que je sache si l'enregistrement contenu dans une enveloppe, dans le casier de Grens, est authentique.* Ils avaient mangé sans parler, sans même se regarder. *Si ce qu'on entend correspond exactement à ce qui s'y est dit.* Les questions étaient là, sur la table, près du chandelier et du moulin à poivre, à patienter. *Si trois de ces personnes qui n'ont jamais touché la détente d'une arme à feu ont fait en sorte de légaliser un meurtre.*

— Sundkvist ?

Erik Wilson posa son couvert sur l'assiette vide, avala d'un trait son troisième verre d'eau minérale et souleva sa serviette de ses genoux.

— Oui ?

— Tu as fait tout ce voyage pour rien.

Il avait pris sa décision.

— Tu comprends, d'une certaine façon… on dirait qu'on est tous dans le même bateau.

— Tu es allé voir Ewert Grens dès le lendemain. Tu savais, Erik, mais tu n'as rien dit.

— Dans le même bateau, putain. Les criminels. Et ceux qui enquêtent sur la criminalité. Les infiltrés, eux, c'est la zone grise, l'entre-deux.

Il n'allait rien dire.

— Et c'est l'avenir, Sundkvist. Encore plus d'informateurs. Encore plus d'infiltrés. Ça se développe. C'est pour ça que je suis ici.

— Si tu nous avais informés, Erik. On ne serait pas assis l'un en face de l'autre aujourd'hui. Avec un mort entre nous.

— Et c'est pour ça que nous sommes ici. Il faut qu'on apprenne. Parce que ça va continuer à se développer.

Cela faisait bien longtemps qu'ils travaillaient dans le même couloir.

Et Wilson n'avait jamais vu Sven Sundkvist perdre son sang-froid.

— Je veux que m'écoutes très attentivement, Erik, enfin merde !

Sven secoua l'ordinateur avec force. Une assiette et un verre faillirent tomber de la table.

— Je peux te passer n'importe quel moment de cet enregistrement. Ici ? Tu vois ? L'instant précis où la balle perfore la vitre blindée.

Une bouche hurlant sur un écran.

— Ou ici ? Celui où l'atelier explose.

Un visage de profil, dans une fenêtre.

— Ou ici, peut-être ? Celui-là, je ne te l'ai pas encore montré. Des fragments. Les fanions sur le mur. Tout ce qu'il restait.

Un être humain a cessé de respirer.

— Tu agis comme tu dois le faire, comme tu l'as toujours fait, tu protèges ton infiltré. Mais nom de Dieu,

Erik, il est mort ! Il n'y a plus personne à protéger ! Puisque toi et tes collègues n'en avez pas été capables. C'est pour ça qu'il est là, à la fenêtre. C'est pour ça qu'il meurt à cet endroit précis…

Erik Wilson tendit la main vers l'écran orienté dans sa direction et le referma.

— Je suis officier traitant depuis que tu passes ton temps dans ton bureau, quelques portes plus loin. J'ai été responsable d'infiltrés durant toute ma vie professionnelle. Et je n'ai jamais échoué, moi.

Sven Sundkvist rouvrit l'ordinateur et l'orienta à nouveau vers Wilson. Il désigna l'écran.

— Je ne comprends pas, Erik. Vous avez travaillé très près l'un de l'autre pendant neuf ans. Mais quand je te montre cette image, là… L'instant exact où il… Là, tu vois, c'est exactement *à ce moment-là* qu'il meurt… Tu ne réagis pas.

Erik Wilson ricana.

— Ce n'était pas mon ami.

Tu avais confiance en moi.

— Mais moi, j'étais le sien.

J'avais confiance en toi.

— C'est comme ça que ça se passe, Sundkvist. Un officier traitant doit jouer le rôle du meilleur ami de l'infiltré. Et ce à un point tel que l'infiltré accepte chaque jour de risquer sa vie pour fournir davantage d'informations à son officier traitant.

Tu me manques.

— Alors lui, là, sur l'écran ? Tu as parfaitement raison. Je n'ai pas réagi.

Erik Wilson laissa tomber sa serviette en tissu sur la table.

— C’est toi qui payes, Sundkvist ?

Il se mit en devoir de partir. Le beau restaurant autour de lui, une dame seule avec un verre de vin rouge sur la table, à gauche, deux hommes devant une table pleine de papiers et d’assiettes à dessert, à droite.

— Le 79 Västmannagatan.

Sven Sundkvist le rattrapa et marcha à ses côtés.

— Tu savais tout, Erik. Mais tu as préféré ne rien dire. Et contribuer à la disparition de quelqu’un qui était impliqué dans un meurtre. Tu as manipulé aussi bien les registres de la police que ceux de la Justice. Tu as placé…

— Tu es en train de me menacer ?

Erik s’était arrêté, écarlate, et haussait les épaules, trahissant malgré tout un certain émoi.

— C’est ça, Sundkvist ? Tu me menaces ?

— Qu’est-ce que tu crois ?

— Ce que je crois ? Tu as essayé de me convaincre en me présentant des preuves et tenté de me culpabiliser en me montrant des images de mort. Et maintenant tu tentes de me menacer d’une sorte d’enquête, bon Dieu ? Tu as eu recours à tous les chapitres du manuel du parfait interrogateur, Sundkvist. Ce que je crois ? Que tu m’insultes.

Il continua à descendre le petit escalier, passa devant la table à laquelle quatre messieurs d’un certain âge cherchaient leurs lunettes pour déchiffrer le menu, chacun de son côté, les chariots de service vides et les deux plantes vertes qui grimpaient sur un mur blanc.

Un dernier regard.

Il s’arrêta.

— Mais je n’aime pas qu’on grille mon meilleur infiltré derrière mon dos.

Il regarda Sven Sundkvist.

— Alors… tu sais, l'enregistrement. La réunion dont tu parles. Elle a eu lieu. Et ce que tu as entendu… c'est authentique. Du premier au dernier mot.

Ewert Grens aurait peut-être dû rire. Ou du moins sentir monter en lui un sentiment de joie muette.

L'enregistrement était authentique.

La réunion avait bien eu lieu.

Sven avait appelé d'un restaurant du centre de Jacksonville, tout en regardant Wilson se diriger vers sa voiture et repartir vers le sud de la Géorgie après avoir tout confirmé.

Pourtant, il ne riait pas. Il s'était vidé de ce qu'il y avait en lui, ce matin-là, dans une cage sur un toit. Il avait crié jusqu'à ce que sa rage soit libérée et qu'elle le laisse dormir sur son sofa. Et maintenant, il y avait à nouveau de la place.

Mais pas pour plus de colère, ce n'était plus ce qu'il ressentait.

Pas plus que pour de la satisfaction, même s'il savait qu'il en était proche.

Mais pour de la haine.

Hoffmann avait été grillé. Mais il avait survécu. Et il avait pris des otages pour continuer à survivre.

J'ai commis un meurtre légalisé.

Ewert Grens appela pour la seconde fois quelqu'un qu'il détestait.

— J'ai encore besoin de ton aide.

— Ah bon ?
— Est-ce que tu peux venir chez moi, ce soir ?
— Où ça ?
— À l'intersection d'Odengatan et Sveavägen.
— Pourquoi ça ?
— Je viens de te le dire. J'ai besoin de ton aide.
Lars Ågestam pouffa de rire.
— Il faut que je te voie ? En dehors des heures de service ? Et pourquoi donc ? Après tout, je ne suis pas… Comment as-tu dit, déjà… ton *copain* ?
Le rapport secret qui se trouvait également dans l'ordinateur et qui était si récent qu'il figurait dans un fichier distinct.
Celui que je ne t'ai pas montré cette nuit.
C'est ce que je veux te montrer, parce que je n'ai pas l'intention de porter le chapeau à la place de quelqu'un d'autre.
— On ne va pas faire la fête, mais travailler. Sur le 79 Västmannagatan. L'enquête préliminaire que tu viens de clore.
— Tu es le bienvenu au bureau du procureur, demain dans la journée.
— Tu vas pouvoir l'ouvrir à nouveau. Étant donné que je sais ce qui s'est *réellement* passé. Mais j'ai besoin de ton aide une fois de plus, Ågestam. Demain matin, il sera trop tard. Quand les responsables de la sécurité de la Chancellerie se rendront compte qu'il manque quelque chose et que cette information aura été divulguée. Quand les personnes qu'il ne faut pas auront eu le temps de se mettre d'accord sur une version commune, de détruire les preuves et de modifier à nouveau la réalité.

Grens se racla la gorge tout près du téléphone, comme s'il n'était pas sûr de la façon de continuer.

— Et je te présente mes excuses. Pour ça. J'ai peut-être été… Bah, tu sais.

— Non. Quoi ?

— Bon sang, Ågestam !

— Quoi ?

— J'ai peut-être été… Peut-être que je me suis exprimé de façon un peu… maladroite, un peu… Eh bien, avec une dureté inutile.

Lars Ågestam descendit les sept volées d'escalier du bâtiment de Kungsbron. C'était une soirée agréable, tiède. Il aspirait à la chaleur, comme toujours après huit mois de vent glacial et de chutes de neige imprévisibles. Il se retourna, regarda les fenêtres du bureau du procureur, toutes plongées dans le noir. Il venait de mettre fin à deux conversations tardives qui avaient duré plus longtemps que prévu. L'une avec sa femme, pour lui expliquer qu'il rentrerait tard et lui promettre à plusieurs reprises qu'avant d'aller se coucher il laverait les verres de la veille, qui sentaient encore l'alcool, puis une autre avec Sven Sundkvist. Il avait réussi à le joindre dans un endroit qui était sans doute un aéroport, pour tenter de se procurer des renseignements complémentaires sur la partie de l'enquête qui avait trait à la Pologne et à la visite que Sven avait faite là-bas d'une usine d'amphétamine à présent en ruine.

— Chez lui ?

— Oui.

— Tu vas chez Ewert Grens ?

Sven Sundkvist était resté longtemps silencieux sans se décider à raccrocher, alors que la conversation était terminée et qu'Ågestam était déjà en route, fort impatient.

— Oui. Je vais chez Ewert Grens.

— Excuse-moi, Ågestam, mais je ne comprends pas vraiment. Je connais Ewert, j'ai été son plus proche collaborateur pendant près de quatorze ans. Mais je n'ai jamais été invité chez lui, *absolument jamais, Ågestam*. C'est… je ne sais pas… tellement personnel, cette étrange… façon de se protéger. Une fois, il y a cinq ans de ça, une seule fois, Ågestam, le lendemain du drame de la morgue de l'hôpital de Söder, je me suis imposé chez lui, contre sa volonté. Et tu me dis qu'il t'a *invité* ? Et que tu en es tout à fait sûr ?

Lars Ågestam marchait lentement à travers la ville. Il y avait beaucoup de gens dans les rues, bien qu'il fût plus de neuf heures du soir en ce dimanche : après de longs mois d'hiver sans chaleur et sans compagnie, il était toujours plus difficile de rentrer chez soi quand la vie venait de renaître.

Il n'avait pas envisager qu'il pouvait s'agir d'autre chose que d'une tardive séance de travail. Il y avait certes eu du nouveau, cette nuit-là, dans sa cuisine d'Åkeshov, le whisky et les trois cent deux copies de rapports secrets les avaient quelque peu rapprochés. Mais Ewert Grens avait aussitôt mis fin à ce sentiment en prenant soin de le blesser comme lui seul savait le faire. Mais, si c'était vraiment aussi étrange que Sven le disait d'être invité chez lui, peut-être y avait-il bien eu du nouveau, après tout. Peut-être étaient-ils sur le point de se tolérer un peu.

Il regarda de nouveau les gens, ceux qui buvaient de la bière en terrasse, avec leurs manteaux et leurs écharpes, qui riaient et discutaient comme le font les gens qui s'apprécient.

Il soupira.

Non, rien n'avait changé et ne changerait jamais.

Grens avait d'autres motifs, Ågestam en était persuadé. Il avait ses propres raisons qu'il n'avait aucune intention de partager avec un jeune procureur qu'il avait décidé de mépriser.

— Grens.

Il y avait toujours beaucoup de circulation, le long de Sveavägen, et il dut prêter l'oreille pour entendre la voix dans l'interphone.

— C'est Ågestam, tu voulais…

— Je t'ouvre. Quatrième étage.

Un épais tapis rougeâtre sur le sol, des murs sans doute en marbre, des lampes puissantes sans être aveuglantes. S'il devait vivre dans un appartement du centre-ville, c'était un hall d'entrée de ce genre qu'il aurait recherché.

Il évita l'ascenseur et emprunta le large escalier. Puis *E. et A. Grens*, sur la boîte aux lettres de la porte de couleur sombre.

— Entre.

Le grand commissaire aux cheveux clairsemés ouvrit, dans les mêmes vêtements que l'après-midi et la nuit précédente, veste grise et pantalon encore plus gris.

Ågestam regarda autour de lui avec étonnement : l'entrée de l'appartement paraissait sans fin.

— C'est grand, chez toi.

— Je n'y ai pas passé beaucoup de temps, ces

dernières années. Mais j'arrive encore à retrouver mon chemin.

Ewert Grens sourit. C'était bizarre. Ågestam n'avait jamais vu cela auparavant. Ce visage rugueux, d'habitude si tendu, qui agressait les gens vers lesquels il se tournait, ce sourire, tout cela le changeait d'une façon qui le rendait perplexe.

Il traversa la longue entrée ouvrant sur plusieurs pièces, de chaque côté et en compta au moins six qui étaient vides et semblaient inutilisées, endormies. C'était ainsi que Sven les avait décrites : des pièces qui refusaient de s'éveiller.

La cuisine était tout aussi spacieuse et intacte.

Il suivit Grens dans cette partie de l'appartement puis dans la suivante, une petite salle à manger meublée d'une vieille table à abattants et de six chaises.

— Tu vis seul ?

— Assieds-toi.

Une pile de dossiers bleus, un grand bloc-notes au milieu, deux verres encore humides à côté, une bouteille de Seagram's entre eux.

Il avait tout préparé.

— Un petit coup ? À moins que tu ne sois venu en voiture ?

Il avait fait l'effort de se procurer la même marque de whisky.

— Chez toi ? Avec toi dans le secteur ? Je n'oserais pas. Tu pourrais avoir des paquets de P.-V. de stationnement inutilisés dans une boîte à gants.

Ewert Grens se souvint d'une nuit froide d'hiver, un an et demi auparavant, lors de laquelle il avait rampé dans la neige fraîche et humide, en costume, pour mesurer la distance entre une voiture en stationnement et Vasagatan.

La voiture d'Ågestam.

Il sourit à nouveau, de cette façon qui vous mettait presque mal à l'aise.

— Si je me souviens bien, quelqu'un a fait sauter cette amende-là. Le procureur en personne.

Dans sa rage envers un procureur qui avait compliqué les choses lorsque l'enquête sur la disparition d'une jeune fille de seize ans les avait forcés à descendre dans les égouts de Stockholm, il avait infligé une amende à Lars Ågestam pour avoir mal garé sa voiture à huit centimètres près.

— Un demi-verre, alors.

Ils burent tous deux tandis que Grens sortait un papier de l'un des dossiers et le posait devant Ågestam.

— Tu as reçu trois cent deux rapports secrets. Ce qui s'est *vraiment* passé, que nous autres ne savions pas et dont nous ne pouvions donc pas faire état dans nos enquêtes officielles.

Lars Ågestam acquiesça.

— Une unité à Aspsås, juste pour les membres de la police. Quand j'aurai obligé tous les menteurs à cracher le morceau.

— Il s'agissait de rapports de l'année dernière. Cette copie-ci, en revanche, est toute fraîche.

M sort un pistolet
(Radom 9 mm fabriqué en Pologne)
de son holster.
M ôte le cran de sécurité et le braque contre
la tête de l'acheteur.

— Adressé, comme tous les autres, au patron de la criminelle départementale.

P ordonne à M de se calmer
M abaisse son arme, fait un pas
en arrière, remet le cran de sûreté.

Lars Ågestam était sur le point de prendre la parole lorsque Grens l'interrompit.

— J'ai travaillé… je dirais… à mi-temps sur le 79 Västmannagatan depuis que l'alerte a été donnée. Sven Sundkvist et Mariana Hermansson aussi. Nils Krantz estime que ses trois collègues et lui ont procédé à des recherches à la loupe et sur ruban à empreintes digitales pendant une semaine. Errfors qu'il a autopsié le corps d'un citoyen danois pendant le même temps. Un certain nombre d'agents ont surveillé des scènes de crime, entendu des locataires et recherché des chemises ensanglantées dans des conteneurs à ordures pendant – pour être gentil – l'équivalent de vingt jours.

Il regarda le procureur.

— Et toi ? Combien d'heures as-tu passées sur ce cas ?

Ågestam haussa les épaules.

— Difficile à dire… Une semaine.

Soudain l'acheteur s'écrie
« je suis de la police, merde
faites-le dégager. »
M fait un nouveau pas en avant
et braque pour la seconde fois
son arme.

Ewert Grens prit le rapport d'enquête des mains d'Ågestam et l'agita devant eux.

— Treize semaines et demie de travail. Cinq cent quarante heures. Alors que mes collègues et mes chefs, qui sont dans le même couloir que moi, avaient déjà la réponse. Il a même appelé, Ågestam, c'est écrit ici, également, Hoffmann a téléphoné lui-même, nom de Dieu, pour donner l'alerte !

Lars Ågestam tendit la main vers le rapport.

— Je peux le reprendre ?

Il quitta la table, passa dans l'autre partie de la cuisine, ouvrit l'un des placards au-dessus de l'évier, chercha un moment et en ouvrit un autre.

— C'est quoi, ton but ?

— Je veux résoudre un meurtre.

— Tu comprends ce que je dis, Grens ? C'est quoi ton *but* ?

Il trouva ce qu'il cherchait, un verre qu'il remplit d'eau.

— Je ne veux plus me sentir coupable.

— Te sentir coupable ?

— Tu n'as rien à voir avec ça, Ågestam. Mais c'est ainsi. Je ne veux plus porter cette culpabilité. C'est pour ça que je vais m'assurer que les vrais coupables le feront pour moi.

Le procureur regarda le rapport.

— Et c'est possible à partir de ça ?

— Oui. Si je parviens à en finir avec cette affaire avant demain matin.

Lars Ågestam était immobile dans cette vaste cuisine. Par la fenêtre ouverte, il entendait le bruit décroissant de la circulation, les voitures étaient plus rares mais roulaient plus vite, car il commençait à se faire tard.

— Je peux marcher un peu ? Dans l'appartement ?

Grens haussa les épaules.

— Comme tu veux.

L'entrée semblait encore plus longue qu'avant, avec ses tapis moelleux sur un parquet qui avait foncé sans être usé et son papier peint de couleur brune à motif des années soixante-dix. Il en sortit, prit la première porte qu'il trouva et pénétra dans ce qui ressemblait à une bibliothèque. Il s'assit dans un fauteuil en cuir qui eut l'air de protester, alors que l'assise attendait en fait son propriétaire. C'était la seule pièce de l'appartement qui ne criait pas de solitude. Il suivit les rangées d'étagères couvertes de livres de taille identique et alluma le lampadaire joliment incliné qui diffusait la même lumière que celle qui teintait de jaune les pages photocopiées. Il se cala sur le siège de la façon dont il s'imaginait que le faisait le commissaire et relut un rapport secret rédigé par un policier dès le lendemain du meurtre du 79 Västmannagatan, alors que l'enquête dont Grens et lui avaient été responsables les menait lentement vers le néant et sa propre forclusion.

M presse le pistolet un peu plus fort contre
sa tempe et tire.
L'acheteur tombe de côté,
légèrement sur la droite, glisse de sa chaise
sur le sol.

Lars Ågestam saisit l'abat-jour et l'approcha, pour mieux voir et être sûr de la décision qu'il avait prise.

Il n'allait pas rentrer chez lui cette nuit-là.

Dans un moment, il se rendrait directement chez le procureur pour rouvrir l'enquête préliminaire.

Il se leva et il était sur le point de sortir de la pièce quand il remarqua deux photos en noir et blanc sur le mur, entre deux étagères. Une femme et un homme, jeunes et pleins d'avenir, les yeux vifs et revêtus de l'uniforme de la police.

Il s'était demandé à quoi il ressemblait, à cette époque, alors qu'il était quelqu'un d'autre.

— Tu as pris ta décision ?

Grens était toujours assis là où il l'avait laissé, parmi les dossiers bleus et les verres vides, près d'une belle table de cuisine.

— Oui.

— Si tu engages des poursuites, Ågestam, ce ne sera plus contre des agents ordinaires. Je te livre un officier de police. Un autre d'un rang encore plus élevé. Et une secrétaire d'État.

Lars Ågestam regarda les trois feuilles de papier A4 qu'il tenait à la main.

— Mais tu m'affirmes que c'est du solide ? J'imagine que je n'ai pas tout vu ?

Une caméra de surveillance, à Rosenbad, montrant cinq personnes en train de pénétrer dans un des bureaux. L'enregistrement de cinq voix tenant une réunion à huis clos.

Tu n'as pas tout vu.

— C'est du solide.

Ewert Grens sourit pour la troisième fois.

Estimant que cela avait l'air presque naturel, Lars Ågestam sourit légèrement en retour.

— Place-les en état d'arrestation. Je me charge de mettre en œuvre les formalités de mise en examen dans les trois jours.

Il descendit l'escalier du grand bâtiment silencieux.

Cela faisait des années que sa jambe douloureuse n'avait pas cogné contre la pierre des marches mais, cette fois, il était passé devant l'ascenseur la main serrée sur la rampe. Deux des portes qu'il avait frôlées l'avaient accueilli avec des pas précipités vers le paillasson et le judas, car on était curieux de voir ce type du quatrième qui n'empruntait jamais l'escalier et qui le faisait tout à coup. Tout en bas, derrière la porte la plus proche de l'entrée, une horloge sonna douze coups.

Sveavägen était presque déserte et il faisait encore chaud. Peut-être y aurait-il un été cette putain d'année aussi. Il inspira, une seule fois mais profondément, puis expira lentement.

Ewert Grens avait invité quelqu'un d'autre chez lui.

Ewert Grens n'avait pas eu aussitôt mal à la poitrine au point de lui demander de partir.

Il ne l'avait jamais fait auparavant, pas depuis l'accident. C'était son endroit à elle, et c'était leur maison commune. Ignorant la légère brise, il prit la direction de l'ouest le long d'Odengatan, tout aussi déserte et chaude, ôta sa veste et déboutonna le col de sa chemise.

Parmi toutes les personnes possibles, ce procureur

tiré à quatre épingles qu'il détestait, qu'il avait rencontré quelques années plus tôt et qu'il défiait depuis, au risque de s'attirer sa malédiction.

Cela avait même été presque agréable.

Il ralentit au niveau du petit kiosque à saucisses d'Odenplan, prit place dans la queue derrière des jeunes gens rivés à leurs portables qui envoyaient des SMS à d'autres jeunes gens rivés à leurs portables, acheta un hamburger et une boisson goût orange qui manquait de bulles. Il avait décliné la proposition du procureur de clore leur entretien autour d'une bière au Frescati, qui servait de repaire aux avocats. Il l'avait ensuite regretté et avait erré d'une pièce à l'autre jusqu'à ce qu'il ne tienne plus en place et décide d'aller quelque part, n'importe où, du moins pour un moment.

Devant lui, deux rats sortirent d'un trou sous le kiosque à saucisses de ce parc où des hommes dormaient sur des bancs. Un peu plus loin, quatre jeunes femmes en jupes courtes et talons hauts s'élancèrent vers un bus qui venait de fermer ses portes et de partir.

Il mangea son hamburger devant l'église Gustav Vasa, puis prit sur la droite la rue bordée d'immeubles locatifs dans laquelle il s'était rendu plusieurs fois ces dernières semaines. Il se regarda dans la vitre de la grosse porte d'entrée, composa un code qu'il connaissait maintenant par cœur et ouvrit l'ascenseur qui se mit à grincer à l'approche du cinquième étage.

La boîte aux lettres portait un nouveau nom, le polonais ayant été changé. La porte en bois brun était encore plus vieille que la sienne, il la regarda et se remémora une flaque de sang sous une tête, des fanions sur les murs et le sol de la cuisine sur lequel Krantz avait récupéré des fragments de drogue.

Tout avait commencé là.

La mort qui devait le forcer à décider d'une autre mort.

Vanadisvägen, Gävlegatan, Solnabron, il poursuivit son chemin dans la douceur de la nuit, comme si quelqu'un marchait à côté de lui et il n'avait qu'à le suivre. Il ne pensa à rien, ne ressentit rien, pas avant de s'arrêter dans Solna Kyrkväg, devant une ouverture dans une clôture appelée Grille numéro 1 qui était l'une des dix entrées du cimetière Nord.

Il l'attendait, plié en deux dans la poche intérieure de sa veste.

Pendant des mois, il l'avait eu à portée de main sur son bureau. La veille, sans savoir pourquoi, il l'avait emporté chez lui et maintenant il se tenait là, le plan à la main.

Il n'avait même pas froid.

Pourtant, il savait bien qu'il fait toujours froid dans les cimetières.

Ewert Grens suivit l'allée goudronnée qui découpait des morceaux de pelouse verte bordés de bouleaux et de conifères dont il ne connaissait pas le nom. Soixante hectares, trente mille tombes. Il avait évité de les regarder, préférant voir les branches d'arbres bien vivants plutôt que les pierres grises qui étaient signes d'absence de vie. Mais, à présent, il lorgnait de vieilles tombes et des gens enterrés plus en tant que fonctions que comme personnes : un inspecteur des postes, un chef de gare, une veuve. Il passa ensuite devant les grandes stèles se parant du titre de caveau de famille et où il y avait de la place pour ceux qui avaient choisi de reposer pour toujours les uns à côté des autres, puis devant d'autres grandes stèles sortant fièrement de terre pour le dévisager et paraître, jusque dans la mort, plus respectables que les autres.

Vingt-neuf ans.

Plusieurs fois par jour, durant la plus grande partie de sa vie d'adulte, il avait connu quelques secondes d'horreur, *elle tombe du fourgon de police, il n'a pas le temps de freiner, la roue arrière de la voiture passe sur sa tête*, et parfois, s'il avait omis d'y penser et s'était rendu compte qu'il s'était écoulé plusieurs heures depuis la dernière fois, il s'était senti dans l'obligation de le faire un peu plus et un peu plus longtemps, surtout de penser à ce rouge qui avait été du sang coulant de sa tête à elle sur ses genoux à lui.

Ce n'était plus possible.

Il regarda les arbres, les tombes et même le jardin du souvenir, un peu plus loin là-bas, mais ce n'était toujours pas possible. Il avait beau se traiter de tous les noms, il ne parvenait pas à se concentrer sur ses yeux révulsés ni sur les spasmes de ses jambes.

« Ce que vous redoutiez est déjà arrivé. »

Il regarda autour de lui, tout à coup pressé.

Il coupa à travers les tombes de la zone qui, d'après les panneaux, portait le nom de Carré 15B, de belles pierres très sobres élevées à la mémoire de gens morts dans la dignité qui n'avaient donc pas besoin de crier aussi fort, après, bon sang.

Carré 16A. Il allongea le pas. Carré 19E. Il était à bout de souffle et transpirait.

Un arrosoir vert sur un support, il le remplit d'eau au

robinet voisin et l'emporta à pas pressés à l'endroit où l'allée goudronnée se changeait en chemin gravillonné.

Carré 19B.

Il tenta de rester à nouveau immobile.

Il n'était jamais venu là. Il avait essayé, vraiment, mais cela n'avait pas marché.

Il lui avait fallu un an et demi pour parcourir deux à trois kilomètres.

La faible luminosité empêchait de voir au-delà de quelques tombes devant soi. Il se pencha pour lire, chaque nouvel écriteau marquait une tombe.

Tombe 601.

Tombe 602.

Il tremblait, avait du mal à respirer. Pendant un instant, il fut sur le point de faire demi-tour.

Tombe 603.

Un peu de terre retournée, un parterre provisoire de quelque chose de vert et, à côté, une petite croix de bois blanc, rien de plus.

Il prit l'arrosoir et arrosa ce buisson sans fleurs.

C'est là qu'elle repose.

Celle qui le tient par la main pour le forcer à marcher près d'elle pour de longues promenades à travers l'aube stockholmoise, celle qui avance maladroitement près de lui, sur des skis mal fartés, entre les châtaigniers couverts de neige de Vasaparken, celle qui emménage avec un jeune homme dans un appartement de Sveavägen.

C'est elle qui repose là.

Pas la femme assise sur un fauteuil roulant dans une maison de soins et qui ne me reconnaît pas.

Il ne pleure pas, c'est déjà fait. Il sourit.
Je ne l'ai pas tué.
Je ne t'ai pas tuée.

Ce que je redoutais est déjà arrivé.

CINQUIÈME PARTIE

Le lendemain

Il aimait le pain complet, les grandes tranches avec de petites graines sur les bords qui croustillaient sous la dent et qui le rassasiaient. Le café était noir et le jus d'orange avait été pressé devant lui. Depuis aussi longtemps qu'il s'en souvenait, Ewert Grens venait plusieurs fois par semaine prendre son petit déjeuner à quelques minutes de chez lui, au coin d'Odengatan et Döbelnsgatan.

Il avait dormi près de quatre heures, dans son propre lit, dans son grand appartement et sans rêver de personne en train de le poursuivre ni de lui-même en train de courir. Il avait su que la nuit serait bonne dès qu'il avait refermé la porte. Il s'était assis dans la cuisine, avait regardé par la fenêtre puis rassemblé les dossiers et les papiers qui étaient toujours au milieu de la table. Il était resté un peu trop longtemps sous la douche chaude, à chanter, au son d'une émission nocturne à la radio.

Grens paya son petit déjeuner ainsi que quatre brioches à la cannelle, et demanda un sac pour les emporter. Il marcha ensuite d'un bon pas le long des voitures qui bouchonnaient dans l'intense circulation du matin, remonta Sveavägen jusqu'à Sergels Torg, puis Drottninggatan jusqu'à Rosenbad et aux bureaux du gouvernement.

Le gardien était jeune et sans doute embauché depuis peu. Il inspecta sa carte de police et compara une deuxième puis une troisième fois son nom à celui des visiteurs annoncés.

— La secrétaire d'État au ministère de la Justice ?

— Oui.

— Vous savez où se trouve son bureau ?

— Je suis déjà venu il y a deux nuits. Mais on ne s'est pas rencontrés.

La caméra était au milieu du couloir, à hauteur de visage. Ewert Grens la fixa des yeux, exactement comme l'un des infiltrés l'avait fait quelques semaines plus tôt. Il sourit à l'objectif, à peu près au même moment où, quelques étages plus bas dans ce grand bâtiment, l'un des responsables de la sécurité ouvrait une porte donnant sur un local technique et constatait un vide, à deux endroits, sur l'étagère métallique où étaient conservées les bandes de surveillance numérotées.

Ils l'attendaient à la grande table de conférence, au fond de la pièce.

Des tasses en porcelaine à moitié vides devant chacun d'eux.

Il était huit heures du matin, mais ils étaient déjà là depuis un certain temps. Ils l'avaient pris au sérieux.

Il les regarda, toujours sans mot dire.

— Tu as sollicité une réunion. Tu as obtenu satisfaction. Nous présumons que ce sera bref. Car nous avons tous d'autres réunions *prévues à l'avance*.

Ewert Grens regarda l'un après l'autre les trois visages, assez longtemps pour que ce soit trop long. Les deux premiers étaient calmes, ou du moins faisaient semblant de l'être. Göransson, en revanche, avait le front qui luisait, ses yeux clignaient trop rapidement et ses lèvres se ridaient quand il les serrait l'une contre l'autre.

— Je vous ai apporté des brioches à la cannelle.

Il posa le sac blanc sur la table.

— Nom de Dieu, Grens !

Hoffmann avait une famille.

Deux enfants qui grandiraient sans leur père.

— Quelqu'un en veut ? J'en ai acheté une par personne.

Et s'ils venaient le voir dans quelques années ? S'ils lui posaient la question, que leur répondrait-il ?

C'était mon boulot ?

C'était mon foutu devoir ?

Pour moi et pour la société, la vie de votre papa était moins précieuse que celle du gardien de prison qu'il menaçait ?

— Personne ? Alors je vais en prendre une moi-même. Göransson, tu veux bien me passer une tasse ?

Il but du café, mangea une brioche à la cannelle, puis une seconde.

— Il en reste deux. Au cas où quelqu'un aurait changé d'avis.

Il les regarda à nouveau, l'un après l'autre, comme la première fois. La secrétaire d'État croisa son regard, elle était calme et arborait même un vague sourire. Le directeur de la police nationale, lui, ne bougeait pas et regardait par la fenêtre le toit du château et le clocher de la cathédrale. Göransson avait baissé les yeux sur la table. On aurait cru que son front était couvert de gouttelettes de sueur.

Ewert Grens ouvrit sa serviette et en tira un ordinateur portable.

— Du beau matériel, ce truc. Sven en a pris un pareil hier, pour aller aux États-Unis.

Il inséra maladroitement le CD, ouvrit le fichier et une fenêtre noire s'afficha à l'écran.

— Beaucoup de boutons et de touches. Mais je commence à me débrouiller. Au fait, c'est Erik Wilson que Sven Sundkvist est allé rencontrer. Avec son ordinateur.

Les caméras de surveillance étaient placées à deux endroits. La première, quelques mètres au-dessus de la guérite en verre des gardiens, la seconde dans le couloir du troisième étage. La séquence filmée qu'il avait confisquée tard dans la soirée deux jours plus tôt était hachée et un peu floue, mais chacun voyait bien ce qu'elle montrait.

Cinq personnes qui, en l'espace de quelques minutes, pénétraient dans l'un des bureaux de la Chancellerie.

— Vous les reconnaissez ?

Grens désigna l'image du doigt.

— Vous reconnaissez peut-être même la pièce dans laquelle elles entrent ?

Il arrêta la bande sur une image fixe plein écran : quelqu'un tournait le dos à la caméra, bras écartés, et quelqu'un d'autre, derrière lui, posait les mains sur lui.

— C'est ce qui se passe en dernier. La première personne, celle qui a les bras écartés, là, est quelqu'un qui a un casier judiciaire bien rempli et qui, lorsque ceci a été filmé, travaillait comme infiltré pour le compte de la police du commissariat central. Celui qui se tient derrière lui et lui passe les mains le long du dos pour le fouiller, c'est un commissaire principal de police.

Grens regarda Göransson, légèrement affalé sur la table.

Il attendit, mais pas de réaction.

— L'ordinateur appartient à la police. Mais ce n'est pas le mien.

Il fouilla dans la pochette extérieure de sa serviette pour en extraire cette fois un lecteur de CD.

— C'est Ågestam qui me l'a donné, il y a près de cinq ans, après un petit différend entre nous. C'est un de ces gadgets modernes que possèdent les jeunes. Ne le lui dites pas mais je ne m'en suis pas beaucoup servi. Jusqu'à il y a deux semaines. Quand je me suis mis à écouter des enregistrements très intéressants.

Le sachet de brioches à la cannelle faisant obstacle, il l'écarta.

— Mais ceux-là, je les ai empruntés au service des objets sous scellés. Ils provenaient d'un cambriolage perpétré dans un appartement de Stora Nygatan. L'enquête préliminaire est close. La saisie a été levée. Personne ne les a réclamés.

Il plaça deux petits haut-parleurs sur la table et prit son temps pour les connecter.

— Je ne sais pas ce qu'ils valent… Qui sait, je pourrais peut-être les garder.

Ewert Grens appuya sur l'un des boutons.

Des chaises qui raclent le sol, le bruit de personnes qui se déplacent.

— Une réunion.

Il regarda autour de lui.

— Dans cette pièce-ci. À cette table. Le 10 mai à

quinze heures quarante-neuf. Je vais avancer un peu, de vingt-huit minutes et vingt-quatre secondes, exactement.

Il se tourna vers son supérieur direct.

Göransson avait ôté sa veste, révélant des taches sombres autour des emmanchures de sa chemise bleu clair.

— Une personne parle. Je crois que tu reconnais la voix.

« Tu as déjà traité des cas similaires. »

— Tu nous as laissés, moi, Sven, Hermansson, Krantz, Errfors et…

— Ewert…

— … et un sacré paquet d'agents travailler pendant des semaines sur une enquête dont tu détenais la clé.

Göransson le regarda pour la première fois. Il se mit à parler, mais Grens secoua la tête.

— J'ai bientôt terminé.

Au bout d'un moment, ses doigts trouvèrent le bon endroit, sur les touches du fragile appareil.

— J'avance encore un peu. Vingt-huit minutes et dix-sept secondes. Même réunion, une autre voix.

« Je ne veux pas voir ça se produire. Tu ne veux pas voir ça se produire. Paula n'a pas de temps à perdre avec Västmannagatan. »

Ewert Grens regarda le directeur de la police nationale.

Peut-être cette façade bien entraînée commençait-elle à se fissurer, cela en avait l'air, en tout cas. Un peu trop de tics autour des yeux et des paumes qui se frottaient lentement l'une contre l'autre.

— Mens à tes collègues. Grille tes collaborateurs.

Confère l'immunité à certains crimes afin d'en résoudre d'autres. Si c'est ça, la police de l'avenir… Alors je suis sacrément heureux de n'avoir plus que six ans avant la retraite.

Il n'attendit pas de réponse et orienta les haut-parleurs différemment, afin qu'ils soient bien orientés vers la secrétaire d'État.

— Il était assis en face de vous. Est-ce que ce n'est pas étrange ?

« Je garantis que vous ne serez pas accusé de quoi que ce soit à propos du 79 Västmannagatan. Je garantis que nous vous aiderons de notre mieux à accomplir votre mission de l'intérieur de la prison. »

— Un micro placé à peu près à hauteur du genou, sur une personne assise à la place où je me trouve à présent.

« Et que… une fois que le travail sera terminé, nous prendrons soin de vous. Je sais que vous serez condamné à mort, alors, et grillé dans le monde du crime. Nous vous fournirons une nouvelle vie, une nouvelle identité et de l'argent pour repartir à zéro à l'étranger. »

Grens souleva les petits haut-parleurs et les approcha un peu plus de la secrétaire d'État.

— Je veux être sûr que vous entendiez bien la suite.

Sa voix à nouveau, exactement à l'endroit où il l'avait interrompue.

« Je le garantis en ma qualité de secrétaire d'État auprès du ministère de la Justice. »

Il tendit le bras vers le sac en papier blanc, avala d'abord une autre brioche, puis vida le café resté au fond de sa tasse.

— Infraction : défaut de signalement d'un crime. Infraction : assistance à criminel. Infraction : conspiration en vue de commettre un crime.

Il s'était attendu à ce qu'ils lui disent de partir, le menacent d'appeler le gardien, lui demandent ce qu'il croyait qu'il était en train de faire, bon sang.

— Infraction : parjure. Infraction : faute professionnelle grave. Infraction : falsification de documents.

Ils restaient sans bouger, sans rien dire.

— Peut-être en voyez-vous d'autres ?

Depuis le début de la réunion, des mouettes avaient commencé à décrire des cercles devant les fenêtres de la pièce.

À présent, on n'entendait que leurs cris perçants.

Cela et la respiration régulière de quatre personnes autour d'une table.

Au bout d'un moment, Ewert Grens se leva, traversa lentement la pièce, d'abord en direction de la fenêtre et des oiseaux, puis à nouveau vers ces personnes qui n'iraient plus nulle part.

— Je ne porterai pas le chapeau. Plus maintenant. Pas une fois de plus.

Trois jours plus tôt, il avait osé prendre la décision qu'il avait redoutée durant toute sa vie professionnelle – tirer sur quelqu'un pour mettre fin à ses jours.

— Ce n'est pas moi qui suis responsable de sa mort, à lui.

Pendant la nuit, il avait osé passer plusieurs heures dans un cimetière – près d'une modeste tombe dont il avait eu plus peur que de n'importe quoi d'autre.

— Ce n'est pas moi qui suis responsable de sa mort, à elle.

Sa voix était à nouveau remarquablement calme.
— Ce n'est pas moi qui l'ai assassiné lui.
Il les montra du doigt, l'un après l'autre.
— C'est vous.

Le surlendemain

La douleur était parfois insupportable, au niveau de la troisième ou quatrième vertèbre, quelques centimètres au-dessus du coccyx. Il remua prudemment, pédala dans le vide avec un seul pied à la fois. Cela ne faisait pas de bruit, mais soulageait un peu l'intense douleur.

Il ne sentait pas la forte odeur d'urine et de matières fécales ; peut-être l'avait-il sentie durant les premières heures, mais il y avait longtemps de cela, pas maintenant, plus maintenant.

Le premier soir, la nuit et le matin suivants, il avait gardé les yeux ouverts, cherchant l'invisible, des voix qui criaient et des pieds qui couraient. Mais maintenant, il avait tout le temps les yeux fermés. Il ne pouvait de toute façon rien voir dans cette obscurité si dense.

Il était allongé sur des carrés d'aluminium soudés pour former un long tuyau rond d'environ soixante centimètres de diamètre. Ses épaules tenaient tout juste à l'intérieur et, s'il tendait les bras vers le haut, il pouvait toucher le haut du tuyau avec la paume de ses mains.

Cédant à une pression dans son ventre, il lâcha quelques gouttes qui coulèrent le long de sa cuisse. Cela lui fit du bien et il se sentit moins inquiet. Il n'avait rien bu depuis le matin juste avant la prise d'otages, uniquement l'urine qu'il était parvenu à récupérer et à porter à sa bouche.

Il savait que l'être humain pouvait survivre une semaine sans boire, mais la soif était un visiteur démentiel et la sécheresse ratatinait ses lèvres, son palais et sa gorge. Il la supportait, tout comme la faim et les douleurs articulaires causées par l'immobilité et l'obscurité, dans laquelle il avait osé se relaxer depuis que les cris et les cavalcades s'étaient tus. C'était en fait la chaleur qui, à une ou deux reprises, l'avait incité à envisager d'abandonner le combat. L'électricité avait été coupée en raison de la fumée et du feu et, quand le conduit de ventilation avait cessé d'apporter de l'air frais, la température était montée dans ce tuyau hermétiquement clos, entraînant une sensation de fièvre. Au cours des dernières heures, il ne s'était projeté dans l'avenir que quelques minutes à la fois, mais il n'était même plus question de cela, à présent, il était presque à bout de forces.

Il aurait dû sortir de ce tuyau dès la veille.

C'était ce qu'il avait prévu, que l'adrénaline et le degré de vigilance diminueraient au cours de ces trois jours.

Mais la veille, au cours de l'après-midi, quelqu'un avait ouvert la porte et pénétré dans la sous-station. Il était resté sans bouger à écouter les pas et la respiration d'un gardien, un électricien ou un plombier, cinquante centimètres au-dessous de lui. Il savait que la centrale énergétique de la prison n'était inspectée qu'une fois par semaine environ, mais par prudence il attendrait vingt-quatre heures de plus.

Il porta le bras gauche à son visage et regarda la montre appartenant au vieux gardien.

Dix-neuf heures quarante-cinq. Plus qu'une heure avant le verrouillage des portes.

Une heure et quart avant la relève du personnel et avant que l'équipe de jour laisse la place à celle du soir et de la nuit.

Le moment était venu.

Il vérifia que les ciseaux étaient toujours dans la poche de son pantalon, ceux qu'il avait pris dans le pot à crayons sur le bureau de l'atelier et au moyen desquels il avait coupé ses longs cheveux, au cours des premières vingt-quatre heures. Les mouvements de ses bras et de ses mains étaient limités par la dimension du tuyau, mais il avait tout le temps qu'il lui fallait et cela avait été un bon moyen d'oublier le bruit de ces gens qui cherchaient des morceaux de cadavres. Il les sortit à nouveau de sa poche, projeta les bras en arrière, et frappa très fort avec la pointe contre l'intérieur du tuyau jusqu'à ce qu'il sente, du bout de ses doigts, qu'il avait percé un trou à partir duquel il put ensuite pratiquer avec la lame une ouverture dans le métal assez peu résistant. En prenant appui sur ses pieds, il poussa son corps vers l'arrière et, quand il fut juste au-dessus de l'ouverture, il en saisit les bords acérés à deux mains et tira dessus de toutes ses forces. L'aluminium du tuyau finit par céder. Il était en sang quand il tomba sur le dallage de la sous-station.

Il compta jusqu'à cinquante-sept petites lumières rouges, jaunes et vertes sur les panneaux de contrôle de l'eau et l'électricité, et il les compta une deuxième fois.

Pas un seul bruit de pas, pas une voix.

Il était sûr que nul n'avait entendu un corps choir sur le sol d'une des pièces donnant directement sur le passage souterrain reliant le bloc G au centre de contrôle. Il prit appui sur un lavabo pour se mettre debout, au prix d'un instant de vertige, mais son corps se ressaisit assez vite et il put de nouveau lui faire confiance.

Il fouilla du regard des ténèbres inquiétantes.

Une lampe de poche était accrochée sur le mur, au-dessous d'une boîte à fusibles. Il la préféra au plafonnier. Une lampe de poche, on peut l'allumer de façon à ce que vos yeux s'y habituent lentement. Lorsque l'obscurité se changea en lumière, la douleur fut plus forte qu'il ne l'avait imaginée et sans doute poussa-t-il un cri lorsque, reflétée par le miroir au-dessus du lavabo, elle vint le frapper au visage.

Il ferma les yeux et attendit.

Puis il les réouvrit lentement.

Il vit alors une tête aux cheveux de longueurs inégales, sur laquelle de grandes mèches pendaient çà et là. Il ramassa ses ciseaux et s'en servit pour les égaliser et les couper aussi court qu'il le put, n'en gardant que quelques millimètres sur le cuir chevelu. Le rasoir trouvé dans un tiroir du même bureau était resté dans la même poche de pantalon. Il humecta son visage et rasa chaque poil de la barbe qu'il avait commencé à laisser pousser sitôt qu'il était sorti de la réunion de Rosenbad et que la décision eut été prise qu'il allait jouer les infiltrés derrière les barreaux de la prison d'Aspsås.

Il se regarda de nouveau dans le miroir.

Quatre jours plus tôt, il avait de longs cheveux blonds et une barbe de trois semaines.

Maintenant, il avait les cheveux coupés court et le visage glabre.

Un autre visage.

Il laissa couler l'eau, se déshabilla entièrement et passa un morceau de savon sale qui traînait sur le lavabo sur des gouttes qui n'étaient pas de l'urine. Il se lava tout le corps et attendit que l'air chaud de la pièce le sèche. Puis il revint vers le conduit de ventilation et, passant la main par l'ouverture acérée dans le métal, il chercha et attrapa le paquet de vêtements qui, quelques jours plus tôt, étaient portés par un inspecteur du nom de Jacobson et dont il avait fait un oreiller de fortune pour protéger sa nuque et éviter que le tissu ne soit souillé par ses déjections.

Ils étaient à peu près de la même taille et l'uniforme lui allait presque parfaitement ; le pantalon était peut-être un peu court et les chaussures un peu étroites, mais cela ne choquait pas et se voyait à peine.

Il se posta près de la porte et attendit.

Il aurait dû avoir peur, être nerveux, inquiet. Or, il ne sentait rien. Pour survivre, il avait dû faire sien un état d'insensibilité marqué par l'absence de pensées et de désirs, par celle de Zofia, de Hugo et de Rasmus, et de tout ce qu'il avait possédé qui lui rappelait la vie.

Il l'avait adopté dès ses premiers pas à l'intérieur des murs de la prison.

Et il ne s'en était départi qu'à deux reprises.

Lorsque le coup de feu allait être tiré.

Il s'était posté près de la fenêtre, avait ajusté l'oreillette et jeté un dernier regard vers le clocher de l'église. Il avait observé le tapis dissimulant un corps bardé d'explosifs, le bidon de diesel et d'essence tout près de leurs pieds ainsi que le détonateur posé dans sa main. Puis il s'était assuré qu'il était bien de profil, pour les obliger à viser la tête, afin qu'aucun technicien ne puisse ensuite se poser des questions à propos de l'absence d'os crâniens.

Deux secondes d'angoisse à l'état pur.

Par l'intermédiaire de son oreillette, il avait entendu l'ordre de tir. Il aurait dû attendre sans bouger. Mais, d'une certaine façon, ses jambes s'étaient mises en mouvement trop tôt et elles avaient bougé sans qu'il en ait l'intention.

Il avait échoué par deux fois.

Mais, la troisième, il avait repris le contrôle de la situation : ne pas penser, ne rien sentir, ne rien désirer. Il avait réussi à s'y forcer.

Le coup de feu avait été tiré.

Et il n'avait pas bougé.

Il avait disposé de trois secondes, exactement.

Le temps qu'il fallait pour que, par un vent de sept mètres par seconde et une température de dix-huit degrés, une balle parcoure les mille cinq cent trois mètres séparant le clocher d'une église d'une tête à la fenêtre d'un atelier.

Je ne dois pas bouger trop tôt, je sais que l'observateur du tireur me surveille à la jumelle.

Je compte.

Mille un.

Je tiens dans ma main le briquet à la flamme claire et vivante.

Mille deux.

Je fais un rapide pas en avant juste avant que la balle ne frappe la fenêtre et j'approche la flamme du cordon détonant relié au corps sous le tapis.

Le coup de feu avait été tiré et l'objectif n'avait plus été visible à travers une fenêtre gravement endommagée.

Il lui restait encore deux autres secondes.

Le temps qu'il fallait pour que le cordon détonant se consume en entier, jusqu'aux capsules d'explosif, au PETN et à la nitroglycérine.

Je bondis jusqu'au pilier que j'ai sélectionné plus tôt, un des quatre blocs de ciment carrés qui supporte le toit, à quelques mètres de distance seulement.

Je me tiens derrière celui-ci tandis que les derniers centimètres du cordon sont dévorés et que ce qui a été enroulé et scotché sur la peau de quelqu'un explose.

Mes tympans éclatent.

Deux murs, celui de l'inspecteur et celui du bureau, s'effondrent.

La fenêtre perforée est soufflée et tombe dans la cour de la prison.

L'onde de choc me cherche, mais elle est freinée par le pilier en ciment et le tapis autour du corps de l'otage.

Je suis inconscient, mais seulement durant quelques secondes.

Je suis vivant.

Il était encore allongé par terre, la douleur hurlant à ses oreilles, lorsque la chaleur de l'explosion avait gagné le bidon de diesel et qu'une fumée noire avait envahi la pièce.

Il avait attendu qu'elle s'échappe par le trou de l'ancienne fenêtre, formant un mur gris-noir qui cachait et recouvrait une grande partie du bâtiment de l'atelier.

Il avait pris la pile de vêtements appartenant au vieux gardien et l'avait jetée par la fenêtre, puis avait sauté à sa suite, en direction du toit qui n'était qu'à environ un mètre en contrebas.

Je reste sans bouger et j'attends.

Je tiens les vêtements dans mes bras, je ne vois rien dans l'épaisse fumée, mes tympans crevés m'empêchent de bien entendre. Mais, sur le toit où je me tiens, je perçois des vibrations causées par des gens qui bougent près de moi, des policiers qui sont là au milieu de la fumée noire pour mettre fin à une prise d'otages.

Je ne respire pas, j'ai cessé de le faire depuis que j'ai sauté par la fenêtre, je sais que respirer cette fumée, c'est signer son arrêt de mort.

Il n'était pas loin de ceux qui avaient entendu des pas sans saisir que c'était ceux de l'homme qu'ils venaient de voir mourir, et s'était dirigé, par-dessus le toit, vers ces morceaux de métal brillants ressemblant à une cheminée. Il s'était glissé dans le trou, s'appuyant avec les bras et les jambes contre les parois, jusqu'à ce que le conduit rétrécisse au point qu'il soit difficile de s'y accrocher. Il avait alors lâché prise et chuté jusqu'au fond du puits de ventilation.

Je me penche et me glisse dans ce conduit de soixante centimètres de diamètre qui poursuit sa course sous le bâtiment.

Je rampe peu à peu vers l'avant en m'aidant d'une main contre le métal alors que l'autre tient les vêtements, jusqu'à ce que je parvienne dans la pièce qui sert de sous-station et dont la porte donne directement sur le passage souterrain de la prison.

Je m'allonge sur le dos, le paquet de vêtements sous la tête en guise d'oreiller. Je reste dans ce conduit de ventilation pendant au moins trois jours, il faut que je pisse, que je chie et que je patiente, mais je ne dois rien désirer ni ressentir, il n'y a rien, pas encore.

Il colla l'oreille contre la porte.

Il avait du mal à entendre, mais peut-être était-ce quelqu'un qui passait, des gardiens qui empruntaient le passage souterrain. À cette heure, ce ne pouvait être un détenu : tout le monde était en cellule puisque l'heure de verrouillage des portes était passée.

Il se passa la main sur le visage et sur la tête, pas de barbe, pas de cheveux, pas plus que d'urine séchée le long de ses cuisses et de ses mollets.

Ses nouveaux vêtements portaient l'odeur de quelqu'un d'autre, un parfum ou un après-rasage que le vieux gardien avait dû utiliser.

À nouveau du mouvement à l'extérieur, des gens qui marchaient de concert.

Il regarda l'heure. Huit heures moins cinq.

Il fallait attendre encore un peu. C'était les gardiens qui revenaient après avoir verrouillé les cellules et rentraient chez eux. Ceux-là, il devait les éviter, car ils avaient vu son visage. Il patienta quinze minutes, cerné par les ténèbres de la sous-station et par cinquante-sept lumières jaunes, rouges et vertes.

Maintenant.

D'autres personnes et, à cette heure-là, ce ne pouvait être que le personnel de nuit.

Ceux qui commençaient à travailler une fois que les cellules étaient fermées à clé ne rencontraient jamais les détenus et ne savaient donc pas à quoi ils ressemblaient.

Son audition était gravement altérée, mais il était sûr qu'ils étaient passés. Il déverrouilla la porte, l'ouvrit, sortit et la referma.

Trois gardiens lui tournaient le dos, à environ vingt mètres de là, dans le passage souterrain reliant le bloc G et le centre de contrôle. L'un d'eux avait son âge, les autres étaient bien plus jeunes, sans doute affectés depuis peu et en route pour un de leurs premiers quarts. À la fin du mois de mai, la prison d'Aspsås était toujours remplie d'intérimaires saisonniers qui enfilaient un uniforme et commençaient à travailler après seulement une heure d'introduction et deux jours de formation accélérée.

Ils s'étaient arrêtés devant l'une des portes subdivisant le passage souterrain en sections plus petites et il s'approcha très vite d'eux. Le plus âgé avait un trousseau de clés à la main et venait d'ouvrir lorsqu'il surgit derrière eux.

— Attendez une seconde, s'il vous plaît.

Ils se retournèrent, le regardèrent, le jaugèrent.

— Je suis un peu en retard.

— Tu rentres chez toi ?

— Oui.

Le gardien n'avait pas l'air soupçonneux et lui avait posé la question de façon amicale, comme entre collègues.

— T'es nouveau ?

— Tellement que je n'ai pas encore de clés.

— Moins de deux jours, alors.

— Arrivé hier.

— Comme ces deux-là. Demain, c'est votre troisième jour à tous. Et le premier avec des clés.

Il les suivit.

Ils l'avaient vu. Ils lui avaient parlé.

Il était maintenant l'un de ces quatre gardiens qui longeaient le passage souterrain d'une prison en direction du centre de contrôle et de la porte d'entrée.

Ils se séparèrent près de l'escalier montant au bloc A et

aux onze heures de quart qui les attendaient. Il leur souhaita une bonne nuit et ils regardèrent avec envie ce collègue qui allait rentrer chez lui pour une soirée de liberté.

Il s'attarda au milieu du hall d'entrée. Il lui fallait maintenant choisir entre trois portes.

La première, légèrement en biais devant lui, donnait sur le parloir pour les épouses, amis, policiers ou avocats. C'était là que Stefan Lygás avait reçu le message qui l'informait de la présence d'un infiltré, d'une balance au sein de l'organisation, quelqu'un avait prononcé à voix basse quelques mots qui impliquaient la mort de quelqu'un d'autre.

La seconde, derrière lui, donnait sur le couloir menant au bloc G. Il éclata presque de rire à l'idée qu'il pourrait regagner sa propre cellule, mais en uniforme de gardien, cette fois.

Il regarda la troisième porte.

C'était celle du centre de contrôle avec les écrans de surveillance ininterrompue et les boutons numérotés qui, depuis cette grande cage de verre, permettaient d'ouvrir toutes les portes fermées à clé de la prison.

Deux hommes étaient assis à l'intérieur. Près de la lucarne, un gardien grassouillet à la barbe noire hirsute et à la cravate rejetée sur l'épaule. Derrière lui, un autre, bien plus mince, tournant le dos à la sortie et dont il ne pouvait donc pas voir le visage mais pouvait en revanche deviner l'âge – la cinquantaine – et la position hiérarchique. Il prit une profonde respiration et se redressa, afin de marcher bien droit. L'explosion avait endommagé ses deux tympans mais aussi son sens de l'équilibre.

— Tu rentres chez toi en uniforme ? Déjà ?

— Pardon ?

Le gardien au visage rond et à la barbe clairsemée le regardait.

— T'es un des nouveaux, hein ?

— Oui.

— Et tu rentres déjà chez toi en uniforme ?

— Ben oui.

Le gardien sourit. Il n'était pas pressé et quelques banalités de ce genre raccourciraient encore sa soirée.

— Il fait chaud, dehors. Sacrée belle soirée.

— C'est sûr.

— Tu vas directement à la maison ?

Le gardien se pencha légèrement sur le côté pour modifier l'orientation d'un petit ventilateur posé sur son bureau, un peu d'air frais dans cet espace confiné. Cela lui permit de mieux voir l'autre gardien, le mince, assis sur la chaise qui se trouvait derrière.

Il le reconnut.

— Je crois bien.

— Tu es attendu ?

Lennart Oscarsson.

Le directeur de la prison à qui, quelques jours plus tôt, il avait flanqué son poing dans la figure, dans une cellule de l'unité d'isolement volontaire.

— Ils sont pas là. Mais on se verra demain. Ça fait un bout de temps.

Oscarsson ferma son dossier et se tourna vers lui.

Il regarda en direction de la lucarne.

Il le vit, mais ne réagit pas.

— Pas là ? Moi aussi, j'en avais une, avant, une famille je veux dire, mais je ne sais pas, c'est juste que, tu sais…

— Si tu veux bien m'excuser.

— Quoi ?

— Je suis un peu pressé.

La cravate était toujours sur son épaule, il y avait des taches de nourriture dessus, ou bien était-ce de l'eau et était-elle placée là pour sécher.

— Pressé ? Qui ne l'est pas, bon sang ?

Le gardien tira sur sa barbe, narines dilatées, regard blessé.

— Mais bon. Vas-y. Je t'ouvre.

Deux pas jusqu'au portique de détection.

Et deux autres jusqu'à la porte qu'on actionnait depuis l'intérieur de la cage de verre.

Piet Hoffmann se retourna, hocha la tête en direction du gardien qui lui fit signe de dégager.

Lennart Oscarsson était toujours là, juste derrière.

Leurs regards se croisèrent à nouveau.

Il s'attendait que quelqu'un se mette à crier et se précipite.

Mais pas un mot, pas un mouvement.

Cet homme rasé de près et aux cheveux courts qui portait un uniforme de gardien et franchissait la porte et le mur de la prison avait un air familier, mais pas de nom. Les intérimaires en ont rarement. Celui-ci sourit lorsque le vent tiède caressa son visage. Ce serait une belle soirée.

Le lendemain du surlendemain

Ewert Grens était assis à son bureau, à regarder une étagère sur laquelle il y aurait toujours un vide, qu'il le remplisse ou non, et des lignes droites de poussière, qu'il les essuie ou non. Cela faisait près de trois heures qu'il était dans cette position. Et il y resterait jusqu'à ce qu'il sache s'il devait s'inquiéter de ce qu'il avait vu ou si c'était simplement un de ces instants qui semblaient très importants sur le moment, mais qui perdaient tout leur sens par la suite, s'ils n'étaient pas partagés avec quelqu'un.

Tout avait commencé par une belle matinée.

Il avait dormi sur son sofa de velours brun, la fenêtre ouverte sur la cour de l'hôtel de police, et avait été réveillé par les premiers camions dans Bergsgatan. Il était resté un moment debout à observer le ciel bleu et le vent calme. Puis, une tasse de café dans chaque main, il s'était dirigé vers l'ascenseur et le dépôt, quelques étages plus haut.

Il n'avait pas pu s'en empêcher.

S'il était assez tôt et si le temps était assez clair, on pouvait, l'espace de quelques heures, suivre la ligne bien nette que le soleil traçait toujours à cette heure-là dans le couloir du dépôt. Ce matin-là, il avait marché à l'endroit où le sol brillait le plus et fait en sorte de passer près des cellules où il savait qu'il y avait des détenus qui attendaient pour leur troisième jour de garde à vue au régime le plus sévère. Ågestam avait veillé à ce qu'ils patientent dans la stricte application du règlement pendant la plus grande partie des soixante-douze heures légales et, plus tard dans la journée, Grens assisterait aux audiences de mise en examen concernant un commissaire principal, un directeur de la police nationale et une secrétaire d'État auprès du ministère de la Justice.

Le vide sur l'étagère. C'était comme s'il avait grandi.

Et il allait continuer à le faire jusqu'à ce qu'il ait pris sa décision.

Au cours des deux derniers jours, il avait visionné dans tous les sens les bandes des caméras de surveillance de la prison d'Aspsås, image par image, à travers des portes verrouillées, le long de passages souterrains, de murs gris et de clôtures de barbelés, jusqu'aux secondes précédant l'explosion, l'épaisse fumée et la mort. Il avait étudié les rapports d'investigation de Krantz et les procès-verbaux d'autopsie d'Errfors, ainsi que les interrogatoires auxquels Sven et Hermansson avaient procédé.

Il s'était longuement attardé sur deux moments en particulier.

La transcription du dialogue entre le tireur et l'observateur, juste avant que le premier ne fasse feu.

Ils avaient alors parlé d'un tapis dont Hoffmann avait recouvert l'otage et qu'il avait attaché au moyen d'une sorte de fil dont l'enquête avait démontré qu'il s'agissait d'un cordon détonant de PETN.

Un tapis qui enveloppe et oriente l'onde de choc de l'explosion vers le bas mais protège celui qui se trouve tout près.

Et l'audition d'un inspecteur du nom de Jacobson.

Celui-ci avait expliqué que Hoffmann avait couvert la peau de l'otage de petites poches en plastique remplies d'une sorte de liquide, dont l'enquête avait démontré qu'il s'agissait de nitroglycérine, cette fois.

De la nitroglycérine en si grande quantité que le corps tout entier est réduit à l'état de fragments et ne pourra jamais être identifié.

Ewert Grens avait éclaté de rire dans son bureau.

Il s'était mis debout au milieu de la pièce, avait regardé le magnétoscope et les tirages sur le bureau. Et il riait toujours quand il avait quitté l'hôtel de police pour se rendre à Aspsås et ce grand mur qui dominait la ville. Au centre de contrôle, il avait réquisitionné toutes les bandes des caméras de sécurité de la prison à partir de quatorze heures vingt-six le 27 mai. Puis il avait regagné son bureau, était allé chercher du café tout frais à la machine et s'était assis pour visionner ce qui s'était passé après qu'un coup de feu fatal eut été tiré depuis le clocher d'une église.

Il savait très bien ce qu'il cherchait.

Il avait choisi la caméra numéro quatorze, placée environ un mètre au-dessus de la lucarne de la cage de verre du centre de contrôle. Il avait ensuite actionné l'avance rapide en observant des pauses pour étudier tous ceux qui sortaient. Gardiens, visiteurs, détenus, livreurs, ils étaient tous passés par là l'un après l'autre, le cuir chevelu près de l'objectif. Certains montraient une carte d'identité, d'autres signaient le registre, et, dans la plupart des cas, le gardien, qui les reconnaissait, leur faisait signe de passer.

En arrivant à la bande enregistrée quatre jours après le coup de feu, il avait aussitôt compris qu'il avait trouvé ce qu'il cherchait.

À vingt heures six, un homme aux cheveux très courts portant l'uniforme de gardien de l'administration pénitentiaire avait levé les yeux vers la caméra, à sa sortie, et son regard s'était attardé un petit peu trop longtemps, avant de poursuivre son chemin.

Grens avait ressenti dans son ventre et sa poitrine une pression qui était d'habitude de la colère, mais qui cette fois était autre chose.

Il avait arrêté la bande, l'avait rembobinée, avait observé cet homme qui avait parlé un moment avec le gardien et avait ensuite levé le regard vers la caméra exactement comme il l'avait fait, trois semaines auparavant, devant un autre gardien d'une autre cage de verre, celle des bureaux du gouvernement. Dans les caméras numéros quinze et seize, il avait ensuite vu cet homme en uniforme franchir le portique de détection, puis la porte d'entrée et le mur d'enceinte, et il avait noté qu'il avait de gros problèmes d'équilibre. L'explosion avait causé un sacré boucan, le genre de ceux qui vous crèvent les tympans.

Tu es vivant.

C'était pour cela que, depuis trois heures, il était assis à son bureau en train de regarder un vide qui ne cessait de grandir sur une étagère.

Je n'ai pas pris la décision de tuer.

C'était pour cela qu'il devait décider, si ce qu'il venait de voir était quelque chose dont il devait se préoccuper, ou si cela n'avait aucune importance tant que personne d'autre n'en avait connaissance.

Hoffmann est vivant. Vous n'avez pas pris la décision de tuer, vous non plus.

Il éclata de nouveau de rire en sortant du tiroir de son bureau un document, la convocation à des audiences de mise en examen auxquelles il était sur le point de se rendre et qui devaient déboucher sur de lourdes peines à l'encontre de trois fonctionnaires de haut rang coupables d'abus de pouvoir.

Il se mit à rire encore un peu plus fort, à danser au beau milieu de ce bureau plongé dans le silence, puis à fredonner prudemment et, si quelqu'un était passé à ce moment, il aurait sans doute reconnu une mélodie qui rappelait les années soixante, *Tunna skivor* et Siw Malmkvist.

Le surlendemain
du surlendemain

On aurait dit que le ciel se rapprochait lentement.

Dans la cour goudronnée, Erik Wilson sentait ses vêtements qui étaient pourtant légers lui coller à la peau et les mouches volaient nerveusement autour de lui. Quatre-vingt-dix-neuf degrés Fahrenheit, soit un peu au-dessus de la température corporelle ; et plus encore dans quelques heures, au début de l'après-midi, la chaleur semblant se stabiliser un peu partout à ce moment-là.

Il se passa un mouchoir humide sur le front, sans pouvoir dire lequel séchait l'autre. Il avait eu du mal à se concentrer dans la salle de cours. Le système d'air conditionné du bâtiment était tombé en panne durant la matinée et les discussions autour de la notion d'*advanced infiltration*, qui faisait l'objet du cours de perfectionnement, avaient tourné court, y compris parmi les patrons de la police de l'ouest des États-Unis, qui aimaient pourtant s'écouter parler en temps normal

Comme d'habitude, il regarda à travers la clôture et les barbelés qui donnaient sur le grand terrain d'entraînement – six personnes vêtues de noir tentaient d'en protéger une septième, puis des coups de feu en provenance de deux bâtiments bas, deux types qui se jetaient sur la personnalité à protéger et une voiture venant très vite les récupérer et les emmener loin de là. Erik Wilson sourit, connaissant d'avance la suite des événements : ce président-ci allait survivre, lui aussi, et les méchants qui avaient tiré sur lui allaient échouer, le Secret Service gagnait à tous les coups. C'était le même exercice que trois semaines plus tôt, les hommes avaient changé mais pas le scénario.

Il tourna le visage vers le ciel sans nuages, comme pour se torturer. Le soleil le réveillerait.

Au début, il avait pensé que c'était à cause de la chaleur. Mais ce n'était pas le cas.

Il était tout simplement absent.

Ces derniers jours, il n'avait absolument pas réussi à être présent. Il avait participé, discuté et fait les exercices, mais il n'était pas dans la pièce, ses pensées et ses forces avaient quitté son corps.

Cela faisait quatre jours que Sven Sundkvist lui avait demandé de faire en voiture les soixante-dix kilomètres jusqu'à Jacksonville et la frontière de l'État pour déjeuner dans un restaurant qui pouvait accueillir sur ses nappes blanches des ordinateurs portables montrant des images de caméras de surveillance. Il avait vu le visage de Paula à la fenêtre d'une prison, puis une explosion et une fumée noire, lorsqu'un tireur d'élite avait fait voler diverses personnes en éclats, d'un coup de feu.

Ils travaillaient ensemble depuis près de neuf ans.

Paula avait été sa responsabilité. Et son ami.

Il approcha de l'hôtel, fuyant la chaleur qui affligeait ses joues et son front. Le grand hall d'accueil était frais et grouillait de clients qui s'attardaient pour ne pas avoir à sortir. Il se dirigea vers l'ascenseur et le cinquième étage, la même chambre qu'auparavant.

Il se déshabilla, prit une douche froide et s'allongea sur le dessus de lit, en peignoir.

Ils t'ont grillé.

Ils ont murmuré puis regardé ailleurs.

Il se leva, à nouveau saisi de fièvre et d'agitation. Il feuilleta le numéro du jour d'*USA Today* et le *New York Times* de la veille, se perdit dans les publicités télévisées pour de la lessive et des avocats locaux. Il était toujours absent, en dépit de ses efforts. Il erra dans la chambre, se fixa au bout d'un moment sur les téléphones portables, son lien avec ses différents infiltrés, qu'il avait déjà vérifiés ce matin. Il y en avait cinq, alignés les uns à côté des autres sur le bureau depuis le soir où il était arrivé. Normalement, une fois par jour suffisait, mais sa fièvre et son sentiment d'être ailleurs l'obligèrent à renouveler l'opération.

Il les prit et les examina, un par un.

Quand il en fut au quatrième, il s'assit sur le bord du lit en tremblant.

Un appel en absence.

Sur l'appareil dont il aurait dû se débarrasser, puisque l'infiltré était mort.

Tu n'existes plus.

Mais quelqu'un a mis la main sur ton téléphone.

Il était de nouveau en nage, mais ce n'était pas à cause de la chaleur. Cela venait de l'intérieur, cette sensation de brûlure et de déchirure ne ressemblait à rien de ce qu'il avait ressenti auparavant.

Quelqu'un a mis la main sur ton téléphone. Quelqu'un a trouvé et appelé le seul numéro qui y est enregistré.

Qui ?

Quelqu'un qui enquête ? Quelqu'un qui est sur une piste ?

La pièce était fraîche, presque froide. Comme il commençait à avoir froid, il défit la couverture, se glissa entre les draps sentant la lessive parfumée et resta allongé sans bouger jusqu'à ce qu'il se remette à transpirer.

Quelqu'un qui ne sait pas qui est l'abonné au bout du fil. Quelqu'un qui appelle un abonné qui n'est enregistré nulle part.

Il frissonna de nouveau, plus qu'avant. L'épaisse couverture lui irritait la peau.

Il pouvait rappeler. Il pouvait écouter la voix qui répondrait sans risquer d'être identifié lui-même.

Il composa le numéro.

Une onde partit dans l'apesanteur, des secondes se changèrent en heures et en années puis, finalement, une tonalité, un bip aigu et prolongé.

Il écouta la sonnerie qui lui déchira par trois fois l'oreille.

Et il reconnut la voix.

— *Mission accomplie.*

Des souffles prudents dans l'écouteur, du moins cela y ressemblait, mais peut-être était-ce simplement dû à la faiblesse du signal ou à des perturbations hertziennes tentant de se faire une place.

— *Wojtek est éliminé d'Aspsås.*

Il s'allongea sur le lit sans bouger, de peur que celui qui parlait ne disparaisse de sa main.

— *On se voit au numéro trois dans une heure.*

Erik Wilson sourit à la voix qui se mêlait à une autre, une annonce répétée au haut-parleur, sans doute dans un aéroport quelconque.

Peut-être l'avait-il subodoré, ou du moins espéré, au plus profond de lui-même.

Il le savait, maintenant.

Il répondit.

— Ou une autre fois, ailleurs.

NOTE DES AUTEURS

Trois secondes est un roman sur les criminels de notre époque et les deux autorités – la police et l'administration pénitentiaire – qui en portent conjointement la responsabilité.

Un roman laisse une certaine liberté à ses auteurs.

Des faits et de la fiction.

Ensemble.

Faits concernant les autorités policières

Durant de nombreuses années, les autorités policières ont utilisé des criminels comme infiltrés et informateurs. Cette collaboration a été niée et dissimulée. Pour mieux enquêter sur des crimes graves, d'autres crimes ont été marginalisés et un certain nombre d'enquêtes préliminaires et de procès se sont donc déroulés sur la base d'informations inexactes.

Fiction concernant les autorités policières

Ewert Grens n'existe pas.

Faits concernant les autorités policières

Seuls les criminels peuvent jouer les criminels et, s'il le faut, ils sont recrutés à ces fins dès leur mise en examen. Les bases de données et les rapports de police servent d'outils pour la fabrication de profils adaptés et crédibles. Falsifier des informations essentielles à une société fondée sur l'État de droit est ainsi devenu une méthode de travail.

Fiction concernant les autorités policières

Sven Sundkvist n'existe pas.

Faits concernant les autorités policières

Les criminels infiltrés sont les parias de notre époque. Quand un criminel infiltré est démasqué, les autorités nient avoir eu recours à ses services et elles détournent le regard lorsque l'organisation infiltrée se charge de résoudre elle-même le problème. La direction de la police est persuadée que les méthodes conventionnelles d'enquête ne permettent pas de venir à bout du crime organisé et elle désire accentuer sa coopération avec infiltrés et informateurs à l'avenir.

Fiction concernant les autorités policières

Mariana Hermansson n'existe pas.

Faits concernant l'administration pénitentiaire

La plupart des détenus sont toxicomanes. Celui ou celle qui est condamné à une peine de prison peut continuer à se droguer derrière les barreaux. Un toxicomane relâché après avoir purgé sa peine retombe dans le crime pour continuer à se droguer et s'acquitter des dettes qu'il a contractées pour consommer pendant son incarcération.

Fiction concernant l'administration pénitentiaire

La prison d'Aspsås n'existe pas.

Faits concernant l'administration pénitentiaire

Tous ceux qui travaillent pour l'administration pénitentiaire savent que la toxicomanie est un des éléments déclencheurs de la récidive. Malgré cela, il y a de l'amphétamine dans les bouquets de tulipes jaunes des directeurs de prison, dans la marge de gauche des livres reliés des réserves des bibliothèques, dans des sacs en plastique plongés dans le conduit d'évacuation des toilettes et retenus par des élastiques et des cuillers. Autant de moyens concrets d'acheminer de la drogue dans les prisons de haute sécurité. L'administration pénitentiaire pourrait – *une prison, c'est quand même un système en vase clos, bon sang* – mettre fin à l'approvisionnement en drogue, mais elle s'en abstient consciemment.

Fiction concernant l'administration pénitentiaire

Lennart Oscarsson n'existe pas.

Faits concernant l'administration pénitentiaire

La drogue est un moyen efficace de réduire le niveau d'anxiété et, après avoir pris sa dose, le consommateur d'amphétamine emprunte des magazines porno qu'il emporte dans sa cellule pour se masturber. Un système carcéral dépourvu de drogue devient très vite un lieu de chaos et d'angoisse imposant des contraintes entièrement nouvelles au personnel. Sans détenu sous substances chimiques, l'administration pénitentiaire serait contrainte d'améliorer son niveau de compétence, ce qui aurait un coût, que nous, la société, ne sommes pas prêts à payer.

Fiction concernant l'administration pénitentiaire

Martin Jacobson n'existe pas.

REMERCIEMENTS

Nos sincères remerciements vont

À *Billy*, *Kenta*, *Lasse*, *C*, *R et T*, vous qui purgez ou avez purgé de longues peines, qui avez vécu derrière les barreaux plus longtemps qu'en liberté et qui nous avez procuré, pour ce livre comme pour les précédents, les connaissances nécessaires, l'authenticité et la crédibilité dans le domaine de la criminalité. Qu'il s'agisse de savoir pourquoi quarante degrés est moins bien que cinquante pour une tulipe qui va bientôt être remplie d'amphétamine, quelle consistance doit avoir le caoutchouc qui protège l'estomac, ou à quoi ressemblent les toilettes de l'atelier d'une prison de haute sécurité. Votre confiance nous renforce dans notre détermination en vue de tenter de souligner la différence entre des personnes mauvaises et des mauvaises actions.

Aux *policiers sensés et courageux* qui nous ont guidés dans cette étrange zone grise où la police côtoie les criminels. Sans vous, nous n'aurions eu ni les connaissances ni la légitimité nécessaires pour évoquer sous forme romanesque la façon dont la collaboration avec les infiltrés et les informateurs sape la primauté du droit dans une démocratie que nous tenons tous pour acquise.

Au *personnel de prison – responsables de la sécurité,*

gardiens, inspecteurs et directeurs – qui, lorsque nous vous avons rencontrés et que vous nous êtes venus en aide, étiez partagés entre votre volonté de bien faire votre boulot et un système qui vous oblige à découper vos uniformes et à en faire des chiffons pour nettoyer les voitures.

À *Reine Adolfsson* pour son expertise en matière d'explosifs, *Janne Hedström* pour sa maîtrise des techniques médico-légales, *Henrik Hjulström* pour sa connaissance des tireurs d'élite, *Henrik Lewenhagen* et *Lasse Lagergren* pour leur savoir médical, *Dorota Ziemiańska* parce que tu parles mieux polonais que nous.

À *Fia Roslund* parce que tu es là pour nous et pour le texte durant tout le processus d'écriture.

À *Niclas Breimar*, *Ewa Eiman*, *Mikael Nyman*, *Daniel Mattisson* et *Emil Eiman-Roslund* pour vos points de vue singulièrement avisés.

À *Niclas Salomonsson*, *Tor Jonasson*, *Catherine Mörk*, *Szilvia Molnar* et *Leyla Belle Drake* de Salomonsson Agency pour votre énergie, votre compétence, votre présence ici et au-delà des frontières.

À *Eric Thunfors* pour tes couvertures que nous aimons tant, ainsi qu'à *Astrid Sivander* et *Lise-Lotte Olaisen* pour avoir bossé sur les épreuves.

À *Mattias Boström*, *Cherie Fusser*, *Anna Hirvi Sigurdsson*, *Jonna Holmgren*, *Lasse Jexell*, *Madeleine Lawass*, *Anna Carin Sigling*, *Ann-Marie Skarp*, *Karin Wahlén* et *Lottis Wahlöö* des Éditions Pirat Förlaget, parce que, par authentique professionnalisme et attachement sincère, vous faites en sorte que nous nous sentions les bienvenus chaque fois que nous poussons la porte de la maison.

Un remerciement tout particulier à *Sofia Brattselius Thunfors*, notre éditrice.

PAPIER À BASE DE FIBRES CERTIFIÉES

Le Livre de Poche s'engage pour l'environnement en réduisant l'empreinte carbone de ses livres. Celle de cet exemplaire est de :
550 g éq. CO_2
Rendez-vous sur www.livredepoche-durable.fr

Composition réalisée par Soft Office

Achevé d'imprimer en juillet 2020, en France sur Presse Offset par
Maury Imprimeur – 45330 Malesherbes
N° d'imprimeur : 246377
Dépôt légal 1re publication : mars 2020
Édition 03 - juillet 2020
LIBRAIRIE GÉNÉRALE FRANÇAISE – 21, rue du Montparnasse – 75298 Paris Cedex 06

64/0491/9